# 한국정신문화의 세계화를 위하여

국립중앙도서관 출판시도서목록(CIP)

---

한국정신문화의 세계화를 위하여 = The Korean spirit for the globalization of culture / 지은이: 공론동인회, -- 서울 : 한누리미디어, 2015
  p. ;   cm, -- (글로벌 문화포럼 공론동인 수필집 ; 7)

ISBN 978-89-7969-700-1 03810 : ₩22000

한국 현대 수필[韓國現代隨筆]

814.7-KDC6
895.745-DDC23                                       CIP2015031875

글로벌 문화포럼 · 공론동인 수필집 ❼

# 한국정신문화의
# 세계화를 위하여

한누리미디어

# 同人憲章

一. 우리 동인은 전문 분야가 다른 각계 사람들끼리 정답게 모여 인간 본연의 자세로 돌아가 대화의 공동광장을 마련하고、생활철학을 바탕으로 한 새로운 수필문화 세계를 수립한다.

一. 우리 동인은 남녀노소·빈부·정파·종파를 초월하여 휴머니즘의 건전한 터전 위에서 양심과 신의로 상호친선 및 공동 발전을 도모한다.

一. 우리 동인은 변천하는 역사 환경과 각박한 생활환경 속에서도 예지와 지성、그리고 사랑과 봉사의 정신으로 문화적인 복지사회 건설은 물론 세계적인 인류사회의 평화를 위해 기여한다.

西紀 一九六三年 十月 十二日

## 空論同人 (가나다順)

| | | | | | | |
|---|---|---|---|---|---|---|
| 姜淳元 | 姜周鎭 | 高鳳京 | 權純永 | 金鏡 | 金白峰 | 金鳳基 |
| 金思達 | 金安在 | 金玉吉 | 金載完 | 金芝烈 | 金八峰 | 金衡翼 |
| 明石祝子 | 朴巖 | 邊時敏 | 徐燉珏 | 徐柱演 | 徐仲錫 | 孫在馨 |
| 安浩相 | 梁炳鐸 | 吳相淳 | 吳蘇白 | 元鍾睦 | 俞鎭午 | 尹虎永 |
| 李圭復 | 李洋球 | 李俊凡 | 李恒寧 | 張基範 | 全圭泰 | 趙南斗 |
| 趙東弼 | 朱碩均 | 秦學文 | 千鏡子 | 崔季煥 | 崔秉協 | 崔臣海 |
| 崔玉子 | 崔衡鍾 | 韓太壽 | 韓何雲 | | | |

# 共同宣言

隨筆은 思想·情緒·哲學에서 비롯하여 보다 直接的·行動的으로 眞善美를 풍겨내는 叡智요、知性의 結晶이다.

오늘날 人間은 切迫한 歷史環境과 生活現實 속에서 叡智와 知性을 바탕으로 휴머니즘의 前衛가 되며 人類社會의 平和를 위해 寄與한다.

우리는 專攻과 分野가 다른 各界 사람들끼리 눈높이의 『空論同人』이 되어、生活哲學을 바탕으로 健全한 社會論評과 새로운 隨筆文化를 樹立한다.

西紀 二○一二年 二月 三日

## 空論同人 (가나다順)

강종일　具綾會　權晃重　權寧海　金敬男　김길주　金大河　金明植
金務元　金白峰　김삼열　金相九　金相哲　金永甫　金容煥　金載燁
金載完　金芝烈　金惠蓮　羅基千　都泉樹　明石祝子　無相法顯　박서연　朴栽鍾
朴成壽　배우리　卞鎭興　徐英淑　宋洛桓　辛龍善　申瑢俊　梁瑞行
오금남　오서진　오오순　禹元相　元鍾睦　尹明善　李康雨　李瑞行
李善永　李在得　李讚九　林炯眞　全圭泰　정봉태　鄭相植　趙南斗
趙貞鎭　朱東淡　千鏡子　崔季煥　최광식　최명상　崔香淑　河銀淑
韓萬洙　洪思光　邢基柱

# 세계 평화와 공존의 문명사를 주도하길 바라며

19 63년 봄, 그러니까 공론동인회가 출범한 지도 어느덧 52주년이라는 긴 세월이 흘렀나 봅니다. 이미 《세계문예대사전(世界文藝大辭典)》(한국판)이나 당시의 도하 각 신문·방송 등에서도 밝혀져 있는 바와 같이 우리 동인회는 발족 당시에 중후한 학자와 교육자를 비롯하여 언론인과 방송인, 소설가와 시인, 그리고 시사평론가와 수필가, 무용가와 미술가, 전문의사와 약사, 판사와 검사, 또는 변호사, 재계 인사, 출판인, 종교지도자 등 각계의 지성인 46명이 함께 '발기취지'와 '동인헌장' 및 '공동선언'을 밝힘으로써 사회적인 큰 관심을 모아 왔습니다.

그 후 연륜이 더해감에 따라 사회적 굴지의 큰 선배님 가운데 은연중 여러분이 타계하시고 오늘날에는 그분들의 후배나 제자격인 현시대의 지도적 엘리트, 60여 명의 동인들이 그 뜻을 이어 보람차게 활동하고 있다는 것은 그 어느 나라에서도 찾아볼 수 없는 일이라고 사료됩니다.

때는 바야흐로 우리나라는 올해로 광복 70주년을 맞이하게 되었습니다. 그동안 남북간의 분단과 민족의 분열이라는 비극이 70여 년간이나 계속되는 상황에서 아직도 정치 경제 사회 사상 교육 문화의 극소부분에는 붕당적 이권투쟁과 소아병적 사상논쟁이 남아있는 것은 부인할 수 없습니다. 그러나 거시적 안목으로 볼 때 우리나라는 근대화 과정에서 국제적으로 자유민주적 발전과 경제적 성장발전 및 문화적 창달향상이 나름대로 잘 이루어져 가고 있는 것으로 세계 각국의 젊은 학자들이 호평하고 있는 판국입니다. 매우 다행스런 일이기는 하지만 한편 더 깊게 성찰해 본다면 이는 한국인의 끈질긴 인류애 사상과 전통적 정신문화 그리고 풍류 있는 융화적 미풍양속이 살아있기 때문이라고 믿습니다.

그러나 세계는 지금 예측불허의 무한경쟁 속에서 인간들의 엄청난 두뇌싸움과 차원 높은 과학적 경쟁, 그리고 이기적인 자연환경 파괴 등으로 어쩌면 환희와 불안이 엇갈리고 있는 상황이 아닌가 싶습니다.

인간사회의 과학문화가 무한히 발달되는 과정에서 무수히 제작된 전쟁무기와 화생적 약물들, 자본주의 시대의 빈번한 공황위기, 인간들이 촉발시킨 기후변화와 생물종의 멸종상태, 해킹공격이 심화되는 사이버전쟁, 인류도덕이 실종되는 인간상실화 등은 선용(善用)이냐 악용(惡用)이냐에 따른 심오한 과제가 항상 우리 인간사회의 책임 있는 몫이 되고 있는 것입니다. 우선적으로 여기엔 인간 정신문화의 가치판단과 방향제시가 중요합니다.

아무쪼록 우리 동인들은 우리 사회의 구조적 병폐를 잘 해결하는 데는 물론, 세계적 평화와 공존의 문명사를 주도해 나아가는 데 큰 역할이 있으시기를 또다시 제의하는 바입니다.

마침 이번에도 동인 여러분의 정성어린 협조로 우리 '글로벌 문화포럼 공론동인회'의 수필집 제7권이 《한국정신문화의 세계화를 위하여》라는 제호로 상신케 되었습니다.

특히 이번에는 공동테마로서 '한국정신문화의 우수성'에 관련한 내용을 모아서 함께 엮어 보았습니다. 특집 부록으로는 우리 '글로벌 문화포럼'에서 제4회째 포럼으로 지난 4월 17일 오후 5시부터 8시 30분까지 서울 프레스센터 19층 국화실에서 개최한 바 있는 '한국정신문화의 우수성을 말하다'의 주제와 토론내용을 상세하게 수록했습니다. 그날 주제발표를 맡아주신 최광식 박사님(전 문화체육관광부 장관, 고려대학교 교수)과 지정토론을 해 주신 전규태 박사님(연세대학교 문과대학 석좌교수)·이서행 박사님(전 한국학중앙연구원 부원장, 명예교수)께 감사드리는 동시에 일반토론으로 심층적인 질의를 해 주신 동인 여러분에게도 이 지면을 통해 감사의 말씀을 재차 드립니다. 그리고 이번에 수록된 수필과 사회논평 등은 이 나라와 인류사회를 걱정하는 모든 이들에게 많은 도움이 되리라고 믿습니다.

끝으로 어려운 여건 가운데서도 정성을 다해 출판해 주신 도서출판 한누리미디어의 김재엽 사장과 김영란 편집주간, 직원 여러분께 감사드리는 동시에 이 책이 태어나기까지 애써주신 우리 동인회의 편집위원과 운영위원 여러분에게도 심심한 감사의 말씀을 드립니다.

2015년 8월 11일

글로벌문화포럼 대표
공론동인회 회장 김 재 완

편집자의 말/ **김재엽**(총무부회장)

19 60년대 중반에 발간된 공론동인지 1,2,3권을 합본한 《지성의 향기》 상권과 2012년 부활한 공론동인회 작품집(제4집)《지성의 향기》 하권, 그리고 2013년 12월에 발간한 제5집 《행복의 여울목에서》와 2014년 12월에 발간한 제6집 《밝은 사회로 함께 가는 길》 등이 각계각층으로부터 호평을 받았는 바, 금년부터는 연간 2회 이상씩 동인지를 발행하고 동인회도 사단법인체로 등록하기로 의견을 모았었다.

그러나 급속한 출판시장의 위축에 따른 판매부진과 함께 제작비 문제가 큰 변수로 등장하면서 올해도 연말 즈음에서야 제7집을 엮게 되었고 법인 등록도 다음 기회로 미루게 되었다. 참으로 아쉬운 부분이다.

특히 역대 회원 자료 공유의 차원에서 '공동선언' 인으로 최근까지 생존해 계셨던 천경자 화백을 수소문하던 차에 별세 소식을 접하게 되어 삼가 고인께 명복을 빌며 아쉬움 또한 달래 본다. 어쨌든 제7집 《한국정신문화의 세계화를 위하여》를 연내 발간하게 되어 매우 기쁘게 생각하며 편집과 관련하여 특별히 일러둘 사항을 적어본다.

우선 표제에 있어 지난 4월 17일 본회 주최로 한국프레스센터에서 거행한 제4회 글로벌문화포럼의 주제가 '한국정신문화의 우수성을 말하다' 였기에 그 연장선으로 우리 한민족의 자긍심도 일깨울 겸 현재의 한류도 점검해 보자는 의미에서 《한국정신문화의 세계화를 위하여》로 정하였고, 해당 테마의 작품들을 특집으로 모아 1부에 배치하였다. 게재순서는 가나다순을 원칙으로 하되 원년멤버인 최계환, 전규태, 김재완 동인을 우선하였다. 권말 부록으로 제4회 글로벌문화포럼 주제논문과 지정토론문을 게재하였으며, 이어서 '공론동인회 경과' 와 '공론동인회 규정' 등도 실었다. 독자들께 소중한 읽을거리가 되기를 기대해 본다.

# 차례 Contents

## 제3부   깨어나라! 한국혼이여!

# 차례 Contents

# 봉사개혁의 정신은 곧 한국정신이다

## 최 계 환

서비스는 인간본연의 자세이다. 부부 사이에도 서비스는 존재하고 그것이 서로를 위하는 길이다. 사회에 봉사하는 것도 결국은 자신을 위해서다. 그런 정신을 오너들은 가져야 한다. 그래야 기업이 산다.

한때 전 세계의 택시문화를 주름 잡았던 일본 MK택시의 유봉식 회장에게 한국의 택시회사 사장에게 한 마디 해 달라고 하면 쓴 소리가 먼저 나온다. 쓴 뿌리가 남아 있기 때문이다. 그는 사장들의 대다수가 아직도 정신개혁이 안 되어 있고 너무 무사안일주의에 빠져 있다는 말로 일갈한다. 또한 많은 이들이 봉사개혁의 필요성을 도외시한다고 말하기도 한다. 봉사가 과시용이라든지 가식에서 나온 것이라면 오히려

**최계환(崔季煥)** _ 경기도 장단 출생(1929년). 호는 지산(志山). 건국대학교 국문과 졸업. 연세대 교육대학원 졸업. KBS, MBC 아나운서실장. TBC 보도부장, 일본 특파원. KBS 방송심의실장, 부산방송 총국장. 중앙대학교, 서울예술대학 강사. 대구전문대학 방송연예과장, 명지대학교 객원교수, 영애드컴 고문, (주)서울음향 회장 등 역임. 서울시문화상(1969), 대한민국방송대상 등 수상. 방송 명예의 전당 헌정(2004년). 저서 《방송입문》, 《아나운서 낙수첩》, 《시간의 여울목에서》, 《설득과 커뮤니케이션》, 《착한 택시 이야기》. 역서 《라스트 바타리온》, 《인디안은 대머리가 없다. 왜?》 등 다수.

불쾌감을 유발할 수 있다는 논지다. 남을 배려하고 존중하는 마음으로 대해야 봉사의 진정한 의미를 찾을 수 있으나 상대적으로 남에게 보여주기 위한 봉사는 하나마나라는 비판도 곁들인다. 확실한 봉사를 하기 위하여서는 먼저 의식의 개혁이 따라야 한다는 것이다.

88서울올림픽을 얼마 남기지 않은 1987년 1월 말경 한국방송공사의 초청으로 강연할 때를 떠올리면 유봉식 회장의 심장은 착잡해졌을 것이다. 당시 그는 국빈 못지않은 대우를 받았는데 그 강연은 올림픽을 앞두고 외국에서 오는 손님을 맞는 준비의 일환으로 열렸었다.

참석자들은 대다수가 운수업체의 최고 경영자들이었다. 그 자리에 모인 사람들은 한결같이 기사를 대동한 고급승용차를 타고 왔고, 그것이 유봉식 회장의 심기를 불편하게 하였던 것이다. 더욱이 자신들은 아주 좋은 차를 타고 다니면서 영업용 택시들은 일본에서는 쓰지 못할 고물자동차뿐이었다는 것이 못마땅했던 것이다.

'택시회사 사장이 자가용을 탄다'는 의식도 문제지만 그들이 탄 차가 새 차이거나 차종이 좋은 것에 비해 시내를 달리는 택시는 상대적으로 좋지 않은 것이 더 큰 문제라는 생각이 들었던 것이다. 특히 외국 사람들이 공항에서 제일 먼저 만나는 것이 택시인데 그들에겐 후진 차를 타게 하면서 자기는 고급차를 타고 다닌다는 게 말이 안 된다는 것이다. 봉사정신이 아직 멀었다는 생각이었다. 그런 상태에서 아무리 손님을 잘 모시라고 하여도 실천은 미지수일 것이다. 택시는 손님을 보다 편하게 모시는 것이 우선인데 경영자 위주의 집단적 사고와 경영방식에서 벗어나지 못한 것이 안타깝다는 유봉식, 그는 강연을 시작하면서 이렇게 말문을 열었다.

"자가용을 타지 말고 자기 회사의 택시를 한 번 타 보시오. 그래야만 차가 깨끗한지 서비스는 어떤지를 알 수 있을 것입니다. 국가에서 그냥

내준 택시의 영업면허로 돈을 벌었으면 그 돈은 근로자의 생활향상이나 사회에 공헌하는 데 쓰는 선진국의 정신문화가 필요합니다. 노동자의 질은 일본보다 한결 좋음에도 불구하고 경영자가 모두 그 좋은 근로자들을 망쳐 놓고 있는 것입니다. 나만 잘 되면 된다는 후진국의 정신문화수준을 갖고 있기 때문에 나아지지 못한 것이며 이대로라면 앞으로도 절대 좋아지지 않을 것입니다."

유봉식 회장이 한국을 방문하기 전 KBS는 일본 교토에 가서 MK를 철저하게 취재했었다. 또 고국을 방문하기 전 유봉식 회장이 가두에서 비를 맞으며 도어 서비스를 하거나 장화로 바꿔 신고 세차하는 모습을 찍어 2시간 넘는 프로그램을 만들었었다. 그때 KBS가 카메라에 담은 모습은 다음과 같은 것이었다.

국철 교토역 앞에서 인사하는 연습 광경, 가두에서 사가(MK의 사가)를 제창하는 모습, 그것을 신기하게 바라보는 사람들, 시민들과 인터뷰하는 장면, 특히 요금을 내리겠다고 주장하는 점이라든지 서비스가 좋다, 혁신적인 일들을 하고 있다는 반응이었다.

모자를 벗고 정중히 인사하고 손님을 태우는 운전기사, 외국인과 영어로 대화하는 운전기사, 영어회화를 공부하는 모습, 전 사원의 업무집회 광경, 집회 때 박수로 강사를 맞고 "MK입니다. 고맙습니다" 하고 인사하는 장면, MK주택단지, 휠체어 먼저 태우기, 구급요원자격훈련, 장화 신고 차를 닦는 기사들, 기사들의 입금 광경, 사원들의 좌선장면, 사원들이 가두에서 여론조사를 하는 장면, 무선실에서 기사들에게 업무지시를 하는 유봉식 회장의 모습 등 외형적으로 잡을 수 있는 모든 MK의 모습이 생생하게 소개되었던 것이다. 사람들을 어리둥절하게 한 것은 유 회장 같은 대경영자가 몸소 택시를 청소하고 심지어 화장실의 변기까지 깨끗하게 닦는 모습이었다. 우리의 고정관념으로는 사실 믿어지지 않는 장면이었다.

그날 유 회장은 강연에 참석한 택시사업자들에게 "검소하시오. 공부하시오"라고 재차 강조하였다.

강연을 마치고 일본으로 돌아간 유 회장에게 많은 편지가 왔다. 그리고 그런 현상은 택시만의 문제가 아니라며 감명어린 내용을 적어 보낸 편지도 있었다.

서비스란, 봉사란 인간 본연의 자세이다. 부부 사이에도 서비스는 중요한 것이고, 그것이 서로를 위하는 길이다. 마찬가지로 사회에 봉사하는 것은 결코 남을 위해서가 아니라 자신을 위한 것이다. 이 정신을 오너들이 가져야 한다. 서비스가 나쁘면 아무리 요금이 싸도 타지 않는다. 택시는 친절과 봉사가 생명인데 그것을 뒷전에 둔 오너의 정신자세가 잘못되어 있는 것이다. 봉사는 상대와 나를 동시에 만족시키는 묘약이라고 말하는 유 회장 손님에 대한 봉사와 서비스는 부메랑이 되어 자신에게 돌아오며 그것은 기업 이윤의 극대화를 가져다준다는 것이다. 이러한 서비스 정신을 체질화시키기 위하여서는 기사들에게 일방적으로 친절을 강요하기보다는 오너 자신이 먼저 바뀌어야 한다고 역설하는 것이 유봉식 회장이다.

유 회장을 처음 만난 것은 1990년 가을로 기억한다. 일본 교토 MK본사 회장실이었는데 그 검소함에 우선 놀랐다. 10평이 채 안 되는 공간에 낡고 평범한 책상 하나와 소파가 딸린 응접세트, 그리고 벽에는 택시기사와 함께 찍은 사진 몇장이 들어있는 액자가 고작이었다. 일반 대기업의 회장실을 연상하였던 나로선 신선한 충격이 아닐 수 없었다. 회장실을 소박하게 꾸민 데에는 유 회장의 소탈한 성격을 말해 주는 것이기도 했지만 "회장과 사원과의 어깨의 높이가 결코 달라서는 안 된다"는 그의 이념에서 비롯된 것임을 나중에야 알게 되었다. 24시간 늘 개방되어 있는 상태에서 누구와 무슨 일을 의논하든지 사원들이 근무하는 공간보다 결코 화려해서는 격의 없는 대화가 이루어질 수 없다는 것이 그의 배경 설명이었다.

지금은 6천여 대가 넘는 MK택시가 본거지인 교토를 비롯하여 도쿄, 오사카, 나고야, 고베, 후쿠오카 등 일본의 전국을 달리고 있지만 내가 유 회장을 처음 만났을 때만 해도 6백 대로 교토지방에서만 운행하고 있었다. MK택시는 1960년대 중반 미나미(南) 택시의 M자와 가쓰라(桂) 택시의 K자를 합성한 상호인데 각각 20대씩 출자하여 40대로 택시운수업을 시작하였다.

그런데 나는 또 한 가지 사실에 놀라고 말았다. 회장 자신의 승용차가 없다는 것이다. 선뜻 이해가 안 되었지만 "회사의 모든 차가 자가용인데 왜 굳이 따로 회장 차가 필요하냐?"는 말을 듣고 그럴 수 있을 것이란 의미를 부여하였다. 그러나 아무리 그렇다 하더라도 그것은 경의적인 사실일 수밖에 없었다. 점심때가 되어 회사 구내식당에서 세 번째로 놀랐다. 출입구에 걸려 있는 '음식은 얼마든지 드시되 조금이라도 남기면 벌금을 받습니다'란 경고문이 그랬고, 회장 자신도 다른 사원들과 같이 한 줄로 서서 차례를 기다리는 것이 아닌가. 근 30년의 방송생활 덕에 세계 여러 곳을 다녀봤고 특히 일본에서는 특파원 등으로 3년여를 살아보았기에 나름대로 자부심도 있었는데 그날처럼 그렇게도 내 자신이 작아짐을 느낀 것은 생전 처음 겪는 일이었다.

교토역에서 MK택시를 타고 본사로 가는 길에 "당신네 회장은 어떤 분입니까?" 하고 물어보았다. 이름은 잊었지만 50대쯤으로 보이는 기사는 거침없이 "나는 우리 회장님을 무척 존경합니다. 만일 지금이라도 교토시장에 출마한다면 틀림없이 최고 득표로 당선될 것입니다." 그 기사의 말엔 훌륭한 오너를 모시고 있다는 자긍심이 넘쳐 있었다.

1943년 경남 남해에서 열다섯 살 때 일본으로 건너가 70여 년 간의 일본생활에서 의연하게 세계적인 MK택시를 이루어 놓은 그의 얘기를 고국의 모두에게 알려야겠다는 생각이 들었다. 그처럼 크고 자랑스러운 한국인이 또 어디 있겠는가. 생각을 정리한 나는 당시 KBS 사장이었던 서기원 씨를 찾아가 MK에 관한 얘기를 소상히 들려주었다. 내 말에 크게 공감한 서 사장은 보통 6개월 걸리는 연속기획물을 두 달 만에 결정케 하고 준비를 거쳐 제작에 들어가게 하였다.

그래서 '교토 25시' (장형일 연출)란 드라마가 18회에 걸쳐 방영되었다. 물론 주무대는 일본 MK택시, 주인공은 유봉식이었다. 전국적으로 대단한 공감과 찬사를 받았다. 특히 미국의 교포 시청자들의 자긍심을 높이는 데 큰 역할을 하였다는 증거로 유 회장이 타임지 표지의 주인공이 되기도 하였다. 또한 LA에서는 교포들의 명예를 고취시킨 공로로 유봉식 회장과 동생인 유태식 부회장에게 명예시민증을 안겨주기도 하였다. 한편 국내에서도 전국적으로 MK를 배우겠다는 열의가 높아져 한해 평균 5,400여 명이 교토 MK 본사를 찾는가 하면 2002년 7월 19일에는 국내에서 정식으로 MK정신을 연구하고 실천하기 위한 모임으로 'MK모임' 이 발족하기도 했다.

2004년에는 유 회장이 우리 정부로부터 국민훈장 무궁화장을 받기도 하였다. 이제는 건강 때문에 모든 일에서 손을 놓고 있지만 근 10여 년 동안 전국에서 초청받아 봉사개혁의 정신에 관한 강연을 실시하였다. 열다섯에 일찍이 일본에 갔기에 강연 중에 일본말이 자주 튀어나와 내가 통역으로 전국을 같이 다니기도 하였다. 봉사개혁의 친절과 봉사의 정신은 곧 우리 한국의 정신인 것이다.

그 본적은 바로 경상남도 남해(南海)가 아닐까.

# 한국정신문화의 우수성
- 그 멋과 맛 그리고 슬기를 찾아서

전규태

## 그 멋과 맛

후한서(後漢書)나 위지동이전(魏志東夷傳)에는 '동명·무천·영고' 등 우리 겨레 나름의 '원시종합예술체(ballad dance)'의 모습이 잘 드러나 있다. "주야음주가무(晝夜飮酒歌舞)……"라 하여 일찍이 우리 겨레는 낙천적이고 예술에도 뛰어났으며, 온 마을 사람들이 함께 모여 노래와 춤, 그리고 잔치를 늘 즐겨왔음을 잘 보여주고 있다.

요즘 우리의 멋스런 가락이 '케이 팝'(K-pop)으로, 그리고 우리의 비빔밥 등이 '케이 디시'라는 이름으로 세계인을 사로잡고 있다. 최근 이

**전규태(全圭泰)** _ 서울 출생. 호 호월(湖月). 연세대학교 국문과, 동 대학원 졸업. 건국대학교 대학원 박사과정 수료. 「동양통신」, 「연합신문」, 「서울일일신문」 기자 및 기획위원. 연세대학교 교수. 현재는 연세대학교 석좌교수. 한국비교문학회 회원. 국어국문학회 상임회원. 문교부 국어심의위원, 민족문화협회 심의위원, 한국어문학연구회 이사, 한글 전용추진회 이사 등 역임. 1960년 시조집 《석류(石榴)》 발간, 1963년 「동아일보」 신춘문예에 문학평론 〈한국문학의 과제〉가 당선되어 문단 등단. 저서로 《문학과 전통》(1961), 시조집 《백양로(白楊路)》(1960), 수필집 《사랑의 의미》(1963), 《이브의 유풍(遺風)》(1967) 등이 있고, 《한국고전문학의 이론》(1965), 《고려가요연구》(1966), 《문학의 흐름》(1968), 《고전과 현대》(1970), 《한국고전문학대전집》(編註)(1970), 《한국시가의 이해》(1972) 등의 연구저서가 있으며, 1970년 《전규태전작집》 10권 발행.

런 "우리스런 '멋과 맛'을 지배하는 정신세계는 수컷 나르시시즘"이라고 예술종합학교 교수인 이동연 교수가 지적한 바 있고, 고려대 최광식 교수는 싸이의 말춤은 바로 우리 나름의 '발라드 댄스'가 그 그루터기라고 주장한 바 있다.

일찍이 겨레의 정신문화적 원형은 '마초적 본성'을 유희적으로 굴절시켜 매혹적 에너지로 전환된 값진 장르다. 이 같은 이른바 '한류'라는 애국적 마케팅으로, 혹은 외부에서 만들어준 우리스런 정신문화의 물결을 문화자본으로 '케이 팝'을 어엿이 자랑스레 세계에 확산시켜야만 한다고 본다.

'케이 디시' 역시 마찬가지다. 요즘 '요리 인물'이라는 유행어가 있듯이 음식을 조리하는 방법은 나라마다 다르며 그 역사는 인류문화가 시작되었을 때부터 존재했던 것으로, 민족의 정신문화와 깊이 관련하면서 발전되어 온 것이다

음식의 맛은 풍토가 지닌 향기다. 그래서 우리 민족이 오랜 세월을 두고 생성하여 온 우리 음식 또한 우리 정신문화와 그 지혜의 결정(結晶)이다. 이런 음식이 더군다나 가장 뛰어난 '웰빙 디시'로 세계에서 공인되기에 이른 것은 뒤늦게나마 다행한 일이다. 다만 김치 등에서 보는 것처럼 그 종주국의 자리를 일본·중국 등 남의 나라에 빼앗기지 말아야 한다.


### 한옥의 슬기, 그 포물선의 미학

언젠가 나는 한국은행 고문으로 초빙되어 왔다가 한국정신문화에 흠뻑 도취되어 귀화 끝에 우리 땅에 묻힌 카알 밀러 씨의 한옥 집에 초대받아 방문했던 적이 있다.

그의 말에 따르면 서양의 건축물은 되도록 하늘을 향해 높이 솟아오

르려는 의지이며, 주위의 자연을 압도하고 정복하려는 듯한 느낌을 주는데 반해, 한옥은 자연 속에 몰입하고 자연과의 조화를 도모하며 어디까지나 자연과의 합일을 지향하여 온 슬기를 느낄 수 있다는 것이다.

일찍이 야나기 무네요시(柳宗悅)는 한 · 중 · 일 동양 3국의 정신문화, 특히 미의식의 특징으로서 중국은 형태, 한국은 선(線), 일본의 색채에 있다고 말한 적이 있다.

이처럼 우리 건축미의 특질은 그 부드러운 곡선에 있다. 흐르는 듯 날렵한 곡선의 아름다움은 우리 건축의 특질일 뿐만이 아니라 고려자기라든가 조선왕조의 백자에도 고스란히 살아 있으며, 고구려 강서고분의 벽화라든가 경주 봉덕사의 범종, 석굴암의 38체의 불상에도 완연히 살아 있다. 이밖에도 무수한 민구(民具)를 비롯하여 우리나라 여인의 전통의상인 치마저고리의 단과 소매에서도 볼 수 있다.

우리 정신문화의 우수성을 들자면 세계 최초의 인쇄물, 측우기, 기상대, 거북선 발명, 세계 최초의 과학적인 문자인 '한글' 창제 등 일일이 매기기 어려울 만큼 많다. 이런 한국적 슬기를 어떻게 '한류'로 '글로벌(gloval)'화 하느냐가 관건이다. 이를 위한 기능적인 민관연구소 설립이 절실하다.

# 한국정신문화의 재조명

김 재 완

## 왜 정신문화의 재조명이 필요한가

한국의 전통적인 정신문화는 반만년의 역사를 면면히 이어오는 동
안, 한 조상들을 근원으로 하는 후예들에 의해 관습적 · 계통적으로 형
성된 민족사회의 정신력(겨레얼)이며, 그 시대의 문명발달과 문화발전
에 기여하면서 삶을 누려온 정신적 가치이다.

어느 민족을 막론하고 그 나라 그 민족의 전통사상과 정신문화는 역

**김재완(金載完)** _ 서울대 대학원(법철학 · 연구과정). 경희대 대학원(공
법학 석사) · 대진대 통일대학원(통일학 · 석사), 대진대 대학원(북한
학 · 정치학 박사) 수료. 경희대 · 연세대 · 대진대 통일대학원 강사 및
교수. 「전남매일신문」 · 「제일경제신문」 논설위원, 교통방송(TBS) · 완
음방송(HLDV) 해설위원, 재계 동양(시멘트)그룹의 감사실장 · 연구실장
및 회장 상담역. 대통령직속 민주평화통일자문회의의 자문위원 및 상임위
원. 문화체육부 종교정책 자문위원. 환경부 환경정책 실천위원. UN NGO 국제밝은사회
(GCS)기구 서울클럽 회장. 한국자유기고가 협회 초대회장. (사)한국민족종교협의회 사무
총장. (사)한국종교지도자협의회(7대종단)운영위원 및 감사. 한국종교인평화회의 이
사 · 부회장. 한국종교연합(URI) 공동대표. 세계종교평화포럼 회장. (사)겨레얼살리기국
민운동본부 상임이사 · 평화통일위원장. 한국사회사상연구원 원장. (사)국제종교평화사
업단(IPCR) 이사. 공론동인회 · 글로벌문화포럼 회장. [상패 · 표창] UN NGO 국제밝은
사회(GCS)클럽 국제총재 공로패(1997), 문화체육부장관 감사패(1997), 문화관광부장관
표창장(2003), 대한민국 대통령 표창장(2007), (사)한국종교지도자협의회장 감사패
(2008), 한국종교인평화회의(KCRP) 대표회장 공로패(2015)

사와 더불어 인간 및 자연의 변천과정을 비춰 주는 거울이며 그 시대 그 사회의 문화적 척도를 가늠하는 증거이기도 하다.

오늘날 우리의 모습을 잘 가꾸고 보다 더 발전적으로 이루어 나가려면 무엇보다도 우리를 둘러싸고 있는 세계의 인류 역사와 우리 민족의 전통문화 및 겨레얼을 되돌아볼 필요가 있는 것이다.

그동안 수많은 인종과 민족들이 명멸(明滅)하는 생존경쟁의 역사 속에서 우리 겨레는 어떻게 그 명맥을 면면히 이어올 수 있었으며, 또한 900여 차례의 수많은 이민족(異民族)의 침략이 있었음에도 불구하고 어떻게 막아내며 그러한 힘의 원천과 결집된 사회사상의 뿌리는 무엇이었는가? 이러한 역사적 맥락과 그 문제점을 깊이깊이 고찰하지 않고서는 우리의 위대한 새 역사를 창조해 낼 수가 없기 때문이다.

사실상 우리 겨레(민족)는 한국 사회를 근본적으로 규제하고 방향지어 온 전통적 가치 규범을 재창출하고 이에 따른 민족의 윤리관과 가치관, 그리고 사회사상을 미래지향적으로 재조명하지 않을 수 없는 상황에 처해 있는 것이다.

이러한 과제는 일차적으로 우리의 전통적 정신문화의 맥락에 대한 이해를 출발점으로 삼아야 할 것이다. 현대에 살고 있는 우리 사회는 단일 민족만으로 구성되어 있는 것이 아니라 국제적인 다문화, 다종교, 다원적(多元的)인 사회현실 속에서 살고 있다. 여기에는 모름지기 사회 안정과 균형적 · 조화적 행복의 길로 이끌어갈 수 있는 주체적 사상과 민주적인 정신적 지도자가 필요하기 마련이다.

그런데 오늘날 우리 사회는 보수와 혁신, 우파와 좌파, 자유주의와 사회평등주의, 자본주의와 공산주의, 민족주의와 국민주의 등, 무려 30개가 넘는 사상적 분파작용 때문에 국가관과 사회관, 그리고 인생의 가치관이 혼돈된 채 현대사회의 갈등과 대립으로 인한 현대문명의 위기에 봉착하고 있다.

이를 해결할 수 있는 지름길은 오늘날 세계적으로 우수성을 보여주고 있는 한국의 전통적인 정신문화에서 찾을 수 있고, 세계평화와 인류사회의 행복을 위한 진리탐구의 기본적인 방법은 우리 전통사상의 홍익인간(弘益人間)·이화세계(理化世界) 사상을 비롯하여 인존(人尊)사상과 사인여천(事人如天)의 철학, 그리고 중도사상(中道思想)과 중화사상(中和思想), 상생(相生)철학 및 평화(平和)사상에서 충분히 창명(彰明)해 낼 수 있다.

## 전통적 정신문화의 큰 의미

세계의 어느 민족이든 그 민족고유의 근·현대적 역사가 있고, 오랜 세월을 통하여 전통적으로 이루어 놓은 문화유산이 있다. 문화유산에는 웅대한 사찰(寺刹)이나 신전(神殿)이나 교당(教堂)·성곽(城郭)·탑·고궁 등의 건축물을 비롯하여, 자기(磁器)·벽화와 같은 유형문화재(有形文化財)가 있는가 하면 무형문화재(無形文化財)로서의 가무(歌舞)와 판소리·가면극(假面劇) 등의 예술작품도 있다.

그리고 민족고유의 생활양식을 표현하는 농기구·장신구·유적지, 또는 교통수단을 위한 물리적 기계와 의·식·주생활에 편익한 과학적 기계 등의 여러 가지 형태로 전해지고 있다.

그러나 이렇게 가시적(可視的)이고 유형적인 문화유산보다 더 값지고 중요한 것은 그 민족 고유의 생활습속과 의식을 지배해 온 불가시적인 문화유산, 즉 철학(哲學), 사상(思想), 종교(宗教), 도학(道學), 윤리규범(倫理規範) 등의 정신적 유산임을 우리들은 깨달아야 한다. 왜냐하면 정신적인 문화유산은 구전(口傳)과 특수기록과 서책의 내용물로만 전해지는 것이 아니라, 그 민족의 혈맥 속에 뿌리 깊도록 면면히 흘러내려 시비

(是非)와 선악(善惡)과 정사(正邪)를 판단하고 또 우수한 질량을 선택하는 생활원리로 작용하며, 미래를 추구하고 새로운 문화를 창조하는 원동력이 되기 때문이다.

인류문화란 인간이 자연상태에서 벗어나 일정한 목적과 이상생활을 실현하려는 물질적 · 정신적인 활동과 그의 소득 및 산물 그리고 생활양식을 의미한다. 특히 전통적인 정신문화(전통사상)란 단순히 조상들이 남긴 어떤 초시간적(超時間的)이고 초공간적(超空間的)인 보편원리나 고정불변의 철학원리를 말하는 것이 아니라, 시대와 생활환경이 변함에 따라 부단히 새로운 모습을 지니면서 그 민족의 생활양식과 가치관을 정착시켜 온 정신사적 원리를 말하는 것이다. 따라서 전통사상을 재인식한다는 것은 곧 우리들 자신의 삶을 근원적으로 이해하는 자기발견이요 진취성을 향한 자기반성이 되는 것이다.

현대판 한국에서는 한때 물질적인 경제성장만이 높아지고 정신문화교육이 열악해지면서 엄청난 고민을 갖게 된 적이 있었다. 즉 1961년 5월 16일 박정희(朴正熙) 장군을 비롯한 일단의 정군파(整軍派)들이 군사혁명을 일으켜 혁명공약 6개항을 발표한 바 있는 그 무렵의 이야기이다. 그 6개항 가운데에는 '한국사회의 모든 부패와 구악(舊惡)을 일소하고 퇴폐한 국민 도의와 민족정기를 바로잡기 위해 청신한 기풍을 진작하는 일' 과 그리고 '국민들이 절망과 기아선상에서 허덕이는 민생고를 시급히 해결하고 국가의 자주경제재건에 총력을 기울인다' 는 혁신적 조항이 있었는데 그 당시 그들은 명실공이 한국의 경제발전과 경제성장에 크게 기여함으로써 국제적으로 좋은 평가를 받아 왔다.

그 당시의 경제발전을 위한 '새마을운동' 도 국제사회에서 인정을 받고 있다. 그러나 그 당시엔 경제성장 위주에만 역점을 두었던 까닭에 한국정신문화 분야에는 엄청나게 취약하였다는 것을 깨달았다. 그리하여 1977년 6월에는 철저한 정신문화향상의 교육을 위해서 '한국정신문화연구원'을 설립하기에 이르렀다. 그럼에도 불구하고 여러가지 여건에 따라 만족할 만한 성과를 계획한 만큼 거두지 못했다는 평가도 없지 않다.

이런 교훈적인 의미에서 우리 민족은 세계화를 위한 우리의 전통적인 정신문화를 재조명하는 동시에 국제사회의 정신문화 향상에도 적극적으로 기여할 필요가 있다고 본다.

오늘날 국제기구인 UN이나 OECD(경제협력개발기구) 등에서 세계적 10위권(位圈)내의 경제적 선진국으로 인정받고 있는 점과 또한 10수종의 각종분야에서 1위(一位) 이상의 우수성을 인정받고 있는 점에 대해서도 기쁨과 동시에 깊이 자중해야 될 일이다. 더불어 국내외에서 박수갈채를 받고 있는 경제적·문화적 분야에 관해서도 가일층(加一層) 정진 발전해야 된다.

그리고 세계 최고로 부상(浮上)한 국제정치외교분야의 반기문 UN사무총장과 김용 세계은행총재 및 임기택 국제해사기구(IMO) 사무총장 등의 인물도 예사롭게 생각할 문제가 아니다. 그리고 체육문화분야의 박찬호 야구선수와 박지성 축구선수, 김연아와 손연재, 또한 예술문화 분야의 정명훈 일가(一家)와 조수미, 또는 'K-pop'과 싸이의 강남스타일 등, 이들의 우수한 모습처럼 한국은 더욱더 국제적인 한류화(韓流化)와 한국 전통문화적인 미풍양속(美風良俗)의 세계화에 역점을 둘 필요가 있다.

프랑스의 철학자 오귀스트 콩트(Auguste M.F. Comte, 1798~1857)는 인류사회의 전통성을 ① 진보의 전통, ② 질서의 전통, ③ 자유주의의 전통 등으로 구분하여 이론적으로 사회에 기여한 바 있다. 그리고 한국의 유학자인 유정동(柳正東) 교수는 역사적 변환과정에서의 전통성을 ①

긍정적인 방향에서의 보수적 전통성과 ② 부정적인 방향에서의 신진적 전통성으로 관찰하고, 그 이론적 바탕으로 사회발전에 기여하고자 했다.

우리들은 전통문화를 논의함에 있어서 특정한 사상(事象)의 장점만을 강조하여 만고불변의 보편원리처럼 규정하려 하거나 그와 반면에 단점만을 나열하여 극단적인 방법으로 폄훼(貶毁)해서는 안 된다.

요즘 진보성(進步性)이나 개혁성(改革性)만이 바람직스럽다고 속단하는 현시대에 우리의 '전통사상'이나 '정신문화'를 운운하는 것이 마치 보수적인 사고(思考)의 소산이라고만 논평하는 경우도 없지 않을 것이다. 그러나 '온고지신(溫故知新)'이라는 철리(哲理)가 뚜렷하게 있듯이 전통은 과거의 그대로가 아니라 과거 특정한 적정부분(適正部分)이 새로운 양식(良識)과 조합되어 다시 개벽되는 역사적 기반이며 그 발전과정인 것이다. 전통은 반드시 정체적(停滯的)인 것이 아니라 오히려 과정철학의 기반 위에서 창조·개발·혁신의 요소가 될 수 있다.

### 한국전통정신과 외래사상의 융화

어느 민족을 막론하고 그 국가민족의 물질적 문명개발과 정신적 문화발전 과정에 있어서는 국교적(國交的) 소통이 있는 한 자기나라의 전통정신과 외래사상(外來思想) 등이 협성(協成)되거나 혼효(混淆)되기 마련이다.

한국은 예로부터 중국에게 '동방(東邦)의 제일(第一)가는 예의국가(禮儀國家)'로 칭송받아온 바 있거니와 오늘날에도 세계적인 선진국가(先進國家)의 대열에 진입될 단계에 있다. 한국도 그만큼 국력이 높아진 덕이다.

한때 세기적인 침략국가로 불려졌던 구미(歐美)의 국가들은 20세기

초에 들어와서 물리적·과학적인 발전국가의 선두자로 인정되었고, 그 후 인도적·도덕적인 민주화의 선진국가로 자처하기에 이르렀다. 그러나 한국보다 역사가 짧은 이들 국가는 아직도 그의 전통적인 탄압근성과 압력근성 등이 잔존하고 있는 듯하다.

무엇보다도 한국 민족의 유구한 고유사상은 우리의 고전(古典)과 사료(史料), 그리고 이웃나라들의 여러 가지 고증(考證)에서 밝혀진 바와 같이 고대(古代)의 원시적인 무(巫)사상과 무속(巫俗)신앙, 그리고 단군의 개국이념인 홍익인간(弘益人間) 사상과 신선(神仙)사상, 또한 경천숭조(敬天崇祖) 애인사상(愛人思想)·충효사상(忠孝思想)·중화사상(中和思想)·상생사상(相生思想)·평화사상(平和思想) 등을 빼놓을 수 없다.

한국고대사의 문헌자료가 많지 않다 하더라도 지금까지 세계적인 동서고금의 신화적·전설적·고증적인 고전(古典)들이 형성되고 활용되어 문화적 향상을 이루어가듯이 그 시대의 국내외적 문헌의 원형을 토대로, 그리고 구전(口傳)과 전설과 설화 등의 고증을 통하여 얼마든지 사회사상으로 발전시킬 수 있었으며, 국가의 위상을 높일 수 있는 이점(利點)이 있는 것이다.

한때 루마니아에서 태어난 후 프랑스 파리로 망명한 바 있으며, 소설 《25시》(1949)로 유명한 C. 비지닐 게오르규(1916~1992)는 1974년에 한국을 처음으로 방문한 바 있는데 그 후 '한국이 좋아서' 두어 차례를 더 다녀갔다. 그는 한국에 올 때마다 "한국에는 세계를 평화롭게 이끌 수 있는 훌륭한 사상과 법통이 있는데 그것이 곧 '단군의 홍익인간사상' 이다"라고 수 차례 강조한 바 있다.

단군설화를 전하는 기록으로는 《삼국유사(三國遺事)》,《제왕운기(帝王韻記)》,《세종실록지리지(世宗實錄地理志)》 등이 있다. 옛날 환인천제(桓因天帝)의 아들인 환웅(桓雄)은 본래 하늘에 있었는데 인간세상을 찾아 홍익인간의 뜻을 품고 강림하여 신시를 세워 신정을 베풀었고, 그의 아들인 단군왕검(檀君王儉)이 사람의 몸으로 인간을 통치하여 우리의 국조가 되었다는 이야기다.

또한 신라 말기에 고운(孤雲) 최치원(崔致遠, 875~ ?)은 그가 쓴 '난랑비서문(鸞郎碑序文)'에서 "우리나라에 현묘(玄妙)한 도가 있으니 이는 곧 풍류(風流)이다. 이 교(敎)의 근원은 선사(仙史)에 상세하게 실려 있거니와, 이는 실제로 모든 민중과 접촉하여 3교(三敎, 유불도)를 포함한 것으로 이를 교화하였다. 그리고 집에 들어와서는 부모에게 효도하고 나아가서는 나라에 충성을 다하고 착한 행실만을 모두 신봉하면서 행하는 것과 모든 악한 일을 하지 않는 축건태자(竺乾太子)의 교화이니라"(原文解譯)라고 했다.

이 비문의 서문은 《삼국사기》에 기록된 것으로서 우리 민족의 전통 사상적 연원과 형성과정을 잘 말해 주고 있는 화랑도에 관한 귀중한 문헌이다. 또한 이 문장은 민족사상의 삼교원융론(三敎圓融論)의 근거가 되기도 한다.

화랑도의 정신은 전통의 홍익인간과 유불선 삼교(儒佛仙 三敎)를 혼융한 사상이다. 화랑도의 세속오계에는 사군이충(事君以忠), 사친이효(事親以孝), 교우이신(交友以信), 임전무퇴(臨戰無退), 살생유택(殺生有擇) 등이 있어 그 당시의 국풍(國風)과 기강(紀綱)과 정기(正氣)를 충분히 이해할 만하다.

《삼일신고(三一神誥)》에 의하면 창조의 신(神)인 환인은 인류 5족(族)을 낳고 5교(敎)를 펴셨다고 한다. 그의 아들 환웅을 가히 홍익인간할 수 있는 곳으로 보내어 인류를 교화했다는 것에서 한민족의 원시종교와 사상이 처음부터 세계적 성격을 가지고 출발했음을 알 수 있다.

단군시대로부터 전래된 '천부경(天符經)'은 81자로 된 오묘한 수리철학으로서 우주의 생성과 발전의 원리가 그 속에 포함되어 있다. 많은 학자들은 그 속에 유교의 역(易)사상, 불교의 철학사상, 그리고 도가(道家)사상 등의 최고 정수(精髓)가 함축되어 있다고 주장한다.

또 중국문화의 원형을 만든 은(殷)나라의 홍범구주(洪範九疇)도 동이(東夷) 사람들이 만든 것이며, 단군사상에서 파생된 것이라고 보는 학자도 있다. 도교와 유교사상도 본래 동이족에서 비롯된 것이며, 그것이 중국 대륙에 발전하여 체계화된 이후에 한반도로 다시 역수입되었다는 주장도 있다.

불교도 인도에서 유포되기 전에 불교사상의 중심지는 한반도였다는 고사(故事)가 나와 있는데 이는 고려시대의 명승 일연(一然)이 지은 사서(史書)인《삼국유사》에도 기록되어 있다.

한국고유의 전통사상적 기반 위에는 수천 년 전부터 근·현대에 이르기까지 불교와 유교와 선교와 기독교 등의 외래종교(外來宗敎)와 외래사상(外來思想)이 유입되어 나름대로 포덕과 선교에 나래를 펴왔다. 다시 말하면 다종교사회의 갈등과 이해와 수용이 교차되면서 공존하고 있는 셈이다.

사실상 사상과 종교와 정신문화가 서로 교류되고, 또 영향을 미치는 것은 보편적인 문화현상이다. 다만 외래의 조류에 맹목적으로 흡수되느냐, 아니면 외래의 문물을 주체적으로 수용·발전시키느냐 하는 것은 그 나라 그 민족의 주체성과 수용능력이 얼마만큼 주체적으로 정립되었느냐에 따라 다르다.

한국의 철학자 박종홍(朴鍾鴻) 박사가 그의 저서《한국의 사상적 방향》에서도 언급했듯이 주체의식은 곧 민족정기이다. 만일 민족의 주체성이 없다면 그 어떤 외래 사상도 우리의 것으로 올바르게 수용되거나 살려질 수는 없다. 우리의 것이 못되는 이상 여전히 남의 흉내일 수밖에 없고 그것은 얼빠진 형해(形骸)에 불과할 것이다.

## 한국전통적 사회사상의 형성과정

한 마디로 표현해서 사회사상(Social thought)이라는 의미는 사회관(社會觀)과 같은 뜻으로 사용되기도 하지만 보통 사회문제에 대한 이론적 총칭을 말한다. 그리고 개인보다는 사회를 더 중요시하는 사상이기도 하다.

우리나라의 전통적 사회사상의 근간이 되어온 것은 단군의 개국이념인 홍익인간, 이화세계를 비롯하여 유불선(儒·佛·仙) 3교의 사상이며, 16세기의 중엽에 전래된 가톨릭교사상(西學)이 있다. 그리고 그 후 1783년에 이승훈(李承薰)이 베이징에서 한국인으로는 처음 영세를 받아 그리스도교 관계서적을 가지고 귀국하면서부터 한국전교의 맹아기(萌芽期)를 맞게 되어 서학(西學)의 시초가 이루어진 점이다.

홍익인간 이념과 이 3교의 종교사상이 제각기 고대 국가형성과 유지·발전에 기여하여 왔으나 한때 정치·사회제도와 사회사상에 장기간 큰 영향을 미친 것은 유교(儒敎)라 하겠다. 유교사상은 사회안정과 가정의 평화를 역설하는 나머지 효(孝)를 너무 과중하게 본 결과로 국가와 사회를 가정보다 경시하는 폐해가 없지 않았다는 학계의 지적도 많이 있다. 한때 박종홍 교수와 이상은 교수·황준연 교수 등이 신랄한 논쟁을 벌였던 것도 바로 그것이다.

특기할 일은 한국의 고유신앙 또는 고신도(古神道)가 선교(仙敎)와 융합되고, 또 그것이 불교와 융합되어 한민족의 사회생활을 지배하여 왔다는 점이다. 또 한국의 고유신앙이 유교의 합리주의(合理主義)·주지주의(主知主義)와 결부되어 민족의 정신생활을 지탱하여 온 것이다. 사실상 그 당시에 서로 다른 종교사상간의 갈등과 대립은 일부 상부의 지도층간에 세력투쟁을 위한 제물로 이용될 뿐, 이 작태를 제외하고는 민중 사이의 갈등은 별로 없었다. 대단위 가족을 형성하고 있는 대가정은 유·불·선 3교의 신앙이 공존하면서도 남녀노소의 가족간에 극단적인 갈등을 크게 보이지 않았다.

선교(도교)는 양기섭생(養氣攝生)의 학문으로서, 불교는 견성성불(見性成佛)의 학문으로서, 유교는 수기치인(修己治人)의 학문으로서 상호공생하고 상호보완하여 왔다는 점이 특색이다. 이것이 한국 전통적 사회사상의 일면일 뿐만 아니라 동양사상의 특징이기도 하다. 이는 한민족의 평화적 성격과 상생적 능력 때문이며, 한민족의 고유사상을 토대로 하여 모든 외래종교들이 융합, 조화되어 왔다는 것을 입증하는 것이다. 본래 한국 사회사상 속에는 전통적인 종합성과 독창성이 병존하고 있음을 나타낸다.

## 한민족 정신사의 흐름과 그 특성

한민족의 사회사상적 정신사(精神史)를 살펴보면 대체로 ① 단군신선사상(檀君神仙思想)의 시대, ② 불교사상(佛敎思想)의 시대, ③ 유교성리학(儒敎性理學)의 시대, ④ 실학사상(實學思想)의 시대, ⑤ 개화사상(開化思想) 및 신흥민족종교(新興民族宗敎)의 시대, ⑥ 서구화사상(西歐化思想)의 시대를 거쳐, ⑦ 한국의 중화사상(中和思想)과 새로운 상생평화사상(相生平和思想)의 발현시대가 전개되면서 세계적인 정신문화의 중심지가 될 것이라는 전망이다.

서울대학교의 한승조(韓昇助) 교수도 그의 논문인 〈한국정신사의 맥락〉(한국의 전통사상)과 〈역사인식과 국민정신교육〉에서 한국이 세계적 중심국가가 될 것이라고 누누이 강조한 바 있다.

단군신선사상의 시대에는 애니미즘(animism), 물활설사상, 무(巫)사상, 토테미즘(totemism), 자연숭배, 경천사상, 다신교사상 등이 지배하여 왔었으나 그 속에도 유불선을 포함한 현묘지도(玄妙之道)의 본질이 이미 담겨져 있었다는 것은 전술한 바와 같다. 삼국시대 이후 중국에서 유·불·선 3교가 들어왔을 때에도 불교가 지배적인 종교사상으로 부상해 있었지만 도교와 유교도 공존하고 있었다. 유교·성리학 및 실학의 시대에도 무속신앙과 불교·도교신앙은 여전히 민중의 생활 속에 뿌리박혀 있었다. 그러나 특히 한국전통사상에서 독자성과 주체성의 발현이 두드러지는 실례는 단군신앙과 홍익인간의 이념을 들 수 있다.

홍익인간의 큰 뜻은 인간중심의 총합원리에 근거하여 사람을 예도(禮道)로써 가르치고 풍습을 통치법으로써 가지런히 하여 인류화합(人類和合)을 다지고자 하는 것이었다. 그 이념이 의미하듯이 인간을 중히 여기고 인간을 널리 이롭게 하는 것은 곧 하늘의 뜻이다. 하늘과 지상의 인간들을 평화롭게 융합하고 조화시키려는 것은 오늘날의 인존주의 사상과 민주적 원리와도 다를 바가 없다.

불교사상이 우리나라에 처음 전래된 것은 삼국시대이다. 고구려에는 소수림왕 2년(372)에 전진(前秦)으로부터 들어왔고, 백제에는 침류왕(枕流王) 1년(384)에 해로를 통해 동진(東晉)에서 왔다.

신라에는 법흥왕 14년(527)에 이차돈(異次頓, 206~527)의 순교로 비로소 국가의 공인을 받았다. 한국의 불교는 통일신라시대를 전후하여 사상체계를 정립하였고, 원효(신라 명승, 617~686), 원측(613~696), 의상(화엄종의 시조, 625~702) 등의 대승들이 출현하여 한국불교사상의 원융회통적(圓融會通的) 진면목을 인류세계에 떨쳤다. 또한 유학사상(儒學思想)은 우리나라 고대사회가 중국문화와 교류하는 과정에서 삼국시대 이전부터 전래해 왔으며, 삼국시대에는 사회질서를 뒷받침하는 규범으로 크게 기여해 왔다. 고려시대에서도 유교는 과거제도 및 종묘제도와 같은 국가제도를 발전시켰고, 조선시대에는 교정 일치되어 유교를 국교화하기에 이르러 유교의 전성시대를 맞았다.

조선시대의 17세기 후반부터는 유교의 성리학과 실학사상이 꽃을 피우며 지배적 흐름을 보이고 있었으나 19세기 중엽부터는 일제(日帝)의 간섭과 탄압이 심화되는 가운데 한국의 민족자생종교(民族自生宗敎)들이 출현하여 태평세계(泰平世界)를 이루고자 하였으나 일제의 가속적인 조선식민지화 술책에 따라 국토를 빼앗긴 채 창씨개명(創氏改名)·어문상실(語文喪失)·징병(徵兵)·징용(徵用)·정신대(挺身隊)·농산물착취(農産物搾取) 등으로 우리나라는 전통적인 겨레얼과 민족성의 뿌리까지 말살될 뻔한 고초와 수난을 무려 36년간이나 겪기도 하였다.

1945년 8월 15일, 한반도는 해방과 더불어 광복(光復)이 되었으나 미소(美蘇) 양국의 개입에 따라 남북분단과 민족분열이 되어 오늘에 이르기까지 민족적 비극에서 헤어나지 못하고 있다. 여기에서 우리는 그 당시 요요불문(寥寥不聞)이던 자칭타칭의 애국자들이 국내외로부터 무더기로 쏟아져 나와 사상적 투쟁과 세력다툼, 자리다툼 등으로 나날이 반목과 분열을 일삼다가 결국 우리 민족의 국력이 분산, 약화되어 무려 광복70년이 되는 오늘날까지도 민족통일을 이룩하지 못한 채 민족의 비운을 초래하고 있는 셈이다. 우리는 지금 그 원인과 그 책임을 재조명하지 않을 수 없으며, 온 겨레 모두가 맹성을 하지 않을 수 없다.

해방 이후에는 서구 문물이 무분별하게 유입되는 가운데 경제적 성장과 과학적 발전이 다소 있었다 할지라도 우리의 전통적 가치성을 상실한 사회현실은 제정신을 가누지 못한 채 풍전등화처럼 흔들리고 있었다. 그러나 불행 중 다행히도 뿌리 깊은 민족성과 나라를 걱정하는 일부 지도계층의 정신력에 따라 우리의 전통적 정신문화의 위난을 극복해 오고 있는 실정이다.

이러한 난국 속에서도 인류애(人類愛)와 가장 강렬한 사상적 지도계층이 있었으니 이는 곧 동학의 수운 최제우(水雲 崔濟愚)를 비롯한 증산 강

일순(甑山 姜一淳), 홍암 나철(弘巖 羅喆), 소태산 박중빈(少太山 朴重彬), 영신당 강대성(迎新堂 姜大成) 등의 민족종교 창시자와 그리고 각계분야에서 애국활동을 한 백범 김구(白凡 金九), 도산 안창호(島山 安昌浩), 단재 신채호(丹齋 申采浩), 백포 서일(白圃 徐一), 소앙 조용은(素昻 趙鏞殷), 만해 한용운(萬海 韓龍雲), 남강 이승훈(南崗 李昇薰), 심산 김창숙(心山 金昌淑), 위당 정인보(爲堂 鄭寅普), 백강 조경한(白岡 趙擎韓), 한뫼 안호상(한뫼 安浩相) 등을 예거하지 않을 수 없다.

사랑과 겸손과 관용과 예절과 선행(善行)과 화합의 실천을 밖으로 드러낸 것이 덕치(德治)라면, 하늘과 인륜(人倫)의 이치를 따르는 것이 치화(治化)의 이상인 것이다. 국가의 완전한 도덕화(道德化)와 도덕의 완전한 국가화(國家化)는 근대 이후 우리 민족지도자들이 추구하여 왔던 홍익인간 이념과 중화사상(中和思想), 그리고 상생사상과 평화사상의 이상(理想)이었다고 말할 수 있다.

### 한국의 중화(中和)사상과 상생평화(相生平和)사상

그동안 한국의 사회사상 또는 정신문화의 주체의식 속에는 끊임없는 시대적 변천에도 불구하고 대부분 홍익인간 이념을 비롯하여 유·불·선·기독(儒·佛·仙·基督)의 4대 교리사상(敎理思想)과 화백사상(和白思想)·풍류사상(風流思想)·해원상생사상(解冤相生思想)·화쟁사상(和諍思想)·중용사상(中庸思想)·중도사상(中道思想)·중화사상(中和思想)·평화사상(平和思想) 등이 깊숙이 내포되어 있다. 이에 대해서는 학자들의 시각에 따라 여러가지 주장이 있으나 분명히 다문화적(多文化的)·다종교적(多宗敎的)·다원적(多元的) 사회현상 속에서 융화적인 정신문화를 향상·발전시키고 있는 것이다.

그런데 오늘날에 있어서 우리 겨레의 사회현상을 심층적으로 분석해 보면 고유신앙(固有信仰)과 고유사상(固有思想)을 중대시하는 대부분의 사람들은 단군의 건국이념인 홍익인간·재세이화사상 등이 바로 이 나라를 바로잡고 세상의 평화를 만들 수 있다고 주장한다.

한편 불교적 신앙의 입장에서는 사람들은 대자대비사상, 개실성불(皆悉成佛), 견성성불(見性成佛), 불국정토의 실현, 호국불교, 중도사상을 강조한다.(*이돈화,《천도교 창건사》, 천도교중앙총부 간행 참조)

또한 선교(仙敎)의 입장에 젖어 있는 사람들은 천인합일, 천인합발, 영육쌍전, 수심정기, 포일수중(抱一守中), 무위이화(無爲而化) 등을 거론한다. 그리고 유교적인 유생(儒生)의 측면에서 보는 사람은 인의(仁義)사상, 태극사상, 음양사상, 조화사상, 그리고 오상(五常)과 삼강오륜을 강조한다. 또한 기독교적 입장에 서 있는 사람들은 유일신(唯一神)에 대한 신앙과 박애사상 등을 강조하고 있으며, 이웃 종교를 이단시(異端視)하는 경향이 짙었다. 그러나 현대에 와서는 성경의 진리를 재조명하여 이웃 종교간의 중화작용에 관대한 역할을 하고 있는 모습을 많이 보게 된다.

그런가 하면 한국에서 자생적으로 일어난 민족종교에서는 거의가 유·불·선의 삼교사상과 동서학 합일사상 그리고 보국안민, 광제창생, 포덕천하, 인내천, 사인여천, 성경신(誠敬信)과 해원상생, 공생공영, 조화(造化)사상, 중도사상(中道思想), 중화사상(中和思想) 등의 원리를 내세운다. 여기에 지상천국(地上天國), 후천선경(後天仙境), 천지개벽(天地開闢), 신천지건설(新天地建設), 인류상생평화(人類相生平和)를 위한 교리를 창명하여 왔다.

한편 지금도 민족적 화합을 걱정하는 일부 인사들은 한국사상의 핵심을 화랑도정신(花郎道 精神), 충무공 이순신(忠武公 李舜臣) 장군의 애민정신, 세종대왕(世宗大王)의 '한글창제' 정신 등을 내세운다.(*이선근—李瑄根,《韓民族의 국난극복을 위한 역사》1978년판 참조)

이와 같이 여러 계층의 시각(視覺)과 가치관에 따라 집단적 사회구성원의 중심개념도 달라질 수 있다. 여하튼 한국의 전통적 사회사상과 정신문화는 외래문화와 자생문화의 융합에 따라 그야말로 '다름이 아름답다'는 이해(理解)와 중화(中和)사상으로 연면(連綿)해 가고 있다.

과연 이와 같이 여러가지의 이념과 사상을 중화(中和)하는 대도(大道), 또는 통합하는 원리와 철학이 있었다면 그것은 무엇이겠는가?

그것은 곧 천(天)·지(地)·인(人)의 상보(相補)·음(陰)과 양(陽)의 조화사상(調和思想), 또는 전체와 개체의 상보조화, 저주(詛呪)와 박애(博愛)와의 상보조화, 인의(仁義)와 자비(慈悲)와의 상보조화, 그리고 식자(識者)와 무식자(無識者)간의 화합, 가진 자와 없는 자간의 상보조화, 지도층과 평민간의 합심협력, 유물론(唯物論)과 유심론(唯心論)간의 조화사상, 그리고 인류행복을 위한 세계평화사상이라고 말할 수 있다. 이러한 조화와 통합을 이룩하는 심층적인 철학사상이 바로 중화사상(中和思想)이요, 상생평화사상(相生平和思想)이다. 인류사회의 평화는 좌(左)나 우(右)로 편향되지 않고 오직 좌우간의 중심에서 지피지기(知彼知己)로 살펴가며 역지사지(易地思之)로 사랑과 자비와 인의와 상생으로써 중화적이고 창의적인 행복을 누려가는 데에 있다.

한국 유학자인 유승국(柳承國) 교수는 한국의 전통사상에는 음양조화와 천지인(天地人) 합일사상, 그리고 중화(中和)·중도(中道)사상이 뿌리박고 있으며, 홍익사상과 조화되는 상생(相生)사상이 중심을 이루고 있다고 역설하였다. 서구(西歐)의 격언에도 '진리는 항상 중간에 있다'라고 말한다.

실로 지난 19세기의 우리나라는 나날이 악화되어가는 정치적 불안, 경제적 파탄, 사회질서의 혼란 속에서 양반·사호(土豪)계급의 수탈행위와 가렴주구(苛斂誅求)를 가중시킴으로써 민심은 극도로 흉흉해지고 있었다. 그 무렵 인간의 존엄성을 강조하는 민족종교들이 태동하기에 이른다. 사회의 모순과 부조리들을 척결하기 위한 민족종교사상이 제시하는 방안 또한 도덕적이며 평화적인 것이다.

이 종교들이 내세운 중심사상과 교리를 좀 더 깊이 살펴보면, ① 수운(水雲)은 한울님을 신앙대상으로 하여, 시천주 · 인내천 · 사인여천 사상으로 개벽하며, 보국안민 · 광제창생 · 포덕천하 · 지상천국 건설을 목표로 하고 있으며, ② 나철(羅喆)은 단군 한배검(天祖神)을 받들면서 개국이념인 홍익인간 · 이화세계사상을 인류사회에 널리 창명하여 세계평화를 이루고자 한다. ③ 소태산(少太山)은 일원상(一圓相)의 진리를 사은사요(四恩四要)의 신앙문과 삼학팔조(三學八條)의 수행문을 밝혀 인간에게 상생상화(相生相和)의 기운을 얻게 하고 평화로운 천지개벽을 이루고 광대무량한 낙원세계 건설을 지향하자는 것이며, ④ 영신당(迎新堂)은 제성(諸聖) · 제불(諸佛) · 제선(諸仙) · 충효열의 일기재생(一氣再生)으로 신인합발하고, 유도를 중심으로 불과 선과 동서학(東西學)을 합일하여 신천지를 건설하고자 한다. ⑤ 증산(甑山)은 교의(敎義)를 천지공사에 두며, 해원(解寃) · 보은 · 거병(祛病) · 상생 · 조화(造化) · 대전협동(大全協同)을 중심으로 이룬다. 그리고 성 · 경 · 신의 삼법언(三法言)으로써 수도(修道)의 요체를 삼고 안심(安心) · 안신(安身)의 이율령으로써 수행의 훈전(訓典)을 삼는다. 즉 신조(信條)인 음양합덕 · 신인조화 · 해원상생 · 도통진경으로써 선경사회를 건설하고자 한다.

인간의 존엄성과 미래의 평화를 강조하는 우리 민족사회의 사상들은 우연의 산물이 아니라 그 시대의 외세에 의한 탄압과 인권유린 속에서 그 성현과 선각자들이 가졌던 체험과 철학과 인간애의 소산이다. 특히 한국종교문화는 인도주의와 평화사상을 세계만방에 실천하고자 진력한다. 따라서 한국의 민족종교들은 그 종교사상의 내용에 있어 중화사상과 조화사상을 모두 갖고 있기 때문에 유·불·선 3교는 물론이고 기독교를 포함한 기타 종교까지도 민족사상 자체의 교리와 철학안에 이미 융화되고 포용되어 있는 것으로 이해하기도 한다.

한국의 전통사상과 정신문화는 외래사상과 외래문화를 융화적으로 수용하여 한민족 전통사상문화의 바탕 위에 공존 또는 중화되어 오고 있다. 다시 말하자면 심각한 정신문화적 혼란과 사회적 갈등을 중화적, 상생평화적으로 슬기롭게 극복해 나아가자는 데에 있는 것이다.

### 맺는 말

세계는 지금 무한경쟁사회 속에서 개인적인 이익싸움과 집단간의 이익투쟁, 그리고 붕당(朋黨)간의 분규와 국가간의 분쟁, 또한 종교간의 갈등과 사상 등의 논쟁 등으로 불안과 공포 속에 싸여 있다. 더구나 인류사회의 안전을 위한 공약(公約)인 윤리·도덕과 종교규범·법질서 등이 짓밟힌 채로 인간 본연의 이상인 행복과 평화는 몸살을 앓고 있다.

오늘날 지구상에는 국가의 형태를 지니고 있는 나라가 230여 개나 되며 각기 다른 문화적 전통을 지니는 민족과 부족들이 무려 5,500여 종이라고 말한다. 또한 인류의 문화는 다양하게 전개되어 정치현상·경제현상·물질문명·정신문화·사회조직·종교현상 등 모든 부문을 통하여 나타나고 있다.

깊은 철학으로 고찰해 볼 때 한국전통사상에는 개인적 이기주의나 통제적 전체주의를 주장하지 않는다. 방종적인 자유주의도 전제주의도 주장하지 않는다. 물론 패권주의와 독재주의도 인정하지 않는다. 다만 나 개인은 가족의 행복을 위하여, 가족은 집단 사회의 화통(和通)을 위하여, 사회는 국가의 안전과 발전을 위하여, 그리고 국가는 세계의 평화와 인류의 복지를 위하여 덕성과 질서에 따라 기여하고 봉사하면서 상호공존(相互共存)하며 상호중화(相互中和)하려는 데에 그의 대의대도(大義大道)가 있는 것이다.

최근 한국의 K대학교 국제대학에 교환교수로 활동하고 있는 미국의 임마누엘 페스트라이쉬 교수는 어느날 국내외 각계요로의 지성인들이 모인 문화포럼의 조찬석에서 다음과 같은 말을 피력한 바 있다.

"한국에는 자기나라인 대한민국을 제대로 모르고 살아가는 한국인이 많다. 한국이 전세계에 문화적 영향력을 키우기 위해서는 한국이 가진 전통문화의 힘과 정신적인 문화를 강조해 나아가야 한다. 그리고 한국의 인간성·예의(禮儀)바른 인류도덕성(人倫道德性), 타인에 대한 배려와 봉사정신, 창조적 융합의 아이디어(한옥·사랑방·풍수지리 등) 창출력, 선진적 친환경 농법, 선비정신의 문화사상, 다종교현상(多宗敎現象) 속에서의 융화상생정신(融和相生精神), 각종 기술의 융합 및 개발정신, 경제발전을 위한 지혜와 기술, 엄청난 성공을 이루고 있는 IT사업 등, 한국의 많은 전통적 정신문화가 창고에 잠들어 있는 처지이다. 때는 늦지 않다" 라고.

현대 세계의 갈등과 대립과 전쟁 등으로 인한 인류문명의 위기는 이러한 한국의 전통적인 정신문화에 의해 해결될 수 있다. 21세기의 국제사회는 이러한 한국사상의 조화(調和)와 중화(中和)철학의 원리에 의하여 비로소 상생과 평화시대로 개벽될 수 있다고 확신한다. 한국 민족이 앞으로 세계평화를 위하여 주도적 역할을 할 수 있으며, 세계적인 중심국가가 될 수 있다는 이유가 바로 여기에 있는 것이다.

아무쪼록 모든 학계와 선각자들은 좌시하고만 있지 말고 인류사회의 평화와 행복에 기여하기 위하여 '한국의 유구한 역사 및 빛나는 전통적 정신문화의 재조명'에 깊은 관심을 갖고 세계화 작업을 위한 큰 역할이 있기를 바라는 마음 간절하다.

# 한민족의 정신문화와 물질문명에 관한 자긍심

### 김명식

정신(精神)과 물질(物質)에 대한 개념은 현대인들이 일반적으로 인식하지만, 문화(文化)와 문명(文明)을 구분하여 설명하기는 쉽지 않다. 학자와 민족에 따라 구분하여 설명하기도 하고, 같은 범주로 이해하는 경향도 있다.

'문명(文明)' 이란 본래 유럽인들의 '자의식' 과 '자존심' 을 표현하는 말로써, 야만(野蠻) 또는 미개(未開)와 구별하기 위해 만들어졌다. 하지만 이러한 인식은 주로 프랑스와 영국의 경우이며, 독일어권에서는 문명

**김명식(金明植)** _ 전남 신안 출생(1948년). 詩人 · 작가, 평화운동가. 해군대학 졸업. 大韓禮節研究院 院長(現). 저서 《캠페인 자랑스러운 한국인》(1992, 소시민) 《바른 믿음을 위하여》(1994, 홍익재) 《왕짜증(짜증나는 세상 신명나는 이야기)》(1994, 홍익재) 《열아홉마흔아홉》(1995, 단군) 《海兵사랑》(1995, 정경) 《DJ와 3일간의 대화》(1997, 단군) 《押海島무지개》(1999. 진리와자유) 《直上疏》(2000, 백양) 《장교, 사회적응 길잡이》(2001, 백양) 《將校×牧師×詩人의 개혁선언》(2001, 백양) 《한국인의 인성예절》(2001, 천지인평화) 《무병장수 건강관리》(2004, 천지인평화) 《公人의 道》(2005, 천지인평화) 《한민족 胎敎》(2006, 천지인평화) 《병영야곡》(2006, 천지인평화) 《평화》(2008, 천지인평화) 《21C 한국인의 통과의례》(2010, 천지인평화) 《내비게이션 사람의 기본》(2012, 천지인평화) 《直擊彈》(2012, 천지인평화) 《金明植 愛唱 演歌 & 歌謠401》(2013, 천지인평화) 《大統領》(2014, 천지인평화) 《平和の矢》(2014, 천지인평화)

이 "인간의 외면과 피상적인 면만을 드러낸다"라고 보았기에 "인간 고유의 능력과 본래의 면모"를 드러내는 문화보다 저급하게 여겼다. 독일의 '문화'는 항상 앞을 향해 나아가는 '문명'과 달리 시대와 지역의 고유한 특성이 반영된 풍습, 종교, 학문, 예술, 철학적인 생산품을 일컬었다. 문명이 주로 보편성(普遍性)을 지향한 반면에 문화는 특수성(特殊性)을 지향한다. 그래서 문화에서는 민족간의 차이가 강조되고 자기 정체성을 주제로 드러낸다.

물질중심으로 발전한 서양(西洋)에서는 문명(文明)의 관점에서 역사를 보았고, 정신을 중시했던 동양(東洋)에서는 문화(文化)의 관점에서 역사를 보려는 경향도 있었다. 그래서 서양의 역사를 'A History of Civilization(文明史)'이라고 표현하고, 동양의 역사를 'A History of Culture(文化史)'라고 표현해도 자연스럽게 이해할 수 있는 것이다. 문화는 정신적, 지적인 면을 지칭하고, 문명은 물질적, 기술적인 면을 지칭한다고 구별할 수 있지만, 문화와 문명은 모두 인간의 개발과 발전을 의미하기에 엄밀하게 구별이 안 되는 경우도 있다.

우리는 세계 4대 문명 발상지에 관해 교과서를 통해 배웠기에 상식처럼 알고 있는데, 그런 이론은 서양에서 만들어져 일본과 미국이 우리나라의 교육에 영향을 미쳐 반영된 결과이다.

근자에 북한에서 '대동강문명'을 포함하여 세계 5대 문명이라고 주장한 바 있다. 실제로 대동강 유역에서 엄청난 유물과 유적이 발굴된 것은 사실이며, 압록강 일대의 유물발굴에 나섰던 실국시대(失國時代, 日帝強占期) 일본제국주의의 유수한 고고학자와 역사학자, 그리고 그들을 조력하던 조선의 학자들이 상고시대(上古時代) 유물과 유적을 발견하고도 그냥 묻어버린 사실을 우리는 알고 있다.

또 압록강 너머 집안(集安) 일대에 광개토대왕비를 포함하여 수천 기

(基)의 고구려 분묘(墳墓)가 지금도 역사의 한숨을 쉬고 있다.

뿐만 아니라 만리장성 북쪽에 있는 내몽고자치주에 홍산(紅山, 赤峰)이 있는데, 홍산의 유물과 유적은 세계 4대 문명의 하나인 황하문명(黃河文明)보다도 무려 천년이나 앞선 것이다. 홍산일대는 몽고 영토였으나 지금은 중국 영토로 흡수되어 있다.

그러니까 홍산(紅山)과 요하요동일대와 한반도에 이르는 요하요동문명(遼河遼東文明)이 제대로 규명되면, 아마 인류역사는 다시 써야 할 것이다. 북한이 주장하는 '대동강문명'은 요하요동문명에 포함되어야 마땅한데 요하요동이 지금은 중국 영토이므로 주체성 차원에서 그처럼 주장하는 것도 일리가 있다고 본다.

600년 전 이성계의 위화도회군 이후 우리는 한반도에 머물러 있지만, 우리의 주력 활동무대는 요하요동 즉 고구려의 고토(故土)이고 발해의 영역이었다. 우리 조상들의 장엄한 숨결이 요하요동일대(遼河遼東一帶)에 묻혀서 우리를 기다리고 있는 것이다.

홍산(紅山)과 요하(遼河) 일대와 한반도 등 우리 한민족의 생활터전에는 최고(最古)의 상고유물인 빗살무늬토기, 비파형청동검 등 유물과 유적이 그대로 살아 숨쉬고 있다. 우리는 세계에서 유일하게 온돌을 만들어 활용한 민족으로 온돌의 흔적은 지금도 발견되고 있다. 선사시대는 유물과 유적으로 말한다.

유물과 유적이 있다면, 그에 따른 문화와 문명의 흔적도 있어야 할 것 아닌가? 한반도에서 발견된 주요 유물과 유적 및 문화와 문명의 흔적을 간추리면 다음과 같다.

① 재래종 볍씨 : 1만 500년 전의 볍씨가 중국 강서성(江西省) 선인동(仙人洞) 동굴에서, 그리고 1만 1,000년 전의 볍씨가 중국 호남성(湖南省) 옥섬암(玉蟾岩) 동굴에서 발견되었는데, 우리나라에서는 충북 청원군(淸原

郡) 소로리에서 약 15,000년 전의 것으로 보이는 재래종 볍씨 59톨이 발견되어 2002년 학술대회에서 발표하였다. 세계 최고(最古)의 볍씨가 우리나라에서 출토된 것으로 중국보다 무려 4,000년이나 앞선다. 우리의 농경문화가 그만큼 오래된 것임을 증명하고 있다.

② 빗살무늬토기 : 신석기시대(간돌시대) 사람들이 남긴 유물 가운데 가장 돋보이는 것이 바로 빗살무늬토기인데, 이는 중국, 일본, 미국, 프랑스 및 아프리카에서는 전혀 발견되지 않았지만, 우리나라를 포함하여 몽고, 중앙아시아, 독일 일부와 스칸디나비아반도 지역에서 다수 출토되고 있다. 곡물(穀物) 저장용이었던 빗살무늬토기와 더불어 발견된 비파형청동검, 돌무덤, 석관묘 등을 통해 우리의 상고역사(上古歷史)를 추적해야 한다.

③ 고인돌(支石墓) : 고인돌은 유럽에서 시작해서 중동과 중앙아시아를 건너뛰어 인도(印度)로 옮겨오고, 그 이후 기원 전 약 500년에서 기원 후 400년 사이에 해로(海路)를 따라 인도네시아, 말레이반도, 베트남, 필리핀을 경유하여 한반도와 일본(규슈)에 도착했다고 주장하는 일부 국내학자들이 있는데, 그 당시에 유럽에서 인도를 거쳐 동남아에 이르는 육로나 해로가 개척되지 않았다. 현존하는 세계 고인돌의 약 70%인 5만 기(基)가 한반도에 몰려있고(남한 3만 5천 기, 북한 1만 5천 기), 특히 전라도 고창과 화순에 가장 많이 분포되어 있음은 무엇을 의미하는가? 이는 고인돌 문화가 한반도로부터 남방 해양국가와 북방 몽고 초원길을 경유하여 유럽으로 퍼져나갔음을 의미한다. 고인돌은 말이 없는 거석(巨石)으로 지금도 조상들의 숨결을 전해 주고 있다.

④ 천손신화(天孫神話)와 난생신화(卵生神話) : 오래된 민족이라면 신화(神話)가 있고, 그런 신화는 항상 만들어진 것이 아니라, 어느 일정한 시대에 만들어졌다. 예를 들면 2015년에는 신화를 만들어낼 수 없다. 우

리가 아는 신화는 선사시대에 만들어져 구전(口傳)되다가 문자(文字)가 만들어지며 신화(神話)의 줄거리가 완성되어 오늘날까지 기록으로 전해지고 있는 것이다. 오래된 신화의 대표적인 것이 천손신화(天孫神話)와 난생신화(卵生神話)인데, 우리 한민족은 특이하게 그 두 가지 형태의 신화를 모두 가지고 있다. 북방계통의 천손신화(天孫神話)와 빗살무늬토기, 그리고 남방계통의 난생신화(卵生神話)와 고인돌을 가진 한반도 아닌가? 이것이 우연한 조화일까?

⑤ 한자(漢字) : 漢(한)나라 시대에 漢(한)이라는 문자는 없었다. 따라서 한자의 명칭은 잘못되었고, 한자를 중국의 문자라고 인식하는 것은 그 어원을 깊이 연구하지 않았기 때문이다. 결론부터 말하면 한자(漢字)는 한나라 시대에 모두 만들어진 것이 아니라, 한나라를 포함하여 광범위한 여러 지역과 나라에서 누대(累代)에 걸쳐 만들어진 것이다. 예를 들어 家(집가)와 然(그을연, 그럴연)을 살펴보면, 집에서 돼지를 기르던 사람들이 아니면 '家'라는 문자를 만들 수 없을 것이며, 개(犬)를 불에 그을려 잡아먹던 사람들이 아니라면 '然'이라는 문자를 만들 수 없을 것이다. 집안에 돼지(豕)를 기르고, 개(犬)를 불에 그을려 잡아먹는 풍습은 우리 조상인 동이족(東夷族)의 생활상이며, 지금도 보신탕을 좋아하는 한민족들은 "개를 잡아 불에 그을려야 맛이 있다"고 하지 않던가? 이는 무엇을 의미하는가?

⑥ 고구려 고분벽화(古墳壁畵) : 요하요동의 대평원을 누비던 고구려가 기마민족(騎馬民族)임을 고분벽화가 웅변하고 있으며, 고분의 천장에 세계에서 가장 오래된 천문도(天文圖)가 새겨져 있다. 말을 타고 달리며 뒤를 향해 활을 쏘는 장면과 춤을 추는 고구려인들의 모습을 뛰어난 색감으로 표현한 것은 단연 압권이다. 그 고토(故土)에서 말을 타고 달리며 사냥도 하고, 초원의 처녀들과 춤을 추는 꿈을 꾸어보면 어떠리오?

⑦ 광개토대왕비(廣開土大王碑) : 압록강 너머 집안(集安) 일대에 호태왕릉(好太王陵)과 장수왕릉(長壽王陵)을 포함하여 수천 기(基)의 고구려 무덤이 지금(2015년)도 그대로 산재해 있으며, 특히 4각 기둥 모양의 비신(碑身)에 무려 1,775字를 새긴 광개토대왕비는 그 위용을 세상에 드러내고 있다. 당시 황제와 왕실 정치제도에서는 비신(碑身)에 대한 크기와 모양을 국법(國法)으로 엄격하게 규정하였는데, 그 규정에 따르지 않을 만큼 힘이 있는 세력이 있었단 말인가? 지금처럼 자유로운 시대가 아닌 그 당시에 높이 5.34m 그리고 각 면의 너비가 1.5m나 되는 거대한 자연석(自然石)을 능비(陵碑)로 선택하여 세울 수 있는 역량을 갖춘 민족을 후대 역사가들은 어떻게 인식하고 평가해야 되는가?

⑧ 신라 금관(金冠) : 신라인의 무덤에서 출토된 금관과 허리띠는 세계적으로도 유명한 우리의 문화유산이다. 그처럼 화려하고 정교한 금관이 왕릉에서 출토된 것은 하나도 없지만, 신라인들은 금(金)의 중요성을 알고, 금을 정교하게 다루는 기술이 출중하였음을 의미한다.

⑨ 백제금동용봉봉래산향로(百濟金銅龍鳳蓬萊山香爐) : 1993년 부여 능산리에서 이 향로가 출토되어 세상을 깜짝 놀라게 했다. 금도금술과 공예기술로 불교와 도교의 정신세계를 이토록 정교하고 섬세하게 표현할 수 있을까? 이런 향로를 만들 수 있는 백제인들의 정신과 기술은 어떤 경지였을지, 경탄하지 않을 수 없다.

⑩ 고려청자와 백자 : 중국의 영향을 받았지만, 신라 말엽부터 고려시대에 청자와 백자가 독자적인 형태로 발전하였으며, 특히 고려청자는 독특한 비색(翡色)에 안정감 있는 문양과 부드럽고 섬세한 형태를 뽐내며 원숙한 조형미를 자랑하고 있다.

⑪ 상례(喪禮) : 물론 공자(孔子)와 주자(朱子)의 영향을 받았지만, 조선시대의 상례는 인류역사상 그 어느 민족도 흉내내기 어려울 정도로 치

밀하고 장엄하게 치루어졌다. 너무 지나치게 발전시켰다고 비판을 받을 만큼 한 인간의 죽음을 의미 있게 갈무리했던 것이다. 인류역사상 가장 장엄한 상장례(喪葬禮) 의식(儀式)이었다. 상장례(喪葬禮)의 형식(形式)은 변할 수 있고, 간소화(簡素化) 할 수 있지만, 효도(孝道)가 인간의 가장 중요한 덕목이라는 사실은 시대를 초월하여 동서고금을 막론하고 변해서는 안 되는 것 아닌가?

이상 몇 가지 적시한 역사적 흔적과 사실만 살펴보아도 우리 한민족의 정신문화와 물질문명의 우수성은 충분히 입증될 수 있으며, 그런 우리는 세계 유수한 종족 가운데 충분히 자긍심을 가질 만하다. 그처럼 우수한 유전자를 이어가고 있는 우리 한민족이다.

우리 한민족의 역사상 가장 오래된 법규정인 팔조금법(八條禁法) 가운데 3개 조항이 중국의 삼국지 동이전(東夷傳)과 한서지리지(漢書地理志)에 소개되어 있는데, 제1조는 살인죄(殺人罪, 生命), 제2조는 상해죄(傷害罪, 身體), 제3조는 도난죄(盜難罪, 財物)이다. 지금 숙고해 보아도 살인과 상해 그리고 도둑질 이상 나쁜 범죄가 무엇이겠는가? 그런데 후손들이 무력(無力)하고 똑똑하지 못하면 자기 조상들의 역사까지 도둑질해 가도 속수무책이다.

중국이 2002년부터 대대적으로 추진하고 있는 동북공정(東北工程 : 東北邊疆歷史與現狀系列硏究工程)이 무엇인가? 만리장성을 산해관(山海關)에서 하얼빈까지 연장하며, 만리장성 북쪽에 있는 홍산문화(紅山文化)와 고구려 유적까지 송두리째 중원(中原)의 역사로 흡수하려는 계략인 것이다.

우리가 분단(分斷)으로 신음하는 사이에 상고역사(上古歷史)까지 훔쳐가도 우리는 강 건너 불구경하고 있을 것인가? 이제 한반도에 살고 있는 남북한 7,400만 백성과 세계 도처에 흩어져 살고 있는 800만 해외거주 동포들이 한민족의 동질성을 회복하고 단결하여 후손들에게 한민족의 우수성을 유산으로 물려주어야 하지 않겠는가? 그 사명을 후손들에게 미룰 것인가? 아니면 우리가 그 사명을 감당할 것인가? 동북아(東北亞)와 한반도(韓半島)에 산재되어 있는 유물과 유적과 기록은 한민족의 정신문화와 물질문명의 우수성을 간직한 채 우리들의 연구와 도약을 언제까지 기다려야 하는가?

# 효는 우리 민족 사상의 근본이다

## 김 삼 열

효 는 '부모를 섬긴다, 잘 받들어 모신다' 는 뜻으로 공맹사상과 주
자학에서 배양된 사상이다. 곧 동양 유교권에서 확립된 사상이
다. 효사상은 서양의 개인주의 사상과는 완전히 배치되는 사상이라고
할 수도 있다.

인간은 누구나 부모의 몸을 빌어 태어난다. 이를 천륜관계라고 말하
며 이는 부정할 수 없는 사실이며 천리이다. 그런데 이 효는 예의범절
의 기초가 되며 시작이 되는 상상할 수 없는 교육의 효과가 있다.

예부터 지극한 효자는 나라에 충성한다고 해서 효성이 지극한 사람
을 등용하였고 자고로 훌륭한 인격자는 모두가 효자였다.

효는 삼국시대, 신라시대, 고려시대, 조선시대, 일제 식민지시대까지
내려오는 동안 우리 가슴에 감동을 주며 많은 미담들을 낳았다. 우리

**김삼열** _ 성균관대학교 졸업. 독립유공자유족회 회장. 한민족운동단체
연합 상임대표. 단군민족평화통일협의회 상임공동대표. 한국민족사회
단체협의회 상임공동대표. 효세계화운동본부 대표

조상들은 이와 같이 효행 실천에 대하여 흐뭇한 긍지와 자부심을 가지고 있었다.

그런데 요즈음 우리 사회는 참으로 참담하기 그지없다. 미국에서 부모님의 덕으로 유학을 마치고 돌아온 박사 김성복은 대학 교수로 근무 중 아버지가 재산을 상속해 주지 않는다고 복면강도를 가장하여 아버지의 목을 찔러 죽이고, 미국 유학생 박한상은 아버지가 용돈을 잘 주지 않는다고 때려 죽였다.

부모님의 덕택으로 프랑스에서 8년간을 공부하여 법학박사가 되어 돌아와 자신이 필요한 20억을 주지 않는다고 폭언과 폭력으로 징역을 가고, 아버지를 내쫓고 어머니를 내쫓아 부모가 산에서 목 매달아 자살하는 세상에서 우리는 살고 있는 것이다.

부모가 혈압으로 쓰러져 고생하는데 정신병자 수용소나 시설이 엉망인 양로원에 강제 수용하는 등 수많은 할머니, 할아버지들이 공원에서 또 노인회관에서 방황하고 있는 실정이다.

자식들이 부모를 학대하여 한숨과 눈물로 살아가고 있는 부모들이 얼마나 많은가. 이렇듯 현재 효는 땅에 떨어지고 말았다. 부모의 사랑은 말하지 않아도 우리 모두가 익히 알고 있지만 자식들의 부모 사랑은 사라지고 말았다.

우리는 이 시점에 효가 사라진 것을 걱정하는 것이 아니라 효가 사라짐으로 하여 무너지는 인간성과 도덕성 실종을 걱정하는 것이며, 극단의 이기주의와 금전주의를 걱정하는 것이다.

효와 인간사회에 무슨 관련이 있느냐고 반문할 수도 있겠으나 분명하게 효사상의 실종은 인간의 기본 질서와 사랑의 근본을 파괴하고 말았다는 것이다. 지금 어디에서도 인간의 모습을 발견할 수 없는 것이 20세기 석학들의 걱정이다.

인간이 인간답게 살기 위해서는 자식이 부모를 공경하고 부모가 자식을 사랑하는 기본은 지켜져야 한다. 인류사회의 최초 단위인 가정에서 예의와 범절, 사랑과 존경을 배우고 겸손한 인격을 배양해야 하는 것인데 그 가정이 변질되어 버린 것이다.

　우리 사회의 모든 폐해는 인간성과 도덕성 실종에서 비롯된 것이며 이는 효의 실종으로 시작된 것이라고 해도 과언이 아니다. 이러한 시점에 효 교육은 행복한 사회를 만들 수 있는 특별한 사상이라고 생각한다.

　이 시점에서 우리는 국조 단군의 홍익인간 정신에 담겨 있는 효사상 교육으로 돌아가야 한다. 효에는 '인의예지'의 도덕성이 함축되어 있고 가정의 행복과 인격 완성, 국가 발전의 필수적 덕목이 들어있다. 효를 백행지본이라 하여 모든 행동의 기본이라고 했다. 효운동으로 가정의 행복과 사회의 행복을 찾았으면 하는 마음 간절하다.

# 한국인의 정신과 인성교육

김용환

요즘 인성교육이 우리 사회에 널리 회자되고 있다. 한국인의 정신은 깊고 넓다. 한국인의 정신이 조선의 퇴계 이황(1501～1570)에게 미친 영향은 크다. 그는 하늘(天)의 의미에서 초월적 요소를 지양(止揚)하고, 자연 속에 내재하는 법칙으로 인성교육에 접근하였다. 그는 인간의 본성에는 선한 4가지 요소, '인의예지(仁義禮智)'의 사단(四端)이 있다는 성선설을 신뢰하였다. 아울러 하늘(天)을 우주에 내재하는 법칙으로 이해하였고, 인간의 본성을 보다 낙관적 성선설의 입장에서 바라보면서, '내재의 내재' 관점으로 인성교육에 접근하였다.

퇴계의 인성교육은 존심양성의 처방으로 〈성학십도〉에 제시되어 있다. 그는 '마음이 일신(一身)의 주재이고, 경(敬)은 일심의 주재'라고 생

**김용환(金容煥)** _ 대구 출생(1955년). 서울대학교, 동 대학원 졸업(철학박사). 충북대학교 본부 기획연구실장(1997～1998), 파리 소르본느대학 연구교수(1992～1993), 캐나다 브리티시 콜럼비아 공동연구교수(1998～1999), 한국윤리교육학회 회장(2011～2012) 등 역임, 현재 충북대학교 사범대학 윤리교육과 교수, 고조선 단군학회 부회장, 사단법인 겨레얼 살리기 국민운동본부 편집이사 등 활동. 충북대학교 학술상(1998) 외 다수 수상. 저서 《현대사회와 윤리담론》(2006), 《세계윤리교육론》(2009, 문광부 우수도서 선정), 《한국철학사전》(공저, 2010), 《도덕적 상상력과 동학의 공공행복》(2012)의 다수.

각하였다. 그는 마음의 덕성을 기르기 위해서 주일무적(主一無敵)하는 '경(敬)' 사상을 인성교육의 요체로 삼았다. 도덕품성과 실천이행의 두 방면에서 인간의 '내재적 지향성'으로 인성교육의 방향을 설정함으로 인간의 내면적 자각을 선명하게 밝히고자 마음을 지키고 인성을 키우는 '존심양성'의 처방을 제시하였다.

퇴계는 인간 세상을 어떻게 다스리고 운영할 것인가에 깊은 관심을 두었지만, 과학적 정신으로 우주의 이치를 탐구하려는 뜻은 없었다. 퇴계는 존심양성(存心養性)의 처방에 '이(理)'라는 우주의 내재적 '선(善)'에 개인의 심성을 내면적으로 접목시키기 위해서, '거경궁리(居敬窮理)'라는 실천과제를 인성교육으로 주문하였다.

퇴계의 '거경궁리' 과제는 인격완성을 궁극적 목표로 삼는다. 퇴계는 67세에 들어서 선조에게 올린 〈성학십도〉를 통해 그 요체를 경(敬)으로 삼아, 내심(內心)을 정제(靜齊)하여 순일(純一) 상태를 유지함으로써 내면의 각성상태를 지속적으로 유지하려고 하였다. 그의 거경은 사량(思量)의 분별과 방하(放下), 정(靜)과 동(動)을 관통하여 물욕을 청산하는 실천이다.

퇴계는 점진적인 방법으로 경험하고 인식하는 것을 궁리라고 생각하였다. 격물치지에 있어 격(格)을 궁극으로 삼아, '정상진밀(精詳縝密)'에 이르고자 하였다. 이러한 궁리는 거경과 실제적으로 분리되어 있지 않으며, 상호 호혜적으로 발양함으로 능히 궁리함으로 거경공부가 싶어가고 날로 깊이 있게 거경함으로써 궁리공부가 동시에 정밀해진다. 특히 '정좌존양(靜坐存養)'과 '독서격치(讀書格致)'를 실천함으로 '도존덕성(道尊德盛)'의 성현의 지위에 선비로서 이르는 길도 열어두었다.

퇴계는 비이성적이고 직관적인 '거경궁리(居敬窮理)'의 방법을 통해서 절대적 도덕진리에 해당하는 '이(理)'에 접근할 수 있다고 믿었다.

수양에 해당하는 인성교육으로 우주와 마음에 '내재의 내재'의 '이(理)'와 사대부의 사회적 지위를 동일시하다시피 간주하였다. 거경궁리의 방식으로 '내재의 내재'의 가치를 체득한 선비의 사유방식이 정당화되었다.

이는 우주뿐만 아니라 마음속의 동일한 도덕적 판단 기준으로서 '이(理)'가 존재한다는 가정을 전제로 삼는다. '내재의 내재' 관점에서 보면, 집단여론은 일치되게 마련이고, 일치된 공론(公論)으로 이루어지는 통치는 정당화된다. 퇴계의 '내재의 내재'의 유형에서는 인간과 인간의 '관계'를 강조하였지만, '동일한 판단기준'을 가정함으로 집단주의를 정당화시켰다.

결국 합법적 권한을 갖고 있는 법적인 통치보다, 선비자각에 근거한 직접적 정치참여가 강조되었고, 절차적 정의를 무시하더라도 직관적이며 집단주의적인 의사결정을 중시하는 결과를 초래하였다. 조선사회에서는 타인에 대한 존중을 나타내는 추서(推恕)나 타인을 관용하는 용서(容恕)보다 엄격한 기준의 의리의 잣대가 사색당쟁으로 이어졌다.

퇴계를 일생동안 흠모하고 존중하던 다산 정약용(1762~1836)은 평상시의 신독공부는 하늘을 알려는 것이며 천명의 소리, 즉 상제의 명령을 듣는 것에 주안점을 두었다. 다산에게 있어 두려워하고 삼가는 공부인 신독은 상제 섬김으로서의 사천(事天)을 전제로 한 것이다. 다산이 사천(事天)을 말한 것은 상제야말로 지고하고 절대적이며 인간의 모든 허물을 대낮처럼 훤히 꿰뚫고 있는 존재라고 보았기 때문이다.

다산은 상제의 신명과 인간의 영명한 마음이 직통한다고 봄으로써, 직통·상감으로 상제의 명령이 도심의 명령으로 들려온다고 하였다. 영명한 반성에서 나오는 윤리적 사유는 개체가 자신의 유한성에 함몰하지 않고 천명으로서의 도심을 따르게끔 자신을 성찰하도록 만든다.

특정한 상황을 전제로 그 속에서 주어지는 감각내용을 어떻게 처리할 것인지를 생각하는 것은 윤리적 사유가 능동적으로 작동하기 때문이다.

다산은 신독공부를 통해 가능한 평정심의 상태를 일러 '중(中)'이라고 말한다. '중'의 상태를 지속적으로 유지하고 있을 때, 외부 사태와 갑자기 만나더라도 희로애락의 감정이 사태에 맞게 적절히 드러날 수 있다. 이것이 다산이 생각한 '화(和)'이다. '화'의 상태는 우리가 기본적으로 신독 공부를 통해서 중심을 잡고 있을 때 가능해진다. 다산은 신독공부를 통해 어떠한 사태와 만났을 때 적절하게 관계를 맺을 수 있게 된다고 보았다.

마음을 공평하게 잡아 만일의 사태에 적절한 관계를 맺도록 예비하는 주체의 사려는 윤리적 사유가 작동하는 기반이 된다. 외물과 접촉하기 이전 그 사태에 적절한 관계를 형성하도록 준비하는 것은 윤리적 사유이다. 미발의 '중'은 인성의 본체가 아니라 계신하고 공구하는 신독공부를 통해 군자가 마음의 중심을 잡고 있는 상태이다. 다산의 입장은 내면의 주체가 어떠한 사태에도 흔들리지 않고 중심을 잡아 인륜의 사유를 실천하라는 의미이다.

다산은 인간의 마음이 도심의 명령에 따르느냐 인심의 유혹에 따르느냐 하는 판단을 할 수 있는 능력을 가졌다고 강조한다. 곧 선악에 있어서 인간은 누구나 판단기능을 발휘할 수 있으므로 자기의 의견대로 행사할 수 있는 자율성을 가지고 있다고 할 수 있다. 윤리적 주체는 자신의 내면에서 일어나는 갈등 상황을 잘 조절하여 도심으로 향하도록 노력해야 한다. 다산은 주체의 자율성을 통해 천명에 따를 수 있다고 주장하며, 이는 능동적으로 도심을 실천하려는 모습이다. 인간에게는 도심과 인심을 둘 다 가지고 있어 그 둘 사이에서 갈등하는 관계에 처하게 된다. 인심은 기질의 발이고 도심은 도의 발인데, 인간은 이 두 마음을 모두 갖고 있는 셈이다.

다산에게 있어서 인륜은 종교적 사천의 경지에까지 승화되었고, 신앙은 인륜적 사인의 경지에서 완성되고 있음을 볼 수 있다. 군자가 정성껏 사천을 하면 그 공덕 역시 하늘을 닮아가게 되고, 이러한 수양이 지극해지면 마침내 상제와 자신과 인간이 서로 감응하는 경지, 격천(格天)에 이른다. 다산은 이렇게 하늘을 지고한 품격으로 섬기는 경지에 도달한 이상적 인간을 격인(格人)이라고 부른다. 격인은 상제와 감통하여 천명 속에 살아가는 인간이다.

이렇게 다산이 말하는 격인으로서의 성인은 신앙을 통하여 하늘의 덕에 합치된 종교적 인간의 모습으로 제시되고 있다. 상제의 현존이 은미하지만 언제나 어디서나 나를 굽어보고 있다는 사실을 깨닫는다면 두려워하고 삼가지 않을 수 없다. 이 마음가짐 신독의 성(誠)이다. 다산에게 '지천(知天)은 성신(誠身)의 본(本)이며, 성(誠)은 만덕(萬德)의 근본(根本)'이다.

다산은 상제에 대한 올바른 앎과 상제의 현존을 느끼는 신독이 인간 행위의 전제조건이요 수양의 본이라고 보았던 것이다. 상제가 내려와 감시한다는 '강림(降臨)'은 인격적인 만남의 사태를 말하는 것이 아니라 수양 주체의 종교적 경건을 표현한 것이다. 이러한 경건을 통해 수양의 주체는 자기 내면에서 중심을 확립하고, 그럼으로써 도심인 천명을 온전히 들을 수 있는 실존적 조건을 스스로 만든다. 그는 마음을 비춰 보고 있는 하늘의 시선을 수양 차원에서 믿음으로써 인륜 실천의 명령을 향한 실존적 긴장을 유지한다.

다산이 보기에, 퇴계의 거경은 내면의 함양 속에 주체의 소멸을 상정하고 있고, 궁리는 일상의 인륜과 무관한 사변적 탐구를 담고 있다. 그는 미발 함양에 담겨 있는 본질적인 내면적 공간으로의 회귀하는 사유 방식이 불교적이라고 판단한다. 다산의 수양은 '서(恕)'를 통해 인륜을 실천한다. 서는 여전히 자기 수양이지만 타인과의 구체적인 관계가 들어온다는 점에서 매우 중요하다. 도덕적 선택과 책임을 묻게 되는 것은 바로 이러한 서에서 이루어진다.

주체의 내면에 선험적으로 관계의 이치가 내재해 있는 거경궁리와 달리, 구체적인 타인과 만드는 사태에서 주체의 의지적인 실천이 매번 관계를 형성하는 셈이다. 그에겐 그렇게 내면의 분열을 뚫고 선택하여 형성한 인륜관계가 바로 '인(仁)'이며 덕(德)이다. 신독과 사려가 사태를 예비하는 사전적인 수양이라면, 서는 타인과의 만남이라는 실존적인 사태 속에서 주체의 수양이 발휘되는 현장이라고 말할 수 있다.

도심(道心)과 인심(人心)의 투쟁 상황에서, 도심이 주재하도록 인심을 제압하는 치열한 자기성찰과 자기극복이 서에 전제된다는 뜻이다. 다시 말해 서(恕)는 관습적인 인륜의 실천이 아니라 천명을 받들려는 주체의 치열한 자기반성에 기반한다. '대월상제(對越上帝)'의 마음가짐으로 서의 성(誠)을 대인관계에서 표현하면 '서(恕)'가 된다. 신독사천은 윤리적 주체 스스로 겸손한 마음으로 자신을 돌아보고 외물과의 사태에서 도심을 향하는 실천 의지를 갖도록 노력하는 것은 수양으로 권형행사(權衡行事)의 실천과제와 연결된다.

다산의 권형행사 과제에 대해서 살펴본다. 다산은 성(性)은 하나이며, 또한 기호(嗜好)라고 설명한다. 다산의《심경밀험(心經密驗)》가운데 있는 '심성총의(心性總義)'의 핵심은 성기호설(性嗜好說)이다. 성(性)은 본체나 실체가 아니라 마음이 가지고 있는 기호(嗜好)를 의미한다. 이때의 성(性)은 주자가 말하는 기질지성(氣質之性)이나 인심(人心)이 아니라 윤리적 욕망과 관련된 '천명지성(天命之性)', 즉 도심(道心)을 의미한다. 아울러 마음에는 성(性) 이외에 천명지성의 명령을 수용할지 여부를 결정하는 권형(權衡)과 결정한 행위를 실천으로 옮기는 행사(行事)의 기능도 포함된다고 본다.

본성의 측면에서는 선을 즐거워하는 성선의 입장이고, 권형의 측면에서 보면 선할 수도 있고 악할 수도 있는 입장이고, 행사의 측면에서 보면 선을 행하기는 어렵고 악을 행하기는 쉽다고 보는 성악의 입장이 되는 것이다. 따라서 다산은 인간의 마음에 성선(性善), 선악혼재(善惡混在), 성악(性惡)의 이치를 원래 지니고 있다고 보는 것이다. 자유의지의 권형은 행사(行事)를 통해 구체화된다.

다산에게 행사(行事)를 통해 이루어지는 '서(恕)'는 치인(治人)의 문제가 아니라 오히려 극기(克己), 즉 자기 자신을 다스리는 문제이다. 추서는 자기 자신을 다스리는 공부이며 내 마음으로부터 미루어 남의 마음을 살핀 후 다시 내 마음으로 돌아가는 것을 의미한다. 남을 자기와 같이 생각하고 이해하며 내가 남의 처지가 되어서 생각하는 태도를 포함한다. 용서는 비주체적이고 소극적인 입장으로 잘못하면 자신이나 타인의 허물을 조장하는 결과를 가져오기도 하지만, 추서는 주체적 적극적인 자기수양으로 윤리적인 자기향상을 수반하기 때문에 다산은 추서(推恕)에 주안점을 둔다.

다산에게 있어서 '사람 섬김'의 사인(事人)은 '하늘 섬김'의 사천(事天)을 바탕으로 하지만, 사천은 사인을 통해 이루어진다. 다산은 상제 섬김에 있어서 제사 등 외적 의례나 기도 행위보다는 사인에 중점을 두었다. 하학(下學)이란 인사(人事)로부터 시작하여 도를 배우는 것을 말한다. 그러므로 다산이 제시하는 이상적 인간상은 쉬지 않고 항상 노력하는 인간상이다. 천도는 항구하여 그치지 않으니 하늘이 감동할 정도로 노력하고 쉬지 않는 것이다.

군자는 하늘이 감동할 정도로 노력하고 쉬지 않는 경지에는 이르지 못하더라도 천도를 본받아 쉬지 않고 인격수양을 계속하여야 하는 것이다. 이것이 군자의 '자강불식(自强不息)'이다. 이처럼 다산은 종교적 경건을 통해 도덕적 주체를 확보하고 그것을 인륜적 실천으로 구현하려 했다. 다산은 하늘에 대한 신앙적 각성과 자율적인 수양 주체의 확립, 그리고 실천적인 인륜을 유기적으로 연결한 인성교육을 구상하였다고 할 것이다.

다산이 돌아가기 이전에 이미 태어난 수운 최제우(1824~1864)는 유교가풍에서 자라났다. 그의 아버지는 퇴계의 정맥을 계승하고 있지만, 수운이 성리학의 가르침에 만족하지 못하고 동학을 세운 이유는 성리학의 가르침이 더 이상 실효가 없다는 판단이었다. 수운은 '유도 불도 누천년에 운이 역시 다했던가?'라고 읊었으며, 성리학적 질서가 더 이상 세상을 이끌어갈 수 없다는 비판과 함께 성리학적 거경궁리의 실천 과제에 대한 문제제기이다. 그래서 수운은 '인의예지는 옛 성인의 가르침이요 수심정기는 오직 내가 다시 정한 것이다'라고 말하며, '수심정기(守心正氣)'라는 새로운 인성교육을 제시하였다. '수심'이 성리학적인 인성교육을 가리킨다면, '정기'는 선도적인 인성교육이다. 수심 외에 정기를 강조한 것은 성리학적 인성교육 이외에 선도적인 기운공부의 필요성을 절감했기 때문이다.

인성교육에서 기운공부를 요청하게 된 이유는 마음으로 욕망과 감정을 조절하려 해도 몸이 건강하지 못하고 기운이 조화롭지 않으면 아무런 실천력을 갖추기가 어렵기 때문이다. 인성교육의 처음 단계에서는 기운공부를 통해 몸의 기운을 조화롭고 유연하게 바꿔야 한다. 몸의 기운이 조화와 균형을 찾을 때, 이에 수반되는 마음도 조화롭게 되며 감정을 조절할 수 있는 안정에 들어갈 수 있다. 이러한 측면에서 수운은 몸이 천지의 기운과 상통하여 몸에 '기화지신(氣化之神)'이 생기는 상태, 즉 하늘의 기운과 자신의 기운이 하나로 상통하는 '강령체험(降靈體驗)'을 중시하게 된다.

강령체험으로 초월의 한울님이 심령에 내재한다. 이러한 '초월의 내재' 체험을 위한 '수심정기(守心正氣)'의 처방은 한울님의 참된(誠) 마음을 고이 지키고, 공경의 '경(敬)'과 믿음의 '신(信)'으로 내면의 심령기운을 바로 잡는 처방이다. 이처럼 '수심정기(守心正氣)'는 동학을 창도(唱道)한 '요도묘법(要道妙法)'이라고 할 것이다. 당시 서학의 '초월의 초월'의 인성교육의 처방을 '초월의 내재'로 전환시킨 요체가 '수심정기'에 나타나 있다. 이러한 처방은 '인의예지'의 단서(端緖)가 되면서, 동시에 '화순(和順)'으로 한울님을 모시는 인성교육 방안으로 처방되었다.

'도기(道氣)'를 기르는 '초월적 내재'의 수련은 내면의 영성체험을 가능하게 한다. 이를 통하여 심령이 기쁘고 즐거운 '항심(恒心)'을 유지하게 된다. 수운은 경상감사 서헌순(徐憲淳)으로부터 받던 최종신문 과정에서 "내가 하는 도는 천도(天道)요, 동에서 낳아서 동에서 학을 이루었으니 동학이라면 가하려니와 서학이라 함은 가하지 않다"고 반박하였다. 수운은 동학과 서학이 '동도동운(同道同運)'이지만, 도의 내용이 '초월의 초월'에서 '초월의 내재'로 그 전개과정이 다르다고 판단하였다. 수운의 구세는 조선을 대상으로 삼되, 후천개벽을 통하여 '온 누리'를 구원하려는 궁극적 목표 의식에 근거하였다. 그는 중국이 멸망한다면, 조선에 '입술이 없어지자 이가 시리다'는 근심이 나타나지 않겠는가 라고 반문하였다.

동학은 당시 조선사회 모순극복을 염원하는 창생들에게 성리학에 대해 거부의사를 견지하며 개혁운동으로 전개되었다. 그런데 당시의 조선정부는 동학도 서학과 마찬가지로 사학(邪學)으로 파악하면서 이에 대한 탄압을 강화시켰다. 인성공부가 제대로 되기 위해서는 도덕 실천력이 요청되는 데, 이는 천지와 자신의 기운이 상통하여 스스로 몸에 기화를 발생시키고 자기를 중심으로 전 우주의 생명과 간격이 없는 전 자기적 생명 네트워크를 형성함으로 자기를 둘러싼 주변세계와 기화 상통에서 가능하다. 그래서 수심정기가 아니면 인의예지의 도를 실천하기도 어려운 것이라고 생각하였다. 수심정기의 이치는 마음과 기운을 함께 공부하여 도덕실천의 실질적 효과를 거둘 수 있게 한 것이 처방의 주요단서이다.

따라서 수심정기의 인성교육은 인격적 함양이나 도덕실천 외에도 우주의 기화 작용과 만물 화생의 이치를 깨닫는 방법을 중시한다. 마음과 기운을 동시에 주체로 삼되, 기운의 변화가 어떻게 마음의 변화로 나타나는지, 마음이 주체가 되어 이 마음 작용에 따라 어떻게 기운이 작동하는지 그 마음과 기운의 기제방식을 잘 살펴서 몸과 우주의 기화의 원리를 깨닫도록 하는 것이다. 사람의 성령은 한울의 일월과 같아서 성품이 중심에 이르면 몸이 편안해지며 신통이 일어나게 된다. 수심정기가 되면 천지 기운도 보충할 수 있다고 한다. 인성공부로서 수심정기는 마음과 기운이 하늘 기운과 조화로운 상태, '심화기화(心和氣和)'를 이루어 몸과 마음이 편안해지고. 도덕의지가 충만하며, 밝은 지혜가 생긴 상태를 의미한다. 그래서 수운은 마음뿐만 아니라 기운이 제대로 다스려져서 화평한 심화기화를 중시하였다.

수운은 '초월적 내재'의 관점에서 수심정기의 처방에 영부주문의 실천적 과제를 제시하였다. 동학의 실천은 영부(靈符)이고, 그 이름은 선약(仙藥)이며 그 형상은 태극(太極)으로 질병으로부터 인간을 구제하는 영묘한 실천비방(實踐秘方)이 되었다. 이러한 비방은 주문지송(呪文持誦) 과제를 함께 수반한다. 동학이 인간의 존엄성을 고양하고, 신분제에 대한 비판의식을 실천으로 전개할 것에 관심을 두었다. 그런데 당시의 조정에서는 당시의 동학이 서학 또는 양술(洋術) 모방에 지나지 않는다고 파악하면서, 서서히 배척하기 시작하였다. 만물이 시천주(侍天主) 아님이 없으니 물건을 공경하면 덕이 만방에 미칠 것이며, 융화(融和)와 적덕(積德)으로 지구촌에서 더불어 살아가는 공공가치를 이룰 수가 있다.

사인여천(事人如天)을 표방한 해월(海月)을 계승하여, 의암(義菴)은 만법(萬法)의 인과를 천지라고 말하고, 만상(萬象)의 인과는 음양, 화복(禍福)의 인과는 귀신(鬼神)의 작용으로 보았다. 이 세 성품을 하나로 관통하면 견성(見性)이다. 의암에게 세계평화는 견성에 의하여 도래하며 견성한 사람이 다스리면 극락이고, 그렇지 않은 경세는 난세(亂世)를 피할 수 없다. 한울님이 인간의 성품에 내재하니, 어느 곳을 따로 우러러 보며 어느 곳을 따로 믿을 것인가? 초월의 한울님을 마주하는 내가 내 안에 내재하는 한울님을 우러러 보기에 '내가 나를 깨닫는다'고 말할 것이다. 한울님의 내재성을 받아들이면, 성속(聖俗)은 둘로 나뉠 수 없다. 육신을 주체로 삼으면 일이 재앙에 가깝고 성령을 주체로 삼으면 복록을 받는다. '이신환성(以身換性)'으로 성령으로 바뀌면, 정신도 따라 변한다.

인간의 성품과 육신 중에 어느 것을 주체로 삼을 것인가에 따라 영성체험은 달라진다. 이 과정에서 우주론, 인간론, 존재론을 아우르는 영성체험이 이루어진다. 이렇게 되면 내 안에 모신 한울님이 생명의 주체라는 사실을 자연스럽게 깨닫게 된다. 면면히 계승된 한국인의 정신의 자양분을 함양하는 인성교육이 조선사회를 통하여 '내재의 내재', '초월과 초월', '초월과 내재'의 유형으로 상관연동 모습으로 나타났지만, 오늘날 세 유형의 장점을 살려서 보완하게 되면, 내실 있는 민족정신 함양의 인성교육으로 거듭나게 될 것이다.

# 세계 문화의 리더로서 한류

## 김 재 엽

'밀레니엄 버그'라는 단어가 등장하면서 대망의 새 천년을 맞이하던 1999년의 12월 풍경은 디지털문명이 무슨 시험대에 오른 듯 각 분야에서 여러 가지로 우려의 표정이 지배하던 시기였는데, 어쨌든 새 밀레니엄인 2000년대를 맞이하면서 여타의 우려는 일시에 불식되고 우리나라의 국제적 위상이라든가 스포츠와 대중문화 콘텐츠에 있어 과연 획기적이라는 말이 실감날 정도로 대단한 변혁을 일으켰다.

특히 응원문화는 물론 놀이문화 전반에 걸쳐 '붉은 악마'라 지칭되며 전 세계의 이목을 한반도로 집중시킨 2002한일월드컵에서의 4강신화는 우리 한민족에게 대단한 자긍심과 함께 무엇이든 할 수 있다는 자신감을 북돋아준 대단한 사건으로 우리 한민족사에서 영원히 지워지

**김재엽(金載燁)** _ 경기 화성 출생. 한국방송통신대 경영학과 졸업. 대진대 통일대학원 졸업(정치학 석사). 대진대 대학원(북한학·정치학 박사) 수료. 국제펜클럽 한국본부 회원. 한국불교문인협회 사무총장. 한국문학비평가협회 이사. 한국문인협회 의정부지부 초대 부지부장. 한국현대시문학연구소 상임연구위원. 『한국불교문학』 편집인. 장애인문화사랑국민운동본부 공동대표. (사)한일청소년문화진흥원 창립 이사. 한국시정일보 논설위원. (사)터환경21 이사. 도서출판 한누리미디어 대표. 제14회 한국불교문학상 본상, 제8회 환경시민봉사상 대상(시민화합부문) 수상.

지 않을 것이다.

2002년 초반 국내에서 인기리에 방영된 드라마 '겨울연가' 가 일본으로 건너가 엄청난 인기를 누리며 수차례 거듭해서 방영되었고, 가수 '보아' 가 일본 가요계를 휘저으며 인기를 독차지하면서 '한류(韓流)' 라는 말이 등장하더니, 드라마 '대장금' 이 전 세계인을 감동의 도가니로 몰아넣은 데 이어 가수 '카라' 와 '동방신기' 등의 아이돌 스타들이 일본 가요계를 연이어 강타하면서 '한류' 라는 말 또한 확실하게 자리 잡게 되었다.

본고에서는 2천 년대 들어 세계문화산업 전반에 걸쳐 발전을 거듭해 온 한류에 있어 최근에는 어떤 문화콘텐츠들이 인기를 얻었고 문화산업 발전에 어떠한 영향을 미쳤는지 일본, 미국, 중국 등 핵심 국가를 중심으로 살펴본다.

앞서 언급했듯이 일본에서의 한류 시작은 많은 사람들이 알고 있듯 국내 인기드라마 '겨울연가' 의 욘사마 '배용준' 과 가수 '보아' 에서부터 시작됐다고 하겠다. 물론 그 이전에도 '계은숙', '김연자', '장은숙' 등이 일본 대중가요 중의 하나인 엔카와 비슷한 느낌의 트로트로 일본 내에서 대단한 인기를 누리며 가수 활동을 하긴 했지만 본격적으로 한류가 대중에게 각인된 것은 바로 '겨울연가' 의 흥행과 더불어 가수 '보아' 의 활동이 본격화 된 이후로 나뉜다.

특히 '겨울연가' 를 통해 선하고 부드러운 인상을 풍기며 착한 남자의 표본이 되며 신드롬을 일으킨 배용준은 일본 여성들에게 한국 남자에 대한 환상과 함께 일본 남자들 사이에 욘사마 따라하기 열풍을 불러 일으키기도 했다. 이런 현상은 당시 일본 내에서 논문으로 연구가 될 정도로 대단히 강렬한 사건이었다.

한편 보아를 중심으로 일본에서 한류열풍이 불기 시작한 가요계는 어떠했나? 2001년 일본 거대 레이블사 '에이벡스'를 통해 일본에 데뷔한 보아는 'NO.1', 'VALENTI' 등을 발매하며 인기를 끌게 된다. 과거 'S.E.S'의 일본 진출 실패를 경험한 바 있는 SM엔터테인먼트는 일본 진출의 성공을 위해서는 일본내 유명 레이블사의 힘이 필요하다는 것을 절감하고 보아를 데뷔시키고부터는 본격적으로 유명 레이블사 에이벡스와 협업을 시작하였다. 이 전략은 일본에서 주효하여 데뷔 앨범 'ID; Peace B'는 오리콘 주간 싱글 차트 20위권, 데뷔 해에 당시 일본 최고 인기 여가수 고다쿠미와 협업 작업을 진행하는 등 큰 인기를 모았다.

이와 함께 SM엔터테인먼트는 철저하게 자사 아이돌 스타의 일본 현지화 작업을 진행했다. 한국 곡을 번안하는 작업을 넘어 일본인들 정서에 맞게 신곡을 일본어로 발표하는 것은 물론 일본인들이 친숙하게 부를 수 있는 현지 활동명도 만들어 동방신기의 경우 '토호신기'라 이름 짓는 등 한국 아이돌임에도 불구하고 일본인들에게 최대한 친숙하게 다가가도록 노력하였다.

이런 식으로 일본에서 성공적으로 뿌리를 내린 한류 스타들은 현재까지도 활발히 활동하고 있다. 초창기 보아 혼자서 한류를 이끌던 때와 비교하여 현재는 데뷔하는 대부분의 아이돌 스타의 일본 진출이 매우 용이해졌다. 2010년 이후에 데뷔한 'ZE:A', '씨엔블루', '보이프렌드' 등은 일본 현지에서 큰 사랑을 받고 있으며, 이들 신인가수 외에도 앞서 언급한 동방신기의 경우 3명이 탈퇴하고 장기간의 공백기가 있었음에도 불구하고 2013년 싱글 'Why? (Keep Your Head Down)'로 컴백한 후 줄곧 기존 기록을 갱신하며 인기를 끌어왔다.

일본에서의 한류 아이돌이 SM엔터테인먼트의 전형적인 전략에 의한 승리였다면 '싸이'의 '강남스타일'의 미국을 포함한 전 세계적 성공은 특색 있는 콘텐츠와 전 세계인이 사용하는 영상 플랫폼 '유튜브' 의 합작품이라고 할 수 있다. 중독성 있는 가사와 싸이 특유의 개그 감각이 배어있는 안무가 추가된 '강남스타일' 뮤직비디오는 한국어를 모르는 외국인들에게도 흥미를 불러일으키는 데 크게 성공했다.

강남스타일 뮤직비디오는 K-POP에 관심 있던 미국 청년들이 중심이 되어 K-POP을 몰랐던 미국인들에게 재미있는 영상으로 알려지게 됐고, 그들은 유튜브를 통해 해당 뮤직비디오를 관심 갖고 재미있게 시청한 결과 곡 발표 약 보름만에 유튜브 조회 수 1000만 건을 돌파하였다.

이 때부터 북미권을 중심으로 싸이에 대한 인기는 끝없이 치솟게 됐고 해당 뮤직 비디오에 '옐로우 가이'로 출연했던 유재석과 '엘리베이터 가이' 노홍철까지 미국 내에서 큰 인기를 끌더니 싸이와 함께 2012년 연말 미국 타임스퀘어에서 공연을 하는 영광도 안게 된다.

사실 그 이전에도 국내 연예인들의 미국 진출 시도가 없었던 것은 아니다. 특히 박진영이 설립한 'JYP'는 미국 진출에 남다른 열정을 보인 대표적인 연예기획사로 국내 인기 가수 '비'와 여성 아이돌 그룹 '원더걸스' 등을 미국에 진출시켜 주목할 만한 성적을 기록하기도 했다. 하지만 싸이의 강남스타일의 성공이 더욱 주목 받는 이유는 바로 외모가 아닌 싸이가 가지고 있는 특유의 콘텐츠와 플랫폼의 힘이 대단했다는 점이다.

싸이의 강남스타일 뮤직비디오는 2005년 유튜브 창사 이래 최초로 2012년 시청 횟수 10억 건 돌파라는 대기록을 세우며 2012년 유튜브에서만 21억 원의 수익을 올렸고, 음원 판매 수익 등을 다 합치면 최소 64억 원의 수익을 올렸을 것이라고 추정한다.

강남스타일의 성공이 더 놀라운 이유는 북미 시장에서의 인기로만 끝난 것이 아니고 북미에서 남미, 남미에서 유럽, 유럽에서 또 다른 국가들로 강남스타일의 인기가 옮겨가며 오랜 기간 지속됐다는 것이다. 이로 인해 싸이는 전 세계적인 엔터테이너로 떠올랐고, 그 후 발매된 신곡 '젠틀맨'의 흥행에도 큰 영향을 미쳤다.

한편, 싸이의 강남스타일 성공 이후 해외는 물론 국내에서도 큰 변화가 일어났는데 먼저 강남스타일의 노래에 나온 서울 강남지역에 대한 외국인들의 관심이 증가하여 실제로 강남지역을 찾는 관광객이 상당수 늘어났는가 하면, 강남스타일 이외의 다른 K-POP에 대한 관심도도 대폭 증대된 것이다.

그렇다면 중국에서의 한류는 어떠한가. 게임과 마찬가지로 엔터테인먼트 업계에서도 중국은 세계적인 큰손으로 손꼽히고 있다. '장나라', '채림', '추자현' 등의 여자 배우들이 중국에 진출해 현지 드라마에 출연하면서 관심 깊게 시작된 중국내 한류열풍은 이후 K-POP과 함께 새로운 국면을 맞이했다. K-POP 열풍의 한가운데에는 중국 진출을 위해 적극적으로 현지 멤버를 그룹에 포함시킨 기획사의 기획력이 한몫 톡톡히 한다. 대표적인 예가 슈퍼주니어M의 '조미'와 '헨리', 에프엑스의 '빅토리아'와 '엠버', 미쓰에이의 '페이'와 '지아' 등이다. 이들 중국인들은 국내 활동 휴식기에는 중국 현지로 가서 활발히 활동하며 개인의 인지도를 높이고 있다.

그리고 최근 중국 시장은 또 한 번의 변화를 맞이했는데 바로 개인 혹은 그룹이 아닌 방송 콘텐츠 자체가 중국에서의 하나의 상품이 된 것이다. 지난 2013년 방송된 후 국내에 '치맥'(치킨과 맥주의 합성어) 열풍과 '도민준앓이'를 몰고 온 '별에서 온 그대'는 중국에서 방영된 후 하나의 신드롬을 불러 일으켰다. 국내에서도 드라마에서 사용한 제품을 모두 매진시키며 '완판녀'라는 별명을 얻은 '전지현'은 중국에서도 강력한 매진 파워를 보였으며, 남자 주인공 도민준 역할을 맡은 '김수현'은 중국에서 CF로만 약 3백 억 원 가량을 벌어들이며 최고의 인기를 구가했다.

그들의 인기는 그들만의 것으로 끝난 것이 아니라 중국 내에서 김수현 혹은 전지현 닮은꼴인 일반인들이 방송으로 진출하고 그들의 이미지를 이용한 새로운 방송이 만들어지는 등 중국의 '산차이문화'(저작권을 무단으로 도용해 해당 제품과 이미지만 비슷한 이미테이션 제품을 만드는 문화 현상) 특성과 융합해 부정적이긴 하지만 중국 젊은이들을 중심으로 새로운 문화 현상이 만들어지기도 했다. 중국 '김수현 열풍' 이전과 이후의 키스트 주가는 크게 차이가 난다. '별에서 온 그대'는 이후 국내에서 제작되는 드라마의 중국 수출에도 큰 영향을 끼쳤는데 특히 '이민호', '박신혜'가 출연한 '상속자들'을 포함해 '이종석'과 '박신혜'가 출연한 '피노키오', '현빈'과 '한지민'이 출연한 '하이드 지킬, 나' 등의 중국 수출에도 지대한 영향을 끼쳤다.

이밖에도 중국에서의 국내 방송 콘텐츠 바람은 예능으로도 번져가고 있다. 이미 SBS의 인기 예능 프로그램 '런닝맨'이 중화권에서 독보적인 인기를 차지하고 있으며, TVN 나영석 PD의 '꽃보다할배' 방송 포맷이 수출된 것이 대표적인 예라고 말할 수 있다.

지난 11월 1일자 미국 '월스트리트저널'(WSJ)은 '한류, 이젠 학문적 연구대상'(Academics Put Spotlight on Korean Pop Culture)이라는 제목의 기사에서 "세계 일부 지역에서 하나의 현상으로 부상한 K-POP을 연구하는 학자들이 이런 질문에 대한 답을 찾기 위해 애쓰고 있다"고 보도한 바 있다.

실로 엄청난 세계 문화기류의 변화이다. 학문적으로도 세계적인 연구의 대상이 된 한류, 바야흐로 우리 한민족의 문화 한류가 어느덧 세계 문화의 중심에 리더로서 우뚝 자리하였음을 실감하게 된 것이다.

# 우리 문화는 햇빛문화,
# 그리고 국풍이 역사의 대세

박성수

20세기를 돌아보면 1914년 1차 세계대전이 일어나고 끝난 뒤에도 세계 평화가 오지 않았다는 것을 알 수 있다. 1차 대전 후의 그 평화는 2차 대전을 준비하기 위한 무장 평화였던 것이다. 무장 평화는 서구문명이 발명한 가짜 평화였다. 지금의 평화도 마찬가지다. 언제 전쟁이 일어날지 모르는 평화를 가장한 전쟁이다.

1941년에 일어난 2차 세계대전이 1945년에 끝났다. 그 때 8.15 해방의 기쁨을 생각하면 얼마나 기뻤는지 눈물이 날 지경이다. 정말 이제는 절대 전쟁이 일어나지 않는다고 생각했었는데 불과 5년만인 1950년에 다른 곳도 아닌 우리나라에서 전쟁이 일어났다. 6.25전쟁이다. 한국전쟁이라고 하는 3차 대전도 3년 만에 끝났으나 그 대신 찾아온 평화는 냉전이었다. 이것을 세계는 동서냉전이라 하였으나 그 지긋 지긋한 냉

**박성수(朴成壽)** _ 전북 무주 출생. 서울대학교 사범대학 역사교육과 졸업. 고려대학교 대학원 졸업. 성균관대학교 교수. 국사편찬위원회 편사실장. 한국학중앙연구원 교수 · 명예교수. 국제뇌교육종합대학원대학교 명예총장. 국제평화대학원대학교 총장. 문화훈장 동백장, 문화훈장 모란장 등 수훈. 저서 《역사학개론》《독립운동사 연구》《단군문화기행》 외 50여 권 상재.

전은 39년이나 계속되었다.

그러다가 엉뚱한 곳에서 평화가 왔으니 독일 베를린이었다. 베를린 장벽이 무너지고 세계평화는 찾아왔다고 떠들썩했으나 한반도에는 아직도 한국전쟁이 휴전상태로 남아 있어 남북이 대치하고 있다. 만일 후대에 역사가가 이 시대를 평가한다면 '미련한 놈들!' 이라 비웃을 것이다. 중동에서는 새로운 종교전쟁이 벌어지고 있다. 국지전쟁같이 보이지만 사실상의 4차 대전이 될 가능성이 보인다. 이렇게 볼 때 지금의 불안한 평화는 평화가 아니다. 그러면 무엇인가.

1차 세계대전 → (무장평화) ─┐

└→ 2차 세계대전 → 3차 대전 (한국전쟁) → 4차 대전(중동전쟁)

사뮤엘 헌팅턴[1]은《문명의 충돌》로 유명한 미국의 정치학 교수였다. 그는 1989년 동서냉전이 끝났으나 새로운 종교전쟁이 일어날 것이라 예언하였다. 아니나 다를까, 2001년 미국의 무역센터가 폭파되더니 21세기는 테러전쟁으로 시작되었다. 15년이 지난 지금도 중동에 이슬람국가(IS)가 세계를 위협하고 있다. 헌팅턴이 말한 종교전쟁이 아니고 무엇인가. 이전 같으면 미국이 곧바로 중동전쟁에 개입했을 것이지만 그렇지 않다. 왜 미국은 그러고 있는가. 그 좋은 핵무기를 가지고 싹 쓸어버리면 되는 것이 아닌가. 그러나 그렇게 간단한 것이 아니다.

그 옛날 로마제국이 멸망한 원인은 지중해의 식민지를 지키기 위해 너무 많이 로마군을 파병하여 과도한 군사비 지출을 하다 보니 그 당당

---

1) Samuel Huntinton, clash of civilizations. 1996

한 위세가 땅에 떨어지고 식민지는 물론 로마 본토까지 다 잃고 말았던 것이다. 이 역사적 교훈을 누군가가 말해 주어야지 아니면 미국이 로마제국처럼 될 가능성이 높은 것이다.

미국은 불과 200년 만에 세계를 제패하게 된 행운아였다. 그러나 지금은 미국이 그런 처지에 있지 않다. 아무데서나 전쟁이 일어났다 해서 미군을 보낸다면 그 돈이 모두 미국민의 세금인데 어떻게 감당할 것인가. 큰 코 다친다. 미국에 대한 충고는 한국정쟁과 베트남(월남) 전쟁 때부터 이미 시작된 것이었으나 미국의 역대 대통령이 그런 충고를 귀담아 듣지 않았다. 특히 부시가 그랬다.

우리로서는 미국의 한국전쟁 참전이 고마운 일이었으나 미국으로서는 큰 손해였다. 아무리 큰 고래라도 한 번 쓰러지면 개미떼가 달려와서 살코기를 맛있게 먹는다. 그러나 미국은 상대가 날리는 KO 펀치만 의식했지 잔 펀치가 들어오는 것을 너무 소홀히 했다.

아무리 미국이 로마제국과 같이 강하다 해도 더 이상 남의 전쟁에 개입하면 안 된다. 때로는 먼로정책을 써야 한다. 윌슨의 민족자결원칙 같은 것은 이미 그 시효가 끝났다. 미국이 그것을 알고 있으나 지금은 빼도 박지도 못하는 로마제국 신세가 된 것이다. 최근에 와서야 미국의 위정자들은 헌팅턴의 충고를 알아듣고 정책변경을 고려하게 되었다.

미국의 쇠망을 예언한 학자는 헌팅턴뿐만 아니었다. 미국이 위태롭다고 충고한 학자들 가운데는 심지어 2025에 미국이 망한다고까지 예언하고 있다. 우리나라 같았으면 보안법 위반으로 감옥에 갈 일이다. 2025년이라면 앞으로 10년밖에 안 남았다. 그러니 미국으로서는 세계를 지배하는 일극시대(一極時代)가 끝난다는 경고음을 듣지 않을 수 없는 것이다.

그 좋은 핵무기를 쓰면 간단할 것 같지만 그렇게 간단한 문제가 아니다. 미국을 대신하여 다음에 나설 나라가 중국이냐 아니면 유럽연합이냐 하고 떠드는 판국이니 미국으로서는 19세기부터 내려오는 헤겔과 마르크스의 한 물간 철학을 믿고 그대로 전진할 수 없는 처지다. 만시지탄을 금할 수 없으나 지금이라도 늦지 않았으니 헌팅턴의 말을 듣고 정책 변경을 서둘러야 한다.

헌팅턴이 미국에 충고한 철학은 19세기의 헤겔과 마르크스의 철학의 할아버지격인 아리스토텔레스로부터 이어져 온 그리스의 고대 철학의 자투리다. 지금 정치학을 공부한 학도로서 아리스토텔레스를 모르는 사람이 없을 것이지만 공부를 다시 해서 그 역사적 맥락을 짚어 보아야 한다. 아리스토텔레스에서 성 아우구스티누스, 그리고 누구누구를 지나 헤겔과 마르크스에 이르는 맥을 짚어야 오늘의 로마제국인 미국이 든 병을 진맥할 수 있다.

돌파리가 아무리 떠들어도 미국의 병은 알 수 없다. 마르크스는《자본론》으로 유명하지만 〈아시아적 생산양식〉으로도 유명하다. 그 주장의 핵심은 헤겔의 세계사관을 도용 내지 차용한 것인데 그 맥은 아리스토텔레스와 그 스승인 소크라테스와 플라톤으로 소급된다. 두 사람은 그리스가 낳은 공자와 맹자다. 그러나 동서양의 역사관의 차이는 여기서 시작된다.

헤겔은 말하기를 역사는 아시아 즉 동양에서 시작하여 서양으로 달려가는데 서양에서 끝난다고 했다. 끝난다는 것은 목적을 달성한다는 뜻이다. 역사에는 반드시 달성해야 할 목적이 있다고 믿은 헤겔은 동양을 역사의 시작이라 하였으니 동양을 매우 존경한 것같이 보이나 그렇지 않다. 아프리카가 인류 역사의 시작이지만 아직 미개한 단계이고 아시아가 그 다음이라는 것이다. 아프리카는 야만이요, 아시아는 겨우 야만에서 벗어나 인간이 된 시초라는 것이다. 이렇게 건방진 이론이 어디 있는가. 그러나 이것이 서양의 보통 지식인이 갖고 있는 동양사관인 것이다.

　오늘의 역사학자들도 헤겔의 말을 따라 모두 인류역사의 시작을 원시시대라 한다. 아프리카에 원시인이 살고 아시아에는 고대인이 산다. 그 다음에 그리스와 로마인이 나타나 역사를 발전시키는데 마지막에 게르만인이 등장하여 역사를 완결한다는 것이다. 이것을 인종으로 바꾸어 설명하면 아프리카의 흑인, 아시아의 황인종, 마지막으로 그리스 로마 게르만의 백인이 역사를 이끌어 역사의 목적을 달성한다는 것이다. 그러니까 헤겔에 의하면 태초에 개구리나 원숭이 같은 동물이 진화하였으나 단지 그들은 아프리카의 원시인으로 변하여 진화하다가 아시아에 황인종에 이르러 진화에서 발전으로 톤이 바뀐다는 것이다. 그러나 황인종의 역사는 단지 통치자 한 사람이 자유로울 뿐 대다수의 사람들이 노예가 되는 시대였다고 본다. 그 다음이 모든 사람이 자유로운 서유럽의 백인사회가 된다고 하니 기막힌 역사관이다. 그러니까 역사발전의 주체는 흑인에서 황인 그리고 백인으로 발전한다는 말이 되는 것이다.

개구리 → 원숭이 → 흑인 → 황인 → 백인

　이것이 헤겔과 마르크스의 역사관이었으며 그것이 20세기 서구인과 미국인들의 부질없는 세계관으로 이어진 것이다.

　헌팅턴이 말한 '문명 충돌'의 속을 까발려 볼 때 알맹이가 보이지 않는 DIOD파와 같다. 헌팅턴과 비슷한 시기에 나온 프랑시스 후쿠야마의 《역사의 종말》을 보면 확실히 자기는 헤겔과 마르크스의 세계관을 비판했다고 밝혔다. 자기는 헤겔과 마르크스처럼 인류의 역사에 뚜렷한 목표가 있다는 시대가 끝났다는 뜻으로 역사의 종말이라 했다고 했다. 그러나 동양을 무시하고 세계사를 서양 중심으로 쓴 데 변함이 없다. 세계사를 보는 데 있어서 동양을 무시한 것은 두 사람 다 같았다. 후쿠야마는 일본인이어서 일본을 제일가는 민족으로 윤색했다. 단지 서양에 없는 것이 동양의 정신문화라 하였으니 얼핏 보기에 동양의 정신을 존중한 것처럼 보인다. 그러나 그런 속임수에 아무도 속지 않는다.

가장 중요한 문제는 미국의 몰락이 서구문명의 몰락을 의미한다는 데 있다. 미국의 몰락을 예언한 사람은 헌팅턴 한 사람이 아니었다. 먼저 세계에 7대 문명이 있었다고 전제한 헌팅턴은 일곱 중의 하나로 중국문명을 제일로 치고 한국을 중국문명의 한 부분으로 얕잡아 보았다. 이 점이 헌팅턴의 큰 오해요 착각이었다. 그러나 토인비의 실수를 답습한 것이다. 《역사의 한 연구》로 유명했던 아놀드 토인비[2]도 동양에 한국이 있다는 것을 알면서 한국을 중국과 일본 사이에 끼어 있는 쓸데 없는 속국으로 취급하였고 한국은 독자적인 문명으로 발전하지 못했다고 폄하한 것이다.

우리는 토인비의 잘못 예언한 것을 모르고 열심히 그의 책을 사서 읽었다. 50년 전의 일이었으나 책을 읽을 때는 반드시 가려서 읽어야 한다는 교훈을 남겼다. 헌팅턴의 책도 마찬가지다. 그도 한국을 무시하였는데 한국인은 또 다시 자기를 모함한 책을 모르고 많이 사서 읽었다. 아마도 헌팅턴은 자기 책을 읽어준 한국인을 고맙게 생각하지 않았을 것이다. '자기 나라를 무시하는 책인데도 그걸 모르고 많이 사서 읽어주는구나' 하고 비웃었을 것이다. 그는 2008년에 한국인을 무시한 채

---

2) Anold Toynbee

세상을 떠났다. 그러나 하나 고마운 것은 일본문화를 달빛문화로 평가 절하한 것이다.

달빛문화란 태양처럼 독자적으로 빛을 발하지 못하는 달처럼 본다는 것이다. 제대로 본 것이다. 일본문화가 남의 문화를 빌린 차용문화(借用文化)라 평가한 것은 옳은 견해였다. 달빛은 낮에 빛을 발하지 못하고 밤에야 태양 빛을 받아서 빛을 반사할 뿐이다. 그러니 달빛은 비열한 빛이다. 우리로서는 매우 유쾌한 주장이다. 필자는 그 대목에서 얼마나 고마운지 대한독립만세를 삼창했다. 그러나 일본인들은 헌팅턴의 설을 원망하고 있다.

한국은 지난 1천 년간 중국의 영향을 받은 것은 사실이나 아일랜드나 스코틀랜드가 독립운동을 한 것처럼 침략자를 잊지 않고 원수로 보고 있다. 문화를 바람 풍(風)자로 표현하기도 한다. 우리나라에서는 반드시 집안에 백세청풍(百世淸風)이란 액자를 걸어놓고 청백을 자랑하였다. 청백의 반대는 부정이다. 요즘의 우리나라처럼 부정한 사람이 많으면 이미 한국이 아니다. '백세토록 깨끗하게 살아라' 는 가훈이 살아 있어야 한다. '백세청풍' 넉 자를 애지중지하면서 중국까지 가서 받아 온 글이 조선의 선비정신이었다.

우리나라는 족보의 나라다. 족보를 가지고 자랑으로 알았다. 한 사람이라도 족보에 부정한 사람이 있으면 족보에서 삭제되거나 족보 자체를 없앴다. 이완용이 친일파로 몰리자 우봉이씨 가문에서는 이씨 족보 자체를 없애 버렸다. 우리나라는 치(恥)의 나라요 수치를 가장 부끄럽게 여기는 민족이다. 서양은 죄(罪)의 나라라 하면서 치가 무엇인지 모르지만 우리는 법 이전에 치가 있다는 것을 알고 있다.

우리는 바람이 났다는 말을 나쁘게 사용하고 있다. 바람이 났다는 말을 좋게 쓸 때도 있자만 대개 나쁘게 사용한다. 일본어로 감기 들은 것을 바람이 들었다고 한다. 감기는 모든 병의 원인이니 감기는 그 자체가 나쁜 것이다. 일본에 우리나라 사람이 건너가 살았으니 바람의 쓰임새가 좋을 리 없는 것이다. 말과 글까지 건너갔으니 그 쓰임새가 같을 수밖에 없다.

한자가 중국에서 들어올 때 다른 글자들은 아무 탈 없이 들어왔는데 유독 바람 풍(風)자만은 바람에 날려 물에 빠지고 말았다. 글자는 한 자 한 자 따로 써서 받아왔는데 문화를 받아온 것이다. 중국에서 받아온 글자가 백세청풍(百世清風) 네 자였다. 그런데 글을 받고 배를 타고 발해만을 건너오는데 풍(風)자 하나가 그만 바람에 날아가 버렸다. 다시 중국으로 돌아가서 풍자 한 자를 받아올 수가 없어서 자기가 붓을 들어 풍자를 썼다. 그래서 지금 우리나라 양반 집 벽에 걸린 액자 '백세청풍'의 풍자 한 자가 이상하다. 필체가 다른 것이다.

이와 같이 문화는 바람인데 바람에는 외국에서 불어온 바람과 나라 안에서 부는 바람이 있다. 전자를 외풍(外風) 후자를 내풍(內風)이라 한다. 우리나라에 인도의 문화 불교와 중국의 문화 유교가 들어왔으나 그 이전에 우리나라 고유의 문화가 있었다.

신라는 당나라의 도움을 받아 백제와 고구려를 멸망시켜 삼국을 통일하였으나 당나라에 진 빚 때문에 당나라 문화를 받아들였다. 그래서 당풍(唐風)이 불었는데 그 바람에 단군조선으로부터 이어받은 국풍(國風)을 잃어갔다. 신라가 잃은 국풍은 화랑도였다. 화랑도는 삼국통일의 원동력이었다. 삼국사기에는 김유신을 비롯한 화랑의 이름을 들었으나 알고 보면 신라의 젊은 남녀는 모두 화랑과 원화였다. 화랑이 사라지면 신라가 망하는 것이다. 이 사실을 안 당나라 군주는 신라의 화랑정신을 빼어버리기로 마음먹어 첫째 모든 무기를 버리고 농구로 만들게 하였다. 무기를 잃은 화랑들은 적과 싸우려고 해도 싸울 수 없게 되었다. 그보다 더한 손실은 신라가 정신적인 대들보를 잃은 것이다.

신라에 화랑과 원화가 사라지고 없으니 신라가 아니었다. 국풍이 불지 않고 당풍만 불게 되었으니 당나라의 속국이나 다름없게 된 것이다. 신라의 통일을 비판하는 소리는 여기서 나는 것이다. 차라리 고구려가 아니면 백제가 통일했으면 좋았을 것을 하면서 아쉬워하는 것이다.

국풍은 단군조선시대의 문화였다. 우리 고유의 바람이 끊어지고 외풍이 불기 시작한 것이 통일신라시대였으니 고려와 조선 1000년의 역사 모두 보잘 것이 없는 물건이 되고 말았다. 고려 조선 1000년이 지난 뒤 다시 최근 100여 년 동안에 서양에서 불어오는 외풍을 맞으니 이름하여 양풍(洋風)이었다. 양풍은 나무로 말하면 뿌리채 뽑힐 정도로 강풍이었다. 한 번 달라붙으면 떨어지지 않는 악성 문화였다. 우리나라뿐만 아니라 동양 각국의 국풍이 양풍에 모두 쓰러졌다. 사람으로 말하면 모두가 독감에 걸린 것이다. 아니 요즘의 메르스에 걸려 병상에 누운 것이다.

조선 5백년간의 외풍은 유풍(儒風)이었고 근대에는 왜풍(倭風)이 불었고 광복 후에는 양풍이 불어 신음하고 있는 것이다. 그러나 우리는 태초에 우리 문화가 있어 건강했다. 오랫동안 독자적인 문화 즉 국풍 속에서 잘 살아왔고 삼국시대에 이르러서야 인도에서 불어온 불교바람과 중국에서 불어온 유교바람으로 인하여 우리의 국풍이 흔들렸으나 잘 버티었다. 공자의 유교나 석가의 불교가 우리와 밀접한 관계가 있었다. 참으로 다행한 일이었다. 유교가 중국 것이 아니라 우리 풍류도의 한 가락이었다는 사실이다.

그러나 밤에 집안에 전기가 들어오고 길에 자전거와 자동차가 달리기 시작하는 근대문화와는 이전에 보지 못한 이문화(異文化)였다. 이 외래문화는 과학과 기술, 거기에다 기독교문화로 무장한 탱크였다. 더욱이 일본이 총칼을 들고 쳐들어오니 우리는 한동안 정신을 차릴 수가 없었다. 가위를 들고 단발을 하지 않나 양복을 입히고 구두를 신겨 외모까지 싹 바꾸어 놓았다. 우리만 그런 것이 아니고 모든 동양이 서양문명의 바람에 휩쓸리고 만 것이다.

그러나 겉으로 보기에는 우리 국풍이 쓰러져 힘없이 무너지는가 싶었다. 우리 국풍이 유풍, 불풍 그리고 양풍으로 쓰러진 논의 벼로 보였다. 그러나 그렇지 않았다. 다시 일어나는 것이다. 요번에 쓰러지면 그만인데 다시 고개를 들고 일어난 것이다. 왜 일어났는가? 물어보니 국풍이 죽지 않고 살아있기 때문이라 대답하는 것이다. 무력에는 약한 한국인이 뜻밖에도 문화에 강했던 것이다. 양복을 입고 보니 겉으로 보면 한복을 입었던 모습과 달랐으나 속은 멀쩡하였다.

한국인의 속에 무엇이 들어있는가. 국풍이라는 불변의 문화가 들어 있었던 것이다. 한국인의 가슴 속에 탄탄한 그 무엇이 들어있었던 것이다. 사람은 머리(Head)와 손(Hand)과 가슴(Heart) 3H로 구성되어 있으니 3H만 빼앗으면 노예가 된다는 말이 있다. 그런데 한국인은 머리와 손만 빼앗기고 가슴이 그대로 남아있었던 것이다. 겉 다르고 속 다른 사람을 가장 미워한다고 하던 한국인이 겉 다르고 속이 다른 사람이 된 것이다.

지난 200년간 많은 서양인들이 한국에 와서 보고 느낀 것이 기행문으로 엮이어 남아 있다. 그 많은 책을 다 읽어 보니 공통된 결론이 그들의 가슴 속에 자기 문화를 간직하고 살아가고 있다는 것이었다. 그러니 중국문명 속에 갇혀 살다가 서양문명 속으로 옮아갔다는 소리는 겉만 보고 내린 판단이란 사실이 밝혀진 것이다.

따라서 동양에 중국문화만 있다는 헌팅턴의 가설은 틀린 것이다. 북경에서 기차를 타고 한국을 지나가면서 서울에서 내려 한국을 보라는 기자의 권고를 거부한 채 일본으로 가버린 아놀드 토인비의 책 《역사의 한 연구》도 엉터리일 수밖에 없는 것이다. 한국과 중국, 그리고 일본은 전혀 다른 문명 속에 살고 있다는 것을 모르고 12권의 책을 썼으니 그의 역사 연구는 역사의 한 연구에 지나지 않는 것이다. 한·중·일 문화가 다르다는 것은 한·중·일에 사는 사람이라면 누구나 아는 것을 토인비와 헌팅턴, 그리고 후쿠야마만 몰랐던 것이다. 특히 한국을 보지 않고 동양을 논하는 자들의 시각은 헤겔과 마르크스 그리고 니체의 책만 읽고 동양에 한국문화가 있다는 것을 모르고 있는 것이다.

그러나 우리 자신도 우리가 겉과 속이 다른 사람이 되었다는 것을 모르고 있다. 그러니 한국문화에 대해 외국인에게 묻는 것이나 한국인에게 묻는 것이나 모두 장님에게 길을 묻는 것이나 다름이 없는 것이다.

최근 간통죄가 없어졌다고 하니 법원을 찾는 사람이 많다고 한다. 그리고 이혼이 급격히 늘고 있다고 한다. 자기 아내가 바람을 피우고 있다는 사실을 동네 사람들이 다 알고 있는데 자기만 모른다는 말이 있다. 우리가 지금 어떤 병에 걸리고 있는가 하는 것을 서양인은 다 알고 있지만 우리 자신은 모르고 있는 것이다. 한국이 지금 앓고 있는 병이 무슨 병이며 어느 정도로 심각하며 치료는 가능한가를 알아보기 위해 병원에 달려가야 한다.

한국인이 지금 앓고 있는 병을 흔히 한국병이라 한다. 한국병의 특징 중 하나는 자기 역사와 문화를 너무 모른다는 병이다. 가령 서울 서대문 밖에 서재필이 세운 독립문이 있다. 영어로 독립문을 어떻게 쓰느냐 하고 물으면 쉽게 대답하겠지만 독립문이 어느 쪽을 향해 서 있느냐? 하고 물어보면 '글쎄요' 하면서 대답하지 못한다. 독립문은 시내를 향해 서 있는 것이 아니라 시의 밖을 향해 서 있다. 영천고개 너머 홍제동쪽을 보고 서 있는 것이다. 우리는 병자호란 이후 300년간 청나라로부터 받은 외압의 한이 얼마나 컸던가 하는 것을 잊고 있다. 그러니 독립문이 어디를 향해 있는가를 모르고 있는 것이다. 독립문의 방향을 모른다는 것은 우리의 과거를 모를 뿐 아니라 미래도 모른다는 이야기다.

또 알아야 할 일이 있는데 우리나라 독립문은 프랑스 파리의 개선문에 비하면 보잘 것 없이 작다. 그러나 그 정신은 우리에게 엄청나게 크다. 그것을 시민에게 알려주어야 한다. 파리의 개선문은 전쟁에 이겼다고 해서 세운 문이지만 프랑스는 19세기의 독불전쟁에서 졌고, 20세기의 1,2차 세계대전에서도 연전연패하였다. 그러니 개선문이 아니라 패전문인 셈이다.

개선문을 세운 자는 나폴레옹 3세였다. 자기가 나폴레옹과 아무 관계도 없는데 나폴레옹의 이름을 도용하여 정권을 잡은 자가 나폴레옹 3세였다. 개선문도 외침에 대비하여 세운 문이 아니라 실은 프랑스 시민이 자기를 반대하는 혁명을 일으킬까 두려워서 세운 문이었다. 사전에 보면 개선문이란 '전쟁에서 이기고 돌아오는 군사를 환영하고 기념하기 위하여 세운 문' 이라 하였다. 그러니 파리의 개선문은 완전히 겉과 속이 다른 위작인 것이다.

그러나 우리나라 독립문은 겉모습이 개선문을 본떴으나 300년 청나라의 압박으로부터 독립을 선언한 이름 그대로의 독립문이었다. 최근 어떤 미친 노인이 남대문(숭례문)에 불을 질러 5년간이나 복원공사를 하게 만들었으나 숭례문이야말로 서울의 정문이었다.

4대문 중 가장 큰 문이 남대문이었다. 이 문의 위치를 반대한 사람이 무학대사이었다. 그는 서울의 정문을 동대문으로 해야 한다고 주장하였다. 우리나라의 주적은 동쪽의 일본이었으니 일본을 향해 대문을 세워야 한다고 주장한 것이다. 동대문을 크게 세워야 왜구와 외풍을 막을 수 있다고 주장한 것인데 태조 이성계는 듣지 않고 정도전의 주장을 받아들였다.

무학대사는 만일 남대문을 서울의 정문으로 삼는다면 서울이 고려의 서울 개성처럼 된다고까지 말했다. 개성의 뜻은 적에 문을 열어 항복한다는 뜻이다. 그래도 이성계는 무학대사의 충고를 듣지 않았다. 무학대사는 만일 정문을 남대문으로 한다면 200년 뒤 왜란이 일어난다고 경고도 하였다.

태조 이성계는 TV드라마 '용의 눈물' 주인공이었다. 왜 눈물을 흘려야 했냐 하면 무학대사의 말을 듣지 않고 정도전의 말을 들었기 때문이다. 그런데 요즘 TV드라마로 정도전을 영웅으로 띄우니까 모두가 정도전을 영웅시하고 있다. 누가 작가인지 모르지만 동서남북을 모르는 정도전보다 5백 년 대한의 운명까지 꿰뚫어본 무학대사가 영웅이었다는 것을 알아야 했다. 무학대사는 함경도의 한 촌구석에서 이성계를 발견하여 망해가는 고려를 신흥 조선으로 만든 용이었다. 그런 대무(大巫)의 말을 듣고 권좌에 오른 이성계는 불과 몇 년 만에 권력이란 마약에 정신을 잃어 국풍을 잃고 만 것이다.

만일 이성계가 정도전의 말을 듣지 않고 무학대사의 말을 들었더라면 조선왕조의 수명이 1천 년은 되었을 것이다. 임진왜란도 없고 일제 침략도 없었을 것이다. 6.25로 1만5천 명의 피난민이 흥남부두에서 부산으로 피난하지 않았어도 되었을지 모른다. 지나친 억측이라 할지 모르지만 억측이 아니다. 국풍을 잃어서는 안 된다. 늦지 않았으니 이성계가 잇지 못한 국풍의 맥을 우리가 되찾아 역사의 방향을 바꿔놓아야 한다.

# 전통적 정신문화의 현대적 계승

– 효(孝) 사상을 중심으로

## 윤명선

어느 나라든 오랜 역사 속에서 나름대로 전통문화를 유지하면서 발전하고 있다. 전통문화는 고유한 가치를 가지고 있는 동시에 생활관습으로 남아있기 마련이다. 그러나 역사는 흐르고 사회는 변하는 법이다. 우리나라는 건국 이후 무비판적으로 물질문명을 받아들임에 따라 고유한 정신문화는 밀려나고, 전통문화는 거의 사라지고 있다. 그 중 대표적인 것이 효 윤리와 가족제도이다. 그 결과 급속한 경제발전과 민주화에도 불구하고 국민들의 행복지수는 OECD 국가 중 가장 낮은 수준이다. 무비판적인 개인주의의 수용 여파로 공생과 질서를 기본으로 하는 공동체의 가치가 흔들림으로써 그 부작용이 심각한 단계에 이르렀다.

무엇보다도 어떻게 이러한 국가적 위기를 극복하고 건전한 공동체

**윤명선(尹明善)** _ 서울 출생(1940년). 경희대학교 법과대학, 동 대학원 졸업, 미국 뉴욕대학교 로스쿨 졸업(법학박사). 경희대학교 법대교수, 법대학장, 국제법무대학원장, 헌법학회 회장, 인터넷법학회 회장, 사법 · 외무 · 행정 고시위원 등을 역임하고, 현재 경희대학교 명예교수로 활동.

로 발전해 갈 것인가가 현재 우리나라가 당면한 중대한 과제이다. 지금은 우리나라 정신문화의 우수성만을 논할 때가 아니라, 우리의 전통적 가치와 문화를 합리적인 방향에서 재평가하고, 새 시대에 적합한 효 사상과 윤리를 계승·발전시켜 나가야 할 때이다. 그리하여 국민들의 의식개혁을 통해 국가의 근본을 바로 세우고, 건강한 공동체로 거듭나야 한다. 이러한 관점에서 효 문화를 중심으로 그 가치와 윤리를 재검토하고, 새 시대에 적용 가능한 계승방법을 검토해 보고자 한다.

## 1.

가정은 인간관계가 형성되기 시작한 원시사회부터 존재해 왔다. 가정은 최소 규모의 기초적 공동체로서 가장 먼저 나타난 '생활공동체' 이다. 공동체의 기본적인 속성은 협력과 질서를 통해 하나의 유기체로서 공생하는 관계이다. 그래서 공동체란 구성원들이 소속감을 가지고 조직을 통해 공동의 이익을 추구하는 집단을 말한다.

가정은 사랑의 보금자리로서 함께 살아가며 행복을 공유하는 곳이다. 가정의 중요한 기능은 공동생활을 하면서 자녀들에게는 생활에 필요한 지식을 전수하거나 예절을 가르치고, 자식들은 부모를 공양함으로써 '부모와 자식을 잇는 행복'을 만들어내는 곳이다. 가정이 행복해지려면 구성원들이 '효' 윤리로 무장을 해야 하며, 건강한 가족들이 모여 건전한 사회와 나라를 이룰 수 있으므로 효 윤리가 가장 값진 전통적 문화유산인 것이다.

고대사회에서는 샤머니즘이 유행을 하여 조상신을 모시는 숭조사상(崇祖思想)이 지배하였다. 부모에게 효도하는 것이 곧 하나님을 섬기는 것으로 여기면서 효 사상을 '경천사상'과 연결시켜 합리화하였다. 이 사상은 민족정신처럼 전통사회의 중심윤리로 전승되어 왔다. 삼국시대에 들어와서 태학이나 학당을 설립하여 효 사상을 어느 정도 체계화하였으며, 고려시대에 들어와서는 국자감(國子監)을 세우고, 논어와 효경을 중심으로 효 교육과 효 진흥책을 시행하였다. 효는 동방예의지국의 기본적 가치가 되었고, 이를 바탕으로 경노문화가 형성되었다.

조선시대에 들어와 유교를 국교로 채택하면서 효 사상은 통치철학으로 활용되었다. 주자학 중심으로 성리학에 의한 윤리를 강화시켰는데, 세종대왕 이후 성균관을 중심으로 관학(官學)의 중심사상으로 발전시켰다. "효로써 천하를 다스린다"는 원칙 아래 충효의 일체사상으로 진화하였다. 즉, 가정과 국가는 하나로써 가정은 국가의 축소판이고, 국가는 가정의 확대판으로 보았다. 그 목적은 효 사상을 매개로 질서를 유지하고, 이를 위해 순종하는 백성을 길러내는 데 있었다. 이처럼 효 사상은 시대에 따라 그 내용을 발전시키면서 국가의 윤리체계를 갖추어 왔다.

유교에서는 부자관계를 인륜의 기본으로 보고, 효를 기초적 가치로서 이를 확대 적용한 것이 3강·5륜이다. 오륜(五倫)이란 인간관계에서 義, 親, 別, 序, 信의 가치를 실현하는 윤리로서 ① 임금과 신하 사이에 의가 있어야 한다는 '군신유의'(君臣有義), ② 부모와 자식 사이에 친함이 있어야 한다는 '부자유친'(父子有親), ③ 남편과 아내 사이에 분별이 있어야 한다는 '부부유별'(夫婦有別), ④ 어른과 아이 사이에 질서가 있어야 한다는 '장유유서'(長幼有序)와 ⑤ 친구 사이에는 신의가 있어야 한다는 '붕우유신'(朋友有信)을 말한다. 오륜은 당시의 사회질서와 인간관계를 규율하기 위한 윤리인 동시에 규범이었다.

삼강(三綱)이란 신하가 임금을 섬기는 '군위신강'(君爲臣綱), 자식이 아버지를 섬기는 '부위자강'(父爲子綱)과 아내가 남편을 섬기는 '부위부강'(夫爲婦綱)을 말한다. 삼강은 오륜 중에서 중요한 것을 간추린 사회의 구성원리였다. 삼강·오륜이 인간관계를 규율하는 기본적 윤리이지만, 그 중에서도 효의 기초인 부자유친이 근본적 윤리요 가치였다.

"효는 덕의 근본이요 모든 가르침이 그로 말미암아 생겨난다"고 효경은 적고 있다. '효'(孝)자를 한자로 풀이하는 견해들이 있다. 그 하나는 효를 생각할 고(考)와 자식의 자(子)의 합성어로 해석하고, 부모와 자식의 관계는 서로 생각하는 관계로서 '정신적인 효'로 보는 입장이다. 다음은 효를 늙을 노(老)와 자식의 자(子)의 합성어로 해석하고, 자식이 늙은 부모를 봉양하는 '물질적 효'로 보는 입장이 있다. 여기에 효란 정신적으로나 물질적으로 부모를 공양하는 두 가지 측면을 가지고 있음을 알 수 있다. 효는 인(仁)을 실천하는 것이고(공자), 덕(德)으로서 나타나는 것이다(맹자). 효는 우리나라의 전통적 가치인 동시에 정신문화를 대표하는 문화유산이다.

효의 구체적인 내용은 부모님을 충심으로 편안하게 모시고, 부모님의 뜻을 잘 헤아려 순종하며, 부모님 곁에서 늘 보살펴 시중을 들고, 부모님의 행동이 의롭지 않을 때 간언을 하며, 가문의 명예와 혈통을 이어가고, 부모님이 돌아가신 후에는 제사와 성묘를 한다. 즉, 효란 생존하신 부모님을 봉양·존경·복종하고, 사후에는 추모하는 것으로 그 정신은 부모에게 인(仁)을 행하는 것이다.

부자관계는 또한 호혜관계라는 측면에서 부모가 자식에게 해야 할 덕목이 있으니, 약한 행동을 하지 않도록 하고, 착한 일을 하도록 타이르며, 기술을 익혀 직업을 가지도록 하고, 적합한 여자와 결혼시키며, 적당한 시기에 재산을 상속시킨다. 이처럼 효는 일방적 관계가 아니라 호혜적인 성격을 가지고 있다. 효는 당시 봉건사회를 지배하는 근본규범이었다.

## 2.

가부장적 사회에서 적용된 3강·5륜은 기본적으로 지배관계를 반영하는 것으로 불평등원칙이 지배하였다. 부자관계는 명령과 복종의 관계로서 자식의 지위를 예속적으로 만드는 수직적 인간관계를 형성하였다. 그래서 자식의 독립적 인격과 자주정신이 결여되었다. 그 결과 연장자 위주의 경로문화가 생겨남에 따라 사회가 보수화되어 사회발전을 저해하였다. 가부장제는 남성을 위주로 하는 여필종부의 사회로서 여성의 미덕은 온유와 순종에 둠으로써 남녀불평등을 초래하였다. 나아가 효는 통치이념으로 작용함으로써 절대 권력을 합리화시키고, 규제와 질서를 강조함으로써 절대왕정을 굳건히 하는 정치이데올로기로 작용하였다. 그래서 국민을 순종하는 인간으로 양성함으로써 절대적 권위에 순종할 뿐 불의에 항거하는 저항정신이 결여되었다.

그러나 부자관계를 효로써 엮음으로써 가정의 질서와 화목을 도모하고, 부모를 공경하고 봉양하며, 자녀교육을 통해 사회화와 윤리의식을 고취시키는 순기능을 하였다. 또한 그 연장선상에서 국가의 위계질서를 확립하고, 국민들은 국가에 충성함으로써 국가적 안전과 평화를 유지할 수 있었다. 효(孝)는 개인적 차원에서 부모를 성심껏 공양하는 것이고, 나아가 국가적 차원에서 나라를 섬기는 충(忠)으로 발전하였다. 이 원리가 계열적으로 적용된 것이 '수신제가 치국평천하'(修身齊家治國平天下)이다. 봉건사회에서는 사회조직과 인간관계가 단순하였으므로 이 정도의 규범으로 질서를 유지하고 통치하기에 족하였을 것이다.

유교는 다른 종교와는 달리 신을 중심으로 하는 교리가 아니므로 내세보다는 현세에 중점을 두고, 사람들이 살아가는 데 필요한 실천적 윤리를 수립하였다. 그 중심에 효사상이 자리 잡고 있으며, 효 가치를 확대하여 사회윤리를 만들었다. 불교에서는 효는 자비심과 공경심에 바탕을 둔 이타심에서 찾고 있으며, 효행을 하면 덕이 높아지고 복이 왕성해짐으로써 마침내 부처가 된다고 한다. 성경도 "네 부모를 공경하라"(10계명)고 하면서 부모에게 순종하는 것이 하나님을 순종하는 것이며, 효행이 가장 중요한 덕목임을 밝히고 있다. 섬김을 잘하는 자에게는 땅에서 잘되고 장수하라고 함으로써 성경은 부의 약속도 하고 있다. 이처럼 효 윤리는 보편적 가치로서 모든 종교가 일종의 계명으로 채택하고 있다. 다니엘 벨은 "한국의 가족제도가 세계 가족제도 중 가장 대표적인 건전한 가족제도"라고 극찬하였다.

3.

우리나라는 광복 후 서구문명이 파도처럼 밀려들어와 전통문화와 정신적 가치는 밀려나고, 서구식 가치와 사고방식이 지배하게 되었다. 서양의 근대사는 개인적 자유와 평등을 추구해 온 개인주의적 가치가 지배했다면, 동양의 역사는 가족의 효를 바탕으로 국가와 가정의 질서를 중시하는 단체주의적 사고가 만연되었다. 서구의 윤리는 민주적이고 평등관계인데 반해, 유교윤리는 가부장적이고 권위주의적이었다. 서양의 가정은 핵가족제도로서 부부관계를 중심으로 형성되는 수평적 인간관계를 형성하고 있는데 반해, 우리나라의 가정은 대가족제도로서 가족간 위계질서를 가진 수직적 인간관계를 형성하고 있었다. 이처럼 서양의 가족관계는 평등관계를 그 속성으로 하는 데 반해, 동양의 가족관계는 질서관념을 그 특징으로 하고 있다.

산업사회로 들어서면서 우리나라의 대가족제도는 부부 중심의 '핵가족제도'로 바뀌면서 긴밀한 부자관계가 서서히 변하기 시작하였다. 개인주의가 들어오면서 이기주의로 변질되어 개인의 이익과 권리만을 추구하고 공생의 가치는 퇴색하고 말았다. 자유주의가 도입되면서 공동체의 가치를 무시하면서 무절제한 자유를 구가하게 되었다. 자본주의가 발전하면서 화폐가 모든 가치의 기준이 되고 물질적 부를 추구하는데 혈안이 됨에 따라 부익부·빈익빈 현상이 나타나고, 부정부패가 만연하게 되었다. 민주주의가 도입되면서 자유와 평등을 과도하게 추구하면서 집단간 갈등이 심화되고, 정책결정은 비효율적으로 지연되었다. 그리하여 중대한 문제는 '공동체 가치'가 무너지고 있다는 사실이다.

이러한 과정에서 가정교육은 사라지고 부모는 모시지 않게 되었다. 학교교육은 인성교육을 외면하고 학력을 키우는 데 집중하고 있으며, 심한 입시경쟁으로 사회적 부조리가 판을 치고 있다. 우리나라는 급속하게 노령화사회가 되면서 독거노인이 늘어나고, 빈곤한 생활을 하며 자살이 늘어나는 등 노인문제가 심각하다. 효사상이 단절되고 가정교육이 사라짐으로써 부모를 공양하려 하지 않고 윗사람을 존경하지 않는 등 인성문제가 대두되고 있다. 가정이 맡고 있던 이러한 교육과 복지기능을 국가가 떠맡게 되니 자녀들의 인성문제와 노인들의 복지문제가 심각한 사회문제가 되었다. 결혼관이 변함에 따라 이혼율이 높아지고, 호주제를 없애고 성을 자유롭게 선택할 수 있도록 함으로써 가족문제는 심각하게 되었다.

생명의 경시풍조, 빠른 성장의 부작용, 구조적인 부정부패, 늘어나는 각종 범죄 등으로 인해 사회는 어지럽게 되고 삶의 질이 떨어지고 있다. 함께 사는 공동체를 만들기 위해서는 잘못된 시민의식을 개혁하여야 한다. 협력과 상생 그리고 공존을 기본원리로 하는 효 사상이 이들 문제를 해결할 수 있는 대안이 될 수 있다고 보는 서양 학자들도 있다. 이제 효 사상으로 재무장함으로써 근본으로 돌아가야 우리나라가 건전한 공동체로 다시 태어날 수 있고, 국민들은 행복한 생활을 누릴 수 있을 것이다.

4.

효는 단지 봉건사회나 유교교리의 유산에 그치는 것이 아니다. 효는 사람을 사랑하는 것(愛人, 애인)을 그 속성으로 하고 있다. 이처럼 효 사상에는 사랑을 실천해야 한다는 보편적 가치가 있으므로 효를 미래 가치로 전승해 나가야 한다.

토인비는 한국에서처럼 노인들이 존경 받는 곳은 없으며, 다른 문명국의 모범이 되고 있다고 극찬한 바 있다. 그러므로 효의 개념을 현대사회에 맞게 재해석함으로써 그 정신을 계승해나가야 한다. 봉건적이고 일방적이며 수직적인 효 윤리는 민주적이고 호혜적이며 수평적인 효 윤리로 바뀌어야 한다. 개인적이고 이기적이며 물질중심적인 효 정신은 집단적이고 이타적이며 정신문화적인 효 정신에 의해 보완되어야 한다. 현대사회에서 적합한 자발적이고 합리적인 효 윤리로 탈바꿈하여야 한다. 이제 효 사상은 현대 물질문명이 초래한 정신문화의 위기를 극복할 수 있는 대안으로 다시 태어나야 한다.

'부모와 자식 사이의 친함'(父子有親, 부자유친)은 천륜으로 시대와 가치관의 변화와는 무관하게 지켜야 할 덕목이다. 부모와 자녀 사이의 아가페적 사랑이 가정을 이루는 근본가치이다. 부모가 무조건적으로 자식을 낳아 기르듯이 자녀들도 부모의 사랑에 보답하기 위해 사랑하고 존경하며 공양하여야 한다. 다만 부모의 부당한 간섭이나 의롭지 못한 행동에 대해서는 이를 지적하여 부모가 깨닫도록 하는 것이 오히려 자식의 도리이다.

'임금과 신하 사이에 요구되었던 전통적 윤리'(君臣有義, 군신유의)는 민주국가에서는 그대로 적용될 수 없다. 다만 지도자의 권위는 존중하고 예의는 지킴으로써 국가질서를 유지하도록 하여야 한다. 민주국가에서 국민은 주권자로서 모든 권력은 국민에게 있으며, 대통령의 권한은 국민들의 선거를 통해 위임된 것이고, 일정한 임기를 가지고 있다. 따라서 그의 권력은 절대적인 것이 아니라 헌법에서 정한 권력을 국민을 위해 행사하여야 한다. 또한 국민은 대통령의 권한행사를 감시하고 책임을 묻는 지위에 있다.

'부부 사이에 다름'(夫婦有別, 부부유별)을 명분으로 남녀불평등을 결과하였는데, 남녀간 불합리한 불평등은 민주사회에서는 인정될 수 없고, 합리적인 평등을 보장함으로써 사회발전을 이루어야 한다. 핵가족에서 부부관계는 상호적이고 평등하다. 여성들이 교육을 받고 사회참여를 함으로써 남성들과 대등한 지위에서 가사도 분담하는 시대가 되었으며, 의사결정에 있어서 동등한 힘을 가지고 있다. 이제 가정은 사랑을 기초로 형성되고, 서로 존중하고 협력하는 관계를 이루고 있다.

'어른과 아이 사이의 질서'(長幼有序, 장유유서)는 인륜 차원에서 어른을 공경한다는 의미로는 필요하지만, 불합리한 연령에 의한 질서는 개선되어야 한다. 핵가족으로 생활단위가 바뀌고, 직업이 전문성을 띠고 있기 때문에 가족 안에서 장유유서는 본래의 기능을 할 수 없게 되었다.

'친구 사이에 신의'(朋友有信, 붕우유신)는 변함없이 지켜져야 할 덕목이다. 신(信) 윤리는 친구 사이에 국한되는 문제가 아니라 인간관계 전반에 적용되는 원리이다. 널리 퍼져 있는 불신을 극복하고 신뢰사회를 구축하기 위해 신 윤리는 아무리 강조해도 지나치지 않는다. 그러니 효 정신으로 재무장한다는 것은 궁극적으로는 '도덕재무장'을 의미한다.

효사상은 시대와 문화에 따라 구체적인 내용은 다르지만, 세계적으로 보편적인 가치로써 간주되고 있다.

① 효사상은 '인간의 존엄성' 사상을 기초로 한다. 효는 부모와 자식 간의 원초적 사랑으로 "사랑의 근본이다"(효경). 그런데 물질문명이 발전하면서 인간이 거대한 기계의 부품으로 전락하면서 인간소외를 초래하였으므로 효 정신에 의한 생명 존중과 인간성 회복이 중요한 과제이다.

② 효사상은 '공동체주의' 사상을 본질로 한다. 공동체 안에서 함께 살려면 인내심을 키워 충동적 행동을 하지 않음으로써 사회적 평화를 이룰 수 있다. 효 교육을 통해 인격을 갖춘 건전한 시민으로 육성하여 공동체가 건강하도록 하여야 한다.

③ 효사상은 '합리주의'를 지향하여야 한다. 효사상은 기본적으로 공존을 위한 공동체의 윤리로서 자유와 권리의 한계를 인정하고, 합리적인 질서를 중요시하여야 한다. 지역간, 세대간, 계급간 갈등을 방지하고, 개인과 공동체의 조화를 추구하여야 한다.

④ 효사상은 '평화공존'의 원칙을 실현하여야 한다. 가정의 평화가 행복의 기초를 이루고, 나아가 사회적·국가적 평화를 통해 공동체의 발전을 기하여야 한다. 의사결정에 있어서 토론과 타협을 위해서는 서로 양보하고 합의를 하는 전통이 필수적이다.


5.

유가사상은 서구의 물질문명의 폐단을 극복하고 공동체 사회를 건설하는 가치체계로 작동함으로써 오늘날 싱가포르를 만든 사상적 배경이 되었다. 싱가포르는 공업화·근대화 과정에서 핵가족으로 변하고, 인간관계는 금전관계로 바뀌며, 개인의 이익을 추구하는 등 사회적 병폐들이 속출하게 되었다. 이러한 도덕적 위기에서 탈출하기 위해

정부는 국민들을 '유교윤리'로 무장시킴으로써 국가의식을 배양하고, 민족의 자부심을 고양시키며, 공동체 가치를 부활시켰다.

1970년대에 들어와서 국민들의 사회윤리로서 예절을 강화하기 위해 학교에서는 유가윤리과목을 설치하고, 학술단체들이 연구하여 이론을 제공하였다.

리콴유 총리는 충, 효, 인, 애, 예, 의, 겸, 치 등 8덕을 치국강령으로 채택하고, 사회질서를 유지하기 위한 미덕으로 삼았다. 국가를 최고로 하고, 사회를 우선시하며, 가정을 근본으로 하여 가정의 안정과 민족 간의 포용과 국가의 평화를 시도하였다. 유가사상의 현대화를 통해 이를 정신적 지주로 만들고 나라의 발전을 이루는 싱가포르의 경험을 우리나라는 타산지석으로 삼아야 할 것이다.

동남아시아 사람들에게 행복하냐고 물어보면 천편일률적으로 대답한다. "수입은 비록 넉넉하지 못하지만, 가족과 함께 살고 있어서 행복하다"고. 일반적으로 주말에 가족과 함께 식사하고, 가족과 함께 구경 다니는 모습을 흔히 볼 수 있다. 가정형편에 따라 규모가 다를 뿐, 집집마다 조상을 모시는 사당이나 시설이 있다.

특히 발리에서는 조상신을 모시기 위해 웅장한 건물을 진 것을 볼 수 있다. 동방예의지국을 자랑하는 우리나라보다 동남아시아 사람들은 가정을 더 중시하고, 조상을 잘 모시고 있다. 이처럼 효 사상은 보편적 가치요 윤리임을 알 수 있다. 이제 동남아시아도 개혁 · 개방의 물결이 일기 시작하였으므로 경쟁의식이 높아지고, 생활패턴이 변화할 것이지만, 전통문화를 유지하려는 노력이 현저하다. 이것이 그들이 행복한 이유임을 알고 부러웠다. 우리나라에서는 효 윤리가 무너지고 가족제도 붕괴되고 있는 현실을 반성하지 않으면 안 된다.

## 6.

전통적인 효사상은 인류의 보편적 가치로서 우리 고유의 것으로 절대화할 필요는 없으며, 무조건 전통적인 효사상을 고수해야 한다는 보수적 생각은 버려야 한다. 그러나 보편적 가치로서의 효사상은 건전한 공동체의 구현을 위해 계승되어야 한다. 서구적 가치인 개인적 자유와 권리(개인주의)는 동양적 가치인 사회적 질서와 협력(공동체정신)과 조화를 이루어야 한다. 효의 윤리와 현대적 가치가 현대적 환경과 조건에 상응하도록 조화를 이루는 것이 과제다. 두 가치와 윤리가 단순하게 물리적 결합을 하는 것이 아니라 완전하게 화학적 결합을 하여야 한다. 즉, 변증법적 발전과정으로서의 '합'(合)이 되어야 한다. 이 방향은 우리 문화가 지향해야 할 지평이기도 하며, 우리 헌법의 해석을 통해서도 그 모델은 도출될 수 있다.

이제는 효 교육을 통해 국민들의 의식개혁을 하여야 한다. 가정에서 효 교육이 회복되어야 하고, 나아가 공교육과 사회교육에 연결되어야 한다. 이제 우리 사회는 '근본'으로 돌아가야 한다. 빠른 길이 아니라 '바른 길'로 가야 한다. 급속한 성장과 효율성만을 추구함으로써 경제성장은 하였지만, 여러 가지 부작용과 부조리를 양산하였다. 사회적 환경은 더욱 나빠지고, 국민들의 행복지수는 더 낮아지고 있다. 모든 구조적 부조리현상을 타개하고 건전한 시민사회로 다시 태어나야 한다. 경제발전만으로는 선진국 대열에 들어설 수 없고, 행복한 미래를 맞이할 수 없다. 문제만 생기면 난리를 피지만, 시간만 조금 지나면 잊어버리는 냄비근성을 버리고, 지속적이고 근본적인 대책을 세우고 집행해 나가야 한다.

우리나라 헌법은 '전통문화의 계승·발전과 민족문화의 창달'에 노력하도록 하고 있다(제9조). 그 구체화를 위해 효 문화의 회복과 재건을 위한 '효행장려 및 지원 법률'이 제정되었지만(2007. 7. 2.), 아직 성과를 내지 못하고 있는 것이 현실이다. 그 목적은 "아름다운 전통문화유산인 효를 국가차원에서 장려함으로써 효행을 통하여 고령사회가 처하는 문제를 해결할 뿐 아니라 국가가 발전할 수 있는 원동력을 얻는 외에 세계문화의 발전에 이바지함"에 두고 있다(제1조). 효행장려기본계획을 수립하고(제4조), 효행교육을 장려(제5조)함과 동시에 구체적 실천방법으로 효문화진흥원의 설치(제7조), 부모 등의 부양에 관한 지원(제11조) 등의 조항을 두고 있다. 그 입법태도를 보면 너무 미온적이었다.

전통문화로서의 효 가치와 윤리를 회복하기 위해서는 단지 효 교육 등을 장려하는 소극적 태도를 버리고, 국가가 직접 그 업무를 수행하여야 한다. 이러한 인식을 바탕으로 '인성교육진흥법'이 2015년 7월 21일 시행되기에 이르렀다. 동법은 "건전하고 올바른 인성을 갖춘 국민"을 육성함을 목표로 하고(제1조), "예·효·정직·책임·존중·배려·소통·협동" 등의 핵심가치와 덕목을 가르침으로써 "타인·공동체·자연과 더불어 살아가는 데 필요한 인간다운 성품과 역량"을 기르는 데 그 목적을 두고 있다(제2조). 국가는 인성교육을 위한 '종합계획'을 수립하고(제6조), '인성교육진흥위원회'를 구성하여 구체적인 업무를 수행하도록 하고 있다(제9조). 늦었지만 환영할 일이다.

인성교육은 기본적으로 '가정교육'을 통해 이루어져야 함으로 이를 회복하도록 제도적으로 뒷받침하여야 하고, 인성교육 매뉴얼을 만들어 보급하여야 한다. 무엇보다 중요한 것은 학교에서 정규교육으로 시행되어야 한다. 그 실효성을 담보하기 위해서는 인성교육이 필수과목으로 채택되고, 입시과목에도 반영되어야 한다. 나아가 교회·군대·회사 등에서 사회교육을 통해 일상생활 속에서 효 윤리를 실천하도록 유도하는 것이 중요하다.

그런데 교육부가 '인성' 을 입시에 반영하겠다고 밝히자 구체적 방안이 나오기도 전에 학원에서는 강의개설을 하려고 하고, 교육부는 그 부작용을 없애려고 "계량화된 인성평가를 입시에 반영하는 것은 제한하겠다"고 발표했다. 이에 대해 비판적인 입장을 밝히는 사람들이 있다. 그러나 부작용은 있기 마련이다. 구더기 생길까 무서워 된장을 안 담글 수 있는가? 정부는 이 법을 강력하게 집행하여 인성교육을 강화하고, 건전한 공동체를 이룰 수 있도록 노력하여야 한다.

정신문화의 우수성만을 강조하는 것은 이미 설득력이 없고, 아무런 반향이 없는 허공 속 메아리에 불과하다. 이제 전통적 정신문화가 국제화시대에 적용될 수 있도록 실천적 윤리를 정립하고 보급하여야 할 과제가 있다.

① 새 시대의 환경에 비추어 효 윤리는 재평가되어야 한다.

② 전통문화의 합리적인 것만 계승하도록 주장하여야 한다.

③ 새 시대에 적용이 가능한 효 윤리를 만들어야 한다.

④ 교육을 통해 전수하여야 하며, 이를 위해 구체적이고 합리적인 매뉴얼을 작성하여야 한다.

⑤ 그 실효성을 담보하기 위해 정책적 · 법적 장치를 마련하여야 한다.

⑥ 궁극적으로 의식개혁을 통해 공동체의 원리를 실천하는 근본으로 돌아가야 한다.

# 지금도 그 태극기는 슬픔에 잠겨 있다

이강우

지난 2월에 중국 쓰촨성 동부, 중경(重慶)[충칭, Chongqing]에 있는 대한민국 임시정부청사를 관람하였다. 1992년 중국과 수교하기 전인 1990년에 상해에 있는 대한민국 임시정부청사를 관람하였던 기억이 생생하기도 하여 들뜬 기분이었는데, 높은 담벽 중앙에 두 명이 겨우 드나들 정도의 좁은 문과 경비가 서 있던 초소는 접근하는 발길을 조심스럽게 하였다. 중앙 계단을 사이에 두고 사무실처럼 꾸며진 5개의 자그마한 청사의 방들은 거룩한 영혼이 살아 있는 성전에 들어선 것처럼, 당시의 기운이 그대로 서려 있는 엄숙한 기운이 느껴졌다. 순간 발소리 죽이며 서 있던 내게 가슴 깊은 곳에서 솟구치는 울분은 왜였을까?

해방을 맞이했던 분들의 함성이 곳곳에 배어 있어 감격의 기쁨이 느

**이강우(李康雨)** _ 경기 안성 출생(1949년). 1971년부터 2008년까지 경기도 중등교육자로 근무. 시인·수필가. 한국문인협회 회원. 안성문인협회 회원. 한국농민문학회 회원. 제10회 한국문학예술상 본상 수상. 시집 《들이 좋아 피는 꽃》(2002), 《이방인의 도시》(2004), 《철새들의 춤》(2007) 등 상재. 녹조근정훈장(2009) 수훈.

껴질 법하련마는 무거운 기분이 드는 것은 아직도 온전한 해방이 아니기에 그러함이었을 것이다. 역사왜곡에 독도 강탈의 야욕을 버리지 못하고 있는 왜국의 작태를 생각하는 나만의 분노 때문만은 아니었을 것이다.

상해(上海)를 시작으로 목숨을 바쳐 나라를 찾으려는 애국자들이 찾았던 임시정부는 항주(杭州), 광주(廣州)를 거쳐 중경(重慶)까지 여러 곳을 전전하면서 빼앗긴 내 나라의 땅을 되찾기 위해 투쟁하고 목숨들을 바쳤다. 중국에서의 독립투쟁 27년은 힘들고 긴 고난의 세월이었으나, 그 희생이 없었으면 지금의 우리 조국과 우리 민족은 더 큰 불행 속에서 지내고 있을 것이다. 해방되던 해 이 곳에서 활동하던 분들과 나라를 되찾은 기쁨을 맞이한 이곳의 감격은 어떠했을까?

외무부, 재무부, 국무위원 회의실, 문화부, 선전부 등, 당시의 역사적 현장이 그대로 놓여있었다. 잊지 말라는 의미일 것이다. 역사는 사라지는 것이 아니라, 영원히 남는 것이라고 했다. 김구 주석실에 놓인 책상과 의자에는 그 분께서 곧 들어와 앉으실 것만 같았다. 주석님이 쓰셨다는 야전침대까지 70년 전 역사의 모습을 그대로 갖추고 있는 아픔과 희망을 간직하고 있는 곳. 절망과 희망을 안겨주던 당시의 그 낡은 전화기는 곧 벨소리가 '쩌렁쩌렁' 울릴 것만 같았다. 별도의 숙소도 없었다 하니 그 얼마나 조국 해방을 위해 애쓰셨는지를 짐작해 볼 수 있었다. 밤낮 긴장된 잠자리에서도 나라의 광복을 위해 뒤척이셨을 김구 선생님의 모습이 보이는 듯하였다. 해방을 맞이하던 순간 목숨을 바친 수많은 애국지사들의 충절과 희생이 생각나서 더욱 목메었을 것이다.

세월의 무상함을 느끼기에 앞서 슬픔이 먼저 마음을 아프게 했다. 지난 역사의 저편에서 그들의 나라를 보고 있을 숭고한 분들. 왜국의 경거망동(輕擧妄動)과 안하무인(眼下無人)격 도발을 보는 이 현실을 어떻게

생각들하고 지금의 조국을 보고 있을까? 애국열사(愛國烈士)들에 대한 고마운 마음과 함께 관람하는 이들 모두는 무겁고 침울한 얼굴빛들이었다. 백범 김구(白凡 金九) 주석의 친필 묵적(墨跡) '마음을 맑게 하고서 고요히 생각한다'는 징심정려(澄心靜慮)에서 눈을 뗄 수가 없었다. 조국을 구하려던 일념(一念)은 오직 하나, 비겁하지 않고 두려움이 없는 육탄혈전(肉彈血戰)의 용맹(勇猛) 그 결의였으리라.

　글을 통해 기억되는 분이 있었다. '나는 참된 정성으로써 조국의 독립과 자유를 회복하기 위하여 한인애국단의 일원이 되어 적국(敵國)의 수괴(首魁)를 도륙(屠戮)하기로 맹세하나이다?' 거사를 앞두고 선서를 마친 후 기념사진을 찍을 때 내 얼굴에 처연한 빛이 있던 모양이어서 나(김구)를 돌아보고 말하길, "제가 영원한 쾌락을 얻으러 가는 길이니 우리 기쁜 낯으로 사진을 찍읍시다" 하고 빙그레 웃음을 띠기에 나 역시 그를 따라 미소를 띠고 사진을 찍었다고 기록한 백범 선생과 이봉창 열사. 나아가, 1932년 4월 29일 상하이 훙구공원(루쉰공원)에서 열린 일본천황 생일 경축식장에 폭탄을 던져, 상해 파견군사령관 시라카와, 일본거류민단장 가와바다(河端貞次)를 죽이고, 노무라(野村吉三郎) 중장, 우에다(植田謙吉) 중장과 주중공사 시게미쓰(重光葵) 등에게 중상을 입힌 윤봉길 의사에게 "윤 동지야말로 하늘이 내게 보내준 사람이오. 내 지금 일을 도모하려 해도 사람이 없어 낙심하던 차에 윤 동지 같은 젊은이를 만나니 천군만마를 한꺼번에 얻은 기분이오"라고 한 백범 김구 주석과 윤봉길 열사의 심경을 헤아려 보았었다.

이곳저곳 옮겨 다니는 처지에서도 내 나라를 찾고 민족을 구하고자 했던 애국심(愛國心)으로 단결(團結)되었기에 처절한 어려움을 이겨내고, 내정·군사·외교·교육·문화·재정 등의 전 분야에 걸쳐 광복을 대비한 정책을 전개할 수 있었을 것이다. 비밀조직을 결성하여 국내외 동포들과 연락을 취하였고, 독립신문을 간행하여 독립정신 각성과 운동 방향을 이끌었으며, 학교 설립은 물론, 임시정부를 승인받기 위해 외국들과 국교를 맺기도 했던 기적을 만들어낼 수 있었을 것이다.

떨어지지 않는 발길이 입구에 닿기도 전에 말문을 닫게 하고 침묵할 수밖에 없었던 방. 대형 태극기 앞에 의연한 모습으로 남겨진 사진 속 광복군들의 눈빛을 외면할 수가 없었다. 오직 나라를 구하고자 싸워 이기겠다는 표정들. 낡은 군복에 해진 군화. 식사인들 제대로 했겠는가. 하나같이 마른 얼굴과 마른 몸매였으나 집념에 불타는 눈빛은 오래된 사진임에도 불구하고 여전히 빛났다.

중앙에 놓인 큰 테이블 위에는 태극기에 쓰인 결의에 찬 글들이 모든 이들의 가슴을 뭉클하게 하여 숨소리마저 감추게 만들었다. '힘있게 싸우자', '굳세게 싸우자' − 최병만, '團結'−金國彦, '우리의 독립은 단결이다' −최경철, '우리는 祖國을 爲하여 피를 흘리자', '熱烈한 革命의 鬪士가 되어라' −金國柱. 손가락을 깨물어 흐르는 피의 감정으로

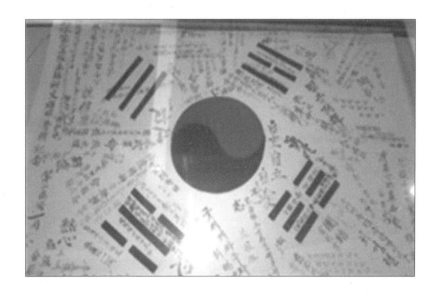

썼을 것이다. 한 글자 한 글자 쓰던 분의 손 떨림과 가슴은 불타오르는 화산(火山)과 같았을 것이다. 곁에서 차례를 기다리는 분도, 결의에 찬 다짐과 염원을 태극기에 맹세(盟誓)한 분도 죽음을 앞두고 전투에 임하는 거룩한 순간이었을 것이다.

　발길은 떼어지질 않고 마음만 무거웠다. 피와 생명 바쳐 찾은 나라인데, 분단의 아픔을 안고 살아가는 불행을 통일로 다시 찾을 날은 오기나 할런지? 몸도 마음도 무겁기만 했다.

　2015년 광복절(光復節)이 하루하루 다가온다. 광복 70년을 맞이한 해이다. 기념하기 위한 행사 계획들이 요란하다. 기념사업추진위원회까지 조직되었다. 선진한국, 국민통합, 통일국가 달성이라는 미완의 과제들에 대한 돌파구를 찾아 올해를 '완전한 광복'으로 가는 원년으로 삼겠다 한다. 의미 있는 해에 반갑고 바람직한 계획이다. 그럼에도 기쁘지가 않다. 선진한국을 이루기 위해 정치인들의 애국심이 모범이어야만 하는데 불경(不敬)스럽게도 큰 걱정들이 먼저 앞선다.

광복 70년 준비위원장인 국무총리가 청렴치 못한 일로 물러난 일로부터, 비리와 당리당략(黨利黨略)으로 얼룩지는 모습들은 나라와 국민들의 미래를 불안하게만 만들어가고 있다. 종심소욕불유구(從心所欲不踰矩)라 했는데, 나이 70이면 '마음이 원하는 바를 따라도 법도(法度)에 어긋나지 않는 경지에 이른다 했거늘 광복된 나이 고희(古稀)가 되었는데 어이 나라 이끄는 이들은 애국심이 그리도 없는지? 법도에 어긋나는 일들을 무서워하기는커녕 각계각층(各界各層)에서 사리사욕(私利私慾)에 혈안이 되어 있으니 참으로 걱정스럽다. 부정과 부패를 저지르고도 부끄러워할 줄 모르는 이들, 대한민국 국민들이 아닌가 보다.

　안타까움이 한탄스러움으로. '굳세게 싸우고', '祖國을 爲하여 피를 흘려' 나라를 찾은 분들의 혼이 담긴 태극기 수천 장을 옷으로 만들어 부끄러워할 줄 모르는 이들에게 입혀주고 싶다. 나라 뺏겼던 상처로 남(南)과 북(北)으로 분단(分斷)된 불행을 안고 살게 만든 왜국(倭國) 일본은 새롭게 침략의 야심을 갖고 날뛰는데, 과거의 반성과 사과는커녕 역사 왜곡과 영토 강탈을 탐하고 있는데, 국민들조차도 왜놈들 돈 가치가 하락되어 놀러가기 좋다고 너도나도 일본 나들이란다. 몇십 년 동안을 한 해에 100억불 이상 무역 적자로 허덕이더니만, 이제는 배타고 비행기 타고 힘들게 번 돈을 가져다주기까지 하다니 이 노릇을 어이한단 말인가? 위안부와 독도문제가 발생하자 이 땅을 찾는 저들의 발길은 뚝 끊어졌음에도…, 꼴도 보기 싫은 땅으로 구경 가는 일이 자랑이라고 떠들어대니, 애국선열들 뵐 면목이 없다. 애국지사들의 고마움을 저버리는 파렴치한(破廉恥漢)이라는 생각이 드는 것은 옹졸한 나만의 편견일까?

　광복 70년, 국민통합의 구실도 허울 좋은 행사일 뿐이라는 생각이 든다. 이런 모습들로 과연 통일국가(統一國家) 달성을 이룰 수 있을지 걱정스럽기만 하다.

# 한국정신문화의 도의성과 상생문화

## 이서행

### 1. 제천의례를 통한 신인(神人)관계 정신문화 형성

한나라의 정신문화는 역사형성과정과 발전사적 환경에 의해 영향을 받게 된다. 한민족 주류역사는 신석기시대의 씨족공동체들로 인구증가 · 혼인 등을 통하여 부족사회로 성장하였다. 그리고 그것은 청동기의 사용과 더불어 점차 정치적 사회를 형성하였는 바, 부여, 예맥, 고조선, 임둔, 진번, 진국 등으로 형성되어 왔다. 이 가운데 한국역사의 주류인 고조선은 제천의례문화를 발전시켜 천손민족의 후예임을 발전시켰다.

하늘에 제사를 올리는 일은 온 나라 사람이 참가한 가운데 열렸으며

**이서행(李瑞行)** _ 전북 고창 출생(1947년). 동국대학교 대학원 철학과 한국철학전공(석사). 단국대학교 대학원 행정철학전공(박사). 미국 트리니티대학원 종교철학(박사). 미국 델라웨어대학 교환교수. 트리니티그리스도대학, 동 대학원 졸업. 한국학중앙연구원 명예교수. 세계평화통일학회 회장. 한민족문화연구소 소장. 한국학중앙연구원 부원장. 한민족공동체문화연구원 원장. 저서《한국, 한국인, 한국정신》(1989),《새로운 북한학》(2002),《민족정신문화와 시민윤리》(2003),《남북 정치경제와 사회문화교류 전망》(2005),《통일시대 남북공동체: 기본구상과 실천방안》(2008),《고지도와 사진으로 본 백두산》(2011),《한국윤리문화사》(2011),《한반도 통일론과 통일윤리》(2012) 외 20여 권 상재.

무엇보다 하느님께 직접 제를 드렸다. 이 제사가 바로 굿이고 당시의 왕이 무당이었음을 어렵지 않게 추측할 수 있다. 그리고 무용·음악·문학 등의 한국예술이 이러한 음주가무의 풍에서 유래하여 이후 분화, 전개된 것이다.

삼국시대(고구려·백제·신라)에서는 이러한 제정일치의 면모는 점차 깨어진다. 새로운 국가체계의 확립과 함께 왕권이 강화되면서 제정이 분리되었는데 무당은 제사의 일만 담당하는 사제로 되어 왕의 통제를 받았다.

한편 고구려가 중국 한(漢)으로부터 유교문화를 수용한 이래 삼국시대 중기에 이르기까지 세 나라는 중국으로부터 불교와 도교를 받아들인다. 이들 종교의 수용이 토착의 무속과 별반 갈등을 불러일으키지 않았음은 주목할 만하다. 다만 신라에서 불교수용을 위한 법흥왕의 노력이 귀족들의 반대로 실패했다가 이차돈(異次頓)의 순교로 535년(법흥왕 22) 불교가 공인된 것이 있을 뿐이다. 불교는 토착화의 과정을 거치면서 위난시의 호국적인 성격과 더불어 정신문화사상의 한 축을 이루게 되었다.

## 2. 위난시대의 구국정신과 상실로 인한 분단현실

신라의 정신이었던 '풍류도'는 나라와 부모와 벗을 위해 목숨을 초개같이 여기는 호국정신과 효의 정신, 신의의 정신문화를 한민족에게 함양시켜 주었고, 그 멋은 한국인의 삶과 정신에 기반이 되어왔다. 왕조시대 동아시아에서의 외교관계는 조공과 장기간에 걸친 외적과의 전쟁, 그것도 한반도에서 전개되는 것이라면 그것은 문화의 구조와 각 요소에 엄청난 변화를 가져다 주었다.

한반도 전역이 외세에 의하여 전쟁에 휩쓸린 경험을 우리는 역사상

세 번 가지고 있다. 고려 때 몽고가 침입해 들어와 30년이라는 긴 세월 동안 항몽전쟁을 치루면서 8만대장경이라는 불교문화로 국민정신을 결집시켜 국난을 극복했으며, 조선조에는 7년에 걸친 임진왜란이 있었지만 거북선 발명과 의병정신으로 난국을 극복했다. 그러나 근대에 와서는 3년간 동족상잔의 한국전쟁을 겪었으나 자주적인 국난극복을 일으키지 못하고 유엔의 도움으로 분단된 상태의 국가를 유지하면서 통일의 염원을 남기고 있다.

외국문물을 받아들이는 개화기와 일제 망국시기에 애국자들이 많았지만 특히 백암 박은식, 백범 김구, 조소앙, 신채호 등 정신계몽 지도자들이 있었기에 비록 망국시기였지만 우리의 고유한 정신문화의 맥을 계승할 수 있게 되었다. 일제시대 36년 동안 일본은 그들에 의해 일정하게 걸러진 서양문화를 다시 변형하여 한국식민지에 강제하였고, 그러는 가운데 독립투쟁자들은 직접·간접으로 서양식 방법에 의해 운동을 펴나갔지만, 자주적인 독립의 뜻을 이루지 못하고 결국 연합국의 도움으로 광복을 맞이하면서 독립과 동시에 분단국의 비운을 맞게 된 것이다.

분단 전후시기에 한국정신문화사에 있어 그 기간은 두 가지 중요한 의미를 지닌다. 첫째는 일본화 된 서양식 학문을 한국에다 도입하여 일본식 사고방식과 학문개념을 극복하지 못하고 이 땅에 퍼뜨린 점이다. 둘째는 전통적 역사의식의 중단을 들 수 있다. 동아시아의 전통적 역사의식은 정통왕조의 개념이다. 그런데 조선왕조가 일제의 식민지로 떨어지고 난 다음 한국은 조선왕조의 역사를 제대로 서술할 힘과 기회를 얻지 못하였다. 이것은 광복 이후의 한국사회가 조선왕조의 문화의식에서 크게 벗어나지 못하면서 외세개입과 분단으로 강토와 민족이 갈라지는 결과를 초래했다.

### 3. 한국정신문화의 다종교적인 평화문화 특성

한 나라의 정신문화를 논할 때 비교의 관점에 서지 않으면 안 된다. 어느 민족이나 사회의 문화에는 보편성과 특수성이 있게 마련이고, 그 특성이란 다른 문화와의 비교에서라야 두드러지게 드러나기 때문이다. 다른 나라의 문화와 구분되는 한국정신문화 전체의 특징적인 성격은 종교문화에서 찾아볼 수 있다. 역사와 현상을 어느 면으로 보아도 한국인과 한국문화는 종교적이다.

오늘날 한국사회에는 세계의 거의 모든 종교들이 들어와 있는가 하면 400개를 넘는 신흥종교가 신앙되고, 거기다 고래로 무교(shamanism)가 수많은 신도를 가지고 있다. 역사에서 보아도 고조선 사회에서 삼국시대 초기에 이르기까지 고대 신교로서의 무(巫)가 신봉되었고 삼국시대에 중국으로부터 유교·불교·도교가 이 땅에 들어와 정착하였다. 조선조 중엽 이후 서학의 도입과 함께 천주교회의 성립을 보게 되고 이어 개신교도 들어왔다. 이들은 나름대로 한국사회에 자리하고는 한국문화의 전개에 일정한 몫을 감당하였다.

한국의 종교문화는 한 종교의 절대 신념체계에 의해 결정되어지지 않고, 여러 다른 종교들이 서로 공존하는 특징을 보인다. 신라시대 최치원의 현묘지도(玄妙之道)의 원리는 유·불·도의 사상을 평화적으로 다 수용하였고, 그리고 홍익이념의 가치의식을 지닌 고유사상은 서로 성격이 다른 외래종교와 사상이 들어왔을 때 다소의 갈등을 거쳤지만, 결국에는 상호조화의 틀 속에서 한국인들의 공동체 가치의식을 형성하는 데 기여하여 왔다.

흔히 불교시대라 일컬어지는 고려조에도 유교·도교·무는 불교와 함께 그 시대 문화를 담당하였고, 조선시대에도 불교와 무는 천대 속에서도 그 종교적 역할을 수행하였으며, 근대에 기독교 또한 정착하여 세계화 길로 크게 발전하였다. 이것은 개별종교가 한국에 들어와 한국종교화하고 다른 종교를 인정하게 된 어떤 종교·문화적 배경을 전제한다. 여하튼 여러 종교가 서로 갈등을 일으킴 없이 조화 속에서 함께 존재하는 다종교 공존은 한국 정신문화의 평화적인 화합과 조화적인 상생의 특징을 잘 드러낸다.

다른 가치를 인정한다는 것은 문화상대론의 인식에서 비롯한다. 신내림은 종교체험의 한국정신 문화적 특유의 표현이고 깨달음의 한 경지이다. 한국종교는 각기 깨달음의 방법을 두고 그 경지에 이르도록 노력한다. 그런 만큼 깨달음은 한국인과 한국정신문화의 생리가 되어온 것이라 하여도 과언이 아니다.

한국 일상생활 문화의 틀을 보면 삶 속에 일하고 놀이하는 가운데 신들림을 체험하는 수가 강하다. 고대 중국인들은 한국인의 제천의례와 관련하여 그 특이한 면을 지적한 바 있다. 삼국지 위지 동이전의 "며칠씩 먹고 마시고 노래하고 춤춘다(連日飮酒歌舞)"라는 기록이 바로 그것이다. 한국인들은 흥겨운 놀이와 삶 속에서 문득 신들림을 체험하고 깨달음에 이르는 역동적(dynamic)인 한국인만의 유전자(DNA)를 드러내며 발전하여 왔다.

### 4. 한국정신문화의 화합·조화·상생원리

한국정신문화의 특성을 모두 종합하면 그것은 우주의 존재 법칙처럼 화합과 조화와 상생의 문화가 된다. 종교문화의 다종교 공존의 성격 자체가 조화를 의미한다. 조화의 면이 다른 문화에 없는 것은 아니다. 한국에서는 종교문화·깨달음문화·놀이문화의 특성으로 인하여 그 강도가 훨씬 높고 그것이 보다 보편적으로 두루 나타난다.

우리 민족은 태양이 떠오르는 동쪽 하늘을 생명의 근원처로 생각하고, 동쪽에서 광명을 받았다고 생각함으로써 예맥(濊貊), 조선 또한 한(韓)으로 자처하였고 하늘을 도덕적인 양심의 원천으로 삼아 일상생활의 규범적 기준으로 활용하여 왔다. 이러한 하늘숭배사상(崇天思想)은 원시 무속신앙, 건국신화, 제천행사 등에서 찾아볼 수 있다.

또한 서로 대립되거나 대응하여 근본적인 차이가 있거나 갈등적인 요소가 생길 경우 이를 잘 융합시켜 새로운 형태로 형상화하려는 주체적인 의식을 지니고 있다. 이러한 정신은 화랑도의 풍류도(風流徒), 원효의 화쟁(和諍)사상, 율곡의 이기론(理氣論) 등에서 잘 나타나고 있다.

우리 민족은 인간과 동식물의 모든 생명을 아끼고 살생은 꼭 필요한 경우에만 제한한다는 살생유택의 정신을 지니고 있다. 이 사상은 단군신화, 화랑도의 세속오계, 동학(東學)사상에서 찾아볼 수 있고, 백성들의 삶을 존중하는 민본주의 정치관으로도 발전하였다. 이는 인간의 생명과 함께 다른 생명체도 함께 존중하고 있다는 점에서 현대사회의 인간소외, 환경위기 등의 문제를 해결하는 데 많은 시사점을 줄 수 있을 것이다.

또한 주변 국가들과의 관계나 국내 통치 과정에서 평화의 유지를 통치의 이념으로 삼았다. 그러나 외부의 침략에 대해서는 단호하게 대응하는 저항정신을 보여주고 있다. 고대의 제천의식과, 다른 나라와 민족을 침략한 역사적 사실을 거의 보이지 않는 점, 그리고 침략자를 응징하면서도 동양 평화의 유지를 강조한 안중근 의사의 의거, 무저항 비폭력의 3.1운동정신은 모두 우리 민족의 평화 애호정신을 잘 나타내고 있다.

우리 민족은 나라에 충성하고 백성을 사랑하는 이상적인 인간상의 전형으로 선비를 꼽았다. 이들은 절대적 지조의식, 사회적으로 확산된 공의정신 등을 대표하고 있었다. 이들이 지닌 정신은 내면적 규범으로

서만 아니라 공인으로서의 책임 완수 및 왜곡된 질서를 바로 잡으려는 곧은 정신을 나타냄으로써 강한 실천적인 측면을 보여주고 있다.

또한 자기 일에 최선을 다하는 철저한 직업적 전문인 정신을 계승 발전시켜 왔다. 이러한 장인(匠人)정신은 백제인으로 신라의 사찰을 건설한 아비지, 임진왜란시 일본에 끌려간 도공의 가문으로 10여 대에 걸쳐 이조백자를 고집스럽게 제작해 온 심수관 등의 예를 통하여 볼 수 있다.

## 5. 도의정신과 장인(匠人)정신이 뛰어난 정신문화

우리 민족은 가무를 통해 산과 만나고, 자연을 즐기며, 도의를 연마하는 정신을 지녀왔다. 이러한 정신은 우리의 고대 제천의식, 신라의 화랑도, 그리고 풀이의 문화와 신바람 등의 전통 속에서 면면히 이어져 내려오고 있다.

또한 유구한 역사 속에서 나와 공동체가 공동운명을 지니고 있다고 여겨왔고, 이러한 정신은 우리의 역사 속에서 제천행사, 계·두레·향약 등의 협동 조직체, 관혼상제 및 세시풍속과 민속놀이 등의 형태로 면면히 이어져 내려왔다. 이러한 전통은 평화시에 함께 어울려 기쁨과 슬픔을 나누는 협동단결의 형태로 나타났고, 나라가 위기시에는 신분의 구별 없이 나라를 위기에서 구하고자 하는 충정어린 의병과 호국정신으로 승화되어 나타났다.

우리 민족은 단군건국 이래 홍익이념으로 어버이를 떠받들고 공경하며 이러한 마음을 이웃 어른들이나 노인들에게까지 확대하는 경로효친정신을 지녀왔다. 이러한 사상은 농경사회를 배경으로 대가족제도하에서 발전해 온 것으로서 가정과 사회윤리의 근본이 되었다. 이러한 부모와 연장자에 대한 존경의 자세는 오늘날에까지도 아름다운 풍속으로 남아 있다.

　이로 인해 한국인의 의식 속에는 한국사회가 하나의 가족, 하나의 마을, 하나의 학교라는 의식으로 연계된 전통이 있다. 오늘날 자원봉사 성격인 협동과 품앗이를 정(情)이라는 정서의 유형으로 풀이하면, 정은 애착의 감정이며 지속적인 접촉을 통하여 무의식적으로 서서히 자라난다. 가족, 친구 그리고 이웃관계를 묶고 있는 것이 바로 한국인의 특유한 정의 공통체적 감정이다.

# 단(檀)민주주의와 통일문제

## 이찬구

### 단민주주의의 개념

한말 민족운동은 크게 동학운동과 단군운동으로 대별된다. 신용하는 이 중에 단군운동에 주목하여, 한말 애국계몽운동기의 하나의 큰 사상흐름으로시 '단군민족주의'(檀君民族主義)라는 말을 사용하여 설명하고 있다. 이 단군민족주의는 두 가지 흐름으로 나타났는데, 그 중의 하나가 역사로 흘러들어가 신채호 등의 고대사 연구에 투사되고, 다른 한흐름은 종교로 흘러들어가 나인영(나철) 등의 대종교 창건으로 투사되었다고 보았다.

그런데 필자는 근대 한국민족주의 운동을 두 갈래의 흐름으로 본다. 단군운동과 동학운동이 그것이다. 이 두 운동을 따로따로 보지 말고 하

**이찬구(李讃九)** _ 충남 논산 출생(1956년). 대전대학교 대학원 졸업. 철학박사(東洋哲學). 한국철학사전편찬위원회 집필위원. 한국신종교학회 상임이사. 한국종교학회 이사. 대산 김석진 선생문하에서 한문수학. 저서《인명용 한자사전》,《주역과 동학의 만남》,《천부경과 동학》《채지가 9편》,《돈; 뾰족돈칼과 옛 한글연구》,《통일철학과 단민주주의》외 다수.

나의 큰 흐름으로 보아야 한다고 생각한다.

　19세기 중엽부터 한민족은 두 가지 큰 도전에 직면하였다. 하나는 외부로부터 들어온 도전으로서 선진 자본주의 열강의 침입이었다. 다른 하나는 조선왕조 내에서 새로운 질서를 요구하는 농민들을 짓밟은 봉건적 구체제의 거센 도전이었다. 이런 150년 전의 도전이 지금 멈추거나 해결된 것은 아니다. 지금 한민족은 설상가상으로 남북으로 분단되어 있다. 분단을 고착화하여 이득을 보려는 세력과 이를 통일하여 민족적 통합을 이루려는 세력과의 충돌이라는 또 하나의 도전이 눈앞에 가로 놓여 있다. 이 모든 얽혀 있는 도전을 하나로 꿰뚫고 있는 것은 외세의존세력에 대한 도전으로 귀결된다. 바로 자주독립세력이다. 이 자주독립세력은 동학운동과 단군운동으로부터 그 정신을 이어받고 있다.

　동학운동과 단군운동을 공히 사상적 토대로 삼고 있는 자주독립세력이 궁극적으로 이루려는 것은 단순한 애국계몽이 아니라, 정치적 이념의 구체적 실천이다. 여기서 필자는 단군운동과 동학운동에 나타난 자주적인 정치 이념의 표상으로 "단군민주주의"를 주장한다. 단군민주주의란 개념은 지금까지 사용해 온 '단군민족주의' 라는 고정관념을 탈피한다. 단군민족주의는 19세기 동학혁명의 흐름의 연장선상에 있었으나 동학혁명의 이념을 수용하지 못했다. 그랬기 때문에 단군민족주의는 민족주의의 기능은 다했지만, 민주주의로서 기능은 설명하지 못하고 있다. 따라서 단군이념에 동학의 개혁적 · 민주적 이념을 결합한 새로운 의미를 갖는다. '단군' (檀君)이란 단군민족의 순연한 자주적 평화이념의 완전한 계승성을 의미하고, '민주주의' (民主主義)란 동학의 만민평등과 사인여천에 입각한 제폭구민(除暴救民)으로 백성을 제일의 (第一義)로 삼은 상균적 주민 자치(自治), 주민 자결(自決)의 직접정치의 계승성을 의미한다. 이렇게 자주와 독립을 지향하는 단군민주주의를 '단민주주의(檀民主主義)'라고 표기한다.

단민주주의의 '단'은 아시아 지역에서 하늘과 태양을 뜻하는 탱그리 (Tangri), 텡그리(Tengri)와 우리말 탱글탱글의 단(Tan)이며, 단군(檀君) 의 단이며, 단국(檀國)조선과 탁리국(*離國)의 단이며, 밝달·박달·배 달의 단이며, 환단(桓檀)의 단이며, 하늘의 광명과 함께하는 땅의 광명 인 '밝'으로서의 단이며, 동이 단궁(檀弓), 단학의 단이며, 튼튼하다· 탄탄하다·단단(檀檀)하다·대단(大檀)하다의 그 단이다. 이처럼 단민주 주의의 '단(檀)'은 천지인이 함께하여 유기적으로 밝음의 세상을 열어 가는 단단한 빛이며, 사회적 갈등을 해소하여 한 살림으로 살아가는 홍 익의 주체성이며, 아울러 남북한의 역사적 동질성을 확인시켜 줄 수 있 는 유일한 언어로써 분단을 극복하여 통일을 앞당기는 평화의 불씨이 다. 이런 의미에서 단민주주의는 단군의 역사성을 넘어 '광명'이라는 새로운 개념을 도출한다.

### 단민주주의의 전(前)이해

삼균주의의 기본 이념은 균등이다. 조소앙은 "수미균평위(首尾均平位) 하여 홍방보태평(興邦保泰平)함이 홍익인간(弘益人間)하고 이화세계(理化世 界)하는 최고공리(最高公理)"라는 말에 근거하여 자신이 말한 균등의 이 상적 기초를 제시하였다.

삼균주의의 이론적 구조는 '삼균(三均)'에 있다. 먼저 사람과 사람 사 이의 균등, 민족과 민족 사이의 균등, 나라와 나라 사이의 균등을 주장 하고, 이어 사람과 사람 사이가 균등하기 위해서는 정치적으로 균권(均 權), 경제적으로 균부(均富), 교육도 균학(均學, 또는 均知)하도록 하여야 한다고 말한다. 다시 말해 인간사회에서 일어나는 모든 분쟁은 불평등 에서 기인한다. 그래서 인류의 평화와 행복을 위한 중심사상은 균등이라는 것이다. 이처럼 삼균주의의 균등이론은 민족내부와 인류사회의 불평등적 요소를 제거함으로써 균등한 생활이 실현된다고 주장한다.

따라서 삼균주의를 요약하면, "모든 분쟁은 불평등에 있고, 모든 행복은 균등에 있다"는 말이 된다. 이를 도식화하면 불평등 → 불평 → 분쟁의 순서로 진행된다는 말이다. 한완상은 불평등구조가 강제력에 의해 지탱되고 있는 사회에서는 "불평등이 곧 사회정의의 부재를 뜻한다"고 보았다. 균등한 사회는 정의로운 사회이고, 불평등한 사회는 불의한 사회가 된다. 특히 소득의 불평등을 해소하는 또 하나의 길은 교육에 있다. 삼균주의에서 교육을 강조한 것은 중요한 의미를 지닌다.

여기서 주목할 것은 균등의 관계구조인 "인여인(人與人), 족여족(族與族), 국여국(國與國)"이라는 구절이다. 즉 사람과 사람, 민족과 민족, 국가와 국가의 상대적 관계에서 균등을 실현하고자 한 것이 삼균주의인 것이다. 이런 이념을 한민족 고유의 전통사상에서 찾는다면 홍익인간(弘益人間)의 정신이라 할 수 있다.

윤내현은 홍익인간의 이념은 모두가 균등하다는 사상에서 출발하지만, 그 추구하는 바는 막연한 균등이나 균빈(均貧)이 아닌 균부(均富)라고 해석했다. 다시 말해 홍익인간이란 모두가 부유해지자는 측면에서 균등해지자는 것이지, 가난해지자는 의미의 균등은 아니라는 것이다. 여기서 모두가 더불어 잘 사는 사회를 만들어 국가공동체를 발전시키자는 것이 홍익인간의 목적임을 알 수 있다. 홍익인간은 단순히 복지만을 추구하지 않으며, 개체성과 전체성의 조화를 추구하는 천도(天道)의 이상이다.

홍익인간의 홍익(弘益)이 대익(大益)이 아닌 것에 특별한 의미가 있다. 홍(弘)의 활 궁(弓)에는 태양의 밝음이 들어 있다. 홍익이란 말에서 '공평'과 '노동'이라는 가치와 함께 '크게' 그리고 '널리'라는 두 가지 의미를 동시에 갖고 있다는 것을 알 수 있다. 따라서 홍익이란 한쪽에 치우침이 없이 개체성을 키우면서 동시에 전체성에까지 미쳐 결국 개체성과 전체성을 동시에 키우는 천도의 정신에서 나온 것이다. 이처럼 홍익인간에 바탕을 두면 우리의 민주주의도 선악을 구별하지 않은 채 다수결을 만능으로 여기는 양적 민주주의를 물리치고, 정의로운 양심세력이 다수결이 되는 고품격의 질적 민주주의를 지향하게 될 것이다. 미국의 이홍범이 홍익주의(Universal Democracy)를 '인격 민주주의'라고 규정한 것도 이와 같은 맥락이다.

홍익인간이념을 좀 더 부연하면, 고조선 시대에 사용된 수미균평위(首尾均平位)라는 말로 설명할 수 있다. 이 말이 『고려사』에 신지비사(김위제전)라는 이름으로 기록(모두 50자)되어 있다는 면에서 신지(神誌)가 곧 단군의 신하였던 점으로 보아 단군시대의 홍익인간의 또 다른 이름으로 볼 수 있는 근거가 된다.


神誌秘詞(신지비사)  고조선의 신지가 전한 비사


如枰錘極器(여평추극기)  마치 저울의 대와 추와 판과 같으니
秤幹扶疏樑(칭간부소량)  저울대는 부소량이고
錘者五德地(추자오덕지)  저울추는 오덕지이며
極器百牙岡(극기백아강)  저울판은 백아강이로다
朝降七十國(조항칠십국)   조선의 조정이 70여 제후국의 복종을 받아 다스림은
賴德護神精(뇌덕호신정)  조상의 덕에 힘입어 천신의 가호를 받음이니
首尾均平位(수미균평위)  머리와 꼬리의 자리를 고루 똑같이 하면
興邦保太平(흥방보태평)  나라를 일으키고 태평한 세상을 보전하리니

若廢三諭地(약폐삼유지) 만약 세 곳 밝힌 땅이 막히게 되면
王業有衰傾(왕업유쇠경) 왕조의 다스림이 쇠망하게 되리라.

일찍이 단재 신채호는 이 「신지비사」가 만일 전부가 다 남아 있으면 우리의 고사(故事) 연구에 큰 힘이 될 것이라며 그 일부인 10짝 만이 전해 옴을 애석하게 생각했고, 부소량을 하얼빈, 오덕지를 안시성으로, 백아강을 평양(낙랑) 등의 지명으로 해석하였다. 정인보 역시 이를 고조선 시기의 저술로 보고 신지(神誌)의 '비사'와 '진단구변도국'이 가장 오랜 것이라 하여 「신지비사」가 고조선의 문헌임을 분명히 했다. 문정창은 "저울대와 저울추와 저울판의 균형이 잡혀지면 나라가 흥하고 태평이 계속될 것"이라고 해석하였다. 여기서 저울대(秤, 칭), 저울추(錘, 추), 저울판(極器, 극기)의 3가지는 고조선의 3태극 사상을 의미한다. 고조선 통치의 기본 이념인 홍익인간 자체가 천지인의 3태극 선(善) 순환구조를 가지고 있다. 3태극이 좌(左) 선순환구조와 우(右) 선순환구조를 동시에 가지고 있는 것이다. 특히 본문 중의 70여 제후국을 다스렸다는 말은 당시의 고조선이 오늘날의 중국이 50여 소수민족이 모여 있는 것과 같이 다(多)민족, 다(多)종족 국가였다는 것을 의미한다고 본다. 이는 결코 고조선이 폐쇄적 의미의 단일민족이 아닌, 개방적인 민족관으로 나라를 다스렸다는 것을 말해 주는 중요한 단서가 된다.

이 비사 중에서 유의할 것은 수미균평위하면 흥방보태평(興邦保泰平)이라 할 수 있다. 이 '수미균평위'가 '홍익인간'의 평등에 있음을 밝혀 주고 있다. 다시 말해, 머리로부터 꼬리까지 그 자리를 고르게 한다는 것은 머리의 자리[首位]와 꼬리의 자리[尾位]가 상하형평을 유지하여[均平位] 나라가 홍성(興盛)한다는 뜻이다. 이는 단군조선이 상위층과 하위층의 갈등구조를 균평위(均平位)로 바꾸어 2천 년 동안 슬기롭게 국가공

동체를 유지 발전시켰다는 것을 의미한다. 이런 정신을 본받아 『관자』(목민)에 이르기를, "천하에 재물 없음을 걱정하지 말고(天下不患無財), 골고루 나눌(均分) 인물이 없음을 걱정하라(患無人以分之)"라고 하였고, 『맹자』(고자下)에도 맥국(고조선)은 20분의 1을 징수하여 백성을 보호하였다고 한다. 이 상하 균평위의 고조선 정신을 계승한 것이 조선시대의 대동법(大同法)이다. 이 대동법은 말 그대로 부역을 고르게 하고 백성을 편안케(均役便民, 균역편민)하여 진보된 사회를 만들겠다는 의지를 반영하고 있다.

## 통일운동과 단민주주의

통일이란 두 체제의 사회적 통합과정인 동시에 인간 자주성을 바라보는 시각인 개체성과 전체성의 통합과정이다. 이러한 통합과정에서 나타나는 것이 창조성이다. 창조성이란 인간의 자주성을 개체성에 두느냐, 아니면 전체성에 두느냐의 문제를 해결할 수 있는 조화(調和)능력을 말한다. 이것은 어느 한쪽이 다른 한쪽을 선악으로 규정할 수 있는 문제가 아니라, 그 시대를 살고 있는 사람들이 어디에 가치부여를 할 것인가의 문제이다. 그런데 인간존재 자체가 개체성과 전체성을 동시에 갖는다는 데 더 깊은 문제가 있다.

통일이란 단순한 재통합이 아니라 새로운 사회의 창조와도 같다. 새로운 사회에서 국가는 국민에게 '소득, 참여, 도덕'이라는 3가지 기회를 균등하게 부여하여야 한다. 소득 균등이 이루어졌다고 해서 참여 균등이나 도덕 균등이 무시될 수 없고, 경제적 소득 균등이나 투표와 같은 정치적 참여 균등이 이루어졌다고 해서 사회문화적 도덕 균등이 무시되어서는 안 된다는 것이다. 궁극적으로 중요한 것은 누구나 사회나 문화를 위해 자기가 가지고 있는 선(善)을 균등하게 베풀 수 있는 기회가 열려 있어야 한다는 점이다. 부자나 권력자가 되어야 선을 할 수 있다고 생각하거나, 부자나 권력자만이 선을 독점할 수 있다는 생각도 옳지 않다. 공공을 위해 선행을 할 수 있고, 또 공공의 선을 지킬 수 있는 공공선(公共善)이라는 도덕적 기회의 제공은 모든 사람에게 절대적으로 열려 있어야 한다. 이것이 현실정치의 한계를 극복해 나가는 미래 정치의 이상이다. 미래정치는 인간의 가치를 어떻게 보느냐에 따라 결정된다. 통일이 그 한 가운데에 있다.

이런 차원에서 광명의 정치를 지향하는 '단민주주의'를 현실에 적용한다면, 태초 이래 하늘을 공경해 온 천손의 조상들이 이루고자 했던 수미균평위(首尾均平位)와 홍익인간 이화세계의 현재적 실천이 될 것이며, 동시에 근대 동학혁명이 이루고자 한 만민평등과 사인여천(事人如天)에 기초한 인간존엄의 가치와 상균적(相均的) 민주정신을 완성하는 일이 될 것이다. 이 토대 위에서 우리는 민족의 자주적 통일과 번영을 이루고, 동북아와 인류의 평화발전에도 기여할 수 있을 것으로 기대한다.

# 국조 단군과 국시 홍익인간

## 조정진

"지금으로부터 2000년 전에 단군왕검(檀君王儉, 47대 단군 중 초대 왕)이 도읍을 아사달(阿斯達, 평양 백악산)에 정하고 나라를 개창하고 '조선(朝鮮, 이성계가 건국한 조선, 김일성이 건국한 조선과의 혼란을 방지하기 위해 고(古)자를 붙여 '고조선' 이라 부름)' 이라 일컬으니 고(高, 堯)와 동시라 하였다."

B.C. 2333년, 즉 4348년 전의 일이다. 중국 남북조시대 북제(550~577)의 위수가 편찬한 역사서 '위서(魏書)' 가 전하는 내용이다. 13세기 말 고려 초 일연이 '삼국유사(三國遺事)' 에서 인용했다. 김부식이 '삼국

**조정진(趙貞鎭)** _ 경기 김포 출생(1962년). 언론인 겸 작가. 인천 대건고, 서강대 국문과·언론대학원, 북한대학원대학교 박사과정 수료. 1988년 기자생활을 시작해 「세계일보」 문화부장, 논설위원, 한국기자협회 기획위원장, 동덕여자대학 강사, 월간 『신문과 방송』 「국회도서관보」 편집위원, 「시사통일신문」 대표 겸 편집국장, 열린포럼21 대표, 기자협회·서울시교육청 저널리스트 멘토 등 역임. 세계문학상 기획. 그림동화 〈사람보다 나은 동물 이야기〉 시리즈 집필 중. 농촌농민문학상(1986)·한국신문협회장상(1994) 등 수상. 〈골프채 업자에 놀아난 '민홍규 죽이기' 게이트〉(2013)와 〈가산 이효석 선생의 혈육을 만나다〉(2014)로 기자협회 '기자의 세상보기' 공모 당선. 저서로 《한국언론공정보도투쟁사》, 《한국신문필화사》, 《누가 국새를 삼켰는가》 등을 펴냈고, 《왜 정부는 하는 일마다 실패하는가》를 번역출간.

사'(三國史 · '삼국사기'는 일제에 의해 왜곡된 표현이다)를 편찬할 때 참조했다는 신라 역사서 '고기(古記)'에는 "환인(桓因)의 서자(庶子, 장남이 아닌 아들을 지칭) 환웅(桓雄)이 인간 세상을 구하고자 할 때, 환인이 그 뜻을 알고 삼위태백(三危太白)을 보아 홍익인간(弘益人間)할 만하다 생각하여 그들에게 천부인(天府印) 3개를 주어 다스리게 하였다"고 기록돼 있다.

삼국유사는 이어 "환웅은 3000명의 무리를 이끌고 태백산 꼭대기 신단수(神檀樹) 아래로 내려왔다. 이곳을 신시(神市)라 부르니 이때부터 사람들은 환웅을 '환웅천왕'이라고 부르기 시작했다. 바람(風伯), 비(雨師), 구름(雲師)을 다스리는 신들이 그에게 복종하였다. 그는 곡식의 성장(主穀), 인간의 운명(主命), 질병(主病), 형벌(主刑), 선악(主善惡) 등 360여 가지의 인간사를 맡아서 지상에서 다스리고 교화하였다. 그때 한 굴에 살던 곰과 호랑이가 환웅에게 사람이 되게 해달라고 간청하였다. 이에 환웅은 그들에게 신비로운 한 다발의 쑥과 스무 개의 마늘을 주면서 '이것을 먹고 100일 동안 햇빛을 보지 않으면 사람의 모습으로 될 것이다'라고 하였다. 이것을 받아먹고 경계하기 21일 만에 곰은 여자의 몸이 되고 범은 햇빛을 피하지 못하여 사람이 되지 못하였다. 웅녀가 신단수 아래에서 아이를 갖게 해달라고 기원하자 이에 환웅이 자신의 모습을 바꾸어서 그녀와 교혼하여 아들을 낳자 이름을 단군이라 하였다. 중국 요임금이 즉위한 지 50년에 평양성에 도읍하고 나라 이름을 조선이라 하였다. 1500년 동안 나라를 다스리다가 주나라 무왕이 즉위한 해 기자(箕子)를 조선에 봉함으로 장당경(藏唐京)으로 옮겼다. 뒤에 아사달로 돌아와 숨어 산신이 되니 이때 나이가 1908세였다."

학창시절 배웠던 우리나라 건국 시조 단군에 대한 기록이다. 그나마 일제강점기 일본제국이 조선사를 말살하기 위해 20여 만 종의 서적과 사료를 인멸한 가운데 가까스로 살아남은 역사 기록이다. 물론 박은식,

신채호 같은 민족사학자들은 단군조선 2096년과 그 위인 환웅천왕의 신시시대 1565년, 그 윗대인 환인천제시대 3301년 등 우리 민족 상고사의 지평을 환기(桓紀) 9200년 이상으로 넓혀 놓았다.

주목되는 용어는 고조선 건국이념 '홍익인간' 이다. 널리 인간을 이롭게 한다는 뜻이다. 홍익인간은 재세이화(在世理化, 세상에 있으면서 다스려 교화한다), 이도여치(以道與治, 도로써 세상을 다스린다), 광명이세(光明理世, 밝은 빛으로 세상을 다스린다)의 3원칙을 포괄한다. 단군은 도덕과 진리로 세상을 다스리고, 진리로 세상을 계몽하며, 세상에서 진리가 구현되기를 염원했다. 홍익인간은 우리 민족이 전 역사를 통해 고귀한 이상을 실현코자 염원했다는 증거다.

한 역사종교학도는 "진리의 세계를 구현하겠다는 꿈은 인류의 기원이 하느님이라는 것과 한민족이 그런 하느님으로부터 모든 인류를 위해 살아가라는 특별한 사명을 받았다는 점에 대한 이해를 기초로 한다" 고 해석했다. 이어 "홍익인간은 우리 민족의 영적 의식을 담아내는 그릇이자 고귀한 원칙과 가치에 기반한 이상적 국가 건설을 염원하는 항구적 비전" 이라고 정의했다. 이는 서양 국가 중 처음으로 국가이념에 천부 인권을 천명하고 민주주의에 기초한 자유, 평등, 국민 주권 확립을 표방한 미국 독립선언문(1776년)보다 4000년 전에 이 땅에서 불거져 나온 인류 보편의 통치이념이다. 공자나 석가모니보다 1800년 앞서 인류 보편의 이념을 제시한 것이다.

고조선이 멸망하고 새로 들어선 한민족의 세 갈래인 고구려, 백제, 신라 3국도 모두 고조선으로부터 왕조의 정통성을 찾았다. 고구려를 세운 주몽, 백제를 세운 온조, 신라를 세운 혁거세는 하나같이 단군이 꿈꿨던 이상향을 국가 이념으로 수용했다. 이어 왕건의 고려와 이성계의 조선, 고종의 대한제국을 거쳐 탄생한 이승만의 대한민국과 김일성의 조선(공식국호는 '조선민주주의인민공화국' · 대한민국에선 편의상 '북한'이라고 부른다)도 단군을 국조로 받아들이고 있다.

대한민국은 단군의 고조선 건국일인 개천절(開天節)을 국경일로 기념하고 있다. 홍익인간은 단군 이래 정치와 종교가 함께하던 정교(政敎)의 최고 이념이며 광복 이후 1948년 8월 15일 대한민국의 건국을 수립 · 선포하고 현재까지 건국이념이 되고 있다. 홍익인간이 대한민국의 교육이념으로 채택된 것은 미군정 시절이다. 교육이념으로 제안된 홍익인간에 대해 비과학적이고 일제의 '팔굉일우'(八紘一宇, 온 천하가 한 집안이라는 뜻으로, 일제가 침략 전쟁을 합리화하기 위하여 내건 구호)와 유사하다는 지적이 있었으나, 논란 끝에 1945년 12월 20일 개최된 교육심의회에서 대한민국의 교육이념으로 채택되었다.

공교롭게도, 아니 다행스럽게도 북한도 1993년 사회과학원의 '단군릉 발굴보고'를 시작으로 단군과 그 부인으로 추정되는 유골을 발굴했다며 이에 기초해 평양시 강동군 문흥리 대박산에 단군릉(북한의 국보 문화유물 제174호)을 복원하였다. 김일성을 유일무이한 조선 민족의 시조로 추앙하는 체제에서 동기야 어쨌든 단군을 역사적 실체로 인정하고, 단군릉을 복원해 국가기념물로 정한 것은 분명 큰 의미가 있다.

홍익인간이라는 보편적 가치가 있었기에 우리 민족은 외래문화와 종교 수용에 거부감이 없었고 그로 인해 다양한 종교 전통과의 상호작용을 통해 정신문화를 더욱 폭넓게 발전시켰다. 홍익인간 이념은 동학의 인내천(人乃天) 사상에도 닿아 있다. 동학 지도자 최제우는 단군의 천지인(天地人) 사상을 기반으로 '사람이 곧 하늘이고 하늘의 마음이 사람의 마음'이라는 인내천 사상을 펼쳤다. 홍익인간의 세계, 즉 모든 사람이 평등하게 인간으로서 존엄한 권리를 누리며 살 수 있는 그런 이상적 세계를 지상에 실현할 것을 촉구했다.

우리 민족이 단군의 개국 이래 930여 차례의 외침을 당하면서도 이웃나라를 침범하지 않은 평화애호민족으로서 이미지를 지켜온 것은 홍익인간 이념이 배후에 있기에 가능했다. 비폭력독립운동의 상징인 3·1운동도 이런 뿌리 깊은 애천(愛天)·애인(愛人) 사상의 전통에서 나온 것이다.

　소설 '25시'로 유명한 루마니아 출신 노벨문학상 수상 작가 콘스탄틴 게오르규는 "한국은 지극히 평화적이고 근면한 국가다. 홍익인간이라는 통치이념은 지구상의 법률 중 가장 위대면서도 가장 완벽한 법률이다. 21세기 세계를 이끌어갈 철학이 될 것이다"고 극찬한 바 있다. '25시'란 최후의 시간 다음에 오는 시간, 즉 메시아의 구원으로도 아무것도 해결할 수 없는 시간을 말하는 것으로, 여기에서 그는 서구 산업사회가 멸망하는 환상을 상징적으로 표현하였다. 서구문명의 위기를 극복할 수 있는 정신을 동양에서 찾은 그는 한국을 '새 고향'이라고 부를 정도로 사랑하여 1974년 이래 5차례나 한국을 방문했고 '한국찬가'를 출간하기도 하였다.

　자크 시라크 전 프랑스 대통령도 홍익인간에 대해 "다른 나라는 어려울 때 성인(聖人)이 나왔으나 한국은 아예 성인이 나라를 세웠다. 한국은 부러운 나라다"라고 말했다.

　러시아 사학자 U.M. 푸틴은 한 세미나에서 "동북아 고대사에서 단군조선을 제외하면 아시아 역사는 이해할 수 없다. 그만큼 단군조선은 아시아 고대사에서 중요한 위치를 차지한다. 그런데 한국은 어째서 그처럼 중요한 고대사를 부인하는지 알 수가 없다. 일본이나 중국은 없는 역사도 만들어내는데 한국인은 어째서 있는 역사도 없다고 그러는지 도대체 알 수 없는 나라다"라고 토로한 적이 있다.

　설중환 고려대 교수는 저서 '단군신화─신화 속에 숨겨진 겨레의 얼과 역사를 찾아서'에서 "어린아이가 급할 때 엄마를 찾듯, 우리 민족은 고난에 처할 때마다 단군을 찾아 구심점으로 삼고 위기를 이겨내 왔다. 단군이야말로 한민족 공동체의 우두머리요, 뿌리이기 때문이다"라고 설파했다.

하지만 대한민국 위인을 대표하는 화폐에 들어가는 초상은 신사임당(오만원권)·율곡 이이(오천원권) 모자(母子)를 비롯해 이순신(백원권), 퇴계 이황(천원권), 세종대왕(만원권)뿐이다. 조선조 화폐인지, 대한민국 화폐인지 의심스러울 정도로 조선시대 인물 일색이다. 단군을 국조로 모시는 나라가 맞는지 궁금할 때가 많다.

특히 에덴동산 신화를 믿는 기독교인들의 단군사 폄하는 꼭 짚고 넘어가야 한다. 우상숭배라는 이유로 각 초등학교에 세워진 단군상을 파괴한 행위부터 상징일 뿐인 웅녀 설화를 빗대 "이 곰의 자식들아!"하고 폄훼까지 한다.

인류가 한 가족이라면 부모의 부모의~ 부모의 부모가 같은 환인이고 다 같은 하느님이고 같은 하나님일 텐데…. 자신의 조상을 디스(disrespect, 무례, 결례)하는 사람들의 의식구조가 궁금하다.

단군 이야기는 시조가 하늘에서 내려오는 천강(天降) 신화와 땅에서 출현하는 난생(卵生) 신화의 구조를 함께 지닌다. 하늘의 일방적인 의지로 시작한 이스라엘 신화를 포함해 다른 나라에서는 찾아볼 수 없는 고도의 상징이 담겨 있다. 그 속에서 하늘과 땅과 인간, 음과 양, 정신과 물질은 극치의 조화를 이룬다.

이러한 정신문화야말로 한민족만이 가진 역량의 뿌리이며, 우리 조상이 고대에 세계 중심의 문명국을 이루었다는 명백한 증거이다. 우리는 잃어버린 국조 단군을 다시 찾아야 한다.

2015년은 광복 70주년이자 분단 70주년이다. 선진국 문턱에서 고전하고 있다. 남북은 끊임없이 대치하며 불필요하게 국력을 소모하고 있다. 우리 민족은 단군시대와 그 이전 상고시대에 찬란한 정신과 문화를 꽃피웠지만 '47대 단군 고열가(古列加)'를 끝으로 분열하고 외세로부터 끊임없이 침략을 받으며 민족정신도 쇠락의 길을 걸었다. 근래에는 일제 식민지를 거쳐 끝내 남북으로 분단돼 있다.

우리 주변의 강국이었던 말갈, 여진, 숙신, 만주, 몽골족 등의 행방을 보면 우리 민족이 얼마나 악착같이 민족의 정체성과 고유문화를 지켜 왔는가를 알 수 있다.

이에 대해 주혜민 타이완 정치대학 교수는 "1000년을 넘게 막강한 이민족의 영향 하에서도 민족을 온전히 보존한 집단은 한국뿐이며 그것은 한민족의 문화적 우수성과 그 문화를 바탕으로 하는 강인한 동질성에 기인한다"고 분석한 바 있다. 민족 동질성의 근저에는 바로 국조 단군과 국시 홍익인간이 있다.

역경을 만나면 더욱 강해지고 고난 속에서도 꿋꿋하게 민족적 정체성을 지켜온 게 우리 국민이다. 좌절과 패배와 굴욕을 겪을 때가 많았지만 그때마다 이를 극복하고 독특한 한민족의 문명을 형성하면서 이제 세계사의 중심권에 서게 되었다.

2002한일월드컵 때 한국 축구대표팀은 모두의 예상을 깨고 4강에 올랐다. 온 국민은 실로 오랜 만에 나이도 성별도 직업도 지역도 잊은 채 거리응원에 나섰고, 열광했다.

당시 영국 일간 더 타임스는 "역동적이라는 단어는 이 나라를 위해 발명된 듯하다"고 경탄했다. 한국 대표팀 선전의 비결은 뭘까. 대표팀은 이전 선수들 그대로였지만 이들을 1년여 간 훈련시켜 신화적 기록을 낸 것은 거스 히딩크라는 네덜란드인 감독 덕분이다. 올바른 지도자를 만나면 충분히 잠재력을 발휘할 수 있다는 사실을 깨닫게 해준 셈이다. 어디 축구뿐이랴.

백암 박은식 선생은 1915년 '한국통사'를 집필하며 "옛사람이 말하기를 나라는 가히 멸할 수 있으나 역사는 가히 멸할 수 없다. 지금 나라가 멸하였어도 역사만 살아 있으면 나라는 언제든지 부활할 수 있다"고 했다. 또한 "국교(國敎)와 국사(國史)가 망하지 아니 하면 국혼(國魂)은 살아 있으므로 그 나라는 망하지 않는다"고 했다.

국조 단군의 존재와 국시 홍익인간 정신이 존재하는 한 대한민국의 국운융성 가능성은 언제나 현재진행형이다.

# 한류, 학문적으로 연구대상이 되다

주동담

최근에 보도된 '월스트리트저널'(WSJ)에 따르면 "불교, 시집살이, 역사 연구 등이 주를 이뤘던 한국학 분야에서 한류 연구가 두각을 나타내고 있다"며, "폴란드에서 아르헨티나에 이르기까지 많은 한류 학자들이 한국의 걸그룹 '소녀시대'의 뮤직비디오를 분석하고, 한국 아이돌 공연표를 사기 위해 노숙도 불사하며 공연장 인근에 진을 치고 있는 일본 아줌마 부대를 연구하고 있다"고 한다.

또한 "2000년대 들어 K-POP이 중남미, 중동, 동남아 등에서 인기를 끌면서 학문 연구도 본격적으로 시작됐다"고 설명한다. 특히 지난 2012년 싸이의 '강남스타일' 뮤직비디오가 24억 뷰를 돌파해 유튜브 사상 최다 조회 수를 기록하면서 한류가 전 세계적으로 급부상한 측면

**주동담(朱東淡)** _ 40여 년간 언론인으로 종사하며, 시정일보사 대표, 시정신문 발행인 겸 회장, 시정방송 사장 등으로 재직. 서울시 시정자문위원, (사)민족통일촉진회 대변인 등을 거쳐, 현재 (사)전문신문협회 이사, (사)한국언론사협회 회장, (사)민족통일시민포럼 대표, (사)국제기독교언어문화연구원 이사, (사)대한민국건국회 감사, (사)나라사랑후원회 공동대표, 대한민국 국가유공자, 고려대 교우회 이사, 연세대 공학대학원 총동문회 부회장, ㈜코웰엔 대표이사 회장 등으로 활동.

이 큰 것으로 보인다고 했다. 게다가 고려대학교가 설립한 세계한류학회는 이러한 한류 열풍에 힘입어 금년(2015년) 20개 국 28개 지부로 그 규모 또한 늘었다고 한다. 분명 한류를 학문적으로 연구하는 기반이 세계적으로 대폭 확대되었다는 방증이다.

이런 현상은 지난 1999년 유럽에서 'K-POP 발라드 연구'를 발표한 영국 런던대학교 키스 하워드 교수가 봤을 때는 대단한 '격세지감(隔世之感)'일 것이다. 하워드 교수는 "당시 그 연구를 발표할 때만 해도 호통을 들었다"고 회상하며, "일부 청중이긴 하지만 그건 제대로 된 연구가 아니라며 거칠게 항의했다"고 말한다. 그런 그가 올해 초엔 싸이의 '강남스타일'을 분석한 논문을 발표했다. 이 논문에서 하워드 박사는 싸이의 강남스타일을 1990년대 전 세계적으로 선풍적인 인기를 끈 스페인의 듀오 '로스 델 리오'(Los del Rio)의 '마카레나'와 비교했다.

물론 한류 연구를 달갑지 않게 바라보는 시선도 있다. 한국을 연구하는 해외 학자 중 일부는 "전통적으로 계승되어온 유교 같은 묵직한 주제보다 가벼운 대중문화인 한류에 더 많은 관심이 집중되고 있다"고 지적한다.

클락 소렌슨 워싱턴대학교 한국학 교수는 "한류 같은 연구는 하고 싶지도 않고 신경 쓰지도 않는다"며, "오히려 시골의 사회변화와 같은 흥미로운 연구가 줄어들고 있다"고 지적하면서, 사견임을 전제로 "K-POP은 예술적으로 형편없다"고도 평가했다.

세계적인 석학 우버 라인하르트(Reinhardt) 미국 프린스턴대학교 경제학과 교수는 2008년부터 거의 매일 한국 드라마를 시청할 정도로 한국 드라마 전문가인데, 그는 지난해 대학 웹사이트에 경제학 강의 대신 '한국 드라마 입문'이라는 가짜 강의 소개서를 올렸다고 한다.

이 강의소개서에서 그는 한국 드라마에 등장하는 '클리셰'(진부한 표현·요소)들을 소개했는데, "한국 드라마를 보면, 한국 며느리 중에 시어머니보다 김치나 밥, 생선요리를 잘할 수 있는 사람은 없다는 건 불변의 진리다"라고 썼으며, 또 두통이나 스트레스 같은 경미한 증상으로 고가의 병원 치료를 받는 한국 드라마의 설정에 대해서는 "한국 드라마에선 수요의 가격탄력성이 통하지 않는 것 같다"고 결론지었다.

어쨌든 연구의 순기능을 떠나 학문적으로 세계적인 석학들의 관심을 촉발시켰다는 측면에서 분명 한류의 위상은 새로운 국면을 맞이한 것이다.

지난(2015년) 11월 3일과 4일 양일간에 걸쳐 우리나라 문화체육관광부가 주최하고 고려대학교 부설 세계한류학회가 주관한 '제3회 한류 국제학술대회'가 아랍에미리트(UAE)의 수도 두바이에서 열렸다. 같은 기간 두바이에서 열린 '한국·아랍에미리트 문화교류 행사'의 일환으로 마련된 이번 학술대회에는 14개 국에서 온 '한류(韓流)' 학자 30여 명이 패널로 참석하고, 한류에 관심을 가지고 있는 세계 여러 나라에서 150여 명의 학자들이 자리했다. 학술대회 주제는 '한류와 지역 문화 사이의 소통과 전파' 였는데 "세계적인 문화 현상으로 자리 잡고 있는 한류가 지역 토착 문화들과 어떤 관계를 맺고 있는가"에 대한 패널들의 연구 발표와 집중토의로 진행됐다.

첫날 독일의 대표적 한류 연구가인 바이로이트대학교 우테 펜들러 교수는 '유럽에서의 지속적인 한류 팬덤 현상'을 주제로 연설했으며, 영국, 뉴질랜드, 필리핀, 브라질 등 세계 여러 나라 출신의 학자들이 '한류와 이슬람 문화', '한류와 라틴아메리카'를 주제로 발표했다. 이어 4일엔 '북한에서의 한류' 등에 대해서도 연구발표하고 토론하였다.

중국발 '스타노믹스'는 한류의 현주소를 상징적으로 보여준다. 스타(Star)와 이코노믹스(Economics)의 합성어인 이 개념은 한류의 위엄을 대변하는 공식이다. 1990년대 초반 드라마 '질투', '별은 내 가슴에' 등이 중국에 상륙하며 한류시대가 개막되더니, 2005년 '대장금'을 기점으로 본격적인 한류 전성시대가 열렸다. 드라마로 촉발된 한류는 이제 스타로 쏠리고 있다. 이른바 한류 4대 천왕으로 지칭되는 이민호, 김수현, 김우빈, 이종석 등 4명의 남자 배우가 그 주인공이다. 현재 이들은 중국에서 '남신'(男神)으로 불릴 정도로 인기가 대단하며 문화 외적인 영역에서도 막대한 영향력을 발휘하고 있다.

지난해 3월 베이징에서 개최된 전국인민대표회의장에서 중국의 권력 서열 6위인 왕치산 공산당 중앙기율검사위 서기가 김수현이 출연한 드라마 '별에서 온 그대'를 언급하며 "한국 드라마의 핵심은 영혼과 전통문화의 승화다"라고 말했다. 이러한 이례적인 사건에 대해 미국의 유력일간지 '워싱턴포스트'도 관심을 갖고 보도했다. 해외 문화에 배타적인 중국의 권력층이 한국 드라마를 공개적으로 극찬했다는 것은 한류의 위상을 인정한 결과라고 할 수 있다.

이렇듯 스타들의 인기가 지속되면서 드라마나 영화 이상의 부가가치가 양산되고 있다. 하지만 이러한 신(新)한류의 부작용에 대한 우려의 시각도 생겨난다. 중국에서 막대한 자본을 들여 스타에 의존한 영화나 드라마를 만들면 작품성은 떨어질 수 있다는 것이 한 지적이다.

일부에서는 한류의 지속성을 위해 중국과 공동 기획·제작하는 방법으로 양국의 대중이 공감할 수 있는 청사진을 제시해야 한다고 말한다. 몇몇 스타 브랜드로 영향력을 과시하는 현상만 지속된다면 한류가 오래 가기 어렵다는 것이다.

중국에서 K-POP을 위시한 한류 열풍이 성공하긴 했지만 배우들의 한류는 시차가 있었다. 이제는 한류 4대 천왕으로 다시 불붙은 한류 열풍을 지속하기 위해 다양한 방안을 모색해야 할 시점이 아닌가 싶다.

# 국제화 시대의 한국적 정(情)문화

## 한만수

국제화 시대에 한국이 한국적이 되는 것은 한국적 정신문화의 우수성을 국제화하는데 있다. 그것은 바로 한국적 정문화의 국제화이다.

우리가 처한 밖으로의 국제사회가 작은 지구촌으로 좁아짐에 따라 안으로의 무형적인 정신문화가 고갈되어 가고 있다. 과학문명의 발달과 산업화의 거센 물결 속에 시각적으로 좁혀진 국제사회에서 무형적인 정신문화의 회복이 시급히 요청된다.

이에 이미 만들어진 국제적 가시적인 것들을 뒤쫓는 추종자의 처지에서 벗어나, 이미 안으로 축적해 온 우리의 한국적 정신문화의 유산을 가시적으로 상품화 된 국제적인 것들이 오히려 뒤쫓아 오도록 앞질러

**한만수(韓萬洙)** _ 인천 강화 출생(1934년). 숭실대학교 영문학과 졸업. 연세대학교 교육대학원 졸업(교육학 석사). 경희대학교 대학원(영문학, 박사과정), 숭실대학교 대학원(영문학, 박사과정) 수료. 영문학 박사. 관동대학교 교수 · 대학원장, 전국대학원장협의회 회장 등을 역임하고, 현재 (사)국제기독교언어문화연구원 설립자 겸 원장, 「시정일보」 논설위원, 내리감리교회 장로 등으로 활동. 국민훈장 목련장 수훈. 저서 《밝은 언어문화 창조》, 《현대영어의 발전》, 《치유언어》, 《살리는 윤리 살리는 언어》, 《기독교 언어관》 등 20여 권 상재.

나아가야 할 세기적 사명을 지니고 있다.

우리 한국은 한국적인 우수성을 이미 하늘로부터 이어받아 우리 선조들의 무형적인 정신적인 유산이 우리의 맥박 속에 흐르고 있기 때문이다. 그러므로 우리의 무형적 정신문화의 우수성을 국제사회 속에 매몰되지 않고 오히려 동화하면서 국제사회를 주도해 나가는 슬기로운 정신문화의 유산으로 자리매김하도록 하여야 한다. 이것이 한국정신문화의 우수성이 되는 한국적 정문화이다.

첫째, 자기가 받은 바 은혜를 보답하고자 하는 보은의 정문화이다.

오늘의 자기된 것은 자기만의 것으로 된 것이 아니요, 부모님과 스승님, 친구와 이웃, 나아가서 국가의 은혜로 된 것임을 깨닫고, 그 은혜를 보답하고자 하는 정신적 의지의 삶이다. 부모님께 효하고, 스승님의 은혜로 나의 나됨같이 내 이웃을 정으로 보답하는 삶이다.

둘째, 소망과 사랑과 평화의 정문화이다.

소망의 정, 사랑의 정, 그리고 평화의 정스러움은 밝은 삶의 생기와 활력을 충만하게 한다. 한국의 정문화는 이웃에게 항상 소망을 주며, 어려운 사람의 처지를 몸소 체득하면서 사랑의 손길을 펴나가며 베푸는 아름다운 밝은 삶이다. 우리의 선조들이 비록 침략을 당했던 비애의 운명 속에 비참했지만, 그러나 그 속에서 한국적 정문화는 소망과 사랑과 평화가 넘치는 밝고 생기 있는 지혜의 삶을 이끌어 왔다.

우리의 맥박 속에 선조들의 정문화는 밝고 생기 있는 지혜의 유산으로 흐르고 있다. 훈훈한 마음으로 이웃에게 평안을 끼치며 따뜻한 말로 이웃에게 안도감을 주며 후한 인심으로 이웃에게 용기를 줄 수 있는 정신적인 의식구조를 지니고 있다. 항상 따뜻한 미소를 잃지 않고 악수를 나누며, 어진 눈으로 마음의 대화를 나누는 우리의 정문화는 결국 한국적 정신문화의 우수성이 아닐 수 없다.

셋째, 은근과 끈기가 내면화 된 정문화이다.

우리 선조들의 사고력 깊은 여유 있는 선비정신의 자태는 은근과 끈기가 내면화 된한국적 정문화의 표출이 아닐 수 없다. 밖으로의 급속한 국제사회 변화 속에 우리의 정문화가 동화되면서 메마른 광야 같은 국제사회가 옥토와 같은 사회로 이룩해 나가리라 믿기 때문이다. 그것이 바로 은근과 끈기의 한국적 정문화의 우수성이다.

넷째, 한국적 정문화는 자기성찰을 근간으로 한다.

한국적 정문화는 깊은 자기성찰에서 나오는 눈물어린 정을 통하여 자신의 부족을 느끼면서 자신을 채운다. 자기성찰에서 나오는 정은 자기 자신의 기쁨을 누리며 이웃에게 큰 감동으로 기쁨을 나눈다. 기쁨의 통로는 자기성찰에서 발현되는 정스러운 마음이기 때문이다. 밖으로의 분주한 국제사회 현상 속에서 분주하지만 그러나 예리한 자기성찰을 통한 차분한 정적인 흐름을 타고 자기의 정체성을 깨닫고 자기를 향유할 수 있는 것이다. 그러므로 자신은 물론 가정과 사회와 국가 그리고 국제사회 환경에 지혜롭게 대처하여 국제적인 정문화의 건립을 이룩하리라 믿는다.

마지막으로 한국적 정문화는 고민의 발로이다.

정이 있음으로 고민하게 되고 고민하는 만큼 정도 깊어진다. 정스러움과 고민함은 정비례한다. 한국의 역사는 비애 속에 고민해 온 민족의 역사이다. 고민의 정이 넘치는 얼로 한국 역사는 지탱해 왔다. 한국의 정신문화의 우수성은 한국적 얼의 문화이다. 우리 민족의 얼은 세계적이다. 그 얼 속에 한국적 정이 넘치기 때문이다. 우리 역사의 발자취마다 민족중흥과 근대화 물결을 타고 민주화 바람 속에 격동과 진통의 반추작용이 아로새겨져 있음을 볼 수 있다. 반면에 국제사회의 미묘한 움직임 속에서도 민족의 운명을 지배할 주인의식이 우리의 정문화 속에 뿌리내리고 있었음을 그 어느 누구도 부인할 수 없다.

덴마크의 사상가 키에르케고르는 "내가 고민하는 고로 나는 존재한 다"라고 말한 바 한국 정문화 속에 깃든 고민이 오늘의 우리를 만든 것 이다. 고민 많은 한국인의 정은 새 생명의 산실이다. 국제사회를 살리 는 도화선이다. 성 어거스틴이 그의 참회록에서 말한 바 "나는 오늘 이 순간으로 더러운 생활에 종지부를 찍겠노라"는 의지의 결단을 통해 자 기 자신을 이웃에게 보답된 존재로서 일관된 삶의 모습을 추구하고 있 음을 본다.

우리의 정문화는 국제사회를 밝히는 등불이다. 그러므로 한국적 정 신문화의 우수성은 정문화임을 아무리 강조하여도 지나치지 않는다.

이제 우리는 새로운 결단의 의지를 촉구한다. 밖으로의 오염된 문화 풍토를 안으로의 순박하고 깨끗한 정문화로써 대내외적으로 일관된 참삶의 정신문화로 치유회복 순화시켜 나아가야 하리라 믿는다. 요컨 대 은혜를 깨닫고 받은 은혜를 보답하고자 하는 보은의 의지가 담긴 한 국적 정문화, 소망과 사랑과 평화의 밝고 생기 있는 활력이 넘치는 한 국적 정문화, 은근과 끈기가 내면화 된 한국적 정문화, 자기성찰이 내 재된 눈물어린 한국적 정문화, 그리고 고민이 담긴 그러나 새 생명을 창조하는 한국적 정문화는 국제화 시대 속에 한국적 정신문화의 우수 성임을 나타내는 것이다.

제2부

가장 소중한 것은
바르게 사는 것

# 한산섬 달 밝은 밤에

구능회

한산섬 달 밝은 밤에 수루에 홀로 앉아
긴 칼 옆에 차고 깊은 시름하는 적에
어디서 일성호가(一聲胡笳)는 남의 애를 끊나니

### 1. 아련한 추억을 더듬으며

나에게는 이 시조에 얽힌 개인적인 사연이 있어 이제는 오랜 추억이 되어 떠오른다. 충청북도 보은읍에서도 삼십여 리 떨어진 시골에서 자란 초등학교 저학년인 나는 아버님으로부터 이 시조를 붓글씨로 써보라는 말씀을 들었다. 이때만 해도 붓글씨를 써본 일이 없던 내게 이를 적극 권유하셨다. 그래서 어린 나는 서툰 솜씨로 한 글자 한 글자를 써내려갔다. 당시의 종이는 지금처럼 하얀색이 아니고, 다소 어두운 색으

**구능회(具綾會)** _ 충북 보은 출생(1949년). 호는 도헌(陶軒). 한국방송통신대학교 행정학과 졸업. 충북대학교 행정대학원 졸업(행정학 석사). 서울대 행정대학원 정보통신 방송정책과정 수료. KBS 충주방송국장, 중앙대학교 신문방송대학원 초빙교수, 한국호암다도협회 초대회장 등을 역임하고, 현재 송학선의사 기념사업회 고문, 솔리데오장로합창단 부단장으로 활동.

로 종이의 질도 별로 좋지 않았다.

나는 이 시조를 세로로 석 줄을 만들어 족자 형태로 써 내려가면서 큰 고역을 치루어야 했다. 내가 서툴게 붓글씨를 써 내려가는 동안에 아버님께서는 마주 바라보시면서 "글씨는 단정하게 써야 한다"는 것을 여러 차례 깨우쳐 주셨다. 비록 이 때 내가 쓴 글씨는 꾸불꾸불 엉망이었지만, 아버님께서는 제법이라고 하시면서 격려해 주셨다. 이러한 추억은 그 뒤 붓글씨에 대한 친근감과 함께 충무공에 대한 존경심을 배양할 수 있는 하나의 바탕이 되었다.

## 2. 이충무공의 문학세계

충무공 이순신 장군은 1576년 무과(武科)에 급제하여 벼슬길에 나섰던 분이다.

우리가 잘 아는 대로 16세기 말 경에, 이 땅에서 일어난 엄청난 국난기를 맞아, 앞장서서 이를 극복하여 나라를 새로 일으킨 중흥(中興)의 일등 공신(功臣)이시다. 공의 장수로서의 용맹과 지략의 탁월함, 그리고 열과 성을 다 바친 충성(忠誠)의 가치가 얼마나 위대하였음은 거듭 강조해도 지나치지 않으리라고 생각한다. 이처럼 혁혁한 무공(武功)을 세운 분으로서, 공은 시나 문장에까지도 훌륭하다는 평가를 받는 분이시다.

이러한 공의 문학성(文學性)과 문학 작품으로서의 빼어난 가치는 여러 방면에서 우리에게 감동을 준다. 그중에 대표적인 것이 '난중일기'(亂中日記)이며, 앞머리에 소개한 시조와 여러 편의 한시(漢詩)들, 서간문(書簡文)과 임금께 올린 장계(狀啓) 등이 있다. 이러한 작품들을 붓글씨로 직접 써 내려간 그 필체(筆體) 또한 힘과 유연함을 두루 갖춘 달필(達筆)이라 할 수 있다.

인간의 생사가 경각간(頃刻間)에 좌우되는 치열하고도 참혹한 전장 터에서, 거의 매일 일기를 기록하여 그 결과를 후세에 전한 공의 난중일기 내용을 살펴보면, 그 치밀한 기록성과 현장감을 엿볼 수 있다.

지난 2013년 6월, 이 난중일기가 세계기록문화유산으로 등재되어 이제는 우리 민족의 문화유산일 뿐만 아니라 세계의 문화유산으로서의 높은 가치를 평가받았으니 이 얼마나 자랑스러운 일인가.

이러한 공의 문학성은 한시(漢詩) 분야에서 그 가치가 두드러지는데, 대부분의 시가 임진왜란 전란기(戰亂期)에 만들어진 것들이다. 생(生)과 사(死)를 넘나드는 절박한 상황하에서 한가로이 문학적인 표현의 기교에 치중하지 않으면서도, 읽는 이들의 심금을 울리는 감동적인 작품들이 그 주류를 이룬다. 공의 난중일기가 세상에 널리 읽혀져서 세계적인 문화유산으로 인정받기에 이른 것처럼, 공의 한시를 포함한 다른 저작물들도 이 시대를 살아가는 후세인들에게 널리 알려져 공을 보다 깊이 이해하며 그 생애를 본받으려는 후세인들이 더욱 많아지기를 소망한다.

이제 공께서 남기신 여러 작품들 중에 후세인들로부터 가장 많이 애송되고 있는 오언절구 한 편을 소개하며 이 글을 마치고자 한다.

**閑山島夜吟**(한산도야음/ 밤중에 한산도에서)

水國秋光暮 (수국추광모) 바다에는 가을이 깊어가고 있는데
驚寒雁陣高 (경한안진고) 추위에 놀란 기러기 진중을 높이 나네
憂心轉輾夜 (우심전전야) 근심으로 뒤척이며 잠 못 이루는 밤에
殘月照弓刀 (잔월조궁도) 새벽달은 말없이 활과 칼을 비춰 주네

위의 시는 한시 형태 중에서 가장 짧은 5언절구 형식의 시이지만, 공

이 처한 상황과 정경을 간결하게 묘사하면서도 그 시정(詩情) 또한 세인(世人)들의 심금을 울리며 오늘에 전해지고 있다. 이 시의 끝 운자(韻字)인 고(高)와 도(刀)의 두 글자를 빌려서 공을 추모하는 마음으로 시를 지은 차운시(次韻詩)가 공의 문집에 전해 오는 것만 28편이나 된다.

올해는 공이 이 땅에 태어나신 지 어언 470주년이 되는 해이다. 공의 고결한 인격, 탁월한 공적에 못지않게 빼어난 공의 문학세계도 세상에 널리 소개되어 우리나라는 물론 세계인들까지 인류역사에 길이 빛나는 인물로 우리의 이충무공을 추앙하게 되기를 바라는 마음 간절하다. 아울러 전쟁 상황 못지않게 날로 엄중해지는 21세기 국제정치 상황하에서 이 땅의 모든 공직자들이 공의 살신성인(殺身成仁)의 생애를 본받아 다 함께 국리민복(國利民福)에 진력하는 풍토가 조성되어 우리나라가 명실상부한 세계적인 선진국가로 발돋움해 나가기를 기도하는 마음이다.

# 약 먹는 인생

김경남

나에게는 알약을 두려워하는 징크스가 있다. 아주 어렸을 때이다. 알약을 먹다가 목에 걸려서 삼키지를 못하고 방바닥에 토해내어 물바다가 되었다. 그 공포스런 기억으로 다 큰 어른이 되어서도 나는 알약을 삼키지 못했고 웬만하면 약을 먹지 않고 버텼으며 꼭 약의 힘을 빌려야 하는 지경에 이르면 가루로 빻아 물과 함께 넘겼다.

그런 알약이 내 삶의 식탁에 아예 자리를 잡기 시작한 것은 50대 중반, 그 당시 교편생활을 하면서 2년마다 건강검진을 했었는데 느닷없이 '고혈압'이라는 판정이 나왔다. 죽을 때까지 먹어야 한다는 미래의 사형 선고에 울며 겨자 먹기로 하루에 한 알씩 지금까지 목구멍에 삼킨 3650개가 넘는 알약. 그 덕분에 죽지 않고 아직까지 살아 있고 그러는 동안 알약 넘기는 비법도 터득하였건만 지금도 큰 알약만 보면 거부감

**김경남(金敬男)** _ 경북 영덕 출생. 호는 우덕(又德). 수필가. 문학평론가. 동국대학교 국어국문학과 및 동 교육대학원 졸업. 동국대 사대부속여중 교사 퇴임. 동국문학인회, 한국수필가협회, 국제펜클럽 한국본부, 한국문인협회 회원. 한국불교문인협회 감사. 『한국불교문학』 편집위원. 제15회 한국불교문학상 대상, 내무부장관상, 교육부장관상, 홍조근정훈장 등 수상. 수필집 《종이 속 영혼》(2008), 《내 영혼의 뜨락》(2013) 등 상재.

이 든다.

그런데 60대 중반, 최근의 일이다. 병을 고치게 하는 약을 잘 먹지 못하는 게 괘씸죄에 걸렸는지 약사여래불이 노하셔서 그 벌로 장기장복으로 약을 먹어야 할 병을 또 내려주셨다. 류마치스성 관절염. 치유 방법이 없는 만성적 질환이다. 지금은 초기이지만 심해지면 정형외과적 수술을 받아야 한단다. 확실한 병인(病因)은 없지만 아마도 근 20년을 주말에 가는 농가에서 취미 삼아 푸성귀를 일구느라 관절을 혹사한 탓일 게다.

도대체 양약(洋藥)이란 무엇인가. 서양 의학에 바탕을 두고 조제하는 화학물질이고 간혹 식물을 약재로 쓰는 경우도 있지만 거의 다 화학합성에 의해 만들어지는 약이다. 나는 알약 먹기도 힘들어하거니와 화학물질이라는 데에 평소 반감이 많다. 내 몸 속에 화학약물 장복으로 인한 독소가 쌓여서 또 어떤 병을 만들어낼지도 모르지 않는가.

유럽 르네상스 이전에는 사람들이 병이 나면 풀뿌리와 나무껍질(초근목피)의 생약을 사용했었다. 르네상스 시대에 와서 자연과학의 발달로 화학 약물이 발달하자 현대 약물학의 시조라고 일컫는 스위스의 의학자 파리셀수스(1493~1541)는 수은, 황, 인과 같은 금속, 비금속, 질소족 원소를 질병 치료로 사용하면서 한편으로는 사람들에게 다음과 같이 경고하였다.

"모든 약은 곧 독이다. 다만 용량이 문제일 뿐, 독성이 없는 약물은 존재하지 않는다."

한 예로, 아스피린 같은 소염진통제는 독극물 벤젠, 페놀에 이산화탄소를 결합하여 화학처리한 것이며, 해열진통제인 타이레놀, 게보린, 사리돈은 아세타미노펜(Acetaminophen)이 주성분인데 이는 부작용인 간 독성을 지니고 있는 약이다. 술을 먹은 후 숙취나 두통이 난다고 해서 타이레놀을 복용하면 간세포를 파괴하는 독성물질이 생기고 자주 복용하면 간부전, 신부전에 이를 수도 있어 위험하다.

약 먹는 삶이 이어지자 종합편성방송의 건강 프로그램에 귀를 기울였다. 위암, 대장암, 췌장암, 고혈압 같은 불치병 환자가 병원에서도 치료 포기한 것을 가정에서 특정 한약재를 민간요법으로 수년에 걸쳐 장복하여 병을 완치시킨 실례가 자주 소개되었다. 물론 소수인의 특별한 치유 사례에 속하지만 꽤나 설득력이 있는 병 구완법으로 내게는 다가왔다.

나는 한약(韓藥)에 관심을 가져보기로 하였다. 한약이란 한국의 전통 의학이며 여러 가지 원소가 들어 있는 자연계의 물질 그대로 탕으로, 가루로, 환으로 빚어 처방한 것이다. 나는 비록 전문적 지식이 없었지만 약초별, 질환별 민간요법 수준의 지식으로 나는 내 지병들을 치유하고 가족과 지인들에게도 도움을 주고 싶어졌다.

식물도감, 약초도감, 약초백과사전과 TV와 인터넷에서 약초의 사진, 분포지, 생김새, 약효와 성분, 약용법, 식용법, 부작용, 독성 등을 공부하기도 하고 아파트 화단, 공원, 등산로의 산야초를 유심히 관찰하였다. 약초 카페 회원이 되어 약초 지식과 정보를 공유하면서 한편으로 자연산 산야초를 사들였다. 말리고 찌고 달이고 가루로 내어 꿀에 재어 놓기도 하고 술에 담그고 설탕에 넣기도 하였다. 하수오, 지구자, 상황버섯, 인삼, 송근봉, 더덕, 도라지 등 30종의 약술과 겨우살이, 부처손, 우슬, 노박덩굴열매, 삼지구엽초, 구기자, 어성초, 당귀 등 꽃, 잎, 열매, 나무껍질, 뿌리, 줄기를 말린 약재 27종과 양파, 돌복숭아, 돌배 등 4종의 발효액을 만들어 놓고 필요한 사람에게는 아낌없이 주기도 하였다.

약초요법은 무궁무진하고 심오하고 오묘하여 장님이 코끼리 만지는 식의 약초공부는 갈수록 오리무중에 첩첩산중이며 길디 긴 여로였다.

경이로운 사실은 온 산천초목이 거의 다 약초라는 것이다. 담장 곁의 감나무, 목련, 벚나무, 찔레꽃, 화단의 맨드라미, 국화, 봉선화, 나팔꽃, 들판의 갈대, 억새, 야산의 소나무, 느티나무, 길옆의 코스모스, 민들레 전부 다 훌륭한 약초였고, 이름 모를 풀도 훌륭한 약초였다.

또한 병이 있으면 약이 있고 약이 있으면 병이 있다는 것도 알았다. 독성(부작용)이 있는 약초는 법제(法製)를 해야 하며, 특히 천남성이라 는 풀은 사약(賜藥)의 재료로 쓰였지만 독성을 제거하면 명약이 되는 약 초이기에 흥미로웠다.

나의 지병을 고쳐 보려 시작한 약초요법에서 가장 난감했던 것은 약 재 배합이었다. 양약은 조제 때 주제(主劑), 부제(副劑), 교미제(矯味劑), 부 형제(賦形劑)라는 기본 원칙이 있다. 한약 제조도 군신좌사(君臣佐使) 약초 배합 기본 원칙이 있는 것이다. 병에 따라 군약(君藥), 신약(臣藥), 좌약(佐 藥), 사약(使藥)의 배합을 정통 한의사도 아닌 주제에 감히 알 리가 없기 에 혈압과 관절염 치료에 좋다는 한방약차를 달일 때는 겁이 나서 함부 로 약재를 복방(여러 가지 약재 : 複方)하지 않고 될 수 있으면 단방(한 가지 약재)으로 달이곤 하였다.

드디어 내가 보고 듣고 공부한 약초 민간요법으로 내 솜씨를 뽐낼 기 회가 왔다. 올 초봄 중국발 미세먼지로 목이 칼칼해지면서 가래가 목구 멍을 막으면서 콧물이 비치고 천식처럼 기침이 간간히 터져 나왔다. 며 칠 후면 누런 콧물과 잦은 기침과 심한 두통까지 터질 것이다. 매일 아 침 눈만 뜨면 "병원 갑시다"라고 보채는 남편의 말을 무시하고 초기 감 기 박살전쟁에 돌입하였다.

체온 유지 작전. 아침에 일어나자마자 목에 스카프를 두르고 발에는 양말을 챙겨 신어 몸의 방열을 막는다.

살균 소독 작전. 부엌에서 소금물과 식초물로 입안을 헹궈낸다.

진해 거담 제거 작전. 지난해 음력 단옷날 오시(낮11시~낮1시)에 뜯어 말려 놓았던 쑥을 주전자나 냄비에 넣고 끓여 올라오는 수증기를 5분 정도 훈증한다. 코로 흡입하여 입으로 내뿜고 입으로 흡입하여 코로 내뿜고, 입으로 흡입하여 목으로 넘긴다.

약재 복용 작전. 항생, 항균제인 말린 생강과 말린 야생 도라지를 달인 물이나 배, 무, 귤껍질, 대파뿌리 등을 달인 물을 수시로 마신다.

천연항균 성분 흡입 작전. 목도리를 두른 채 잠자리에 들고 머리맡에는 매운 맛의 양파를 반으로 갈라두어 밤새도록 코로 마시게 하며 물수건으로 습도를 조절한다.

지성이면 감천이었다. "물렀거라. 내가 간다"는 큰 소리에 고뿔과 천식은 꼬리를 내렸다. 여러 작전 중에도 주효하다고 느낀 것은 코로 쑥 훈증한 것이었다. 하고 나니 금방 코가 뚫리면서 시원해져 내친 김에 말린 쑥을 물에 불게 해 꼬깃꼬깃 뭉쳐 콧속에 넣고 있어도 막힌 코가 이내 뚫리곤 하였다. 여성질환에 쑥좌훈이 좋다고 알려져 있으나 쑥을 코로 훈증해 보기로 한 것은 내 아이디어였다. 선조, 광해군 때의 명의(名醫) 허준은 쑥을 의초(醫草)라고 불렀는데 역시 쑥은 만병을 다스리는 약초였다.

노년의 뜰이 깊어질수록 뜰에 드리울 병마의 그림자가 두려워진다. 소 잃고 외양간 고치려 들지 않고 그를 쫓아낼 비책이 없을까?

몸의 병은 마음에서 오는 것이다. 약초 공부보다 중요한 것은 마음 공부였다. 내 몸의 병은 결국 내가 만든 것이다. 나의 마음은 병의 진범이었고 주범이었다. 무엇을, 누구를 탓하랴. 마음을 온전히 다스리지 못하고 함부로 마음을 일으키고 탐욕하여 몸을 굴린 인과응보요 자업자득의 소치이다. 49세에 죽은 진시황은 온갖 진기한 약초와 약재를 먹고도 영원한 불로초를 찾아 헤매었다. 그런 과욕이 오히려 마음의 병이 되고 독소로 변해 버린 것이 아닐까?

　내 스스로 심의(心醫)가 되어 나의 마음까지도 다스리면 몸의 병이 스스로 사라질 것이 아니겠는가? 웰빙을 추구하고자 한다면 스스로 심의가 되려는 노력을 기울여야 한다는 생각이 든다. 그러기 위해서 과욕과 탐심으로 얼룩진 마음의 거울을 들여다보며 늘 깨끗이 닦으려고 작정하고 있다.

　삶이란 생로병사의 프리즘이다. 인생이란 삶의 파노라마이다. 정신 없이 살다가 자신도 모르게 죽음에 문턱에 서 있음을 뒤늦게야 깨닫는다. 깨닫는 순간 미처 반성과 후회와 각성의 시간도 없이 죽음의 나락에 떨어지는 것이 인생이거늘 어리석게도 마음의 약은 찾으려 하지 않고 몸의 약을 찾아 헤매고 있다.

# 공직사회, 그 어제와 오늘

김 대 하

우리 대통령이 싱가포르 리콴유 총리의 장례식에 참석한다는 뉴스를 접하면서 리콴유라는 멋지고 큰 지도자를 흠모하는 마음과 함께 문득 생각하기도 싫은 일 하나가 떠올라 온다.

얼마 전 세상을 떠들썩하게 했던 이른바 벤츠 여검사 사건에 대한 소식을 접했을 때 참으로 허탈했었다. 사법부에 대한 국민들의 신뢰도가 바닥으로 추락한지 이미 오래 되었지만 그래도 내가 악으로부터 보호받을 수 있는 마지막 기댈 언덕이라는 가느다란 희망마저 무너져 내리는 순간이었다.

이제 우리 서민들은 당연히 정의를 수호해야 할 법조인들이기에 특히 엄중하게 처벌되리라 믿었었지만 엊그제 대법원 판결은 예상을 뒤

**김대하(金大河)** _ 경남 밀양 출생(1936년). 경희대학교 법학대학 대학원 공법학과 수료. 주식회사 청사인터내셔널 대표이사, 주식회사 부산제당 대표이사, 경기대학교 전통예술대학원 고미술감정학과 대우교수, (사) 한국고미술협회 회장 등을 역임하고, 현재 국립 과학기술대학교 출강, 한국고미술 감정연구소 지도교수 등으로 활동. 저서―연구서 《고미술 감정의 이론과 실기》, 수필집 《골동 천일야화》, 여행기 《철부지노인 배낭 메고 인도로》 등 상재.

엎어 버렸다. 무죄란다. 법리 논쟁이 어떻든 제 식구 감싸기라는 비난을 받을 만한 사건이다. 일반 국민들의 정서와는 너무나 동떨어진 판결이라고 생각되었기 때문이다.

뿐인가. 지난 2013년도에 일어났던 7급 공무원들의 관계 업체들로부터 갈취형 뇌물사건 등 정·관계를 막론하고 사회 구석구석 썩어가는 냄새 나지 않는 곳을 찾기 어렵다. 이를 들어 '총체적 부패사회' 라고들 말하던데….

임명직 장관급의 국회 청문회에서 어느 한 사람 부동산 투기 목적을 위한 위장전입이나 자신 또는 자식들의 병역비리나 논문 표절 등에서 완전히 자유로운 사람 보기 힘들 정도다. '그 정도야 뭐…, 관례인데… 너나없이 다 하는 일들인데…' 라는 생각들이었을 것으로 보인다.

헌법이 정한 근로, 국방, 교육, 납세 등 국민의 4대 의무를 충실히 이행하면서 착실하게 살아가고 있는 우리네 보통 사람들에게는 서슬 퍼런 법의 칼날은 가차 없이 날아들면서 이들 특권층에게 적용되는 법의 칼날은 왜 이렇게 무디기만 한 걸까.

전 국민들의 안보를 책임지고 있는 군 장성들의 어처구니없는 부정들을 전파를 통하여 전해질 때 국민의 방패막이인 군을 믿고 잠을 자던 어진 백성들은 아예 말문이 막혀 버린다.

요즘은 어느 전직 국회의원께서 600억이라는 어마어마한 비자금이 어쩌니 저쩌니 하고들 있으니 여의도는 이런 저런 일들로 매일 매일 술 안주거리 많아서 참 좋겠다. 600억 듣기만 해도 멀미가 나는 돈인데도 정치자금이나 비자금 어쩌구 하면 보통 몇 백 억에서 몇 천 억이라는 기하학적 숫자 놀음들을 하니 그들에게는 뭐 이 정도 쯤이야 할지 모르겠으나 일반 백성들에게는 허탈감에 잠겨 하늘만 쳐다보게 만든다.

이런 나으리들이나 돈 많은 재벌들의 재판 과정을 지켜보면 하나같이 환자복에 한쪽 눈을 가리고 수염을 기른 채 휠체어에 비스듬히 앉아서 법정으로 들어오는 모습 참으로 구역질나도록 많이 보여주더라.

이 글을 쓰게 된 동기는 필자가 운영하고 있는 연구소(한국고미술 감정연구소)를 찾는 사람들 가운데 몇몇 불순한 생각을 가지고 공금 도둑질하자는 무리들이 있었기 때문이고, 내게 그들의 제안을 퇴짜 맞은 뒤 누군가와 손잡고 어쩌구 저쩌구 하였을 것은 명약관화(明若觀火)한 일일 터, 왜냐 하면 그 뒤 그들이 말하는 미술관이나 박물관은 아무런 말썽 없이 정·관계 나으리들의 박수갈채 속에 개관되었기 때문이다.

이러한 공직사회의 비리가 어제오늘에 일어난 일만은 아니다. 수백 년 전 조선시대로 거슬러 올라가 보자.

숙종(肅宗) 30년(왕조실록 숙종 30년 11월조·1703년)에 지금의 국방부 산하 병참부 또는 병기창에 해당하는 관청으로 군마, 수레, 마구 등을 관장하는 사복시(司僕司)의 일개 서리(胥吏 : 지금의 7급 공무원에 해당되는 주무관 정도)였던 탁주한(卓柱漢)이 군마 목초지였던 강화군 미법도(彌法島)를 제 마음대로 폐현시켜 장부에서 섬 자체를 아예 없애 버리고 그곳 농가에서 나는 소출을 모두 착복한 사건이 있었나 하면, 영조(英祖) 2년(조선왕조실록 영조 2년 12월조·1726년)에는 역시 국방부에 해당되는 병조(兵曹)의 서리(胥吏)였던 김수장이라는 자는 군포(軍布)를 수천 동(50필이 1동임으로 수천 동이면 수십 만 필 이상이 되는 엄청난 양이다. 조선시대 병역제도는 노비계급을 제외하고는 누구라도 병역의무를 져야 하지만 입영 대신 일정량의 포(布)를 대신 납부하면 이것들을 모아 월급조로 지급해 주는 제도)을 착복한 사건이 있었다.

이 시대에는 궁중 깊숙한 곳에서부터 매관매직으로 사욕을 채우는 일들이 조석으로 일어나고 있었고, 예를 들어 호조 서리(戶曹 胥吏) 한 자리에 2,000냥이라는 말이 공공연하게 떠돌고 있었다고 하니 2,000냥이라는 거금을 들여 받아낸 자리이니 만큼 본전하고도 몇 배의 이득을 취해야 하니 그 부조리의 심각성은 가히 상상을 초월하게 될 것이다.

물론 위의 두 사건 모두 당해 관서의 윗전들의 눈 감음 없이는 불가능한 일일 터, 위에서부터 썩은 물이 흘러 아래로 급속도로 번지니 천지가 썩은 냄새로 진동했을 것이다. 수백 년 동안 진동하는 악취에 면역이 된 백성들은 '허허一, 또 터졌구나' 하면서 씁쓰레한 입맛 한 번 다시고는 하늘 보고 한숨만 쉬게 된다.

예나 지금이나 이러한 비리의 고리가 천지개벽이 일어나지 않는 한 바뀌어지지 않는 것 같다. 관료사회에서만의 일은 아니었음도 예나 지금이나 하나같이 닮아있다. 조선시대 소비문화의 중심축을 이루고 있던 세력은 경화세족(京華世族)으로 이들은 지방에 장원(莊園)을 가지고 있으면서 한양에 터전을 잡고 대대로 벼슬하며 호화롭게 생활하던 이른바 세도가 양반들을 일컫는데 조선조 후기에 들어오면서 이들 경화세족의 소비문화에 대립되는 소비 집단이 형성되어 가고 있었는데, 이들을 일컬어 여항인(閭巷人)이라 하고 이들만의 독특한 도시 소비문화를 탄생시키게 되었다. 즉 사무역(私貿易)으로 치부한 역관(譯官), 의술로 치부한 의관(醫官) 등의 기술직 중인계급과 상공업으로 치부한 일부 상인 부호와 비리로 재물을 축적하여 이를 종자돈 삼아 사금융(私金融)으로 다시 부를 축적하는 하급관리들을 통틀어 지칭하고 이들을 중심으로 도시문화 즉 이들만의 독특한 소비문화가 형성되고 있었다. 이러한 문화를 여항문화(閭巷文化)라고 하고 시중 유흥가에서는 '돈 잘 쓰는 여항인' 이라는 말이 생겨날 정도였다.

이들의 부는 위의 예들과 같이 대부분이 부정한 방법에 의해 축적되었다. 부정한 방법으로 비자금을 형성하던 일부 재벌들과 같이 말이다. 그러나 이들 부정한 자들은 그래도 엄한 법이 있어 참수형을 받아 응분의 대가를 치루었지만 지금은 어떠한가. 얼마 지나지 않아 여론이 좀 잠잠하면 슬그머니 무슨 특사, 무슨 특사 등을 핑계로 방면되어 버린다.

일반 국민들의 정서 따위는 '아나—, 개나 물고 가라' 다. 그리고 우리네 서민들은 그때 잠깐 '에이 개 쌍놈의 세상…&*$#@…' 하면서 또 한 번 하늘 한 번 쳐다보고 난 뒤, 수백 억이 아닌 만원 한 장 벌기 위해 일터로 뛰어나가면서 잠깐의 시간이 지나면 평소에 즐겨먹던 까마귀 고기 먹어버린다.

이렇게 혼탁한 세상을 살아가고 있는 이 시대에, 작지만 정직하고 강한 아시아 작은 용으로 자리매김한 도시국가를 만들어 내었던 싱가포르의 리콴유 총리 장례식 소식을 접하니 싱가포르 시민들이 참 부럽다는 생각이 든다.

# 어천대제(御天大祭)

김 혜 연

언제나 푸른 하늘을 열었던 음력 3월 보름, 2015년 올해는 부슬부슬 봄비가 내렸다. 차마 입을 떼지 못하고 모두들 조용히 버스에 올랐다.

홍은동의 꽃동산엔 하나둘 봄꽃이 선을 보이기 시작하더니 어느새 푸르른 녹음으로 물들어가고 있다. 하얀색 꽃망울을 피워 올린 안개꽃이 유난히도 풍성하게 봄비 속에 드러나고 있다.

비가 오는 것이 괜히 일행들 저마다의 죄인 것만 같아 마음으로 속죄하며 나 또한 언제나 그랬듯이 강화도 마니산 정상에 오르면 푸른 하늘을 열어 주리라는 소망을 올려본다.

대종교에서는 봄이면 마니산 참성단에서 어천대제를 봉행한다. 국조 단제께서 이 세상 모든 일을 다 마치시고 한울의 본자리로 오르신

**김혜연(金惠蓮)** _ 강원 태백 출생(1968년). 태백에서 황지여상고를 졸업하고 상경한 뒤 최근 동방대학원대학교 사회교육원 졸업. 대종교와 관련한 경전 연구 및 보급처인 '천부경나라' 대표로 재직하며, 한국자유기고가협회 회원, 글로벌문화포럼 공론동인회 회원 등으로 문필활동.

날이기에 어천절이라 하여 이 날에는 선의식(禪儀式)과 경하식(慶賀式)을 거행한다. 그러기에 마니산 참성단으로 오르는 우리들 모두는 마음에 정성을 쌓아 올린다.

역사의 뒤안길이라 하여 되돌아보지 않고 새로운 문명 앞에 꿇어 엎드린 채 무엇을 위한 삶을 살아가는지조차 잊어버리고 방황하는 후손들을 대신하여 한 번쯤 그 역사의 뒤안길을 거닐어 되새겨 봄직한 날이다.

참성단은 강화도(江華島) 마니산(摩尼山) 서쪽 봉우리에 있는 제단(祭壇)이다. 하늘에 제사를 올리기 위해 단을 쌓은 이곳은 고려시대와 조선시대에도 이 단에서 하늘에 제사를 지냈다고 동국여지승람에 기록으로 남아 있는 것으로 알고 있다. 그러기에 감히 역사의 한 페이지에 우리는 또 한 장의 기록을 어떻게 채울지….

사적 제 136호로 지정된 참성단은 제단의 아래는 둥글고 위는 네모난 형태이다. 원(圓)은 하늘, 곧 우주를 뜻하고, 네모는 사방을 나타내는 땅을 말함이다. 네모난 제단 위에 사람이 서있으면 삼각형을 이루어 천·지·인 사상을 말없이 전해 주고 있는 것이다.

오늘 네모난 제단 위에 우리 예원들은 맑고 고운 천진(天眞)의 참모습으로 그 옛날 올렸던 정성됨이 하나 되길 기원하며 그 자리에 오르는 것이다. 고려 원종 11년(1270)에 보수했다는 기록이 있고, 조선 숙종 43년(1717)에 보수했다고 하는 중수기가 있다는 안내 표지판을 세워 놓고 있지만 어디 이뿐이랴!

인하대 고조선연구소 복기대 교수의 발표에 의하면 최초로 고조선 관련 문헌 자료를 발견했다며, "축조 시점이 고려 후기가 아닌 고려시대 이전이며, 고려 말 권근이 참성단에서 지낸 제사의 기록을 보면 왕건이 참성단을 수리했다는 내용이 나온다"고 설명했다. 그는 또 "조선시대 승정원에서 작성한 '승정원일기' 영조 44년 5월 22일자 기록에 의거 몽골의 침략으로 도읍을 강화로 옮긴 임금 원종도 참성단에 올라 단군께 제사를 지냈다는 내용이 있다"고 밝힌 바 있다.

이렇듯 그리 멀지 않았던 역사의 뒤안길은 우리를 다시 한 번 하늘과 가까이 가는 길을 열어 놓고 있는데 우리 후손들은 왜 깨닫지 못할까?

눈에 보이는 제단 위에 두 발을 벌리고 서서 어천대제를 준비하는 우리를 향해 내려오라는 함성과 웃음거리로 몰고 가는 한심한 얼빠진 후손을 향해 뭐라 위안의 말을 해 주어야 할지, 또 누가 우리를 향해 손가락질을 하는지 아무도 모를 일이다.

순결의 흰빛 예복이 햇빛 속에서 더욱 희게 빛나 찬란함을 말했으면 좋으련만 소리 없이 내리는 봄비를 고스란히 받으며 버선발로 제단 위로 오른다.

8.15 해방 후 반세기 이상이나 이어온 강화 마니산 참성단에서 제천의식을 봉행해 오는 것에 제동을 거는 세력이 생겨난다는 것은 참으로 이 나라의 정체성이 어떻게 변화되는 것은 아닐까 걱정스럽다.

비록 정체성이란 큰 의미를 가지기엔 나 자신이 너무나 힘없고 보잘것없는 여자이지만 상해에서 수립된 대한민국 임시정부에서도 개천절에 버금가는 경축일로서 성대히 봉행하였음이 그 당시 임시정부 기관지인 독립신문에 뚜렷이 남아 증거하고 있다고 한다.

대한민국 3년(1921년 4월 30일자) 독립신문에 게재된 임시정부 초대 대통령(이승만)의 찬송사와 신규식 법무총장의 축사는 오늘을 사는 우리 후손들은 한 번 되새겨봄직하다.

### 찬송사(讚頌詞)－이승만

온 세상이 캄캄할 때에 우리에게 나타나시사 빛과 터와 글을 주시니

알음과 지킴과 행함이 넉넉하였도다.

그 힘을 보이시고 돌아가시사 옛 자취를 머무시니(남기시니) 정신과 삶과 즐거움이 영광과 평안과 행복을 얻어 문채롭게 건전하게 널리 사랑하며 꿋꿋하게 이어왔도다. 우리 황조는 거룩하시사 크시며 임금이시며 스승이셨다. 하물며 그 핏줄을 이으며 그 가르침을 받아온 우리 배달민족이리오.

오늘을 맞아 기쁘고 고마운 가운데 두렵고 죄 많음을 더욱 느끼도다. 나아가라신 본뜻이며 고로어라신 깊은 사랑을 어찌 잊을손가. 불초한 승만은 이를 본받아 큰 짐을 메이고 연약하나마 모으며 나아가 한배의 끼치심을 빛내고 즐기고자 하나이다.

### 축사(祝辭)—신규식

오늘은 한배검이 어천하옵신 사천일백육십일 회되는 날이라 저희 무리들이 공경하고 사모하며 한결같은 마음을 모아 한배검의 옛 가르치심을 생각하며 노래함으로 오늘을 지내옵나이다.

모든 은총을 한량없이 주시옵서. 영의지경과 세상일에 빠짐없이 가르쳐 주시고 인도하시며 그 길과 그 자루를 맡기시고 큰 도리의 영광을 나타내시어 근원으로 돌아가시니 아사달 맑은 바람과 밝은 달은 저희 가슴을 널리 비추이며 가려내어 깊고 높은 은총과 영광에서 살았나이다. 저희는 불초하여 주신 것을 잊사옵고 있는 것을 없이 하여 아픈 마음 끓는 피가 약한 몸을 더욱 상하게 되나이다.

비옵나니 용서하며 깨우치어 옛 터전을 닦아내며 모든 영광을 빛내어서 한배검 사랑하시는 은택 가운데에서 일어남과 나아감이 크고 높은 먼 실마리를 더욱 빛나게 하여 주옵소서.

해방 다음해(1946)에 광복 제 1주년을 맞아 전국적으로 기념행사가 있었다고 한다. 그 행사의 일환으로 3일간 독립봉화제전을 벌였다 한다. 서울의 명산인 남산, 북악산, 안산에서 해방독립의 횃불이 오를 때 그 봉화의 불씨는 32년 만에 망명지(중국)에서 갓 돌아온 우리 민족 정통 종단인 대종교 총본사에서 채화했다고 한다.

8.15 전야 오후 6시, 대종교 천진전에서 단애 윤세복 종사에 의해 지펴 준 불씨를 봉화전송단 대표인 마라톤왕 손기정 씨에게 전수하여 남산 정상에 마련된 봉화대에 전송됨으로써 대한민국 임시정부 주석 백범 김구 선생이 받아 직접 점화했다고 한다.

이 역사적인 독립봉화제전을 민족의 성화로 승화시키기 위해 보본의 제천단인 강화 마니산 참성단에 전수시키기로 하고 같은 해 10월 3일 개천절에 거족적인 축전으로서 관·민, 각계 인사가 모여 당일 정오에 참성단에서 성화제를 봉행하였다고 한다.

대종교 총본사에서는 그 날 아침 6시에 천진전에서 성화전수식을 거행하고 마라톤 선수 함기용이 주자로 나서 마니산까지 전송했다고 하며, 그 당시 민정장관이었던 민세 안재홍 선생이 이를 받아 점화함으로써 성화 제천의를 엄숙하게 받들었다.

이로써 국조 단군대황조께서 개국 51년에 제단을 축성케 하고 3년 뒤에 몸소 천제를 드려 근본을 갚고 은혜에 보답하는 경천보본의 정통 윤리를 심어주신 유서 깊은 강화 마니산에 우리의 성화가 뿌리내렸다는 것은 아직도 살아 숨쉬는 우리 민족혼의 산 증거다.

이렇듯 살아 움직이는 민족의 정신을 억지로 부인할 필요가 있을까?

제천의 의례에 참여해 온 10년이 훌쩍 넘어 버린 나의 봉행역사에 올해처럼 비를 맞은 적이 없었기에 하늘은 우리에게 무엇을 말하려 한 것은 아닐까 새삼 깊이 생각해 본다.

작은 불꽃의 씨앗이 스러지지 않기를 얼마나 간절히 기원했던가. 정신의 씨알을 품은 우리들의 가슴은 초라한 모습으로 외색에 물들어 버리지나 않았나, 내일을 살아가는 후손들에게 어떻게 전할까?

옛 부여에서는 영고라 했고, 예와 맥에서는 무천이라 했으며, 삼한은 계음, 고구려는 동맹, 백제는 교천, 신라는 상달제, 고려에서는 팔관회라는 궁중대회를 열어 나라평안의 천제를 받들었다. 춤추고 노래하며, 말타기, 활쏘기, 씨름, 달리기 등등…, 국가적 대축제를 벌여 국민 대단합의 계기로 삼아 경천숭조와 충효사상을 심어왔다.

그런데 고려시대 때 원나라의 침입으로 제천의식이 흐려지고 민속으로 숨어들어 고삿날이라 하여 겨우 명맥을 유지해 왔는데, 이제 그 정신을 회복시켜 인간 본성의 근원이며 모든 생명의 원천으로서, 또 어둠이 걷히는 여명으로 혜안이 열리는 광명과 홍익이념의 대의가 숨쉬는 것으로 되살려야 한다.

더 늦기 전에 홍익인간 이화세계의 이상향을 향한 우리의 정체성을 깊이 깨달을 수만 있다면, 이번 어천절에 내린 비는 우리 모두를 깨끗이 씻어 맑은 영혼으로 다시 태어난 보본의 날이었기를 기원해 본다.

# 광복70주년을 맞이하여

## 도천수

올 해는 광복70주년이 되는 해이다. 반쪽짜리 광복을 맞이한 지 70주년이 되었지만 우리나라는 여전히 전세계에서 유일한 분단국가로 남아 있으며, 긴장과 대립을 계속해 왔다.

작년에 우리 정부는 '통일은 대박이다' 라는 슬로건을 내걸고 통일준비위원회를 출범시켰다. 그러나 남북의 대화와 협력은 제대로 이루어지지 않고 있는 상황이다. 이산가족상봉은 현 정부 들어서 2014년 2월 단 한 차례 이루어졌을 뿐이고, 매우 제한적인 민간교류가 진행되었다. 5.24대북제재조치가 계속되면서 금강산관광 재개는 물론이고 경제교류는 개성공단을 제외하고는 꽉 막혀 왔다.

**도천수(都泉樹)** _ 서울 출생(1953년). 고려대학교 철학과 졸업. 산업노동정책연구소 소장, 민주주의민족통일전국연합 중앙집행위원, 자주평화통일민족회의 사무총장, 민족사회운동연합 상임대표, 80년 민주화운동동지회 회장, 민주개혁국민연합 사무총장, 푸른시민포럼 상임대표 등을 역임하고, 현재 보훈뉴스 편집인, (사)희망시민연대 공동대표. 한민족운동단체연합 상임공동대표, 한반도시대국민연합 상임공동대표, 단군민족평화통일협의회 상임공동대표, 고대민주동우회 회장, 좋은사회연대 상임공동대표, 좋은경영연구소 대표이사, 공평세상 상임공동대표, 함께하나 상임공동대표, 공평연구소 소장 등으로 활동. 저서 《변증법의 본질과 역사》(역), 《사회와 노동》(1992), 《한국노동운동사》(공, 1994), 《한반도시대 제3의 길》(2008) 등.

남북은 긴장과 대립을 계속해 오는 과정에서도 파격적인 접촉이 이루어지기도 했다. 작년 아시아게임 폐막식 때 역대 최고위급 대표단인 황병서 총정치국장, 최룡해 노동당비서, 김양건 노동당 대남담당비서 등이 방한하였다. 이런 최고위급 대표단이 방한하여 대화를 시도하였음에도 불구하고, 후속적인 대화는 이루어지지 않았다. 왜냐하면 남북은 2차 고위급 접촉에 원칙적으로 합의했지만, 대북전단 살포 등으로 후속조치가 이루어지지 않았기 때문이다.

그런데 그런 최소한의 조치조차도 쉽게 이루어지지 않는 이유는 남한 내부에서 보수와 진보진영 사이에 통일문제를 둘러싼 시각차이가 존재하기 때문이다. 따라서 남북의 대화에 앞서서 우리 내부의 보수와 진보의 대화와 소통이 매우 중요하다. 북한의 붕괴를 기다리고, 흡수통일을 기대하고, 일방적인 통일대박을 원하는 통일노선이 우리 사회 내부에 존재하는 한, 남북대화는 제대로 이루어질 수 없다.

최근 통일준비위원회가 내부에 흡수통일 준비팀을 운영하고 있다는 보도가 나왔는데, 이런 일이 발생하는 한 남북대화가 제대로 이루어질 수 없다.

지난 시기 남북은 다양한 대화와 합의를 계속해 왔다. 그럼에도 불구하고 남북관계는 정권만 바뀌면 원점으로 회귀해 버린다. 이는 우리나라의 역대정권마다 통일문제를 통치수단으로 이용하거나, 그 이전의 정권과 차별화된 통일전략을 구사했기 때문이다.

1972년 남과 북이 합의한 7.4남북공동성명은 자주, 평화, 민족대단결의 정신을 실현하지 못하고, 남한은 유신체제로, 북한은 주석유일체제로 이어졌다.

1991년 남북기본합의서는 국회에서 사후동의 등의 후속조치가 이루어지지 않으면서 사문서처럼 되고 말았다. 2000년 6.15공동선언과

2007년 10.4남북선언이 대북송금특검 등의 사정으로 선언을 이행할 타이밍을 놓치고 말았다.

이후 이명박 정부에 이어, 현 정부는 6.15공동선언과 10.4남북선언의 원칙과 정신을 계승하지 않는 통일정책을 펼치고 있다.

시장경제에서 기업간의 약정체결은 기업주가 바뀐다고 무효가 되지 않는다. 남북 정부가 이룩한 합의나 선언이 정권이 바뀌었다고 무시되어 버린다. 이런 일들이 되풀이된다면 남북대화나 통일은 요원할 수밖에 없다. 독일 통일은 정권이 바뀌어도 연속적인 통일전략을 구사했기 때문에 가능했다는 점을 잊어서는 안 된다.

이명박 정부는 북한과의 대화 없이 러시아와 가스관 설치를 약속했다. 현 정부는 남북대화가 막혀 있는 상황에서 "DMZ를 관통하는 유라시아 철길을 연다면, 남북한을 포함하여 아시아와 유럽을 진정한 하나의 대륙으로 연결하는 21세기 실크로드가 될 것"이라고 선언했다.

그러나 이런 모든 일들은 남북대화가 이루어지고, 남북관계가 정상화될 때만 가능한 일이다. 저성장고령화사회로 들어가고 있는 남한에게 북한은 향후 경제적인 측면에서 유일한 탈출구가 될 수 있다. 남북의 대화와 협력, 평화가 남한과 북한 모두에게 번영의 기회라는 즉 한반도의 평화는 경제라는 인식의 전환이 필요하다.

올해는 광복70주년이 되는 해이다. 그러나 우리 민족은 반쪽짜리 광복으로 여전히 세계 유일의 분단국가로 남아 있다. 광복70주년에 남북관계의 실마리를 풀어나가야 한다.

우리 정부는 광복70주년기념사업추진위원회를 발족시켰다. 먼저 이 위원회의 기념사업이 단순히 남한만의 기념행사로 끝나는 것이 아니라, 남북공동행사로 연결되어 남북 당국의 화해와 협력의 전기를 마련해야 한다.

이 과정에서 민간차원의 공동행사도 동시에 추진되는 것이 바람직하다. 남북대화에 민과 관이 따로 있을 수 없기 때문이다.

단군민족이 대안이 될 수 있다. 한 예로 우리나라는 서기연호를 쓰고 있지만, 북한은 김일성주석이 태어난 해를 원년으로 하는 주체연호를 사용하고 있다. 남북은 동질성을 찾기가 쉽지 않고, 합일점을 이루기 어렵다.

따라서 단군의 한자손, 한겨레, 한민족이라는 명분 아래 광복절, 개천절 행사를 민족공동행사로 추진하는 것이 매우 현실적인 방안이다. 형식은 민간차원으로 하지만 내용은 관과 민이 함께하고, 종교 및 정당, 사회단체를 망라해서 진행할 수 있을 것이다. 부디 좋은 결과 있기를 기대해 본다.

# 차례(茶禮)인가 주례(酒禮)인가

― 차례(茶禮)엔 차(茶)를 올려야

## 무상법현

한민족이라면 누구나 설과 추석에 조상님께 차례를 올린다. 그 때마다 민족의 대이동이 벌어질 정도로 설과 추석 그리고 차례에 관한 우리 국민들의 관심은 절대적이라고 할 정도로 높다. 차(茶)를 올리면서 드리는 예를 차례(茶禮)라고 한다. 중국, 한국의 유교(儒教)와 불교(佛教)의 자료를 참고하면 어느 종교나 마찬가지로 차(茶)를 많이 썼으며 차(茶)를 조상님과 부처님께 올리며 예를 드렸음을 알 수 있다.

"제사에 훈수 두다가 뺨맞기 십상"이라는 말이 있다. "집집마다 예절이 다르다(家家禮)"는 말처럼 종교와 정통이 다르기 때문에 한 가지

**무상 법현(無相 法顯)** _ 스님. 중앙대학교 기계공학과 졸업. 출가 후 동국대 불교학과 석·박사 수료, 출가하여 수행, 전법에 전념하며 태고종 총무원 부원장 역임. 한국불교종단협의회 사무국장으로 재직할 때 템플스테이 기획. 불교텔레비전 즉문즉설 진행(현), 불교방송 즉문즉답 진행, tvN 종교인 이야기 출연, 열린선원 원장, KCRP종교간 대화위원장, 서울특별시 에너지살림 홍보대사. 한국불교종단협의회 사무국장. 한중일불교교류대회·한일불교교류대회 실무 집행. 남북불교대화 조성. 한국종교인평화회의 종교간대화위원, 불교생명윤리협회 집행위원. 한글법요집 출간. 한국불교종단협의회 회장상 우수상, 국토통일원장관상 등 수상. 《틀림에서 맞음으로 회통하는 불교생태사상》, 《불교의 생명관과 탈핵》 외 다수의 연구논문과 《놀이놀이놀이》, 《부루나의 노래》, 《수를 알면 불교가 보인다》, 《왕생의례》, 《추워도 향기를 팔지 않는 매화처럼》 등의 저서 상재.

로 말하기는 어렵다 할 것이다. 그러나 어떤 종교와 집안의 전통방식을 따르더라도 꼭 차(茶)를 올려야 차례(茶禮)라고 할 수 있다. 그것은 이름에도 차(茶)를 올리는 예(禮)임이 드러나 있기 때문이다.

차례상 차림도 어려워들 하는데 그럴 필요가 없다는 생각이다. 제철 음식과 귀하고 맛있는 음식을 조상님이 잡숫고 싶어 할 것으로, 잡숫고 싶은 것부터 조상님(신위, 영가위패) 주변부터 차리는 것으로 하면 된다. 가까이는 전식(前食, appetizer), 가운데는 본식(本食, main dish), 그리고 조상님으로 보아 먼 쪽 차례 지내는 후손에게 가장 가까운 쪽에 있는 떡, 과일이나 과자 등은 후식(後食, dessert)이라고 보면 된다. 홍동백서, 조율이시 등은 참고사항일 뿐이다.

모두 제철 과일과 주술적 기원내용이 들어 있다. 씨 하나 과일은 영의정, 둘은 좌우의정, 여섯은 육판서, 여덟은 팔방백 등의 훌륭한 자손이 많이 나오기를 바라는 내용을 담은 것이다. 그러면서도 특히 술 대신에 차를 올려서 지내는 제사라는 뜻이 들어있다. 차례상에는 여러 조상을 모시므로 신위 또는 위패를 모시지 않는다. 다만, 기제사에 쓰는 위패는 예컨대 '선 엄부 밀양박공 문수 영가' 등으로 쓰면 된다. 영가(靈駕)라는 말은 대개 절에서 쓰는데 스님들이 불자들 대신에 지내주는 것으로 일상화되어 있어서 집안 어르신들을 망(亡)이라 하는데 선(先)으로 바꾸는 것이 좋을 것이다.

그런데 과연 우리 조상들이 차례에 차(茶)를 올렸을까 하는 궁금증이 있을 수 있다. 우리 선조들은 차를 대단히 귀하게 여겨서 며느리가 들어왔을 때 사람됨을 알아보는 데에도 차를 썼다. 며느리의 솜씨로 직접 달인 차를 조상의 사당에 올리는 것을 고묘(告廟) 또는 묘견례(廟見禮)라고 했다. 며느리의 차 달이는 솜씨가 좋으면 좋은 집안에서 제대로 교육과 범절을 받은 재원이라고 보는 것이다. 말이 없는 조상 대신에 그

차를 온 가족이 둘러앉아 나눠 마시는 것을 회음(會飲)이라 했다. 그것이 오늘날 음복(飮福)문화로 바뀐 것이다.

따라서 5천년 역사와 문화민족임을 자랑해 온 우리가 차례에서 차를 빼서는 안 된다. 반드시 차를 써야 한다. 단, 모든 것이 민주적인 현대사회에서 가족 구성원 중 어느 개인의 의견대로만 해서는 안 되므로 회의를 통해 의견을 일치해서 차를 꼭 쓰도록 했으면 한다. 요즘은 누구나 차를 가지고 있는 시대이며, 제사에 쓰는 술 종류가 요즘 사람들의 입맛을 따라가지 못하는 데서 차의 사용은 이제 설득력을 얻기가 쉬울 것 같다. 제주(祭酒)의 맛을 생각해서 새롭게 개발했다고 선전하는 것을 보면 알지 않는가? 차례에는 차를 올려야 한다. 설날이나 추석에 조상께 음식을 올리는 행사를 제사가 아니라 차례라고 하는 이유는 차를 올리기 때문이다.

차례(茶禮)에 관한 자료를 찾아보면 많이 있다.

### 1. 불교자료

삼국유사(三國遺事), 백장청규(百丈淸規), 작법귀감(作法龜鑑) 등 불교의 보기를 알아보자.

큰스님들의 탄신일에 지내는 제사를 다례(茶禮)라 한다. 아침에 올리는 예불에 차를 올리면서 하는 예불을 게송이라 하여 다게(茶偈)라 하는데 아침(새벽) 예불에는 꼭 차를 올린다. 낮에 올리는 불공에도 차를 올릴 때 하는 의식인 다게가 꼭 들어간다. 특히 4월 8일 스님중의 큰스님이신 석가모니 부처님 오신 날 차를 올린다는 기록이 선원(禪院)의 청규를 담은 백장(百丈禪師, 720~814) 청규(淸規) 권2 불강탄조(佛降誕條)에 나온다. 부처님 오신 날 향화 등촉과 다과(茶菓) 진수를 올리고 공양한다는 내용이다.

불교의 제반의식을 편집해 놓은 석문의범(釋門儀範)의 모본이라 할 수 있는 책이 백파(白坡, 1767~1852)스님의 작법귀감(作法龜鑑)이다. 작법 귀감에 천도의식 전에 영가를 부르는 의식인 대령 진행방법을 담은 것이 대령정의(對靈正儀)편이다. 대령정의 가운데 다게(茶偈)에 "내 이제 청정수를 감로차로 만들어서 증명(證明)님께 올리오니 어여삐 여겨 받아주소서(我今清淨水 變爲甘露茶 奉獻證明前 願垂哀納受)" 하는 내용이 실려 있다. 여기서 증명은 죽은 이의 영혼을 아미타부처님께 인도하는 대성인로왕보살(大聖引路王菩薩)을 이르는 말로 주로 지장보살이 그 역할을 담당하지만 관세음보살 등 다른 보살도 그 역할이 가능하다.

늘 부처님께 올리는 횟수 많은 예불에는 청정수를 올리고 나머지는 차를 썼음이 다른 모든 의식문제에 차를 올리는 내용을 보아 알 수 있다. 작법귀감의 다게 바로 다음에 나오는 국혼청에도 법주가 차를 올리고 삼배(三拜) 드리는 예식이 나와 있을 정도이다.

기록상 차례의 효시는 삼국유사에 나오는 충담스님이 미륵세존님께 차를 다려 올린 것이다. 하지만 그 이전에도 가락국 김수로왕의 17대손 갱세급간이 가락국 종묘에 차례 지낸 이야기가 나온다. 문무왕의 아들인 보질도(寶叱徒)와 효명(孝明)이 오대산에서 날마다 산골짜기의 물로 차를 달여 1만의 문수보살에 공양한 이야기도 있다. 또 중국에서는 송문제(文帝) 3년(426) 유경숙의 〈이원(異苑)〉에 차례 지낸 내용이 나온다.

한편, 국교가 불교인 고려에서는 연등회와 팔관회, 사신 영접, 왕자(녀)와 태후 등의 서임과 공주의 결혼식, 원자 탄생, 중형벌자 판결을 위한 문답의식에도 차례를 지냈을 정도로 차가 성행했다.

### 2. 유교자료

주자가례(朱子家禮), 가례언해(家禮諺解), 한재문집(寒齋文集) 등 아주 많다.

유교의 제사에도 차를 쓰는 것이 바른 예법이라고 한다. 유교 예법의 창시자라 할 수 있는 주자(朱子, 1130~1200)가 차와 관련이 있는 고장에서 생활했고 뒷날 명나라의 구준(丘濬)이 편집한 주자가례(朱子家禮)에도 차를 쓴다고 적혀 있다.

또한, 우리나라 유가의 다례는 주자보다 2백여 년 앞선 최승로(926~989)의 상례 때 뇌원차와 대차를 왕이 내린 것에서 훨씬 빨리 성립되었음을 찾아볼 수 있다. 신식(申湜, 1551~1623)의 〈가례언해(家禮諺解)〉에 정월, 동지 삭망(초하루와 보름)에 차례 지내는 이야기가 나온다.

조선 연산군 4년에 무오사화 때 조의제문(弔義祭文) 사건에 연루되어 참형당한 한재(寒齋) 이목(李穆) 선생이라는 분이 있다. 이 분의 추모제에 모여서 제사를 지내던 이들이 이목선생의 부조묘(父祖廟)에 제사를 지낸 홀기(笏記)를 발견했다. 그런데 이 홀기에 "철갱봉차(撤羹奉茶)" 즉 "국을 내리고 차를 올렸다"는 내용을 발견한 일이 있었다. 한재(寒齋)의 종중(宗中)에서는 긴급회의를 열어 종전대로 숭늉을 올릴 것이냐 한재선생이 조상님께 올린 대로 차를 올릴 것이냐를 논의하였다. 그 끝에 우리가 조상님을 기리는 추모제를 지내는데 조상님께서 하신 것을 따라야 하지 않겠느냐고 의견이 모아져서 조상님이 하신 대로 차를 올려 제사를 지냈다고 한다.

한재선생은 경기도 김포 출신으로 김종직(金宗直) 선생에게 수학하여 25세 때 장원급제하고 영안남도(함경남도) 병마평사를 거친 인물로 참형 당하고 부관참시까지 당했다가 중종 때 복권되어 이조판서 등을 추증받기도 한 곧은 인물이다. 『동다송(東茶頌)』을 지은 초의선사(草衣禪師)보다도 3백여 년이나 앞서서 1300여 자의 다부(茶賦)를 그의 문집인 『한재문집(寒齋文集)』에 남겨 '차의 아버지'로 칭송하는 이들이 많을 정도로 차와 관련이 많은 분이다.

이렇게 자료를 보아도 충분하고 집집마다 모두가 그 이름을 차례라고 부르고 있으므로 차를 올리면서 차례를 지내야 한다. 일부 이견을 제시하는 이들이 없는 것은 아니지만 차를 올려야 차례라고 할 수 있다.

임어당이 말하기를 술을 마시는 민족은 망하고 차를 마시는 민족은 흥한다고 했다. 뭐 그렇게까지는 아니더라도 조상님께서 해 왔고 후손들이 잘 챙기지 못하는 의식에도 이름이 차례이므로 반드시 차를 쓰는 것이 우리 민족의 문화를 한껏 고양하는 일이 될 것이라고 믿는다. 다만, 현재에는 서양의 종교인 기독교 등 생각이 다른 경우도 있으니 지내는 예법은 어떻게 하더라도 차를 올려야 이름값에 맞는 명실상부한 것임을 알리는 것이다.

# 용산과 삼호정 옛터

배우리

서울에는 용산(龍山)이라고 하는 산이 있다. 용산(龍山)이란 산은 지금의 용산구 원효로4가, 산천동과 마포구 도화동, 마포동 사이에 있는 산이다. 그러나 용산이 산(山)이긴 하지만, 지금의 상황으로 보아선 산처럼 보이진 않고 하나의 언덕으로 보인다.

## 1. 용산의 변화
집들이 들어서기 전인 1970년대까지만 해도 용산 남쪽 산비탈과 그

배우리 _ 서울 마포 출생(1938년). 옛 이름은 상철(相哲). 출판사 편집장. 이름사랑 원장. 땅이름 관련 TBC방송 진행. KBS 생방송 고정출연. 한글학회 이름 관련 심사위원. 기업체 특별강연. 연세대학교 강사(8년). 국어순화 추진위원. 자유기고가협회 명예회장. 이름사랑 대표. 1970년부터 이름짓기 활동을 해 오면서 지금까지 1만여 개의 이름을 지었다(하나은행, 한솔제지 등과 연예인 이름 등). 전국의 신도시 이름(위례신도시 등), 지하철 역이름(선바위역 등), 도로 이름, 공원 이름 등에도 그가 지은 이름이 상당수 있다. 1980년대 초부터는 지명 연구에 전념, 서울시 교통연수원, 연세대학교 등에서 수년간 이 분야의 강의를 해 왔다. 현재는 국토교통부 국가지명위원, 국토지리정보원 중앙지명위원이며 한국땅이름학회 명예회장, 서울시 교명제정위원으로 있다. 저서 《고운이름 한글이름》(1984), 《우리 땅이름의 뿌리를 찾아서》(1994), 《사전 따로 말 따로》(1994), 《글동산 말동네》(1996), 《배우리의 땅이름 기행》(2006), 《우리 아이 좋은 이름》(2008) 외 땅이름 관련 10권.

북쪽 언덕으로는 나무들만 없을 뿐이지 용산의 형상은 거의 제대로 나와 있었다. 만약, 그 집들을 다른 곳으로 옮기고 나무들을 심고 찢겨 나간 언덕 일부를 옛날 모양대로 복원했더라면 용산의 산모양은 옛날처럼 제대로 살아나 한강 경치를 즐길 좋은 명승지가 되어 관광 장소로도 크게 발돋움했을 것이다.

그러나 경치가 좋았던 그 용산 산억덕은 일제 강점기 이후 무방비로 서서히 무허가 주택들로 덮여 가더니 지금은 산자락을 가득 메운 아파트 건물들[1]이 빼곡히 들어차 완전히 산머리를 가리고 말았다. 이 산이 그 유명한 옛날의 용산이었다는 사실을 아는 사람도 그리 많지 않다. 그저, 산천동 언덕이나 원효로4가의 강가 언덕 정도로나 알고 있을 뿐이다.

일제 강점기 초기만 하더라도 이 산과 그 일대를 거의 모두 '용산'으로 불렀다. 그렇던 용산은 뒤에 한강로쪽에 용산역[2]이 생기고 그 곳이 상권지역으로 발달해 가면서 '용산'이란 이름은 차츰 그쪽으로 옮겨가 버렸다. 본래의 용산 지역과 새로운 용산 지역이 생기면서 '구용산(舊龍山)이니 신용산(新龍山)이니 하는 이름으로 구분지어 말해 오기도 했다. 요즘에 와서는 '용산'이라 하면 대개 용산역을 중심으로 하는, 이 주위의 너른 지역을 우선 떠올린다. 그래서 '용산에 산다'고 하면 지금의 원효로4가 쪽이 아닌 신용산, 즉 한강로 일대의 어디쯤 사는 것으로 알게끔 되어 버렸다.

---

1) 지금은 산천동쪽으로는 삼성리버힐아파트가, 도화동쪽으로는 현대아파트, 우성아파트가 가득 들어차 있다.
2) 1900년 7월 8일 경인선의 보통역으로 7.5평의 목조건물로 축조되었으나 1904년 러일전쟁을 계기로 1906년 11월 1일 경의선의 시발역으로 목조 2층(일부 3층)의 서양식 건축으로 준공되었다. 1925년 경성역사(서울역사)가 준공되기까지 서울시에서 가장 규모가 큰 역사였다.

경치가 좋았던 '용산'이란 산은 이제 우성아파트, 현대아파트, 삼성아파트 등 아파트군에 묻혀 그 옛날의 정취를 찾아볼 수는 없다. 그러나 이 지역이 원래의 '용산'이었음을 '용산성당'과 그 아래 '용산신학교' 자리가 용산의 원터였음을 잘 말해 주고 있다.

## 2. '용산'이란 이름

'용산(龍山)'이란 이름은 오랜 옛날부터 많은 이들에게 잘 알려진 이름이었다. 용산은 지금은 종로구, 중구, 마포구처럼 하나의 서울의 구(區)의 이름으로 또는 지역 이름으로 주로 통하고 있지만, 옛날에는 북악산, 남산, 인왕산 등과 같은 하나의 산이름이었다. 따라서 '용산'이란 산은 둔지산(屯之山), 와우산(臥牛山), 절두산(切頭山)과 함께 한강변에 있는 산으로, 예부터 경치가 좋기로 유명하였다.

서울의 주산(主山)인 북악(北岳)의 기(氣)를 이어받은 인왕산(仁王山) 줄기는 서쪽으로 뻗어 추모현(追慕峴)[3]이 되고, 거기서 한 줄기가 다시 남쪽으로 나아가 약현(藥峴), 만리현(萬里峴)[4]을 거쳐 서쪽으로 뻗어 내렸다. 효창공원을 좌측에 두고 서남쪽으로 뻗어 내려가 하나의 산머리를 이루고 나서 한강가에서 마무리하는데, 이것이 바로 서울의 우백호(右白虎)에 해당한다. 한강가에서 머리를 불끈 솟은 산이 바로 용산인데, 한강물 앞에서 머리를 내밀고 물을 먹는 용(龍)의 머리 모양과 같아 그 이름으로 부르게 되었다.

## 3. 각광받은 용산 용머리 일대의 경치

자연 경관이 뛰어나고 산수의 형세가 매우 좋았던 용산지역은 이미

---

3) 지금의 무악재. 영조가 부친 숙종을 추모하는 마음으로 넘어다녔다 하여 붙은 이름.
4) 지금의 만리재. 큰 고개라 하여 '대현(大峴)'이라고도 했다.

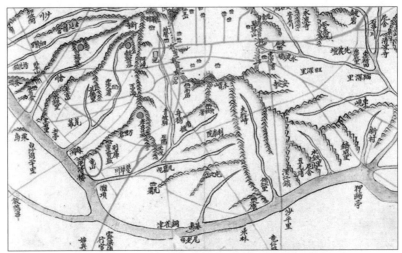

한양 우백호와 용산. 〈경조오부도〉 김정호. 1860년대. 서울대 규장각 소장

고려시대부터 그 위치의 중요성이 인정되었고, 귀인들의 별장지로 이용되기도 하였었다. 지금도 그 명칭이 남아 있는 삼호정(三湖亭), 함벽정(涵碧亭), 심원정(心遠亭) 등이 이 사실을 잘 설명해 준다. 조선시대에 때 삼호정과 심원정에서 이루어지던 명사 미인들의 시회(詩會)도 꽤나 유명하였다고 한다.

용산의 자연 환경 가운데에서도 용산팔경(龍山八景)이 전해 오는 것을 보면 용산 산마루에서 바라보는 주위 경치가 얼마나 아름다웠나 하는 것을 엿볼 수 있다. 그러나 조선 후기까지 용산지역에는 인가가 많지 않았다. 옛 지도나 개화기 때의 사진들을 보면, 선박이 정박하던 용산강5)의 강변과 그 옆의 독서당(讀書堂)6) 인근, 선혜청(宣惠廳)의 구휼 양독을 저장하던 별고(別庫)7) 등이 보이는 정도였다.

---

5) 용산 앞의 한강 이름. 용강(龍江) 또는 용호(龍湖)라고도 불렀다.
6) 지금의 용산구 청암동 산비탈, 한강이 시원히 내려다보이는 곳에 위치해 있었다.
7) 지금의 원효로4가 성심 수녀원 뒤쪽으로 짐작된다.

한국 최초의 신자 이승훈(李承薰)[8]의 호가 '만천(蔓川)'인데, 이것은 그의 집이 만천과 인접해 있던 염초청(焰硝廳)[9]이 앞에 있었기 때문에 이렇게 지은 것이라고 생각된다. 일제 강점기에는 욱천(旭川)으로도 불렸다. 복개되어 한때 농수산물시장이 되었다가 그 시장이 가락동으로 이사간 후에 현재 용산전자상가가 들어섰다.

반면에 이곳은 수운(水運)의 요충지로 인정받아 조선시대에는 수로전운소(水路轉運所)와 군량을 저장하는 군자감(軍資監)의 강감(江監)[10]이 설치되기도 하였다. 훈련도감의 군량미를 저장하던 별영창(別營倉) 등 중요한 창고들도 자리잡고 있어 이들을 운반하던 선박과 인마가 수시로 왕래했던 지역이었다.

성종 24년(1493)에 세워진 독서당(讀書堂)은 현재의 청암동 산등성이에 자리하고 있었는데, 당시에는 인가가 적고 경치가 수려했기 때문에 자리잡은 것으로 보인다. 이 독서당은 용산강이 남호(南湖)로 불렸기에 '남호독서당(南湖讀書堂)'으로도 불리면서 인재들이 선망하던 곳이었다. 그러나 연산군 때 폐지되고 말았고 개화기 이후에는 영국인과 일본인의 별장으로 전락하는 애환을 맞기도 하였다.

### 4. 용산 한강변의 경치

고려 때의 학자인 이인로(李仁老)[11]가 용산의 한 정자에 묵으면서 지은

---

8) 이승훈 : 1756~1801. 2. 조선시대 조선 천주교 사상 최초의 영세자(領洗者). 사제 대행권자로서 주일 미사와 영세를 행하며 전도를 했다. 두 번의 배교(背敎)와 복교(復敎)를 반복하며 결국은 순교하였다. '베드로'라는 세례명을 갖고 있다.

9) 지금의 서부역 인근. 조선시대에, 훈련도감에서 화약을 만드는 일을 맡아보던 관아.

10) 지금의 원효로3가 1번지

11) 이인로(李仁老, 1152~1220). 시와 술을 즐기며 당대 석학들과 어울린 고려시대 학자. 시문(詩文)뿐만 아니라 글씨에도 능해 초서(草書)·예서(隸書)가 특출하였다. 저서에 《은대집(銀臺集)》, 《후집(後集)》 등이 있다.

시 한 편을 보자.

> 두 물줄기 질펀히 흘러
> 갈라진 제비 꼬리 같고,
> 세 봉우리 산 아득히 서서
> 자라 머리에 탔네.
> 만약에 다른 날
> 비둘기 단장을 모시게 된다면
> 함께 저 푸른 물결 찾아
> 백구(白鷗)를 벗하리.

이 시에 붙인 서문이 있는데, 이를 보아도 당시의 이곳 용산의 운치를 짐작할 수 있다.

'산봉우리들이 굽이굽이 서려서 그 형상이 이무기 같은데, 서재(書齋)가 바로 그 이마턱에 있다. 강물은 그 아래에 와서 나뉘어져 두 갈래가 되고, 강 건너로 먼 산이 있어 바라보노라면 묏산과 같이 되어 있다.'

고려 말의 목은 이색(李穡)[12]도 용산을 지나다가 그 경치에 취해 다음과 같은 노래를 지어 읊었다.

> 용산이 반쯤
> 한강물을 베개삼았는데,
> 소나무 사이 저 집에

---

12) 이색 : 1328년(충숙왕 15)~1396(태조 5). 고려 후기의 문신 · 학자 · 문인. 본관은 한산(韓
　山). 자는 영숙(穎叔), 호는 목은(牧隱). 포은(圃隱) 정몽주(鄭夢周), 야은(冶隱) 길재(吉再)와 함께
　삼은(三隱)의 한 사람이다. 아버지는 찬성사곡(穀)이며 이제현(李齊賢)의 문인이다.

묵어 못 감이 아쉽구나.···

　절벽 아래로 푸른 강물이 흐르고, 그 건너로 '너벌섬'[13]과 '밤섬'[栗
島 = 율도]이 보이고, 강 건너 멀리 관악산, 청계산 등이 보이는 산마루.
이 용산 마루에서 바라보는 경치는 옛날부터 한양 일대에서 잘 알려져
왔다. 고려 말에서 조선 말에 이르는 수백 년 동안 많은 문인들과 명사
들은 용산 산비탈에 별장과 정자를 마련하고, 자주 올라와 풍류를 즐기
며 시를 쓰기도 하며, 좋은 놀이터로 이용하였다.
　조선 선조 때의 덕망 있는 대신인 남공철(南公轍)[14]은 벼슬에서 물러나
기 전에 이곳 강 언덕에 집터를 마련하고, 미리 귀거휴양(歸去休養)의 계
획을 세웠다. 그러나 임금이 퇴직을 허락하지 않아 그 안타까운 심정을
노래로 옮겼다.

　　　용산의 술집 장막을 꿈에도 잊을 수 없어
　　　강가에 돌아와 살고자 언덕 위에 집을 지었다.
　　　임금의 은택 지극하여 직책을 더디 풀어 주시니
　　　날마다 사람을 보내어 꽃을 심었나 물어 본다.
　　　호수 밖의 푸른 산이 저 멀리 보이는데
　　　책부터 먼저 실어 촌가로 내어 보낸다

---

13) 전에는 잉화도(仍火島) 또는 나의주(羅衣州)라고도 불렸는데, 여의도(汝矣島)라는 지금의 이
　 름과 대역해 보면 '나벌섬', '너벌섬(니블섬)'이 그 원이름일 것으로 보인다.《배우리의 땅
　 이름기행》참조.
14) 남공철(南公轍) : 1760(영조 36)~1840(헌종 6). 조선 후기 문신. 1817년 우의정, 1821년 좌
　 의정, 1823년 영의정에 올랐고, 1833년 봉조하가 되었다. 당시 제일의 문장가로 시와 글씨
　 에 뛰어나 많은 금석문과 비갈을 썼으며, 경전을 연구하고 구양수의 글을 숭상하고 본받
　 았다. 저서에《귀은당집》외 다수가 있다.

이 해 다시 저물고, 흰 머리털만 늘어 가니
뜰 앞의 매화나무가 혼자서 또 꽃을 피우겠구나


이러한 그의 심정을 임금도 이해했는지 얼마 후 그를 영의정 자리에서 '봉조하(奉朝賀)'[15]라는, 조금은 가벼운 직책으로 옮겨 준다. 그 후로 남정승은 용산의 정자로 나가 휴양할 수 있었고, 자주 이곳을 찾아와 주는 원로 대신들과 함께 심원정(心遠亭)에 올라 아름다운 용산 풍경을 즐겼다. 조선의 실학자인 정약용의 〈용산하일시(龍山夏日詩)〉라는 노래에서도 그 아름다운 경치를 드러냈다.


새남터 푸른 수림에 돛단배 다 지났구나
동작나루에 해는 저물고
노들 서쪽 언덕엔 풀빛이 그윽한데
밤섬 너머의 잔잔한 물결이 버들 그늘에 찰랑인다.


### 5. 용산팔경

용산은 용산팔경(龍山八景)으로도 유명했다. 물 가운데로 머리를 쑥 내민, 그 산마루에서 바라다보는 물가의 경치를 여덟 가지 꼽아 팔경을 정했다. 그 팔경은 다음과 같다.


1경 청계조운(淸溪朝雲)—청계산의 아침 구름
2경 관악만하(冠岳晚霞)—관악산의 저녁 안개

---

15) 조선시대 공신 · 공신적장(功臣嫡長) · 동서반 당상관 등이 치사(致仕)한 뒤에 임명되는 관직. 이 제도는 전직 고급관료를 대우하던 일종의 훈호(勳號)로서 직사(職事)는 없다.

3경  만천해화(蔓川蟹火)－만천의 게잡이 불빛

4경  동작귀범(銅雀歸帆)－동작나루의 돌아오는 돛배

5경  율도낙조(栗島落照)－밤섬의 지는 해

6경  흑석귀승(黑石歸僧)－흑석동의 돌아오는 스님

7경  노량행인(露梁行人)－노량진의 길손

8경  사촌모경(沙村暮景)－새남터의 저녁 경치


만천은 만초천(蔓草川)이라고도 하는데, 예부터 덩굴풀이 많아 '덩굴
내'라고 불러 왔다. 일부 고지도에선 이 내가 차천(車川)으로도 나온다.

한강물이 많이 불면 그 물이 이 덩굴내로 역류하곤 했는데, 이 때문
에 냇가에 작은 갯벌이 형성되었다. 이 갯벌에선 주민들이 게를 많이
잡았다고 한다. 게가 밤이면 불빛을 보고 기어나오는 습성을 이용해 게

용산과 만초천이 표시된 옛 지도. 〈경조오부도〉 1861년.

잡이를 하느라 사람들이 불을 밝힌 것이다. 용산 산마루에서 밤에 바라보는 이 내의 게잡이 불빛들이 꽤 볼 만했을 것이다.

지금은 복개되어 그 자리에 용산전자상가가 자리잡고 있다.

'사촌(沙村)'은 용산의 삼각지 로터리에서 한강 인도교에 이르는 벌판을 말한다. 그 일부인 한강가 일대를 '새남터'[16]라 했는데, 이곳에서 천주교 사제를 비롯한 많은 신자들이 사형을 당했다.

지금의 '서부이촌동'이 된 이곳은 고층 아파트가 들어서고, 빌딩들이 들어서면서 용산의 노른자위가 됐지만, 옛날에는 온통 모래사장으로, 1900년 전후까지만 해도 지금의 이촌동 한강맨션이 들어선 자리 근처가 그저 허허벌판이었고, 5~60채의 오두막집이 있었을 뿐이었다.[17] 6.25 전까지는 살림이 어려운 사람들이 판잣집을 짓고 살았으나, 뒤에 개발 바람이 불면서 모두 헐리고 고층 아파트들이 한강을 울타리 치듯이 막아선 채 들어서 있다.

옛날에는 새남터 근처 마을에서 저녁 연기가 모락모락 피어오르는 모습이 인상적이었을 것이다. 지금은 근처에 새남터 한옥 형태로 지은 새남터성당이 있다.

## 6. 용산의 여류문인 김금원과 삼호정 시사

한강이 휘어돌아 경치가 무척 좋았던 용산은 시인 묵객들이 많이 찾아와 풍류를 즐겼다. 용산강 언덕에선 김금원, 김운초 등 미녀 시인들의 삼호정(三湖亭) 시회(詩會)가 벌어지기도 했다. 원주 출신의 여인 김금

---

16) 새남터는 새(풀)와 나무가 우거진 곳이라 해서 '새나무터'가 변한 이름으로 보인다. 한자 표기 '사남기(沙南基)'는 '새남터(새나무터)'를 음-의역한 것이다.
17) 《이규태의 600년 서울》. 이규태는 새남터를 삼각지 로터리부터 한강대교에 이르는 벌판이라 했다.

원은 타고난 재질로 불과 14세에 국내 명승지들을 찾은 많은 명시를 지었다. 아름다운 경치 속에 미녀들의 시 모임. 용산의 멋진 그림은 그들이 만들어 냈다.

서호(西湖)[18]의 좋은 경치
이 정자가 제일인데
생각나면 올라가 마음대로 노닌다네
양쪽 언덕의 봄풀은
비단처럼 깔려 있고
강 위의 푸르고 누런 물결
석양이 흘러간다
구름이 골짜기를 덮으니
외로운 돛대 보이지 않고
꽃이 낚시터에 떨어지는데
피리소리 멀리서 들린다
가 없는 풍인(風烟)[19]을 남김없이 거둬들이니
비단 주머니의 밝은 빛이
난간머리에 번쩍인다[20]

삼호정에서 앞강(한강)을 바라보며 지은 시 〈저녁 삼호정에서 바라보며〉를 보아도 그 옛날 용산 삼호정 부근 한강가의 정서를 느낄 수 있

---

18) '서쪽 강'의 의미로, 동호(東湖)에 상대되는 지명이다. 한강 줄기 중에서 용산과 마포 지역을 지나는 부분을 일컫는다.
19) 서서히 움직이는 안개
20) 삼호정 시. 김금원

다.

　　　　청류단합경신장(清流端合鏡新粧)
　　　　—맑은 물은 새로 닦은 거울 같고
　　　　산학아발초학상(山學峨髮草學裳)
　　　　—산은 쪽진 머리 방초는 치마여라
　　　　별포래익무수조(別浦來翊無數鳥)
　　　　—이별의 나루터엔 무수한 새 날고
　　　　방주시유불지향(芳洲時有不知香)
　　　　—꽃다운 물가에는 알 수 없는 향기 나네
　　　　송창월입식환만(松窓月入食還薄)
　　　　—솔 창에 달 들어오니 이불 도리어 얇아라
　　　　오엽풍번로경광(梧葉風飜露更光)
　　　　—오동잎 바람에 펄럭이니 이슬 더욱 반짝이네
　　　　춘연추홍도시신(春燕秋鴻都是信)
　　　　—봄 제비, 가을 기러기, 모두가 신의 있으니
　　　　미수초한왕회장(未須怊恨枉回腸)
　　　　—모름지기 돌아오지 않을까 불안으로 걱정하지 않네[21]

　　용산 기슭에는 심원정과 삼호정 외에 읍청루와 추홍정도 있었고, 임
진왜란 때 화전조약을 맺은 곳으로 유명한 심원정도 있다. 지금 용산문

---

21) 운초의 시 중 〈저녁 삼호정에서 바라보며〉(三湖亭晚免眺跳). 이 시는 허미자 편 《조선조
　　여류시문전집3》에 들어 있는 《운초당시원고(雲楚堂詩原稿橋)》에는 수록되어 있지 않다. 여기
　　서는 김지용 김미란 역저 《한국 여류 한시의 세계》(여강, 2002)에서 인용. 삼호정에서 포
　　구(한강)를 바라보며 느끼는 정서를 옮었다.

화원 위쪽의 심원정터에는 천연기념물인 백송(白松)이 몇 그루 남아 있었으나, 수년 전에 고사(枯死)하였다.

심원정에는 현재 오류백 년쯤 되는 시(市) 보호수가 여러 그루 남아 있다.

생몰연대가 정확하지 않은 조선 헌종 때의 여류시인 금원(錦園, 1817～?)은 원주 출신으로 삼호정시단(三湖亭詩壇)의 동인이다. 시랑(侍郞) 김덕희(金德熙)의 소실로 어려서부터 글을 배워 경사(經

심원정. 원효로4가. 2007년.

史)를 통독하였고, 고금의 문장을 섭렵하여 시문에 능했다. 평생 남자로 태어나지 못한 것을 한탄하여, 같은 시우(詩友)이며 고향 친구인 죽서(竹西)의 《죽서집》 발문에서, "함께 후생에는 남자로 태어나 서로 창화(唱和)했으면 좋겠다"는 글을 남길 만큼 남성위주의 양반제도에 한을 간직했다. 1830년(순조 30) 3월 남장을 하고 고향인 원주를 떠나 여러 곳을 거쳐 금강산을 구경하던 중 만난 인연으로 고향인 원주로 돌아가는 대신에 서울로 시랑(侍郞)이며 규당(奎堂) 학사인 김덕희를 찾아와 그와 인연을 맺어 소실이 되었다.[22]

1843년(헌종 9) 27세로 문명(文名)을 떨쳐서 세상에서 '규수 사마자장(司馬子長)'이라고 불렀다. 1845년(헌종 11) 남편을 따라 충청도·강원도·황해도·평안도 일대, 즉 호동서락(湖東西洛) 등의 명승지를 두루 구경하고, 또 내·외금강산과 단양일대를 2년 동안 두루 편력하면서 시문을 메모했으며, 이때의 여행기인 《호동서락기》(湖東西洛記)[23]를 남겼다.

〈망한양〉(望漢陽, 한양을 바라보며)

한사부평사원유(閑似浮萍事遠遊)
ー한가롭기 부평초라 나그네길 일삼아
등림다일부지휴(登臨多日不知休)
ー승지 찾기 하 많은 날 쉴 줄 전연 모르네
귀심혼축동류수(歸心欣逐東流水)
ー그리는 마음 기꺼이 등류수를 따르거니
경락풍연조만수(京落風烟早晩收)
ー서울의 저 세상도 모두 쉬이 다 보리라

오랜 국내 여행 생활을 끝내고 1847년 다시 서울에 돌아와 남편의 별

---

22) 《한국의 여행 문학》 이화여자대학 출판부. 2006.3
23) 조선 말의 여류시인 금원김씨(錦園金氏)의 시집. 사본. 1책. 작자가 호중(湖中) 4군과 관동지방의 금강산 및 관동팔경, 관서지방에서 특히 의주, 그리고 한양 일대를 두루 유람하면서 보고 느낀 것을 시로 쓴 것을 모은 시집. 발문 '호동서락기'가 시집 명칭이 되었다. 발문은 1850년(철종 1)에 쓰고, 편집은 이듬해에 하였다. 서문격으로 김원근(金瑗根)이 머리시를 쓰고 주를 달아 금원의 약력을 소개하였다. 발문에서는 이 책의 전말을 썼고, 《음사절(吟四絶)》의 머리 주에서는 삼호정 동인들을 소개하면서 그 시의 특징을 저자가 쓰고 있다. 순한문으로 쓰여진 글인 데다, 번역된 글도 연구자들이나 한정된 독자만이 접해 왔다.

장인 용산(龍山) 삼호정에서 김운초(金雲楚), 경산(瓊山), 박죽서(朴竹西), 경춘(瓊春) 등의 여류시인들과 시를 읊으며 여성시단을 형성하여 우수한 시와 글로 당시의 남성시단에 도전하며 여생을 보냈다.[24]

한양에 들어와서는 풍류 문인인 김덕희의 소실이 되었다. 김덕희는 벼슬길을 포기하고, 풍경 좋은 용산 언덕에 '삼호정(三湖亭)'이란 정자를 짓고, 소실인 금원과 함께 나와 거처하면서 경치를 즐기며 함께 시를 읊었다. 여기에 다시 금원의 친구인 여류 시인 김운초, 김경선, 박죽서, 김경춘 등이 자주 금원을 찾아 삼호정에 올라가서 강변 풍경을 명시로 옮겼다.

## 7. 관련 서적들을 통해서 본 삼호정과 김금원

삼호정과 김금원에 관한 서적들은 무척 많다. 물론, 각 서적에 실린 많은 내용들이 거의 비슷비슷하지만, "여자가 글을 알아 뭣해?"라는 인식이 깊게 깔린 조선시대에 여성들만 모여 하나의 시단을 이루었다는 사실은 오늘날의 사삼들에게 작은 충격을 주고도 남는다.

특히, 여자의 몸으로 전국을 돌며 시심을 일구며 글을 써 내려간 한 여인의 삶에서 우리에게 너무나 많은 감동을 안게 된다. 금원 자신이 기록한 《호동서락기》(湖東西洛記)는 금원을 알 수 있는, 거의 유일한 자료라 할 만하다. 《호동서락기》는 정민이 펴낸 《한국역대산수유기취편》에 수록되어 있고, 이화여자대학교 도서관에도 '여사 금원 찬(女士 錦園 撰)《호동서락기》' 필사본이 있다. 번역한 자료들도 있는데, 《(조선시대) 강원여성시문집》(1998)[25]과 《한국고전여성문학의 세계: 산문편》

---

24) 대부분의 삼호정 시단 동인들은 기생 출신이거나 소실들이었는데, 김운초는 김이양의 소실, 박죽서는 서기보의, 경산은 이정신의 소실이었다.
25) 강원대학교 강원문화연구소 편역

<sup>26)</sup> 등이 있다. 전에는 주로 삼호정 시사와 관련하여 거론되었고, 금원에 대한 관심이 본격화된 것은 최근에 와서의 일이다.

김지용의 《삼호정 시단의 특성과 작품. 최초의 여류시단 형성과 시작 활동》<sup>27)</sup>은 삼호정 시사의 존재와 활동에 대해 본격적으로 논의한 글로 이후 연구자들의 주요 참고 자료가 되었다.

금원이 어떤 집안이었는지, 그가 어렸을 때 어떻게 자랐는지에 관해서는 관련 서적들을 통해서 알 길이 없다.

"19세기 중반 여성의 몸으로 여행길에 나선 이 여성은 '금원(錦園)'이라는 호로 알려진 인물로, 1817년 강원도 원주에서 태어났다. 아래로는 뒤에 '경춘(鏡春)'이라 불린 재주 많은 여동생이 있었다. 그녀 말대로 한미한 집안이었는지 그녀의 집안에 대해서는 별로 알려진 바가 없다. 그녀가 쓴 몇 줄의 글이 그녀의 어린 시절이 어떠했는지를 짐작하게 해 줄 뿐이다."<sup>28)</sup>

그러나 그가 어려서부터 글을 좋아하고, 정서적인 면에서 남다른 면이 있었던 것만은 확실한 듯하다.

"나는 관동 봉래산 사람으로 호를 금원이라 한다. 어려서 병을 자주 앓아 부모께서 가엾게 여겨 부녀자의 일을 힘쓰게 하지 않고 글자를 가르쳐 주시니 나날이 가르침을 듣고 깨우치게 되었다. 몇 년 안 되어 경서와 사서를 대략 통달하고. 고금 문장을 본받고자 때때로 홍

---

26) 이혜순 · 정하영 편역. 이화여대 출판부. 2003
27) 아세아여성연구 16. 1977, 숙명여대 아세아여성연구소
28) 《조선의 여성들》 돌배게. 2004. 7. 5

이 나면 꽃과 달을 읊조리며 생각하곤 했다."[29]

《조선의 여성들》이란 책에서는 부윤이 된 김덕희를 따라 의주로 간
금원이 김덕희가 벼슬을 물러날 때 함께 서울로 돌아와 삼호정(三湖亭)
에 머물렀다면서 삼호정 시회가 태어난 과정을 비교적 자세히 서술하
고 있다.

"이때 (금원의) 나이 서른한 살이었다. 삼호정은 용산(지금의 원효
로에서 마포로 넘어가는 삼개고개)에 있던 김덕희 소유의 정자이다.
당시 용산 한강 부근은 풍광이 좋아 사대부들의 정자나 별장이 많이
있었다. 그 중에서도 강가에 자리잡은 삼호정은 특히 경치가 아름다
웠다.
　벼슬을 그만둔 남편은 정원의 대나무를 꺾어 낚싯대를 만들었다.
금원은 종들에게 짧은 바지를 입게 했다. 그리고 물을 걷고 땔나무를
지고, 정원을 가꾸고 채소를 섬게 했다.
　경치 좋은 한강변 김덕희와 금원의 생활은 한가롭고 평온했다. 이
곳의 경치는 사시사철 아름다웠다. 날씨가 좋을 때면 금원은 동생인
경춘 고향 친구인 죽서(竹西), 기녀로 있을 때 종종 어울리던 시인 운
초(雲楚), 이웃에 사는 경산(瓊山) 등 마음이 맞는 네 친구를 삼호정으로
부르곤 했다. 봄이 오면 꽃과 새가 기분을 돋우었고 강변이라 종종
끼는 안개와 강물 위를 떠가는 구름은 젊은 날의 꿈을 떠오르게 했
다. 간혹 세차게 들이치는 비바람도, 눈 내리는 정원도 아름답지 않
은 때가 없었다. 금원과 친구들은 언제 모여도 반갑고 애틋하고 즐거

---

29)《호동서락기》

왔다. 처지가 비슷했고 시와 음악을 좋아하는 것도 비슷했다. 누가 먼저랄 것도 없이 이들은 모여서 거문고를 뜯고 시를 지으며 한껏 즐기다 헤어졌다.

금원의 삼십 대는 이렇게 마음에 맞는 친구들과 어울리며 지나갔다. 남성들의 시회는 많았지만, 이렇게 여성들이 모여 시를 짓고 즐기는 모임은 흔치 않았다. 그래서 뒤에 사람들은 이 모임이 금원이 살던 삼호정을 중심으로 이루어졌다고 해서 '삼호정시회'라 부르기도 했다."

이 책에서는 "그 어느 때보다도 문예 의식이 고양되었던 시기에 사대부 문화에서 중인계급이 주축을 이룬 여항 문화에 이르기까지 남성들의 문화가 보다 다양한 양상으로 세련되어 갔다"면서 이러한 분위기를 주도했던 당대의 특징적인 문화 현상 중의 하나로 시사 활동을 들었다.

"계급적 특권과 아울러 문화적 특권을 누렸던 상층 양반들은 뜻이 맞는 사람들끼리 시사를 결성하여 시와 풍류를 즐겼다. 현대의 시 동인 모임과 비슷한 이 모임은 정치적인 입장이나 사상적인 입장에 따라 자연스러운 분파를 이루면서 서울 근처 지방을 중심으로 형성되었다. 다시 말하면 조선 후기의 시사는 학문과 인생에 대한 뜻을 같이하며 서로의 예술적 재능을 고무하는 지음(知音)들이 모여 각자의 창작 활동을 격려하고 지원하는 문화 공간이었다고 할 수 있다. 우리가 잘 아는 정약용은 지금의 회현동을 중심으로 죽란시사(竹欄詩社)를 결성하였고 이덕무, 박제가, 박지원, 홍대용 등 연암 그룹은 지금의 탑골공원 자리에 있었다고 하는 백탑 근처에 살면서 백탑시사(白塔詩

社)를 결성 활발한 문화 활동을 하였다. 이 외에도 수많은 시사가 결성되어 음악을 연주하고 술을 마시며 우의를 다졌고, 시를 지어 주고받으면서 감흥과 정서를 표출하였다."

삼호정 시사가 이루어질 수 있었던 것은 마음이 맞기도 했지만 경제적 여건이 갖추어졌기 때문이라 하였다. 어떻게 보면 이 모임은 여유 있는 양반 소실들의 그저 그런 시 모임 정도로 폄하할 수도 있지만, 이들의 면면을 살펴보면 이 모임의 성격은 그리 단순치 않다고 했다. 삼호정 시사에 모인 여인들간에는 서로간의 유대가 든든했던 것 같다.

"금원, 운초, 경산의 교류는 비교적 활발했던 것 같고, 죽서와 경춘은 금원과 가까우므로 이들 모임은 금원이 중심이 되어 이루어진 것이 분명해 보인다. 금원이 이들에 대해 내린 평가는 재화(才華)(운초), 다문박식(경산), 지혜(죽서), 경사(經史)의 지식(경춘)으로, 각자 고유의 핵심 특성을 집어내는 안목이 비상하거니와 이러한 예리함이 실경을 재현하고 구현시키는 데에 뛰어남을 보이게 된 이유일 것 같다."[30]

《호동서락기》를 보면 삼호정 시사에 모인 이들과 이들이 여기서 경치를 즐기며 즐긴 모습을 이렇게 표현하고 있다.

"때때로 읊조리고 쫓아 사를 주고받는 사람이 넷이다. 한 사람은 운초인데 성천 사람으로 연천 김상서의 소실이다. 재주가 무리들 가

---

30) 《여성 지성사》(이화여자대학교 출판부. 2007년)

운데 매우 뛰어나 시로 크게 알려졌다. 늘 이곳을 찾아오곤 하는데 어떤 때는 이틀 밤씩 묵기도 한다. 또 한 사람은 경산으로 황해도 문화 사람이며 화사 이상서의 소실이다. 들은 게 많아 아는 것이 많고 시를 읊는 데 으뜸인데 마침 이웃에 살고 있어서 찾아온다. 또 한 사람은 죽서인데 같은 고향 사람으로 송호 서태수의 소실이다. 재기가 빼어나고 지혜로워 하나를 들으면 열을 안다. 문장은 한유와 소동파를 사모하고, 시 또한 기이하고 고아하다. 한 사람은 다름 아닌 내 아우 경춘으로 주천 홍태수의 소실이다. 총명하고 지혜롭고 단정할 뿐만 아니라 널려 경사(經史)에 통달하였다. 시 또한 여러 사람들에게 뒤지지 않는다. 서로를 어울려 쫓아 노니 비단 같은 글 두루마리가 상위에 가득하고 뛰어난 말과 아름다운 글귀는 선반 위에 가득하다. 때때로 이를 낭독하면 낭랑하기가 금쟁반에 옥구슬이 구르는 듯하였다."

여성들이 가족 밖의 관계 맺기가 불가능했던 시대에 삼호정이라는 공간은 사회적인 관계를 맺고 있다는 점에서 조선 후기 사회에서 각별한 의미를 갖는다. 이곳에 모인 여성 시인들은 가정을 벗어난 공간에서 바느질이나 화전놀이가 아니라 한시를 매개로 만나 시를 통해 교감했다. 이들은 단지 비슷한 처지의 여성으로 만난 것이 아니라 서로를 알아주는 지음으로, 시인으로 만났다.

그러나 이렇던 삼호정 시회는 안타깝게도 그리 오래 가지 못한 것 같다. 여성들로 이루어진 이 모임은 가족 사회가 오늘날보다도 더 중시되는 그 당시로서는 아무래도 그 영향을 받지 않을 수 없었을 것이다.

죽서가 세상을 떠나고 금원이 남편인 김덕희를 따라 다른 곳으로 가면서 그들은 자연스럽게 흩어졌다.(한편에서는 여성들만의 모임인 이

시사에 대한 시선이 곱지 않았기 때문이라고도 한다.) 삼호정 시사는 이들에게 다시는 돌아갈 수 없지만, 그들의 재능을 한껏 펼칠 수 있었던 공간, 그리하여 자연스러운 즐거움이 끝나지 않았던 공간이었음을 이 책에서는 경산의 회고를 통해서 적고 있다.

내가 일찍부터 금원의 이름을 듣고는 선망하고 사모하였는데, 마침 강가 이웃에 살게 되었다. 뜻을 함께하여 모이니 무릇 다섯 사람이었는데 생각하는 것이 넓고 풍류가 넘쳐흘렀다. 이름난 정자에서 술잔 기울이며 시를 읊조리니 그 즐거움이 도도했다. 아름다운 안개비, 옥같은 눈가루는 재자(才子)의 붓끝에서 춤추는 듯하고, 붉은 꽃 푸른 풀은 시인의 입에서 모두 향기를 뿜는 듯했다. 이 모두는 마음속에서 저절로 우러나는 자연스런 즐거움으로 스스로 멈출 수 없는 것이었다.

– 《호동서락기》 중에서

관련 서적들은 김금원에 관한 내용을 펼치면서 삼호정 이야기를 거의 빼놓지 않고 있다. 그리고, 그 삼호정에서 벌어진 시회와 관련해서 같은 처지의 여인들과 끈끈한 정을 맺으며 교류한 사실을 약간의 상상을 곁들이며 서술해 놓고 있다.

그들이 '틈만 나면' 모여 시회를 열었다고 했지만 며칠간 또는 일년에 몇 차례 모임이 있었는지는 알 수 없다. 시회를 열었을 때는 삼호정에 머물렀을 것으로, 소실로서의 시간적 자유와 여유가 있었던 것은 확실하나, 삼호정에 한 번에 오래 머물기는 어려웠을 것이다. 그러나 그들은 헤어져서도 자주 그들의 끈끈한 정을 시로 써서 보낸 것 같다. 운초의 경우 계속하여 찾아와 혹은 며칠 밤을 묵기도 했고, 반면 박죽서는 병으로 삼호정에 오래 머무르지 못했던 것으로 추측된다. 박죽서의 〈가을날 금원에게 보냄〉(秋日寄錦園)의 금원 밑에는 삼호정 김시랑 소실이란 주가 붙어 있는데, 이 시의 "그리움에 흘린 눈물 동으로 흐르는 물에 뿌리니, 삼호정에 흘러가서 파도를 일으키렴" 같은 구절이 그 예이다. 죽서가 금원의 시를 연이어 받고 쓴 시의 "벗이 나에게 두세 번 위로 편지 보내니", "그대들 내 안부 물으니 더욱 부끄럽고" 같은 구절 역시 금원과 삼호정 시우들과의 정이 이어지고 있음을 보여준다.[31]

삼호정 모임은 조선조 사회에서 그 모임 자체만으로도 의의가 있었을 것이나 당시에 나온 성과들을 알 수 있는 자료가 거의 없다.

금원이 일생 중에 한 일에 관해서는 전국 유람과 삼호정 시회 관련해서 널리 알려진 반면, 성장 과정과 그의 말년에 관해서는 잘 알려진 바가 없다. 어렸을 때 몸이 약했다는 것이 그의 성장 관련해서 나온 내용의 전부이다. 심지어 그의 출생 연도는 나와 있지만, 사망 연대가 나와 있지 않은 것이다. 관련 서적 어디를 보아도 그에 관한 내용을 찾아볼 수가 없다.

금원 김씨는 1817년에 출생했고 사망 연도는 밝혀지지 않았다. 본관은 미상이며 호가 금원(錦園)이다. 성격이 활달하고 호방했다고 전해지나 어려서는 병을 잘 앓아 몸이 허약했다.[32]

---

31) 《여성지성사》
32) 《오래 된 꿈》 보림출판사. 김금원의 《호동서락기》를 바탕으로 금원의 궤적을 차분히 따라간 책. 《호동서락기》는 주로 금강산 등지의 여행 기록, 감상과 금원의 자작 한시로 이뤄져 있지만, 간단하나마 금원 자신의 삶도 기록되어 있다. 특히 삼호정의 모임, 그리고 마음의 벗이자 글벗들 개개인에 대해 지면이 할애되어 있다.

그러나 어렸을 때부터 문장이 뛰어났음은 여러 서적들이 다 같이 밝혀 두고 있다.

그 부모가 글을 배우도록 했는데, 글을 뛰어나게 잘해서 경사(經史)에 능통했고 고금의 문장을 섭렵하여 시문에 능했다.[33]

금원은 자신이 금수(禽獸)가 되지 않고 사람이 된 것이 다행스럽고, 오랑캐 땅에 태어나지 않고 문명한 우리나라에 태어남이 다행스럽다고 했다. 그러나 남자가 되지 않고 여자가 된 것은 불행하고, 부귀한 집에 태어나지 않고 한미한 가문에 태어난 것은 불행스러운 일이라고 하였다.

여자로 태어났다고 규방 깊숙이 들어앉아 여자의 길을 지키는 것이 옳은가. 한미한 집안에서 태어났으니 분수대로 살다가 이름 없이 사라지는 것이 옳은가.[34]

삼호정과 김금원에 관해서는 많은 책들에 그 내용이 나와 있다. 그리고 이 책들은 거의 하나같이 금원의 특별한 삶과 그의 정서를 잘 담아 전하고 있다. 전국을 많이 유람했던 그 여류 시인은 용산의 경치가 얼마나 좋았기에 여기 머물러 정자에 올라 동료들과 함께 시를 읊었을까?

---

33) 위 같은 책.
34) 《호동서락기》 중

# 분단 70년의 명견만리(明見萬里)

## 변진홍


최근의 메르스사태는 정말 "알고 보니 우리나라는 후진국이었어"라는 말이 저절로 튀어나오게 만들었다. 어느 중앙지의 여기자도 이런 전화를 받고는 기암을 했다고 한다. 이제 50대로 막 접어든 이 여기자. 중앙지의 논설위원으로 부장급인 중진인데도 이 말에 충격을 받고는 곧바로 우리 사회 내면에 뿌리내린 '후진국 트라우마' 를 꼬집었다. 온갖 지표 즉 경제적으로는 세계 10대 선진국에 속하고, 유엔개발계획(UNDP)의 인간개발지수로는 세계 15위권, 경제협력개발기구(OECD)의 고소득 회원국, 국제통화기금(IMF)이 분류한 선진경제국으로 분류되는 명실상부한(?) 선진국이라고 해야 될 텐데… 웬 후진국 타령인가 싶지만, 세월호와 메르스사태로 이어지는 우리 사회의 비상식

**변진흥(卞鎭興)** _ 서울 출생(1950년). 가톨릭대학교 신학과 졸업. 서울대 대학원(석사), 한양대 대학원 졸업. 철학박사. 호남대학교 교수, 인천가톨릭대학교 교수 등을 거쳐 현재 한국종교인평화회의 사무총장, 가톨릭대학교 교수, 민주평통자문회의 종교인도지원위원회 위원, 천주교 서울대교구 민족화해위원회 상임위원, 천주교 주교회의 교회일치와 종교간대화위원회 위원, 천주교 평협 평화위원장, 한국종교인평화회의 사무총장 등으로 활동. 국민훈장 동백장 수훈. 저서 《평양에 부는 바람》(1993), 통일사목에세이 《겨레의 눈물》(2001) 외 다수의 논문 발표.

적이고 수준 이하의 작동시스템을 보면 절로 고개가 끄덕여진다.

'명견만리(明見萬里)'. KBS가 금년 3월부터 방영한 시사교양 프로그램으로 4월 24일자 제7회 명견만리는 분단 70년을 맞이한 2015년의 한반도를 진단했다. 이 내용 역시 분단 70년을 맞이한 우리 사회의 또 다른 후진성을 보여준다. '기회의 땅 북한— 게이트를 장악하라' 는 제목의 이 프로의 결론은 참담하다. 남쪽은 세계가 알아주는 선진국인데, 그 너머 북쪽은 중국에 간과 창자와 쓸개까지 내주고 있는 현실. 그 민낯을 보게 만들었기 때문이다. 우리는 북한이 중국에 몸까지 팔아서는 안된다고 하겠지만, 그렇게 내몰고 있는 남쪽의 모습에 분노하는 그들의 모습은 아예 생각조차 하지 않는 것 아닌가. 이런 모습의 분단 70년, 한반도의 오늘. 대한민국은 메르스에서만 후진국이 아니라 남북관계에서도 그에 못지 않은 후진국 형태를 보여주고 있음을 '명견만리' 는 똑똑히 보여주고 있다.

영국 타임스와 미국 워싱턴타임스 그리고 미국 유력 경제전문지인 포브스의 한국특파원을 지닌 영국인 앤드류 샐먼. 그가 진행한 명견만리의 키워드는 "북한이 변하고 있다"로 집약된다. 이 프로는 선진국이랍시고 뽐내면서 북쪽에 대해서는 속옷까지 벗고 무릎 꿇어야 받아주겠다고 호령하며 등 돌리고 앉아있는 남한에 대해 이를 갈며 생존을 위해 '김씨 왕조' 의 유지 빼고는 어떤 변화도 다 수용하겠다고 동분서주하고 있는 북한의 모습을 속속들이 보여주고 있다. 앤드류는 말한다. "북한은 정치, 군사와 별개로 경제적, 문화적으로 거스를 수 없는 변화가 나타나고 있다. 적어도 민중이 스스로 변화하길 바라고 있다"는 것이다. 그에 따르면 그 변화는 위에서부터가 아니라 아래로부터 일어나고 있다. 고난의 행군이라는 기근을 겪고 배급제가 붕괴된 사회주의국가에서 살아남기 위해 펼친 생존의 장마당. 그 장마당은 이제 이윤을 남겨 사유재산을 만드는 초기 자본주의 형태로까지 나가고 있고, 그 가치를 북한 주민들 스스로 더 적극적으로 추구해 나가는 변화의 물결을 형성해 가고 있다는 것이다. 푸른 눈의 앤드류는 북한의 시장경제(공식적으로는 실재하지 않지만 실질적으로 존재하는)가 발전될 수 있도록 남쪽이 적극적으로 도와주어야 한다고 주장한다. 그는 이러한 북한 사회 변화를 비즈니스 차원에서 바라볼 필요가 있음을 지적한다. 비즈니스의 원리는 윈─윈, 즉 상생의 원리이기 때문이다.

다시 여기자의 시선으로 돌아가 보자. 그녀는 후진국의 특징으로 불투명성 · 폐쇄주의 · 권위주의 그리고 낮은 시민의식을 꼽았다. 메르스가 어느 병원에서 발생했는지를 몰라 환자들이 그 병원을 계속 드나들어 감염자가 확산됐고, 보건 당국은 무능대처에 폐쇄주의로 문제를 키우기만 했다. 뒤늦게 병원명을 공개한 후 청와대는 이를 '대통령 지시'라며 생색이나 내는 어이없는 권위주의까지 모조리 '후진성 풀세트'로 쓸어담는 진상을 선보였다는 것이다. 시민의식도 이에 못지 않아서 감염 의심자들이 골프장에도 가고 해외 출장을 갔다. 그녀의 말처럼 리더십도 없고 시민의식도 낮은 나라가 어찌 후진국이 아니라고 항변하겠는가.

다니엘 튜더. 이코노미스트 한국특파원을 지낸 그는 한국사회의 이런 민낯을 '기적을 이룬 나라, 기쁨을 잃은 나라', '익숙한 절망, 불편한 희망'으로 표현해서 화제가 되기도 했다. 정말 우리는 기적을 이루었지만 기쁨을 잃었고, 절망에 익숙해져 희망은 불편하게 여기는 구렁텅이로 빠져들고 있는 것일까? JTBC 손석희 앵커는 다니엘 튜더에게 그 이유를 물었다. 다니엘은 한국정치의 후진성을 꼽았다. 표면적으로만 민주적이고 실상은 전체 사회가 전근대적인 부족주의에 매몰되어 있는 것으로 보인다는 것이다. 한국의 민주화를 상징할 만한 정당도 정치

력도 보이지 않는다는 것. 여당도 야당도 특정한 철학이 없어서 용어상의 보수와 진보만 남발할 뿐 본래적 의미의 보수와 진보가 지니는 가치를 보여주지 못한다는 것이다. 젊은 세대는 '진짜' 진보에 관심을 갖게 되는데, 선거 때에는 여야 할 것 없이 진보적 정책을 내놓지만, 선거 후 여당은 공약을 헌신짝처럼 내던지고, 야당은 그런 여당을 정책적으로 검증해서 엄중히 문책하는 희망찬 모습을 보여주지 못한다는 것이다. 보수를 표방하는 집권당은 통계지표에만 매달려 전시행정에 골몰하고, 진보진영을 대변해야 할 야당은 대안 없이 표류하면서 여야 모두 상대를 헐뜯어 반사이익만 챙기는 원시적 행태를 벗어나지 못한다는 것. 아마도 손석희와 다니엘의 인터뷰를 들었던 시청자들은 누구나 "이런 말을 들어도 싸다"는 느낌이었을 것이다. 용감한 손석희는 다니엘에게 물었다. "한국 언론에 대해서는 어떻게 생각하는가?" 다니엘은 솔직히 대답했다. 한국 언론에는 보도의 자유가 없다고…. 정부로부터, 광고주로부터, 운영주로부터 자유롭지 못한 언론이라고…. 아마도 이날 다니엘의 입에서는 "그래서 한국사회는 절망의 늪에서 빠져나오기가 힘들다"는 마지막 말이 맴돌았을 것으로 보인다.

분단 70년. 그 역사의 무게가 느껴지는가? 7,80대는 전쟁과 파괴, 가난을 이겨내며 삶의 터전을 가꾸어낸 한강의 기적으로 이에 답할 것이다. 5,60대는 근대화의 주역으로 선진국의 대열에 우뚝 올라서게 한 배짱과 기술력으로 답할 수 있겠다. 그런데 사실은 그 바닥과 몸통 속이 전근대적 부족주의와 물신주의를 숭배하는 집단적 이기주의로 꽉 차 있을 뿐 인류공영의 철학과 미래적 가치 창조를 가능케 할 비전과 도덕성을 찾아볼 수 없다고 한다면, 너무 한심한 일이 아닌가.

이제 분단 70년에 대한 성찰은 이것으로 족한 듯싶다. 이 정도로 수모를 겪는다면, 더 말할 것이 무엇이겠는가. 그렇다면 이제 우리 스스로 우리 자신과 우리의 삶을 진단해 보자. 무엇이 부족하고 무엇이 문제인가. 한강의 기적이 무색해진 것은 무엇 때문이고 누구 때문인가. 오늘의 한국사회와 정치 사회 경제를 책임진 그들은 도대체 누구란 말인가.

자가진단의 출발점은 바로 7,80대부터여야 하지 않을까 싶다. 7,80대부터 5,60대에 이르기까지 오늘의 한국을 있게 한 주역들이 바로 출발점이어야 할 것이다. 국내 유력지에 줄줄이 회고록을 연재한 그들 세대부터 검증이 필요하기 때문이다. 사실 남남갈등의 원조도 여기에서 비롯되고, 보혁갈등의 매듭도 마찬가지다. 사실 7,80대는 용감했다. 가진 것이 없었기에 일어서려는 의지만으로 그들은 용감했다. 죽음을 불사할 수 있는 도전정신이 아니면 척박한 환경을 뚫고 일어설 수 없었기에 그들은 용감할 수 있었다. 메르스로 인한 공포 정도는 아예 쳐다볼 필요가 없을 정도의 무장된 정신력이 그들을 지탱했기 때문이다.

그런데 이제 그 세대는 늙고 노쇠했다. 과거에 이룬 그들의 업적 '신화' 만이 그들을 위로할 뿐 다른 위안이 없다. 만약 그들이 과거의 기억에 안주하지 않고, 미래를 위해 "우리는 지금도 우리를 희생할 수 있고, 만약 우리가 잘못 남긴 유산이 있다면, 그것을 스스로 청산할 용기가 있다"고 한다면, 틀림없이 남남갈등과 그 연원이 되었던 지역갈등, 그리고 이념대결을 부추기는 쪽으로 경도되어 있는 일그러진 보혁갈등의 해결이 상당 부분 용이할 것으로 보인다. 젊은 세대들이 보기에 나이가 들수록 어쩔 수 없이 보수화되는 것이 당연한 것처럼 느껴지는 '수구화(守舊化)'의 함정도 피해갈 수 있을 것이다. 선거의 표심이 과거에 '여촌야도'로부터 세대별 대결구도로 옮겨지는 기이한 현상도 방지할 수 있을 것이다.

5,60대 역시 마찬가지다. 6.3사태의 주역으로부터 1987년 6월 항쟁세

대로 이어지는 민주화의 장정(長征)을 이끈 민주화세대. 지금의 정치권에서 그 유산을 앞에 내세우지 않는 정치인은 실로 찾아보기 힘들다. 여야를 막론하고 그 유산을 프리미엄으로 자랑하기는 마찬가지 아닌가. 그러나 우리 사회를 갈가리 찢어놓고 있는 장본인도 바로 자신들이라는 점을 5,60대는 자각하고 자인해야만 한다. 민주화의 성과를 선진화의 통계수치로 포장한 전리품을 앞에 놓고 정쟁에만 골몰, '기적을 이룬 나라, 기쁨을 잃은 나라'라는 비아냥의 소리마저 듣지 못하는 대한민국의 가장(家長)세대. 7,80대가 이룬 좋은 환경 속에서 집단이기주의의 포로가 되어 전리품 사냥에만 매몰, 하이에나처럼 자본의 밀림을 쑥대밭으로 만들고 있는 장본인이 바로 5,60대라는 것을 의식이나 하고 있을까. 지금은 마치 '반퇴시대'를 맞이하면서 희생양이나 된 것처럼 몸을 낮추는 그의 모습 속에서는 한강의 기적이란 과거의 유산도, 22세기를 향한 비전을 열어주는 싱그러움도 발견하기 힘들다. 스스로 만든 무한경쟁이란 프레임 속에 과거의 성취와 미래를 향한 희망마저 송두리째 흡수당하고 마는 '신자유주의'란 물신숭배. 그 블랙홀에 갇혀 한 치 앞을 내다보지 못하는 '물신(物神)도착증' 환자가 되어버린 자신의 모습을 알아보기나 할 것인가.

분단 70년에 한국 사회가 명철한 눈으로 스스로를 되새기고 희망찬 미래를 내다볼 수 있기 위해서는 70년 역사의 주춧돌을 놓고, 기둥을 세운 주역 세대 즉 7,80대와 5~60대 세대의 성찰이 먼저 이루어져야만 한다. 젊은 세대가 희망을 갖기 위해서는 이들 세대가 미래에 대한 희망의 문을 열어놓아야 하기 때문이다. 다니엘 튜더는 영국의 복지제도 덕분에 보통가정에서 태어났어도 대학을 다닐 수 있었고, 자신의 길을 개척할 수 있었다고 말한다. 영국은 복지를 시혜로 생각하지 않고 '투자(investment)'의 개념으로 생각하는데, 한국은 복지를 마치 시혜(施

惠)로만 보는 것 같다고 지적했다. 투자는 그 대상이 이를 고맙게 생각하고 되갚으려 하겠지만, 시혜에 대해서는 고마워만 할 뿐 일회적인 자선처럼 생산성이 따르지 않는다는 것이다. 젊은 세대가 자신들이 시혜의 대상이 아니라 투자의 대상이라는 것을 느낄 때 미래를 향한 강한 의지를 불태울 수 있고, 우리 사회는 젊어질 수 있다. 우리 사회가 이런 의식에 익숙해진다면, 노인 세대에 대한 복지조차도 시혜로 끝나지 않는 생산적 가치로의 연결이 가능하지 않을까. 이런 사회야말로 진정 생산적이고 선순환적인 사회이다. 젊은 세대는 기성세대로부터 도덕성이 무너진 바벨탑을 유산으로 넘겨받기보다는 무한한 도전과 창의적 가치 창출이 가능한 무언의 자신감과 정신적 에너지를 기대한다.

그렇다면 분단 70년에 바라보는 한반도의 미래는 무엇인가? 오늘 우리 사회의 암울한 자화상에서 우러나온 탄식의 소리, "세월호, 메르스, 다음은 북한인가"라는 울림이 예사롭게 들리지 않는다. 문정인 교수는 '강(强) 대 강(强)'으로 치닫는 남북관계가 마찬가지의 위기를 몰고 올 수 있다는 우려를 전한다. 세월호와 메르스 사태가 주는 교훈이 예방의 중요성인데, 마주 보고 달리는 기차처럼 치닫는 남북관계를 사전에 예방하려는 노력과 지혜가 보이지 않는다는 것이다. 그 원인을 문 교수는 상대방이 보내는 메시지나 신호를 면밀히 검토하고 신축성 있게 대응하는 시스템의 결여에서 찾는다. 이런 경향이 미국 오바마 행정부에서도 똑같이 발견된다는 것. 결국 한국과 미국 어디에서도 북한을 진지하게 바라보고, 한반도의 미래를 내다보는 정치철학과 예방외교의 징후를 발견할 수 없다는 탄식만이 남는다.

한강의 기적과 선진국 타령에 젖어있던 한국사회에 메르스는 무엇이 진짜 공포인지를 실감케 했다. 그 공포가 홍콩, 대만, 중국, 동남아 그리고 세계로 전파되면서 한국이 기피 대상처럼 포장되고, 관광객이

썰물처럼 빠져나가면서 외환보유 흑자로 자만하던 한국경제를 단숨에 흔들어버리는 그 위력에 놀라고 만 것이다. 한국은 홀로 독야청청할 수 없고, 주위의 다른 나라들과 교류할 수 없는 위기에 처하게 되면, 누구도 자신을 구해줄 수 없다는 냉엄한 국제현실을 깨닫게 된 것이다. 오히려 한국은 북한보다 이점에서 취약하다는 엄중한 사실을 직시하게 되었다. 이런 상황에서도 남북관계를 방관하고만 있을 것인가.

남북관계에서도 독이 된 것은 공포다. 북한 공산화에 따른 이념 전파에 대한 공포, 6.25 동족상잔의 비극이 가져다 준 생존의 공포, 좌우이념 대립에 따른 희생, 이를 대내 정치에 이용한 통치권력의 막가파식 공포, 심기로 인한 일상적 공포 등 지난 70년 동안 그 공포의 싹은 무한히 뿌리내리고 줄기를 뻗었다. 그리고 항상 집권세력은 그 달콤한 열매를 홀로 향유했다. 이는 남과 북에서 동일했다. 다만 남쪽에서는 민주화 투쟁과정에서 그 이념의 벽을 타넘으면서 공포를 줄였지만, 광우병 세월호 메르스 사태를 자초한 통치권력은 아직도 그 공포의 매력을 떨쳐내지 못하고 있다. 북쪽에서는 생존을 담보하지 못하는 천재지변이 그 공포의 벽을 조금씩 허물었다. 대북 인도적 지원으로 시작된 남북교류협력의 물결이 그들의 마음을 조금씩 적시기 시작했기 때문이다. 그러나 그 물결이 마르면서 공포는 다시 재생산되고 있다.

공포는 감염되고, 두려움의 확산은 신속하다. '나 홀로 불안'을 털어내기 위해서 이웃을 끌어들이는 것이 감염의 시작이기 때문이다. 광복 70년, 지금 이 시점에서 유령처럼 떠도는 북핵 공포도 마찬가지다. 북은 핵을 포기하지 않을 것이다. 이미 핵을 포기할 수 있는 과정을 넘어서고 말았다. 주한 미 대사를 지낸 도널드 그레그가 "1991년 12월 로버트 리스카시 당시 주한미군사령관과 내가 워싱턴을 설득해 팀스피리트훈련을 전격적으로 중단시켰고, 그에 따라 남북기본합의서 채택 등 남북관계에 중대한 전환을 가져왔다"면서 "그러나 당시 딕 체니 미국 방장관과 남한의 강경파 장군들이 훈련을 재개하는 바람에 북한이 핵확산금지조약(NPT)을 탈퇴하고 핵개발로 나갔다"고 말한 것이 사실이라면, 1990년대 초에 호미로 막을 수 있었던 것을 이제는 가래로도 막을 수 없게 된 것이다.

지금이라도 북한과의 소통을 통해 최악의 상황으로 치닫는 것을 막으려면, 무엇이 필요할까? 그레그는 "미국은 자신들이 이해하지 못하는 북한을 악마화하는 행동을 중단하고 대화해야 한다"고 조언했다. 그의 조언은 분단 70년을 맞는 남과 북 모두에게 해당된다. 남과 북 모두 상대를 악마화하는 질곡, 악마화를 통해 공포의 반사이익을 챙기려는 권력에의 유혹을 버려야 분단 70년을 너머 바라보는 희망의 문이 보일 수 있다.

특히 남북관계에서 강경한 입장을 고수하는 것이 60대 이후 체험세대인 것은 분명하다. 이 세대가 과거의 공포에서 벗어나는 것이 쉽지 않기 때문이다. 만약 이 체험세대가 공포의 유산을 계속 고집하게 되면, 남남갈등의 출구는 찾기 힘들다. 그들의 체험이 고통스러울수록 같은 체험을 반복하지 않게 하려는 강한 의지가 없다면, 다음 세대는 스스로 그 체험된 공포의 능선을 넘기 힘들기 때문이다. 6.25체험세대가 젊은 세대의 손을 잡고, 체험된 공포의 실체를 해체하지 않으면 어떻게 젊은 세대가 용기를 발휘할 수 있겠는가. 동족상잔의 비극을 악마와의 전쟁으로 고착시키게 되면, 남북관계의 진전을 기대할 수 없다. 악마는 타협의 대상이 될 수 없기 때문이다. 악마의 자식도 타협의 대상이 될 수 없을 테니 젊은 세대가 어찌 이를 극복해 나가는 길을 찾을 수 있겠는가. 결국 6.25체험세대가 자연 수명을 다하기 전에 '악마화'의 질곡을 벗기는 시도에 성과를 거두지 못한다면, 분단 70년의 비극 극복은 요원하다.

결국 어느 일간지의 논설위원이 말했듯이 "두려워할 것은 두려움 그 자체"이다. 두려움은 그를 두려워하지 않을 때 연기처럼 사라진다. 공포의 근원은 자신의 마음이기 때문이다. 죽음을 두려워하지 않는 용기가 전장의 공포 속에서도 승리를 견인한다. 분단 70년을 맞는 6.25체험 세대의 시대적 소명은 무엇인가. 바로 남북관계를 블랙홀처럼 빨아들이는 '악마화'의 질곡과 그로부터 파생되는 공포를 스스로 해체하고, 그 두려움을 이기며 남과 북 상생과 번영의 새 희망을 전할 수 있는 비전을 젊은 세대에게 유산으로 물려주는 것이다. 이는 결코 쉽지 않은 일임에 틀림없다. 자신이 살아온 70년을 지탱해 온 자의식의 DNA 그 무늬를 바꾸는 것이나 마찬가지일 텐데 어찌 용이할 것인가. 그러나 자식을 위해 자신을 희생해야 종족이 생존할 수 있는 최후의 순간에 부닥친다면, 바로 그 길을 택하는 것이 인류 생존의 역사였음을 분단 70년 오늘 이 순간에 한 번쯤은 돌이켜 보아야 하지 않겠는가.

# 밖에 나와서 뒤돌아본 대한민국

송낙환

설 연휴가 끝나고 또 사람들은 분주히 일터로 향하고 있을 나의 조국 대한민국이 오늘은 저만큼 멀리 떨어져 있다. 이렇듯 밖에 나와 내가 부대끼며 살아온 나의 보금자리를 한 번쯤 되돌아 바라보는 것 그것이 가끔은 필요할지 모른다.

나는 설 연휴 동안에 중국 베이징에서 며칠을 보내고 있다. 베이징에서 처리할 일도 있었지만 그보다는 그동안 일에 묻혀 너무도 오랫동안 제대로 나가보지 못한 밖에를 나가 바람을 쐬어보고 싶기도 했던 것이 내가 지금 베이징에 머물고 있는 또 하나의 이유이다.

너무도 오랜만의 외출이라서 그런가, 이것 저것이 모두 낯설었다. 베이징 공항에 내려 서울에서 출발하기 전에 예약해 둔 숙소를 찾아가는 길을 몰라 서성거리고 있을 때 불현듯 나타난 한 사람이 있었다. 그는

**송낙환(宋洛桓)** _ 사단법인 겨레하나되기운동연합 이사장. 한국수필가협회 회원. 평양꽃바다예술단, 겨레평생교육원, 겨레뉴스, 겨레몰 회장. 코리아미디어엔터테인먼트 회장. 민주평통 개성금강산위원회 위원장. 통일부 통일교육위원.

배낭을 메고 있었고 머리를 뒤로 쓸어 넘긴 아직은 젊은 중년이었다. 우리말을 써서 편하게 대화를 나눌 수 있다는 반가움에 그와 이야기를 나누며 그의 안내를 받아 어렵지 않게 숙소를 찾을 수 있었다.

그는 자칭 나그네 화가라고 자기를 소개했다. 오늘은 중국에 있지만 내일은 어디에 있을지 자기도 모른다는 것이다. 인도, 일본, 중국 등지를 떠돌며 예술촌을 찾아 그림을 그리고 또 그 그림으로 한 끼의 호구를 해결하고 또 어디론가 떠난다는 것이었다.

그는 자유로운 것인가. 훨훨 일상을 떨쳐버리고 낯선 이국을 떠돌며 추구하는 것이 그 자유로움인가. 어쩌면 인간은 영원히 자유로울 수 없는 존재인지도 모른다. 탄생 그 자체가 이미 수많은 인연으로 얽혀서 하나의 생명체가 현재화 된 것이어서 그 인연들을 벗어날 수 없는 한계를 지니고 있기 때문이다.

그러나 내가 오늘 한국에서 먹을 수 있는 맛있는 떡국이며 설음식들을 마다하고 이국에 나와 고생을 자초하고 있는 것도 어쩌면 그 자유 때문이 아닐까? 많은 수도자들이 그 자유를 찾아 헤매었지만 만유로부터 거리낌 없는 무한의 참 자유를 찾았다고 보여지는 이를 아직 발견하지 못했다.

그런데 낯선 이국에서 우연히 만난 이 나그네 떠돌이 화가는 달랑 배낭 하나 메고 그것 하나만 차고 자유를 찾아 이 차가운 북풍이 몰아치는 이국의 거리를 오늘도 헤매고 있다는 말인가.

도착한 민박집 주인에게 오늘 하룻밤 의탁을 부탁하고 있는 그를 물끄러미 바라보다가 그를 데리고 밖으로 나왔다. 이미 밤이 내리고 있었다. 바람이 몹시 거칠고 날씨도 차가웠다. 그가 떠돌며 인생을 소비(?)했다는 인도며 일본에서의 이야기, 그리고 현재 머물고 있는 중국에서의 이야기 등 그로부터 구도(?)의 이야기들을 들어보고 싶었다.

차가운 밤길을 걸었다. 어디로 가는지 묻지도 않고 끝도 없이 이야기를 나누며 걷는 베이징의 밤거리는 춘제라는 중국 최고의 명절로 모두 귀향을 했는지 적막하기까지 했다. 다리가 아프고 더 걷기 어려울 정도로 지칠 무렵 모두 문을 닫은 쓸쓸한 골목 어귀에 소롯이 문을 연 국밥집 하나가 있었다.

아아, 그래도 우리가 쉬어 갈 곳이 있구나. 우리는 주인장에게 국밥 한 그릇을 청해 놓고 난롯가에 앉아 언 손발을 녹인다. 머리를 뒤로 쓸어 넘긴 그는 험한 인생 여정에도 불구하고 얼굴에 불그스레 혈색이 돌았다. 구구하거나 비굴한 구석이 전혀 없어 보인다. 어색하거나 인위적으로 꾸민 몸짓 또한 보이지 않는다. 초연한 것일까. 아니면 자연스러움일까.

그의 입에서 나온 말 또한 막힘이 없다. 인생 이야기로부터 현실 이야기까지, 정치, 경제, 사회, 문화, 국제 등 다방면에 걸쳐 그는 해박한 지식을 갖고 있는 것처럼 보였다. 이야기는 결국 돌고 돌아 한국으로 돌아왔다. 그가 태어나고 자란 곳도 한국이고 내가 태어나고 자란 곳도 바로 한국이라는 동질감 때문일까. 자연히 그와의 이야기 주제는 한국이라는 우리의 조국에 관한 이야기로 돌아왔다.

그는 왜 한국을 떠나 세계를 돌며 구도(?)의 행각을 벌이고 있는 것일까? 혹 한국이 맘에 들지 않아서일까. 그는 그가 태어난 조국을 비난하는 말은 하지 않았다. 그러나 그와의 대화 속에서 한국에 대한 그의 의식 같은 것을 엿볼 수는 있었다. 부산스러움, 바쁨, 빨리빨리, 용서할 줄 모르는 조급함, 상대방에 대한 가차 없는 비난, 무분별한 고소고발, 비정상이 정상처럼 난무하는 곳, 옳은 것이 대접을 받는 것이 아니라 힘센 놈이 대접받는 곳, 대체로 이런 말들이 오고갔다.

밖에서 바라본 대한민국, 과연 사람이 살기에 편하고 자연스러운 곳일까? 정직하고 올바르게 살면 대접받고 편하게 살 수 있는 곳일까? 아니 대접까지는 아니더라도 맘만큼은 편하게 살 수 있는 곳일까?

머리를 돌리면 또 아침의 출근길, 바쁘게 일상을 출발하는 치열한 경쟁의 현장 한국이 떠오른다. 잠깐 눈 팔면 코 베어갈 곳이라 하던가. 조용히 자연스럽게 살고 싶은 사람들에게는 분명히 편안한 곳은 못된다.

거창하게 쓰인 명함을 파서 지니고 다녀야 하고 나는 이런 사람이라고 떠들어 선전을 해야 알아주는 나라. 조용히 있으면 위대한 업적을 지녔어도 부처님 같은 도인도 모르는 척 쳐다보지도 않는 나라. 명문대를 나와야 사람이고 아무리 실력과 인격을 겸비했어도 스펙이 보잘것없으면 알아주는 이 없는 나라. 밤낮을 가리지 않고 국가와 민족을 위해 자기를 바쳐도 언론에 부각이 안 되면 모르는 체하는 나라. 나라가 주는 상도 돈으로 거래되고, 애국자도 돈으로 거래되고, 대학교수도 돈으로 거래되고, 박사도 돈으로 거래되는 나라. 심지어는 언론에 보도되어 이름을 알리는 것도 돈으로 거래되는 경우가 허다하다고 한다. 사방을 둘러보아도 보이는 것은 돈과 명함과 자기 선전의 나팔소리만 가득한 나라.

부모가 자식을 고발하고 자식이 부모를 해치는 일, 부하가 상관을 모함 고발하고 그런 자가 지탄을 받는 것이 아니라 오히려 출세를 하는 나라. 이런 나라 어디에서 마음 편히 쉴 수 있겠는가.

지하철에서 어른에게 자리를 양보하는 미덕이 사라진 지 오랜 나라 대한민국. 날이면 날마다 이념의 포로가 된 미성숙의 이념 논쟁이 온 나라를 시끄럽게 하는 대한민국. 관료화 된 정치가 국민을 대변하는 것이 아니라 오히려 억압하는 참으로 수준 낮은 정치의 나라. 그러면서도 세계에서 가장 머리가 좋은 민족이라고 우리는 자랑을 한다.

아무리 머리가 좋으면 뭘 하겠는가. 그 머리 좋음을 제 잘 살고 제 출세하는 데만 사용한다면 그 머리 좋음이 무슨 소용이겠는가. 이 세계는 이웃과 함께 살아야 하는 가정인데 말이다.

또 우리는 세계에서 가장 빨리 경제성장과 민주화를 동시에 이뤘다고 자랑한다. 경제성장이라는 측면은 그렇다 치자. 그렇다면 돈만 있으면 만사가 형통인가. 그 돈을 오로지 자기 욕심과 출세를 위해서만 쓴다면 무슨 소용이겠는가.

만유는 인간이 태어나기 전부터 하늘이 주신 모두의 것이다. 잠깐 소유했다고 해서 영원히 자기 것이 아니다. 돌아갈 때는 티끌 먼지 하나 못가지고 모두 두고 떠나야 한다. 아, 인간의 어리석음이여.

민주화는 어떤가. 과연 이 나라에 참다운 민주화가 정착되었는가. 민주화 세력이라고 자처하는 이들이 오히려 관료화 되고 권력화 되어 서민들의 힘든 삶에 군림하는 현실을 두고 볼 때 그토록 추구했던 민주화의 참된 의미는 무엇인가 궁금해진다.

독재 권력에 짓밟힌 우리의 또 다른 조국 북한 인민들의 인권문제를 두고도 못 본 체 정치적 이익만을 계산하는 정치 현실. 이를 과감하게 바로 잡을 능력과 포부를 지닌 지도자는 있는가.

끝없이 이어지는 질문들이 내가 태어나고 자란 대한민국을 향해 던져지고 있다. 그러나 그 대한민국으로 내일은 또 돌아가야 한다. 돌아가야 하는 대한민국이 어서 가고 싶고 그리운 대한민국이어야 할 터인데 지금 내 마음이 그런가.

이런 상념들이 꼬리를 물고 일어나면서 또 하루 이국에서의 아침을 맞는다. 떠오르는 태양이 오늘은 찬란하다. 아무리 힘들고 거친 세상이 내 앞에 있다 해도 이조차 하늘이 주신 삶의 현장이다. 내가 이 세상에 없었다면 이 모든 것들도 없는 것이 아닌가.

결국은 조국에 대한 감사의 마음으로 나는 돌아갈 짐을 챙긴다.

# 효도는 글이 아닌 몸과 마음으로 가르쳐야 한다

- 부모공경과 자식사랑은 사회문제를 해결

## 신용선

**딸**이 결혼하기 한참 전 그 아이가 고등학교 시절, 어느 날 문득 아내가 대화 중에 딸에게 "우리는 늙어서 절대 너희와 같이 안 산다, 너희는 커서 결혼하면 너희끼리 살고 우리는 우리끼리 살 것이다"라고 말을 하는 것이었다. 나는 순간적으로 아내가 실언하고 있다는 생각을 하였고, 그 며칠 뒤 아내에게 앞으로 절대 그런 말은 하지 말도록 일러 주었다.

요즘 부모들은 아직 어린 자식들을 앞에 두고 "우리는 늙으면 너희

**신용선(辛龍善)** _ 호는 죽림(竹林). 경기도 양평 출생. 국립 강원대학교 경영학과 및 경영대학원 글로벌경영학과 졸업(석사). 경영지도사(중소기업청), 소상공인지도사, 동방그룹 기획조정실 인사팀, 스미스앤드네퓨(주) 기획부장, 신신그룹 그룹기획실장, (주)다여무역 대표이사, (사)한국권투위원회 상임부회장, 강원대학교 경영학과 동문회장, 경기도아마튜어복싱연맹 회장 등을 역임하고, 현재 베터비즈경영컨설팅 대표, 불랙펄코리아(주) 대표이사, 스리랑카정부 관광진흥청 프로젝트디렉터, 한국소기업소상공인연합회 자문위원, 한국산업경제신문사 편집위원, 중소기업기술지식보호상담센터 전문위원, (사)겨레얼살리기국민운동본부 운영위원, 공론동인회 편집위원, 지식경제기술혁신 평가위원, 미래창조과학부 과학기술인 등록, (사)한국제안공모정보협회 회장 등으로 활동. 수상으로는, 대한민국인물대상(창조경제인 부문, 2013), 대한민국실천대상(행복나눔부문, 2013), 뉴스메이커선정 한국을 이끄는 혁신리더대상(2013) 등 다수.

와 같이 안 산다"고 자식에게 말한다. 농담이건 진담이건 부모들은 이런 말을 자식들이 어린아이 때부터 결혼 연령이 되는 20대 중반까지 줄기차게 해댄다. 그 의미는 자식들에게 "너희가 어른이 되면 너희도 편하고, 그리고 나 편하게 살자"인 셈이다. 그러나 사실 알고 보면 편한 것만 생각했을 뿐, 예상하지 못한 자신의 늙은 미래에 부족하게 될 것들은 깡그리 무시하고 생각한 극히 단순한 무지의 표현이자 세뇌교육인 셈이다. 그렇게 자식을 키우고 나서 늙고 병들고 힘없는 노인의 되어서 "자식들이 한 달에 한 번 전화도 없다, 혹은 반년이 되었어도 한번 찾아오지도 않는다"는 등 자식들은 원망한다. 우리의 가정에서 부모 자식 간에 형성되는 또는 형성되어야 할 친효(親孝)사상을 자식들이 어렸을 적부터 부모들이 스스로 파괴시켜 놓은 결과를 늙어서 당하게 되는 것이다.

'친(親)'과 '효(孝)'는 논자(論者)마다 의미를 다양하게 해석하지만, 일반적으로 친(親)은 부모가 자식으로 향한 마음을 ―나무(木)에 올라(立) 자식오기를 하염없이 바라보는(見) 형상― 담은 글자라고 하고, 효(孝)는 그와 반대로 자식이 부모에게로 향한 마음을 담은 ―자식(子)이 늙으신 어버이(老)를 업고 있는 형상― 글자라고 한다. 자식들을 어려서부터 늙으면 너희와 안 산다고 수십 년 동안 세뇌교육을 시켜놓고 정작 본인들이 늙어서 자식들이 부모를 안 챙긴다고 욕하는 부모는 되지 말아야 한다. 따라서 우리는 자식이 어렸을 때는 사랑으로 보살펴서 키우고, 늙어서는 자식들에게 따뜻한 배려(효)를 받으며 살아가는 친효사상(親孝思想)을 담은 가족문화를 복원해야 한다.

솔직히 말해 요즘 아이들은 효도(孝道 : 자식이 부모의 마음에 이르는 길)가 무엇인지 잘 모른다. 학교에서나 사회에서 효도를 잘 가르치는 곳도 없거니와 또 많은 교사들이나 직장인들이 30~40대가 되면서 가정이나 사회에서 교육받고 또 성장하면서 그들이 어린 시절부터 친효사상에 대하여 느껴 볼 기회도 없었다. 앞서 말한 것처럼 부모들로부터 툭하면 들었던 말이 '너희가 크면 절대 너희와 같이 안 산다' 였으니 말이다. 더욱이 이제는 핵가족시대라서 효도의 모델이 없다. 즉, 세상에 먼저 태어난 부모가 그 스스로 자식의 마음에 이르는 길을 자식에게 공급하면서 자식을 성장시키지 아니하다 보니, 자식이 어른으로 성장하여도 부모 마음에 이르는 길, 효도(孝道)를 모르는 것은 당연한 이치다.

먼 과거에는 양학(洋學)과 대비(?)되는 개념으로 동학(東學)을 배우는 서당(書堂)이라는 곳에서는 공부의 주제가 인성·인간 교육 중심이었다. 서당에서는 천자문을 시작으로 소학·명심보감·논어·맹자·중용·대학 등 그 내용은 모두가 완전한 인성을 완성하는 것이었다. 그러니 우리 조상들은 효(孝)를 중심으로 가족 및 사회생활을 하였던 것이다. 그러나 양학(洋學)을 배운 시대로 접어들면서 사실 효도에 대해 조각조각 책을 통해서 얻은 단편적인 지식 외에는 부모에게 효도를 어떻게 하는지에 대해서 실천적으로 가르침을 받아본 기억은 없다. 하지만 다행히도 대가족사회에서 성장하다 보니 가르침보다 중요한 효(孝)를 실천하는 모델, 즉 할아버지 할머니 그리고 부모님이 그 모델이 되어주었던 것이다. 즉, 글로 배웠다기보다는 몸과 마음으로 익히게 되었던 것이다.

여기서 필자가 어렸을 적부터 성장하면서 겪었던 일들을 그대로 기억해 보고자 한다.

우선 제일 먼저 생각나는 것이, 할머니가 돌아가시기 전까지 나는 할머니와 같은 방에서 잠을 자고 늘 할머니 품속에서 유년시절을 보냈었다. 이 시대는 먹을 것이 없었던 60년대였는데 그러나 안방 아랫목 부엎 쪽 다락방의 벽장문을 열면 늘 단감이 몇 개 양재기에 담겨져 있었다. 꼭 하나만 먹고 싶은 생각에 물렁물렁한 단감을 작은 손으로 만져도 보고 냄새도 맡아보고 그리고는 그 자리에 도로 놓기를 반복했던 기억이 난다. 연로하셨던 할머니가 식사를 못하시니 아버지와 어머니께서 5일 장마당에서 단감을 사다가 늘 벽장에 놓아두셨던 것이다. 어렸던 나는 향기와 눈요기만으로 만족해야 했었다.

또 생각나는 것이, 내 어렸을 적에는 부모님들이 친척 집이나 혹은 타지로 일을 가서 집을 비우는 때가 종종 있었다. 그 때는 지금과 같은 통신수단이 없었던 때라 언제 돌아오시는지 분명히 알지 못했다. 그러나 부모님들이 집을 비우시는 그 기간 동안에도 밥그릇이 늘 안방 아랫목 이불 속에 묻혀 있었다. 매 끼니 때마다 큰 형수는 솥에서 밥을 지어 제일 먼저 따뜻한 밥 한 그릇 혹은 두 그릇을 주발에 담아 방 아랫목 이불 속에 넣으시고는 했다. 지금도 생존해 계시는 큰 형수께서 집에는 안 계시지만 언제 돌아오실지 모르는 시아버지, 시어머니에 대한 배려였던 것이다. 나는 그 밥그릇을 볼 때마다 집을 떠나 계셨던 부모님들이 멀게 느껴지지 않고 마치 같은 공간에 있다는 느낌을 얻을 수 있었다.

그리고 성장하면서 늘 보았던 것은, 집 식구 중에 누군가가 집을 나가 산에 일을 간다든지 아니면 남의 집에 농사일을 도와주러 간다든지 혹은 마실을 가면 부모님은 그 식구들이 돌아올 때까지 어두운 밤 마루에 늘 등을 켜 놓으셨다. 마지막으로 집에 돌아오는 가족이 그 등불을 끄고 방으로 들어가고는 했던 기억이 새롭다. 그 때 어머니는 자식들이 나갔는데 집에 불을 다 끄는 것이 아니라고 하셨던 기억이 난다.

30여 년 전 2월 어느 추운 겨울 날 대학에서 합격자발표가 있던 다음날이었다. 아버지는 새벽 4시에 나를 깨웠다. 70년대 농촌의 겨울밤 새벽 4시면 살 떨리는 추운 냉기와 캄캄한 정도는 시골에서 성장한 사람들은 그 느낌을 다 알 것이다. 거기다 이미 며칠 전에 내린 폭설이 길 위에 얼어 붙어 걷기도 힘든 아주 매서운 겨울이었다. 꼭두새벽 나를 깨우신 아버지는 볏짚 토막 중간 중간에 새끼줄을 묶고 그 끝에 불을 붙이고 깊은 산골짜기로 근 2킬로미터가 족히 넘는 할머니 산소로 나를 앞장 세우셨다. 아버지께서는 새벽 산길을 오르시면서 대학을 입학했으니 할머니에게 제일 먼저 인사를 드리러 가야 한다고 하셨다. 1시간이 넘는 산길을 오르면서 묵묵히 아버지 뒤를 따르던 나는 많은 생각을 했었다. 돌이켜보면, 집안의 경사를 아버지는 자신의 어머니에게 가장 먼저 알려 드리는 것이 효도(孝道), 즉 어머니를 향(向)해 가는 길이라고 생각하셨던 것이다.

나의 이런 기억들은 내 또래의 동년배들에게는 거의 비슷한 느낌일 것이라고 생각한다. 글자를 모르셨던 우리들의 부모님들은 친효사상을 지식으로 배운 것이 아니라 그 분들에게 그것을 몸으로 가르치신 선친 모델들이 계셨기에 그것들을 배우셨고, 또 그것을 후손에게 제대로 학습시킨 것이었다.

지금의 우리 사회에서 나타나는 가정 및 가족 파괴는 물론 상상하기 어려운 잔악한 범죄들이 일어나고, 또 빈번한 이혼문제 등 범죄행위는 일일이 열거할 수 없을 정도로 많다. 이 시대의 문제를 해결할 2가지를 압축하여 제시한다면, 정치경제문제 해결은 남북통일이고, 사회문화문제 해결은 친효(親孝) 프로그램 실천이다. 국가에서 친효(親孝) 프로그램을 잘 구성하고 실천하면 사회의 다양한 문제들을 거의 해결할 수 있다.

첫째, 실업문제를 해결한다. 요즘 자식들은 연로한 부모님들을 양로원이나 그와 비슷한 사설 혹은 공공보호기관에 의탁시키고 봉양비용을 지불하는가 하면, 연로한 부모님들을 독거노인으로 방치하여 초기의 작은 질병도 크게 확대시킨다. 만약 부모를 봉양하는 자식들에게 국가가 일정한 봉양보조금을 지급하면, 자식들은 생활비(양로원비용, 손자들 보육비용 등) 절약도 되고, 국가는 의료비절약 및 세금절약 등 순기능이 나타날 것이다.

둘째, 이혼문제도 감소된다. 이혼사유가 경제적 부담 원인과 가족 내 갈등을 조정할 매체가 없는 원인이 크다. 부모님들만큼 가정 내 문제를 잘 조정해 줄 스승은 없다.

셋째, 국민연금, 의료보험문제로 인한 국가재정의 악화 해결에 큰 도움이 된다. 최근에 대통령은 국민연금개혁과 관련 '생각만 하면 한숨이 나온다' 하고, 집권당 대표는 '가슴이 답답하다' 고 했다. 자식이 부모를 공양하는 제도로의 개선은 국가가 국민 전체를 책임지려는 국민연금재정개혁에 큰 도움이 될 것이다.

넷째, 저출산문제 해결에 도움이 된다. 국가는 출산을 장려하고 일부 지자체에서는 장려금을 지불한다. 근본적 해결이 아니다. 저출산문제는 출산 본연의 문제보다 육아문제에서 출발한다. 육아를 담당할 사람이 할머니 할아버지만큼 안전하고 좋은 분이 어디 있는가? 효(孝)를 중심으로 부모자식 세대가 가깝게 연결되도록 프로그램화하여 실천하면 많은 부분 해소될 것이다.

마지막으로 비윤리적 사회문제 해결에 큰 도움이 된다. 존속살인 혹은 부부간 살인 등 정말 끔찍한 비윤리적 사건들이 매일 줄을 잇는다. 처벌을 강화해도 근본적인 해결은 안 된다. 사건 발생 후 결과적 처벌 대응정책은 이미 저질러진 끔찍한 사건을 되돌릴 방법이 없다. 따라서 예방적인 정책이 필요한 것이다.

지식인(知識人)은 늘어 가는데 지혜인(知慧人)은 부족하고, 물질은 풍요로운데 갈등은 커져만 간다. 국가의 부는 커졌는데 서민층은 증가한다. 혼자 잘 살자고 점점 결혼도 피하고 2세 출산은 더더욱 피한다. 세상 어디를 가도 구석구석 감시 카메라는 24시간 토끼눈으로 우리 행동을 영상 녹화하지만 극악한 사건은 끊이질 않는다.

무엇이 문제인가? 머리는 지혜가 아닌 지식만 가득하고, 몸은 다른 사람의 안위는 둘째고 자신의 안위만 앞서는 독선으로 변해 가고, 자식을 잃어버린 부모 그리고 진정한 부모를 잃어버린 자식의 시대가 공존하기 때문이다.

그 모든 해결의 끈은 친효사상(親孝思想) 프로그램 마련과 확고한 실천에 달려 있다.

# 가장 소중한 것은 바르게 사는 것

신용준

세상에는 중요한 것이 많다. 중요한 것을 얻기 위해 사람들은 새 벽부터 뛰어다닌다. 그 중요한 것을 얻기 위하여 뛰어다니는 모 습이다. 세상에서 중요한 것은 사람들이 그에 빠지고 심지어는 그 노예 가 되는 돈일 수도 있고, 무슨 수단으로서도 잡고 나면 세상을 호령한 다는 권력일 수도 있으며, 호랑이는 죽어서 가죽을 남기고 사람은 죽어 서 이름을 남긴다는 명예일 수도 있다.

중국 사람은 마누라도 팔아먹는다는 말이 암시하듯이 돈을 가장 중 요시한다. 비단장수 왕서방이 그렇듯이 황금을 가지면 처녀의 무엇도 살 수 있고 세상을 호령하는 권력도 손에 넣을 수 있으니 돈이 행복의

**신용준(申瑢俊)** _ 제주 출생(1929년). 성균관 총연합회 고문. 제주한림공 고 교사를 시작으로 저청중, 세화중, 애월상고, 제주대부고 등 교장. 제 주도교육청 학무국장. 제주대학교 강사. 제주한라전문대 학장. 한라대 학교 총장. 한국교육학회 종신회원. 대한민국무공수훈자회 제주도지부 고문. 한국수필작가회 이사. 언론중재위원회 중재위원, 운영위원. 한국 문예학술저작권협회 회원. 1952년 화랑무공훈장에 이어 1970년에는 대 한민국재향군인회장 표창, 1973년 국무총리 표창, 1976년 국방부장관 표창, 1982년 국민 포장, 1990년 세종문학상, 1998년 국민훈장 모란장, 제 38회 제주보훈대상(특별부문) 등 수상. 저서 《아! 그때 그곳 그 격전지》(2010).

열쇠라고 여긴다.

유태인은 무덤에 수표를 놓고 다른 사람이 바친 현금을 거스름돈으로 바꾸어갈 정도로 지독한 수전노이다. 프랑스 사람은 명예를 제일 중요시하여 명예를 훼손할 때는 칼이나 권총을 들어 결투로 끝장을 낸다.

영국 사람은 키가 작아 높은 기둥 위에 세운 넬슨제독의 동상이 말하듯이 자존심과 영국신사라는 말을 제일 중요시하여 영국 깃발은 해가 지는 법이 없다고 세계를 제패하던 영광을 되새기고 있다.

신도가 인도의 85%가 되는 인도의 힌두교는 성적 교합의 황홀경을 최고의 덕목으로 여긴다. 미국 사람은 어떠한가. 미국은 건국된 지 2백년에 최강국으로 세계에 군림하고 있으면서 국가의 이익을 최고의 것으로 여긴다. 자본주의 경제체제와 대통령책임제라는 두 기둥으로 번영한 미국은 세계 어느 곳이고 파고 들어가 돈을 벌어간다.

그런데 한국 사람인 우리는 무엇을 가장 중요한 것으로 여기어 세상을 살아가고 삶의 덕목으로 삼고 있는가.

"재산을 잃은 것은 조금 잃은 것이요, 명예를 잃은 것은 많이 잃은 것이며, 건강을 잃은 것은 다 잃은 것이다."

중국이나 유태인이 그렇게 좋아하는 재산을 잃은 것은 또 회복할 수 있으니 다 잃은 것이 아니고, 프랑스 사람은 물론 인간이면 누구나가 중요시하는 명예를 잃은 것은 한 번은 회복할 수 있는 기회가 있으니 다 잃은 것은 아니다. 그러나 한국 사람들은 건강을 잃으면 재산이나 명예도 다 무용지물이 되고 마니 전부를 잃은 것이라고, 건강을 가장 중요한 것으로 보고 있다.

중국 사람들이 돈이 된다면 마누라까지 팔아먹는데 비해, 한국 사람은 저승에까지 쫓아간다는 말이 있듯이 돈을 중요시하여 동양의 유태인이라는 말을 듣기는 하지만, 한국 사람은 건강을 보다 소중하게 여기는 것 같다. 건강에 좋다는 것은 그것이 무엇이든지 가리지 않고 또 값을 생각하지 않고 먹으려고 야단인 근래의 상황을 봐도 그런 것 같다.

하지만 더 중요한 것이 있다. 그것은 재물이나 명예, 건강, 성의 만족을 넘어선 그 무엇이어야 한다. 사람은 이 세상에 태어나서 그저 모든 것을 누리고 가는 것이 아니다. 자기의 발자취를 남기고 역사의 물결속에서 살다가 가는 것이다. 가장 소중하고 중요한 것은 바로 어떻게 살아가느냐의 삶의 자세이다.

'수신제가치국평천하'라든가 '삼강오륜'도 바로 이 살아가는 삶의자세이다. 바로 자기가 성취하여 한 낙원을 이루고 싶은 것을 실현하기위해 전력을 다하여 살아가는 삶의 자세가 가장 소중하고 중요한 삶의덕목이다. 우리는 물질이나 명예·권력에 집착하지 말고 가장 소중한것을 성취하기 위해 전력을 다하여 오늘을 살아야 할 것이다.

그리스의 위대한 철인 소크라테스는 기원전 399년 봄, 아테네의 감옥에서 독배를 마시고 70년 생애의 막을 내렸다. 그는 아테네 법정에서자기에게 사형을 선고한 500명의 민중들에게 이렇게 말했다.

"자, 떠날 때는 왔다. 우리는 우리의 길을 간다. 나는 죽으러 가고 여러분은 살러 간다. 누가 더 행복한 것이냐. 오직 신만이 안다."

플라톤의 불후의 명저 《소크라테스의 변명》의 마지막을 장식하는 말이다. 그는 아테네 감옥에서 태연자약하게 독배를 마시고 철인답게 죽었다. 그는 죽기 전에 그의 막역한 친구요, 제자인 크리톤에게 이렇게말했다.

"사는 것이 중요한 것이 아니라 바르게 사는 것이 중요하다."

그렇다. 이웃에게 좋은 사람이란 말은 못 들어도 나쁜 사람이란 말은듣지 않도록 정직하고 성실하며 건강하게 살다가 편안히 죽을 수 있다면 큰 복이 아닐까.

# 꿈을 잃어가는 청소년들과 검정고시

오서진

과거의 빈곤층은 국민 대다수가 6.25전쟁을 겪고 국가재건을 위해 힘써 경제력 부흥을 이룩하기까지는 개인적이고 보편적이었으나 현대의 빈곤의 정의는 국가의 지원과 조세부담의 부담감을 지니고 있는 사회적 문제로 변화되었다.

1997년 국가적 경제위기 이후 고용의 불안정은 우리 사회에 과거와 다른 신빈곤의 문제를 가져왔다. 지금까지 빈곤문제는 경제적 차원에서 일정 수준 이하의 소득으로 인한 생활상의 어려움을 의미해 왔으며, 의식주의 해결 즉 절대 빈곤의 해소에 빈곤 정책의 주된 관심이 집중되어 있었다. 빈곤이란 가족 전체 또는 가족 구성원들이 인간으로 생활해 나가는 데 있어 기본적으로 필요하다고 인정되는 자원이나 경제적 능

**오서진** _ 사회복지, 가족복지 전문가. 세종대 과학정책대학원 노인복지 및 보건의료 석사 졸업. 사회복지 및 가족, 노인, 청소년 관련 총 25개의 자격 취득. 사단법인 대한민국 가족지킴이 이사장, 월간 『가족』 발행인, 국제가족복지연구소 대표, 한국예술원 문화예술학부 복지학과 교수, 극동대학교 사회복지연구소 위탁 연구위원, 노동부 장기요양기관 직무교육 교수, 각 교육기관 가족복지 전문교수, 각 언론 칼럼니스트, 법무부 범죄예방위원, 사례관리 가족상담 전문가 등으로 활동. 저서로 《건강가족 복지론》, 《털고 삽시다》 등 상재.

력을 갖추지 못한 상태로서 심리적, 정신적으로 손상되어 있으며, 긴장상태, 억압상태, 박탈된 상태를 뜻한다.

오늘날의 빈곤문제는 경제적 수준에서 뿐만 아니라, 교육, 문화, 복지 등 생활 전반에서 사회적 배제의 차원으로 확대되고 있다. 과거 부모 세대는 생활이 비록 어려우나, 자식 세대는 성실, 근면하게 생활하면 빈곤을 벗어날 수 있는 소위 희망이 있는 빈곤의 시대였다. 그런데 오늘의 시대는 세대를 이어 빈곤이 전수되는 절망적 빈곤의 시대로 전환되고 있다. 과거에는 빈곤을 벗어날 수 있는 최상의 길은 학교 교육을 열심히 받아 적절한 소득이 보장되는 직업을 갖게 되는 경로를 밟는 것이었다.

빈곤에서의 갈망과 목마름은 가족간 갈등과 심리적 위축을 가져왔으며, 결국 사회적 경제문제는 가족해체문제로 확산되었다. 이는 가족구성원 중 가장 예민하고 가녀린 청소년들에게 상실감을 안겨주었으며, 가족간 신의의 붕괴와 더불어 탈가족화와 탈학교화를 조장하는 사회분위기가 형성되고 말았다.

많은 청소년들이 학교를 그만두고 싶어 하는 자퇴욕구를 양산하고 있는데 학생들이 학교를 떠나 조기 사회구성원이 되려고 하는 데는 다양한 원인이 있겠지만 개인적 요인, 가정적 요인, 학교와 사회 요인 등에 의해 총체적으로 영향을 받으며 오랜 시간 누적된 결과로 보여진다. 특히 스마트폰의 보급으로 아이들은 쉽게 가정 이탈을 선택할 수 있는 다양하고 폭넓은 세상을 쉽게 접하게 된 것이다.

청소년들의 꿈을 키워야 할 보금자리인 교실이 붕괴되고 있다. 교사들의 권위가 상실되어 남학생들이 있는 학교의 경우 교실에서 흡연까지 하는 학생들도 있다고 하니 교사의 위치 전락, 학교의 역할이 사라지고 있어 학교란 틀의 의미가 없다고 생각하는 학생들이 많아지고 있다. 자신의 삶이 주체가 되어 미래를 설계하여야 할 청소년들의 마음이 학교를 떠나 기계적으로 통학을 하고 있다면 이는 미래를 준비하는 우리 사회의 엄청난 인적, 자원적 손실이 될 것이다.

청소년의 학교중도탈락 문제는 이미 사회적, 국가적으로 심각한 문제로 받아들여지고 있으며 고령화 사회에서 탈가족화라고 하여 중중 노인들을 위한 요양시설 입소로 가족을 떠나는 탈가족화가 전개된 것은 선진국에서부터 오래 전에 진행된 일이지만 학생들이 탈학교화하여 미성숙된 사회의식이 성장과정에 미치는 지대한 영향을 우리는 다시 한 번 되짚을 이유가 있다. 잠재적 중도탈락 청소년을 위한 여러 가지 프로그램 개발과 참여로 자신들의 삶이 변환되는 과정과 시점을 깨닫게 해 주는 것도 중요하다,

더불어 빈곤가정의 경우 상급학교 진학률이 낮을 뿐만 아니라 학교생활에서의 적응력에서도 감성이나 집단체계에 부적응 요소도 크기 때문에, 즉 빈곤가정의 청소년들의 학교 적응도가 낮을수록 탈학교화가 증가되고 있다

빈부의 격차는 갈수록 커지고, 상류층으로 올라가는 중산층보다 절대빈곤층으로 떨어지는 중산층이 훨씬 많다. 어른들의 실업난, 카드빚으로 인한 경제적 어려움과 여러 이유의 가족해체는 특히 그들 자녀들에게 답습되어 많은 고통을 남기고 있다.

가정불화나 빈곤 환경에서 성장한 청소년은 정서적, 경제적 빈곤뿐만 아니라 결손, 장애, 정서불안, 질환 등이 복합적으로 작용하여 이중고를 겪고 있으며, 방임으로 인한 애정 결핍, 소외로 인한 상대적 박탈감, 낮은 학업 성취율로 공격적이고 사회분노형으로 성장하기 쉽고, 문제행동으로 흡연, 음주, 약물, 성문제, 폭력, 가출 등의 탈선 발생률도 높다. 빈곤 환경에서 성장한 청소년들은 미래에 대한 기대가 낮으

며, 이는 빈곤사회를 증가시키는 데 큰 몫을 하고 있다.

　그러나 학업을 포기했다고 하여 평생빈곤과 낮은 직업군으로 표류하며 살아가는 것은 아니다. 학업을 중도에 포기한 사람들이 다시 학업을 연장하기 위하여 검정고시제도에 의하여 정규학력으로 인정받고 상급학교에 진학하여 사회에 적응하고 공헌하는 사례는 다양하고 많다. 2010년 교육부 통계 전국 검정고시 합격자는 100만여 명이 넘고 1년에 중고등학교를 중도에 포기하는 청소년들이 해마다 6~7만 명에 이르고 있다.

　학업연장을 지원해 주기 위한 사회공헌적 교육지원 단체들이 있다. 꿈을 다시 심어주고 실행하기 위한 선배들의 자발적 공간인 것이다. 현재 전국검정고시 총동문회라는 조직은 검정고시 합격자들의 동문회이다. 전국 조직 5000여 명의 회원들이 함께하여 꿈이 자라나는 청소년들에게 학업을 지속할 수 있도록 지원 및 노력을 아끼지 않고 있다.

　이들 중 유명한 분으로는 우선 전국검정고시총동문회의 총동문회장으로 서울대학교 외교학과를 졸업하고 내무부장관과 광주광역시장을 역임한 강운태 회장이 있고, 경희대학교 회계학과 및 서울대학교 대학원 ACPMP 과정을 마친 (주)한국자산신탁과 (주)엠디엠 문주현 회장이 전국검정고시총동문회 중앙회장을 역임하였다.

　이밖에도 현재 성남시 이재명 시장과 임병규 국회사무처 입법차장, 김기용 제17대 경찰청장, 제46대 공군사관학교 김형철 교장 등 많은 동문들의 활약과 도움으로 검정고시총동문회는 활성화 되어가고 있다. 지난 5월말 전국검정고시총동문회 춘계산행이 있었다. 대전 계룡 산행을 위하여 대전동문회에서 주관하여 전국에서 300여 명의 동문들이 모여들었다.

　검정고시 동문인 대전광역시 서구 장종태 구청장과 대전광역시 박

범계 국회의원도 자리를 함께하여 축하와 격려를 함께 나누었다. 이날 후학들을 위한 선배들의 사랑은 깊고 깊었다. 이날 18세 이상의 젊은 청년들이 자원봉사자로 나와 선배들을 환영하였으며, 선배들은 그들을 위한 동행의 손을 잡아주었다. 검정고시 선후배간의 사랑을 실천하는 현장이었다.

필자인 (사)대한민국가족지킴이 오서진 이사장 역시 검정고시총동문회 부회장으로 함께 활동하고 있다. 전국검정고시총동문회는 경제인 모임도 발족하였다. 검정고시 동문들 중 경제인, 전문가, 공직자들이 모임을 만들어냈다. 또한, 교육지원으로 검정고시총동문회 회원들로 구성된 사단법인도 탄생되었다.

(사)검정고시지원협회(회장 김원복)는 청소년들의 가정문제와 가정이 아닌 밖에서의 생활 증가로 학교를 중도에 자퇴하는 청소년들에게 꿈을 심어주기 위하여 사단법인을 설립하여 지원을 도모하고 있으며, 1년에 검정고시 합격자들은 청소년 4만여 명, 장년층 1만여 명 등 5만여 명이 된다. (사)검정고시지원협회는 학업을 중도한 이들에게 학업을 지속할 수 있도록 지원과 노력을 아끼지 않고 있다.

김원복 회장 역시 검정고시를 통하여 서울대학교 경제학과를 졸업한 후 사회생활을 정석대로 적응하며 살아오면서 자신과 같은 사람들에게 꿈과 희망을 심어주고자 심혈을 기울이고 있다고 한다.

여기에 김원복 회장의 회고의 글을 일부 옮겨본다.


인생에 있어서 참으로 고마운 검정고시여!

그런데 안타깝게도 이런 검정고시제도의 도움을 받지 못하는 분들이 아직도 많습니다. 현재 대한민국에 살고 있는 20세 이상의 국민 중에서 검정고시 대상인 저학력(고졸 미만의 학력), 즉 무학(無學), 초교 중퇴, 초교 졸업, 중학교 중퇴, 중학교 졸업, 고교 중퇴자가 무려 900여만 명에 이르고 있습니다. 이 중에는 공부하고 싶은 분들도 계실 것입니다. 그 분들께 공부할 수 있는 기회를 제공하는 것은 검정고시의 혜택을 입은 수혜자로서의 마땅한 일이라는 생각에서, 그 분들이 경제적, 심리적으로 구애됨이 없이 검정고시를 준비할 수 있도록 학습시스템을 제공하고자 합니다.

1단계로 일반적으로 저학력은 저소득으로 이어지며, 이는 다시 자식의 저학력 −저소득으로 이어지는 가난의 대물림현상으로 나타나고 있습니다. 이 악순환의 연결고리를 끊고 자력 갱생의 기반을 마련해 주기 위해, 사회 취약계층인 기초수급대상자, 차상위계층, 한부모가정, 다문화가정, 북한 이탈주민 등에 대해 우리 검정고시 출신들의 인생역경 극복과정을 들려주어 미래에 대한 희망을 고양시키고 검정고시 학습에 필요한 동영상과 학습교재를 무상으로 제공하고 있습니다.

2단계로는 현재 경제적, 시간적인 여유는 있으나 주변의 시선을 의식하여 선뜻 검정고시에 도전하지 못하는 분들에게 검정고시 도전에 자신감을 불어 넣어주고, 인생 100세 시대에 평생 가슴 속에 남아 있던 배움의 한(恨)을 검정고시를 통해서 풀어드리는 교육복지를 실현하고자 합니다.

또한 초·중·고 학생들 6~7만 명이 매년 학교를 이탈하고 있습니다. 이들 중에는 여러 가지 사정으로 불가피하게 학업을 더 이상 진행하지 못하고 방황하는 청소년들도 많이 있지요. 이들에게 우리 검정고시 선배들의 인생 경험과 무상 학습도구 제공은 그들에게 인생의 방향을 잡는 길잡이와 같은 역할이 될 것입니다. 우리는 그들을 위한 선배로서 조언과 조력자가 되어야 할 것입니다.

청소년들은 외롭다. 보금자리인 가정에서의 가족갈등으로 느끼는 불안감과 대다수의 시간을 보내는 학교에서도 교사와의 관계, 친구관계 등을 통하여 많은 갈등을 경험하고, 또 갈등을 해결하는 능력을 습득하거나 그것이 뜻대로 되지 않아 크고 작은 좌절을 경험하며 성장한다. 자녀들은 미성숙화 되어 있는 청소년들이다.

어른들의 생각과 경륜을 아이들이 이해한다고 믿는 것은 잘못된 판단인 것이다. 청소년들은 성장하는 데 어른들의 사랑의 영양분이 필요한 것이다. 건강한 가족을 위하여 가족인성교육과 힐링프로그램, 건강가족프로그램에 참여하여 가족들의 문제를 서로 치유하는 데 계도하는 것이 (사)대한민국가족지킴이의 목적사업이기도 하다. 가족갈등을 치유하기 위하여 전문가의 개입도 중요하지만 가족간 갈등완화의 노력으로 건강한 웃음을 되찾을 수 있게 하는 중재역할의 사회적 노력도 매우 중요하다.

그래서 우리 (사)대한민국가족지킴이에서는 '3.80 가족인성교육'을 적극 권장하고 있다. '세 살 버릇 여든 간다'는 속담이 있듯이 가정내 교육이 어려서부터 성인이 되기까지 개인 성장과정과 사회에 미치는 영향이 연동되기 때문이다. 또한 '2015 대한민국 인성교육 청소년 서포터즈 발대식'을 갖고 직·간접 사례 발표를 통하여 청소년들에게 가족의 중요성을 일깨워주고 참된 인성을 갖춰 나가기 위한 바른 사회성 정립을 계도하고 있다.

청소년들에게 꿈과 희망을 심어줄 수 있는 어른들, 우리는 지금 어떤 모습일까? 수직적 자세는 아닐지, 명령지시어를 남용하고 있지는 않은지 다양하게 생각해 볼 일이다. 청소년들에게 날개를 달아줄 수 있는 어른세대와 그들의 안녕과 행복은 곧 우리 사회의 밝은 미래이며 희망이기 때문이다.

# 안산 가득 피는 벚꽃, 무궁화와 어떤 연분인가?

## 우 원 상

한국의 봄은 어떤 것인가.

우리의 가곡 '고향의 봄' 은 "울긋불긋 꽃대궐 차리인 동네~ 복숭아꽃 살구꽃 아기진달래"를 첫 번에 그린다. 늦을세라, 노란 개나리꽃도 동네방네 울타리마다 찾아들어 정다움을 피운다. 동구밖 목련화는 언제 왔는가. 그 청순함이 살갑다.

요즘 우리 도시의 봄은 일본의 벚꽃이 토박이꽃들을 제치고 화사하게 활짝 다가선다.

하면 한국의 봄처녀는 어떤 모습일까? "봄처녀 제 오시네…." 이 노래 속의 자태는 어떤가. 뭐니뭐니해도 우리 민족정서가 깊이 서려 있는 꽃은 진달래라 하겠다. 남단 제주 한라에서 북녘 한밝뫼(백두산) 너머 송화가람가까지 자생하며 연년세세 강산을 붉게 물들여온 진달래가

**우원상(禹元相)** _ 황해도 평산 출생(1929년). 대종교 선도사. 한겨레얼살리기운동본부 감사. 한국민족종교협의회 감사. 종교인평화회의 대의원. 한국종교연합(URI) 이사. 한국자유기고가협회 이사. 한국 땅이름학회 이사. 민주평화통일자문회의 자문위원. 저서 《전환기의 한국종교》(공저), 《홍제천의 봄(땅이름 유래)》 등.

바로 우리네의 봄처녀가 아니겠는가.

하오나, 유구한 역사 민족의 맥을 면면이 이어온 우리의 나라꽃(國花)은 무궁화(無窮花)! 그런데 일본의 나라꽃인 벚꽃이 우리 강토를 석권하고 있지 않는가. 겨우내 기다렸다는 듯이 '진해의 봄'은 벚꽃으로 온 시가지를 장식하고 군항축제(軍港祝祭) 기간은 전국에서 모여든 인파로 발 들여 놓을 틈조차 없다. 이 벚꽃 요정(妖精)은 지리산 기슭에서 섬진강변을 굽이돌아 골골마다, 도시마다 휩쓸며 서울로 북상한다. 여의도를 선두로 남산, 창경궁 등 여러 고궁과 공원을 맴돌며 끝으로 독립문화의 고장(터전)인 서대문의 안산 기슭까지 공략해서 서울 시민의 넋을 잃게 한다.

그리고 동해 건너 왜섬에서는 복마전(伏魔殿)에 앉아 사쿠라(벚꽃)의 봄을 즐기면서 교과서를 왜곡하고 독도(獨島)를 저들의 섬이라고 야욕을 담은 눈초리를 넘실거리며 지난날의 군국패권을 꿈꾼다. 일제가 한국 강점기에 벚꽃을 전국 방방곡곡에 파식(播植)하여 파급시켰던 것이 패망 후에도 그대로 방치되어 오늘에 이르렀다. 더군다나 근래에 와서는 벚꽃을 우리 손으로 보호육성하고 있는 실정이니 이를 어찌하랴.

광복 후 반세기가 넘도록 일제의 잔재를 불식시키지 못하고 우리나라 역사를 일제 식민사관에 의해 잣대질하고 있는 것처럼 우리의 나라꽃(무궁화)이 도리어 소외당하고 홀대받고 있는 정도니까! 북한에서는 해방 직후에 벚꽃나무를 모조리 베어 버렸다.

광복 70년 동안 범국가적(또는 범국민적)으로 무궁화를 소중히 가꾸고 또 심기를 권장해 왔더라면 오늘날 온 나라 안팎이 무궁화 동산으로 화려한 강산이 되고도 남았으리라. 그 오랜 세월에 애국가 "무궁화 삼천리 화려 강산 대한 사람 대한으로 길이 보전하세"를 숱하게 불러 왔건만 그것은 구두선(口頭禪)에 지나지 않았다는 것인가. 어느 위정자가,

어떤 자치지역장이 정책적으로 나라꽃을 장려한 적이 있는가? 심지어 초등학교 교정이나 울타리에 벚꽃나무는 버젓이 서있어도 무궁화나무가 없는 곳이 아직도 여럿 있다.

얼마 전에 '판문점'(휴전회담장소)을 방문할 기회가 있었다. 뜻밖에도 '자유의집' 초입에서부터 무궁화가 활짝 피어 줄지어 반기고 있어서 참으로 눈물겹게 반가웠다. 우리의 고장 서대문구에서는 '벚꽃'을 중점적으로 심어서 상당한 파급성과를 거두고 있다. 관광, 휴식처, 산책로 등의 운치를 높이자는 착상이었겠지만 왜 하필이면 벚꽃이라야 하나? 이것은 자치지구 운영에 있어서 역사의식과 자주정신의 빈곤에서 온 어이없는 행태라 할 것이다. 특히 서대문구의 긍지인 독립문화가 벚꽃하고는 근본적으로 어울리지 않는다.

독립문화의 주산(主山)인 안산이 왜 벚꽃으로 치장되어야 하나! 일본인들은 세계 어디에 가서 살든지 저들의 나라꽃인 벚꽃을 열심히 심고 가꾸어서 일본정신(야마토 다마시, 大和魂)을 뿌리내렸다. 우리는 어떤 면이 좋다고 벚꽃을 선호하는가? 벚꽃은 초봄에 잠깐 동안 활짝 피었다가 급히 스러지는데 비해 무궁화는 6월 하순 하지(夏至) 무렵부터 무려 100여 일간이나 계속 피고 지는 유연성과 지속성을 지니고 있다. 따라서 벚꽃은 일본 민족을 닮았고 무궁화는 한국 민족을 닮았다고 평가 받는 것이다.

예부터 중국에서는 우리나라를 가리켜 동방의 근역(槿域), 또는 근화향(槿花鄕)이라 이르며 무궁화의 고장, 무궁화의 나라임을 동경했다. 하기야 벚꽃의 원산지도 우리의 섬 제주도라 하니 우리 무궁화와 함께 동향(同鄕)의 인연을 가지고 있다고나 할까. 참으로 기이한 연분이다.

바야흐로 글로벌시대이니 만큼 무궁화를 앞세워 조화(調和)를 이루어 공존하게 함도 좋을 성싶다. 개화(開花)시기도 서로 다르니 앞서거니 뒤

서거니 하면서 협화(協和)·공생(共生)하기에도 안성맞춤이라 하겠다. 이렇게 친환경적으로 자연의 조화를 이루게 하는 것도 우리 겨레의 개국 이념인 홍익인간(弘益人間) 정신의 발로(發路)이며 홍익문화의 창달일 것이다.

어떻든지 서대문 텃밭에는 하루속히 마을마다, 가는 곳마다 무궁화 동산을 조성해서 독립문화를 북돋우어 남북통일에 대비해야 할 것이다. 통일로(統一路)의 기점(起點)도 서대문이 아니던가. 따라서 통일로가 화려한 무궁화 길로 조성이 됐으면 금상첨화(錦上添花)가 아니겠는가!

# 의암 손병희, 그는 누구인가?


이선영


손병희(孫秉熙)는 1861년 4월 8일(음력)에 충청북도 청주군 대주리에서 태어났다. 부친은 밀양손씨 두홍(자 : 의조, 懿祖)이다. 어머니는 의조의 둘째 부인으로서 해가 품속으로 들어오는 꿈을 꾸고 손병희를 낳았다. 서자로서 입신양명의 길이 막혔다는 것을 알고 낭인단을 만들어 그들과 어울리며 세월을 보냈다. 16세에 곽씨와 혼인하였고, 세 딸을 두었다.(어린이운동의 선구자 소파 방정환은 그의 셋째 사위이다)

22세에 조카 손천민의 권유로 동학(東學)에 입도한 후 매일 짚신 두 켤레를 삼으며 독실하게 수행했다. 해월(동학 제2세 교조)을 만난 이후 해월의 옆에서 크고 작은 일에 보좌하고 수행하며 갑오년(1894)의 동학혁명에는 그는 북접통령으로서 혁명을 지휘했다. 1897년 해월로부

**이선영(李善永)** _ 천도교 선도사. 용문상담심리전문대학원 졸업. 가족문제상담전문가. 상담심리사. 웰빙—웰다잉 교육강사. 천도교 중앙총부 교화관장. 사단법인 민족종교협의회 감사.

터 의암(義菴) 도호를 받고 곧이어 동학의 종통을 이어 받아 천도교 제3세 교조가 된다.

3세 교조가 된 손병희(이하 의암)는 일본에 머물면서 이상헌으로 개명하고 한국인 학생 60여 명의 일본유학을 주선한다. 이들은 훗날 삼일운동의 주축이 되거나 개화운동에 주역이 된다. 춘원 이광수도 이때 유학생이다. 의암은 세계 정세를 살피면서 동학을 세상에 드러내는 일(顯道)을 구상한다. 의암은 당시 일본이 우리나라를 침략하면 우리 민족은 물론 동학이 더욱 탄압 받을 것을 예측하고 있었다. 1905년 12월 1일에 일본신문을 통해 동학을 천도교로 드러낸다.(大告天下, 대고천하) 이때 '천도교 대도주 손병희' 이름을 밝히게 된다. 춘암 박인호를 일본으로 불러 천도교대헌을 짓고 교빙(교인 증명서)를 100만 매 인쇄하여 본국에 보낸다.

한 달 후(1906년 1월 5일) 부산항에 입국할 때 환영 도인이 4만여 명이었다. 어떤 이가 물었다.

"여러 해 동안 외국에 계신 동안 어떻게 하면 이 혼란한 세상을 바로잡을 수 있다고 생각하셨습니까?"

의암은 "한울을 뜯어 고치기 전에는 별다른 수가 없다고 생각하였소. 내가 말하는 한울은 저 푸른 하늘을 말하는 것이 아니나 사람이 곧 한울이니 사람의 마음을 바르게 고치기 전에는 누가 무슨 짓을 하더라도 이 세상을 바로 잡을 수 없다는 말이요"라고 대답하였다.

서울에 올라온 의암은 곧 천도교총부를 설립하고(1906년 2월 16일) 천도교대헌 공포, 총부조직 구성, 궁을기(弓乙旗) 게양, 교빙 발급, 신분금 납부, 72개 대교구 조직, 교구장 임명, 격식과 의례 제정, 활판인쇄소 설치, '만세보' 창간 등 종단으로서의 면모를 갖추는 일을 발 빠르게 진행한다. 그리고 경주에 몇 사람을 보내 최수운(제우, 천도교 제1

세 교조)의 생가와 묘소를 살펴보게 한다.

1904년(갑진)에 국내에서는 동학인이 주축이 된 진보회에서 전국적인 흑의단발(색깔 있는 옷을 입고, 머리를 짧게 자르는) 등의 개화혁신 운동이 일어나는데 이를 본 일본은 동학을 탄압하기 위해 일진회(친일단체)를 이용, 진보회와 합병을 추진한다. 국내에 있던 진보회 회장 이용구는 의암의 허락을 받지 않은 채 진보회를 일진회로 이름을 바꾸면서 합병한다.

의암은 대고천하 후에도 친일행위를 하는 이용구 외 수인을 수차례 효유(退會하여 후회 없게 하라)하였으나 이들은 이미 일본의 꾀임에 넘어가 있었다. 의암은 대도의 결단으로 61명의 대두목들을 출교시켰다. 이들은 천도교의 주요 인물이었고 막대한 재정을 손에 쥐고 있었으나 일본과의 입장을 분명하게 하려면 어쩔 수 없었다. 천도교는 막대한 재정난에 시달렸으나 의암 특유의 명석함과 호방함 그리고 지방 도인들의 정성으로 위기를 넘길 수 있었다.

경술국치(1910. 8. 29) 다음 날, 의암은 "국권회복은 내가 하지 않으면 안 될 터이니 내 반드시 10년 안에 이것을 이루어 놓으리라"고 하였다.

1911년에 우이동 계곡 일대에 임야와 밭 27,000평을 매입하고 봉황각(鳳凰閣, 서울지방유형문화재 제2호)을 짓기 시작하여 1912년 4월부터 1914년 3월까지 일곱 차례(21명, 49명씩 3회, 105명씩 3회)에 걸쳐 모두 483명의 도인에게 49일 기도를 실시한다. 이때의 기도 주제는 이신환성(以身換性, 몸을 성령으로 바꾼다)이었다. 이때 전국에서 모인 대두목들은 훗날 삼일운동의 주역이 된다.

또한 삼일운동 거사자금을 모으기 위한 명목으로 도인들에게 성금을 거두어 중앙대교당(현재 종로구 경운동, 서울지방유형문화재 제36호)을 건축한다. 이때 설계와 총감독을 일본인에게 맡겨서 일본의 방해를 피하려 했다. 그러나 일본은 설계미비, 기부행위금지법 등을 들어 교묘하게 방해하였다. 규모를 반으로 줄여서 겨우 허가를 받고 건축을 시작하여 1921년 2월에 완공하였다. 이때 지방 도인들에게서 올라온 성금은 엄청난 금액이었다. 일본의 방해를 피해 건축성금을 되돌려 받은 것처럼 또는 성금액수의 일부만 기장하는 등의 방법으로 100만원이 모아졌다. 교당 건축에는 27만여 원을 쓰고 나머지는 삼일운동과 독립운동 자금으로 쓰이게 된다.

인쇄소 보성사(普成社)를 설립하면서 의암은 "국가가 막대한 비용을 들여 군사를 양성하는 것은 일조유사에 대비하기 위함이라. 내 생각한 바가 있다"고 하였다. 독립선언서를 인쇄한 곳은 이곳 보성사였다. 또한 지방교구에는 등사기 한 대씩을 반드시 구입하라고 지시했다.

1918년 세계대전이 끝나고 피압박 소수민족에 대한 민족자결주의 원칙이 나오자 의암과 천도교는 구체적으로 움직이기 시작했다. 국권회복을 결심한 지 10년째 되는 1919년이 되었다. 박인호(춘암-春菴, 훗날 천도교 4세 대도주)에게 교회 일을 맡긴 의암은 "죽음을 각오하고 독립운동에 투신하겠다"고 유시(諭示)했다. 의암은 독립운동의 3대 원칙을 대중화, 일원화, 비폭력으로 정하고 각계 인사들을 민족대표로 추대하기로 하고 불교, 기독교와 접촉하였다. 특히 기독교에 5천원의 자금을 준다.

3월 1일에 탑골공원에서 독립선언과 만세시위를 시작으로 전국에서 두 달 넘게 만세시위가 이어진다.

의암은 또 지하독립신문을 발행(보성사)하여 독립운동과 세계정세를 상세히 보도하게 하였다.

애국지사들은 국내외에서 임시정부 수립을 추진했는데, 러시아지역의 대한국민의회정부와 경기지역의 대한민간정부 그리고 서울지역의 조선민국임시정부에서는 의암 손병희를 임시정부의 대통령으로 추대하였다.

삼일운동의 후유증은 컸다. 특히 막대한 재정 손실과 교인들의 사망 체포 수감 등으로 천도교는 운영에 타격을 입었다. 의암은 서대문 형무소에서 1년 반을 지내고 병보석으로 출감하여 1년 반 만에 순도한다.

주옥경(朱玉卿)은 1894년 12월 평남 숙천에서 태어났다. 집안이 기울자 8세에 기생학교에 입학하고 19세에 상경하여 명월관에 오게 된다. 시서에 뛰어남은 물론 사회의식이 투철한 일급명기 주산월로서였다. 그는 1915년에 의암과 가연을 맺게 되는데 의암은 55세 주옥경은 22세였다. 3년 후 삼일독립운동이 일어난 날 의암은 서대문 형무소에 수감되고 주옥경은 형무소 부근에 방을 얻어 옥바라지를 시작한다. 1년 반 후에 의암이 출감하고 병석에서 임종까지 주옥경은 병수발을 정성껏 하였다. 의암 환원 후 주옥경은 천도교여성회를 창립하는 주역이 된다. 또 일본으로 유학을 떠나 영문학을 전공한다. 광복 후에는 독립헌금실행단 이사, 천도교부인회 회장, 의암기념사업회 의암묘비건립 참여, 민족대표 33인회 회장, 광복회 부회장, 의암동상건립 참여, '의암선생전기' 간행 참여, '건국훈장대한민국장' 수여, 정부주최 47회 삼일절 기념식(1966년)에서 독립선언서 낭독, 천도교여성회 회장 등 의암의 유업을 계승하는 활동에 남은 생을 쏟아 붓는다. 봉황각에서 거주하던 그는 1982년 87세로 환원하고 봉황각 옆 의암의 묘역에 모셔져 있다.

주옥경의 소질이나 활동을 보면 의암과는 이성 이전에 같은 시대에 살면서 같이 고뇌하고 같이 움직이는 동지적 관계였다고 보인다.

영특하고 도량이 큰 의암은 독실한 수련을 바탕으로 탁월한 지도력을 가진 인격으로 승화한다. 의암의 저술에는 정신적 수련, 사람의 일상 그리고 세계를 보는 통찰력 등이 다양하게 표현되어 있다.

〈각세진경(覺世眞經)〉〈무체법경(無體法經)〉〈십삼관법(十三觀法)〉〈명심장(名心章)〉〈수수명실록(授受名實錄)〉〈삼전론(三戰論)〉〈천도교전(天道敎典)〉〈대종정의(大宗正義)〉〈성령출세설(性靈出世說)〉〈인여물개벽설(人與物開闢說)〉 등등과 수많은 詩文들은 의암의 종교지도자, 영성수련가, 사회운동가 그리고 한 인간으로서의 따뜻함과 열정을 느낄 수 있게 해 준다.

의암에 관한 일부 왜곡된 역사 인식도 있는데 바로 잡아야 할 것들이다. 의암은 삼일운동 당시 33인의 대표이다, 뒤로는 친일행위를 했다, 천도교인의 고혈을 짜내서 왕후장상 같은 생활을 했다, 고급 승용차를 타고 다니며 사치했다, 매일 명월관에서 살았다, 명월관 기생인 주산월(주옥경)을 부인으로 맞았다 등등….

위의 의문들이 조금이라도 풀리며 또한 우리 민족에게 의암 손병희가 있다는 점에 자부심을 더하게 되는 데에 졸고가 조금이라도 도움이 되기를 여기서 감히 기대해 본다.

# 내가 옳다는 생각 몽둥이로 후려쳐

정상식

사람이 추구하는 가치가 셋 있는데 하나는 자연이요, 하나는 신이요, 하나는 사람이다. 서양 철학사에서 보면 고대 천년은 자연을 사랑하는 때요, 중세 천년은 신을 사랑하는 때요, 근대 천년은 사람을 사랑하는 때다.

서양 사람의 관심은 사람에 있고, 중동 사람의 관심은 신에 있고, 동양 사람의 관심은 자연에 있는 것 같다. 서양 사람이 가장 아름답다고 생각하는 것은 사람이다. 그들은 신들도 사람으로 표현하고, 자연도 사람으로 표현하고, 사람도 사람으로 표현한다. 그러나 동양 사람들이 제일 좋아하는 것은 자연이다. 신도 자연이요, 사람도 자연이요, 자연도 자연이다. 서양 사람들이 아름다움을 표시하는 조각이나 그림은 거의 다 사람이다. 반면에 동양 사람의 그림은 거의 다 자연이다. 모나리자

**정상식(鄭相植)** _ 경남 창녕 출생(1933년). (社)大乘佛教 三論求道會 教理研究院長, 호는 狨癘, 중고등학교 설립, 중·고 교장 21년 근무. 경성대학교 교수, 총신대학교 교수 등 역임. 현재 (사)대승불교 삼론구도회 교리연구원 원장. 저서 《기독교가 한국재래종교에 미친 영향》, 《최고인간》, 《인생의 길을 열다》 외 다수.

의 얼굴 뒤에는 산과 들이 희미하게 보이는데 비하여 동양의 산수화는 높은 산 넓은 물에 배 한 척이 떠 있고 그 배에 탄 사람은 점 하나에 불과하다.

서양 사람은 신도 인간이다. 왕이 신이 되기도 하고, 영웅이 신이 되기도 한다. 그러나 동양 사람의 신은 산이요, 물이다. 동양에도 신이란 말이 없는 것은 아니다. 그러나 신보다 훨씬 높은 것이 자연이요 천지다. 그래서 동양 사람들은 천지신명(天地神明)이라고 한다. 우선 천지가 있고 그 다음이 신이다. 이런 의미에서 동양 사람이 말하는 신은 아니마(Anima)요 신이 아니다. 신이라면 신난다는 신이지 천지를 창조한 신은 아니다.

불교는 본래 인도의 산물이다. 인도는 동양이라기보다는 서양에 가깝다. 인도의 지도계급은 아리안족으로 희랍 사람과 같은 민족이다. 플라톤(Platon)의 이상국가에 통치계급, 방위계급, 산업계급이 있듯이 인도에는 바라문계급, 크샤트리아계급, 바이샤계급이 있다. 그밖에 수드라라는 노예계급이 있는데 이것이 인도의 카스트라는 제도이다.

석가는 크샤트리아 무사계급에서 나왔다. 석가의 모든 관심사도 소크라테스와 마찬가지로 인간에게 있었다. 인간의 생로병사가 문제가 되고, 석가가 마지막 남긴 말도 '너 자신을 의지하라' 는 것이다. 인간 위에 인간 없고, 인간 밑에도 인간은 없다. 인간은 모두 평등하다. 인간은 인간에게 절할 필요가 없다. 인간은 누구나 가장 존귀하다. '천상천하유아독존(天上天下唯我獨尊)' 이것이 인간이다.

인간에게는 좋은 점이 서른두 가지나 있다. 그래서 32호상이라고 한다. 인격의 완성, 인격이 가장 높다는 이러한 생각이 원시불교 석가의 생각이었다. 초대 불교에서는 석가가 죽을 때에 "내가 죽으면 불에 태워 재가 남거든 물에 내다 버리고 아무것도 남기지 마라" 고 당부하였다. 그 이유는 만일 무덤이나 무엇이 남아 있으면 그것을 보고 절하게 되어 인간 평등이 깨어지기 때문이다. 그래서 석가가 세상을 떠난 후에도 자기의 모양을 그리지도 못하고 조각도 못하게 하였다.

그러나 불교가 동쪽으로 전해져서 중국으로 한국으로 일본으로 가게 되면서 석가의 인간성은 떠나가고 석가는 하나의 자연이 되어 절대자로서 인간들의 숭배의 대상이 되고 불상은 나라에 차고 절(寺)은 절간이 되고 말았다. 절하지 말라는 불교가 백 번도 절하고 천 번도 절하는 절간이 되고 말았던 것이다.

석가는 인간으로서 깊이 사색하는 하나의 인격이다. 석가는 깊이 생각하여 많은 말을 남겨놓았다. 사십오 년 설법을 통하여 5천2백 권에 달하는 팔만대장경을 남긴 사람이다. 분석에 분석을 더하고, 사변에 사변을 더하고, 반복에 반복을 더하여 그야말로 장광설을 늘어놓은 사람이다. 이런 불교가 동양에 와서는 생각이 변하여 무념무상이 되고, 장광설이 변하여 30방(棒)이 되고, 팔만대장경은 변하여 불립문자(不立文字)가 된다.

석가의 도를 전해 들은 많은 제자 가운데에서 동양 사람이 제일 좋아하는 제자는 가섭(迦葉)이었다. 석가의 전통을 이어받게 된다. 그것은 석가와 가섭 사이에 동양적인 요소가 들어있기 때문이다. 동양적인 요소란 다른 것이 아니다. 인간의 자연화다.

어느 날 석가가 많은 사람들 앞에서 연꽃을 꺾어 들었다. 그것을 보고 가섭이 웃었다는 것이다. 여기에 석가는 하나의 연꽃이 되고 사변은 끊어져서 직관이 된다. 정법안장, 열반묘심, 실상무상, 미묘법문, 교외별전, 불립문자, 소위 이심전심의 불심종(佛心宗)이 된다. 석가의 그 많은 가르침 중에 동양에서 번창하는 것은 불심종뿐이다. 이것을 요사이는 선(禪)이라고 한다. 우리나라에 있는 것도 선종(禪宗)과 교종(敎宗)뿐이다. 선종은 직관의 종교요, 교종은 신앙이 종교다. 인간 석가는 어느새 도망가고 자연석가인 아미타불이 예배의 대상이 되어 나무아미타불을 백 번이고, 천 번이고 부르고 절하는 타력종(他力宗)이 된다.

너 자신을 의지하라는 석가의 유언은 간데없고 아미타불의 공덕으로 극락에 왕생하는 정토종(淨土宗)이 온 천하에 가득 차게 된다. 선불교도 본래는 가만히 앉아서 생각하는 것이었지만 생각하기 싫어하는 동양 사람은 가만히 앉아 있을 수가 없다.

동양의 불교는 선종이라고 하지만 돌아다니기를 좋아한다. 이 절에서 다른 절로 스님을 찾아 돌아다니고 산을 찾고 물을 찾고 좌승이 변하여 행승이 되었다. 구름 따라 물 따라 그들은 그저 나그네처럼 돌아다니는 운수(雲水)다. 그들은 아무것도 가진 것 없이 언젠가 한 번은 부처가 되기를 소원하면서 자기의 본성을 찾아간다.

생각해서 자기를 알던 불교가 여러 가지 경험을 통해서 자기의 본성을 보는 불교로 바뀐 것이다. 이것을 견성성불(見性成佛)이라 한다. 견성이란 별것이 아니다. 자기 속의 자연을 찾는 것이다. 몸은 나무처럼 되고 마음은 돌처럼 되는 것이 불도(佛道)다. 이리하여 인간적인 모든 애착을 버리고 나도 하나의 자연이 되어서 자연과 하나가 되는 것이 바로 불도다. 석가가 부처가 되었다는 말은 하나의 연꽃이 된 것이다. 연꽃이라고 해도 좋고 벚꽃이라고 해도 좋다.

'석가성불 산천초목 동시성불' 이라는 말이 있다. 어떤 사람이 '부처가 무엇이냐' 고 물었더니 '뜰 앞의 잣나무' 라고 대답하기도 한다. 어느 때는 '베 세 근' 이라고도 하고, 어느 때는 '볏짚 울타리' 라고도 한다. 유명한 불교 시인 소동파는 '계성즉시광장설(溪聲卽是廣長舌) 산색기비청정신(山色豈非淸淨身) 야래팔만사천게(夜來八萬四千偈) 타일여하거사인(他日如何擧似人)' 이라고 말한다. 흐르는 시냇물이 8만4천 설법이요, 푸른 산이 그대로 청정법신(淸淨法身)이라는 것이다.

동양의 불교는 완전히 자연 불교가 되어 동양 사람의 구미에 맞는 불교가 되었다. 사변적인 불교는 실천적인 불교가 되고, 추상적인 불교는 구상적인 불교가 된다.

동양 사람이 생각하는 자연의 본질은 무엇일까? 그것은 한 마디로 깨끗함이다. 산도 깨끗하고 마음도 깨끗하다. 제악막작(諸惡莫作) 중선봉행(衆善奉行) 자정기의(自淨其意) 시제불교(是諸佛敎)다. 불교란 별것이 아니다. 악은 버리고 착해지고 깨끗해지는 것, 그것이 불교다.

하늘이 더러워지면 비가 와서 씻어 내리고, 물이 더러워지면 흙에 걸려 깨끗해지고, 흙이 더러워지면 불에 태워 깨끗해지고, 불이 더러워지면 바람에 날려 깨끗해지고 바람이 더러워지면 비로 쓸어 깨끗해진다. 지수화풍(地水火風)이 서로 씻으며 돌아간다.

쓸고 닦는 것이 자연의 본질이다. 몸을 닦고 마음을 닦아 빛이 나도록 닦는 것이 불도요, 이것이 깨끗함이다. 정토종이란 깨끗하게 하는 것(淨土)이요, 깨끗한 나라를 만드는 일이다. 깨끗한 세계 그것이 동양 사람의 이상이요, 깨끗한 사람, 청렴한 사람 이것이 동양 사람의 이상이다.

우리는 탐관오리를 싫어한다. 더러운 무리들이기 때문이다. 깨끗함이 동양 사람의 이상이기에 깨끗한 사람을 존경하고 깨끗한 것을 숭배한다. 산이라도 깨끗하면 숭배하고 날씨라도 깨끗하면 좋아한다. 몸도 깨끗하면 건강하다는 말이 되고 마음도 깨끗하면 건강한 정신이 된다.

하늘땅은 깨끗하여 건곤(乾坤)이라고 한다. 건곤이란 말은 건강이란 말과 같은 의미다. 깨끗하고 건강한 것이 힘이 있고 빛이 있다. 빛과 힘의 철학이 이기설(理氣說)이다. 이(理)와 기(氣)도 깨끗함을 말하는 철학이다. 깨끗한 사람이 성인이요, 더러운 사람이 죄인이다.

부처란 별것이 아니다. 깨끗한 것이다. 돌부처를 보고 절한다. 얼른 보면 우상숭배 같지만 우상숭배가 아니다. 그것은 자연숭배다. 성가를 보고 절하는 것이 아니고 돌을 보고 절을 한다. 돌은 깨끗하기 때문이다. 동양은 깨끗한 것을 신으로 삼는다. 태백산이 신이 되고, 백두산이 신이 되고, 태양이 신이 되고, 태음이 신이 됨도 모두 깨끗하기 때문이다. 아침에 깨고 저녁에 끝을 맺는 것이 깨끗하다.

깬 사람, 끝을 낸 사람, 이런 사람이 부처다. 부처는 우리말로 각(覺)이라고 번역한다. 깬 사람이다. 깬 사람만이 깨끗한 사람이요, 끝을 낸 사람이다. 모든 애착에서 끝을 낸 사람이다. 깨끗한 땅이 정토요, 깬 사람, 끝낸 사람이 불타(佛陀)다. 산도 깨끗하고 물도 깨끗하지만 불처럼 깨끗한 것은 없다. 불도 연기가 나고 냄새가 나는 동안은 그리 깨끗하지 않다. 석유든 휘발유든 바람을 집어넣어 흰 불이 되고 푸른 불이 되면 내가 없어지고 깨끗한 불이 된다.

내가 없는 흰 불, 이것이 무아(無我)의 불교다. 불교는 무아를 좋아한다. 내가 없다. 천상천하유아독존인 유아(有我)의 불교가 나 없는 무아의 불교로 바뀌는 것. 이것이 인도의 종교로부터 동양의 불교로 오는 과정이다. 동양 사람은 죽어서 천당 갈 생각도 없고 죽어서 사람이 될 생각도 없다.

어떤 스님께 죽어서 무엇이 되겠느냐고 물었다. 자기는 죽어서 소가 되어 가난한 농부 집에 태어나 일생 농부를 위해 일했으면 좋겠다고 했다. 소가 되어 농부를 돕는 것, 이것이 자비요, 보살행이다.

동양 사람은 신이 될 생각도 없고, 사람이 될 생각도 없다. 자연이 되면 그것으로 족하다. 동양 사람은 괴로울 때나 슬플 때나 대자연을 찾아간다. 그곳에는 슬픔도 없고 괴로움도 없는 하나의 정적이 있을 뿐이다. 공자는 목덕(木德) 위주로 한다.

동양화 된 불교도 청정 자연을 그 본질로 한다. 나무에 꽃이 피어 정법안장이 되고, 나무에 잎이 무성하여 열반묘심이 되고, 나무에 열매가 무르익어 실상무상이 된다. 열매는 참이요, 잎은 선이요, 꽃은 아름다움이요, 싹은 깨끗함이다. 이것을 진선미성(眞善美聖)이라고 한다.

동양 사람은 진선미성을 나무에서 찾는다. 그리고 언제나 푸른 빛을 좋아한다. 그것은 평화의 빛이기 때문이다. 평화 속에 안심이 있고, 자연 속에 입명이 있다. 불교는 내가 없는 깨끗한 종교요, 동양 사람은 내가 없는 깨끗한 사람들이다.

# 제3부

# 깨어나라!
# 한국혼이여!

# '광복 70주년' 빼앗긴 조국, 강제로 끌려간 사람들

### – 우리 민족은 아직도 일본에 강제징용을 당하고 있습니다

## 홍사광

**19**65년 6월 22일 한일 국교 정상화 이후 한일관계를 돌이켜보면 양국은 일본의 역사 왜곡문제를 둘러싸고 그동안 갈등과 마찰도 많았지만 1993년 고노 관방장관담화, 1995년 무라야마 총리담화 등 역사와 정치, 안보, 경제, 문화예술의 영역에서 협력을 통하여 공동의 이익과 우호협력의 선린관계를 구축하여 왔습니다.

그러나 일본의 아베정권이 등장한 이후 한일관계는 냉각기와 위기에 봉착했고 우려의 목소리가 높고 냉랭합니다.

**홍사광(洪思光)** _ 경기 화성 출생(1953년). Yuin 대학교 경영학과, 동 대학원 졸업(경영학 박사). 태권도 공인 4단. 「동화통신(東和通信)」·「동화신문(東和新聞)」특파원. Yuin University 강사·조교수, 중국사범대학교와 내몽고민족의학대학교 교환교수, 헤리티지 파운데이션 교환연구위원, 유엔 IAEWP 평화대사, 국무총리 정책평가위원회 위원, 건설교통부 정책자문위원, 청와대 안전점검단 점검위원, 남북이산가족교류협의회 상임의장, 사단법인 한국야생동물보호협회 창립 국제교류위원·부회장 등을 역임하고, 현재 인터내셔널 인스티튜트 오브 리서치 객원연구위원, 법무부갱생보호회 범죄예방위원회 부회장, 치안문제연구소 연구위원, 주식회사 동서코리아 대표이사 회장, 사단법인 한국사회문화연구원 원장, 남양홍씨중앙화수회 부회장 겸 수도권회장, 서울지방경찰청 교통안전실천협의회 회장 등으로 활동. 국민훈장 목련장, 국무총리상, 외무부장관상, 법무부장관상, 서울특별시장상 외 다수 수상. 저서 《21세기 한국 비전》,《나라 사랑》,《한국의 얼과 민족》,《중국 개방정책》,《작은 평화를 위하여》외 다수.

박정희 전 대통령이 물꼬를 튼 한일관계가 박근혜 대통령 재임 중에 발전하기는커녕 망가져 버렸다는 게 정설처럼 현재 굳어지고 있는 현실입니다.

일본 제국주의자들은 우리나라를 비롯하여 아시아의 여러 나라를 '대동아공영권' 구축이라는 허울 좋은 이름 아래 총칼로 짓밟고 수많은 인명을 살상했습니다.

이들이 일제 36년 동안 우리나라를 짓밟고 양민을 학살하고, 강제 연행하고, 물자를 약탈하고, 빼앗아 감으로써 남긴 상처는 영원한 우리의 아픔으로 다가오고 있습니다.

우리는 억울하고 분통이 터지는 역사의 현장에서 말없이 죽어 갔고, 죽은 다음에는 남의 나라 지하에 매장 당했거나 그 시신이 불에 태워져 한줌의 뼛가루와 혼백으로 남아 조국으로 돌아오지도 못한 채 잊혀져 가고 있는 선조들의 삶을 망각할 수는 없습니다.

어느 민족이든 역사를 청산할 권리를 가지고 있지 않습니다. 일본제국주의 시대는 일본의 입장에서는 침략의 역사요, 우리 민족의 입장에서는 치욕의 역사로 일컬어지고 있습니다.

일본은 이 침략의 역사를 진심으로 반성하고, 한국은 이 치욕의 역사를 교훈으로 삼아 국권을 수호하는 데 만전을 기해야 합니다.

현재 우리 민족은 아직도 일본인에게 징용을 당하고 있습니다. 탄광과 전선에서 고문과 타살로 억울한 죽임을 당한 후 이름 없는 골짜기에 버려진 그 유골과 혼백마저 일본 정부가 억류하고 있기 때문입니다.

짐승에게조차도 강요할 수 없었던 일본군 위안부와 정신대의 통곡을, 13세 소녀가 일제 전력강화를 위해 동원된 성노예로 칼과 사기에 끌려간 애달픈 소녀들을 일본군 위안부, 정신대로 강제로 끌려가 온몸이 만신창이가 되어 절규하는 그 참담한 현실과 슬픔을 덮어두려 하십니까?

소금국에 한 덩이 잡곡밥으로 허기를 때우며 혹사당하고, 그 고통을 견디다 못해 탈출하다가 붙잡혀 고문당한 후 차가운 주검이 되어 절벽 아래로 버려졌던 탄광, 발전소, 터널 공사장을 아십니까?

지금도 일본열도에는 시멘트로 뒤덮인 땅속이나 계곡의 돌무더기 속에 차마 눈을 감지 못하고 바람이 불면 백골이 되어 날리는 45만이 넘어가는 무연고 유골과 혼백이 있습니다.

너덜너덜한 복장과 다 떨어진 수건 한 장 들고 뼈와 가죽만 남은 수척한 우리 민족(선조)이 갱내의 낙반이나 가스폭발 혹은 폭력에 살해당해 차가운 이국땅에 아무도 돌보지 않는 주검으로 묻혀 있는 현실을 두고 보아야만 하겠습니까?

정부의 관료들은 일정한 기간이 지나면 그 자리를 떠나지만 민족은 영원한 것입니다. 우리는 민족의 이름으로 억울한 원혼의 한을 풀어주어야 합니다.

광복 70주년을 맞이하여 한일국교가 정상화 된 지 50년의 세월이 지났는데도 그 실태에 대해 양국이 상세하고 정확한 현장조사 작업 한 번 제대로 이루어지지 않고 그 외로운 영혼에 대한 위령사업조차 모색되지 않는 오늘, 비극의 역사는 계속되고 있는데 어찌 전후의 올바른 청산이 이루어졌다고 하겠습니까?

우리는 그 억울함과 희생자들의 목숨 값인 청구권 자금으로 울산공단과 포항공단을 조성했고, 경부선 고속도로를 닦은 줄 알면서도 말하기가 두려워 그들을 외면하지 않았습니까?

춥고 배고프던 시절 우리는 먹고 살아야 했기에 이 사실에 대해 나 몰라라 할 수 있었습니다. 그들의 희생으로 보릿고개를 넘겨왔고, 새마을사업도 일으켰고, 공장도 지어 잘 살아야만 했기 때문입니다.

도대체 언제까지 그들을 지켜보려고만 하십니까?

바람소리에 묻혀 흐느끼는 억울한 통곡소리가 우리 땅도 일본 땅도 아닌 남의 땅 워싱턴, 하와이, 미국캘리포니아에서 반세기가 지나서야 역사적 진실을 복원하자는 목소리가 현재 터져 나오고 있습니다. 이 억울함을 풀어주지 않을 때 어찌 태평양전쟁이 끝났다고 할 수 있습니까?

민주주의로 가는 나라에 백성들의 모습일 수가 있습니까?

미래의 새 천년을 주도하며 웅비할 한민족의 자세일 수가 있습니까?

이제 잠자는 7천만 민족과 혼들이 사자처럼 일어서서 역사의 검붉은 녹을 벗겨내야 합니다. 지금이야말로 미래의 새 천년을 일깨우는 민족사의 거센 바람이 강하게 불어야 할 때입니다.

# 한반도의 중립화통일은 왜 필요한가?

강종일

**흔**히들 '지정학은 바꿀 수 없지만 지정학의 운명은 바꿀 수 있다'고 말한다. 이 말은 우리가 분리한 지리적 환경을 노력으로 극복할 수 있다는 교훈을 주는 말이다. 지정학적 시각에서 보면 한반도는 주변국에 비해 작은 나라로 불리한 조건이다. 그래서 한반도는 역사적으로 주변국가들로부터 총 940여 회의 침략을 받았다. 그 중 큰 침략전쟁은 53회로 중국이 37회, 일본이 13회, 프랑스, 미국, 영국이 각 1회였다. 한반도에서 외국군간의 전쟁도 6회로, 중일간 4회, 러일간 1회, 미중간 1회였다.

**강종일** _ 경희대학교 정치학과를 졸업하고, 연세대학교 행정대학원(행정학 석사)을 거쳐, 미국 하와이대학교에서 국제정치학 박사 학위를 받았다. 대한일보 편집국 기자와 남베트남 미국대사관에서 근무했으며, 미얀마 대한민국 대사관 1등서기관으로 재직했다. 이후 원광대학교와 인하대학교에서 외래교수로 강의했으며, 현재는 한반도중립화연구소 소장과 한반도중립화통일협의회 회장으로 활동하고 있다. 저서로는 《평화적 수단에 의한 평화》 공역 (들녘, 2000), 《한반도 중립화 통일은 가능한가》 편저 (들녘, 2001), 《고종의 대미외교: 갈등·기대·좌절》 (일월서각, 2006), 《한반도 중립화로 가는 길》 편저 (광양사, 2007), 《한반도 생존전략: 중립화》 (해맞이미디어, 2014), 《한반도중립화 통일운동 15년사》 (신우사, 2014) 등이 있으며, 논문은 "한반도 영세중립 통일방안 연구", 한국국제정치학회, 『국제정치논총』 제41집 1호(2001) 외 다수가 있다.

박근혜 대통령은 2014년 1월 "통일은 대박이다"라고 말했다. 이 명제가 성립하기 위해서는 남북이 평화통일을 해야 하며, 붕괴통일이나 흡수통일을 할 경우 쪽박이 될 수 있을 것이다. 남북이 평화통일을 하기 위해서는 상호교류와 경제협력을 통해 신뢰를 회복하고 평화통일을 저해하는 문제가 무엇인가를 진단하고 대응책을 마련해야 할 것이다.

이 글은 한반도의 불리한 지정학을 극복하고 통일을 저해하는 원인을 진단한 후 평화통일방안을 모색하며, 통일된 한반도가 장차 외국의 침략을 받지 않은 제도적 장치를 마련하는 데 목적을 둔다.

'중립'(neutrality)의 개념은 크게 통상중립(customary neutrality)과 영세중립(permanent neutrality)으로 구분된다. 통상중립은 전시 중 제3국은 전쟁 당사국의 어느 편에도 가담하지 않고 무력을 지원하거나 편의를 제공하지도 않는 국가의 행위로 전쟁의 종료와 함께 효력이 상실된다. 영세중립은 중립의 국제적 지위가 전시와 평시에도 공히 적용되는 외교정책의 한 형태이다.

중립화와 영세중립은 같은 의미로 혼용된다. 다만 영세중립은 국가에 한해 사용되나 중립화는 국가를 포함해서 국제수로, 국제하천, 남극·북극 같은 무주물에도 사용된다. 중립화의 정의는 그 국가의 자주독립과 영토의 통합을 해당국가와 주변의 국가들이 협정을 통해 영구적으로 보장하는 제도적 장치이다.

한 국가가 중립화를 실현하기 위해서는 일반적으로 여러 가지 조건을 갖추어야 하겠으나, 여기서는 시릴 블랙(Cyril Black)이 주장하는 주관적 조건, 객관적 조건, 국제적 조건을 알아본다.

주관적 조건은 중립화를 지향하는 국가의 지도자와 국민들이 영세중립을 지향하거나 실천하려는 의지를 말한다. 객관적 조건은 지리적 조건으로 중립화의 대상 국가는 신생 약소국가, 분단된 독립국가, 주변 강대국의 경쟁적 침략을 받거나 받을 가능성이 있는 국가, 강대국과 강대국간의 교량적 역할을 하는 국가 등이 우선 대상이다. 국제적 조건은 중립화된 국가로서 인정을 받기 위해서는 주변국가들로부터 협정에 의한 보장을 받아야한다. 남북이 중립화로 통일하기 위해서는 미국을 비롯하여 중국, 러시아, 일본으로부터 협정에 의한 불가침 보장을 받아야 한다.

이 글은 먼저 한반도 분단의 원인을 규명하고, 통일의 저해요인을 진단한 후, 평화통일의 대안으로써 중립화 통일의 당위성과 접근방법을 검토하며, 결론에서 한국정부의 역할을 제언한다.

## 1. 한반도의 분단과정

금년은 한반도가 분단된 지 70년이 되는 해이다. 우리가 평화통일을 달성하기 위해서는 분단의 원인도 알아야 할 것이다. 먼저 한반도의 분단과정을 살펴보자.

미국은 1945년 8월 6일 일본의 히로시마와 9일 나가사키에 원자폭탄을 투하했다. 일본은 8월 10일 무조건 항복을 미국에 통보했다. 미국 국무성, 육군성, 해군성으로 구성된 '합동조정위원회' (SWNCC)는 8월 13일 육군대령 찰스 본스틸(Charles Bonesteel : 후일 주한유엔군 사령관)과 육군대령 딘 러스크(Dean Rusk : 후일 국무장관)에게 한반도내 일본군의 무장해제를 위해 한반도를 분할하되, 미국의 관할지로 서울을 포함해 2개의 큰 항구를 포함시키라고 지시했다.

두 대령은 처음에는 원산·서울·부산을 연결하는 선으로 한반도를 분할했으나 관리하기가 어렵다고 생각한 나머지, 북위 38도선으로 분할하니 서울·인천·부산이 포함되어 이를 분단선으로 확정했다. 분단된 한반도는 이렇게 해서 70년이 경과하도록 통일을 하지 못하고 있다. 미국이 한반도를 분할한 이유는 소련군이 8월 8일 함경북도로부터 대일전쟁에 참가함으로써 전 한반도의 공산화를 방지하기 위한 조치였다고 하지만 미국의 한반도 분단은 기획 분단이 되었다.

프랭클린 루스벨트 미국 대통령은 1943년 3월 워싱턴을 방문한 영국의 이든(Robert Eden) 외상에게 전후 한반도를 신탁통치할 것을 제안했고, 1943년 11월 27일 카이로회담(루스벨트, 처칠, 장개석)에서는 적당한 시기(in due course)에 한국의 자주독립을 부여키로 했으나, 12월 1일 테헤란회의(루스벨트, 처칠, 장개석)에서 한국이 민주주의 국가가 되려면 40년 정도 연합국의 신탁통치를 해야 한다고 주장했다. 그는 1945년 2월 5일 얄타회담에서도 한반도의 30년 신탁통치를 제안했다. 1945년 12월 모스크바 3상(외상)회의에서 제임스 번스(James F. Byrns) 미국 국무장관은 한국을 5년 신탁통치 후 5년 연장을 주장했으나, 소련은 5년으로 단축시킬 것을 주장했다. 결국 한반도의 분단은 미국과 소련의 합의로 이뤄진 것이다.

## 2. 한반도 평화통일 저해요인

한반도의 평화통일을 저해하고 있는 요인들은 남북과 미국이 각각 두 가지씩을 가지고 있다. 첫째, 북미간의 평화협정이 지연되고 있다. 이는 북한의 핵문제와 연계되어 있다. 북한은 미국에 평화협정 체결을 계속 요구하고 있으나 미국은 북핵문제에 대해 전략적 인내(strategic patience)로 대화 자체를 거부하고 있다. 미국은 북한이 핵을 포기하면 평화협정을 체결하겠다고 말한 반면, 북한은 미국이 평화협정을 체결하면 핵을 포기하겠다고 말하고 있다. 이는 미국과 북한간에 '닭이 먼저냐, 달걀이 먼저냐'를 두고 끝없이 설전만 하고 있다.

북한이 미국에 평화협정을 집요하게 요구한 이유는 정전협정에 근거하고 있다. 미국과 북한은 1953년 7월 27일 체결한 정전협정 제4조에서 "당사국들은 정전협정 체결 후 3개월 이내 평화협정을 체결한다"고 합의했다. 이를 근거로 미국이 먼저 북미평화협정을 체결해야 한다.

둘째, 북한의 핵문제다. 북한의 핵은 미국이 북한에 평화협정을 해주지 않고 있으며 매년 한국에서 한미합동군사훈련이 실시되고 있기 때문에 미국의 침략에 대한 방어용으로 핵을 개발한다고 주장한다. 노무현 대통령도 이를 인정했다.

셋째, 한국의 북방한계선(NLL)도 한반도의 평화와 안정을 위해 남북이 평화적으로 조속히 해결해야 한다. NLL에 대한 남북의 주장은 상당한 법적 근거와 타당성을 가지고 있다. 그러나 NLL이 남북간에 무력충돌의 원인이 되어서는 안 될 것이다. 남북은 1991년 12월 13일 합의하고, 1992년 9월 19일 발효된 남북기본합의서의 부속합의서 제10조에 "남과 북의 해상경계선은 앞으로 계속 협의한다"고 합의했다. 그러므로 남북은 평화협상을 통해 NLL 문제를 조속히 해결해야 할 것이다.

넷째, 남북의 기존 합의내용이 무시되고 있다. 남북은 남북기본합의서를 비롯하여 6.15공동선언과 10.4남북선언을 실천해야 한다. 북한은 줄기차게 남북합의서의 실천을 남한에 요구하고 있다. 이러한 남북기본합의서들은 앞으로 남북이 통일의 과정에서 필히 지켜져야 할 금과옥조와 같은 내용들이다.

다섯째, 남북이 각자의 통일정책을 고집한다. 남북한의 통일정책은 1991년부터 공통점을 갖게 되었고, 통일과정에서 남북은 연합제나 또는 연방제를 실시해야 할 것이다. 김대중 대통령과 김정일 국방위원장은 2000년 6월 15일 "남한의 연합제 통일방안과 북한의 낮은 단계의 연방제 통일방안에 공통점이 있다"고 발표했다.

한국의 통일정책은 1989년 9월 11일 발표된 "한민족공동체통일방안"이다. 북한의 통일방안은 1991년 1월 1일 발표된 '고려민주연방공화국 창립안'으로 지역자치정부에 더 많은 권한을 부여하며 장차 중앙정부의 기능을 높여 나가되 연방제의 외교정책은 '비동맹 중립' 외교를 지향하고 있다. 북한의 연방제 통일방안은 남북정부에 국방권과 외교권을 부여하면서 현재와 같이 정치·경제·사회·문화뿐만 아니라 모든 권한을 보유하는 EU와 같은 국가연합제의 형태다.

끝으로, 한국과 미국은 해마다 한·미합동군사훈련을 실시한다. 북한은 한·미합동군사훈련을 중지할 것을 계속 요구하고 있다. 연평도 포격도 그러한 맥락에서 일어난 것이다. 남한은 한·미합동군사훈련이 방어용으로 북한의 참관을 요청하고 있지만 북한을 공격하거나 붕괴에 대비한 훈련도 실시한다.

### 3. 한반도 평화통일의 대안으로서 중립화통일

한반도 평화통일을 저해하고 있는 문제들을 어떻게 해결해야 할 것인가? 남북한의 통일정책이 70년간 대립되고 있으므로 우리는 제3의 새로운 통일방안을 모색해야 할 것이다. 한반도 중립화 통일방안은 남북과 주변 4강이 수용할 가능성이 높은 대안이 될 수 있을 것이다.

현재 북한의 연방제 통일방안은 비동맹 중립외교를 주장한다. 중국의 한반도 전문가 학자들은 한반도가 중립화로 통일될 경우 완충지대가 확장되기 때문에 62.1퍼센트가 한반도 중립화를 찬성하고 있다. 러시아 학자 38.5퍼센트도 한반도의 중립화 통일을 지지하고 있다. 미국은 한국이 중립화로 통일될 경우 주한미군을 철수해야 하기 때문에 당장은 반대하겠지만, 미국의 군사비가 매년 삭감되고 있으므로 언젠가는 주한 미군을 철수해야 할 입장에 처하게 될 것이다.

미국은 1953년 7월 한국전쟁의 휴전에 대비해 남한만이라도 중립화를 시켜야 한다고 덜레스(John F. Dulles) 국무장관이 서명한 후 6월 15일 NSC회의에 회부했으나 미국 합동참모본부의 반대로 실현되지 못했다.

북한의 핵문제도 현재 통일에 걸림돌이 되고 있으나 김일성은 생존 시 한반도의 비핵화와 중립화를 유언했다고 한다. 김일성은 그의 전집에서도 중립통일하자고 27회나 주장한다. 그러므로 북한이 미국과 평화협정을 체결하고 국교를 수립한다면 북한의 핵문제도 해결될 수 있을 것으로 전망된다.

남북은 북방한계선과 핵문제를 연계하거나, 북한의 핵과 북미평화협정을 연계하여 조속한 해결을 모색해야 할 것이다. 더 나아가 남북한의 중립화 연합제나 또는 중립화 연방제가 되면 주한 미군은 자동적으로 철수하게 되므로 한미합동군사훈련도 없을 것이다. 주한 미군의 주둔문제로 대립하고 있는 한국의 보수와 진보의 대립도 해결될 수 있다.

### 4. 중립화 통일의 당위성과 접근방법

남북이 중립화 통일을 해야 하는 당위성과 접근방법을 살펴보자.

첫째, 한반도의 지정학이 강대국들로 둘러싸여 있다. 한반도는 세계에서 1등부터 4등까지의 국가들로부터 간섭과 침략을 받아왔다. 특히 남북은 미국과 중국의 영향을 받고 있다. 한반도의 진정한 평화와 안정을 위해서는 한국과 북한이 미국과 중국의 영향권에서 하루속히 벗어나야 할 것이다.

둘째, 한반도의 국력이 미약하다. 남북의 합한 국력과 미국, 중국, 러시아, 일본의 국력을 100으로 했을 경우 한반도 국력은 GDP가 3.0%, 군사비 3.7%, 인구 3.7%, 국토면적 0.6%이다. 현재 남한이 경제적 발전을 했으나 상대적이기 때문에 통일된 한국의 국력은 계속 미약한 상태를 유지하게 될 전망이다.

셋째, 통일된 한반도의 안보문제이다. 모든 국가는 안보를 위해 자립, 동맹, 중립화 중 하나를 선택해야 한다. 현재 남한은 미국과 군사동맹을 맺고 있으며, 북한은 중국과 안보동맹을 유지하고 있다. 전술한 바와 같이 통일된 한국은 국력의 열세로 자주안보가 어려울 전망이다. 장차 한국에서 미군이 철수하게 된다면 한국은 중국과 안보동맹을 다시 체결해야 하는 상황에 봉착할 수도 있을 것이다. 한국이 외국과 안보동맹을 맺게 되면, 그 국가의 내정간섭에서 벗어나기 어렵다.

넷째, 한반도가 중립화 통일이 되면 주변 4강의 국가이익이 공평하게 작용하게 된다. 한반도가 어느 국가에 이익을 주느냐에 따라 다른 국가들의 이익에 영향을 미치게 된다. 만약 통일된 한국이 중국과 협력을 하게 되면, 미국과 일본에 불리하고, 미국과 협력을 하게 되면 중국과 러시아에 불리하게 된다. 이러한 지정학적 이유 때문에 중국은 남한이 지나친 친미정책을 지양하고 균형외교를 전개해 줄 것을 요구하고 있다.

다섯째, 외국에 의지하려는 한국인의 외래 지형적 국민성이다. 역사적으로 한반도는 수천 년 동안 강대국의 틈바구니에서 생존해 왔기 때문에 정치지도자들이 외국에 의지하는 경향을 보여 왔다. 예를 들면, 근세조선시대 김윤식을 중심으로 한 친중파, 김옥균을 중심으로 한 친일파, 이범진을 중심으로 한 친러파, 박정양을 중심으로 한 친미파들이 대립했으며, 결국 일본의 식민지가 되었다. 한반도가 중립화가 되면 이러한 외래 지향적 국민성이 자동적으로 불식될 것이다. 외국에 의지할 필요성이 없게 되기 때문이다.

여섯째, 한반도는 지정학적으로 대륙세력과 해양세력간의 교량적 역할을 하고 있다. 중국의 원나라가 일본을 정벌하겠다고 고려를 침범했으며, 일본은 명나라를 정벌한다는 명분으로 조선에 길을 요구하면서 조선을 2차에 걸쳐 침략했다. 한반도의 중립화는 외국의 침략을 방지할 수 있다.

일곱째, 남북의 통일정책이 합의점을 찾지 못하고 있다. 김대중 대통령과 김정일 국방위원장이 합의한 연합제나 연방제를 실시하되 남북의 통일정책이 아닌 제3의 대안으로 중립화 연합제나 중립화 연방제를 남북이 새로운 통일방안으로 검토해야 할 것이다.

끝으로, 시릴 블랙이 정의한 중립화의 이론과 대상 국가이다. 위해서 살펴본 바와 같이 한반도는 중립화의 정의와 대상국가에 해당된다. 한반도가 중립화가 될 경우 동북아의 평화와 안정에 기여하고 더 나아가 세계평화에 기여할 수 있다. 한반도 주변의 국가들은 국력이 세계에서 1위부터 4위까지의 국가이기 때문이다.

다음은 한반도 중립화 접근방법을 살펴보자. 편의상 5단계로 구분한다.

1단계는 남북이 교류와 경제협력을 통해 신뢰를 회복하고 남북경제공동체를 구축하며, 개성공단과 같은 공단을 10~15개를 북한에 조성한다.

2단계는 남북이 남북기본합의서에서 합의한 '남북불가침조약'을 체결하고 서울과 평양에 대표부를 설치한다.

3단계는 남북이 중립화 연합제나 또는 중립화 연방제에 원칙적으로 합의하고 남북의 100명씩 대표로 200명이 '민족통일최고회의'를 구성하고, 중립화 통일헌법과 선거법을 제정하여 남북정부의 비준을 받는다.

4단계는 남북이 각각 중립화 국가가 되어 연합제 또는 연방제를 10

년 이상 실시하면서 한반도에서 외국의 군대는 철수한다. 남북은 중립화 통일국가를 지향하고 다시 4강과 협정을 체결한다.

5단계는 중립화 된 남북은 하나의 중립화 국가로 통일국가를 창출한다. 남북정부는 모든 권한을 통일정부에 이양한다. 통일된 한반도는 민주주의와 시장경제를 지향하나 남북정부가 합의해 결정한다.

## 5. 한국정부의 역할

위에서 살펴본 바와 같이 한반도의 주변 4강은 그들의 국가이익의 차원에서 남북통일을 원치 않고 분단의 현상유지를 원하고 있다. 중국과 러시아는 북한의 중립지대(buffer zone)가 유지되기를 원하고 있다. 미국은 미군이 한국에 계속 주둔하려면 한반도가 통일되지 않고 분단상태로 유지되는 것이 미국의 국익에 유리하다. 일본은 남북이 통일될 경우 군사적 대국이 되고, 국제시장에서 한국의 제품과 비교해 경쟁력을 상실할 수 있기 때문에 통일을 반대한다.

현재와 같은 동북아시아의 국제정치 상황에서 남북은 통일을 해야 하고, 통일 후에는 주변국의 한반도 문제개입과 침략에 대비하는 대응책을 마련해야 할 것이다. 한반도가 추구할 수 있는 전략적 통일방안으로 한반도의 중립화 연합제나 또는 중립화 연방제를 고려할 수 있을 것이다. 다시 말해 남북과 4강이 수용할 가능성이 있는 통일방안을 제시해야 할 것이다. 이를 위해 남북은 먼저 신뢰를 회복한 후 경제공동체를 통해 남북간의 대립을 지양하고 경제협력을 강화해야 할 것이다.

남북이 통일되기 위해서는 북한이 남한의 자유민주주의와 시장경제에 기초한 통일정책을 인정해야 할 것이다. 남한도 북한의 사회주의와 통제경제에 기초한 통일방안을 인정하고, 상대방의 이념과 사상을 수용한 후 합의된 제3의 통일방안을 마련해야 할 것이다. 남북 국민들 간에 뿌리 깊게 조성되어 있는 정치, 경제, 사회, 문화 등 제반분야의 이질성을 동질성으로 회복한 후, 남북은 통합할 수 있고, 4강이 수용할 수 있는 통일방안을 정책적 차원에서 검토해야 할 것이다. 이러한 맥락에서 한반도 중립화 통일방안은 남북과 4강이 수용할 가능성이 높은 통일방안이 될 수 있을 것이다.

상기와 같이 남북통일의 환경과 주변국가들의 국제적 관계에서 한반도의 정치적 상황을 극복하고 평화통일을 달성하기 위해 한국정부와 국민들은 무엇을 어떻게 접근해야 할 것인가?

첫째, 남북문제는 남북이 해결해야 한다는 대원칙을 가지고 출발해야 한다. 북한은 경제를 중국에 의존하고 있고, 한국은 안보를 미국에 의존하고 있다. 남북은 외국에 의존하지 말고 남북한의 협력을 통해 남북문제를 스스로 해결해야 한다. 이를 위해 남북은 1972년부터 남북이 합의한 제반 협정내용을 준수하려는 노력을 해야 한다. 남북은 5회에 걸쳐 합의문에 포함된 공통된 주제어는 "자주, 평화, 민족단결"로 남북한의 문제들을 남북이 자주정신에 입각해서 해결하고 실천하자는 의지를 담고 있다.

한국은 안보를 미국에 의지한 지 70년이 되어 사람으로 환산하면 고희가 다 되었는데도 아직도 안보를 미국에 의지하는 마마보이 같다. 특히 한국의 군 고위 장성들은 주한미군의 지원이 없으면, 남한의 무기체계가 북한에 비해 아직도 열세라고 주장한다. 2010년 한국의 국력은 북한 국력의 38배, 한국의 군사비 지출은 9,315억 원, 북한의 군사비 지출은 291억 원으로 한국이 북한에 비해 32배인데 한국군의 군비가 열세라는 말을 정말 믿어야 할지 모르겠다.

한국 통계청의 조사보고에 의하면 2010년 한국의 군사비와 무기구매 지출액이 29조 4055억 원(255억 7,000만 달러)이며, 북한의 군사비는 9,315억 원(8억 1,000만 달러)로 한국의 국방비는 북한의 국방비에 비해 32배에 달하고 있다. 『연합뉴스』가 2012년 1월 9일 보도한 바에 의하면 한국의 국방비 규모는 세계 12위이며 무기수입은 인도에 이어 세계 제2위의 수입국이라고 발표했다.

임방현 공보관은 1977년 3월 9일 발표한 바에 의하면, 박정희 대통령은 카터 대통령의 주한미군 철군통보에 대해 "카터의 얘기를 공식통보로 받아들이고 대책을 세워야 한다. 지금 그들을 붙잡고 '더 있어 달라', '기간을 연장해 달라'고 교섭을 벌이는 것은 우스운 일이다." "미군이 간다고 김일성이 쳐들어온다는 생각은 잘못이다. 김일성은 미군이 있어도 자신이 있으면 쳐들어 올 것이고, 또 미군이 없어도 자신이 없으면 쳐들어오지 않을 것이다"라고 발표했다. 박 대통령의 자주국방정신이 참으로 돋보이는 대목이다.

둘째, 한국의 지도자와 국민들은 통일에 대한 의지를 가져야 한다. 통일에 대한 의지와 함께 자신감을 가지고 노력해야 한다. 자유는 공짜로 주어지는 것이 아니며, 공짜 점심은 없다는 말이 진리이다. 우리가 통일의 의지만을 가지고 부정적으로 통일을 생각하거나 통일을 공짜로 얻으려면 통일은 결코 오지 않을 것이기 때문이다. 박근혜 대통령의 '통일대박론'이 어떠한 통일을 의미한지는 확실하지 않으나 국민들에게 또는 외국인들에게 한반도 통일에 대한 확고한 의지와 기대를 분명히 밝힌 것은 평가받아야 하겠지만 후속조치가 발표되지 않고 있다.

셋째, 남북간의 상호신뢰를 구축하는 것이 급선무다. 남북문제를 남북이 풀어야 하고 통일이 대박이 되기 위해 가장 중요한 조치는 남북이 신뢰를 회복하고 정상국가의 관계가 확립되어야 한다. 남북의 신뢰가 구축되지 않고서는 아무것도 할 수 없기 때문이다. 통일은 두 주체가 하나로 통합하여 분단되기 전으로 회귀하는 과정이다. 두 주체가 하나로 통합되기 위해서는 남북정부가 동등한 자격과 외부의 강요가 없는 평화적인 협상을 통해 통합을 달성한 후 통일이 되어야 할 것이다. 한국은 남북간의 신뢰를 구축하기 위해 북한을 경제적으로 지원하되 도덕적 신뢰단계를 넘어 전략적 신뢰단계를 실천하는 대북지원을 해야 할 것이다. 도덕적 신뢰는 일반적으로 논의되는 사람들 간의 윤리적 관계의 신뢰이나, 전략적 신뢰는 상대방이 신뢰를 베풀고 기대하는 방향으로 행동을 할 것이라는 것을 믿어주는 것이다.

만약 한국이 북한의 신뢰를 받고자 하면 한국이 먼저 북한을 대접해야 할 것이다. 돈 많은 형이 가난하고 망나니같이 행동하는 동생을 먼저 믿고 혜택을 베풀어야 한다는 것이다. 한국정부는 북한의 정치엘리트들의 통치방식에 너무 개의치 말고 북한주민들의 마음으로부터 신뢰를 받을 수 있는 대북지원 방안을 실천해야 할 것이다. 즉, 북한 주민들의 마음을 사야 한다. 서독정부가 동독주민들의 마음을 사기 위해 1962년부터 1989년 11월까지 동독의 정치범 수용소에 수감된 반체제 인사 33,755명과 그 가족 25만여 명을 총 34억 6,400만 마르크를 지불하고 서독으로 데려온 역사적 사실은 한국정부에 충분한 시사점을 주고 있다. 한국정부가 프라이카우프(Freikauf)와 같은 프로그램을 과감하게 추진하여 통일의 그 날이 하루속히 오기를 기대한다.

# 잊혀진 농촌 풍경

권 면 중

계절의 변화를 실감하지 못하고 살아온 지가 꽤 오래 된 것 같은 느낌이 든다.

5月이 다 가기 전 어느 날, 차창가에서 바라보는 농촌의 풍경은 나를 옛날 농사짓던 때로 생각의 시계를 옮겨 놓는다.

20여 년 전 내가 서울에서 생활하고 시골의 부모님께서 농사일을 하고 계실 때, 5월엔 휴일이나 공휴일에 시골로 내려가 바쁜 농촌의 일손을 돕던 때가 엊그제 같은데 깜빡 잊고 있었구나, 하는 생각이 든다.

농사짓느라 고생하셨던 부모님 생각이 잠시 스쳐 지나간다. 아울러 우리의 먹을거리를 위해 농사일에 고생하시는 농부님들께도 감사의 마음을 전해 드린다.

소가 밭을 갈고 달구지를 끌던 낭만은 이제 옛일이 되었구나, 경운기

**권면중(權冕重)** _ 충북 제천 출생(1958년). 충북 제천고등학교 졸업. 동방대학원대학교 수료. 친환경 녹색기업 (주)미랜바이오 매니저. (사)한국자유·기고가협회 회원.

와 소형 화물트럭이 달구지 역할을 대신하고 트랙터가 논과 밭을 갈고 고르고 이앙기로 모내기를 하는 등, 대부분 기계화 되었지만 아직도 사람의 손을 필요로 하는 것은 많이 있는 것 같다.

이앙기가 들어가지 못하는 곳에는 사람이 일일이 모를 내야 하고 고추를 심을 때는 사람의 손으로 한 포기 한 포기 심어야 한다. 일하는 도중 "아이구, 허리야" 하고 허리를 펴는 농부의 모습을 보면서 새삼 옛날의 농부였던 '나' 로 돌아가 본다. 지금은 농촌의 풍경을 낭만적으로 편안하게 바라볼 수 있겠지만 농사꾼이었던 '나' 였을 때는 무척이나 힘들었다. 봄부터 가을까지, 새벽부터 저녁까지, 비바람 몰아쳐도, 뙤약볕 아래에서도 논과 밭의 김매기를 해 주고 삼복더위 속에서도 고추를 따고 또 말린다. 그냥 더위가 아니고 푹푹 찌는 더위 이런 표현이 어울리는 것 같다. 지금 생각만 해도 아찔하고 힘들었던 순간순간들이었는데, 지금은 그냥 편하게 바라볼 수 있으니 참 아이러니하다.

농사지을 때는 내가 지은 것을 내가 직접 먹었지만, 지금은 모든 것을 사먹다 보니 농사지으시는 분들의 고생하시는 모습에 새삼 고마움을 느낀다. 힘든 농사일이지만 즐거움도 있다. '먹는 즐거움' 으로 '참(새참)' 의 맛이란 먹어본 사람만이 안다. 거기에 막걸리 한 대포 쭉 들이키고 "캬아" 하고 손으로 입술 한 번 훔치고 김치 한 조각으로 안주 삼는 맛(멋)이란, 도시에서는 느낄 수 없는 힘든 농촌의 일상 속의 작은 즐거움이 아닐까 싶다.

점심 전에 먹는 오전 10~11시 사이의 손칼국수 새참이 농사일 도중에 먹는 즐거움의 백미(白眉)인 것 같다.

감자 애호박을 잘게 썰고 어머님의 손반죽에 콩가루 약간 뿌려가며 홍두깨로 정성껏 밀어, 부엌칼로 송송 썰어 끓는 물에 넣어 칼국수 면발 불을세라 얼른 농사일 현장으로 머리에 이고, 새참 나르시던 어머님의 모습이 눈에 선하다. 그땐 퉁퉁 불어터진 칼국수도 그렇게 맛있었는데…. 조선간장에 파 송송, 마늘 곁들인 양념장도 칼국수 맛에 일조를 했었다.

낮 1~2시쯤 나오는 점심밥도 일품, 진수성찬이었다. 육체노동에는 역시 잘 먹어야 하니까. 육, 해, 공 세 군데의 좋은 재료는 다 모아서 만들었으니 가히 짐작이 가고도 남는다.

옛날 농사지을 때 남의 집에 일을 갔을 때는 아침부터 저녁에 일이 끝날 때까지 일곱 번이나 참을 먹었던 기억이 난다.

아침 7시부터 저녁 7시까지 거의 2시간 간격으로, 7시에 아침 먹고, 9시에 막걸리로 까딱참하고, 11시에 칼국수 먹고, 오후 1시에 막걸리로 목 축이고, 2~3시쯤에 진수성찬 점심 먹고, 5시에 마무리 막걸리 먹고, 일 끝나면 저녁 먹고, 그래도 그땐 소화가 잘 되었던 것 같다. 워낙 농사일이 힘들었던 탓일까?

농사일의 먹는 문화가 바뀌고 농업의 기계화가 된 것은 내가 서울로 오기 전 20여 년이 훨씬 넘은 것 같다.

고령화사회를 지나 고령사회가 멀지 않았고 초고령사회도 10년 후면 온다는 통계숫자는 농촌의 고령화와 일손 부족의 심각성을 보여주는 것 같다. 20여 년 전부터 집에서 장만하던 참을 식당에서 국수 대신 짜장·짬뽕으로, 점심에는 밥을 미리 예약주문해서 해결하는 방식으로 바뀌어갔다.

어떻게 보면 오히려 긍정적인 면도 있는 것 같다. 어머님의 음식 장만 걱정을 덜어드리고 그 일손을 농사일에 보탤 수가 있으니 말이다. 농촌의 기계화는 농업 인구의 고령화와 일손 부족의 농촌현실에 비추어 볼 때 지극히 바람직한 현상이다.

농사일을 접은 지 오랜 시간이 흐르고, 농촌을 떠난 지 오래된 지금,

새삼 농촌의 향기가 그리워진다. 전원생활이 그리워질 것 같다. 요즘 들어 자연과 농촌을 주제로 한 방송 프로그램이 많아진 것 같다.

귀소본능이랄까? 삶의 반은 시골에서 살아왔으니, 다시 돌아가고 싶은 생각의 횟수가 부쩍 늘어난 것 같다.

아무래도 이 다음 노후대책은 귀농으로 전원생활이 될 것 같다.

잠시 잊혀졌던 농촌의 풍경이 그리워진다.

# 아름다운 노년의 삶을 위하여

박 서 연

아름다운 노년이란 그저 오래 산다는 의미의 장수보다는 인생의 질을 중시한 개념으로 '아름답게 늙는다' 는 것을 의미한다.

산다는 개념 앞에서 늙어가는 사람만큼 인생을 소중하게 여기는 사람은 없을 것이다. 인생을 살아가는 과정에서 젊은 시절에는 쉽게 체감하지 못하지만 중장년이 되면서부터는 세월이 참으로 빠르게 지나간다고 느끼게 된다. 그래서 한 해 두 해 나이를 먹다 보면 인생이 참으로 소중하게 느껴지는 것이다. 삶이 얼마 남지 않았다는 사실이 두렵다기보다는 남은 인생을 어떻게 하면 아름답게 잘 보낼까 싶은 다짐이 자꾸 생기기 때문이다.

삶은 메아리와 같은 것이다. 스스로가 긍정적인 시각으로 삶을 바라

**박서연** _ 인덕대학교 사회복지학과 수료. 월간 『한맥문학』 신인상에 시 부문과 수필부문 모두 당선되어 문단에 등단. 현재, 상담전문가로서 중여상속 · 세무회계 · 투자설계 · 부동산 · 은퇴설계 · 위험설계 · 법률상담 · 교육설계 등 상담. 교보생명 V-FP로 근무하며 생명보험협회 우수인증 설계사, MDRT(Million Dollar Round Table) 회원, 교보생명 리더스클럽, 교보생명 프라임리더의 위치에서 3년 연속 President's 그룹달성으로 교보생명 고객보장 대상을 수상하였으며, Chairman's 그룹달성으로도 교보생명 고객보장 대상 수상.

보면 삶 또한 긍정적인 답신을 주고, 삶을 부정적인 생각으로 바라보면 삶 또한 스스로에게 부정적인 고통을 안겨준다. 삶은 스스로가 행한 것을 충실하게 되돌려 주는 습관이 있어서 스스로의 생각, 말, 행동, 표정은 언제가 될지 모르지만 반드시 부메랑이 되어 돌아온다.

삶은 또 벽에다 대고 공을 던지는 것과 마찬가지다. 벽에다 대고 공을 던지면 그 공은 어김없이 자신에게 돌아오는 것처럼 세상에 불만을 던지면 자신에게 불만이 돌아오고, 세상에 미소를 던지면 자신에게 미소가 돌아오는 것이다.

삶에 대해 불평만 늘어놓으면서 삶이 자신에게 소중한 것을 주지 않는다며 투덜대는 사람, 자신의 얼굴에 접근 금지라고 써 놓고서 다른 사람이 다가오지 않는다고 생각하는 사람, 그 사람이 바로 자신은 아닌지 깊이 성찰해 볼 일이다.

노화는 부지런한 사람에게나 게으른 사람에게, 부자에게나 가난한 사람에게 공평하게 찾아오는 현상이기 때문에 늙어간다는 것은 매우 자연스러운 것이다. 단지 어떻게 아름답게 늙을 수 있을 것인지 그 방법을 찾는 것이 중요할 뿐이다.

우리 베이비부머 세대들은 젊은 날을 너무 어렵게 살아왔다. 먹을 것도 제대로 못 먹고 입을 것도 제대로 못 입으면서 힘겹게 살아온 세월이었다. 그렇게 살아온 청춘을 생각하면 지금도 마음에 아쉬움이 밀려온다. 그러나 지난날이 어려웠다고 해서 남아 있는 세월마저 어설프게 보내서야 되겠는가?

지나간 과거는 헛된 것이 아니다. 과거에 열심히 살았기 때문에 오늘의 우리가 존재할 수 있는 것이 아닌가. 과거가 아쉬웠다면 아쉬운 만큼 오늘의 삶과 미래의 삶을 더욱더 잘 가꾸어야 할 것이다.

과거의 아쉬움까지 모두 덮을 수 있도록 오늘도 열심히 살고 남아있는 인생도 열심히 살아야 한다. 그렇다면 어떻게 살아야 노년을 아름답게 살아가는 것이 될까. 또 노년을 어떻게 맞이할 것인가.

나이가 들었다고 해서 쉬기만 할 것이 아니라 철저하게 하루일과에 계획을 세우고 열심히 살려고 노력하는 태도를 지녀야 한다. 또 끊임없이 배우면 행복은 계속 따라온다는 믿음 아래 어떻게 하면 아름답게 늙을 수 있을지 그 방법을 끊임없이 찾아볼 일이다.

일단 존경받는 노인이 되도록 노력해야 한다. 노년을 살고 있는 사람들에겐 '어르신'이라는 별도의 호칭을 붙이는데, 어르신이라면 그냥 나이가 많다는 것이 아니라 인격이 쌓여 남에게 모범이 됨으로써 존중한다는 의미가 포함되어 있는 것이다. 사리 분별이 남보다 뛰어나서 다른 사람들로부터 존경을 받게 되는 것인데, 그렇기 때문에 노년기에 이르면 더욱 겸손하고 현명하게 사는 모습을 젊은 사람들에게 보여주어야 한다. 그냥 쉬고만 있는 사람, 잔소리만 하는 사람이 아닌 생각이 깊은 사람, 늘 열심히 무엇인가 하는 사람이라는 느낌을 줄 수 있어야 한다.

또 아름다운 노년을 보내기 위해서는 무엇이든지 열심히 배우려는 자세를 가져야 한다. 끊임없이 배우고 노력하는 모습이 있어야 늙어서도 젊은 사람들에게 어르신이라는 말을 듣기에 부끄럽지 않을 것이다.

노인들 개중에는 젊은 사람들이 당연히 노인들을 존경하고 받들어야 한다고 생각하는 사람이 있는데 존경은 요구해서 받아내는 것이 아니다. 노인 스스로가 존경스러운 모습을 갖추는 것이 중요하다. 그렇게 되면 젊은이들은 저절로 예의를 갖추고 노인들을 받들게 되는 것이다.

현명한 생각과 깊은 이해심으로 젊은이들에게 존경받는 노인, 그리고 나이가 많아도 포기하지 않고 무엇이든 열심히 배우려는 태도를 지니고 있는 노인, 바로 이런 모습을 갖추고 있다면 노년은 정말로 아름답지 않겠는가?

지금은 시대가 많이 변해서 노인들도 활동을 많이 한다. 활발한 활동을 통해 보람을 찾는 노인들이 참 많이 늘어났다. 좋은 음악은 박자가 잘 맞듯이 우리네 인생도 박자가 잘 맞아야 한다.

일단 건강이라는 박자가 가장 중요할 것이다. 건강이 무너지면 아무것도 할 수가 없기 때문이다. 식물인간처럼 꼼짝없이 누워서 10년, 20년을 더 산다면 과연 그것이 삶으로서 무슨 의미가 있겠는가. 바로 주변 사람 여럿 고생시키는 재앙이 될 것이다.

어쨌든 젊은 날에 건강에 신경을 쓰고 잘 관리하여 노년에도 건강을 제대로 유지할 수 있기를 모든 분께 권하며 필자 또한 건강에 신경 쓰면서 열심히 살아가고자 다짐해 본다. 즐거운 마음으로 할 수 있는 일을 찾는 것, 친구와 함께 걷기를 하거나 등산도 하고, 수영도 즐기면서 다양한 취미 생활도 할 수 있으면 더욱 좋을 듯싶다. 더 나아가 경제적인 여유가 있어 해외여행도 하고 국내여행도 수시로 하면서 자연과 더불어 살 수 있으면 더 이상 바랄 바 없겠다.

경제적 고통, 질병의 고통, 퇴임으로 인한 사회와의 단절된 고통, 핵가족화로 인한 가족으로부터의 소외감 등은 노인으로 살면서 반드시 해결해야 할 숙제이다. 그런데 취미활동으로 마음만 먹으면 컴퓨터, 서예, 요가, 가요 등을 배우고, 이 분야에서 취미를 살릴 수 있으면 자연스럽게 고독을 물리칠 수 있는 힘이 생겨날 것이다.

그리고 사회봉사 활동에 참여하면 여러 가지 일거리를 가질 수 있기 때문에 고독이나 우울증은 자연히 멀어질 수밖에 없을 것이다. 사람들에게 남은 인생은 얼마나 될지 그것은 그 누구도 모른다. 하지만 남은 인생을 아름답게 보내고 싶은 마음은 사람 모두가 똑같을 것이다. 젊음은 정말로 좋은 것이지만 젊은이들은 노년의 지혜와 경륜을 따라올 수 없다.

노년은 기력이 좀 약해지는 것이지 정신적으로는 훨씬 더 원숙한 상태이기 때문에 늙는 자신을 탓하지 말고 남은 인생을 존경받는 모습으로 살아가기 위해 자신만의 인생설계를 꾸준히 세워 나가야 할 것이다. 그리고 무엇이든지 열심히 배우려고 노력하는 자세를 견지한다면 아름다운 노년은 저절로 다져지지 않겠는가.

# 생각하는 난초처럼

서 영숙

나는 난초를 좋아한다. 항상 청초하고 늠름하며, 침착하고 생기 있는 난초를 사랑하는 것이다.

난초는 말이 없다. 실로 과묵할 만큼 말 한 마디도 하지 않는다. 그러나 난초는 깊이 생각한다. 아무런 소리 없이 침묵하는 모습과 은은한 현상으로 사람과 대화를 한다. 이는 사랑하는 마음으로 난초를 좋아하고 뜻 깊게 사랑하는 사람에게만이 난초는 조용히 눈 맞추며 대화를 한다.

17세기에 프랑스의 과학자이자 철학자인 파스칼은 일찍이 '인간이란 생각하는 갈대와 같다'는 명언을 남긴 바 있다.

실상 갈대라는 식물은 바람이 불면 곧잘 흔들리며 호리호리하게 나약하고 키가 껑정하며 별로 모양새 없기로 대표적인 식물이기도 하다.

**서영숙(徐英淑)** _ 강원도 태백 출생(1965년). 강원도 장성여자고등학교 졸업. 서울도시가스 업무과장. (주)미랜바이오 총판매팀장. (사)한국자유기고가협회 회원.

어쩌면 우리 인간도 역시 하나의 생물체인 까닭에 신체의 병마에도 잘 흔들리고, 힘찬 외세(外勢)에 부딪히면 겁먹으며 요즘처럼 눈에 잘 보이지 않는 메르스(mers, 중동호흡기증후군)라는 감염병에도 어리둥절 나약해져서 의식주(衣食住)에 큰 영향을 받기도 한다.

그러기에 인간이라는 존재는 한 편 생각해 보면 바람에 나부끼는 갈 대와 같이 나약하고 부질없는 것이리라.

그러나 인간의 육신(肉身), 그것은 얼마 안 되는 물신(物身)이라고 볼 수 있으나 바로 거기엔 숱한 동물과는 달리 '생각하는 영혼'이 들어 있기 때문에 인간은 우주만물 가운데 최고의 지능을 가진 '영장(靈長)의 동물'이라는 말이 나왔으리라.

그런가 하면 프랑스의 철학자인 데카르트는 '나는 생각한다. 그러므로 나는 존재한다'라고 언급했다. 실상 '나'라는 것이 존재하는 증거가 무엇이냐고 묻는다면 '나'라는 것은 어디에서 왔고 어디로 가고 있으며 무엇을 하는 것이냐고 생각하는 바로 그 의식자체 속에 곧 내가 존재하고 있다는 것이 아닐까.

즉 이와 같이 '생각한다'는 것은 내가 존재한다는 증거가 되며, 또 인간을 다른 동물과 구별할 수 있다는 실체가 아닌가 하고 생각해 본다.

그런데 생각한다는 것의 내용에는 여러가지의 현상이 있다. 즉 생각하는 인간에게는 본능적으로 먹고, 입고, 대화를 나누며, 소리를 지르고, 노래도 부른다. 또 아이를 낳고 보람차게 양육하며, 사색을 통하여 희비애락(喜悲哀樂)을 표현하며, 생각의 기록을 위해 문자를 이용하기도 한다. 그런가 하면 정신적인 작용으로서 어떤 의식과 사상을 갖고 정치·경제·사회·교육·문화·과학·예술 등에 영향을 행사하기도 한다.

따라서 생각하는 생활은 우리 인간들의 영적 생명들의 성장과 발전을 결과로 나타내게 되는 것이다. 그러나 인간은 육령(肉靈)을 가지고 있고 물리적 환경 속에서 살아 나아가기 때문에 육신과 정신, 환경과 사물과의 사이에 상호적 수수관계(受授關係)의 영향을 받게 되는 것도 사실이다.

나는 생각한다. 대자연과 인간과 난초꽃의 존재이유를….

우리나라의 이름난 국문학자인 가람 이병기 선생님은 난초에 관련해서 다음과 같은 글을 남기셨다.

  빼어난 가는 잎새
  굳은 듯 보드랍고
  자줏빛 굵은 대공
  하야한 꽃이 벌고
  이슬은 구슬이 되어
  마디마디 달렸다.

  본래 그 마음은
  깨끗함을 즐겨하여
  정(淨)한 모래틈에
  뿌리를 서려두고
  미진(微塵)도 가까이 않고
  우로(雨露) 받아 사느니라

그런가 하면 우리나라에서 소문난 교육학자 이숙종 선생님의 말씀처럼 "진실로 난초를 사랑하는 마음을 지닌 사람은 한 십리 떨어진 밖에서라도 그의 자욱한 향기를 알아볼 수 있는 총명"을 가지고 있을지도 모른다.

난초처럼 자기의 본분을 잘 지키는 화초도 드물다. 똑같은 봄꽃이면서도 다른 꽃들처럼 그 색채가 요란스럽지 않고, 그 모양이 요염하지도 않다. 어딘지 모르게 싸늘한 듯하면서도 따뜻하며, 소박한 듯하면서도 아름다운 것이다. 그렇기 때문에 난초꽃의 향기는 유난스럽고 믿음직스럽다.

흔히 서양에서 난초의 꽃말은 '미인'이라고 한다. 그것은 곧 은근하고 믿음직한 여성의 미를 표현하는 말이기도 하다. 쭉 곧은 줄기는 만고의 절개를 은근히 말해 주는 것이 아닐는지.

그러기에 우리 인간사회의 환경 속에서는 가정의 베란다나 안방의 책상머리에, 또는 각급 각종의 직장마다 사장실과 긴 복도에는 싱싱한 난초의 화분들이 즐비하게 갖추어져 놓여있는 것을 보면 난초는 분명히 여러가지 화초 가운데에서도 가장 큰 사랑의 영향과 축하의 의미를 지닌 화초임엔 틀림이 없다.

또한 고위 고급직에 취직·승진·승급되었거나 가정과 요직에 혼사 및 생신축하 등의 경사가 있을 때에 값비싼 난초화분을 예의적인 축하용으로 선사하는 것을 볼 때마다 나는 난초의 숭고함과 그 가치를 다시금 음미하게 된다.

난초의 모습과 형체도 부지기수다.

아무튼 나도 착하고 고우며, 진실한 사람이 되고자 노력하고 있지만 무엇보다도 깊이깊이 '생각하는 난초'처럼 사랑받으면서 값지게 살고 싶다.

# 60대의 인생유감

이재득

어느덧 세월은 흘러흘러 나의 인생역정(人生歷程)이 60고개를 넘었나 보다. 그동안 만고풍상(萬古風霜)을 다 겪으면서 60평생을 지나오고 보니 인생의 허무감이 무량하거니와 못다 이룬 꿈의 후회감도 한없이 많다.

그동안 세속의 인심도 수시로 변하였고 시대적인 생활환경도 엄청나게 변화되니 인간의 존귀성에 대해서도 다양한 생각이 적지 않다. 지금은 생명존중 시대가 되었고 생활수준이 높아져서 남녀노소가 큰 구애없이 의식주에 대한 환경도 편리할 만큼 편해지고 있다.

옛날에는 60세 이상이면 고려장(高麗葬)을 시행했다는 속설(俗說)도 엄청나게 유포되어 왔다지만 현대에 와서는 의젓하게 '인생은 60세부터' 라는 삶의 표어가 의미심장하게 유행되고 있는 실정이기도 하다.

**이재득(李在得)** _ 경북 경산 출생(1952년). 자영업. 88올림픽 진행 자원봉사. 홍은1동 자치위원장. 민족종교협의회 홍보위원. 한국자유기고가협회 이사. 정골운동원 원장.

그 이유로는 인간의 건강화(健康化)와 장수화(長壽化), 그리고 지혜발달과 사회편익화 등이 잘 이루어지고 있기 때문이다.

　요즘 신문보도를 보면 대한노인회라는 단체에서는 노인의 연령기준을 올리자는 의견과 성명을 내놓았다. 노인의 법정연령기준을 현행의 만65세에서 70세로 올리자는 것이다. 대한노인회에서는 우리나라 노인의 인구수가 많이 늘어남으로써 노인의 복지비용이 더없이 늘어나게 되자 국가살림을 걱정하는 취지에서 이와 같은 의견을 제의하게 되었다고 한다. 실상 현재 만65세 이상의 노인들에게는 전철교통비와 지하철교통요금이 무료이고, 새마을호 열차나 KTX 및 여객선 요금도 할인되는 혜택을 받고 있다. 또 소득 하위에 속하는 70% 노인들에게는 기초연금이 지급되고 있다.

　그런데 우리나라 노인들의 법정나이가 왜 60세나 70세가 아니라 65세로 정해져 있을까? 이 문제도 잠시 생각해 볼 만하다. 우리나라가 노인의 연령 기준을 65세로 정하기 전에는 일반적으로 만60세부터를 노인으로 여겨왔다. 만60세를 노인 연령의 기준으로 삼아온 것은 만60세가 곧 환갑이 되는 연령이기 때문이었다. 환갑이라는 의미는 육십갑자(六十甲子)의 '갑'으로 되돌아온다는 뜻이다.

　조선시대에는 집안의 부모가 환갑을 맞이하게 되면 그 자손들은 이를 매우 기쁜 날로 여겨왔다. 즉 61세라는 나이를 맞는다는 것은 그 당시엔 장수하셨다는 큰 뜻과 함께 큰 경사로 여겼다. 그러기에 그 집안에서는 큰 잔치를 차리고, 정성을 들여 푸짐하게 환갑상을 차리었으며 원근을 불구하고 친척들과 이웃 동네 사람들을 초청하여 부모님의 61세 맞는 생일을 기념하며 최대의 축하를 올렸다.

　우리나라에서 61세의 환갑을 기념해 온 것은 고려시대 때부터라고 전해지고 있다. 즉 『고려사』라는 고전(古典)의 역사적 근거에 따르면 충렬왕 22년인 1296년 기록에 왕이 환갑을 맞이했다는 내용이 분명히 나타나 있다.

그리고 효를 중요한 덕목으로 여겨온 조선시대에는 환갑날에 부모님께 잔치를 베풀어 올리는 것이 자식들의 도리이자 의무라고 여겨왔던 것이다. 『조선왕조실록』을 보면 숙종 때에도 왕실에서는 물론이며 일반서민들에 이르기까지 환갑잔치를 베풀었다는 것을 알 수 있다.

그런데 한때에는 마치 '고려장(高麗葬)'의 제도가 계속적으로 있었던 것처럼 많은 학자들이 그 시대의 문제점을 지적하고 연구 · 비판하는 목소리도 적지 않았다. 사실상 고려장은 고구려시대의 장사지내는 법을 뜻한다. 즉 노쇠한 사람을 광(壙, 墓室) 속에 옮겨두었다가 죽으면 거기 안치하고 금은보화를 넣은 다음 돌로 쌓아 보토하였다는 구전설화가 바로 그것이다. 이 설화를 일명 기로전설(棄老傳說 : 고려장이 없어지게 한 유래)이라고도 말한다.

기로전설의 내용을 보면 풍습에 따라 70세 된 노인을 그의 아들이 지게에 지고 산중에 가서 버리고 돌아올 때에 그를 졸래졸래 따라왔던 그의 어린 아들이 그 지게를 다시 가져오자 그 아빠는 어린 아들에게 "왜 지게를 가지고 오느냐" 하고 물었더니, 그 어린 아들이 답하기를 "아버지도 나이가 차면 이 지게로 지고 와서 버려야 하기 때문에 가져온다"고 했다. 그 말에 그는 크게 뉘우치고 늙은 아버지를 다시 집으로 모시고 와서 잘 봉양했고 그 후로부터는 '고려장'이 없어졌다는 이야기가 있는 것이다.

조선시대 초에는 군왕들의 평균수명이 46~47세 정도이고 백성들의 평균수명은 정확하게는 알 수 없으나 아마도 40세 내외였다는 관측이다. 그런데 우리나라의 1970년도 만해도 평균수명의 통계가 62세이었으며, 1980년대에는 65세 남짓에 불과했다. 그러기에 정부의 경제정책적인 노인복지에 대한 부담이 크지 않았다. 그 무렵 UN의 각국에서는 65세를 노인연령의 기준으로 삼았다. 우리나라에서도 1980년대에 노인관련법을 제정하여 65세를 기준으로 삼게 된 것이다.

그러나 2012년도에는 한국인의 평균수명이 81.44세이며, 2015년도 현재에는 65세만해도 노인 인구수가 무려 665만으로서 전체 인구의 13.1%를 차지하고 있는 형편이라고 한다. 그래서 노인 연령의 기준을 70세 내외로 올리자는 것도 충분히 이해할 만하다.

여하튼 모든 생활영역에 있어서 각자의 기회를 균등히 하고 모든 능력을 최고도로 발휘하게 하며, 전체 국민생활의 균등한 향상과 복지생활의 조정을 위해 연령기준을 높이는 데는 보통문제가 아니구나, 하고 깊이 생각해 보는 것이다.

# 인권선진국으로 가기 위하여

하은숙

인권(人權, human rights)이란? 사람이라면 누구나 태어나면서부터 당연히 가지는 기본적 권리입니다. 인권은 인간이 인간답게 존재하기 위한 보편적이고 절대적인 인간의 권리 및 지위와 자격을 의미하는 개념으로 사람이 사람답게 살 수 있는 권리이며, 법의 관할 지역이나 민족, 국적 등 지역적인 변수나, 나이에 관계없이 적용되는 것으로 정의되고 있습니다.

오늘날 인권은 세계적으로 중요한 화두가 되고 있으며, 우리나라도 예외일 수는 없습니다. 그동안 우리는 인권보다는 국가안보나 경제가 더 중요하다고 말해 왔고, 아직도 비정규직 노동자를 포함한 약자들의 인권에 대해선 중요한 문제가 되지 못하고 있는 실정입니다. 이는 우리

**하은숙(河銀淑)** _ 충북 청주 출생(1963년). 청주대학교 사범대 지리교육학과 졸업. 청주대 대학원 졸업. 청주성지자활학교 지리교사, 청주대 대학원 원우회 총무, 청주대 사범대 지리학과 조교 등을 거쳐, 한국소비자연맹 상담접수 및 의류심의 자원봉사, 서울대학원 상담실장, '꿈이샘솟는학원' 원장, 충청신문 취재부 기자, 한국인터넷뉴스 편집국장 등을 역임하고, 제17기 민주평화통일 자문위원(청주시). (사)충북농촌체험휴양마을협의회 홍보자문위원. (사)전국언론사연합회 사무처장. 안실련 홍보처장. 시민인권센터 대변인. 현 동양일보 재직.

사회가 인권에 대한 인식이 매우 낮은 수준으로 법제정과 교육을 통해 인간이 누려야 할 기본 권리를 보장해 주어야야 하며, 개개인의 인권보장을 위해 국가는 보다 심도 있는 제도 마련을 해야 할 것입니다.

그래도 우리나라는 아직 인권에 대해 낮은 수준이기 하지만 인권의 중요성에 대해 시민단체 등 많은 선각자들의 노력으로 인권을 무시하지 못하고 있는 것도 현실이라 하겠습니다.

인권으로서 누려야 할 권리가 인권인 것입니다.

인권은 보장되어야 하며 우리의 권리인 것입니다.

과거 한국은 '민주주의가 아니면 죽음을 달라' 며 삼권분립, 언론자유, 노동3권 보장과 같은 기본적 인권을 위해 많은 사람들이 목숨을 바쳐 왔습니다. 이런 와중에도 지난 2001년 11월 25일 우리나라는 '국가인권위원회' 를 설립했습니다.

이는 국제사회의 국가인권기구 설립에 대한 관심을 토대로 민주화와 인권개선을 위한 국민들의 오랜 열망, 인권시민단체의 노력, 그리고 정부의 의지가 함께 어우러진 결과라고 할 수 있겠습니다.

우린 인권의 중요성의 대두와 함께 인권이 무시되고 유린되고 있음을 언론 보도를 통해 자주 접하게 됩니다. 몇 달 전 '인천의 한 어린이집에서 보육교사가 네 살 바기 어린이에게 가한 학대 장면' 이 언론에 보도되면서 아동학대에 대한 경각심을 불러일으키기도 했습니다.

이런 상황에서 우린 우리나라에 영유아 및 아동들의 인권은 있는가? 에 반문도 해봅니다. 엄청난 영유아인권침해 유린를 접하면서 '사람이 사람답게 사는 나라' 가 될 수 있도록 근본대책 마련의 시급함을 생각케 합니다.

첫째, 노약자의 인권, 장애인의 인권, 소외계층에 대한 인권이 우리 사회에서 대두되고 있고, 모든 이들의 인권보장을 위한 인권 감수성 향상 프로그램이 마련되어야 할 것입니다. 그동안 우리는 사회 전반 곳곳에서 많은 병리현상을 접해 왔고 이런 현상들은 크고 작은 사건으로 이어져 왔습니다.

세월호 사건, 군폭행사건, 영유아 폭행사건, 비정규직의 부당해고 등이는 인간 상호간 우정, 평화 및 형제(자매)애에 대한 정신의 함몰로 보다 근본적이고 적극적인 대책마련의 시급함입니다.

둘째, 정부와 국회는 국가인권교육지원법의 제정과 모든 국민이 차별받지 않고 태어날 때부터 존중되고 존엄해야 하는 인권의 가치, 자신에 대한 존엄성과 상대에 대한 존엄성, 권리, 평등성, 자유성에 대해 보다 심도 있는 교육과 법이 보장될 수 있도록 제반마련의 필요성입니다.

인권보장을 위한 제도의 부재로 인해 많은 이들이 인권유린 당하고 있는 사실을 우린 이웃나라인 중국을 통해서도 접할 수 있었습니다. 며칠 전 우린 중국이 대대적인 인권 변호사 단속에 나섰다는 보도를 접하며, 인권에 대한 중요성을 새삼 더 느끼게 되었습니다.

중국 공안은 최근 베이징 등지에서 인권변호사와 보조원 등 최소 16명을 연행했고, 현재 실종됐거나 연금 중인 사람도 7명에 달한다고, 미국에 서버를 둔 중화권 매체 '보쉰'에 의해 보도된 바 있습니다. 특히 중국에서 체포된 유명 온라인 활동가, '우간'과 파룬궁 신도 등을 변호해 온 왕위 변호사는 베이징 자택에서 공안 요원들에게 붙잡혀 갔다고, 영국 BBC방송 중문판에 의해 전해지고 있습니다.

이 소식에 중국 변호사 100여 명은 왕위 변호사에 대한 합법적인 대우를 촉구하는 성명을 발표하기도 합니다. 하지만 중국 공안은 간쑤성과 후난성, 충칭시, 허난, 저장, 산둥성 등 전국에서 인권 변호사들을 소환해 조사하는 등 압박 중이라고, '보쉰'은 덧붙이고 있습니다.

2012년 봄, 시각장애인 천광청(陳光誠, 1971~ )은 베이징(北京)을 탈출해 전 세계를 깜짝 놀라게 한, 중국 인권운동가로서 최근 '맨발의 변호사(The Barefoot Lawyer)' 란 책을 통해 그의 존재에 대해 다시 한 번 세상에 부각되기에 이릅니다.

3년 전 천광청이 미국에 첫발을 내디뎠을 당시 그는 뉴욕의 한 강연에서 "한국·일본·타이완 같은 민주주의 국가의 경험과 지도가 중국에 필요하다"고 말한 사실을 우린 기억해야 합니다.

한때 우리나라는 '민주주의가 아니면 죽음을 달라' 고 외치며, 삼권분립, 언론자유, 노동3권 등과 같은 보장과 기본적 인권보장을 위해 많은 사람이 목숨을 바치기도 했습니다.

1959년 김춘수는 '부다페스트에서의 소녀의 죽음' 을 발표했고, 그 당시는 인터넷도 없었고, 교통 상황도 그리 좋지 않은 시대에 그 멀고도 먼 헝가리의 민주주의 투쟁과 가녀린 소녀의 죽음을 함께 슬퍼했던 나라가 바로 우리나라입니다. 우리나라는 민주주의 자주국으로, 세계 그 어떤 나라에도 뒤지지 않는 문명 대국이 됐고, 수많은 피를 통해 인류 최고, 최상의 가치와 원칙을 획득한 나라이지만, 아직도 인권에 대해선 후진국이라 볼 수밖에 없습니다.

이미 흐린 기억 속의 일로 '민주주의가 아니면 죽음을 달라' 고 외친 나라, 기본적인 인권을 위해 많은 사람이 목숨을 바친 고결하고 순수했던 영웅들의 모습을 떠올리며 앞으로의 우리가 만들어 가야 할 인권이 보장된 성숙된 민주주의를 세워야 합니다.

가치도 원칙도 없이, '좋은 게 좋은 것' 이라는…. 뉴욕에서 천광청의 발언을 잊은 것은 아닌지?

우리 민족의 정열과 기억을 되살리어 우리의 인권에 대해 다시 한 번 생각하게 합니다. 부다페스트 소녀의 죽음에 슬퍼했던 우리 민족의 고결한 의식, 민주주의를 열망했던 많은 선각자들의 죽음이 헛되지 않도록 보다 보편타당한 법테두리에서 억울한 사람이 발생되지 않고 인권이 보장되는 사회로의 발돋움이 필요한 때라 하겠습니다.

우린 특권을 원하는 것이 아닌 법대로 하는 것을 원하고 있습니다. 특권이 아닌 법에 의한 지배를 받아야 하며, 자신의 작은 이익에 인권을 헌신짝 버리듯 해서는 안 될 것입니다. 중국의 예에서 우린 민주주의 없이는 인권의 존재를 이야기하기 어려움이 있다는 것을 생각하게 합니다.

그래도 우린 경제적으로 많은 발전을 했고 민주주의 정착을 위해서도 많은 노력을 해왔습니다. 이제 우린 경제발전의 중요성 못지않게 인권의 중요성을 인지해야 할 때라 생각합니다. 경제논리에 인권은 무시되고 있지는 않은지? 물질만능주의에 우린 인간의 가치를 잃고 있는 것은 아닌지를 깊이 깨달아야 합니다. 인간존엄성을 위해 우린 무엇을 해야 하며 무엇을 중요시 여겨야 하는지를 함께 고민할 때입니다.

합리적인 이유 없이 성별, 장애, 종교, 나이 등을 이유로 고용, 재화·용역의 공급 이용, 교육시설 이용과 관련하여 차별을 당하는 일은 없어야 할 것입니다.

민주화와 인권개선을 위한 국민들의 오랜 열망이며, 인권시민단체의 노력과 정부의 의지가 함께할 때 인간다운 삶이 보장될 것입니다. 모든 사람이 인권의식을 깨우치고 인간존엄성 향상을 위한 활동, 모두가 존중받는 세상으로의 희망의 문을 활짝 열어가야 할 때입니다.

인간적인 삶이 보장되는 인권 선진국 건설이야말로 한국적 민주주의를 건설하는 기본인 것입니다. 모두가 살고 싶은 나라, 모두가 행복한 나라 이것은 인권이 보장된 한국적 민주주의 완성이며, 이는 앞서간 선각자들의 희생의 보답이며, 우리 후손들이 행복하게 살아갈 수 있는 터전인 동시에 우리 모두가 행복으로 가는 지름길이 될 것입니다.

# 김삿갓 할랍니더

— 이동방송(移動放送)에 노래를 싣고

## 최 계 환

지금은 산간벽지나 작은 섬에 이르기까지 전국적으로 라디오나 TV가 잘 들리지 않고 보이지 않은 곳이 거의 없다.

그러나 1950년대에는 6.25전쟁으로 파괴된 방송시설을 복구하는 데 여념이 없었던 시절이었다. 따라서 전국적으로 중소도시와 농촌지역에는 우리 방송(주로 라디오 방송, TV는 60년대 초에 시작되었음)이 잘 안 들리는 난청지역이 많았었다. 이와 같은 난청지역의 문제를 해결하기 위하여 KBS는 이동방송을 실시하였다.

대형트럭형의 자동차 안에 방송시설을 갖춘 움직이는 방송국이었는데 1957년 7월, 8월, 9월에 걸쳐 방송하였다. 제1 이동방송차는 주로 서부지역(전라도와 경상도지역), 제2 이동방송차는 동부지역(강원도, 충

**최계환(崔季煥)** _ 경기도 장단 출생(1929년). 호는 지산(志山). 건국대학교 국문과 졸업. 연세대 교육대학원 졸업. KBS, MBC 아나운서실장. TBC 보도부장, 일본 특파원. KBS 방송심의실장, 부산방송 총국장. 중앙대학교, 서울예술대학 강사. 대구전문대학 방송연예과장, 명지대학교 객원교수, 영애드컴 고문, (주)서울음향 회장 등 역임. 서울시문화상(1969), 대한민국방송대상 등 수상. 방송 명예의 전당 헌정(2004년). 저서《방송입문》,《아나운서 낙수첩》,《시간의 여울목에서》,《설득과 커뮤니케이션》,《착한 택시 이야기》. 역서《라스트 바타리온》,《인디안은 대머리가 없다. 왜?》등 다수.

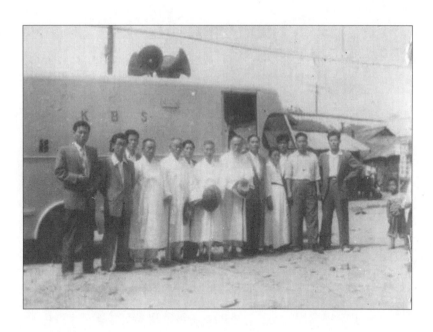

북지역)을 담당하였다.

나는 제1 이동방송차로 진주, 밀양지역을 돌면서 방송하였다. 황금 파도의 물결이 차창(車窓)으로 넘실거린다. 아침 9시 태극호에 몸을 실은 지 벌써 7시간, 조락(凋落)의 계절을 향하여 달리는 소슬한 바람은 지평선을 넘어 차창에 부딪치고 있다. 풍성한 오곡이 풍년을 기약하는 호남평야를 바라보면서 달리는 기차이기에 그다지 지루하지 않았다. 이리(裡里, 지금의 익산)역을 출발한 지 3분, 우리 일행 5명은 제1 이동방송의 사명을 띠고 이동방송차를 인수하기 위하여 달리고 있는 것이다.

그동안 정읍(井邑)과 순천(順天), 여수(麗水)지방의 이동방송을 마친 임택근 선배 일행이 우리와 교대하기로 되어 있다. 순천과 여수 사이는 불과 한 시간의 거리였지만 퍽 지루하였다. 그 지루함과 조바심을 안은 채 기차는 11시간 30분만에 남해의 항도 여수역에 그 육중한 몸을 디밀었다. 플랫폼에 내려서니 남국의 정취를 듬뿍 실은 바닷바람이 정면으로 엄습해 온다. 역에서 불과 3~4백 미터 앞이 바로 바다란다. 어딘지 이국땅이라도 밟은 느낌이다.

"붕— 붕—."

바다의 꿈을 실은 뱃고동소리가 귓전을 울린다.

"반갑습니다. 얼마나 기다렸는지 모릅니다."

연희송신소에 근무하는 진(陳) 형이 우리 일행을 마중 나와준 것이다. 정말 반가웠다. 선두 이동방송팀이 묵고 있었던 여수여관에 짐을 풀고 그동안 고생한 얘기와 이동방송에 관한 얘기를 들었다. 그 사이에도 여관에 설치된 라디오에서는(1360KC, 지금의 KH) 여수방송이 꽝꽝 울려 나오고 있다.

다음 날인 9월 1일 전임 일행은 아침 7시 기차로 서울로 돌아가고 우리는 이동방송차에 몸을 실었다.

오전 11시쯤 여수를 출발하여 진주(晉州)로 향하였다. 고도(古都) 진주로……. 송신기, 녹음기 등 방송기재가 실려 있는 차 안은 우리들의 앉을 자리조차 변변치 않다. 혹은 운전대에 또는 스페어 타이어 위에 앉고 서서 육로로 달리는 것이다. 순천과 광양을 감돌아 섬진강의 가경을 뒤로하고 진주 근교에 도착하였다. 오후 6시 반경 약 300리의 먼지 속을 달려왔으니 몹시 피곤하였다. 온몸이 먼지 강아지였으나 무사히 목적지에 다 왔다는 안도감에서 서로 보면서 한바탕 웃음을 터뜨렸다. 진주사범학교(지금의 교육대학)의 앞을 지나서 광희(光熙)의 눈비빔 속에 잠겨 있는 옛 진양(晉陽) 고을의 모습을 보았을 때 짙은 역사의 향기가 풍겨오는 신기하고도 야릇한 감회에 사로잡혔다. 반만년의 역사와 뿌리 깊은 문화의 소산들이 고이 잠들고 있는 진주였기에….

그랬을 것이다. 서장대(西將臺), 북장대(北將臺), 촉석루(矗石樓), 논개사당(論介祠堂), 의암(義岩) 등 그 자리를 이루 헤아릴 수 없었으니 옛 고을은 애오라지 삶의 신비와 전통에 젖어 있는 문화의 슬기 그것임에 틀림이 없었다. 트레일러에 실려 있는 발전기를 돌려 발전시키고 행진곡을 울리면서 간간이 KBS 이동방송의 취지와 인사말을 방송하면서 우선 시내를 일주하였다.

남녀노소의 시민들이 모두 진귀한 눈초리로 길가에 나와 우리를 맞아준다. 태양(太陽)여관에 짐을 푼 우리들은 9월 2일 아침 시청으로 찾아가 뒷마당에 이동방송차를 고정시켰다. 안테나를 가설하고 그날 소집한 기관장 회의에 나가서 방송프로 편성에 대하여 논의하고 협조를 당부하였다.

방송 첫날부터 방송의 실제를 보고 듣기 위하여 수백 명의 남녀 시민들이 구름처럼 모여들었다. 학교 프로그램 시간에는 "왜 우리 학교는 늦게 넣어주느냐"고 항의하는 교장선생님이 있는가 하면 시민과 학생들은 방송이 끝날 때까지 방송차에 매달려 떠날 줄을 몰랐다. 이렇게 진주에서의 두 주일, 우리 이동방송차를 견학한 학생들만 2,500여 명─, 우리는 거리거리에서 인사받기에 바쁜 나날이었다.

약 3시간 틈을 만들었다. 허물어진 촉석루의 주춧돌도 만져보고 의기(義妓) 논개의 초상도 우러러 보았다. 의암 기슭의 깊은 물에 낚시 드리운 어부의 한가한 모습을 흘겨보면서 맑은 남강(南江) 속에 가만히 발도 적시어도 보았다. 백사장의 모래알 하나하나가 우리들의 마음을 옛날로 이끌어간다. 확실히 진주는 역사의 도시이다.

국악원이 있어서 전통음악의 온상을 만들고, 경로회가 있어서 전통적인 겨레의 얼을 보존하고 있다. 효자와 효부, 독행자를 상주고 어른을 공경하는 아름다운 도리의 보금자리를 만들어주고 있다. 정말 좋은 일이다. 6.25의 폐허에서 불과 6~7년, 널찍한 가로를 1~3층의 새뜻한 건물들이 누비고 있으며 지금도 24시간 재건의 망치소리가 끊이지 않고 있단다.

"오늘의 진주를 만들기 위하여 9만여 시민은(지금은 30만이 넘지만) 밤을 낮 삼아 부서진 벽돌을 쌓았고 학생들도 펜 대신 망치를 들었습니다."

당시 진주시장 김용주(金容柱) 씨의 말이다. 한 줌의 흙, 한 그루의 나무에 이르기까지 깊은 역사의 넋이 서려 있는 옛 고을 비봉산(飛鳳山)을 병풍 삼고 남강(南江)이란 돗자리 위에 포근히 자리한 고을 글자 그대로 참진(眞)자 진주, 보배진(珍)자 진주인 것이다.

9월 14일 밤까지 방송을 끝내고 15일 오전 11시경 이동방송차가 진주를 출발할 때 수백의 시민들이 길가에 나와서 진한 석별의 정(손)을 흔들어 주었다. 이제 제2의 목적지 밀양(密陽)으로 향하는 것이다.

마산을 거쳐 가는 길이 좋지 않았다. 밤을 새워가며 무거운 방송차를 쟈키로 괴어가면서 밀양에 도착한 것이 16일 새벽 4시 30분, 무봉사(舞鳳寺)의 새벽 염불과 목탁소리가 밀양(密陽)의 새벽잠을 깨우고 있었다. 여관에 짐을 풀고 먼지도 털 사이 없이 그대로 곱빼기 잠을 잤다.

오후 2시에야 겨우 기동하여 조(趙) 군수를 비롯한 내무과장의 주선으로 밀양군청 뒷마당에 방송차를 고정시키고 방송을 시작하였다. 밀양 근처는 특히 사라호 때문에 수해(水害)가 극심하였다. 9월 17일 오전 10시부터 상남면 평촌리(上南面 平村里)에서 KBS가 모집한 수재민 구호 금품의 전달식이 있었다. 약 20여 일만에 이운용 국장(당시 KBS 本社 局長)을 만나 뵈니 마치 어버이를 대한 듯 가슴이 뭉클하였다.

진주에는 남강이 있었는데 밀양에는 남천강(南川江)이 흐르고 있다. 진주에는 촉석루가 있는데 밀양에는 영남루(嶺南樓)가 있다. 남강 물은 서쪽에서 동쪽으로 흐르고 있는데 남천강은 동쪽에서 서쪽으로 흐르고 있지 않는가. 촉석루는 진주교의 왼쪽에 있는가 하면 영남루는 밀양교의 오른쪽에 있는 것이다. 밀양과 진주는 지형(地形)이 정반대인 모양이다. 같은 경상남도인데…….

밀양에서도 진주에서처럼 같은 방법으로 약 10여 일 방송했다. 어느새 9월도 하순이라 조석으로 제법 선선하건만 수백 명의 밀양읍민(지금은 시민)과 군민들이 방송차의 곁을 떠날 줄 몰랐다.

특히 밀양에는 문화원과 문화구락부가 있어서 매일 정기적으로 백일장(白日場)이 열렸으며 학생문예프로, 음악 등에서도 퍽 인상적인 내용을 담을 수가 있었다. 9월 25일 국보 영남루 앞 광장에서 노래자랑도 실시했다. 신라 법흥왕 때 9층 부도를 세운 것이 오늘의 영남루란다. 자별한 감흥 속에 역사적인 노래자랑의 사회를 해 본 셈이다. 진주와 마찬가지로 밀양에서는 영남루 유사 이래 처음으로 많은 사람이 모였다는 조 군수의 말(2,500명)에 우리 모두는 뿌듯한 보람을 간직할 수 있었다. 경상도 사투리로 노래하는 출연자 앞에서 터져 나오는 웃음을 참느라 혀를 깨문 일이 한두 번이 아니었다.

"무슨 노래를 부르시겠습니까?"

"김삿갓 할랍니더."

한 번은 밀양에 있는 한국모직공장을 찾아 녹음하였는데,

"이게 무엇입니까?"

"오꾸맙니더."

"오꾸마? 일본말인데요?"

"어데이예."

이윤성 씨와 9월 27일 방송을 모두 끝내고 문화원의 행정계장의 안내로 밀양의 고적을 찾아보았다. 천여 년의 긴 역사 뿌리를 간직한 채 찾는 이의 걸음을 멈추게 하는 영남루를 지나서 광장 앞에 있는 밀성대군단(密城大君檀)을 구경하고 남천강 기슭 무성한 대나무 숲속에 400여

년을 비바람과 찬 이슬에 젖어 외로운 꿈속에 쓸쓸하게 서 있는 아랑각 (阿娘閣)을 둘러보았다. 조선 명종(明宗) 때 밀양부사(密陽府使) 윤모의 외동딸 동옥(東玉) 일명 아랑(阿娘)의 슬픈 사연과 피맺힌 원한을 간직한 순정아랑지비(純貞阿娘之碑)라 새겨진 돌에는 고색창연한 이끼만이 옛일을 말해 주고 있었다. 후에 그 아랑의 원한을 풀어준 밀양부사 이상사 (李上舍)의 애절한 시조 한 구절이 떠오른다.

달 밝은 남천강에 그림자 잠겨 있는
영남루 좋은 줄을 아랑이 어찌 알랴.
천릿길 먼 줄 모르고 대인가(大人駕)를 따랐다.

루(樓) 아래 명월이와 루 위에 청풍이라
바람과 밝은 달은 오고 가고 하건마는
어찌타 아랑의 넋은 가고 오질 않는고.

아랑각을 지나 산허리를 약 5분쯤 돌아 올라가니 삼국시대 고찰인 무봉사(舞鳳寺)가 우리를 반겨준다. 9월 28일 오전 11시 밀양교 위에서 밀양의 무한한 발전과 번영, 그리고 시 · 군민들의 건강과 행운을 기원하면서 이동방송차에 몸을 실었다. 출발 엔진소리는 남천강 물결 위에 잔잔히 번져 나가는데….

이 제1 이동방송차는 다시 여수로 가서 오늘의 KBS여수방송국이 되었고, 제2 이동방송차는 오늘의 KBS속초방송국이 되었다.

# 얼굴의 인간처세훈

김재완

사람의 마음씨가 곱거나, 항상 선량하고 진실하면 그의 얼굴에도 역시 선량하고 진실한 모습으로 나타나는 법이다. 그러나 그 사람의 마음씨가 불량하고 요사스럽거나 간교하면 그의 얼굴에도 꼭 그대로 나타나게 된다.

그러기에 얼굴은 사람의 인격을 가늠하는 심볼인 동시에 마음 속 비밀을 드러내는 거울이다. 또한 얼굴은 조물주의 위대한 조형미술(造形美

**김재완(金載完)** _ 서울대 대학원(법철학 · 연구과정). 경희대 대학원(공법학 석사) · 대진대 통일대학원(통일학 · 석사), 대진대 대학원(북한학 · 정치학 박사) 수료. 경희대 · 연세대 · 대진대 통일대학원 강사 및 교수. 「전남매일신문」 · 「제일경제신문」 논설위원, 교통방송(TBS) · 원음방송(HLDV 해설위원, 재계 동양(시멘트)그룹의 감사실장 · 연구실장 및 회장 상담역. 대통령직속 민주평화통일자문회의 자문위원 및 상임위원. 문화체육부 종교정책 자문위원. 환경부 환경정책 실천위원. UN NGO 국제밝은사회(GCS)기구 서울클럽 회장. 한국자유기고가 협회 초대회장. (사)한국민족종교협의회 사무총장. (사)한국종교지도자협의회(7대종단)운영위원 및 감사. 한국종교인평화회의 이사 · 부회장. 한국종교연합(URI) 공동대표. 세계종교평화포럼 회장. (사)겨레얼살리기국민운동본부 상임이사 · 평화통일위원장. 한국사회사상연구원 원장. (사)국제종교평화사업단(IPCR) 이사. 공론동인회 · 글로벌문화포럼 회장. [상패 · 표창] UN NGO 국제밝은사회(GCS)클럽 국제총재 공로패(1997), 문화체육부장관 감사패(1997), 문화관광부장관 표창장(2003), 대한민국 대통령 표창장(2007), (사)한국종교지도자협의회장 감사패(2008), 한국종교인평화회의(KCRP) 대표회장 공로패(2015)

術)이라고 말하기도 한다.

모든 사람들의 얼굴이 밝으면 모든 인간사회도 밝게 된다. 우리 인간 사회에서는 사람과 사람끼리 대면할 때에 그 얼굴의 모습이나 그 얼굴의 표정에 따라 인간처세훈(人間處世訓 ; Instructions in worldly wisdom)의 기본원리(基本原理)에서 성패(成敗)를 가늠할 수도 있다.

인간의 눈(目)·코(鼻)·입(口)·귀(耳) 등으로 짜여진 얼굴(顔面·容顔))은 인간의 감성(感性)과 이성(理性)과 행실(行實)에 따라 여러 가지로 풍자적 표현이 있기도 하다.

흔히 세상에 널리 알려지고 유명해지는 사람을 가리켜 '얼굴이 팔린다' 고 말하는가 하면 남에게 뻔뻔스런 짓을 하게 되면 '얼굴이 두껍다' 고 하며, 직접 대면하여 모욕을 주거나 창피를 주면 '얼굴에 침뱉는다' 고도 말한다.

그런가 하면 뱃심이 유들유들하여 전혀 부끄러움을 모르고 뻔뻔스러운 사람을 가리켜 '얼굴에 철판을 깔았다' 고 하며 창피를 당하거나 체면이 여지없이 깎이면 '얼굴에 먹칠을 한다' 고 표현한다.

그만큼 인간의 얼굴은 그 인간의 대명사 역할을 한다. 그러나 이 세상에는 얼굴값을 제대로 하지 못하는 사람도 많다.

"낯(얼굴)을 찡그리고 살면 세월이 괴롭고, 마음이 즐거운 자는 하루하루가 잔치하는 기분이다." —이는 구약성서의 잠언(15:15)에도 나오는 말씀이다.

영국의 시인이자 성직자인 E, G. 허버트가 그의 『짧은 여행』이라는 글에서 언급한 대로 얼굴은 하느님의 걸작품이다. 눈은 마음을 보여주고, 입은 육체를 드러내며, 턱은 의도(意圖)를 보여주고, 코는 의지를 나타낸다고….

아름다운 얼굴이 추천장이라면 아름다운 마음은 신용장일는지도 모른다. 또한 남자의 얼굴이 이력서라면 여자의 얼굴은 청구서라고나 할까.

조선조 세종대왕 13년(1431년)에 희양산 봉암사를 중수하고 세종 15년에 열반한 기화스님(己和, 당호 ; 涵虛, 1376~1433)은 그의 『함허화상어록』(涵虛和尙語錄)에 다음과 같이 얼굴을 묘사한 시(詩) 한 구절을 남기고 있다.

호승(胡僧)의 눈이 어찌 남칠(藍漆)하여 푸르겠는가
선객(仙客)의 얼굴은 원래 술힘 빌어 붉은 게 아닐세
옥은 본래 티가 없으면 광채 또한 좋나니
마음이 진실로 깨끗하면 얼굴 모양도 그러하니라.

또한 대학에서 다년간 불교사상과 불교문학을 가르치던 이기영(李箕永)은 그의 「얼굴」이라는 작품에서 "얼굴, 나는 사람들의 얼굴을 볼 때마다 불교를 공부한다. 사람은 하나도 같은 것이 없고, 또 자기 자신의 얼굴이라는 그놈마저도 영 밤낮 같지가 않다. '얼굴이 푸르락 불그락'이란 표현이 있지만, 어떤 때에는 제법 미남이고, 어떤 때에는 말할 수 없이 추남이고, 어떤 때에는 무척 고상한 것 같아 저 자신도 반할 정도인데 어떤 때에는 심술과 욕심이 뚝뚝 떨어지는 것 같아 쥐어박고 싶은 것이 얼굴이다. 어떤 얼굴은 언제 보아도 싫증이 안 나는 얼굴이 있고, 어떤 얼굴은 못 볼 것을 보았다는 느낌이 들 정도로 그 시꺼먼 속이 빤히 들여다보이는 것이 있다. …(후략)…"라고 묘사해 놓고 있다.

그런데 여기에서 한 가지 유의할 점은 얼굴만이 반반하고 잘 생겼다고 아무나 훌륭한 인격자가 되는 것이 아니라, 천부적으로 얼굴이 약간 어설프게 생겼을지라도 지혜가 있고 인격과 능력을 갖춘다면 그는 우리 인류사회에서 존경받는 인물이 될 수 있다.

혼히 사람의 얼굴 모양을 '달걀 모양', '둥근 모양', '모난 모양' 등 세 가지로 대별하는 경우가 있다. 그러나 서양의 전문학자는 사람의 얼굴 모양을 신체의 세 가지 모형에 맞추어 영양형·지각형·운동형으로 분류하고 있다. 이것은 독일의 정신의학자인 크렛치머(Ernst Kretschmer, 1888~1964)가 인성(人性)의 체격설(體格說)에서 비대형(肥大型)·쇠약형(衰弱型)·근골형(筋骨型)으로 분류한 것과 거의 비슷하다.

인간의 신체는 발생적으로 볼 때 외배엽(外胚葉)·중배엽(中胚葉)·내배엽(內胚葉)으로부터 발달해 온 것인데 W.H. 쉘던(Sheldon)이 이 점에 포착하여 인간의 체형을 분류한 바 있다. 많은 학자들 역시 외배엽형이 특히 발달되어 있는 것을 지각형이라 하고, 중배엽이 발달되어 있는 경우를 운동형이라 하며, 내배엽형의 경우를 영양형으로 분류하고 있다. 지각형은 보고 듣는 지각 외에 사고의 작용 등 외계를 관장 총괄하고, 운동형은 일반적으로 의지나 행동면을 말하며, 영양형의 얼굴은 둥글고 특히 하단이 넓은 경향이 있는 것을 가리킨다. 이러한 얼굴 모양들은 동서고금을 막론하고 각기 나름대로의 특색을 지니고 있다.

사람의 얼굴은 그 사람의 선천적인 모양이 조각되어 있고, 또 후천적으로 형성된 성격이나 인품 및 지성·교양, 그리고 윤리적인 선악(善惡)이라든지 미학적인 대상으로서 미추(美醜)의 속성까지도 남김없이 반영한다. 선(善)하고 아름다운 얼굴을 가진 사람은 대부분 마음이 선한 편이고, 따라서 아름다운 영상을 반영시킨다. 그와 반면에 악하고 추한 얼굴을 가진 사람은 거의가 그 얼굴에서 악하고 추한 것을 보이기 마련이다.

또한 마음이 고상하면 고상한 얼굴이 되고, 마음이 야비하면 그 얼굴에서 야비한 냄새가 풍긴다. 성격이 잔인하면 역시 잔인한 인상이 풍기고, 성품이 후덕스러우면 그 얼굴에서는 인자한 인상이 엿보이기 마련이다. 얼굴은 마음의 증표이며, 굳은 의지와 안정된 얼굴에서는 진취와 따스함이 피어오른다. 즉 얼굴은 인간처세의 바로메타이며 인간성공의 무기이기도 하다.

미국의 어느 인상학자는 얼굴을 상·중·하의 3단층으로 나누어 그 인간성(人間性)을 풀이하기도 한다. 상층은 이마와 눈 부분이고, 중층은 뺨의 뼈와 코의 부분이며, 하층은 코 아래의 입과 턱 부분이다. 그래서 이 얼굴[顔面]의 부위는 생리적·심리학적인 조건과 평행한다는 근본적 가설을 정해 놓았다. 이와 같이 얼굴을 3단층(三段層)으로 나누는 경우, 상층(上層)은 지성의 층으로 사물을 이해하는 능력과 선악을 판단하는 지혜를 표현하고 있으며, 중층(中層)은 감정을 다스리는 층으로 가족에 대한 사랑, 친구와 이웃에 대한 신의, 아이들을 좋아하는 경향, 애인을 끔찍하게 사랑하는 정신을 대표한다는 것이다. 하층(下層)은 본능적 욕구와 관계되고 자연적 활동성을 나타내는 부분이라는 것이다. 그 얼굴이 넓고 또 돌출의 대소 여부에 따라 그 사람의 성격을 판정할 수 있다고도 한다.

이상과 같은 학설은 사람들을 납득시킬 만한 근거는 없지만 얼굴의 하층이 뾰족하게 생긴 사람은 대개 여윈 얼굴을 하고 있고, 현실에 적응하는 능력이 부족하며 내향적이고 불안하며 분열질 및 정신쇠약적인 성격의 소유자라고 보는 점이 크랫치와 같은 사람들과도 공통성을 갖고 있다.

깊이 생각해 보면, 인간도 다른 동물과 마찬가지로 환경에 적응한 행동을 한다. 역시 식물(食物)을 섭취하려 하고, 위험으로부터 도피하려 한다. 그러나 인간은 오직 자연적 환경에 적응하고 있는 것만은 아니다. 더불어 살아가는 사회적 환경에도 적응해야 한다. 그리고 인간적·

사회적 환경에 적응하기 위해서는 타인의 행동을 예상할 수 있어야 하며 그에 대응할 수 있어야 한다.

다시 말하자면 아이들에게 초콜릿을 주었을 경우 그는 손을 내밀 것이라든가, 여인에게 사랑을 베풀면 그는 눈빛을 통하여 기뻐하는 모습을 보인다든가, 또한 다른 사람 앞에서 그를 욕하면 그는 성낼 것이라는 등등의 모습을 우리는 그때의 정황에 따라 예상할 수 있게 된다.

그런데 물리현상에 따른 예상과 심리현상에 따른 예상은 좀 다르다. 돌은 높은 곳에서 떨어뜨리면 반드시 떨어진다. 갈릴레이(G. Galilei)의 손에서 떨어지든, 원숭이의 손으로 던져지든 낙하(落下)의 법칙은 변함이 없다. 물리학은 질량이라든지 위치라든지 힘이라는 것만 생각할 뿐, 다른 것(심리학)은 전혀 무시하고 성립시키려 한다. 인간의 행동을 예측하기 위해서는 그 개인행동의 환경·심리·방법을 미리 파악해야 한다. 그 개인행동의 방법을 성격 또는 퍼스낼리티(Personality)라 한다.

인간은 의지와 이성(理性)이 활동하는 한, 내 성격을 내가 다듬듯이 자기의 얼굴을 책임지려고 자신의 얼굴을 평생 가꾸며, 완성미의 날을 기다리면서 살아간다.

여기에서 아름다운 인간의 모습이라고 하는 것은 원칙적으로 그 사람의 이목구비가 제자리에 정연스럽게 자리잡고 있을 뿐 아니라 인간으로서의 교양과 인격이 은연 중 피어나고 있을 때를 말한다. 제아무리 이목구비(耳目口鼻)를 갖추고 있을지라도 음흉하거나 추악하거나 교만한 심성이 엿보일 때는 그 모습이 아름다울 리(理) 없다. 좋은 인간성을 지닌 얼굴을 바라보는 경우는 아무리 그의 이목구비가 균형이 잡히지 않고 있을지라도 그 모습에서 자연스럽게 즐거움과 기쁨을 반응하게 된다. 그렇기 때문에 좋은 얼굴이나 아름다운 얼굴이나 착하게 보이는 얼굴은 그에게 선천적으로 주어진 육체에다 후천적으로 교양과 풍류

(멋)와 신앙심(종교생활)을 통한 성실한 정신적 향기가 배식되어 있음을 의미하고 있는 것이다. 그래서 우리는 얼굴의 아름다움을 말할 때 도덕적이고 윤리적인 개념으로 강조한 독일의 극(劇)시인이자 미학사상가인 쉴러(Schiller, Friedrich Von, 1759~1805)의 미학설(美學說)을 다시 음미하게 된다.

착한 성질을 지닌 인간의 아름다움이 우리 인간사회에 기쁨과 쾌감을 주고, 넉넉하고 편안한 감정을 불러일으키게 하는 것은 인간의 행복된 낙원을 더욱 의미 깊게 펼쳐주는 것이라고 확신한다. 그러나 미적(美的)인 성질들을 정확히 파악하고 정의(定義)하기란 그렇게 쉬운 일은 아니다.

미의 카테고리 안에는 숭고미(崇高美)와 같은 공포적이고 처참하고 음울한 것도 포함되어 있다고 한다. 하얀 얼굴에 검은 점을 찍는 화장술이나 눈가에 퍼렇게 멍이 든 것처럼 아이라인을 쳐바르는 미학도 우리 사회에 통용되고 있다. 또한 얼굴과 조화되지 못하는 큰 눈이라든지, 그리고 입언저리나 뺨이 울퉁불퉁하게 생긴 모양이야말로 보통의 미(美)개념으로는 도저히 아름답다고 규정할 수 없을 것 같지만 이를 아름답다고 추켜세우는 것을 보면 그것은 추(醜) 속의 미, 또는 결함의 미라는 것도 존재 가능하다는 것을 어렴풋이 긍정하게 한다. 그렇다면 미와 추는 공통분모 위에 떠오른 분자들로서 미에서 추가 나왔거나 추에서 미가 나온 것이 아닌가도 싶다. 마치 악과 선의 철학적 종교적 존재 이유처럼 말이다.

만약 여러 가지 심리학적 입장에서 영혼의 개념을 다룰 때나 종교적 입장에서 영혼의 개념을 다룰 때, 그리고 사회학적 입장에서 영혼의 개념을 다룰 때와 같이 미의 개념도 구구하여 정확히 다룰 수 없는 것이라면 미학의 성립도 불가능하게 되고 미학(美學)의 미적(美的)인 것에 대한 학문체계라고 말하기도 어렵게 될 수밖에 없다. 왜냐하면 미의 개념에 관한 형식적 성격이 결국 미적인 것의 완전한 내용에서 이탈되기 때문이다.

그러나 우리는 요즘 새롭게 등장하는 여성들의 화장술이나 복식문화(服飾文化)에 있어서 그것이 현실적으로 형식화되고, 또한 유행적으로 형성화되고 있는 마당에 그것을 아름다운 모습으로 받아들이는 아량을 보여야만 아름다움을 아는 문화인 행세를 할 수 있는 세상이 된 것 같다. 그렇다고 해서 유행을 따르는 것만이 아름다움을 추구하는 것이 아니며 유행에 앞섰다고 해서 그 나라 그 사회의 선구자일 수는 없다. 다만 유행이라는 것은 새로운 형식이나 취미 따위가 일시적으로 널리 퍼지는 흐름일 뿐이다.

야하게 분장된 얼굴이라야만 자기의 진실이 돋보이는 것도 아니다. 물론 화장의 유래와 의미에는 여러 가지 철학이 있다. 영국의 시인이며 극작가인 O.F.O.W 와일드(1856. 10. 15~1900. 11. 30)의 말대로 자기의 얼굴을 화장하는 것은 추녀(醜女)라든가 혹은 미녀(美女)일 경우다. 화장으로 하여금 남을 즐겁게도 하고 자기 욕구를 충족하기도 한다.

그러나 착하고 아름다운 얼굴이란 거기에 마음의 정직함과 진실이 그려져 있어야 한다. 지나친 허영과 사치는 자신의 인격을 파괴한다. 인간은 흔히 두 개의 얼굴을 가지는 야수(野獸)가 되기 쉽다. 하나의 얼굴은 웃음을 보이는 모습이며, 또 하나의 얼굴은 울음을 보이는 모습이다. 이 두 가지의 모습이 간교하게 쓰여질 때 그것은 지능적인 야수인 것이다.

우리는 하나의 사람을 대체로 그 얼굴로 평가하려는 경우가 있다. 그만큼 얼굴은 그 사람의 특색과 특징을 잘 나타내는 중요한 기호이기 때문이다. 실로 얼굴같이 신비로운 것은 없다.

여기에 방정환(方定煥) 선생님의 '어린이 예찬(禮讚)'을 들어보자.

"…… 이 세상의 고요하다는 고요한 것은 모두 이 얼굴에서 우러나는 것 같고, 이 세상의 평화라는 평화는 모두 이 얼굴에서 우러나는 듯싶게 어린이의 잠자는 얼굴은 고요하고 평화스럽다.

고운 나비의 날개, 비단 같은 꽃잎, 아니 아니 이 세상에 곱고 보드랍다는 아무것으로도 형용할 수가 없이 보드랍고 고운, 이 자는 얼굴을 들여다보라!

그 서늘한 두 눈을 가볍게 감고, 이렇게 귀를 기울여야 들릴 만큼 코를 골면서 편안히 잠자는 이 좋은 얼굴을 들여다보라! 우리가 종래에 생각해 오던 하느님의 얼굴을 여기서 발견하게 된다.

어느 구석에 먼지만큼이나 더러운 데가 있느냐? 어느 곳에 우리가 싫어할 한 가지 반 가지나 있느냐? 죄 많은 세상에 나서 죄를 모르고 부처보다도 예수보다도 하늘 뜻 그대로의 산 하느님이 아니고 무엇이랴."

그야말로 꾸밈이나 거짓 없이 타고난 성품 그대로 죄도 모르고 평화롭게 잠자는 어린이의 얼굴이 그대로 그려져 있다. 도대체 나이든 어른들은 이 천진난만(天眞爛漫)한 천사(어린이)의 얼굴에서 무엇을 배워야 할까.

세상은 가도가도 부끄럽기만 하다. 찬란하게 밝아오는 아침에도, 시간을 점철하는 밤낮에도 인간들은 자신의 갖가지 욕구충족을 위해 바쁘게 살아가는 것이 아닌가.

우리는 항상 사람의 얼굴을 볼 때마다 인생을 배우면서 세상을 누리게 된다.

인간의 얼굴은 하나도 똑 같은 것이 없다. 또 자기의 얼굴마저도 밤낮으로 한결같지가 않다. 또 어떤 때에는 무척 고상한 것 같은데, 어떤 때엔 허약하고 나약해 보이는 얼굴이 되기도 한다.

말하자면 평정심(平靜心)을 상실하고 있거나 호연지기(浩然之氣)도 전혀 없는 경우가 있다. 그러기에 인간의 얼굴은 언제보아도 싫증이 안 나는 얼굴이 있는가 하면, 어떤 얼굴은 얌체 같고 그 시꺼먼 속셈이 뻔히 들여다보이는 경우도 있다.

우리 인간사회에는 아름다운 얼굴과 추한 얼굴로 구분하기도 하지만 그 가운데에는 똑똑한 얼굴, 인자한 얼굴, 간사한 얼굴, 깜찍한 얼굴, 뻔뻔스러운 얼굴, 음탕한 얼굴, 미련한 얼굴, 무서운 얼굴, 선량한 얼굴, 독사 같은 얼굴, 사나운 얼굴, 덤덤한 얼굴, 얄미운 얼굴, 순진한 얼굴, 복스런 얼굴, 나약한 얼굴, 교태스런 얼굴, 술주정뱅이 얼굴, 얌체 같은 얼굴 등등 눈앞에 어른거리는 얼굴들이 수두룩하다.

또한 이 지구 안에는 황(黃)·백(白)·흑(黑)·적(赤)·갈색(褐色) 등 5색 인종(五色人種)의 얼굴이 있다. 그리고 나이에 따른 얼굴 모양도 각기 다르다. 그야말로 백인백색이라고나 할까. 사람의 얼굴은 하나의 풍경이다. 얼굴은 결코 거짓말을 하지 않는다. 그러나 화장술이 발달되면서부터 남자의 얼굴이 자연의 작품이라고 하면 여자의 얼굴은 화장에 따른 예술적 작품이라고 말할 수도 있다.

요즘에도 일부 사람들은 자신의 운명(재수)과 미래를 얼굴로 통해서 점(占)치려 한다. 그러기 때문에 관상(觀相)이 필요하고, 이른바 관상쟁이가 속출하기도 한다. 점이라는 것은 팔괘(八卦)·육효(六爻)·오행(五行) 따위의 특정한 방법을 써서 사람의 길흉화복(吉凶禍福)을 판단하는 일이지만 관상학(觀相學, Physiognomy)은 인상(人相)을 관찰하여서 사람의 운명을 판단하고 그 얻어진 결론을 가지고 피흉추길(避凶趨吉)의 방법을 강구하는 길이다. 심지어 미국의 하버드대학을 비롯한 세계의 일부 대학에서는 인상학과(人相學科)를 설치하고 있는 현실이라 하니, 실로 얼굴이라는 존재가 얼마나 소중한가를 느끼게 한다.

이 학문은 본디 중국에서 비롯되었다. 춘추시대에 진나라 사람인 고포자경(姑布子卿)이 공자(孔子)의 상을 보고 장차 대성인이 될 것을 예언하였으며, 전국시대에 위나라 사람인 당거(唐擧)도 상술(相術)로 이름이 높았으나 상법(相法)을 후세에 남긴 것은 별로 없다고 한다. 남북조시대에 남인도에서 달마가 중국으로 들어와 선종(禪宗)을 일으키는 동시에 '달마상법'을 후세에 전하였다는 것이다. 그 후 송나라 초기에 마의도사(麻衣道士)가 '마의상법'을 남겼으니, 관상학(觀相學)의 체계가 이때에 와서 비로소 확립되었다고 한다.

관상학이 우리나라에 들어온 것은 신라시대이며 고려시대에는 혜징(惠澄)이 상술(相術)로 이름이 높았다. 조선시대에도 끊임없이 유행하여서 오늘에 이르고 있는 것이다.

관상에는 1) 기본인상(基本人相), 2) 십이궁(十二宮), 3) 찰색(察色), 4) 얼굴 이외의 부분, 5) 일상생활의 모습 등으로 구분하여 이모저모 관찰을 필요로 한다. 이러한 관상법이 빈틈없이 적중하게 꿰뚫어 맞춘다고는 단언하기 어렵다. 다만 자기 인생의 활로에 참고하여, "비록 내일에 이 지구가 파멸할지라도 한 그루의 사과나무를 심는 노력"이 더욱 필요할 따름이다.

이 세상 대부분의 인간들은 자기만의 욕구충족을 위해 자기 나름의 행복을 희구(希求)하면서 살아가고 있다. 그러나 그것은 영원한 행복의 추구를 위한 제갈 길이 아닌 것이다. 인간은 혼자만이 살아갈 수 있는 곳에서 존재하지 않는다. 우리 인간은 함께 어울려 서로 주고 나누면서 즐겁게 살아가는 것이다. 바로 그 길이 최선의 길이라고 성현들은 말씀하셨다. 이러한 마음씨를 갖는 사람의 얼굴표정은 더욱 밝고 즐겁게 보이는 것이다.

인상을 보는 것이 심상을 보는 것만 못하다는 말이 있다. 이는 인류문화의 발달과정에서 예지(叡智)와 인성(人性)을 존중시하는 동서고금의 공통된 학설이다.

선(善)한 사람은 매사를 조심하고 남을 사랑하기 때문에 불행(不幸)이 몸에 이르지 않으며 사람들의 협력을 얻어서 결국 성공하게 된다. 그러나 악(惡)한 사람은 남을 미워하고 남과 대립함으로써 일이 실패로 돌아가기 쉽다. 무엇보다도 인간사회에서 가장 절실하게 필요한 것은 선량하고 신의롭고 진실한 마음가짐이라 하겠다.

결국 고운 심성과 아름다운 얼굴의 표정으로 이웃과 함께 서로 나누면서 협동하고 봉사와 기여를 도모할 때 바로 그곳에는 모름지기 '밝고 즐거우며 평화롭고 행복한 사회'가 이루어질 것이다.

# 필요악

김경남

作 년의 대한민국은 범국민적으로 우울했다. '세월호 참사'로 여러 달 슬픔에 젖어 있었고, '윤 일병 사건'으로 여러 날 분노하고 있었다.

그중 '윤 일병 사건'은 필요악을 악용한 사례다. 필요악이란 사전적 의미로 '원래는 없는 것이 바람직하지만 조직의 운영이나 사회생활상 어쩔 수 없이 필요한 것처럼 여겨지는 일이나 생각하는 일'을 뜻한다. 군(軍)의 필요악은 생활교육을 통한 군기(軍紀) 세우기이다. 군기를 확립한다면서 비인간적인 방법으로 폭력과 고문을 남발하여 필요악을 넘어서서 절대악에 다가섰다. 사실 절대악은 존재하지 않는다. 선과 악은 항상 상대적으로 평가되는 것이기에 어떤 살생(殺生)이나 살인(殺人)은 그 대상과 기준에 따라 절대악이 되기도 하고, 되지 않기도 하는 것이

**김경남(金敬男)** _ 경북 영덕 출생. 호는 우덕(又德). 수필가. 문학평론가. 동국대학교 국어국문학과 및 동 교육대학원 졸업. 동국대 사대부속여중 교사 퇴임. 동국문학인회, 한국수필가협회, 국제펜클럽 한국본부, 한국 문인협회 회원. 한국불교문인협회 감사. 『한국불교문학』 편집위원. 제 15회 한국불교문학상 대상, 내무부장관상, 교육부장관상, 홍조근정훈장 등 수상. 수필집 《종이 속 영혼》(2008), 《내 영혼의 뜨락》(2013) 등 상재.

절대악이 지닌 성격이다.

나는 이 사건을 접하고 지금까지 20여 년간 주말 전원생활을 하면서 심각하게 고민했었고, 내 삶의 가치관까지 흔들어 놓았던 '필요악'이라는 화두에 관한 추억을 떠올렸다.

40대 중반, 경기도 이천에서 대문 밖에 조그마한 텃밭이 딸려 있는 한 허름한 농가에서 주말 전원생활을 시작하였다. 콘크리트 냄새 나는 도회지 생활과 교권 추락으로 위축되었던 교편생활에서 오는 회의와 피로를 조금이나마 희석시키고 날려 보내기를 절실히 기원하는 마음에서였다.

전원생활의 백미는 당연 텃밭 일구기였다. 봄 햇살 아래에서 상추, 쑥갓, 깻잎, 옥수수, 감자 등 20여 가지 씨앗을 뿌리며 신기해 하였다. 여름 뙤약볕 아래에서 비지땀을 흘려가며 잡초와 병충해로부터 식물 가족을 돌보며 즐거워하였다. 삽상한 가을바람을 온몸으로 느끼며 뿌린 대로 거둔 열매에 삶의 희열과 보람에 젖었다. 차가운 겨울 텃밭에 서서 수확이 끝난 밭고랑과 이랑에 널브러져 있는 마른 낙엽과 시들은 배춧잎을 바라보며 그 해의 영농일기를 떠올리며 다음 해 농사력을 구상하였다.

처음에는 현실도피적이고 일탈을 꿈꾼 전원생활이었다. 시간이 흐르면서 아이러니컬하게도 농작물 재배에서 다시금 나의 직업세계를 보게 되었다. 땅은 교육현장으로, 농부는 교사로, 농작물은 학생으로 보였다. 씨앗은 교육, 햇빛과 물과 공기는 지식이었고, 농기구는 학습기자재였다. 덧거름, 웃거름으로 쓰이는 비료는 교사의 훈화와 학부모의 잔소리와 다름없었고, 살포하지 말아야 할 농약은 삼가야 할 체벌이었다. 농사는 일년지계였고, 교육은 백년지계였으며, 농부는 농심으로, 교육자는 교육애로 삶을 살았고, 전담농사가 바로 인간교육과 다르지 않았고, 작물의 재배과정이 곧 인간의 교육과정이었다.

그리하여 도회지 학교 교실에서 분필가루를 날리고 있을 때이면 농가에서 키우고 있는 농작물을 떠올리며 하나라도 더 가르치려고 목소리를 높였으며, 농가에서 채소를 기르고 있을 때면 도회지의 나의 사랑하는 제자들을 떠올리며 물 한 번 더 주고 북돋기 한 번 더해 주려고 애쓰는 나를 발견하곤 했었다.

이렇게 사랑했던 전답농사와 인간농사인데 내가 실망한 것은 인간농사에서였다. 전답농사는 '자연'이라는 땅에는 콩 심으면 콩 나오고 팥 심으면 팥이 났다. 뿌린 대로 거둘 수 있었다. 인간 농사는 분명히 콩을 심었는데 팥 같은 인간이 나오고, 팥을 심었는데 콩 같은 인간이 나왔다. '학교'라는 인위적 텃밭에서 '교육'이라는 씨앗을 뿌려 '인간다운 인간'이라는 열매를 거두는 본래의 목표 달성이 쉽지 않음을 깨달았다.

전답농사 또한 그 재배 과정에서 심각한 문제가 없는 것은 아니었다. '농약'이라는 존재. 씨앗뿌리기와 성장기까지 멀쩡하게 잘 자라다가 수확기에 접어들면 기다렸다는 듯이 병균이 생기고 벌레가 생기고 병들어 버린다. 이 때 나는 갈등의 늪으로 빠져든다. 농약을 치느냐? 마느냐? 치게 되면 병충해에 시달리고 괴로워하는 작물들은 살리게 된다. 그러나 재배작물 보호 차원에서 살생은 괜찮다는 인간 위주의 사고로 농약을 치게 되면 '나도 생명체'라며 살려달라는 천적(天敵) 병충과 병균과 잡초들은 무참히 죽게 된다. 또한 치게 된다면 농약의 중금속이 인체에 들어가 인간 생명을 위협하고, 토양과 수질 오염을 일으키고, 생태계 파괴로 이어진다는 점도 감안해야 한다. 안 치게 되면 이번에는 농작물들이 죽어가는 소리를 들어야 하고 벌레 먹은 자연 그대로 거두다 보니 최상품이나 소출 증대를 포기해야 하는 그 해 농사 도로아미타

불을 각오해야 한다.

해결 방법은 없을까? 인간, 먹거리, 천적, 이 세 가지 존재가 공존공생하는 방법은 오로지 유기농법(有機農法)의 실천이다. 예를 들어 논에 지렁이와 우렁이와 오리를 풀어 잡초를 제거하고 배설물을 비료로 활용할 수 있지만 그 넓디넓은 논에 풀어 넣을 많은 동물들을 구할 수 있을까? 또한 퇴비, 부엽토, 소똥, 닭똥, 골분, 콩깻묵, 유박, 어박, 같은 유기 비료만을 고집하여 농사짓기란 일손도 많이 가고 불편하기도 해서 100% 순수한 유기농 농작물 생산은 이상적이긴 하지만, 그 문제점과 개선점은 늘 존재하고 있는 실정이다.

내 비록 손바닥만한 텃밭이지만 20여 년을 오리지널 농촌에서 아마추어 농부로 화학비료와 농약을 사용하지 않으려고 노력해 왔다. 상추에 단골손님 달팽이가 숨어있으면 손으로 집어내고, 고구마 긴 허리에 잡초가 뒤엉켜 놀면 손으로 잡초를 갈라놓고, 배추에 벌레가 노닐면 집어내고 놓아주었다. 잡초와의 전쟁에서 늘 패하면서도 농약을 살포하지 않고 호미로 뽑아내었다. 그러나 가사와 직장일로 1,2주만에 와 보면 그 동안 빈 집에서 우후죽순 생겨난 잡초와 벌레 때문에 토요일, 일요일 이틀에 걸쳐 식물 가족들을 보살피랴 초주검이 되도록 일을 해야 했다.

이 틈을 타서 농약은 드디어 내 농작물 재배 사전에 등재되었다. 남편과 나는 농약 사용 인증을 하였다. 수확을 못 할지언정 농작물과 유실수에는 절대 농약(살균, 살충, 살비, 살서, 전착, 생장 조정)을 뿌리지 않으며 단, 잡초의 놀이터로 변하는 앞뜰과 담벼락 밑 잡초에는 농약(제초제)을 인정사정없이 뿌리기로 합의했다. 결국 대상에 따라서 농약을 뿌리거나 뿌리지 않기로 정한 이율배반적인 기준으로 고독성 농약에 맥없이 죽어가는 잡초들을 보고 있노라면 죄책감과 자괴심에 가슴이 아팠었다.

나의 이러한 농작 체험으로 봐서 농약(農藥)은 농사(農事)에서 필요선 (必要善)이 아니라 필요악(必要惡)으로 존재한다는 점에 슬퍼하고 있다. '윤 일병 사건'에서 필요악이 절대악처럼 여겨지는 것처럼 농작물 재배에서 농약 살포가 절대악으로 자리 잡는다면 불안전한 먹거리로 우리 인류는 어떻게 될까?

교육 발전을 위해서는 체벌이, 경제 발전을 위해서는 환경오염이, 평화를 위해서는 전쟁이, 질서의 유지와 통일성의 확보를 위해서는 국가와 권력이 필요악이 될 수밖에 없는 삶의 현실이다.

그러나 살다 보면 이 필요악이 방자하게 미화와 미명과 명분과 합리화의 탈도 벗어던지고 정치, 경제, 사회, 교육에 절대악(絕對惡)으로 군림하지 않을 것이라는 보장도 없다. 그래서 우리 대한민국 국민은 어제도 떨었고, 오늘도 떨고 있고, 아마 내일에도 불안으로 떨 것 같다.

# 홍용사의 추억

김 대 하

필자가 옛날 대학을 졸업하던 그 해, 양산 대석리에 위치해 있는 고요한 절간 홍용사(紅龍寺, 일명 무지개 절)에서 공부한답시고 약 반 년간 지내던 중 어느 날 일어났던 개구쟁이 일 한 가지가 생각나서 적어본다.

어느 늦은 봄날 조모님 기제사를 봉제(奉祭)하고 돌아오는 길에 그때는 시외버스로 부산 충무동 터미널에서 산 아래 마을 대석리 입구까지 약 4시간이 소요되었었는데 그나마 정상 운행시의 이야기고, 버스 고장은 다반사로 일어나던 때라서 그날도 버스 고장으로 9시경 도착 예정이었지만 밤 11시가 넘어서 대석리 입구에 도착하여 산으로 향하고 있었다. 지금은 어떻게 변했는지 잘 모르겠지만 그때는 도로변에서 대

**김대하(金大河)** _ 경남 밀양 출생(1936년). 경희대학교 법학대학 대학원 공법학과 수료. 주식회사 청사인터내셔널 대표이사, 주식회사 부산제당 대표이사, 경기대학교 전통예술대학원 고미술감정학과 대우교수, (사)한국고미술협회 회장 등을 역임하고, 현재 국립 과학기술대학교 출강, 한국고미술 감정연구소 지도교수 등으로 활동. 저서─연구서 《고미술 감정의 이론과 실기》, 수필집 《골동 천일야화》, 여행기 《철부지노인 배낭 메고 인도로》 등 상재.

석리 마을까지 약 30분을 걸어가야 했고, 거기에서 마을 뒤편의 저수지를 아래로 한 공동묘지를 지나 한참 올라가야 홍용사(虹龍寺)라는 작은 암자가 나타난다.

밤늦게 차에서 내린 나는 그 마을에 산다는 어느 아저씨 한 분과 함께 마을까지 와서 그 아저씨 집에서 저녁 한 끼 신세지고 산으로 향해 나서는데 주인장 왈, "이봐 젊은 양반, 이 밤중에 그 험한 산길을 어찌 갈려고 나서는가. 그냥 여기서 자고 아침에 가게나" 하면서 한사코 말린다, 그래서 나도 그럴까 하고 신발을 벗으려는 순간 그 주인의 혼잣말 비슷하게 하는 말씀 한 마디를 들었다.

"그 공동묘지는 밤마다 귀신이 나타나 저수지에서 목욕하는 소리가 들리는 곳인데…."

순간 나는 머리카락이 쭈뼛하며 온몸에 소름이 쫙 끼쳐온다. 그러나 이러한 현상은 아주 짧은 순간의 일이고, '뭐 귀신(?), 그렇다면 내가 귀신을 한 번 만나봐야 되겠다' 는 생각이 들어 그대로 인사를 하고 밖으로 나와 산을 향해 터벅터벅 걸어갔다.

나는 평소 귀신의 존재 그 자체를 철저하게 부정하고 살아왔던 터, 신의 유무에 대한 친구들과의 토론에서 밤을 지새운 바도 있었기 때문에 이 기회에 내 눈으로 귀신을 확인해 보면 어려운 문제 하나가 금방 풀릴 수 있음으로 내 딴에는 '이 좋은 기회를 놓칠 수야 없지' 하고 귀신을 만나기 위해 밤 12시가 넘은 시간에 산으로 향했다.

10여 분을 걸어 마을 뒤 공동묘지가 있는 언덕을 돌아가니 '쉭~' 하며 괴기스러운 바람이 얼굴을 스치니 온몸에 소름이 쫙 끼치면서 닭살이 돋아난다. 순간 '음, 정신을 차려야지' 하고 그 자리에 잠깐 서 있다가 길옆에 있는 공동묘지로 올라갔다. 귀신을 만나기 위해서 왔음으로 귀신이 나타난다는 이곳 공동묘지에서 귀신이 나타나기를 기다릴 수밖에.

'만약 오늘 내가 귀신을 만나게 된다면 이런 저런 종교인들이 주장하며 신봉하는 그대들의 신들뿐만 아니라 동서양에 흩어져 있는 이 세상 모든 잡신들을 다 믿겠다'고 다짐까지 하면서….

어느 고인의 유택인지는 몰라도 그중 좀 큼지막한 묘 등 위에 올라앉아 언덕 저 아래 저수지를 내려다보며 담배 한 대 피워 물었다.

내가 고등학교 2학년 때, 늦은 여름 어느 날 해질녘에 부산 남부민동 방파제로 친한 친구와 소주 한 병, 오징어 한 마리 들고 산책을 나갔었다. 그 친구는 독실한 크리스찬 집안에서 철저하게 기독교식 사고방식으로 무장되어 있던 친구다.

종일 달구어졌다가 아직 완전히 식지 않은 미지근한 콘크리트 방파제 바닥에 앉아 학생 놈들이 겁도 없이 소주잔을 기울이며 신의 유무에 대한 토론에 한참 열을 올리고 있었을 때 어느 사이 우리 주위에 대여섯 명의 참관인들이 둘러서 있었고, 그 중 어떤 대학생으로 보이는 아저씨로부터 "학생! 학생이 그렇게 신봉하는 과학의 힘으로 향기로운 꽃 한 송이라도 만들 수 있겠나?"라는 질문을 받았을 때 잠깐 주저한 뒤 "지금은 아니지만 언젠가는 식물뿐만 아니라 동물도 만들 수 있을 때가 오리라고 생각합니다. 뿐만 아니라, 우리가 속해 있는 이 태양계 우주가 또 어디엔가 있을지 누가 압니까"라고 쏘아붙이듯 대답하고 일어나 버린 일이 있었는데 지금 야심한 시간 어느 무덤 위에 걸터앉아 그때 일들을 반추하면서 입을 삐쭉거리며 '흥!' 하고 비웃어 본다.

누군가가 말했던가. "제가 만들어 낸 신에게 제 발목이 잡혀 꼼짝 못하고 있다"라고. 마침 보름을 향해 가고 있는 타원형 달빛에 비치는 저수지에 은빛 잔물결이 흐릿하게 보이는 것 같았다. 이렇게 담배 한 가치 다 태울 때까지 앉아있었으나 귀신은 나타날 기미가 보이지 않아 일어나서 슬슬 걸어 올라가는데 옳지 나타났구나!

홍용사 올라가는 산길에 홍용폭포에서 시작되는 작은 계곡이 있고 그 계곡물을 건너 왼편으로 올라가면 홍용사가 위치해 있으며, 들머리 오른편에 홍용폭포가 있고 왼편으로 산신각이 찾는 손님을 맞이해 주고 있다. 이 산신각은 내가 정신이 산만해질 때 자주 찾아 명상에 잠겨 보기도 했던 곳이었다.

그런데 이 계곡 건널목에 하얀 백의를 입은 귀신이 고고한 달빛을 받으며 꼼짝 않고 서서 나를 응시하며 기다리고 있는 것이다. 내가 순간적으로 움찔하며 그 자리에 서면 귀신도 서 있고, 내가 조금 앞으로 나아가면 귀신도 나를 향해 조금 앞으로 다가오는 아주 얄미운 요괴였다. 이렇게 나아갔다 섰다를 몇 번 반복하다가, '그래 이젠 물러설래야 물러설 데도 없고 도망한다고 해서 귀신을 피할 수는 없을 테니까 한 번 부딪쳐보자'는 배짱이 생겼다.

마을에서 출발할 때 마을 뒤편 보리밭에 소나 염소가 못 들어가게 철조망을 치기 위해서 꽂아두었던 말목(몽둥이) 하나를 뽑아 들고 왔는데 그 몽둥이로 우정 땅을 쾅쾅 두드려 공포감을 물리치면서 앞으로 계속 전진하였다.

그렇게 가면서 단 한 순간도 귀신과의 눈싸움에서 밀리지 않으려고 눈알 빠질 정도로 두 눈 부릅뜨고 전진하다 보니 드디어 그 요괴와 맞닥뜨리게 되었다. 그 순간 온몸에 힘이 쫙 빠져버린다. 이런 제기랄!! 이건 벼락 맞은 나무 밑둥치에 나무꾼이 버리고 간 흰색 수건이 걸려 바람에 펄럭이고 있는 것이 아닌가.

순간 얼마나 화가 나던지 그 수건을 거두어 발로 지근지근 밟아 콱 찢어버렸다. 속으로 '그러면 그렇지 귀신같은 소리하고 놀고들 있네' 하면서 산울림으로 돌아올 때까지 크게 한바탕 웃고 나서 귀신을 뒤로

한 채 슬슬 경사진 오르막길을 다시 걷기 시작하였다.

　얼굴에 묻어나는 거미줄을 걷어내며 절에 올라가서 조용하게 발자국 소리 죽이면서 내 방으로 들어갔고, 아침에 일어나니 절간 사람들이 깜짝 놀란다. 뿐만 아니라 아랫마을에서는, 간밤에 혼자서 떠난 젊은 사람이 무사히 도착하였는지 궁금하여 안부 확인 차 사람이 올라오기도 하였다.

　그 양반 속으로 얼마나 별난 놈이라고 투덜거렸겠나! 하하하하하.

# 깨어나라! 한국혼이여!

## 김명식

### 1. 우리 한민족은 누구인가?

나는 누구인가? 우리 한민족(韓民族)은 누구인가? 우리는 지금 어디에 서 있으며 어디로 향하고 있는가? 우리 스스로 우리의 역사(歷史)를 묻어버리고, 우리 어문(語文)이 강대국 언어(영어, 일본어, 중국어 등)에 밀려 정부 당국과 상당수 국민들로부터 홀대 당하고, 우리 전통문화마저 국적(國籍)을 알 수 없는 외래문화에 잠식되는 와중에 모화(慕華), 황국신민(皇國新民), 숭미(崇美) 등 사대주의(事大主義) 근성(根性)에서 아직껏

**김명식(金明植)** _ 전남 신안 출생(1948년). 詩人·작가, 평화운동가. 해군대학 졸업. 大韓禮節硏究院 院長(現). 저서《캠페인 자랑스러운 한국인》(1992, 소시민)《바른 믿음을 위하여》(1994, 홍익재)《왕짜중(짜중나는 세상 신명나는 이야기)》(1994, 홍익재)《열아홉마흔아홉》(1995, 단군)《海兵사랑》(1995, 정경)《DJ와 3일간의 대화》(1997, 단군)《押海島무지개》(1999, 진리와자유)《直上疏》(2000, 백양)《장교, 사회적응 길잡이》(2001, 백양)《將校×牧師×詩人의 개혁선언》(2001, 백양)《한국인의 인성예절》(2001, 천지인평화)《무병장수 건강관리》(2004, 천지인평화)《公人의 道》(2005, 천지인평화)《한민족 胎敎》(2006, 천지인평화)《병영야곡》(2006, 천지인평화)《평화》(2008, 천지인평화)《21C 한국인의 통과의례》(2010, 천지인평화)《내비게이션 사람의 기본》(2012, 천지인평화)《直擊彈》(2012, 천지인평화)《金明植 愛唱 演歌 & 歌謠401》(2013, 천지인평화)《大統領》(2014, 천지인평화)《平和の矢》(2014, 천지인평화)

깨어나지 못하고 있으니 어찌 통탄(痛歎)하지 않으리오?

조공(朝貢)을 바치며, 모화사대(慕華事大)하던 근세 역사를 잊었는가? 국권(國權)을 잃고 억압받던 일제치하(日帝治下)도 할아버지와 할머니들의 고통이었을 뿐이라고 망각해 버릴 것인가? 가쓰라·태프트밀약 (Katsura-Taft Memorandom, 1909)으로 일본의 한반도 침략을 사실상 용인한 미국이 6.25 동족상잔에 참전하여 누란(累卵)의 위기에 처한 우리를 구하기는 하였지만, 남북한 분단(分斷)에 상당한 책임이 있음은 분명한 사실인데 이를 묵과(默過)할 것인가? 잊을 것인가?

우리의 상고사(上古史)는 아직도 암흑(暗黑) 속에 묻혀 있다. 5천년~1만년 전 동방(東方)의 주류(主流)였던 동이족(東夷族)이 바로 우리 한민족 (韓民族)의 뿌리(根源)임을 밝혀야 할진대, 상고역사(上古歷史)를 송두리째 도둑질해 가도 남의 집 불구경하듯 우리는 바라보며 구경만 하고 있지 않는가?

식민사관(植民史觀) 탓하지 말고, 국수주의(國粹主義)로 매도하지 말고, 학계(講壇 史學者)와 재야 사학자들이 벽을 허물고 상고사(上古史)를 연구하고 토론하여 우리 역사를 되살려내야 한다. 그렇지 않으면 우리는 우리 자신이 어디서 흘러온 누구인지도 모르면서 사는 꼴이 된다. 알렉스 헤일리가 찾아낸 '킨타 쿤테의 뿌리'를 우리 한민족의 후예들이 우리의 뿌리를 찾아내지 못한단 말인가? 상고역사(上古歷史)를 밝혀 지키지 못하면서, 어찌 우리 민족의 미래를 기약할 수 있을 것인가? 과거에 얽매여서도 안 되겠지만, 과거를 묻어두고 미래로 나아갈 수는 없다.

진시황(秦始皇)의 분서갱유(焚書坑儒)만 비웃을 것인가? 조선왕조 500년 내내 사서수거령(史書收去令)을 통해 불태워 버린 사서(史書)는 그 얼마였던가? 고려시대 1145년에 편찬한 '三國史記'와 '三國遺事', '帝王韻紀', '高麗史'를 가지고 말한다면, 고려 중기의 역사적 관점(觀點) 이외에 그 이전의 역사는 모두 묻어버리자는 것 아닌가? '三國史記'와 '朝鮮王朝實錄'에 수록된 고려 이전에 발간된 사서(史書)와 예서(禮書)의 목록은 다음과 같다.

'北夫餘 晉書', '高句麗 留記' 100권, 百濟 고흥(高興) 박사가 쓴 '書記', '百濟新撰', '百濟記', '百濟本紀', '高句麗 留記' 100권을 정리한 이문진(李文眞) 박사의 '新集' 5권, 新羅 거칠부(居柒夫)가 기록한 '新羅古史'와 '國史', '詳定古今禮文' 等이 선명하게 기록되어 있는데, 단 한 권도 전해지지 않고 있으니 이를 어찌 하리오? 천만다행으로 중국, 몽골, 일본 등에 보존되어 있는 고서(古書)에 우리 상고사(上古史) 부분이 언급되어 있으므로 역사의 파편을 이삭줍기라도 하여 종합(綜合)해야 할 것 아닌가?

우리 한민족의 우수한 유전자(遺傳子)는 과학적으로 입증된 바 있다. 세계 185개국을 대상으로 IQ조사를 한 결과(영국 R. Lynn, 핀란드 T. Vanhanen, 스위스 T. Volken의 조사) 우리나라가 단연 1위였다.

1위(106) 한국

2위(105) 일본

3위(104) 대만

4위(103) 싱가포르

5위(102) 독일, 네덜란드 등

6위(101) 스위스, 스웨덴 등

7위(100) 영국, 뉴질랜드 등

8위(99) 폴란드, 헝가리 등

9위(98) 미국, 프랑스 등

우리는 고대 문명을 찬란하게 꽃피운 동이족(東夷族, 註 : 우리 한민족의 시원을 거슬러 올라가면 동이족과 깊은 관련이 있다. 물론 "동이족이 우리 한민족에 국한된다"고 주장할 필요는 없다. 고대에 커다란 강줄기를 낀 요하지역과 홍산 일대를 근거지로 동이족이 활동하였으며, 그 후예들은 한민족뿐만 아니라 동북아 여러 민족 즉 한족, 만주족, 몽고족, 일본족 등을 이루었을 것으로 보는 것이 합리적이다)의 우수한 유전자를 대대손손 이어오고 있는 까닭에 부존자원이 별로 없고, 통합능력이 다소 뒤떨어짐에도 불구하고 일제강점기와 6.25전쟁으로 폐허가 된 이 강산을 인적자원(人的資源) 즉 총명한 두뇌(頭腦)로 불과 반세기만에 선진국 문턱에 이르지 않았는가? 사교육(私教育)이 사회적인 문제로 등장하여 골치 아플 정도로 우리의 교육열(教育熱)은 대단하지 않는가? 세계 어느 민족이 우리 민족의 교육열을 추월할 수 있겠는가? 우수한 두뇌에 치열한 교육열로 —목표만 제대로 설정한다면— 선진국 대열에 들어가는 것도 결코 어려운 문제가 아니다.

분명히 우수한 두뇌와 치열한 교육열을 가진 우리 민족이므로 국가 전략 차원에서 목표 설정을 제대로 하여 베일에 가려져 있는 상고사를 연구하고 주체성과 정체성을 확립하여 우리가 부족한 통합능력과 투명성(透明性)을 가진다면 세계에서 가장 고품격(高品格) 문화선진국(文化先進國)이 될 것이다.

중국사회과학원에서 주관하여 중국지도출판사에서 발간한 시대별 역사지도(歷史地圖)를 참조하라!

우리가 제작한 것도 아니고, 중국의 사회과학원이 주관하여 중국지도출판사에서 제작한 '簡明中國歷史地圖集'(1991년 10월 刊行) 도상(圖上)에서 고구려(高句麗)와 고려(高麗)의 고토(故土) 및 영향권역(影響圈域)을 확인하기 바란다.

대한민국 정부수립 이후 60여 년간 한국인으로서 미국, 일본, 중국, 유럽에 유학하여 동양사(東洋史)를 전공한 학자들이 적지 않았을 것인데, 그들은 필자가 확인한 '簡明中國歷史地圖集'에서 고구려(高句麗)와 고려(高麗)의 고토(故土)를 보고도 눈을 감아버린 것인가!

또한 국사편찬위원회(國史編纂委員會)라는 기관이 있고, 한국학중앙연구원(舊 정신문화원) 및 대한민국학술원 등이 있는데 그들은 우리의 시대별 '역사지도(歷史地圖)'를 단 한 번이라도 제작(製作)한 일이 있는가? 그밖에 각 대학이나 민간단체로서 역사를 연구하는 기관이 얼마나 많은데, 그들은 시대별(時代別) 우리 역사지도를 제작할 엄두도 내지 못했단 말인가? 그러고도 막연하게 반만년 유구한 한민족이라며 단군 할아버지 타령만 반복하려는가?

그간 고려와 삼국시대 이전의 역사에 대해서만 무관심(無關心)했던가? 아니다. 고종이 선포하고 황제(皇帝)로 즉위한 대한제국(大韓帝國)을 우리 스스로 인정(認定)하는가? 부정(否定)하는가? 고종은 조선의 26대 임금으로 34년간 통치한 이후, 대한제국을 선포하고 황제로 즉위하여 10년간 통치하지 않았던가? 대한제국은 비록 짧았지만, 1897년 10월 12일부터 1910년 8월 29일까지 존속하였던 엄연한 황제국가(皇帝國家)였다. 즉 조선과 대한제국은 다른 나라인데, 대한제국을 조선에 포함시킨 것은 일제가 강제로 만든 '조선사편수회(朝鮮史編修會)' 때문이라고 둘러댈 것인가? 지금도 잘 보존하고 있는 고종황제와 순종황제의 홍릉(洪陵)과 유릉(裕陵)이 조선 임금들의 왕릉(王陵)과 확연히 구분되는데, 아직도 태조(太祖) 이성계로부터 순종(純宗) 황제까지를 27대 조선시대로 가르치고 있지 않는가? '대한제국(大韓帝國)'이 있었기에, '대한민국(大韓民國)'이라는 국호(國號)가 탄생한 것이다.

또한 치욕스런 日帝는 35년인가? 36년인가? 이처럼 근세역사(近世歷史)마저 무관심(無關心) 속에 방치되어 왔다. 역사의식이 없다면 민족의식이 어찌 발현되겠는가?

## 2. 한강의 기적, 한민족의 저력

6.25 동족상잔의 피비린내 나는 전쟁의 잿더미 속에서 한강의 기적을 이루기까지 "우리는 오로지 살아남아야 한다. 그리고 자식들을 가르쳐야 한다"면서 앞만 보고 얼마나 치열하게 정신없이 달려왔던가? 그 결과 고도급성장(高度急成長)에 따른 많은 부작용(副作用)이 있었음에도 불구하고, 세계경제력 10위권을 넘보기에 이르지 않았는가? 이것이 한강(漢江)의 기적(奇蹟)이고, 우리 한민족의 저력(底力)이 아니고 무엇이겠는가? 그런 바탕 위에서 우리는 세계기능올림픽을 연패(連覇)하고 마침내 하계올림픽과 월드컵까지 유치하여 훌륭하게 치러내지 않았던가? 폐허의 잿더미 속에서 우리 할아버지와 아버지 세대들이 장미꽃을 피워냈듯이, 이제 21C에 우리 자손들이 다시 한 번 한민족(韓民族)의 신명에 불을 붙여 도약하여야 한다.

## 3. 샴페인을 너무 빨리 터뜨렸나?

그런데 샴페인을 너무 빨리 터뜨렸다는 진단(診斷)이 국내외 도처에서 나오기 시작했다. 1960년대 중반까지 북한보다 못한 경제력이던 우리는 산업화(産業化)의 성공으로 북한 경제력을 크게 앞지르자 남북간 군사적 대결은 의미가 희석되며, 이산가족(離散家族) 상봉과 통일의 열망이 싹트기 시작하여 마침내 김대중 정권을 탄생시켰다.

건국 이후에 최초로 평화적인 정권교체를 이룩한 김대중 대통령은 북한을 방문하여 6.15선언에 서명하였고, 이어서 노무현 정권이 계승하였는데, 그런 10년 과정에 남북문제는 이른바 진보(進步)세력과 386이라는 운동권 세력들이 주도하며 민관군(民官軍) 여러 분야에서 접촉과 경협(經協)이 확대되었다.

그런 10년 세월(김대중~노무현 정권)을 거치며 우리는 치욕적인

IMF 외환위기로부터 벗어났다. 그러자 이제 위정자들은 확성기를 들이대고 "국민소득 2만불시대"라고 떠들어대고 있는데, 그것은 수치(數値)일 뿐 국민들의 실질적인 체감(體感)으로 중산층(中産層)이 와르르 무너지며 서민들의 삶이 고통스럽다.

샴페인을 너무 빨리 터뜨렸는가?

## 4. 서툰 좌파 성향 정권에 대한 이명박 대통령 후보의 반사이익

그러니까 이명박 대통령으로의 정권교체는 386세대와 급진적 노동운동 세력들에 대한 불안(不安)과 반발(反撥) 심리, 그리고 남북문제 접근에 대한 국민과 국력의 통합 부족 등에 대한 반사이익(反射利益)일 뿐이지, '잃어버린 10년'이라고 말하는 그 시절에 한나라당이 야당(野黨)으로서 무엇을 잘 했다거나, 건전한 정책 대안을 내놓았기에 그들에게 지지표를 준 것이 아니다.

500만 표라는 압도적인 승리를 만들어 준 국민들은 당시 이명박 후보를 꼭 지지해서라기보다 누군가를 찍기는 찍어야 하겠는데 딱히 찍어야 할 후보를 찾지 못해 기왕이면 여론에서 1등을 달리고 있는 이명박 후보에게 한 표를 찍어 주어 사표(死票)를 만들지 않으려는 유권자들의 심리가 어느 정도 작용하였으리라.

그리고 대운하(大運河)라는 그럴싸한 꿈같은 공약(公約)이 당선에 주효하게 영향을 준 것도 사실이지만, 이런저런 반대에 부딪쳐 대운하공약의 첫 삽도 뜨지 못하고, 공약(空約)이 되어버렸다. 지난 대선(大選)에서 대운하와 BBK 공방 외에 정책대결이 얼마나 이루어졌던가? 역대 가장 어설픈 대선(大選)에서 경제(經濟)만이라도 살려주기를 바라는 민심이 '현대건설 신화'와 '청계천 효과'에 동화(同化)되어 이명박 대통령을 탄생시킨 것이다. 지금은 그 연장선상에 있다.

## 5. 영어숭배정책 이대로 좋은가?

하여간에 이명박 대통령이 당선되자마자, 인수위(引受委)로부터 터져 나온 '영어공교육, 영어몰입교육' 운운하는 것을 보며, 노무현 정부의 남북문제 중시에서 이명박 정부의 한미공조(韓美共助)로 급속히 전환되는 과정을 목도하였다. 그 과정에 나는 위정자들과 지식인들의 모화사대(慕華事大), 친일(親日), 숭미(崇美) 근성에 대해 또다시 경악하며 경계하지 않을 수 없었다.

영어몰입교육 운운하기 이전에 지난 참여정부에서 이미 엄청난 예산을 쏟아부어 영어마을 1호(경기도 파주)가 만들어지고, 초등학교에서 영어교육이 이루어지자 전국적으로 영어 과외(課外) 광풍(狂風)이 휘몰아치기 시작하였다. 급기야 태교(胎敎)가 중요하다니까, 태아영어교육(胎兒英語敎育) 과외비(課外費)로 월 175만원을 아낌없이 투자하는 임신부(姙娠婦)들도 생겼다. 상황이 이 지경에 이르렀어도 정부의 교육부처는 영어공교육(英語公敎育) 합창이나 하고 있고, 대다수 국민들조차 고통을 당하면서도 눈 하나 깜짝하지 않고 영어과외(英語課外) 현장으로 자식들을 내몰고 있으니, 놀랍지 아니한가? 영어숭배정책도, 중국어숭배정책도 안 될 말이다.

이런 비정상적인 판국에 이른바 좌파(左派) 성향의 정권을 물리치고, 경제(經濟)를 살리면서 한미동맹을 강화하겠다고 나선 이명박 후보가 당선되자마자 대통령직인수위(大統領職引受委)를 통해 영어공교육, 영어몰입교육이 불거져 나온 것이다. 이미 영어마을 선례(先例)도 있겠다, 이제는 각 지방자치단체에서 영어마을을 만들지 못하면 후진(後進)지역으로 낙인찍혀 불명예스러울까 봐, 영어마을 만들기 붐을 이루고 있고, 심지어 영어특구(英語特區)와 영어전용도시(英語專用都市)를 만들겠다는 발상이 봇물 터진 듯이 쏟아지고 있다. 조금이라도 더 튀어 보이려는 일부 약삭빠른 지식인(知識人)들은 한 술 더 떠서 대학 졸업식(卒業式)과 초등학교 입학식(入學式)을 영어로 진행하기에 이르렀다. 도대체 씨알머리가 있는 위인들인지 모르겠다.

이렇게 된 데에는 이명박 대통령과 인수위(引受委)에 일정 부분 책임이 있다. Business friendly 운운하며 공적(公的)인 자리에서 영어로 된 표현을 아무런 거리낌 없이 사용하였고, 대통령 취임식 날 첫 공식행사로 국립묘지를 참배하며 방명록에 한글 맞춤법을 바르게 쓰지 못한 데에 있지 않을까?(註 : 이미 대통령 후보 시절에 두 차례나 국립묘지를 참배한 일이 있고, 두 번 중 한 번은 한글 맞춤법을 틀리게 썼다가 사인펜으로 지우며 다시 바르게 쓰기까지 하였는데, 대통령 취임식 날에 똑같은 맞춤법을 바르게 쓰지 못한 것을 보면, 한글 맞춤법에 대한 확실한 인식과 지식이 없는 것 같다. "섬기겠습니다"라고 써야 할 부분을 "섬기겠읍니다"라고 쓰는 실수를 하였다.)

영어를 포함한 외국어 교육은 필요로 하는 사람들이 필요한 수준만큼만 공부하면 될 일이다. 외국어 공부가 필요한 사람은 공부하지 말라고 말려도 스스로 공부하게 되어 있다. 동서고금의 역사상(歷史上) 외국어(外國語) 몰라서 외교나 전쟁을 못하고, 무역과 문화교류를 못한 일이 있었던가? 세계 여타 나라와 민족도 마찬가지다. 영어숭배와 영어공교육을 떠벌리기 전에 우리 어문(語文)에 대한 자긍심(自矜心)을 가지고 더욱 철저히 가르치고 연구하여 세계만방에 보급해야 할 것 아닌가?

어느 나라, 어느 민족이건 고유 어문(語文)을 잃어버리면 그 민족은 타민족에 동화(同化)되고 말 것이다. 한글과 한문에 대한 탄탄한 교육 바탕 위에 영어, 중국어, 일본어 등을 병행하여 가르쳐도 어린 시절의 언어감수성으로 얼마든지 숙지 숙달할 수 있을 것이다. 인간은 4~5개 언어를 구사할 능력을 가지고 태어난다고 하지 않는가?

한자(漢字)를 중국의 문자로 인식하여 주로 학자들이 가차문자(假借文字)로 보는 경향이 있는데, 한나라 시대에 한(漢)이라는 문자가 없었고, 한자는 여러 시대에 여러 지역에서 만들어졌음이 문자학(文字學)을 통해 밝혀졌으며, 그중 다수를 동이족(東夷族)이 만들었으니, 한자는 우리 조상들이 만들었다고 해도 결코 억지주장이 아닌 것이다. 우리는 세계 제일의 표음문자(表音文字)인 한글과 세계 제일의 표의문자(表意文字)인 한문을 활용할 수 있는 축복받은 민족인데, 어찌 한글과 한문보다 영어와 중국어를 더 숭배한단 말인가?

만일 세종대왕이 환생(還生)하여 이 나라를 살핀다면 어떤 느낌일까? 간판이나 아파트의 이름에 영문 표기가 상당수이며, 의복과 상품에도 영문 표기가 더 많고, 심지어 지방자치단체나 정부부처에서도 상징적 표어를 영문(英文)으로 표기하는 곳이 다수 아닌가? 이를 보고도 이런 씨알머리 없는 놈들이라고 질타하는 이가 없으니, 이를 어찌 하랴! 도대체 여기가 미국인가? 한국인가?

## 6. 어문은 민족의식 그 자체이다

세계적인 어문학자들이 우리의 과학적인 한글과 이미 국자화(國字化)된 한문(漢文)을 얼마나 우수하게 평가하는지 모르지 않을 것인데, 우리는 몽골과 더불어 지구상에서 자기 민족 어문을 가장 홀대하는 나라가 되고 말았다. 반면 자기 나라 어문(語文)을 가장 소중히 여기는 사람들은 중국인과 불란서인들 아닐까?

어문(語文)은 민족의식(民族意識) 그 자체라는 것이 언어학자들의 공통된 견해 아닌가? 말과 글은 민족의 정신(精神)이며 혼(魂)이다. 어문과 역사와 전통문화를 계승하지 못하면, 그 민족은 정녕 망하고 말 것이다. 세계 최첨단 도시 두바이를 보라! 유비쿼터스가 일반화된 신기술(新技

術)로 세계적 기업(企業)과 부호(富豪)들이 몰려있는데도 그들은 언어와 전통문화를 얼마나 소중하게 계승하고 있는지, 그들의 통찰력(洞察力)과 민족의식(民族意識)에 감탄해 마지않는다.

우리 청소년들이 영어와 중국어와 일본어 등 각종 외국어를 공부하는데 반대하지 않는다. 다만 반드시 우리 어문(語文)에 대한 자긍심(自矜心)을 바탕으로 외국어(外國語)를 배워 활용해야 할 것이다.

### 7. 주변 열강들은 한반도 통일을 바라지 않는다

사실상 김대중—노무현 정부에서 추진한 남북통일을 위한 초석(礎石)과 방향(方向)이 근본적으로 잘못된 것은 아니었다. 방법(方法)과 속도(速度) 그리고 국민들에게 합의(合意)를 이끌어내지 못한 아쉬움이 있었지만, 통일을 드러내놓고 반대할 국민은 많지 않을 것이다. 물론 정치권과 부유층에서는 내심(內心)으로 통일을 바라지 않는 사람들이 있을 것이지만, 명분(名分)과 당위성(當爲性)이라는 측면에서 공개적(公開的)으로 통일을 반대할 사람은 많지 않을 것이다. 그러면 어떤 방식의 통일이어야 하는가? 통일을 이루는 방법에는 다양한 의견이 있을 수 있기에 공론화(公論化)하여 공감대(共感帶)를 확산시켜 나가는 지혜와 노력이 필요한 것이다.

그런데 우리의 통일은 남북한이 독자적으로 해결할 간단한 문제가 아니다. 동북아에 대한 주변 열강들의 이해(利害)와 전략(戰略)이 첨예하게 충돌할 수 있기에 남북한 및 주변 열강들이 함께 풀어야 할 난제(難題) 중의 난제이다.

주변 열강(列强) 세력이 한반도(韓半島)를 둘러싸고 있는 지정학적(地政學的) 현실에서 북핵(北核) 문제를 해결하기 위해 열리고 있는 6자회담 참여국인 미국 · 일본 · 중국 · 러시아는 언제 어디서나 웃으면서 혹은 진지한 표정을 연출하며 남북한 통일을 지지한다고 정치적, 외교적(外交的) 수사(修辭)를 반복하지만, 그것은 다만 정치 외교적 화려한 수사(修辭)일 뿐, 실제로 남북통일을 전폭적으로 지지(支持)하며 지원(支援)할 4국이 아닌 것이다. 그런 의미에서 남북한은 주변 4국이 우리의 통일을 방해(妨害)하지 못하도록 정치 외교적 역량을 발휘하며 남북통일을 이루어야 하는 어려운 과제를 안고 있는 것이다.

반세기 이상 지속된 분단상태(分斷狀態)를 이대로 방치했다가 영구(永久) 분단으로 이어질지도 모르는 상황에서 남북한의 통일에 대한 노력은 매우 중요한데, 남한은 경제적 고도성장으로 국력이 신장하자, 경제력(經濟力)을 바탕으로 남북문제를 해결하려는 의지를 갖기에 이르렀다.

북한은 남한보다 먼저 군사조직을 정비하여 군사력(軍事力)으로 통일을 이루려고 6.25까지 일으켰지만, 그 후 경제운용의 실패로 식량지원을 외부세계에 의존하면서도 체제안전을 앞세워 무기체계의 발전과 핵(核)에 대한 유혹에 빠져들고 말았다. 그러나 주체사상으로 무장한 일체성과 정신력 강한 군대를 보유하며 굶주리더라도 자존심만은 지키고 싶어 한다.

결국 남북한의 통일역량 비축으로 평화적인 통일방안을 만들어내야 하는데, 그러려면 한민족이 통합된 의지(意志)로 결집되어야 하고, 주변국들의 협력과 측면 지원이 필수적이다. 한반도 통일을 바라지 않는 주변국들을 설득하여 남북한 통일을 위해 협력하고 지원하는 통일외교 전략으로 전환하여야 한다.

## 8. 당신은 누구인가?

지금 우리나라에는 한국인으로서 미국(美國) 전도사임을 자임하며 미국(美國)을 이용하고 영어(英語)를 활용하여 권력을 누리고 떵떵거리며 호구지책(糊口之策)으로 사는 이들이 상당수 있다. 이를 부인(否認)할 것인가?

지금 우리나라에는 한국인으로서 일본(日本) 전도사임을 자임하며 일본(日本)을 이용하고 일어(日語)를 활용하여 권력을 누리고 떵떵거리며 호구지책으로 사는 이들이 상당수 있다. 이를 부인(否認)할 것인가?

지금 우리나라에는 한국인으로서 중국(中國) 전도사임을 자임하며 중국(中國)을 이용하고 중국어(中國語)를 활용하여 권력을 누리고 떵떵거리며 호구지책으로 사는 사람들이 상당수 있다. 이를 부인(否認)할 것인가?

지금 우리나라에는 한국인으로서 북한(北韓) 전도사임을 자임하며 북한(北韓)을 이용하고 활용하여 권력(權力)과 권위(權威)를 누리고 떵떵거리며 호구지책(糊口之策)으로 사는 이들이 상당수 있다. 이를 부인(否認)할 것인가?

그러면 한국인으로서 미국 전도사, 일본 전도사, 중국 전도사, 북한 전도사를 자임(自任)하며 살아가는 사람들을 제외하고, 국익(國益)을 최우선으로 하는 순수 토종(土種) 한국인은 이 땅에 과연 얼마나 살고 있는 것일까?

휴전선(休戰線)에서 무력충돌이라도 발생하면 외국으로 도망치거나 망명할 사전(事前) 준비를 해 둔 위정자들과 졸부들 그리고 지식인들은 얼마나 될까? 그들은 과연 누구이며, 어떤 한국인들인가? 한국인이면서도 한국인같지 않은 기회주의적(機會主義的)인 한국인들이 너무도 많은 것 아닌가?

애국선열들이 흘린 피땀으로 침략과 전쟁 그리고 배고픈 설움을 극복한 사실을 상기(想起)하고, 우리 한민족 자손만대의 번영을 위해 지금 우리는 심기일전하여 애국심(愛國心)을 발휘해야 하지 않겠는가? 국력을 통합하고 힘을 길러야 하지 않겠는가?

## 9. 누구의 눈으로 보는가?

한국인이면서도 한국인과 우리 한민족 역사(歷史)와 어문(語文) 그리고 오늘날의 정치사회적 현상을 누구의 눈을 빌려 보고 있는가? 한국인으로 미국, 일본, 중국 등지에 유학(遊學)하고 돌아와 미국인의 눈을 빌려, 일본인의 눈을 빌려, 중국인의 눈을 빌려, 심지어 유학(遊學)하지도 않았던 북한의 눈을 빌려 우리 자신을 바라보고 있는 것은 아닌가?

유학(遊學)을 위해 외국에 나가는 것을 누가 막을 것인가? 오히려 장려할 일이다. 외국에 나가 좋은 공부하고 모국(母國)에 돌아와 애국심을 발휘하여 국가와 민족을 위해 봉사하고 헌신하거나, 아니면 세계 어느 곳에 있던지 한국인의 자긍심을 가지고 세계인들과 당당히 경쟁해야지, 외국물 좀 먹었다고 선진외국 학문 좀 배웠다고 거들먹거리며 우리의 역사와 어문을 폄하(貶下)하고, 민족과 정치사회적 현상을 비하(卑下)하는 데 열을 올려서야 되겠는가? 예끼, 그런 못된 놈들아!

국수주의(國粹主義)도 마땅히 배격해야 한다. 물론 모화사대(慕華事大), 숭미(崇美), 친일(親日), 친북(親北) 세력들이 발호한 틈바구니에서 국수주의가 발생하고, 극우보수 세력이 외연(外延)을 강화하는 측면도 없지 않다. 국수주의가 극성을 부리면 부릴수록 주변 열강들에 대한 사대주의자들의 창궐은 더욱 극심해질 것이므로 국수주의도 경계하지 않으면 안 된다.

이처럼 가치관(價値觀)과 주체성(主體性)이 혼돈된 와중에서 나라 사랑 애국운동을 부르짖으며, 우리 어문(語文)과 역사(歷史)와 전통문화(傳統文化)를 연구하고 사랑하자고 외치면 마치 쓸모없는 골동품이라도 구경하듯 백안시하거나 시대에 뒤떨어진 사람 취급하지 않았던가? 미국인다운 한국인, 일본인다운 한국인, 중국인다운 한국인이 얼마나 많은가? 한국인다운 진정한 한국인으로서 우리 문화와 어문과 역사를 직시할 식견(識見)과 능력(能力)을 가진 사람들이 과연 얼마나 있을까?

권모술수(權謀術數)에 능한 위정자(爲政者)들과 머리는 좋지만 약삭빠른 지식인(知識人)들이 부패하여 수단과 방법을 가리지 않고 권력과 금권을 탐한다면, 그들이 한국인으로서 양심(良心)과 진정성(眞正性)을 가진 밝은 관점(觀點)을 가질 수 있을 것인가?

### 10. '바른 나라 자랑스러운 한국인 운동'을 펼치는 나는 누구인가?

나는 스스로 보수주의자도 진보주의자도 아니라고 생각한다.

보수진영과 진보진영을 무조건 배격할 생각은 없으나, 2000년을 전후한 작금에 보수(保守)와 진보(進步)의 대립은 타협(妥協)의 여지가 없는 제로섬 게임에 집착하고 있지 않는가? "그러면 당신은 어떤 생각으로 사느냐?"라고 묻고 싶을 것이다.

나는 비록 색깔은 보수와 진보처럼 뚜렷하지는 않지만 굳이 밝히라고 한다면 보수에 바탕을 두고 점진적 진보를 지향하는 중도통합론자로서 '바른나라자랑스러운한국인운동'을 주창하는 사람이다. 그처럼 점진적 진보지향 중도통합론자인 나를 보수측과 진보측에서는 회색(灰色) 혹은 무색(無色)이라고 함부로 매도하지 말라!

그런 당신들이야말로 실질적으로 온건한 보수나 온건한 진보였던가? 한결같이 "모 아니면 도"라며 극단(極端)으로 치달리지 않았던가? 지금도 그런 병적(病的)인 극단적 대결에서 벗어나지 못하고 있지 않는가? 그 결과 국정(國政)과 국민의식(國民意識)을 파국의 함정에 빠뜨리며 양극화(兩極化)를 촉발시키고 있지 않는가? 극단적 보수와 진보가 미친

듯이 설치면 설칠수록 국민통합과 사회안정이 어려워짐을 모르지 않을 것이다. 극우(極右)나 극좌(極左)는 각각 1% 정도면 충분하다. 극우와 극좌를 세력화하여 양극화로 발생하는 사회적 공황(恐慌)과 불안(不安)을 즐기려는 속셈인가?

이제 좀 냉철히 생각해 보라! 보수는 보수대로, 진보는 진보대로 극단적인 노선(路線)에 대한 양심적인 반성(反省)과 자체 비판(批判)으로 온건성(穩健性)을 더욱 강화하여 상생(相生)과 타협(妥協)을 통해 우리 민족의 나아갈 길을 모색해야 하지 않겠는가? 그리고 나와 같은 중도통합론자들을 함부로 매도하지 말라! 중심축(中心軸)을 잡아줄 중도통합세력(中途統合勢力)이 극단적인 보수와 진보세력보다 더욱 견고(堅固)해야 우리 민족은 흔들림없이 발전할 수 있을 것이다. 이제는 낡고 병든 극단성(極端性)과 과격성(過激性) 및 조급증(躁急症)에서 벗어나자! 그것이 온건화(穩健化)를 지향하는 첫걸음이 될 것이다.

## 11. 지금 우리는 무엇을 어떻게 해야 하는가?

최우선으로 우리 어문(語文)과 역사(歷史)와 전통문화(傳統文化)를 연구하고 발전시키며 계승하도록 국가가 앞장서야 한다. 청소년 교육과정에 한글과 한문, 역사, 전통문화에 대한 교육을 강화하여 한민족의 주체성(主體性)과 정체성(正體性) 그리고 우수성(優秀性)과 자긍심(自矜心)을 고취시켜야 한다.

영어(英語)를 포함하여 외국어(外國語)는 '필요한 사람들이 필요한 수준만큼' 공부하도록 원하는 수요를 지원하면 된다. 절대로 영어교육 또는 중국어교육 광풍(狂風)에 휘말려서는 안 된다. 또한 역사 연구 중에서 상고사(上古史) 연구에 대해서는 남북한을 위시하여 중국과 일본과 몽골의 전문학자들이 참여하는 다국적 상설(常設) 연구기관을 설립하여 공동 연구하도록 우리가 주도하며 지원을 아끼지 말아야 한다.

정치권과 시민단체의 보수(保守)와 진보(進步)와 중도(中道) 진영이 극한 대립(極限對立)을 피하면서 상생(相生)과 협력(協力)을 통해 국력과 국민정서를 통합(統合)해 나가야 한다.

해방과 건국 이후 그저 '빨리빨리'를 외치며 치달려 왔으나, 이제 속도(速度)를 조절할 수 있는 브레이크 기능을 작동시켜야 한다. 방향감각을 잃은 채 어디에 곤두박질칠지 모르는 브레이크 없는 벤츠에 정밀한 기능(機能) 즉 정의(正義), 청렴(淸廉), 질서(秩序), 예절(禮節), 인성(人性) 브레이크를 장착시켜 속도(速度)를 조절(調節)해야 한다.

더 이상 정치판이 격투기장이나 개판이 되도록 방관자(傍觀者)가 되어서는 안 된다. 부패한 정치인들이 여의도 국회의사당과 정당(政黨)을 장악하도록 방치해서도 안 된다. 이는 지도층의 기강윤리의식(紀綱倫理意識)의 부재에서 비롯된 것이다. 아무리 경제(經濟) 성장과 복지(福祉)가 발달되더라도 민주주의는 기강(紀綱)이 무너지면 파멸을 면치 못할 것이다. 아노미(anomie) 현상에 허우적거리는 현실을 타개하고 새로운 시대를 맞이하기 위해서는 기강윤리를 확립해야만 한다. 부패한 정치인과 정당을 방치하고서, 어찌 기강윤리가 확립된 체통(體統) 있는 나라를 만들 것인가? 세계 사람들의 조롱거리가 될 따름이다.

공직사회는 물론 언론기관과 시민운동단체 등 엄정하게 정치적 중립(中立)을 지켜야 할 집단(集團)들은 정권(政權) 창출(創出)의 망상(妄想)과 정권에 줄서기 등 기회주의적 타성에서 벗어나야 한다. 언론(言論)이 부패(腐敗)하고, 종교(宗敎)가 타락(墮落)하고, 시민운동(市民運動)이 변질(變質)되거나 위장(僞裝)하면, 그런 국가와 민족에게 어찌 미래가 있겠는가? 언론과 종교 및 시민단체가 정권(政權)과 유착(癒着)하기 위해 발광(發狂)해서는 안 된다.

무본(務本) ―언론, 종교, 시민단체가 마땅히 그 본분에 힘써야지, 정권창출이나 정치권력화 혹은 권력유착에 혈안(血眼)이 되어서야 어디에 쓰겠는가?

한반도 통일방안(統一方案) 마련과 남북 경협(經協) 및 통일기반 조성이라는 과제는 공개적으로 투명하게 추진하여 남북한 국민들의 공감(共感)과 동의(同意)를 얻으며 상호이익이 되도록 이제는 합리적으로 추진되어야 한다. 그리하여 우리의 염원인 통일성업(統一聖業)을 기필코 이룩해야 한다.

뿐만 아니라 해외 도처에 분포되어 있는 우리 한민족을 내 형제, 내 동포로 보듬어 안아 한민족(韓民族)이 단결(團結)하도록 동질성(同質性)을 극대화해 나아가야 한다.

## 12. 이제 우리는 잠에서 깨어나자!

마하트마 간디(Mahatma Gandhi, 1869~1948)가 지적한 〈일곱 가지 사회악(社會惡) : 나라가 멸망하는 징조(徵兆)〉는 지금 우리가 새겨들어야 할 경종(警鐘)이기에 여기 소개한다.

① 원칙(原則) 없는 정치(政治) : Politics without principle

② 노동(勞動) 없는 부(富) : Wealth without work

③ 양심(良心) 없는 쾌락(快樂) : Pleasure without conscience

④ 인격(人格) 없는 지식(知識) : Knowledge without character

⑤ 도덕성(道德性) 없는 상업(商業) : Commerce without morality

⑥ 인간성(人間性) 없는 과학(科學) : Science without humanity

⑦ 희생(犧牲) 없는 종교(宗敎) : Worship without sacrifice

마치 간디가 살아서 우리의 현실을 직시(直視)하는 것 같지 않은가? 간디가 말한 일곱 가지 사회악을 해결할 능력과 의지를 우리는 가지고 있는가?

우리는 반만년 역사의 잠에서 깨어나야 한다.

• 주변 열강(列强)의 눈치를 살피며 사대(事大)의 대상을 찾아 헤매던 종속적(從屬的) 습성(習性)에서 깨어나야 한다.

• 우리 한민족 내부적인 분열과 갈등, 부정부패와 거짓의 늪에서 깨어나야 한다.

• 기회주의와 한탕주의 환상(幻想)에서 벗어나야 한다. 투기(投機)와 요행(僥倖) 또한 불신(不信)과 부정(否定) 중독(中毒)에서 탈출(脫出)해야 한다.

• 부끄러운 언행(言行)으로부터 탈피하여 책임감 있고 겸손한 언행으로 양심을 회복하여야 한다.

• 인정(人情)의 미덕(美德)을 살리면서, 정직(正直)하고 합리적(合理的)인 투명(透明)한 세상을 만들어야 한다.

• 정정당당하게 경쟁하여 승자는 패자를 위로하고, 패자는 승복하여야 한다.

• 백절불굴(百折不屈)의 정신으로 노력(努力)하고 도전(挑戰)하며, 한민족의 끈기와 신명에 불을 붙여야 한다.


이제 깊은 잠에서 깨어나라! 한국(韓國)이여! 한민족(韓民族)이여! 한국혼(韓國魂)이여!

단결하자. 겨레여! 힘을 기르자. 동포여! 화해하고 화합하자. 형제자매여!

해외동포와 남북한 동포가 다함께 얼싸안고 춤을 출 통일절(統一節)을 기약하며, 통일의 그 날에는 한민족 한 목소리로 목 놓아 '동방의 빛'을 합창(合唱)하자!!

## 동방의 빛

1.

조용한 아침 나라 東方의 등불

三足烏 깃발 들고 歷史 半萬年

東夷族 핏줄 이은 偉大한 民族

아느냐? 겨레여! 悠久한 半萬年을

仁義禮智 바탕 위에 孝道를 實踐하고

敬老孝親 人情 속에 和睦을 圖謀했네.

깨어나라! 일어서라! 東方의 빛! 韓~民族魂

살기 좋은 우리 江山 아름다운 우리 江山

이 땅에 우리의 꿈을 심었네. 東方의 빛!(동방의 빛)


2.

東方의 아침 나라 無窮花 동산

三足烏 깃발 들고 歷史 半萬年

東夷族 핏줄 이은 偉大한 民族

아느냐? 겨레여! 다가올 半萬年을

禮儀廉恥 바탕 위에 이웃을 사랑하고

相扶相助 秩序 속에 平和를 指向하세.

깨어나라! 跳躍하라! 東方의 빛! 大~韓民國

굽이치는 白頭大幹 아름다운 白頭大幹

이 땅에 우리의 魂을 심었네. 東方의 빛!(동방의 빛)

# 속으로 울고 있어도 눈물을 삼킬 때가 있다

김용환

세상을 살다보면, 속으론 울고 있어도 눈물을 삼킬 때가 있다. 지금이 그러하다. 오히려 무표정한 입가를 손으로 끌어올려 웃게 만들 때다. 세상은 세상의 리듬을 들려준다. 중동에서 건너온 메르스가 많은 사람을 지치고 힘들게 한다. 메르스 초기 증상은 감기와 같다. 메르스 증상은 메르스코로나바이러스(MERS-CoV)에 감염된 후 2~14일의 잠복기를 거쳐 나타난다. 섭씨 38도 이상의 고열, 기침, 숨 가쁨, 호흡 곤란이다. 악화되면 급성신부전을 일으킨다.

메르스코로나바이러스는 공기 중으로 전파되지는 않는다고 알려져 있다. 기침이나 재채기를 할 때 튀는 침방울, 비말을 통해 감염이 이루어진다고 한다. 기침할 때 침이 튀지 않도록 손수건으로 감싸는 '기침

**김용환(金容煥)** _ 대구 출생(1955년). 서울대학교, 동 대학원 졸업(철학박사). 충북대학교 본부 기획연구실장(1997~1998), 파리 소르본느대학 연구교수(1992~1993), 캐나다 브리티시 콜럼비아 공동연구교수(1998~1999), 한국윤리교육학회 회장(2011~2012) 등 역임, 현재 충북대학교 사범대학 윤리교육과 교수, 고조선 단군학회 부회장, 사단법인 겨레얼 살리기 국민운동본부 편집이사 등 활동. 충북대학교 학술상(1998) 외 다수 수상. 저서 《현대사회와 윤리담론》(2006), 《세계윤리교육론》(2009, 문광부 우수도서 선정), 《한국철학사전》(공저, 2010), 《도덕적 상상력과 동학의 공공행복》(2012)외 다수.

에티켓'을 지키도록 권고한다. 예방원칙은 감기 및 인플루엔자 예방원칙과 흡사하다. 평소 손 씻기 등 개인위생 수칙을 준수하는 것을 권고한다. 그런데 너무나 작은 세균 때문에 한반도가 뒤숭숭하고 온통 흔들리고 있다.

메르스 때문이 아니더라도, 속으론 쓰디쓴 눈물을 삼키고 겉으론 미소 지으며 웃음을 유지해야 할 때가 있다. 그것이야말로 자신을 다스리는 길이고, 주변과 세상을 살리는 길이기 때문이다. 살다보면, 인생에서 묻어오는 여러 종류의 병균으로 울고 있는 이웃의 눈가를 닦아내서 눈물을 지워 줄 필요가 있다. 정치적 계산을 앞세워 가슴 아파하는 사람의 속을 다시 한 번 후벼 파는 모습이 나타나더라도 미소는 잃지 않아야 된다. 비록 속으론 울고 있어도 그 얼굴을 다시 웃게 만들 힘이 우리에게 있다. 그 힘은 진정으로 사랑하는 힘이다.

메르스가 나타나지 않았던 이전에 종종 눈물을 삼켜야 할 때를 겪었다. 이웃의 험담과 냉담으로 상처받은 가슴에는 메르스가 할퀴고 간 상처보다 더한 상처가 깊이 패여 남아 있음이다. 문제는 감염의 깊이와 넓이이다. 걱정이 가득한 사람과 있으면, 마음이 걱정으로 감염된다. 불평이 가득한 사람과 있으면 마음이 불평으로 감염된다. 불만이 가득한 사람과 있으면 마음이 불만으로 감염된다. 그런데 웃음이 가득한 사람과 있으면 웃음이 감염된다. 열정이 가득한 사람과 있으면 열정이 감염된다. 사랑이 가득한 사람과 있으면 사랑이 감염된다.

그래서인지 '유유상종(類類相從)'이란 말이 새롭게 다가온다. 상대의 매력을 더 돋보이게 함으로써 자기의 매력을 키우는 것이 진정한 '유유상종'이다. 나보다 더 멋진 사람을 보면, 비교하고 멀리하기보다는 오히려 가까이 다가선다. 마냥 부러워하기보다 그 기운을 느끼면서 에너지를 얻는 것이 필요할 때가 있다. 그들에게서 많은 자극과 영감을 받으면서 시너지 효과, 후광 효과를 내고, 나를 더 반짝이게 변화시키는 영감이 필요하다.

영감은 과연 어디에서 오는 것일까? 영감은 고요한 지혜를 느끼는 남에게서 오지만 자신으로부터도 온다. 그래서 자신의 무의식과의 대화가 필요하다. 자신의 무의식 세계에 항상 귀를 기울이고 있지 않으면 영감의 기회는 적어진다고 할 것이다. 일상의 시간에서 자기가 무엇을 느끼고 있는가를 항상 의식하고 모니터하는 것이 중요하다. 우리는 보통 의식세계에서 살아간다. 현실세계, 육체세계에 일어나는 일을 메모하고 모니터하는 것이 영감을 받는 길이다. 일상에서 벗어나고 초월한 보다 더 큰 영역, 초월의식의 세계와 만날 필요가 있다. 드넓은 바다에 떠있는 빙산처럼, 우리는 광대한 초월의식의 바다에 떠서 영성여행을 하는 셈이다.

그 영감은 과연 어디에서 오는 것일까? 일상에서 오기도 하고, 무의식에서 오기도 하고, 초월의식을 위한 영성여행에서도 온다. 새로운 세계를 만나려면 새 길을 느껴야 한다. 세상에서 가장 가난하다고 알려진 우루과이 대통령 호세 무히카의 이야기가 전해진다.

어느 날 호세 무히카 대통령 얼굴에 칼로 베인 듯 깊은 상처가 났다. 온갖 추측이 난무했고 국민들의 불안이 커져만 갔다. 실은 지난밤 폭풍우 때 슬레이트 조각이 날아와서 코를 맞춘 것이다. 자칫 빗겨 맞았다면, 실명할 수도 있었던 아찔한 사고였다. 쏟아지는 질문에 대통령이 답변했다.

"우리 옆집 주인이 지붕을 붙잡고 있기에, 같이 붙잡아 주다가 그런 것이지요."

안도의 한숨을 뱉어내며 대통령을 걱정의 눈빛으로 바라보는 보좌관들이 있었다. 그러나 호세 무히카 대통령은 '이웃끼리 서로 돕는 게

당연하지 않느냐'고 말하며 아무 일 없었던 듯 일상으로 돌아갔다. 그는 이렇게 힘주어 말했다.

'정치가에게 가장 이상적인 삶의 방식은 그들이 봉사하고자 하는, 또는 대표하고자 하는 다수의 사람들처럼 사는 것입니다.'

그래서인지 호세 무히카는 규모가 아주 작은 집에 살았고, 보잘것없는 살림살이를 하였고, 낡은 자동차를 몰았다. 실제로 그는 28년 된 자동차를 끌고, 월급의 90%를 기부한 것으로 알려져 있다. 그러면서도 '이게 어떻게 뉴스거리가 되느냐'고 반문한 그의 말이 오히려 세상뉴스가 되었다. 호세 무히카는 세상에서 가장 가난한 대통령이지만 그 마음만은 최고의 부자이다.

요즈음 많은 사람은 치유를 희망한다. 그런데 생명의 치유는 생명에게서 나온다. 달이 구름을 빠져나가듯 자신은 상대에게 아무것도 아니겠지만, 상대는 자신에게 그 모든 것이 된다. 세상의 치유는 온전히 있는 그대로를 받아들이는 것이다. 자신이 꿈꾸지 못한 상대가 실제로 자신의 하나뿐인 치유가 된다.

상대 때문에 내가 살고, 상대 때문에 내가 죽는다. 상대의 눈빛, 상대의 손길 하나에 나의 온몸의 세포가 일어나 춤을 추기도 하고, 오히려 위축되어 움츠러들기도 한다. 지친 내 마음에 상대가 다가오는 순간, 상대의 마음에 자신이 가까이 있는 순간 오직 생명의 치유가 이루어진다.

일찍이 톨스토이는 '아무리 사소한 선행이라도 거기에는 가장 위대하고 중요한 행동 못지않은 에너지가 필요하다'고 했다. 상대의 마음을 읽는 데는 '지켜보는' 시간과 정성이 필요하다. 상대가 갖고 있는 진정한 가치와 상대의 의미를 찾는 데서, 우리는 치유를 찾게 된다. 그러므로 상대를 애정을 갖고 지켜보는 것이 중요하다.

나와 상대는 인연을 이루는 끈이다. 이 끈은 공성으로 실체는 없지만, 영향을 끊임없이 미치기에 소중한 끈이라고 할 것이다. 상대를 지켜본다는 것은 상대를 기다려준다는 뜻이다. 그것은 또한 오래 인내하고 참아준다는 뜻이다.

인연의 끈을 살피고 상대를 오래 기다리며 지켜보면, 상대의 진면목이 드러난다. 여기에 사랑하는 마음을 담아 상대를 애정으로 지켜보면, 그 상대는 어느덧 진짜 사랑스런 사람으로 더욱 크게 돋보이게 된다. 결국 애정으로 지켜보는 그 시간의 깊이와 넓이가 사랑을 만든다. 그것은 토스카니니의 기억처럼 새록새록 인연의 진면목을 밝혀준다.

토스카니니의 기억력은 거의 전설적이었다. 그는 아무리 복잡하고 긴 악보라도 한두 번만 보면 깡그리 외워 버렸다. 처음 대하는 악보인 경우에도 예외는 없었다. 그가 악보를 외울 수밖에 없었던 것은 지독한 근시 탓이었다. 지휘를 할 때 악보책상 위의 악보를 보면서 지휘할 수 없었기 때문이다. 그렇지만 이것은 연(緣)이고, 그의 천재적 기억력이 인(因)이다. 세계적인 지휘자 토스카니니가 다른 연주자처럼 눈이 좋았다면, 처음부터 악보를 외울 필요가 없었을 것이다. 지독한 근시였기에 악보를 외워야만 했고, 그것이 어느 날 자신도 모르게 그를 전설적인 지휘자로 만들었다.

자신의 치명적인 약점이 오히려 기회가 된다. 열심히 살다보면, 복이 따라 오는 법이다. 한국인이 신고도 하지 않고 메르스를 옮겼다고 홍콩과 중국에서 한국인을 비난하고 발걸음을 끊고 있다. 그러나 오늘의 시련을 잘 이겨내면 내일의 복이 될 수 있다. 그것은 오늘을 처음 살아보는 사람처럼 느끼는 새로움에 있다. 메르스가 할퀴고 간 어제로 오늘을 살지 않음이다. 배우 윤여정씨가 TV 프로그램, '꽃보다 누나'의 마지막 방송에서 남긴 말처럼 말이다.

"나도 67세는 처음 살아봐요."

무엇이든 처음엔 서툴고 떨린다. 실수도 한다. 메르스 1호 환자는 진단을 정확히 하고자 여러 병원을 돌고 돌았다. 그러면서 34명이 그의 영향으로 메르스 확진환자가 되었다. 그 밖에도 2차, 3차 감염자가 우후죽순처럼 양산되고 있다. 그런데 메르스 1호 환자의 아내는 메르스를 이겨냈다. 참으로 역설적이다. 아마 그 아내는 '오늘'을 근심이 서린 어제처럼 절망으로 살아간 것이 아니라 처음 사는 오늘처럼 살았을 가능성이 높다. 자신에게 메르스를 감염시킨 남편을 미워하기보다 남편이 회복되기를 열망하면서 자신이 메르스 2호 환자라는 것을 대수롭지 않게 여겼을 수 있다. 그래서 그녀에게 내일은 처음 살아보는 오늘의 연속이다. 날마다 서툴고 실수투성이 날들이지만 우리는 남을 미워하거나 원망하지 않고 죽을 때까지, 우리는 오늘이 어제와 다른 새 날임을 기억하며 온몸으로 살아갈 필요가 있다.

날마다 새로운 해는 뜬다. 어제의 태양 같지만 오늘은 새로운 태양이다. 어제 먹은 밥 같지만 오늘 먹어보면 새로 먹는 밥이다. 어제도 사랑했지만, 오늘 사랑은 처음 사랑이다. 우리는 오늘 다시 새롭게 태어나고, 새롭게 시작한다. 새로 시작하기에 희망이 있다. 그 희망이 열매를 맺게 되면, 우리는 그 기쁨을 주변의 인연에게로 회향할 수 있다. 그들이 다시 희망을 가져야 나의 희망이 보다 큰 열매를 맺기 때문이다. 이것이 인생의 맛이다.

나는 희망 속에서 내가 의지할 곳을 찾는다. 메르스가 한반도에서 물러날 것을 희망한다. 내가 가치 있게 생각하는 그 희망의 날에 우리는 다시 성장하게 된다. 인생의 맛을 잃으면 사는 재미도 잃게 된다. 메르스로 하루하루가 고단하고 힘들고 빨리 지친다. 그러나 인생의 맛은 저마다 요리하기 나름이다. 너무 작은 세균에 희망의 끈을 놓지 않아야 된다. 자신만의 좋은 솜씨를 개발하고 대처하면, 오늘의 위기는 극복되고 인생의 맛도 풍부해진다.

'성실'의 반대말은 '실성'이다. 오늘에 성실하지 못하면 '불성실'을 넘어 실성하게 된다. 메르스로 말미암아 실성하게 되면 신뢰를 잃고, 사람을 잃고, 일을 잃고, 마침내 자신의 인생도 송두리째 잃게 된다. 메르스 1호 환자가 남편이고, 메르스 2호 환자는 그의 아내이다. '성실'은 처음부터 최선을 다하는 것이다. 끝까지 최선을 다하다 보면, 치사율이 높은 메르스에 이길 날도 오는 것이다. 성공은 실성하면 따라오지 않지만, 성실하면 뒤따라오게 마련이다.

'자리이타'(自利利他)라는 말이 기억난다. 자기 자신을 돕고, 다른 사람을 사랑함이다. 자기 자신을 사랑하고, 다른 사람을 도움이다. 진정한 도움과 진정한 사랑은 '자리이타'로써 나타난다. '자리이타'를 실천하다 보면, 신성한 에너지와 연결되어 있음을 발견하게 된다. 우리의 일상에 메르스가 침입한다는 공포 때문에 신성한 에너지가 우리 곁에 있다는 것을 알아차리지 못한다.

좋은 에너지는 메르스의 나쁜 에너지 옆에 항상 함께 있다. 나쁜 에너지가 거듭되면 사악한 에너지로 자라지만, 좋은 에너지가 커지면 신성에너지로 바뀐다. 행복한 인생은 메르스의 나쁜 에너지를 퇴치하고, 좋은 에너지를 모아서 '신성에너지', '치유에너지'로 성숙시켜 가는 여정이다. 어려운 때일수록 이웃에게 다가서 '치유에너지'를 확산시킬 필요가 있다.

제4부

행복으로
가는 길

# 경복궁의 아침

김 혜 연

푸른 잎 뚝뚝 떨어지는 경복궁의 아침은 쏟아져 내릴 듯한 여인의 눈물방울 같은 이슬을 단숨에 먹어 버렸다.

멀리 동해바다에서 금방 퍼올린 태양을 경복궁 담장 위로 걸쳐 저 멀리 관악산을 바라보며 인왕산과 북악산, 삼각산을 병풍처럼 펼쳐놓고 온 우주를 품어 안은 모습은 화려하지 않은 듯한 화려함으로 잔잔히 흐르고 지쳐 쓰러질 듯한 오랜 세월의 흔적을 아름다움으로 간직한 채 경복궁은 우리의 도심 한가운데 정궁으로 자리하고 광화문 광장을 가로질러 세상으로 나오고 있다.

도시의 시끄러움은 빌딩숲 크기만큼 요란하게 아침을 열고, 담장 너머 경복궁은 문을 굳게 닫은 채 소나무의 휘어진 모습에서 세월의 허리가 굽어 전해진 이야기를 들을 수 있었다.

**김혜연(金惠蓮)** _ 강원 태백 출생(1968년). 태백에서 황지여상고를 졸업하고 상경한 뒤 최근 동방대학원대학교 사회교육원 졸업. 대종교와 관련한 경전 연구 및 보급처인 '천부경나라' 대표로 재직하며, 한국자유기고가협회 회원, 글로벌문화포럼 공론동인회 회원 등으로 문필활동.

여의도 국회의사당 잔디 뜰에 선조들의 발자취를 남겨 뒤돌아보면 아녀자의 두 눈과 귀를 어디에 두고 무슨 말로 표현을 해 줄까?

저들의 눈과 귀는 어디를 향하고 무엇을 잡기 위한 노력들을 저렇게 하는 것인지….

TV를 켤 수가 없다. 명분도 상식도 이해가 되지 않는다. 그것은 내가 너무 정치에 무관심한 때문일 수도 있겠지만….

경복궁의 아침은 가득한 햇살만큼 600년의 세월이 끊임없이 흘렀건만 비어 있는 지금의 모습처럼 국회의사당 모습에서 비어 있는 정신은 무엇으로 채워 볼까. 폭언과 폭력이 난무하고 무질서 속에 서로를 물고 헐뜯어 무엇을 얻으려는 것인지…. 하나의 끈을 엮어 들어 올릴까?

세상으로 통하는 문을 열어 광화문 광장으로 나오신 세종대왕님은 그 위엄을 자랑하고 찬란한 문화유산으로 우리를 자랑스럽게 하시며 어디서나 당당한 모습으로 살으라 말씀하시건만 당신의 눈을 신께 바쳐 전 세계 문맹을 걷을 수 있을 만큼 한글을 지으셨고 이제 그 길이 시작되었는데, 세계에서 가장 우수한 문자라는 사실을 알고는 있을까?

세계 유일의 문맹률 1%를 자랑하는 국가를 만들 수 있었고, 전 세계 국가의 문자 중에 11,000개의 소리를 표현할 수 있는 유일의 문자, 세계문자올림픽대회를 알고는 있는지(?) 연속 2년 1위를 하므로 세계문자올림픽대회를 무의미하게 만들어 초토화시켜 버린 사실을 알고도 감동이 없을까?

그렇다면 좀 더 품위를 지키기 위해 인품을 길러줄 만도 한데 말이다.

당파 싸움으로 알려진 선조들의 역사는 토론과 실천으로 일구어낸 백성을 위한 정책이었음을 안다면 오늘날 지도자이자 큰 스승의 역할이 어떠해야 하는지 생각을 할 텐데….

서울 한복판에 우뚝 서 세계 경제대국 일본을 벌벌 떨 수 있게 만들었던 분, 그리하여 우리 국민들이 언제나 일본과 당당히 맞설 수 있는 자신감을 불어 넣어 주신 분, 목숨과 신명을 다해 나라를 구하신 충무공 이순신 장군은 예술로 다시 태어나 살아 움직이고 있지 않는가.

그것을 느낄 수 없다면 국회로 오지 말아야 할 사람들이다. 이 나라의 정신 얼과 넋을 가지지 않은 사람은 더욱 그러 할 것이다. 하물며 오래된 경복궁의 은행나무도 그 뿌리를 박아 흔들리지 않는 세월을 살면서 품에 날아든 다른 종자의 나무를 품어 기르고 있었다.

수백 년의 수령을 가지고 살아오는 동안 자라고 자라 아름드리 나무가 되어 여인의 치맛자락을 날리듯 은행잎은 그렇게 바람에 흔들리지만 가지 사이로 날아든 세월의 흔적을 버리지 못하고 고스란히 쌓은 후에 바람 따라 날아든 다른 종자의 나무를 어여삐 키워 이제는 자기의

자리를 내주어야 할 처지가 되어 있었다. 아니 자기의 가지가 찢겨져 아픔을 느껴도 고스란히 품어 길러 내겠지…. 우리의 부모가 그러했고, 우리의 스승들이 그러했고, 우리의 임금들이 그러했듯이.

허구한 날 북소리, 꽹과리소리, 볼륨 높인 마이크소리가 뒤엉킨 잡다한 이 소리 저 소리 모두 귀 담아 들으며 묵묵히 제 자리를 지키는 저 은행나무는 신비롭기도 하다.

아름다움의 미학을 간직하고 인문학을 아무리 강조한들 현실 속에 바로 박힌, 그러한 정신 없이는 지키고 이어 가는 것은 불가능하기 때문일 것이다.

8년 전 상경해서 처음 경복궁을 찾은 후 시간만 나면 찾아가 기대어 쉬는 아름드리 은행나무 품에 서너 그루의 다른 종자를 품고 있다는 사실을 알게 된 건 불과 3년 전이다. 기특하고 사랑스러워 혼자 즐거웠는데 이제는 세상 사람들에게 보여줄 때가 된 것 같다.

경복궁을 지켜온 아름드리 은행나무, 팔 벌려 품어 안은 자식은 이웃나라, 이웃종교 너와 내가 다르지 않음을 몸소 실천으로 우리들에게 가르침을 내리고 큰 스승님으로 그렇게 다가와 있음에 더욱 아름답고 고마울 수밖에 없는 우리의 경복궁.

이 또한 홍익일진대 말 못한다 하여 조상의 얼이 사라진 것이 아님을 바람소리에 실려 구석구석 메아리치는 것을 가슴으로 전해 듣기를 간절히 바라지는 않을까.

이를 바로 읽지 못한 어린 백성들은 오늘도 무관심과 친구하며 광화문을 지나치고 활짝 열린 광장에 모여든 이 시대의 후손들에게 우리 머릿골 정궁 자리에 그 찬란함이 끝없이 펼쳐지길 이 나라의 정궁 경복궁은 그렇게 전하고 있다.

# 송강 정철을 잊지 말자

박성수

## 1. 임금의 청탁을 거절한 법관 정철

송강하면 가사 〈관동별곡(關東別曲)〉을 머리에 떠올리겠지만 송강 정철(松江 鄭澈, 1536~1593)은 조선시대의 대표적인 청백리의 한 사람이었다. 정철은 중종 31년(1536년) 서울에서 태어났다. 4남 2녀 중 막내로 태어나 남부끄럽지 않은 환경에서 자랐는데 10살 때 아버지가 을사사화에 연루되어 원도로 유배되어 집안이 풍비박산이 나고 말았다.

그 후 정철은 16년 동안 갖은 고생을 다 하면서 과거에 합격하였다. 다행히 정철은 어릴 때 궁궐을 출입하면서 당시 태자로 있던 명종과 친숙한 사이여서 과거에 합격하자마자 임금이 된 명종이 축하연을 열어 초대를 받았다.

정철이 누구보다도 임금에게 충성을 맹세한 것은 바로 이 때문이었

**박성수(朴成壽)** _ 전북 무주 출생. 서울대학교 사범대학 역사교육과 졸업. 고려대학교 대학원 졸업. 성균관대학교 교수. 국사편찬위원회 편사실장. 한국학중앙연구원 교수·명예교수. 국제뇌교육종합대학원대학교 명예총장. 국제평화대학원대학교 총장. 문화훈장 동백장, 문화훈장 모란장 등 수훈. 저서 《역사학개론》《독립운동사 연구》《단군문화기행》외 50여 권 상재.

다고 할 수 있다. 그러나 관직에 앉은 지 얼마 되지 않아 그에게 모진 시련이 닥쳐왔다. 다른 사람도 아닌 임금의 사촌 되는 사람이 사람을 죽인 살인죄를 범했는데 정철이 이 사건을 맡아 재판하게 된 것이다.

임금은 정철에게 몰래 사람을 보내어 사촌을 관대하게 처분하라고 일렀다. 그러나 고지식한 정철은 임금의 청탁을 듣지 않고 법대로 사형을 선고하고 말았다. 임금은 매우 유감스럽게 생각하고 여기 저기 하찮은 말직을 전전하는 정철을 돌봐 주지 않았다. 조선시대의 군주를 전제 군주라 하지만 요즘의 대통령보다 못했다. 요즘의 대통령이었다면 자기 사촌을 아마 그대로 두지 않았을 것이다.

그러나 조선시대의 임금을 달랐다. 정철은 임금의 죽마고우였다. 그런데도 임금의 청을 거절하였으니 얼마나 곧은 공무원이었는지 알 수 있다. 동서고금을 막론하고 정철처럼 용기 있는 공무원이 없었다고 해도 과언이 아니다.

어떻게 보면 고집불통의 인물로서 아무도 그를 깔볼 수 없는 인물이었다고 할 수 있다. 그래서 기록에 보면 정철을 '얼음 넣은 옥병(玉甁)처럼 차고 결백했다' 느니, '천상의 사람 같다' 느니 평을 하였던 것이다. 성격이 이렇다 보니 정철에게 적이 많을 수밖에 없었다. 온갖 중상모략의 화살이 그를 향해 날아왔다.

### 2. 훈민정음과 정철의 훈민가를 기억하자

1567년 명종이 승하하고 선조가 즉위하자 정계는 크게 동인과 서인으로 갈라져 당쟁이 시작되었다. 곧고 곧은 정철이 이 싸움에 휘말리지 않을 수 없었다. 정철은 워낙 성격이 곧았기 때문에 동인 서인을 막론하고 자기주장을 굽히지 않고 관철하고야 말았다. 그래서 서인들은 정철을 앞세워 자기들의 논객으로 삼았다.

동인은 주로 영남 사람들이었고, 서인은 주로 충청도와 경기도 사람들이었기 때문에 흡사 요즘의 영남과 호남이 대결하는 것 같은 양상을 벌였다. 어쩌면 당쟁이 오늘의 영호남 대결의 뿌리가 아니었는지 모른다.

동인과 서인의 싸움에서 단연 동인 즉 영남이 우세하였다. 서인의 대변자 역을 맡았던 정철은 중앙에서 물러나 지방으로 좌천당하였으나 다행히 선조임금의 신임을 받아 강원도 감찰사(요즘의 강원도지사)직을 맡아 벼슬길을 유지하였다. 원주 감찰부에 있으면서 부지런히 강원도내를 순찰하였는데 워낙 청렴결백한지라 모두가 그를 총마어사(驄馬御史)라 불렀다. 총마어사란 늘 말을 타고 민정을 살피는 청백리란 뜻이다.

이 때 정철은 금강산을 비롯한 도내 명승지를 돌아다니면서 타고난 시상(詩想)에 불을 붙였고, 장편시 〈관동별곡〉을 지었다. 그리고 또 〈훈민가(訓民歌)〉 또는 '권민가(勸民歌)'라고도 불리는 노래 18수를 지었다. 그 안에는, 1) 아버지는 옳아야 하고 어머니는 인자하여야 한다(父義母慈), 2) 가난과 병환은 친척이 서로 도와야 한다(貧窮患難 親戚相救), 3) 송사를 좋아하지 말아야 한다(無好訟事), 4) 자제유학(子弟有學), 5) 자제는 가르쳐야 한다(無惰農桑) 등등 다섯 가지 항목이 들어 있었다.

훈민가는 매우 알기 쉽고 실천하기 쉬운 말이어서 오늘날까지도 우리 한국인의 생활철학이 되고 있다. 요즘 인성교육이라 하면서 엉뚱한 교육을 하지 말고 정철의 훈민가를 가르치라.

정철은 3년 동안 강원도에서 귀중한 나날을 보내다가 다시 중앙에 돌아와 예조판서(禮曹判書)직을 맡았다. 예조판서라면 요즘의 내무장관이다. 그 때 정철과 절친한 이율곡이 이조판서를 맡고 있었다. 이율곡은 10년 뒤에 다가올 국난(임진왜란)을 내다보고 '10만양병설'을 주장하였다. 그러나 동인들이 맹렬한 추방운동을 벌여 율곡은 서울을 떠나고 이듬해 1월 세상을 떠났다.

율곡의 죽음으로 정철은 홀로 남아 정적들 동인들과 싸워야 했다. 정철은 임금이 하사한 말을 타고 열심히 공무에 정진하였다. 사람들은 말하기를 헌부에 정철과 이이 두 분이 계시는 한 관청에서 부정부패가 없을 것이라 하였었다. 그러나 동인은 외톨이가 된 정철을 2년만에 관직에서 내어쫓으니 정철은 또다시 낙향하는 신세를 면하지 못했다.

전라도 담양 창평으로 돌아온 정철은 우울한 나날을 보내면서 유명한 〈사미인곡(思美人曲)〉과 〈속미인곡(續美人曲)〉을 지어 나라를 사랑하는 그의 충절을 노래하였다. 그러기를 4년 만에 정여립(鄭汝立)의 난이 일어났다. 정철은 감연히 서울로 올라와 왕에게 반역자의 처단을 진언하였다. 그리고 어명을 받아 동인들을 고발하여 극형에 처하였다.

그 공로로 정철은 일약 우의정으로 발탁되었으나 동인인 이산해(李山海)가 영의정이 되니 사사건건 의견이 맞지 않아 되는 일이 없었다. 그러다가 왕자책봉문제에 잘못 건의하였다가 임금의 진노를 사서 관직을 삭탈 당하였고, 함경도 명천으로 유배당하고 말았다. 이때가 1590년, 임진왜란이 일어나기 2년 전의 일이었다.

### 3. 임진왜란과 의병장 정철

1592년 4월 왜군이 부산에 상륙하더니 순식간에 서울이 점령당하였다. 그 때 정철은 강계에 유배당하고 있었다. 선조가 개성까지 피난하였을 때 모든 백성들은 이산해 같은 간신을 믿고 정철 같은 충신을 버렸다고 입을 모아 비난하였다. 이 소리를 듣고 비로소 선조가 잘못을 깨달아 이산해를 해임하고 정철을 불렀다. 왕의 부르심을 받고 임금님 앞에 엎드린 정철의 마음은 참으로 착잡하기 짝이 없었다.

만일 자기가 서울에 있었더라면 이렇게까지 어처구니없는 패배를 당하지 않았을 터인데 거의 전국토를 왜적에게 점령당하였으니 선조임금이 정철에게 어떻게 하면 좋은가 물었다. 정철은 "호서와 호남의 체찰사가 되어 의병을 모집하겠습니다"라고 대답했다.

호서와 호남은 그 당시 적군의 점령 하에 있었다. 적진에 들어가서 순찰하는 것이니 사지(死地)에 들어가는 것이었다. 그러나 정철은 즉각 임지에 가서 의병을 모집하였다. 과연 의병들은 벌떼같이 일어나 적군의 후방을 공격하였다.

정철의 다음 임무는 사은사로 명나라에 가는 일이었다. 그러나 동인들은 끝까지 정철을 모함하였다. "정철이 명나라에 가서 왜군을 모두 몰아냈다고 말했다"고 모함하여 정철은 명나라에서 돌아오자마자 스스로 직을 사퇴하고 강화도로 은신하였다.

그가 머물게 된 마을 이름은 강화 송정촌(松亭村)이었다. 정철의 최후는 비참하였다. 먹을 것이 없어 아는 사람들을 찾아다니며 구걸했다. 향년 58세. 일생을 모함 속에서 살다가 결국 모함으로 세상을 떠난 정철을 두고 많은 사람들이 그를 단순한 청백리로 평가하지 않았다. 그는 청백리일 뿐만 아니라 동시에 투사였던 것이다.

송강 정철에게서 뗄 수 없는 것이 있었으니 술이다. 만일 정철에게 술과 시가 없었다면 58세라는 천수(天壽)마저 누리지 못했을 것이다. 그리고 국문학사상 불후의 명작인 〈관동별곡〉을 남기지 못하였을 것이다.

정철에게는 이런 일화가 있다. 한낮에 술에 취한 정철에게 지나가던 나그네가 당신 이름이 무어냐고 물었다. 그랬더니 정철은 대답하기를, "나는 아무도 모르는, 이름 없는 취객이요." 그러나 그는 단순한 취객이 아니었다. 부정부패와 싸운 용기 있는 청백리요, 왜군과 싸운 의병장이요, '관동별곡'을 지은 국민시인이었다.

　광복 70주년을 맞이하면서 그동안 혼자 애국자 연하던 대한민국의 정치인들이 다 어디로 숨었는지 얼굴을 볼 수 없구나! 나와서 한 마디 반성하는 말이라도 해야 하지 않는가. 싫다면 얼굴이라도 한 번 더 보자.

# 거액(?)의 달러를 준 여인과의 재회

## 송낙환

그 날 밤 나는 그녀에게 주머니를 털어 당시의 나로서는 거금에 해당하는 달러를 주었다. 그의 절절한 호소를 나는 결코 외면할 수 없었던 것이다. 그녀에게 건넨 달러가 부자들에게는 하찮은 액수일지 몰라도 나의 당시 처지로는 상당한 거금에 해당하는 액수였던 것이다. 나는 당시 북한뿐 아니라 세계 곳곳에 흩어져 살고 있는 우리 동포들과 고락을 같이해 보자는 취지로 주로 북방의 동포들을 찾아다니며 활동을 했었다. 그때에 나와 뜻과 취미를 같이하며 중국이며 러시아며 북한을 왕래하던 일행들이 있었다. 그들의 면면을 살펴보면 별로 이름난 사람들도 아니고 평범하게 살고 있는 사람들이었지만 유독 겨레의식만은 강했던 사람들로 기억된다.

우리는 상호간 별로 말은 많이 안 했지만 종로 2,3가 뒷골목 등지

**송낙환(宋洛桓)** _ 사단법인 겨레하나되기운동연합 이사장. 한국수필가협회 회원. 평양꽃바다예술단, 겨레평생교육원, 겨레뉴스, 겨레몰 회장. 코리아미디어엔터테인먼트 회장. 민주평통 개성금강산위원회 위원장. 통일부 통일교육위원.

의 허름한 식당에 모여 막걸리 한잔 나누며 미소를 주고받아온, 마음으로 존경과 믿음을 쌓아온 사람들이었다.

그들과 함께 동포들이 살고 있는 집단 거주지를 찾아 민족문화원이며 마을회관 등을 방문해 보면 당시 우리 북방 동포들의 삶이 얼마나 고단한 것이었는지 매순간마다 직접 눈으로 확인하는 순간들이 많았다. 이럴 때면 대부분의 우리 일행들은 차고 있는 시계까지 벗어주고 오는 정황으로 그들에 대한 민족적 애정을 표시하곤 했었다.

이날 북한에서 북한인의 직접 증언으로 들어 알게 된 북한의 처참한 현실도 우리가 그동안 찾아다니며 목격해 온 북방의 우리 민족들의 삶과 크게 다른 것이 아니지 않는가. 나는 주저하지 않고 그녀에게 주머니를 털어 얼마 안 되지만 나에겐 거금인 달러를 가녀린 그녀의 손에 꼬옥 쥐어주었던 것이다. 다시 돌아온 숙소에 홀로 누우니 밤은 깊어가고 잠은 오지 않는다. 호텔 밖 거리는 정적에 쌓여 덩그러니 정물화처럼 누워있다. 평양에서의 하루가 또 이렇게 저물어 가는구나(?)

아마도 그로부터 3년쯤 후의 일일 것이다. 나는 평양을 방문하고 3년 전의 고려호텔이 아닌 B호텔에 묵고 있었다. 당시에 나는 이산가족 화상상봉 문제를 북한 당국과 협상하던 차였기 때문에 상당히 분주하고 긴장되던 시간들을 보내고 있었다.

B호텔은 남한의 통일교회가 운영하는 호텔로 고려호텔보다는 규모가 작지만 그와 달리 제법 자본주의 냄새가 풍기는 그런 분위기였다. 그러나 공산주의 특유의 가차 없는 엄격함은 북한 어느 곳에서나 마찬가지로 여전했다.

밤 12시가 조금 지나서였을까. 침대 옆의 전화벨이 울린다. 웬 전화일까? 북한에 남한 사람이 와 있을 경우 당국자 외에는 어느 누구도 그 사실을 알지 못하는 것이 이 사회가 아니던가. 재북 일정 내내 옆을 지키며 따라다니는 안내원도 직접 찾아와 말을 건네면 건넸지 전화를 걸어온 사실은 아직껏 한 번도 없었는데…. 의아해 하며 전화를 받았다.

"동무, 전화 받으시라요."

진한 평안도 사투리를 쓰는 전화 교환원의 목소리가 들려온다.

"네에…! 저에게 전화가 왔다고요? 제가 여기 있다는 사실을 아는 사람이 아무도 없는데 전화가 와요?"

국제전화가 올 리는 더군다나 만무했기 때문에 나는 이렇게 대꾸했다.

"동무, 받아보시면 압니다. 빨리 받으시라요."

교환원이 웃으며 재촉한다. 교환원의 말투에 장난기까지 섞여있는 것 같다. 한 번도 겪어보지 못한 특유의 분위기이다. 긴장과 호기심이 교차하는 가운데 받아본 구형 검은색 전화기에서 울려나온 목소리.

"선생님, 그동안 무사하셨습니까?"

"……."

"다시 북반부 조국을 방문해 주신 선생님을 진심으로 환영합니다."

아아! 그 여인, 3년 전의 그 여인! 고려호텔의 바로 그 여인! 정말로 의외였다.

"아니! 어떻게…. 제가 여기 있다는 사실을 어떻게 아셨습니까?"

놀라웠다. 3년 전의 그 여인이 내가 여기 묵고 있다는 사실을 알고 있는 것부터가 이해가 안 가는 일인데 거기다 야밤에 전화까지 걸어오다니…. 아니 이거 무슨 공작에 걸려든 것이 아닌가? 북한을 다니며 처음으로 겪어보는, '북한에서의 일' 같지 않은 사건이 지금 나를 상대로 또 벌어지고 있는 것이다.

"민족을 그렇게 사랑하시는 선생님이 조국을 방문하셨는데 제가 어찌 모를 수 있겠습니까?"

"…?…."

"저는 선생님을 다시 만나는 날을 학수고대 기다려 왔습니다."

"……."

"선생님, 이렇게 다시 만나게 되어 정말로 반갑습니다."

낡은 수화기를 타고 흘러나오는 그녀의 목소리는 진심어린 말로 들려왔다. 아니 그 소리가 진심이길 바랐는지 모른다고 표현하는 것이 어쩜 더 정확한 것인지도 모르겠다.

이어서 흘러나오는 그녀의 말.

"선생님, 한 번 뵙고 싶어요, 우리 한 번 만나요."

이 말을 듣는 순간 나는 또 한 번 망치로 정수리를 얻어맞은 것 같은 심한 충격을 느꼈다. 당시의 북한에서는 도저히 있을 수 없는 제안을 그녀가 하고 있기 때문이다. 폐쇄된 북한에서 그것도 남한 사람과 잘못 접촉하면 엄한 처벌을 피할 수 없는 엄격한 북한에서 남한에서 온 남성과 북한의 여성이 단둘이 만나 어떻게 몰래 데이트를 즐길 수 있단 말인가.

"동무, 저와 동무가 여기서 만날 수 없다는 사실은 저보다 동무가 더 잘 알지 않습니까? 어떻게 저와 동무가 만날 수 있다는 말입니까?"

나는 지난 번처럼 그녀를 동무로 호칭하며 대화를 이어갔다.

"호텔 밖으로 나오면 왼쪽에 바로 옆 보도가 있습니다. 거기서 내일 밤 9시쯤에 만나요."

갈수록 가관이다. 나는 안내원의 허락 없이는 한 발짝도 움직일 수 없는 북한의 평양에서 지금 중요한 업무를 하고 있는 것이다. 그런데 어떻게 몰래 호텔을 나가 허락 없이 북한의 여인을 만날 수 있다는 말인가.

(다음 호에 계속)

# 복원지점(Restore Point in Life)

## 신용선

<br>

컴퓨터기능이 복잡하긴 하지만 내장된 시스템파일 중 '제어판'에 '백업·복원'이라는 기능이 있다. 이 복원기능으로 복원을 하고 싶은 일자를 선택하고 자판에 엔터(Enter) 키를 누르면 순식간에 컴퓨터의 내장된 모든 자료나 프로그램들이 원하는 날짜의 상태로 돌아가서 그 날짜 이후에 저장된 모든 자료는 감쪽같이 깨끗하게 사라진다. 그리고 정해진 날짜 이후부터 새롭게 저장하는 자료나 파일들이 연결된다. 마치 어떤 계기로 우리 인간의 뇌 속에 한 부분의 기억력이 삭제

**신용선(辛龍善)** _ 호는 죽림(竹林). 경기도 양평 출생. 국립 강원대학교 경영학과 및 경영대학원 글로벌경영학과 졸업(석사). 경영지도사(중소기업청), 소상공인지도사, 동방그룹 기획조정실 인사팀, 스미스앤드네퓨(주) 기획부장, 신신그룹 그룹기획실장, (주)다여무역 대표이사, (사)한국권투위원회 상임부회장, 강원대학교 경영학과 동문회장, 경기도아마튜어복싱연맹 회장 등을 역임하고, 현재 베터비즈경영컨설팅 대표, 불랙펄코리아(주) 대표이사, 스리랑카정부 관광진흥청 프로젝트디렉터, 한국소기업소상공인연합회 자문위원, 한국산업경제신문사 편집위원, 중소기업기술지식보호상담센터 전문위원, (사)겨레얼살리기국민운동본부 운영위원, 공론동인회 편집위원, 지식경제기술혁신 평가위원, 미래창조과학부 과학기술인 등록, (사)한국제안공모정보협회 회장 등으로 활동. 수상으로는, 대한민국인물대상(창조경제인 부문, 2013), 대한민국실천대상(행복나눔부문, 2013), 뉴스메이커선정 한국을 이끄는 혁신리더대상(2013) 등 다수.

되는 것과 같은 기능이다. 자주 사용하는 기능은 아니지만 나는 이 기능을 사용할 때, 50년을 넘게 살아온 내 삶에 복원지점은 어디쯤일까 생각해 보곤 한다.

우리는 항상 현재에 충실하려고 노력하면서 또한 미래에 뜻하지 않은 어려운 상황을 대비하면서 산다고 하지만 실제로 다가오는 미래는 늘 우리가 준비하는 그 정도의 폭을 크게 벗어나기에 예기치 않은 난제(難題)들을 겪으면서 우리의 인생을 아주 고단하게 만들고는 한다.

과거 우리 조상은 유목생활(Nomadism)을 하였다. 12달마다 달라지는 주변 환경 속에서 의식주문제를 해결하고 최적의 삶을 구가하기 위한 장소와 환경을 찾아가는 유랑생활이었던 것이다. 후에 농사법이 개발되면서 정착생활(Sedentism)로 바뀌었다. 그것은 당연히 삶의 양식이 변화면서 곧 인성의 변화로 이어진다.

과거에 유랑생활(Nomadic Life)을 할 때는 수십 킬로 수백 킬로가 적어도 자신의 의식주의 공간 즉, 삶의 터전으로 인식되기에 그만큼 공간의 넓이나 시간의 길이에 대한 큰 폭의 고려관념을 느끼며 살았지만, 정착생활(Settlement Life)은 그것과는 완전히 다른 내 집, 내 가족 그리고 내 집터를 주변으로 둘러싼 불과 2~3킬로 내의 생활터전만이 중요하게 생각되는 좁은 주거공간 개념과 더불어 인성도 그렇게 변하게 된 것이다.

유랑생활은 가급적이면 자주 이동을 하기에 과도한 물질의 소유, 축적을 피하고 주거이동의 편리를 위한 최소한의 생활유지를 위한 재산을 취득·보유했지만, 정착생활은 축적하고 쌓아두며 자신들의 미래를 풍요롭게 만들고자 하는 강한 소유욕이 발생된다. 이렇게 해서 적게 가진 자와 아주 많이 가진 자가 구분되게 되고, 그것은 뚜렷한 신분을 만들게 되고, 지금도 우리 사회는 많이 가진 사람이 사회를 주도하게 되는 리더그룹으로 평가되고 있다고 보아진다.

이 시점에서 보면 아마도 생존의 위기감은 있었지만 적은 소유로 마음을 편하게 살 수 있었던(추측컨대) 유랑생활시대의 인성이 지금의 우리가 복원하고 싶은 지점의 인성(人性) 일지도 모르겠다.

어떤 사람은 80년을 살면서 그 세월이 40년처럼 아주 빠르게 흘러간 것처럼 과거를 회상하게 되는 반면, 어떤 사람은 과거 80년이 100년처럼 아주 지루하고 견디기 어려울 정도로 긴 삶의 여정으로 느끼게 되는 것이다.

바로 이 시간적 관념을 헬라어에서는 두 가지로 표현한다. '크로노스'(chronos)와 '카이로스'(kairos)가 그것이다. '크로노스'는 단순히 흘러가는 시간이요 일련의 연속적인 절대적인 시간, 즉 두 사람이 살았던 80년을 뜻하고 '카이로스'는 때가 꽉 찬 시간으로 구체적인 사건의 순간, 감정을 느끼는 순간, 구원의 기쁨을 누리는 의미 있는 순간이다.

과거 삶을 돌아보면서 우리는 문득문득 자신의 과거의 어느 지점으로 돌아가서 다른 삶의 궤도로 살고 싶은 '인생의 복원지점(Restore Point in Life)'을 생각하게 된다. 복원지점이라는 것이 스스로 자신의 내부요인 탓으로 생긴 복원지점일 수도 있지만, 어쩔 수 없는 외부환경에서 발생한 탓도 있을 수 있다.

결국 복원지점은 우리가 다하지 못한 삶의 어느 한 대목에 강하게 남아있는 '다 하지 못한 미련'에서의 시발이 될 것이다. 그렇다면 오늘이 미래에서 돌아보는 복원지점이 되지 않도록 우리는 지금 어떻게 살아야 할지 생각해 봐야 하는 것이다.

우리가 사는 오늘도 하나의 복원지점이 될 수 있다. 눈 내리는 겨울, 들판 위를 한참 걷다가 뒤를 돌아보면, 내가 걸어온 발자국이 현재에 닿아있는 이곳까지 오기까지 구부러진 발자국을 볼 수 있게 된다. 아마 우리네 인생도 그와 같음이 아닌가 싶다.

그렇다고 구부러진 발자국으로 돌아가서 다시 걷는다 해도 내 마음이 원하는 대로 발자국이 남겨지지는 않는다. 다만, 오늘이 그 복원지점이 되지 않도록 하기 위해서는 우리의 미래 목적지를 잘 주시하고 각도가 빗나가지 않도록 하여 오늘이 먼 미래의 돌아보는 복원지점이 되지 않도록 살아야 할 것이다.

개인적인 삶의 복원지점과 달리 우리 사회에 대한 복원지점도 우리는 생각해 봐야 한다. 나 자신 하나 돌아보기 바쁜데 무슨 사회과정의 뒷모습을 돌아볼 여유가 있겠는가라고 하면 딱히 할 말은 없지만, 그러나 그 사회의 뒷모습도 내가 살아왔던 같은 공간이라고 생각한다면 사회가 지나온 발자국도 중요한 가치가 있다고 생각한다.

과거 사고가 날 때마다 정부 및 해당 책임자들은 사고에 대한 책임감 있는 사과를 국민 앞에 하는 것을 대신하여 마치 같은 재앙을 다시는 만들지 않을 것처럼 국면전환용 공약만을 내걸었다. 그러면 우리 국민들은 그들에게 책임을 묻기 전에 앞으로 잘하겠다는 공약에 인정을 듬뿍듬뿍 주어왔던 것이다.

300명이 넘는 젊은 청춘들의 바다 속에서 목숨을 잃은 세월호 사건은 사건발발 1년 반이 넘어가지만 국회차원의 제대로 된 사건원인 규명조차 못한 채 공전만 하고, 정부 책임자들은 세종로 한복판에서 무릎 꿇고 국민에게 사죄해도 부족한데 망각 속으로 슬며시 넘기는 새로운 복원지점을 만들고 있다.

대형 사고를 쳐놓고도 책임자들 어느 누구도 국민 앞에 무릎 꿇고 참회하는 사람이 없다. 대통령은 국가를 개조해서라도 재발을 막겠다고 한다. 또 우리 국민들은 그 말을 믿고 듬뿍 인정(?)을 주었다. 어쩌면 우리가 사는 지금이 먼 미래에 돌아보는 복점지점이 되지 않을까 싶기도

하다.

  개인과 사회에 오늘이 그 복원지점이 되지 않도록 하는 지혜롭게 잘 사는 노력이 필요해 보인다. 지금의 정돈 안 된 혹은 어질러진 생각과 행동을 오늘만 잘 넘기면 모면된다고 생각하고 살아서는 안 될 것 같다.

  먼 미래에 아쉬움과 후회하는 마음으로 다시 시작해 보고 싶은 복원지점이 아닌 그 때가 너무 아름다운 시절이어서 돌아가고 싶은 복원지점이 되도록 오늘을 잘 살아내는 우리가 되기를 기대해 본다.

# 북경구보기행기(北京驅步紀行記)

– 중국(中國) 소묘(素描)

## 신용준

**잠**자는 호랑이라 불리는 나라, 면적 960만 제곱킬로미터(남한의 96배)의 넓고 큰 땅을 지닌 거대국, 역사의 보물단지 나라 중국이 '죽(竹)의 장막(帳幕)'을 걷어 젖히고 가슴을 열었다. 그 가슴 속으로 나그네가 들어갔다.

우리와는 사상과 체제가 다른 곳이지만 역사의 숨결은 통하는 나라가 바로 중국이다. 가깝고도 멀게만 느껴졌던 중국이 이제는 이웃마을로 되돌아오고 있다. 중국은 우리에게 많은 것을 전해 주었다. 옛날의 역사, 문화, 의식에서부터 6,25전쟁 때는 중공군이라는 인해전술부대까지 내밀어 북한공산군을 지원했던 적성국가였다.

 **신용준(申瑢俊)** _ 제주 출생(1929년). 성균관 총연합회 고문. 제주한림공고 교사를 시작으로 저청중, 세화중, 애월상고, 제주대부고 등 교장. 제주도교육청 학무국장. 제주대학교 강사. 제주한라전문대 학장. 한라대학교 총장. 한국교육학회 종신회원. 대한민국무공수훈자회 제주도지부 고문. 한국수필가회 이사. 언론중재위원회 중재위원, 운영위원. 한국문예학술저작권협회 회원. 1952년 화랑무공훈장에 이어 1970년에는 대한민국재향군인회장 표창, 1973년 국무총리 표창, 1976년 국방부장관 표창, 1982년 국민포장, 1990년 세종문학상, 1998년 국민훈장 모란장, 제 38회 제주보훈대상(특별부문) 등 수상. 저서 《아!그때 그곳 그 격전지》(2010).

아직도 풀리지 않는 신비의 대륙, 기기묘묘한 자연경관, 인간이 만들었다고 하기에는 어려운 불가사의의 현장들, 이 모든 것들이 세계의 관광객들을 중국대륙으로 끌어들이고 있다.

정확하게 말해서 중화인민공화국인 중국. 죽의 장막이라 불릴 만큼 폐쇄국가의 대표격으로 알려졌던 중국이 개방정책을 취하면서 세계를 향해 문을 열고 있고 우리나라와도 수교를 맺었다. 그러니까 중국은 긴 역사동안 우리나라와 가장 많은 교류를 한 나라인 동시에 우리나라에 가장 많은 영향을 미쳤던 나라다. 또한 지금은 개방의 물결 속에 문호를 개방하고 시장경제체제를 도입하고 있는 사회주의 국가다.

유구한 역사와 유사한 문화유산을 가진 한 · 중 두 나라는 40여 년간의 냉전체제를 끝내고 92년 역사적인 '한 · 중 국교수립'을 체결함으로써 정치, 경제, 사회 등 각 분야에서 활발한 교류가 시작되었다.

우리의 잠재의식 속에 중국은 커다란 음영(陰影)을 가지고 있다. 우리의 중국에 대한 이해는 과거 봉건시대의 중국에 대한 것에 머물러 있다. 그렇지만 중국은 과거 수천 년의 장구한 세월 동안 서서히 변한 것 이상으로 지난 1세기 동안 혁명적인 변신을 해 왔고 최근 20여 년간 또 한 번 혁명적 변화를 보이고 있다.

어제의 적이 오늘의 친구이자 동반자일 수 있다는 것이 국제정치의 흐름이라지만 '중공 오랑캐'로 불렸던 그 중국이 한국전쟁 후 반세기 만인 지난 86년 잠실벌 아시안게임에서 우리에게 낯익은 청천백일기(青天白日旗)가 아닌 오성홍기(五星紅旗)를 펄럭이며 행진곡풍의 그들의 국가를 들어야 했을 때 참으로 야릇한 아이러니를 느끼지 않을 수 없었던 기억이 새롭다. 또 88서울올림픽 이후 미모의 한 중국 여자탁구 선수가 우리나라 남자 선수와 미수교국이라는 벽을 넘어 우여곡절 끝에 혼인에 이르렀을 때 우리는 그들이 행복한 일가를 이루기를 바라지 않았던가?

중국을 직접 방문하기 전까지 내가 가지고 있던 중국에 관한 지식은 정말 보잘것 없었다. 5백 달러를 밑도는 1인당 국민소득과 청결하지 못한 용모, 1년에 한 대꼴로 추락한다는 중국 민항기, 여자에게 잘못 접근했다가는 여권에 '호색한' 이라고 찍히고 마는 나라 등등……. 그러나 몇 차례 다녀오면서 느낀 중국은 정말 대단했다. 중국은 세계인구의 4분의 1을 차지하는 인구와 그 넓은 땅만큼이나 무한한 성장가능성을 가졌음을 깨달은 것이다.

중국이 우리에게 문을 활짝 열면서 중국을 찾는 한국인 여행자의 수가 폭발적으로 늘고 있다. 1993년 12만 명에 불과하던 것이 1994년에는 23만 명, 1995년에는 45만 명으로 추정되고 있다. 초기에는 백두산과 연변의 조선족 자치주 등 희미해진 기억 속의 흔적을 찾는 이들이 많았지만 지금은 본격적으로 '중국의 역사와 문화' 를 보려는 여행자가 주류를 이룬다.

필자도 연길(延吉), 심양(瀋陽), 장춘(長春), 백두산(白頭山)을 다녀왔으며 북경도 다녀왔으나 다시 북경을 찾은 것은 중국의 문화유산의 정수가 여기에 있고 이 문화와 역사에 매료되었기 때문이다.

필자는 오래 전부터 문화를 논함에 있어 문화의 특수성만을 강조하면서 문화의 보편성이나 공통성을 무시하는 태도나 주장에 대해 불만스럽게 여겨왔다. 일찍이 퇴계와 고봉은 이기를 토론하면서 '동중지리(同中之異) 이중지동(異中之同)' 이란 말을 사용한 일이 있다. 우리가 문화를 말할 때, '같은 가운데 다른 것이 무엇이며, 다른 가운데서도 같은 것이 무엇인가' 를 찾아 주고받으면서 재생산하는 것이 진정한 의미의 문화 교류요, 증진이라고 믿고 있었다. 비록 중국문화가 한국의 전통문화 형성에 절대적인 영향을 끼쳤다고 해서 한국문화의 특수성을 무시해서도 안 되고, 한국문화의 특수성을 주장하면서 중국문화를 포함한 동양문화의 보편성을 부정해서도 안 된다는 입장이다. 아울러 무엇보다 중요한 것은 한·중 두 문화에서 '이(異)'와 '동(同)'을 찾아서 그것을 접합시키고 발전시키는 일이다. 그러므로 한·중 양국은 유교문화의 전통이나 자본주의 문화의 보편적 가치를 유지 발전시키기 위해서는 문화교류의 필요성이 그 어느 때보다도 절실하다는 생각이다.

나는 세 차례나 다녀온 북경(베이징, Beijing)이지만 처음 동반하는 내자는 미지의 나라에 대한 설레임이 대단했다. 지난 번 갔을 때와 거리풍경이 다를 정도로 북경은 엄청난 속도로 변모하고 있었다.

영원한 대국으로 일찍이 찬란한 영화를 누려왔던 나라. 한때의 혼란스럽기만 했던 시절에서 이제는 사회주의를 근원으로 하는 개방정책 하에서 광대한 영토와 넘쳐나는 인구를 무기로 세계를 두렵게 만들고 있는 나라, 바로 그곳이 내가 가서 눈과 귀, 몸으로 느꼈던 중국이란 나라다.

쓰러져가는 집들과 그 뒤로 쭉쭉 뻗은 고층 빌딩들, 행인들을 붙잡고 구걸하는 냄새나는 걸인과 최신유행을 뽐내듯 초미니스커트를 입고 길을 걷는 아름다운 여인, 자전거에 싸구려 수박을 잔뜩 싣고 땀 흘리며 거리를 달리는 배 나온 과일장수 아저씨와 시원하게 에어컨을 켜고 창문을 꼭꼭 닫은 채 외제차 안에 앉아 있는 오렌지족들…. 이런 말도 안 되는 대비들이 중국에선 그리 어렵지 않게 볼 수 있는 광경들이었다. 급격히 받아들인 자본주의의 병폐가 그대로 드러나 버리고 만 것이다. 하지만 이런 사소한(?) 것들은 중국이란 대국의 일부분에 지나지 않았다. 너무나도 커서 어느 하나로 설명조차 못할 큰 나라를 보면서 때론 실망하며 때론 찬사를 보내며 여행을 해야만 했다.

10월 2일 11시 50분에 서울에서 1시간 만에 도착한 천진(天津,

Tianjan)은 북경에서 동남쪽으로 140킬로미터 떨어진 무역항으로 북경의 해상관문이자 중국의 공업기지 가운데 하나이다. 지형은 대부분의 지역이 해발 2~5미터의 평원으로 북부에 약간의 구릉이 있을 뿐이다.

천진은 중국 북부 최대의 항구로 해륙교통의 중심이다. 북경이 중국의 수도가 된 이후 강과 바다를 통한 운송기지로서 그 중요성을 더해가고 있다.

천진은 북경, 상해와 더불어 중국의 3개 직할시 가운데 하나이다. 북경과 상해 다음으로 큰 도시이지만, 그 규모에 비해 관광자원은 많지 않다. 따라서 관광을 위해 방문하는 사람보다는 사업상, 또는 다른 지역으로 여행하기 위한 통로로서 들르는 사람이 많다.

우리나라에서는 비행기와 배로 직접 연결되므로 상해, 위해 등과 함께 중국여행의 관문으로 널리 이용되고 있다. 우리 일행도 천진을 거쳐 북경으로 향하였다. 북경은 천진으로부터 기차로는 1시간 30분, 버스로는 2시간, 비행기로는 40분 정도의 거리이다. 우리는 버스를 이용하였다.

근대 이후로도 천진은 그 선진성 덕분에 걸출한 인물을 많이 불러들이는 도시로 유명했다. 근대 사상가인 양계초(梁啓超)가 이곳에서 수학했으며, 주은래(周恩來) 또한 이곳의 유명한 대학인 남개대학에서 공부하며 우리나라 3.1운동 이후에 벌어진 5.4운동에 참가하게 된다. 천진에는 남개대학 말고도 중국에서 가장 오래된 대학 중의 하나인 천진대학이 있기도 하다.

중국의 고속도로 1호격이라는 경당(京唐)고속도로(北京—天津—唐津)는 왕복 4차선인 고속도로로 우리의 70년대 초 경부고속도로가 연상되는 한가로움이다. 띄엄띄엄 달리는 차량들도 바쁠 것이 없다는 듯 시속 7,80킬로미터 정도의 느린 속도이다. 경지정리가 잘 되어 화북평원(華北平原) 북쪽 끝자락인 이곳 고속도로변은 두 시간여를 달리는 동안 언덕조차 보이지 않는 너른 대지가 이어지고 1미터 정도 자란 옥수수 등 밭작물이며 보리와 밀을 추수하고 난 뒤 다음 작물의 파종을 기다리는 들판이 평화롭다. 우리의 시골풍경과는 달리 드넓게 펼쳐진 들판에 집들과 부락이 보였다.

북경에 첫발을 내딛고 처음으로 이국땅이라는 것을 실감하는 것은 우선 도로에서 움직이는 교통수단이다. 자전거의 물결이 교통의 대중을 이루고 있고, 우마차, 삼륜차, 인력거, 자전거가 끄는 인력거(뚜껑이 있는 것, 없는 것), 전기버스(주로 2대가 연결되어 있다)가 숱하게 많다. 또 독일제, 일본제 자동차들 가운데 우리나라 현대, 대우, 기아의 신형차들도 간간이 눈에 띄었다. 우리나라로 치면 100년 전부터 현재까지의 탈 것 전부의 전시장이라 해도 좋을 것 같은 진풍경이었다. 남녀노소 모두 자전거를 타는데 옆이 갈라진 중국 전통 복장 치파오로부터 미니스커트 또는 긴 드레스를 입은 여인까지 가릴 것이 없다. 특히 앞자락을 양쪽 핸들에 나누어 감아쥐고 자전거를 타는 모습은 아름답기까지 하여 무어라 표현해야 할지 눈길을 끈다.

북경 거리는 실로 자전거의 천국을 실감케 했다. 편도 2차선 4,5미터의 자전거 전용도로 또 다시 3,4미터의 보도가 있었다. 인구 1,100만 명 750만 대의 자전거를 자랑하는 북경은 거대한 중국의 수도이지만 인공적인 구조물과 자연지형의 격조로운 조화, 도시의 구역정리 및 도로상태, 도로에 가득 찬 가로수 등 이러한 모습은 우리에게 모범이 될 만하다. 그리고 우리나라의 옛날 영화에서나 볼 수 있는 버스 두 대 크기에 해당하는 특이한 모습의 전차 자동차, 그리고 우리나라에서는 단 한 대밖에 남아 있지 않을(?) 3륜 자동차가 한꺼번에 뒤엉켜 거리를 가로지르는 데도 이것이 묘한 조화를 이루며 별 탈 없이 운행되고 있는 모습은 자동차만으로도 혼잡하고 교통이 마비되기 일쑤인 서울 거리의 모습과 비교가 되었다. 그리고 아쉬웠던 점은 북경 거리를 달리고 있는 자동차들이 태반은 일본산이라는 데 아쉬움이 남는다. 이 북경 거리에도 하루빨리 우리나라의 차들이 더 많이 신나게 달릴 수 있었으면 하는 생각이 든다.

중국여행은 90년이 처음이며 그 후 수차례 다녀왔다. 그때마다 북경의 거리는 활기차고 사람들의 얼굴도 한층 밝아보였다. 경제성장의 좋은 영향일 것이다. 특히 인상적이었던 것은 거리를 걸어가도 한국인인 나를 스쳐 지나는 중국 사람들이 빤히 쳐다보지 않게 되었다는 것이다. 이전에는 경제적인 격차, 체제의 차이 등으로 인해 중국 사람들의 복장은 검소했다. 이 때문에 피부색이 같은 한국인이라도 선진자본주의국가에서 유행하는 스타일로 걸어가면 매우 눈에 띄었다. 현재는 중국 사람들도 서방제국 사람들과 같은 옷차림을 하고 있기 때문에 중국인과 한국인의 구별은 거의 되지 않는다.

북경에서도 한국과 한국인이 중국에 미치는 영향을 여러 장소에서 느꼈다. 백화점에서 팔고 있는 많은 한국제 가전제품, 한국기업에 의한 공단의 진출, 관광지에는 반드시 있게 마련인 한국인 단체관광객, 한국인을 대상으로 한 식당이나 토산품점, 눈에 많이 띄는 한국재벌기업의 간판, 그리고 서울에서 익숙하게 보아온 거리를 달리는 한국차 등등. 한·중간에 국교가 없었던 때에는 생각할 수 없던 광경이다. '남조선'이라고 부르지 않고 '한국'이라고 말하는 것도 신선했다.

사회체제가 다른 중국에서도 한국의 존재가 커지고 있다. 이것이 6년 전의 중국여행과는 가장 다른 부분이었다. 동시에 이것은 한국이 국제사회에서 없어서는 안 될 존재가 되어간다는 것을 실감케 했다.

개방화 바람이 거세게 불고 있는 나라 중국, 이 땅에 발을 내딛는 순간 바로 그 바람 앞에 서 있는 것을 느낄 수가 있게 된다. 마치 판도라 상자를 연 것처럼 무엇인가 계속해서 가득한 희망이 새어나올 듯한 느낌. 그 기운은 이국민인 사람도 금방 감지할 수 있을 정도다.

곳곳에 콜라 간판이 눈에 띄고 눈에 익은 서양배우들 사진이 거리에 널려 있는 등 서방의 물결은 길거리를 잠식하고 있다. 이로 인해 야기되는 각종 범죄도 증가하는 추세에 있으며 배금주의에 물든 중국 사람들 추태도 쉽게 찾아볼 수 있다. 또한 포르노의 범람이나 매춘의 성행도 자본주의가 몰고 온 또 하나의 병폐로 버젓이 자리잡고 있다.

중국의 변화는 겉으로 보기에도 그 속도가 지나치게 빠른 감이 없지 않다. 그러나 이런 속도감이 우리에게 걱정보다는 두려움으로 다가온다. 방대한 땅과 사람들, 그것만으로도 중국은 큰 재산을 소유하고 있는 것이다.

다음날 이른 새벽 숙소인 중원보관(中苑寶館)을 나와 새벽길을 산책했다. 태극권으로 아침 운동을 하는 사람들과 자전거로 오가는 사람들이 뜻밖에 많아 놀라웠다. 우리보다 아침을 일찍 맞는 민족이었다.

중국인들은 대단한 자존심과 배짱으로 당당해 보일만치 여유 있게 산다고 느꼈다. 작업장이나 도로변 심지어 버스나 전차에도 윗도리를 벗은 채로 활보하고 있는 것은 약간 무례해 보이기도 했다.

그네들의 답변은 간단명료했다. '날씨도 더운데 옷 입고 일하면 자주 옷을 세탁해야 되고 세탁 자주하면 옷이 빨리 해진다. 우리는 실속과 편리를 중하게 여긴다' 는 것이다.

북경은 도시 전체가 박물관이라고 일컬어지는 3천 년 역사의 고도이며 중화인민공화국의 수도이다. 중국의 정치, 행정, 문화의 중심지일 뿐만 아니라 만리장성을 비롯, 자금성(고궁박물관), 이화원 등 세계적으로 유명한 볼거리들이 무궁무진하다. 인구는 약 1,080만이며 시내에

거주하는 인구는 500만 정도이다.

북경은 중국을 방문하는 외국인 여행자라면 반드시 들르게 되는 곳일 뿐만 아니라 지방에 사는 중국인들도 평생에 한 번쯤은 가보고 싶어 하는 곳이다. 따라서 명소나 번화가는 늘 붐비는 편이다.

'날씨만 제외하고는 중국에서 가장 좋은 것은 모두 북경에 있다' 는 말이 있을 정도로 북경에는 중국에서 가장 좋은 것들이 모여 있다. 중국 최고의 호텔과 식당이 있고 가장 편리한 교통수단이 구비되어 있다. 자연적인 풍치만 따진다면 북경보다 뛰어난 곳이 많지만, 역사적인 유산을 가장 많이 보유하고 있는 곳 역시 북경이다.

만일 중국의 수많은 도시 가운데 딱 한 곳만 방문해야 한다면, 대부분의 사람들은 아마 북경을 선택하지 않을 수 없을 것이다.

북경을 제대로 구경하자면 어디를 보아야 할까? 이는 여행자의 취향과 관심 분야, 시간적 · 경제적 조건 등에 따라 달라지므로 한 마디로 말하기는 어렵다. 분명한 사실은 북경 5대 명소(자금성, 만리장성, 이화원, 천단, 명13릉)를 비롯한 천안문과 천안문 광장은 보아야 한다는 것이다.

(이하 략. 본고는 필자의 저서에 실린 작품 중 일부를 게재한 것임)

# 우리가 아픈 이유

오 서 진

스마트폰이 일상화됐다.

대중교통을 이용할 때나 가족모임 중에도 온통 모바일에 집중한다.

스마트폰과 뗄래야 뗄 수 없는 세상이 돼 버린 것이다.

회의 중 스마트폰을 들여다보면 나는 하던 말을 중단한다. 회의에 집중할 수 없기 때문이다.

대화는 산만해지고 핵심을 놓치게 되는 것이다.

아침에 눈을 뜨자마자 그날 해야 할 일들을 체크한다. 그리고 스마트폰으로 뉴스를 본다. 뉴스에 달린 댓글들은 한결같이 부정적이다. 비방하고 지적하는 글투성이다. 누가 누구를 비방하고 지적할 수 있겠는

**오서진** _ 사회복지, 가족복지 전문가. 세종대 과학정책대학원 노인복지 및 보건의료 석사 졸업. 사회복지 및 가족, 노인, 청소년 관련 총 25개의 자격 취득. 사단법인 대한민국 가족지킴이 이사장, 월간 『가족』 발행인, 국제가족복지연구소 대표, 한국예술원 문화예술학부 복지학과 교수, 극동대학교 사회복지연구소 위탁 연구위원, 노동부 장기요양기관 직무교육 교수, 각 교육기관 가족복지 전문교수, 각 언론 칼럼니스트, 법무부 범죄예방위원, 사례관리 가족상담 전문가 등으로 활동. 저서로《건강가족 복지론》,《털고 삽시다》등 상재.

가?

마음이 아파온다. 인터넷상에서 가족 상담에 대한 댓글을 보면 한결같이 이혼을 부추기고 있다. 의뢰 글을 올린 사람들도 여론몰이용 글인 경우가 대부분이다.

시댁과의 문제나 부부갈등에서도 결론은 이미 내놓은 채 시월드도 파렴치한으로 몰아간다. 남편 역시 이런 댓글들을 보며 인간쓰레기가 돼 버린 것이다. 답답한 심경을 인터넷 공간에 하소연하지만 시원한 답을 얻지 못한 채 가족을 해체시켜 버린다.

정상적인 상담도 받아보지 못하고, 그러면서 편부모가 돼 자녀를 양육하지 않는 부모를 욕한다. 자녀를 버린 나쁜 인간으로 매도하며 주홍글씨를 새겨 버린다. 이혼을 부추겼던 사람들이 돌연 이혼한 사람들을 사회적 범죄자로 낙인을 찍고 짓밟아버리는 것이다. 자녀가 성장하는 동안 소통하지 못했던 이혼한 부모의 아픈 상흔은 아랑곳하지 않는다.

졸지에 얼굴도 모르는 네티즌들에게 자녀를 버린 부모로 인식돼 사정없이 돌팔매질을 당한다. 인격살인을 당하는 것이다.

인터넷 동호회나 친목도모 카페, 밴드 등 자신을 드러내는 공간에서는 부드러운 글과 고운 말씨를 사용하는 사람들이 있다.

온라인상에서 한껏 아름답고 향기로운 사람으로 포장하는 경우라고 볼 수도 있다. 반면에 자신을 드러내지 않는 공간에서는 무차별적으로 공격적인 댓글을 일삼는 무리가 있다.

일상이 비방하기에도 바빠질 만큼 피폐해져 가는 사람들도 있다. 자신의 부모 중 함께 살지 못한 부모를 향한 원망이 있을 수 있다. 설사 그렇더라도 따스한 위로와 격려로 화해를 중재하고 싶다.

그런데 입에 담아서는 안 될 욕설들로 도배를 한다. 이는 글쓴이에게 두 번의 상처를 주는 꼴이 되는 것이다.

연예인 중 방송복귀를 위해 귀국했다가 포기하고 되돌아간 경우가 있다. 그들을 향한 댓글을 보면 대부분 본질적인 문제가 아니다. 성적으로 비하하는 내용은 그들 가족까지 매장시켜 버리곤 한다. 당사자뿐만 아니라 자녀들과 이후 세대까지 씻을 수 없는 아픔을 주게 되는 것이다.

이런 댓글은 폭력으로 가장 악질적인 방법이다.

아름답고 건강한 댓글달기문화가 조성되기를 바란다.

글은 눈으로 보지만 마음으로 읽는 것이다.

악성댓글에 시달려 보지 않은 사람은 그 아픔이 얼마나 크고 시린지 느낄 수 없다. 그럼에도 불구하고 이런 글을 올리는 사람들도 포용할 수 있어야 할 것이다. 그들의 악성댓글에도 관심을 가져야 진정으로 거듭난 사람이라고 할 수 있다. 악성댓글로 인한 상처를 극복하고 더 큰 화합을 위해 지혜로운 사람이 되길 바란다.

나는 이런 아픔을 겪었지만 오늘도 많은 이들에게 가족복지를 위해 일할 수 있어 감사하다.

나를 도와주신 모든 분께 충심으로 고맙다는 생각이다.

# 서대문의 상징, 안산(鞍山)의 메아리

우원상

옛 한양 성곽(城郭) 둘레의 4대문 가운데 하나인 돈의문(敦義門, 서대문) 밖에서 제일 가까운 뫼가 안산(鞍山)이다. 또한 돈의문(서대문)은 단기 3728년(서기1395년)에 이성계(이태조)에 의해 축성된 성문으로 그 위치는 신문로 정동과 평동을 잇는 언덕 위에 서 있으면서 반천년 이상(520년간)의 역사와 기나긴 세월 속에 숱한 영욕(榮辱)을 조선조와 함께하였으나 단기 4248년(서기 1915년)에 일제(日帝)에 의해 헐리고 말았다. 이 한 많은 돈의문에 연유하여 그 문밖 일원을 '서대문구'라고 명명하게 된 것이다.

서대문구의 중심에 자리잡은 안산은 다른 행정구역과 겹치지 않고 완전 독립된 역사 깊은 산이다. 안산(296m)은 무악재를 사이에 두고, 인왕산(338m)과 가장 친근한 이웃이다. 특히 서울의 상징인 북한산의

**우원상(禹元相)** _ 황해도 평산 출생(1929년). 대종교 선도사. 한겨레얼살리기운동본부 감사. 한국민족종교협의회 감사. 종교인평화회의 대의원. 한국종교연합(URI) 이사. 한국자유기고가협회 이사. 한국 땅이름학회 이사. 민주평화통일자문회의 자문위원. 저서 《전환기의 한국종교》(공저), 《홍제천의 봄(땅이름 유래)》 등.

정기를 같이 타고 내려온 한 산맥붙이라 하겠다.

옛 이야기에 '인왕산 호랑이'가 한 번 포효(咆哮)하면 안산으로 건너 뛰고, 또 한 번 포효하면 다시 인왕산으로 건너며 오락가락하면서 비호(飛虎) 같은 명성을 떨쳤다 한다.

예전에 무악 아래 영천(독립문지역)의 밤은 어두컴컴했다. 영천에서 무악재를 넘겨다보면 심산유곡 사이로 하늘의 별들이 아로새겨져 있고 무악재 양옆 인왕·안산이 시커멓게 우뚝 솟아 낮에 보다 훨씬 높아 보이며 부엉이가 울고 서로 손짓하는 것 같기도 했다.

장순하(張詢河) 시인은 북악과 인왕산 사이에서 두 산을 쳐다보며 그런 관계를 다음과 같이 노래했다.

"…(전략)…/ 북악과 인왕산은/ 어찌 게서 사는 걸까/ 하고한 사연이 쌓여/ 말은 이미 묻혔다/ 예사 돌아앉아/ 남남처럼 하던 그들/ 한밤 이슥하여/ 도란도란 깨 쏟으면/ 나는 또 꾀잠이 들어/ 귀를 반만 세운다"

이 시의 내면 정서는 지형상(地形上)으로 보면 북악과 인왕산 사이보다는 인왕산과 안산의 관계에 더 적절한 표현으로 느껴진다. 인왕산과 안산을 쳐다볼 때마다 다시 읊조려 본다.

안산에서 서편으로 내려다보면 홍제천(모래내) 건너편에 경티절(白蓮寺, 백련사)을 품고 있는 백련산(216m)이 가깝게 손짓한다. 남쪽으로 서강대학교 뒷산 노고산(106m)과 홍익대학교가 자리하고 있는 와우산(102m)도 안산에서 뻗은 뫼뿌리들이다.

조선조 초엽(初葉)에 개경(開京)에서 한양(漢陽)으로 도읍을 옮길 때 한강으로 앞에 줄을 긋고 안산을 배경으로 하여 궁궐을 세우려 했다가 뒤로 한 뼘 물린 것이 오늘날 서울의 한복판 '4대문안'이다. 이렇게 안산은 조선조 한양 천도(遷都)와 더불어 희비쌍곡(喜悲雙曲)의 제반사를 함께 겪었다.

단기 3957년(서기1624년)의 이괄(李适)의 난(亂)도 안산에서 결전(決戰)을 치렀고, 북방 대륙과의 관계에서도 무악재를 옆에 끼고 흥망성쇠를 같이하였다. 안산 정수리에 봉수대(봉홧둑)의 설치와 근세에 와서 민족 자주 자립을 표방한 독립문이 안산 기슭에 세워진 것만으로도 그 배경을 짐작하고도 남는다. 바로 독립문화의 터전이다.

일제시대에 수많은 애국지사를 처형했던 서대문형무소 자리에 독립공원이 조성된 것도, 그 위에 역사관이 개관된 것도, 다 우리 역사를 증거하는 산 교육의 현장으로 서대문구의 긍지인 것이다.

그것뿐이 아니다. 안산은 여러 상아탑을 거느리고 있다. 연세대학교, 이화여자대학교를 비롯하여 경기대학교, 감리교 신학대학, 서강대학교, 홍익대학교, 명지대학교 등이 모두 안산자락에 의지하고 있는 미래의 무궁한 유망주(有望株)들을 교육하는 곳이다.

또한 새절(奉元寺, 봉원사)과 서대문도서관, 자연사박물관, 서대문구청, 그 옆에 서대문보건소를 안고 있다. 특히 문화회관은 서대문 구민들이 정서적으로 가장 친근하게 드나드는 곳이다. 안산은 줄기줄기 골짜기마다 애환이 담긴 전설을 품고 있으면서 이 고장 사람들의 고향 정서를 간직하고 있다.

나는 어려서 봄이 오면 동무들과 진달래꽃도 따고 산나물도 뜯을 겸 안산을 오르내렸다. 여름에는 송이버섯도 따왔다. 그 당시에는 산이 깊어서 서남쪽에는 소나무가 빽빽하게 무성해서 하늘을 가렸고, 노송(老松)이 여기저기 쓰러져 있어도 누구 하나 건드리지를 않았다.

초등학교 학생들의 자연학습을 위한 소풍도 많았다. 연세대학교나 이화여자대학교는 깊은 숲속에 가려진 선경(仙境)으로, 선남선녀들의 노닒을 보는 듯 선망의 대상이었다.

홍제천도 맑아서 미역감고 놀았던 천상의 놀이터였다. 안산은 또 내

어릴 적 추억을 잊지 않고 간직하고 있다. 그래서 80대가 된 지금도 안산을 가끔 찾아 오른다. 이러한 안산의 자연을 자꾸 잠식해 올라가는 현실을 보면 안타깝기 짝이 없다.

그 울창한 숲도 변질이 됐다. 6.25사변 이후 급속도로 안산의 생태계는 변해 갔다. 여러해 전 여름 장마철에 안산에 산사태가 난 것도 이러한 자연 생태계의 변화에서 온 것이다. 하느님은 인간을 용서하려 해도 자연은 훼손당한 것만큼 인간에게 무서운 재앙으로 되돌려 준다는 것을 깨우쳐 준 재해였다.

1990년대 후반에 서대문구청에서 안산을 테마공원으로 조성한다는 말을 들은 나는 "역사 깊은 안산은 아기자기한 공원으로 깎아내려 가꾸기보다는 중후(重厚)하고 깊은 산으로 가꾸고 키워서 영구성을 띤 자연공원으로 복원되기를 간절하게 희망한다"고 조언한 적이 있다. 산이 깊어야 암탉이 날개 깃 속에 많은 병아리를 품듯 시민을 위한 친환경적인 여러 시설을 집어넣을 수가 있다.

이 고장 사람들에게 맑은 공기를 호흡할 수 있도록 하고, 좋은 약수와 지하수를 제공하고 건강을 지켜 주는 산으로 가꾸어야 한다.

또한 안산을 서대문의 상징으로 조성하여 시민의 정서를 북돋우고, 미래를 약속받는 '희망봉'으로 높이 아로새겨야 할 것이다. 이렇게 친환경적으로 자연을 가꾸는 것도 홍익문화(弘益文化) 창달의 효시(嚆矢)라 하겠다.

산이 깊어야 메아리의 진폭도 크다!

# 행복으로 가는 길
– 동남아시아를 순방하며

윤 명 선

인생은 '행복을 추구하는 과정' 그 자체이다(리처드 스코시).
행복으로 가는 길은 따로 없다. 행복 그 자체가 길이다.
이 명제를 깨닫는 것이 '행복으로 가는 길'이다.

세계여행을 시작하면서 동남아시아에 관심을 가지게 된 것은 라오
스 여행기 '욕망이 멈추는 곳'(오소희, 북하우스, 2011)을 읽고 나서였다.
인간은 욕망을 가지고 살아가며, 그 성취를 통해 행복을 느낀다.

그런데 욕망이 멈춘 곳이라면 그 나라의 역사는 어떻게 흘러왔고, 문
화의 현주소는 어떤지 가보고 싶다는 욕망이 생겼다. 동남아시아 사람
들의 행복지수가 우리나라 사람들보다 높다고 하니 그 비밀을 알고 싶
다. 동남아시아의 문화를 둘러보면서 그 해답을 찾기 위해 동남아시아

**윤명선(尹明善)** _ 서울 출생(1940년). 경희대학교 법과대학, 동 대학원
졸업, 미국 뉴욕대학교 로스쿨 졸업(법학박사). 경희대학교 법대교수,
법대학장, 국제법무대학원장, 헌법학회 회장, 인터넷법학회 회장, 사
법·외무·행정 고시위원 등을 역임하고, 현재 경희대학교 명예교수로
활동.

여행을 떠났다.

1.

달라이 라마는 "삶의 목표는 행복에 있다. 모든 삶은 근본적으로 행복을 향해 나아가고 있다"고 말하였다. 사람들은 누구나 행복을 인생의 목표로 삼고 이를 찾아 헤매고 있다. 이제 우리나라도 선진국 대열에 합류하려는 단계에 들어서니 행복이 가장 중요한 화두가 되었다.

우리 헌법은 "모든 국민은 인간으로서의 존엄과 가치를 가지며, 행복을 추구할 권리를 가진다"고 규정하면서 행복추구권이 개인의 권리임을 확인하고 동시에 국가에 이를 보장할 의무를 부여하고 있다(제10조).

과연 '행복'이란 무엇인가? 그러나 이 물음에 대한 구체적인 정답이 없기 때문에 사람들은 행복을 찾아 방황하고 있는 것은 아닌가? 행복이란, 가장 평범하게 정의하면, "기분이 좋은 것이고, 인생을 즐기며, 그런 느낌이 계속 이어지기를 바라는 것이다."(레이야드, 행복론). 행복은 시대와 문화에 따라 다르게 이해되어 왔으며, 사람에 따라 다르게 받아들이고 있다. 그래서 행복에 대한 탐구는 오랜 역사를 가지고 있지만, 무엇이 행복한 삶인지에 대해 아무런 결론을 내지 못하고, 빈호번은 '행복의 조건'이란 저서에서 아예 행복의 '종전 선언문'을 내놓기도 하였다.

또한 행복의 정의가 잘못되었거나 행복을 잘못 인식하고 있기 때문에 잘못된 행복을 추구하고 있는 것은 아닐까? 동일한 조건 하에서도 행복하게 살아가는 사람이 있는가 하면, 언제나 불행하다고 생각하며 살아가는 사람들이 있다. 행복을 결정하는 요인은 사람의 능력, 환경, 조건, 열정 등이 아니라 세상을 살아가는 특정한 사고방식과 행동양식이다. 쿠페 씨는 "행복은 사물을 보는 방식에 있다"(행복의 비밀 20)고 한다. 사람들은 행복의 본질을 이해하지 못하고 있으므로 행복을 못 느끼고, 행복의 조건을 다양하게 들고 있다.

개인의 행복(H, Happiness)을 측정하는 지수를 도식화하면, 개인이 소망하는 것(W, Want) 분의 이미 달성한 것(S, Success)과 이에 대한 자신의 만족도(M, Mind)로 규정할 수 있다(H = S/W±M).

사람들은 자기의 소망 이상을 성취하였을 때 만족을 느끼는 경향이 있다. 그러나 인간의 욕망은 끝이 없기 때문에 개인의 '성취도'에만 의존하게 되면 행복해지기는 어렵다. "성공해야 행복한 것이 아니라 행복하게 사는 것이 성공이다." 개인의 '만족도' 여하에 따라 행복의 크기는 달라지는데, 지금 만족할 줄 아는 것이 행복의 가장 중요한 요소이다.

사람들은 일반적으로 '만족'이 인생의 최종 목적지인 것처럼 생각하고 있다. 그런데 만족은 마약과 같은 것이어서 오래 가지 않고, 새로운 것을 다시 추구하게 된다. 사람은 만족하기 위해 살아가며, 만족을 얻는 순간 이렇게 외친다고 한다.

"시간이여, 멈추어라! 지금 이 순간은 너무도 아름답다. 살아감으로써 이 순간이 과거가 될 바에는 차라리 이 순간 숨을 거두고 싶다."(파우스트)

이처럼 인간은 지속적인 행복을 희구하지만, 이는 불가능한 것이다. 지속적인 행복은 환상일 뿐, 완전한 행복이란 없다.

달라이 라마는 "행복은 각자의 마음 안에 있다는 것이 나의 변함없는 생각이다"라고 '행복론'에서 말하고 있다. 인생의 최종 목표는 행복한 삶을 누리는 데 있으며, 행복은 주관적인 마음의 상태이다. 개인의 행복은 외적인 조건에 의해 결정되는 것이 아니라 내적인 '주관적 느낌' 또는 '마음의 상태' 이다. 같은 사물이라도 보는 사람에 따라 달리 보이듯이 행복 여부도 관점에 따라 다르게 받아들인다. 즉, 행복은 '사물을 바라보는 방식' (소로우)에 달려 있다. 결국 행복의 근본적인 문제는 '어떻게 살아야 하는가?' (드워킨, 행복의 역습)의 문제이다.

세상에는 비관주의자와 낙관주의자의 두 부류가 있다. 동일한 환경 하에서도 어떤 사람들은 괴로워하고 슬퍼하며 세상을 원망하는가 하면, 어떤 사람들은 현실을 그대로 받아들이면서 미래를 바라보며 극복하고 살아간다. 이처럼 행복과 불행은 관점의 차이에서 비롯되는 것으로 사람들의 주관적인 '성향' 에 따라 행복과 불행은 갈린다.

"밝은 성격은 어떤 재산보다도 귀하다"고 카네기는 말하였다. 그러니 세상을 낙관적으로 바라보는 심성을 갖도록 노력하여야 한다. 샤하르 교수는 인간의 밝은 면과 공정적인 정서를 발전시킴으로써 '긍정심리학' 은 행복한 삶을 만들어가는 데 도움이 될 수 있다고 한다. 모든 것을 긍정적으로 생각하면 행복해질 수 있다. 사르트르는 "인생은 B(birth)와 D(death) 사이에 C(choice)이다"라고 하였다. 행복은 바로 선택의 문제이다. "인간은 얼마만큼 마음먹느냐에 따라 행복해진다." (링컨). "행복을 즐겨야 할 시간은 지금이고, 행복을 즐겨야 할 장소는 여기다."(인젠솔). 행복은 거창한 것이 아니라 사소한 생활 속에서 발견해야 한다. "가장 적은 것으로 만족하는 사람이야말로 가장 큰 부자다."(소크라테스). "나는 지금 행복하다"는 믿음에 행복의 뿌리가 있다. 인간을 불행하게 만드는 것은 '환경' 이 아니라 다스리지 못하는 '욕망' 이다. 욕망을 절제하고 다스리는 기술을 익히고 실천하는 것이 행복으로 가는 지름길이다.

경쟁을 통해 개인이나 사회가 발전하기 위해서는 인간의 '욕망' 은 필수적 존재이다. 행복을 발견하기 위해서는 열정을 가지고 모든 것을 추구하여야 한다. 그러나 '탐욕' 이 모든 문제의 근원이다. 탐욕은 인간만이 가지는 일종의 질병이다. "자연은 인간의 필요를 충족시키지만, 탐욕은 만족시킬 수 없다."(슈마허, 작은 것이 아름답다). 넘치는 것은 모자라는 것보다 못한 법, 인간의 욕망에 있어서도 중용의 원리는 적용되며, 욕망의 절제가 불행을 막는 중요한 제동기가 된다. 가진 것에 만족할 때 행복은 찾아오며, 행복은 채움으로써가 아니라 '버림' 으로써 얻어진다는 사실을 깨달아야 한다. 부탄왕국이 세계에서 행복지수가 제일 높다는 사실이나 이태리에서 시작된 '슬로 라이프 운동' 이 세계로 번져가고 있는 것은 그 실천형태라고 할 수 있다.

행복의 조건들을 모두 갖추어도 사람들은 행복을 느끼지 못하는 경향이 있다. 이를테면, 부를 아무리 축적해도 사람들은 행복을 느끼지 못한다. 이 점에 착안하여 연구한 결과 Easterlin은 "인간은 일단 기본적 욕구가 채워지면 그 다음에는 소득수준이 행복감을 향상시키지 못한다" 는 결론을 도출하고 있다. 이를 'Easterlin Paradox' 라고 부른다.

바우만은 연간 1인당 실질소득이 1만 달러까지는 소득과 행복지수가 정비례하지만, 그 선을 넘어서면 양자 사이에는 아무런 상관관계가 없다고 했다. 인간은 돈만으로는 행복해질 수 없다는 사실을 말해 주고 있는 것이다. 이처럼 행복은 다분히 '심리적 문제' 임을 알 수 있다.

공리주의에서는 행복의 유일한 원천이 '쾌락' 이라고 하면서 쾌락은 선한 것이고 최대의 행복을 추구하는 것이 국가의 의무라고 한다. 벤담은 '최대 다수의 최대 행복' 을 최고의 목표로 삼았으며, 개인의 행복의 총화가 바로 '공동체의 행복' 으로 규정하였다. 쾌락은 우리가 앞으로 해야 할 일 바로 그것이고, 쾌락이 모든 면에서 우리를 지배한다는 것이다. 그는 쾌락의 목록으로 부, 권력, 숙련된 기술 등을 들고, 그 양적 차이점만을 중시하고, 질적 차이에는 관심을 두지 않았다. 그러나 쾌락

그 자체가 선일 수 없으며, 쾌락의 추구가 곧 행복이 될 수 없다. 쾌락이 행복의 유일한 토대가 아니라는 점에서 공리주의는 비판을 받고 있다.

2.

오늘날 사람들은 권력·부·명예·사랑·믿음·예술·건강·성 등을 중요한 가치로 추구하고 있다. 이들이 가장 보편적인 가치들로 인정되고 있는데 현대인들에게는 이들이 '우상' 이 되고 있으며(티머시 켈러, 거짓 신들의 세상), 이들을 성취하면 행복해질 것으로 생각하는 경향이 있다. 그러나 이들은 단지 행복을 위한 수단일 뿐 이들을 성취했다고 반드시 행복을 가져다주지는 않는다. 개인의 가치서열에 따라 행복의 순위도 결정된다. 작은 가치라도 만족할 수 있는 사람이 더 행복해질 수 있다. 그 목표를 성취해야 행복해지는 것이 아니라 그 '과정'에서 행복을 찾아야 한다.

프로이드는 행복의 조건으로 '일' 과 '사랑' 을 들고 있으며, 칸트는 여기에 '희망' 을 더하고 있다. '건강' 은 행복의 출발점이며, 건강한 신체는 긍정적인 사고를 하게 만든다. 건강하게 오래 사는 것이 목표가 되었으므로 현대인들은 '9988' 을 외치면서 건강에 가장 관심을 가지고 건강을 유지하기 위해 노력을 하고 있다. 사람이 생활하는 데 필수적인 것이 의·식·주 등 '기본적 수요' 를 해결하는 것이다. 인간은 입고 먹고 살 수 있는 최소한의 조건이 갖추어져야 비로소 행복을 생각할 수 있다. 이들은 행복한 생활을 누릴 수 있는 가장 기본적인 조건이고, 행복의 출발점이다. 그러나 이들은 행복의 최소한의 필요조건이지 충분조건은 아니다. 일은 이러한 문제를 해결하는 수단이요, 방법으로 직업을 가지는 것이 중요하다. 일을 하되, 자신이 원하는 일을 할 때 행복해질 수 있다.

공자는 "진정한 고수는 즐기는 자"라고 하였다. 즐겁게 일하면 그곳이 천국이요, 의무적으로 일하면 그곳이 바로 지옥이다. 셱스피어는 성공을 위한 필수조건으로 '남보다 더 열심히 일할 것'을 들고 있다. 자기가 하는 일에 몰입을 하게 되면 성취가능성이 높아지기도 하지만, 그 과정에서 만족감을 얻게 되어 행복을 느낄 수 있다. 현재 주어진 조건 하에서 최선을 다하는 열정, 그 과정에서 행복은 솟아나온다. 그래서 직업의 선택이 가장 중요한 행복의 조건이 된다.

인간은 근원적으로 '고독한 존재'로서 사랑을 통해 행복의 길을 걷고자 한다. "사랑받고 사랑한다"는 것, "신이여! 이 같은 행복이 또 어디 있습니까?"라고 괴테는 말하였다(환영과 이별). 사랑이 없는 인생은 사막과도 같고, 사랑은 오아시스와 같은 것이다. 사랑하지 못하는 인생은 얼마나 외롭고 쓸쓸한가?

괴테의 '사랑으로부터'라는 시 속에 사랑의 기능이 모두 담겨 있다.

"우리는 어디서 태어났는가?/ 사랑으로부터// 왜 우리는 길을 잃고 헤매는가?/ 사랑이 없으면// 무엇이 자신을 극복하게 하는가?/ 사랑이// 무엇으로 사랑을 찾을 수 있는가?/ 사랑을 통해서// 오랫동안 울지 않게 하는 것은 무엇인가?/ 사랑이// 무엇이 우리를 영원히 하나 되게 하는가?/ 사랑이"

사랑은 인생을 완성하는 과정이고 행복의 산실이다. 바이런은 "모든 비극은 죽음으로 끝나고, 모든 인생극은 결혼으로 막을 내린다"고 말했다. 결혼과 행복의 관계를 조사한 한 통계를 보면, 결혼한 사람이 미혼자나 별거인, 이혼자, 사별인보다 더 행복하다고 한다. 남녀간의 사랑이 행복도를 높여준다는 사실을 말해 주는 것이다. 사랑은 남녀간의 사랑만을 의미하지 않는다. 다른 사람을 사랑하고, 무엇보다 가족을 사랑하고 자신을 사랑하는 것이 중요하다. 행복은 "있는 그대로의 모습으로 사랑받는 것"(쿠페 씨의 행복의 비밀 14)이다.

행복의 열쇠는 꿈을 갖는 것이고, 성공의 열쇠는 꿈을 실현하는 것이다. 희망이란 종교와 비슷한 것이어서 일종의 믿음이다. 희망은 삶의 원동력이요 행복의 촉진제이다. 항상 희망을 가지고 있어야 삶에 활기를 불어넣고 일할 에너지를 얻을 수 있다. 많은 사람들이 자신의 행복은 오직 미래에만 있다고 생각하는 경향이 있다(쿠페 씨의 행복의 비밀 3). 그러나 "행복은 여행길이지 종착역이 아니다." (로이 굿먼). 자기가 원하는 대로 살 수 있고 행복을 누릴 수 있는 곳, 유토피아! 사람들은 그런 꿈을 그리면서 살아 왔고, 지금도 그 꿈을 찾아 헤매고 있다. 그러나 유토피아는 '지상에 그런 곳은 없다' (No Where!)는 뜻이다. 유토피아는 지금 이곳에 있다(Now Here!)는 것을 깨달아야 한다.

자크 프레베르는 자작시 '주기도문' 에서 이처럼 노래하고 있다. "하늘에 계신 우리 아버지/ 그곳에 그대로 계시옵소서/ 그리고 저희는 이 땅 위에 이대로 있겠습니다/ 이곳은 때로 이렇듯 아름다우니." 행복은 저 멀리 있는 것이 아니라 바로 자신 속에서 찾아야 한다.

일상생활 속에서 항상 행복을 느낄 수는 없는 법, 생활에 변화를 주고 건강을 챙기기 위해서는 '취미' 를 가지는 것이 중요하다. 취미생활을 통해 '행복도' 를 높일 수 있다. 이를테면, 아르헨티나 사람들은 탱고를 추면서 행복을 느끼며, 그들의 행복지수는 매우 높은 편이다. 이러한 탱고는 단순한 동작에 그치는 것이 아니라 의사소통의 수단인 동시에 즐거움을 만들어내는 방법이다.

독서, 음악감상, 영화관람 등 문화적인 것은 물론 골프, 등산, 걷기, 탁구 등 운동 등 다양한데, 무엇이든 자신에게 적합한 것을 선택해서 취미생활을 하는 것이 좋은 방법이다. 이처럼 인생을 즐기는 취미를 개발함으로써 행복은 더욱 풍부해질 수 있다.

인생은 여행이다. 평소에는 자신을 스스로 보지 못하고, 여행을 떠나서 비로소 자기를 볼 수 있다. 여행의 궁극적인 목적은 나를 만나러 가는 것이며, 그 과정에서 나를 발견하고 치유하며 새로운 길을 찾는 것이다. 괴테는 여행에서 추구하는 것은 "해방, 자유, 행복과 구원" 이라고 하였다. 여행자는 길 위에서 세상으로부터 해방될 수 있고, 진정한 자유를 누릴 수 있게 된다. 행복은 소유가 아니라 '향유' 에서 나온다. 여행자는 길 위에서 모든 것을 누리며 걸으니 세상이 다 그의 것이다. 이처럼 길 위에서 행복을 만들어가는 것이 여행이다. 여행자는 길 위에서 주인공이 되어 스스로를 사랑하고 행복감을 느끼게 된다. "자신을 사랑하는 것이야말로 평생 지속되는 로맨스다."(오스카 와일드). 그래서 가능한 한 여행을 자주 하는 것이 행복으로 가는 길이다.

오늘날에는 약물, 돈, 몸과 축제의 네 가지를 행복의 기본적인 근원이라고 보는 사람이 있다(마이클 핵트, 행복이란 무엇인가?). 임어당은 "인간의 행복은 모두가 관능적 행복이다" 라고 하였다. 이들은 현대인들이 추구하는 '즉흥적 행복' 의 기초를 이루고 있다. 쾌락은 행복의 기초가 될 수 있지만, 극단적인 추구는 바람직하지 않다. 이들을 추구하는 데도 "지나치면 모자람만 못하다"(過猶不及)는 경구가 적용된다. 사랑, 예술, 도덕, 인성 등 다른 가치들도 중요한 것임을 인식해야 하며, 공동체 안에서 쾌락의 추구에는 한계가 있음을 인식해야 한다. 스코시는 행복해지기 위해서는 쾌락을 적당히 추구하고, 욕망을 통제하며, 이성을 초월하고, 고통을 감내해야 한다고 하면서 쾌락, 욕망, 이성과 고통을 행복의 4대 요소라고 한다(행복의 비밀).

인간의 욕구는 자제를 하지 않으면 극단으로 달려가게 되는데, 이때 추구하는 것이 '황홀경' 이다. 그 경지에 도달하기 위해 사용되는 것이 약물, 섹스, 종교와 술 등이다. 사람들은 이들을 통해 극도의 쾌감을 얻고자 한다. 그러나 이러한 쾌감은 오래 지속되지 않고, 계속 얻으려면 육체적 위험과 나아가 인생의 파탄을 초래하게 된다. 이러한 쾌감은 삶의 양념과 같은 것으로 적정선에서 일시적인 경험은 가능하지만, 과도하고 지속적인 추구는 불행을 자초하므로 자제해야 한다. 따라서 일반적으로 허용되는 범위 내에서 그 기쁨을 누려야지 극단적인 쾌감을 추구하는 것은 파멸로 가는 길이다.

3.

현대인들은 여러 가지 이유로 스트레스를 받거나 좌절에 빠지기도 하며, 심각할 때에는 우울증이 생기기도 한다. 과한 경쟁이 기본적인 이유일 것이다. 불교에서는 세상은 '고해'라고 하지 않는가? 행복을 느끼기 위해서는 불행하다는 마음, 마음 속의 고통·슬픔·두려움, 파괴적인 마음, 과거의 아픔, 질병의 고통, 늙음에 대한 불안, 증오와 슬픔에 대한 집착, 부정적 행동, 조급증, 비관주의 등을 버려야 한다.

아무리 힘든 일이라도 해결책은 있다. "그림자가 있는 곳에 반드시 밝은 빛이 있다."(톨스토이). "괴로움이 남기고 간 것을 맛보아라. 고통도 지나고 나면 달콤한 것이다."(괴테). 누구에게나 영원한 사막은 없다는 것을 명심하자! "이것 또한 지나가리라!" 어떠한 어려움이 부닥쳤을 때 이런 생각을 하자. 모든 것은 지나가나니 참고 견디면 되는 것이다.

모든 것은 지나가는 것, 내일의 희망을 기대하면서 오늘을 살면 고통이나 슬픔을 능히 이겨낼 수 있으리라. 밝은 마음으로 세상을 바라보면 세상은 아름답고 살 만한 곳이다. "불행은 병이다"라는 생각에 이러한 정신적 질환을 극복하기 위해 현대인들은 정신과를 찾는 경향이 있다.

이처럼 불행을 치료함으로써 만들려는 행복을 '인공행복'(드윈킨, 행복의 역습)이라고 부른다. 그러나 약물을 복용하는 동안에는 순간적으로 인공행복을 느낄 수 있지만, 이러한 행복강박증은 개인은 물론 사회까지도 병들게 함으로 인공행복에 대한 사회적 인식을 제고하여 진정한 행복을 찾도록 하여야 한다.

종교에서는 완전한 행복은 천상에만 존재하므로, 선한 삶을 통해 천상에서 기다리는 영원한 행복을 준비해야 한다고 말한다. 참된 행복은 하느님과의 합일에서 이루어지므로 행복은 초월적이고 초자연적이다. 아퀴나스는 지상에는 신앙이 있으면 행복해질 수 있다. 신앙생활은 믿음을 통해 마음의 평화를 얻고, 내세의 구원을 추구하여 죽음의 문제를 해결함으로써 비교적 행복한 생활을 누릴 수 있는 것이다. 이슬람의 교리도 유사하지만, 신비주의를 지향하는 수피즘은 신과의 만남을 최고의 행복이라고 보고, 춤을 신과의 합일로 나아가는 신비로운 여행이라고 하면서 춤을 통해 신에게 다가가는 과정에서 진정한 행복을 추구하고 있다.

행복은 인간관계 속에 있다. 인간은 사회적 동물이므로 가족 간은 물론, 친구·이웃·동료·선후배 등 인간관계가 원만해야 행복해질 수 있다. '가정'이 가장 중요한 생활공동체이다. 가정은 생명의 원천이고 행복의 기초이다. 개인은 그 안에서 함께 생활을 하면서 사랑을 하고 모든 것을 나누며 살아간다. 고해라는 세상에서 가정 없이 살아가는 것은 홀로 사막을 걷는 것과 같다. 산업화와 도시화의 물결 속에 대가족제도가 붕괴되고 핵가족제도로 바뀌었지만 가족의 가치와 정신은 계승되어야 한다. 가정의 사랑과 평화가 행복의 가장 중요한 조건이다.

인생은 3일간의 여행에 비유할 수 있다. 과거인 어제, 현재인 오늘, 미래인 내일. 인생은 이와 같은 3일간을 여행하는 것이다. 그러나 과거는 지나간 시간으로 추억의 대상이 될 뿐이고, 미래는 불확실한 시간으로 꿈의 형상일 뿐, 삶의 실존은 바로 '오늘'에 있다.

과거의 짐을 지고 무겁게 살지 말고, 안개와 같은 미래를 걱정하면서 살지 말자! 오늘은 신이 허락해준 선물(present)이다. 톨스토이는 세상에서 가장 중요한 것이 무엇이냐는 질문에 가장 중요한 시기는 '바로 지금 이 순간이고', 가장 중요한 사람은 '지금 함께 있는 사람'이며, 가장 중요한 일은 '지금 곁에 있는 사람을 위해 좋은 일을 하는 것'이라고 답하였다. 행복은 오늘 있어야 하고, 지금 이대로의 모습에서 행복할 수 있어야 한다.

법정스님은 '버리고 떠나기'에서 "삶은 소유물이 아니다. 순간순간의 있음이다. 영원한 것이 어디 있는가? 모두 한때일 뿐. 그 한때를 최선을 다해 최대한으로 살 수 있어야 한다"고 하였다. 인간이란 순간순간의 존재요 있음일진대, 지금 내가 살아있다는 사실을 의식하고 있을 때 행복감을 느껴야 한다. 행복이란 "살아있음을 느끼는 것이다."(쿠페씨의 '행복의 비밀' 15). 자연 속을 거닐면서 생명이 얼마나 위대한가를 느끼게 되며, 여행자는 스스로 살아있음에 감사하게 된다. '생명' 그 자체가 가장 고귀한 가치요 귀중한 선물임을 깨닫게 될 때 행복해진다. 인간의 실존은 결국 오늘 이 순간에 있는 것이고, 이 순간의 느낌이 행복을 결정하는 것이다.

"사지가 없어도 행복은 반드시 찾아온다"는 슬로건을 내세워 각국을 순회하고 있는 오체불만족의 장본인인 '닉 부이치치'가 한국을 방문하였다. 그는 "자신을 가치 없는 존재라고 말하지 마세요. 누구나 세상에 태어나 살아가는 이유가 있습니다. 실수는 누구나 하지만, 삶과 존재 자체가 실패인 사람은 없습니다"라는 메시지를 전하고 있다.

모든 존재에는 나름대로 의미와 가치가 있다. 이 명제를 이해하면 행복해질 수 있다. 모든 것에 감사하며 사는 생활, 그 속에 행복은 보금자리를 틀고 들어선다는 진리를 몸소 보여주고 있다. "모든 건 지나갑니다. 당신의 인생도 아름다워질 수 있어요. 내가 그 증거입니다." 그러니 사지가 멀쩡한 사람들은 무조건 행복해야 할 의무가 있는 것 아닌가?

인생은 결국 '자신과의 싸움'이다. "결국 나의 천적은 나였던 것이다."(조병화, 천적). 행복을 가로막는 장애물은 바로 자신이며, 자신의 그릇된 사고방식이다. 행복은 추구하는 것이 아니라 발견하는 것이다. 인간이 불행한 것은 자기가 행복하다는 것을 모르기 때문이다."(도스토에프스키). 행복은 소유가 아니라 '향유'에서 나온다.

여행자는 소유하지 않고 세상이 주는 것을 누릴 뿐이다. '욕망'을 내려놓는 것, 그것이 여행의 본체이다. 인생이란 결국 '혼자 걷는 여행' 아닌가? 인생은 끊임없이 행복을 추구해 가는 과정일 뿐이다. 결국 행복한 사람들의 생활 스타일은 현재에 충실하고, 자신의 상황에 감사하며, 미래를 낙관적으로 보고, 평생의 목표를 위해 헌신하며, 규칙적으로 운동을 하고, 돈독한 인간관계를 유지하는 것이다.


4.

우리나라는 '빨리빨리'라는 슬로건 아래 속도전을 벌림으로써 급속한 경제성장을 이루었고, 이제는 OECD 국가에 진입하는 등 경제대국의 반열에 올라섰다. 그럼에도 불구하고 행복지수는 OECD 국가 중 최하위에 머물고 있다. 최근 갤럽조사에 의하면, 143개 국 중 118위다.

그렇다면 우리나라 사람들이 행복하게 느끼지 못하는 근본적인 이유는 어디에 있을까? 물론 빈곤이나 건강 등 기본적 욕구가 충족되지 못한 경우도 있고, 사회적 안전망이 확립되지 않은 제도적 결함도 있다. 그러나 궁극적 원인은 과한 '욕심' 때문이다. 최고만을 추구하다 보니 경쟁은 심해지고, 환경은 불안해지니 마음에 여유를 가질 수 없어 행복을 느낄 수 없는 것이다. 마음의 여유를 가지고 살게 되면 세상이 눈에 들어오고, 비로소 자신의 내면을 들여다보면서 행복을 느낄 수 있게 된다.

1960년대 이후 급속한 산업화와 도시화로 인해 전통문화는 자취를 감추기 시작하였다. 자본주의가 들어와 배금주의가 만연되면서 사람들은 금전적인 부와 물질적인 풍요에서 행복을 찾고 있다. 그러나 물질적 풍요로움이 행복을 가져다주지는 못한다. 일정한 기본적 수요가 갖춰진 후에는 경제가 발전할수록 행복지수는 낮아지는 모순이 일어난다. 산업화 과정에서 도시에로의 인구이동이 생겨 도시화됨으로써 대가족제도가 핵가족으로 바뀌면서 가족공동체가 무너지고 있다. 개인주의가 만연하여 가정 내에서 질서와 윤리가 사라지기 시작하고, 가정교육은 사라졌다. 가정이 책임지고 있던 인성교육과 노인부양 기능이 국가로 넘어감에 따라 오늘날 심각한 사회문제들이 발생하고 있다.

오늘의 문제는 단지 경제만의 문제가 아니다. 자살률이 높고 출산율이 낮은 것은 그 만큼 행복하지 못한 결과이다. 경제발전을 통해 기본적인 욕구를 충족시켜야 하지만, 이념분쟁·지역갈등·빈부격차·세대갈등·실업문제 등으로 사회적 갈등이 만연되고 있으며, 이기주의와 쾌락주의의 추구는 사회공동체의 아노미현상을 초래하고 있다. 나아가 인간성의 상실, 생명경시 풍조, 구조적인 부정부패, 각종 범죄의 증가 등으로 사회가 어지럽고 삶의 질이 떨어지고 있다.

인터넷 강국으로 사이버공간이 국가의 제4의 영역으로 발전의 한 축을 담당하고 있지만, 사이버공간에서 온갖 문제들이 일어나고 있다. 이러한 환경적 요인들이 행복지수를 낮추는 원인이 되고 있다. 그래서 국가의 구조적 개혁을 통해 굳건한 공동체의 수립과 건전한 시민의식의 함양이 이루어져야 국민들은 행복한 생활을 누릴 수 있을 것이다.

우리나라 사람들이 불행하다고 생각하는 또 다른 이유는 다른 사람들과 비교하는 관습이 있다는 것이다. 쿠페 씨는 행복의 비밀은 "다른 사람과 비교하지 않는데 있다"고 한다. 우리나라 사람들은 '절대적 평등'을 추구하는 경향이 있으며, 합리적으로 받아들여야 할 불평등도 용납하지 않는 경향이 있다. 자기의 성공 여부를 다른 사람과 비교하고, 자기의 목표가 이루어지지 않았다고 행복해 하지 못하는 정신적 풍토가 개선되어야 행복해질 수 있다. 인간은 각자 독립적인 존재로서 다른 사람과 비교할 수 없는 가치를 가지고 있음을 인식하여야 한다.

진정한 행복은 자기의 자존감을 인정하고, 자기가 누리고 있는 행복의 조건들을 그대로 받아들이는 것이다. 같은 공동체 안에서 선의의 경쟁을 하면서 다른 사람의 성공을 인정하고 축하해 주는 심성이 필요하다. 그것이 공동생활을 하는 요령이며, 결국 자기가 행복해지는 길이기도 하다.

## 5.

동남아시아 사람들의 밝은 웃음을 보면서 과연 그들의 행복은 어디에서 나오는가를 생각하게 된다. 동남아시아 사람들은 경제적으로 잘 살지도 못하고 사회적으로 윤택하지도 못하다. 그럼에도 불구하고 그들의 '행복지수'는 우리나라 사람들보다 훨씬 높다. 어떤 조건들이 그들의 행복을 결정하고 있는지 살펴보는 것은 우리나라 사람들의 행복을 이해하는 데 도움을 줄 것이다.

국민성은 환경, 문화와 종교에 의해 형성되는 것이다. 민족마다 약간의 차이는 있지만 일반적으로 날씨가 덥고 식량자원이 풍부하면 기본적인 생존문제는 해결될 수 있으니 굳이 급할 것도 없고 욕심을 낼 필요도 없을 것이다. 그들의 성격은 일차적으로는 기후와 자연환경에 의해 결정된다. 행동의 '느림'은 우리들이 생각하는 게으름이 아니라 더운 날씨라는 환경에 적응하는 방식이다. 그래서 사람들은 온순하고 여유로운 편이며, 다른 지역 사람들보다 더 행복을 느끼며 살고 있다.

행복한 생활을 하는 중요한 요인은 무엇보다 종교를 들 수 있다. 동남아시아는 종교박물관이라고 부를 만큼 다양한 종교가 있지만, 사회생활 속에서 종교의 사회적 기능은 아주 흡사하다. 종교는 개인들에게 믿음을 줌으로써 현세의 고난을 극복하고 내세의 희망을 주는 역할을 하고 있다. 욕망을 죄악시하고 보시와 나눔을 근본 교리로 하는 종교의 가르침을 생활화하고 있다. 그래서 종교가 외국의 식민지배에 순응하고 사회발전을 저해하는 역기능도 하였지만, 그들은 이러한 요인들 때문에 낙천적이고, 항상 웃음을 띠며 살아가고 있다.

사람들은 무엇인가를 가지거나 이루면 행복해질 수 있다고 믿는 경향이 있다. 그러나 행복은 기본적 욕구를 충족시킨 후에는 그 상태에 만족하느냐 하는 주관적 조건에 달려 있다. 행복과 욕망은 반비례한다. 욕망이 클수록 행복은 멀리 있으며, 욕망을 줄임으로써 행복에 접근할 수 있다. 행복은 잡는 것이 아니라 느끼는 것, 그래서 이곳 사람들은 행복을 잡으려 하지 않고 느끼기만 하기 때문에 그들 얼굴에는 환한 미소가 도사리고 있는 것이다.

동남아시아 사람들은 외부세력으로부터 간섭받지 않는 고유한 '전통문화'를 지키며 살 수 있는 것이 행복이라고 믿는다. 가족공동체 안에서 함께 생활하는 전통을 간직하고 있는 것, 이것이 그들이 행복한 이유이다. 전통사회는 가족이 사회공동체의 중심이고, 가족 단위로 생활을 한다. 가족윤리가 확립되어 있어서 아랫사람이 윗사람을 존경하고 가족간의 우애가 강하다. 자선을 생활화하고 있으며, 서로 돕고 협동하는 관습이 있다. 개인의 성공보다는 함께 행복해지는 것을 원한다. 이러한 전통가치를 유지하면서 살아가는 것이 그들의 행복의 원천이다.

현대적 교육이 도입되지 않았으므로 지적 수준이 낮고 경쟁의식이 거의 없었다. 제2차 세계대전 이후 대부분의 국가들은 사회주의 체제를 도입하였는데, 공산당의 독재와 부패가 만연하고, 자본주의에서의 경쟁원리가 도입되지 아니 함으로써 사회주의 체제는 붕괴되고 말았다. 이처럼 경쟁체제가 작동하지 않고 있기 때문에 경쟁하지 않으며, 낙천적으로 생활할 수 있었다. 지금은 실용적 교육이 활성화되고 있고, 자본주의 체제를 도입하였거나 사회주의 체제를 유지하는 경우에도 개혁과 개방을 통해 경쟁원리가 작동하기 시작하였으므로 앞으로는 그 심성도 변화해 갈 것이다. 그들의 욕망이 서서히 꿈틀거리기 시작하였다.

부탄 왕국은 1972년에 세계의 이목을 끄는 선언 하나를 발표했다. 국가의 가장 중요한 목표가 경제발전에 있지 않고 '국민행복지수' (GNH : Gross National Happiness)를 높이는 데 두고 있다는 것이다. 2006년 화이트 교수가 발표한 '세계행복지도' 에서 부탄은 178개국 중 8위를 점하였다. 돈이 없어도 행복해질 수 있다는 사실을 입증해주고 있다.

동남아시아 국가들은 현재 밀려오는 서구화의 물결을 완전히 차단할 수는 없지만, 자국의 전통문화를 지키려고 노력하고 있다. 국가의 구조나 정책이 개인의 행복을 저해하는 측면도 있지만, 개인의 행복은 국가와 사회라는 공동체 안에서 누릴 수 있으므로 평등 · 질서 · 안전 등 다른 가치들과 조화를 이루어야 한다.

6.

발리에서 택시를 타고 관광을 나서면서 기사에게 직선적으로 물었다. "당신은 지금 행복하냐?"고. 비록 수입은 적지만 다섯 식구가 함께 단란하게 살고 있으니 행복하다고 한다. 그 대답은 내 가슴에 비수로 꽂혔다. 그들에게 있어서 행복은 결코 멀리 있는 것이 아니고, 결코 대단한 것이 아니었다.

그런데 왜 우리는 행복하지 못한가? 우리나라 사람들은 최고만을 추구하다가 이루지 못하거나, 다른 사람들과 비교하여 그들보다 우위에 서지 못하면 불행하다고 생각하는 경향이 있다. 생존을 위한 기본적 조건만 충족되면 그 후의 행복은 심리적 문제다. 만족할 줄 모르는 욕망이 불행의 씨앗이다.

동남아시아 여행의 최대의 수확은 '느림의 미학'과 '웃음의 행복'을 보고 우리나라의 '빠름'과 '불행'을 성찰해 보게 된 것이다. 우리나라는 해방 이후 서구문명이 들어오면서 물질만능주의, 극단적 개인주의와 무한경쟁이 지배하는 사회로 변모하였다. 유일한 자원인 인적 자원(깨어 있는 사람)에 의해 '빨리빨리'라는 속도전쟁으로 급속한 경제발전을 이루었지만, 행복지수는 동남아 국가들보다 훨씬 낮다. 질서와 협력이라는 공동체의 전통가치가 붕괴되고, 최고만을 추구하는 극심한 경쟁 분위기가 조성된 결과이다. 인생의 성공 여부는 결과가 아니라 과정에 있으며, 부단히 노력한 자를 신은 구원한다고 괴테는 '파우스트'에서 결론짓고 있다.

동남아시아를 단지 저개발국가라는 시각에서만 볼 것이 아니라 우리가 배워야 할 것이 무엇인가를 골몰하게 되었다. 동남아시아 여행의 맛은 '느림'에 있으며, 그들의 '웃음'이 마음을 사로잡는다. 그리고 가족 중심으로 생활하는 '전통적 가치'를 보존하려고 노력하는 것을 보면서 우리들의 모습을 돌아보게 된다.

우리나라는 급속한 발전을 하였지만, 그 때문에 잃어버린 것이 많이 있다. 이제 속도를 조절하여야 한다. 삶의 속도를! 우리가 가야 할 길은 빠른 길이 아니라 '바른 길'임을 깨닫는다. 동남아시아 여행을 통해 삶의 '속도'를 조절하고 '욕망'을 줄이는 것이 우리들의 행복을 이루기 위한 과제임을 깨닫고 돌아왔다.

우리가 필리핀 사람들에게 배워야 할 점은 '느긋함'과 '마음의 여유'라고 필리핀 대사 루이스 쿠르즈는 말하였다.

"느긋함과 마음의 여유겠죠. 한국인들 대부분이 인정이 많지만 조급한 면도 있습니다. 그런 성격 때문에 많은 것을 단시간에 이루었지만, 역시 그 같은 성격 때문에 행복과 여유를 느낄 겨를도 없었습니다. 쫓기듯 살아온 사람들이 필리핀에서 또 다른 삶의 방식을 발견하는 거죠. 한결 느리고 여유 있는 뭔가를 얻으려고 자신을 다그치지 않아도 많은 것을 누릴 수 있는 그런 삶을 말이죠."

발리에서 마지막으로 바닷가로 나가 바닷바람을 쐬고 돌아오기로 하고 거닐었다. 의자에 앉아 바다를 내려다보고 있다. 저 멀리 수평선을 하염없이 바라보고 있다. 행복은 그리워하는 '순간'에 있으며, 행복은 그리워하는 '마음'에 있다는 것을 반추해 본다. 시선 따라 내 마음도 그곳에 가 있다. 나는 바다가 된다. 지금 이 순간 바다처럼 가장 낮은 자세로 앉아 있다. 나는 '여행 중' 그것으로 충분히 행복하다. 이번 여행은 행복을 생각하고 깨닫고 실천하는 여행이었다. 그러니 계속 여행을 하면서 행복한 삶을 누리고 싶다.

# 남대문(南大門) 유감(有感)

## 이강우

불에 타기 전, 용인(龍仁)에 사는 나는 서울 문안[門內]에 들어갈 때, 남문인 남대문(숭례문)을 거쳤다. 곁을 지날 때 보이는 남대문은 국보1호답게 웅대하고 기상이 넘쳤었다. 요즈음은 그렇게 보이질 않는다. 그저 화려하게만 보인다. 슬프리만치 안 좋은 기억들이 떠오르니 그럴 수밖에. 지금은 4대문(大門) 안의 범역을 퇴계로 · 다산로 · 왕산로 · 율곡로 · 사직로 · 의주로를 경계로 하여 그 주변지역을 포함한다고 조례에서 정하고 있는데, 문안[門內]은 도성(都城)안을 뜻한다.

사료(史料)에 의하면, 도성(都城)의 4문(四門)은 인(仁) · 의(義) · 예(禮) · 지(智)로 이름을 붙인 흥인지문(興仁之門) · 돈의문(敦義門) · 숭례문(崇禮門) · 홍지문(弘智門)이다. 홍지문은 현재 삼청동 터널 위쪽에 복원해 놓은 숙정문(肅靖門)이다. 4대문의 사이에 세워진 4소문(小門)은 동남(東南)

**이강우(李康雨)** _ 경기 안성 출생(1949년). 1971년부터 2008년까지 경기도 중등교육자로 근무. 시인 · 수필가. 한국문인협회 회원. 안성문인협회 회원. 한국농민문학회 회원. 제10회 한국문학예술상 본상 수상. 시집 《들이 좋아 피는 꽃》(2002), 《이방인의 도시》(2004), 《철새들의 춤》(2007) 등 상재. 녹조근정훈장(2009) 수훈.

쪽의 광희문(光熙門, 수구문), 동북(東北)쪽의 혜화문(惠化門, 동소문)과 서남(西南)쪽의 소덕문(昭德門, 서소문), 서북(西北)쪽의 창의문(彰義門, 자하문)이 있다. 4대문의 흥인지문(興仁之門)은 동대문이고, 돈의문(敦義門)이 서대문이다. 숭례문(崇禮門)이 남대문이고, 홍지문(弘智門)인 숙정문(肅靖門)이 북대문이다.

동대문(東大門)인 흥인지문(興仁之門)은 조선 태조 7년인 1398년에 완성되었으며, 1453년(단종 1년)과 1869년(고종 6년)에 고쳤다. 남대문(南大門)은 동대문보다 2년 앞선 1396년(태조 5년)에 창건되었으며, 1447년(세종 29년)과 1479년(성종 10년) 고쳐지었다. 북대문(北大門)인 숙정문(肅靖門)은 1396년(태조 5년)에 다른 대문(大門)과 함께 사소문(四小門)이 준공될 때 세워졌다. 서대문(西大門)인 돈의문(敦義門)도 한양 도성의 축성 공사가 끝나고 대·소문(大小門)들이 완성되던 때 세워졌는데, 1413년(태종 13년)에 돈의문은 폐쇄하고, 그 대신 그 북쪽에 서전문(西箭門)을 새로 지어 출입하게 하였다. 그러나 1422년(세종 4년)에 다시 서전문(西箭門)을 헐고 돈의문을 수리하였다. 그 후 1711년(숙종 37년)에 다시 지었다.

그러나 한탄스럽게도 1915년 도로확장 공사라는 구실로 일제에 의해 강제 철거되었다. 지금은 표지석(標識石)만 있을 뿐이다. 이처럼 긴 세월의 역사를 담아온 이들은 모두가 소중한 우리민족의 문화유산들이다. 이 글에서 나는 훌륭한 우리의 문화유산인 성문(城門)에 대해 논하려는 것이 아니라, 화재(火災)를 당했던 남대문에 대한 유감이 크기에 세월이 가도 잊지 말기를 바라는 충정(忠情)을 남기고 싶은 것이다.

문화유산(文化遺産)의 뜻을 보면, 앞 세대의 사람들이 물려준, 후대에 계승되고 상속될 만한 가치를 지닌 문화적 전통. 즉, 공예품이나 건축물 뿐 아니라, 수천수백 년의 사연과 역사가 담긴 유형무형(有形無形)의 산물을 일컫는다. 반만년의 유구한 역사를 지닌 민족인 우리도 찬란한 문화유산을 간직한 우수한 민족이다. 따라서 후손들에게 조상의 얼과 삶이 담긴 문화를 보존하고 만들어서 넘겨주는 것은 매우 소중하고 자랑스러운 의무이다. 문화유산 하나하나에 담긴 민족의 정신과 혼에는 자랑스럽고 떳떳한 역사도 있고, 자랑스럽지 못해 감추고 싶은 역사도 있다. 이것들은 모두 귀중한 우리의 국력(國力)이며 자산(資産)이다.

역사가 현재와 미래의 끊임없는 대화(英, 역사학자 E.Hcarr)라면 불행한 역사도 사실 그대로 후손들에게 전해 주어야만 한다. 그런 관점에서 언급된 4대문(四大門)과 4소문(四小門)은 우리 역사에 길이 빛날 조상들의 얼이 담긴 소중한 문화유산임에 틀림없다. 이 중에서도 가장 웅대한 것은 동대문인 흥인지문(興仁之門)과 남대문인 숭례문(崇禮門)으로서 2층으로 된 문루가 있는 곳은 이 두 곳뿐이다. 그러기에 1934년, 조선총독부는 남대문을 보물1호로 동대문을 보물 2호로 지정했는데, 이는 그들이 일본 문화재에만 국보급(國寶級)을 정했기 때문이다.

해방 후 1955년에 정부는 일제가 평가한 문화재에 대해 재평가를 실시하였고, 1962년에 문화재보호법을 제정하여 국보(國寶)와 보물(寶物)로 구분하여 지정했다. 국보1호가 남대문이고 보물1호가 동대문이다. 국보는 보물에 지정된 문화재 중에서 가치가 크고 유래가 드문 것을 심의하여 지정하는데, 우리나라는 1834호에 이르는 보물(寶物)과 317호에 이르는 국보(國寶)를 지니고 있다. 그렇다고 해서 반드시 국보가 보물보다 더 중요하다는 의미는 아니며, 지정된 숫자의 서열이 앞선 것이 더 중요하다는 의미도 아니다. 그렇지만, 보물1호와 국보1호가 보여주는 상징성은 간과할 수 없다고 본다.

2008년 2월 10일. 국보1호인 남대문(南大門) 즉 숭례문(崇禮門)이 방화로 인한 화재로 소실되었다. 1396년(태조 5년). 창건 후 600여 년 넘게 보

존되어온 귀중한 문화유산이 불에 탔다. 수많은 전쟁에서도 지켜졌었는데. 석축과 1층 일부만을 남겨놓고 2층 문루의 90%가 타버렸기에 전소(全燒)되었다는 표현이 옳을 것이다.

 이 후 문화재청에서는 숭례문과 최대한 유사하도록 형태를 복원(復元 ; restoration)하는 계획을 수립하고, 5년이 지난 2013년 5월. 남대문의 장엄한 기상은 어디 가고, 일그러진 영웅의 모습으로 슬그머니 세워져 있다. 복구 기념식이 열렸는지도 모르겠다. 숭례문 복구 기념우표 120만 장을 발행한다고도 했는데 발행했는지…. 많은 국민들은 기쁘지가 않았다. 복원 공사를 거의 마치기 전, 단청에 쓰인 염료를 잘못 써서 트고 갈라졌다는 소식이 들렸다.

 이후 2013년 12월에는 나무를 잘 말려서 써야 했는데 급히 사용했기 때문에 숭례문 기둥에서 균열이 발견되었다는 것이다. 단청에 쓰인 재료가 부적합했다는 소식이 잠잠해지기도 전인데, 가슴 먹먹한 뉴스였다. 이 뿐만이 아니었다. 불타고 있다는 뉴스를 접할 때만큼이나 어이 없는 소식이 전 국민을 또 다시 놀라게 했다.

　2014년 1월에는 복원에 사용된 목재가 백두대간에서 심혈을 기울여 선정된 소나무가 아니라, 러시아산 소나무를 썼다는 의혹이었다. 숭례문의 원재료였던 금강송(金剛松)은 우리 국민 모두가 아끼고 자랑스러워하는 최상의 소나무이다. 그런데 광화문 복원공사에도 관여했고 숭례문 복원이라는 막중한 책임을 진 도편수 또는 대목장이라 불리는 자(者)가 마땅히 사용했어야 할 금강송(金剛松)을 빼돌리고 값싼 러시아산 소나무로 바꿔치기했다는 것이다. 조사 및 압수 수색의 결과는 사실이었다. 오랜 세월의 역사적 가치도 사라졌는데, 재료마저도 똑같기는커녕 내 나라 것을 쓰지도 않았다니 통탄할 일이었다.

　어찌 이런 일을 저지를 수가 있는가? 도편수(都邊首)는 왕이 머무는 궁궐이나, 크고 웅장한 사찰 등, 최고의 건축물을 지을 수 있는 권위를 지닌 장인이다. 실제로 조선시대라면 정5품의 벼슬을 가질 만큼 귀히 대접받았을 자(者)의 부끄러운 변명은 '일부러 한 건 아니다'라는 말이었

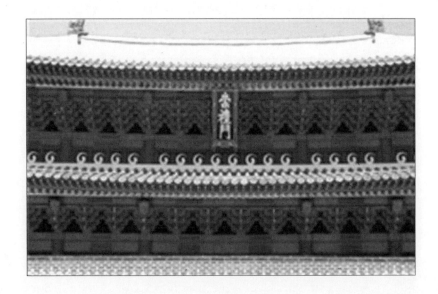

다. 우리나라 현실의 도덕성이나 국가의 정체성이 밑바닥에 떨어진 느낌이었다. 주무관청에서는 이러지도 저러지도 못할 처지였을 것이다.

치부를 더 이상 세계에 드러낼 수 없어서였을까? 치명적인 오점을 남긴 채 졸속부실공사는 슬그머니 끝냈다. 행사다운 요란함도 없이 말이다. 이후, 완공된 지 5개월도 안되어 단청이 떨어져 나가고 추녀 등의 목재도 뒤틀리고 갈라졌다고 했다. 단청에 천연 안료를 사용했다고 했지만, 일본서 수입한 값싼 안료를 사용했다는 것이 사실이라는 뉴스도 나왔다.

몇 십 년이 걸리더라도 온 국민의 마음을 모으고 정성을 담아서 새로 지었어야만 했다. 500여 년의 우리 민족혼이 담긴 국보1호는 복원된 것이 아니라 비슷하게 만들어진 복제품(replica)으로 지어진 꼴이 되고 만 것이다.

언제부터인지 우리는 깨달을 줄 모르는 나라가 됐는가 보다. 1984년에 화순 쌍봉사에서 대웅전(보물 제163호)이 불에 탔으며 귀중한 목판 60여 점도 불에 탔다. 1999년에는 순천 송광사 경내 목조건물이 전소됐으며, 2005년 4월엔 산불로 강원 양양의 천년고찰(千年古刹) 낙산사가 불에 탔다. 또 2006년에는 창경궁의 문정전과 유네스코 세계문화유산에 등록된 수원 화성 서장대의 목조바닥에 불을 질러 사적(史蹟)으로 지정된 누각2층이 완전히 탔다.

이 때라도 문화재 보호에 대한 점검과 대책이 있어야만 했다. 그랬으면 국보1호를 잃지 않았을 것이다. 숭례문 화재의 비극이 있은 후에도 달라진 것이 없었는가 보다. 만 1년이 지난 2009년 12월에도 향일암(向日庵)에 불이 나서 사찰건물 8동 가운데 대웅전과 종각을 포함해 청동불상과 탱화 등 문화재 상당수가 소실됐다.

우리 국민과 나라는 반성과 각오를 새롭게 하기 위해서라도 남대문화재 사실을 기억에서 지우려고 서둘러 짓지 말았어야만 했다. 당시 국민의 한 사람이며 교육자였던 나는 전소된 상태의 숭례문을 그 모습 그대로 유리벽을 만들어 뼈아픈 현장을 보존(保存)해 두기 바랐었다. 쉽게 잊어버리고 잘못된 정치와 잘못 흐르는 민족정신을 불탄 남대문에서 배우고 또 배웠어야만 했다. 후손들의 평가가 두려워 잘못은 덮으려만 하고, 좋고 아름다운 것만 전해 주려 한다면 역사에 죄짓는 비겁한 행동이다. 지금의 일본이 우리에게 저지른 역사적 사실을 왜곡시키고 감추려는 짓과 다를 바 없는 행동임에 틀림없다.

정치인들도 기업인들도 나라 지키는 군인들까지 모든 국민들이 불탄 국보1호를 보면서 배웠어야만 했다. 그 기회를 우리는 살렸어야만 했다. 기회를 놓쳤다. 복원이 아닌 넋이 빠진 모조품을 만들어 놓고 부끄러운 줄도 모르고 태연스레 잊고 있으니 가슴이 메어 터질 일이다.

이미 국보1호의 명예를 잃었다면 국보1호의 칭호를 억지로 부여치 말고 공백으로 남겨 두기라도 하면 차라리 낫겠다. 힘 있는 자들은 나의 이 주장을 가당치도 않은 미친 소리이며 궤변이라고 손가락질해댈 것이다. 그러기에 요즈음 남대문을 지나칠라치면 고개를 외면하게 된다. 남쪽을 바라보고 서 있는 큰 문도, 나도 측은(惻隱)하다는 생각과 함께.

# 마음 심(心)

## 이선영

마음을 쓴다, 마음을 버린다, 마음을 준다, 마음을 받는다, 마음을 모은다, 마음을 나눈다, 마음을 듣는다, 마음을 본다, 마음을 느낀다, 마음이 일어난다, 마음이 가라앉는다, 마음이 가볍다, 마음이 무겁다, 마음을 챙긴다, 마음을 내려놓는다, 마음이 열렸다, 마음이 통한다, 마음이 닫혔다, 마음이 막혔다, 마음이 메말랐다, 마음이 살쪘다, 마음이 가난하다, 마음이 부자다, 마음이 좁다, 마음이 넓다, 마음을 다쳤다, 마음이 상했다, 마음을 어루만진다, 마음을 보듬는다, 마음을 먹는다, 마음이 착하다, 마음이 나쁘다, 마음이 생긴다, 마음이 없어진다, 마음이 밝다, 마음이 어둡다, 마음이 예쁘다, 마음이 바르다, 마음이 삐뚤다, 마음이 움직인다, 마음이 옮긴다, 마음이 멈춘다….

위에 열거한 바와 같이 우리 말에서 그 어떤 형용사나 동사의 주어로

**이선영(李善永)** _ 천도교 선도사. 용문상담심리전문대학원 졸업. 가족문제상담전문가. 상담심리사. 웰빙-웰다잉 교육강사. 천도교 중앙총부 교화관장. 사단법인 민족종교협의회 감사.

써도 말이 되는 낱말이 바로 '마음'이다.

같은 말이라도 심성(心性)이 곱다, 심술(心術) 궂다, 놀부 심보(心包)다, 이쁜 마음씨, 고운 마음결, 못돼 (처)먹은 마음보라고 한다. 우리처럼 사람의 마음에 대해 풍부하게 말하는 사람들이 또 있을까.

마음은 어디에 있을까? 어떤 사람은 머리에 있다 하고, 어떤 사람은 심장에 있다고 한다. 영어의 brain은 뇌를, heart는 심장을 가리킨다고 한다. 우리가 생각할 때는 머리에 손을 대지만 '마음'을 말하면서 손은 가슴에 얹게 된다. 마음은 뜨거운 심장에 있나 보다.

마음과 생각이 같다고 보기도 하지만 마음이 0.01초 먼저 움직이는 건 분명하다. 마음으로 좋다, 싫다가 결정되고 나서야 좋은 또는 그렇지 않은 생각이 따라오는 것 아닌가. 그리고 나서 행동으로 나타난다는….

마음을 눈으로 보고 손으로 만져 본 사람은 아직 없다. 그러나 그 마음을 느끼지 못한 사람은 없을 것이다. 눈에 보이지도 않고 만져 볼 수도 없는, 그러면서도 모든 것을 부리는 이 마음은 도대체 어디서부터 나와서 어디로 가는 것일까? 가는 곳이 있기나 한 걸까?

신나고 즐겁고 기쁜 마음도, 슬프고 괴로운 마음도 흐르고 흘러간다. 붙잡고 싶은 순간도, 어서 벗어나고 싶은 시간도 흘러간다. 머무르는 마음은 없다. 굳게 다짐하고 결심하고 다잡고 꼭 붙들어 맨다고 그리 되는 것도 아니고, 꼭꼭 눌러서 꽁꽁 싸매둔다고 다시는 튀어나오지 않는 것도 아니다. 어느 순간 스멀스멀 피어나는 마음을 내 마음대로 하지 못하기 때문에 괴롭다.

마음에도 길이 있다. 지금 이 마음이 어디서부터 나온 걸까 거슬러 올라가면 반드시 그 시작이 있을 것이다. 내 몸에 유리한 것만 택하려는 오래된 습관과 욕심으로 시작된 마음은 그런 길로 흘러 갈 것이다.

마음에 결도 있다. 내 마음이니까 내 마음대로 할 수 있다고 여기지만 그렇지 않다. 마음결이 고와지려면 쉬임 없이 담금질하는 수밖에.

몸에 근육 만드는 것처럼 마음의 근육도 만들어질 수 있지 않을까. 마음의 길을 알고 마음의 결을 곱게 가꾸면 자주 쓰는 근육이 더 발달하듯이 마음도 쓰는 대로 윤기와 탄력을 갖게 될 것이다.

성인과 현자의 가르침도 '마음'을 어떻게 할 것인가에 있는 것 아닐까. 마음수련, 마음공부, 마음살림, 마음 내려놓기, 마음 챙기기, 마음 다스리기, 마음 달래기, 마음 살피기, 마음작용, 마음 나누기, 마음 내놓기, 마음 받아주기, 마음 알아차리기 등 새로운 마음을 먹게 하는 방법을 가르쳐 주신 것은 아닐까.

세상만사 마음먹기 달렸다는…‼

# 개차지범(開遮持犯)

정 상 식

불교의 계법에 있어서 여러 종류의 계명이 있다. 첫째 오계(五戒)란 것은 천연의 덕성에 대한 계명이고, 만국의 공법인 것이다.

그런데 이 오계에 대하여 무슨 별다른 일이나 되는 것같이 생각하고 불교는 국가의 발전을 저해하는 것이 아니냐고 의문하는 것에 놀라지 아니 할 수 없다.

우주 간에 둘도 없이 중요한 것은 생명인데 인류는 물론이고 하등동물에 이르기까지 어느 것이고 생명을 없애는 것은 일반적인 도덕원리가 아니다. 그러므로 석가모니는 이 도덕원리에 순응하여 대자대비, 즉 인자박애를 중심으로 하여 불살생계(不殺生戒)를 설하신 것이다.

살생 중에서도 상중하의 삼품(三品)으로 나누어 죄의 경중과 대소를 구별해 놓았다.

**정상식(鄭相植)** _ 경남 창녕 출생(1933년). (社)大乘佛敎 三論求道會 敎理硏究院長, 호는 斅廱, 중고등학교 설립, 중·고 교장 21년 근무. 경성대학교 교수, 총신대학교 교수 등 역임. 현재 (사)대승불교 삼론구도회 교리연구원 원장. 저서《기독교가 한국재래종교에 미친 영향》,《최고인간》,《인생의 길을 열다》외 다수.

기독교에서는 사랑(愛), 유교의 어짊(仁), 불교의 자비(慈悲), 어느 것이나 범위의 좁고 넓음은 있지만 생명을 보호하는 목적은 동일함에 틀림없다. 그래서 그 목적에 순응하는 것을 선(善)이라고 하고, 그 목적에 반대되는 것을 악(惡)이라고 하는 것도 역시 동일하다. 그 주의나 목적은 단지 종교에서 그치는 것이 아니고 일체의 학문이나 예술에 이르기까지 생명을 안전하게 보호하는 것이 가장 중요시 된다.

그러므로 악을 행하는 중에 가장 큰 것은 생명을 해하는 것이 제일이고, 선한 행동에 가장 큰 것은 생명에 이익되게 하는 일이다. 그래서 선과 악, 고와 낙, 길과 흉, 화와 복은 다 같이 생명을 근본으로 삼는 것이다. 이런 의미에서 석가모니께서 설법 포교하시던 최초에 불살생계를 설하신 이유가 여기에 있는 것이다. 그 외에는 불륜도(不倫盜), 불사음(不邪淫), 불망어(不妄語), 불음주(不飮酒) 등의 계율도 다 제일의 '불살생계'인 생명을 안전하게 보호하는 방법인 것이다.

팔계(八戒)와 십계(十戒) 등 수많은 계율도 모두 제일 목적인 불살생에 달하기 위한 방편인 것이다. 단지 계법뿐만 아니라 일체의 선정지혜(禪定智慧)의 무량한 법문이 귀착하는 곳은 모두 제일 목적에 달하기 위한 방편인 것이다.

불도의 근본은 대자대비이고 이 대자대비 즉 인자박애는 천연의 법칙이고, 이 천연의 법칙을 설한 것은 석가모니뿐만 아니고 세계에 있는 모든 종교가 모두 이 법칙에 순응하여 각자 교리를 설한 것이다.

정치, 경제, 법학의 근본법칙도 모두 여기에 근거하는 것이다. 다만 불법은 이 법칙을 가장 치밀하고 가장 엄중하게 한 것이다. 그러므로 살생은 실로 인간생활에 있어서 절대적인 금계(禁戒)라고 본다. 그렇지만 이 금계가 공익에 해가 될 때는 이에 배반할 수도 있고, 또한 공익에 이롭다면 이를 절대 실행해야 한다.

이것을 개차지범(開遮持犯)이라고 한다. 개(開)는 죽여도 좋다는 것이고, 차(遮)는 죽여서는 안 된다고 막는 것이다. 지(持)는 이것을 지킨다는 말이고, 범(犯)은 이것을 지키지 않아서 범죄가 된다는 것이다. 어째서 그러냐 하면 죽이지 않는 것은 본래 선심(善心)이지만 혹 어느 경우에는 살생을 해도 악한 마음으로 하지 않고 여러 사람을 위한 선심으로 했다면 오히려 공덕이 되는 것이다. 물론 악한 마음이나 분노심에서 일어나는 살생은 제외되지 않으면 안 된다. 그러므로 죽일 것은 죽이고 죽여서 안 될 것은 죽이지 않도록 하는 것이 불의에 보다 합당한 것이다.

살생해도 좋은 것으로는 인생에서 해(害)가 있는 것과 양민을 해하는 것, 국가의 적이 되는 것 등이며, 또는 살생을 함으로 해서 인생 전체에 이가 되고 국가 전체에 이(利)가 되는 것 등이다.

살생을 해서 안 되는 인생에게 해가 없고 이가 있는 것과 국가에 해가 없고 이만 있는 것들이다.

그러므로 적도(賊徒)를 평정하여 양민을 보호함에는 살생이라도 하지 않을 수 없다. 그런 원칙에 입각하여 인생에게 해가 있다고 인정할 때는 독벌레나 맹수를 죽이지 않으면 안 된다. 이가 있다고 인정할 때는 양잠이나 수산업을 하는 것은 불의에 반하는 것이 아니다.

그렇지만 개인적 이해와 행복을 탐하기 위해서는 죽일 수 있는 것일지라도 죽여서는 안 되고, 죽이지 않을 것을 죽이는 것은 가장 엄중하게 경계해야 한다. 그러므로 불교는 개인주의가 아니고 사회공익주의를 지향하며, 이기주의가 아니고 애타주의(愛他主義)인 것이다. 이것으로써 사회를 위하여서 귀중한 몸도 바쳐야 되며 이타박애(利他博愛)를 위하여서 귀중한 인명이라도 털끝같이 가볍게 생각해야 되는 것이다.

만법(萬法)의 공법(公法)은 서로서로의 화친에 있건마는 이것을 저해하고 이기주의로 탐욕하고 방자하게 행동하는 자가 있을 때는 부득이 평화를 유지하기 위해서 전쟁이라도 불가피하게 일으킬 수가 있다. 그래서 불교에는 악한 적을 항복시키는 법도 있는 것이다. 요컨대 인생을 행복하게 하고 사회를 안전하게 하며 국가를 발발시키는 목적을 가지고 살생하는 일은 결코 파괴가 되지 않을 뿐 아니라 오히려 지계(持戒)를 보다 안전하게 하는 것이 된다.

불교의 계율실천에 대하여 표면만 보고 그 뒷면을 알지 못할 때는 지계가 오히려 파괴가 된다. 살상계뿐만 아니라 모든 계법에는 모두 이와 같은 표리개차(表裏開遮)가 있으므로 극히 주의하여 불의를 꿰뚫어 보지 않으면 안 된다.

고인의 격언에 '큰 코끼리는 토끼가 다니는 길에서 놀지 않고 대오(大悟)는 적은 문자구절에 구애되지 않느니라. 그러므로 얕은 소견으로 창창한 진리를 비방하지 말라' 한 말과 같이 대승원돈계(大乘圓頓戒)에는 소승성문계(小乘聲聞戒)처럼 개인적인 자유를 여지없이 구속시켜 버리는 일은 없다.

만약 얕은 소견으로 그 일부분만을 엿보고 생각한다면 불합리한 계법이라고 하고 인생을 위하고 국가사회를 위하여 해가 있는 계법이라고 하고 말한다면 불법을 비방하는 일이 되고 창창하고 광대 절묘한 자비대해(慈悲大海)를 제멋대로 그르치게 하는 오류를 범할 것이다. 그러므로 그렇게 되지 않도록 주의해야 한다.

# 시간의 여울목에서
– 마이크와의 대화

## 최계환

**삶**을 살아가는 과정, 이는 곧 다른 이가 밟아주는 것이 아니고 자기 자신이 택하는 것이다. 나는 나대로의 과정, 그는 그대로의 과정이 있기에 오늘의 내가 있고, 내일의 그가 있게 되는 것이 아닐까? 밟기 싫어도 밟아가야 하는 길, 자진하여 택하는 과정, 슬픈 것, 좋은 것, 복잡한 것, 단순한 것, 우리는 여러 가지 과정과 과정의 엇물림 속에 나이를 먹고 주름이 늘어가고 그렇게 오늘 제자리에 서 있는 것이다.

방송생활 몇십 년을 넘긴 나도 직업이 주는 과정을 꽤나 많이 겪어왔으며 앞으로도 겪어 나갈 것이다. 우선 시험이란 과정에서 나는 두 번이나 실패의 잔을 마셔야만 했다. 첫잔은 자신을 너무 과신한 데서

**최계환(崔季煥)** _ 경기도 장단 출생(1929년). 호는 지산(志山). 건국대학교 국문과 졸업. 연세대 교육대학원 졸업. KBS, MBC 아나운서실장. TBC 보도부장, 일본 특파원. KBS 방송심의실장, 부산방송 총국장. 중앙대학교, 서울예술대학 강사. 대구전문대학 방송연예과장, 명지대학교 객원교수, 영애드컴 고문, (주)서울음향 회장 등 역임. 서울시문화상(1969), 대한민국방송대상 등 수상. 방송 명예의 전당 헌정(2004년). 저서 《방송입문》, 《아나운서 낙수첩》, 《시간의 여울목에서》, 《설득과 커뮤니케이션》, 《착한 택시 이야기》. 역서 《라스트 바타리온》, 《인디안은 대머리가 없다. 왜?》 등 다수.

온 잔이었으며, 두 번째 그것은 너무 등한시 한 데서 마신 잔이었다. 말하자면 착실한 과정이 없는 무계획의 보수였던 것이다.

　마이크와 근 3,000여 일을 보내고 나서야 방송이 무엇인지 겨우 알 것 같은 마음 속에 지금도 개운치 않은 조각들이 자리하고 있었음을 느낄 때 정말 풀기 어려운 고등수학 같은 것이 곧 방송이었다고 하고 싶다. 처음 마이크를 대하였을 때는 그다지 방송의 어려움을 몰랐었다. 그저 무아경 속에서 마이크에 끌려가는 허수아비 방송이었다. 그런데 웬걸! 시간과 정비례하여 방송의 어려움이 두려움으로, 두려움이 까다로움으로 바뀌어가니 마이크의 생리가 그런 것인지 나의 방송생활의 과정이 그렇게 되어있었는지 모를 지경이었다. 방송생활 3~4년이 지난 후부터는 언제나 사직서를 책상 서랍 속에 넣어두고 있었다. 자칫하면 방송국 전체를 곤경에 빠지게 하여 헤어나지 못할 큰 책임의 구렁에 갇히고 말 경우도 생길 수 있었기 때문이다.

　마이크를 애인과 같이 대하라던 선배들의 타이름을 들어온 지 꽤도 오랜 시일이 흘렀건만 애인의 범주 속에 들기엔 언제나 까마득한 놈이 마이크라고 생각됨은 비단 나만이 간직한 특별한 감정이었을까? 갖가지 의구와 회의 속에 때로는 직선적으로 때로는 돌려서 찔러보고 달래도 보았건만 좀처럼 나에게 용해되지 않는 놈이 마이크였던 것이다. 추울 때는 같이 떨었고 더울 때는 같이 땀 흘렸던 그는 웬만하면 내 성격과 취미와 장기를 알아차릴 만도 하였건만 오히려 더 냉담하게 나를 딱딱하게 만들고 내 뜻과는 다른 곳으로 나를 몰아가고 있었다. 야릇하게도 미워질 때가 한두 번이 아니었으나 그때마다 나는 나를 누르고 더 가까워지려고 노력하였다. 10미터 다가서면 11미터 도망가고 100미터 물러서면 90미터 다가오는 놈이 바로 마이크임에 틀림없었다. 옛 사람들은 커피를 가리켜 '악마처럼 검고 사랑같이 달콤한 것'이라고 했다지만 '악마같이 겁나고 약처럼 쓴 것이 마이크' 라고 하고 싶다.

　부인은 그 남편에게 있어서 '젊었을 때는 주인이요, 장년에는 친구이며, 노년에는 보모(保姆)' 라고 베이컨은 말했다지만 마이크는 모든 아나운서에게 '초년에는 애인이요, 중년에는 친구이고, 말년에는 곧 자신이 되어야 하는 것' 이다. 마이크가 바로 나를 승화했을 때 나는 비로소 나의 방송생활의 보람을 안을 것이고 보다 크고 알찬 열매를 거둘 수 있었기 때문이다. 언제나 결과보다 그 과정이 더 중요하였던 직업 그것이 방송인의 구실이 아니었을까. 성실한 과정이 곧 건실하고 알찬 결과를 낳기 때문이다. 시계의 촛점과 같이 늘 마이크를 대하는 과정에서 나는 반드시 마이크를 나로 동화시키고 승화시키는 싸움에서 결코 인색하지 않았음을 자부하고 있다. 현역시절 그 마이크와 나눈 대화의 한 토막이 있어 바로 적어보기로 하겠다.

　　방송가족 마이크 군에게
　　우선 자네하고 촌수를 따져 보세. 1년을 한 촌으로 쳐서 대입하면 15촌인데(방송생활 15년에 쓴 것이기에) 15촌하니까 너무 소원한 것 같군. 그렇다고 무촌이라 할 수도 없고……. 음, 그래 그게 좋겠어. 알파촌 오메가촌 어때? 곧 내 자신처럼 가깝고 때로는 구만리 중천인 양 멀게 느껴질 때가 있으니 말이야!! 오늘 나의 방송생활 이후 자네하고 처음으로 대화를 나누는 것일세. 앞으로는 수시로 얘기해 보자구.
　　먼저 자네의 그 무한대의 포용력에 늘 머리 숙이고 있네. 조그마한 자네가 수십만을 동시에 같이 듣고 느끼게 하는 마력엔 당할 자가 어디 있겠나. 그것도 시간과 공간을 넘어서 발연한 자세로 말일세. 흔히들 자네의 힘을 원자력에 비기고 있지만 그 말은 벌써 녹슨 지 오래 됐어. 만일 핵전쟁이 터진다고 가정한다면 삽시간에 1억의 생명이 없어질 것이란 거야.

이 얘기를 왜 하는가 하면 자네의 힘을 핵의 힘과 견주고 싶어서 말야. 또한 자네는 고매하고 솔직하고 꾸밀 줄 모르고 변치 않아서 좋아. 마치 소와 같이 그저 주어진 일에만 자신을 희생하고 불태우고 있는 슬기와 덕을 나는 배우고 있어. 언제나 액면 그대로 받아주고 말해 주는 자네는 인류직정(人類直情)의 역사가요, 교육자요, 예술가요, 도학자(道學者)라 믿고 싶네. 동서남북도 없고 청홍흑백(靑紅黑白)도 없고 춘하추동(春夏秋冬)도 없이 그저 백일(百日)이 여일(如一)하니 말일세.

일찍이 아리스토텔레스는 만물이 점점 고통스럽게 진화되어 가다가 소가 됐다고 했다더니 아마도 자네의 조상이 바로 소였는지도 모르겠네? 어쨌든 내가 가장 친하고 싶고 존경하고 배우고 싶은 이가 바로 '마'군 자네일세. 그런 자네이기에 이제부터의 내 얘기를 잘 이해해 줄 것으로 믿네. 나는 예나 지금이나 자네와 여러 가지로 관계를 맺고 있는 사람들을 한 식구로 여기고 있네. 말하자면 '방송가족'이지.

그런데 가끔은 때 묻지 않은 내 마음 속에 실망과 불쌍한 그림자를 드리우게 하는 사람들이 더러 있단 말일세. 하기야 우리나라에만 그런 이들이 있는 것은 아니고 외국에도 그런 경우가 있겠지만 우리의 현실은 그 도가 너무 심한 것 같애.

예를 들면 서로 헐뜯고 욕하고 헤쳐내고 깎을 줄만 알았지 서로 부축해 주고 칭찬해 주고 위로해 주고 아껴줄 줄 모른단 말일세. 그것도 욕을 위한 욕까지 위한 맹폭이니 정말 가련한 느낌이 들어. 연전의 일일세. 제18회 도쿄(東京)올림픽이 열린 이웃나라에서 약 한달 쯤 있었지. 매일 방송일도 하고 신문도 보았는데 자기 나라 선수가 혹 실수를 해서 금메달을 놓쳤을 경우에도 그저 "잘 싸웠다. 앞으로는 이런 이런 점을 더 연구하고 분발하면 다음엔 금메달이 틀림없을 것이다"라는 식의 칭찬과 격려의 신문기사나 방송을 보고 들어왔네. 이 얼마나 차원 높은 채찍질인가 말일세. 그런 영향인지 모르겠네만 그네들은 자기네 출전 사상 제일 많은 수의 금메달을 따지 않았나. 물론 때로는 파헤쳐야 할 경우도 있겠지. 그러나 매무새를 해 주는 방향으로 헤쳐야 될 게 아니겠나.

까는 것이 왜 나쁜 건가? 더 크고 알차게 자랄 수 있는 방향으로 또는 그 과정에서 지장을 주는 상처는 입히지 말아야 할 것이 아니겠는가? 자네도 잘 알겠네만 이는 비단 우리 방송가족에게만 해당되는 게 아니고 우리나라의 정치, 경제, 사회, 문화, 교육, 종교 등 전반에 걸친 얘기일세. 남의 허물을 얘기하는 것처럼 조심스럽고 어려운 일이 없을 텐데 가장 손쉽게 해치우고 태연하니 아연할 수밖에. 교육의 목적이나 이념에는 엄연히 인격도야란 말이 들어있는데 인격도야는 차치하고 지름길 표현으로 영어 단어나 몇 개 더 알면 그것이 훌륭하고 그 사람의 전부라는 식의 교육을 하고 또 받아왔기 때문이지.

글쎄? 지식이 인간의 형성과 정비례하는 것일까? 그렇다고 지식이 필요 없다는 건 결코 아닐세. 그러나 고매한 인격 위에 다져지지 못한 지식은 어마어마한 힘으로 주인공인 자네를 교묘하게 이용하는 잔꾀를 부린단 말이야. 생각해 보게. 고도한 지적요소가 가미된 잔재주가 바로 우리의 현실을 잉태케 한 정자(精子)라고 한다면 자네는 부정하겠나? 우리 것을 생각지 않고 남의 것이면 덮어놓고 제일이고, 우리에게 맞는다는 어리석은 고집들이 작용하는 가운데 새로움이 아닌 새로움의 우상을 앞세우고 내가 최고이고 내 생각과 견해가 절대적이란 간판 아래에서 서로 시기하고 헐뜯고 남의 몫까지 챙기려는 물결에 쏠려 우리의 높고 큰 비전을 뭉개고 만 것일세.

어쨌든 우리는 서로 위해 주고 이해하고 믿어가면서 맡은 바 자기 일을 충실히 연구 노력하자고 일러주게. 그렇게 되는 날 우리에게는 틀림없이 머지않은 장래에 통일된 나라의 국민으로서 달나라 꿈도 꿀 수 있고 우주여행도 할 수 있는 크고 넓은 지름길이 열릴 것이 아니겠나? 알파요, 오메가인 마이크군, 자네하고의 첫 얘기 오늘은 여기까지만 하기로 하세.

## 제4회 글로벌문화포럼

# 한국정신문화의 우수성을 말한다

▌때 : **2015**년 **4**월 **17**일 오후5시 30분~9시 ▌곳 : 한국프레스센터 19층 국화홀

## 참석자

◉ 사　　회 **김재엽**(도서출판 한누리미디어 대표)

◉ 기조인사 **김재완**(글로벌문화포럼 공론동인회 회장)

◉ 주제발표 **최광식**(전 문화체육관광부장관, 고려대학교 교수)

◉ 지정토론 **전규태**(문학박사, 연세대학교 석좌교수)

　　　　　 **이서행**(철학박사, 전 한국학중앙연구원 부원장)

◉ 종합토론 및 질의응답

　　　　　 **최계환**(방송인, 영애드컴 고문)　　　　　　　**박성수**(국제평화대학원대학교 총장)

　　　　　 **우원상**(한겨레얼살리기운동본부 감사)　　　　**윤명선**(법학박사, 경희대학교 명예교수)

　　　　　 **김대하**(사단법인 한국고미술협회 회장)　　　　**주동담**(시정신문 회장, 한국언론사협회 회장)

　　　　　 **이강우**(한국문인협회 권익옹호위원)　　　　　**무상법현**(전 태고종 총무원장, 열린선원 원장)

　　　　　 **김명식**(대한예절연구원 원장)　　　　　　　　**송낙환**(사단법인 겨레하나되기운동연합 이사장)

　　　　　 **김경남**(한국불교문인협회 감사)　　　　　　　**이선영**(사단법인 민족종교협의회 감사)

　　　　　 **오서진**(사단법인 대한민국가족지킴이 이사장)　**최향숙**(민주평화통일자문회의 자문위원)

　　　　　 **김혜연**(천부경나라 대표)　　　　　　　　　　**하은숙**(사단법인 전국언론사연합회 사무처장)

　　　　　 **조정진**(열린포럼21 대표)　　　　　　　　　　**권면중**(미랜바이오 매니저)

　　　　　 **박서연**(교보생명 V-FP)　　　　　　　　　　　**서영숙**(서울도시가스 업무과장)

◉ 사　　진 **이주영**(시정신문 기자)

지난(2015년) 4월 17일 오후 5시 30분부터 9시까지 3시간 30분 동안 서울시청 옆 한국프레스센터 19층 국화홀에서는 공론동인회 제4회 글로벌문화포럼 및 공론동인수필집 제6집 《밝은 사회로 함께 가는 길》 출판기념회가 최계환, 전규태 등 원년 회원을 비롯한 30명의 동인이 참석한 가운데 조촐하면서도 매우 뜻 깊게 개최되었다.

이날 김재완 공론동인회 회장은 기조인사에서 전년도 제3회 글로벌문화포럼을 '한국의 정통성과 정체성의 확립을 위한 제언'이라는 주제하에 권영해 전 국방부장관의 주제발표와 윤명선, 변진흥 동인의 지정토론으로 거행했던 바 각처에서 대단한 호평을 받았음을 상기시키고, 한류와 한국의 정신문화가 세계적으로 각광을 받고 있는 오늘의 현실에서 우리의 글로벌문화포럼이 한국정신문화의 세계화에 일조하자

는 측면에서 우리 회원 모두가 열정을 갖고 참여하여 향후 한국의 문화부문에서 대표적인 포럼으로 성장시킬 것도 주문하였다.

이어서 이명박정부 시절 문화체육관광부장관을 지내고 현재는 고려대학교 교수로 재직하고 있는 최광식 박사께서 '실크로드와 한류로드'라는 발제로 '한국정신문화의 우수성을 말하다'라는 내용을

총회 장면

담아 30여 분간 강연을 하였다.

뒤이어 연세대 석좌교수로 있는 전규태 동인과 한국학중앙연구원에서 부원장을 지낸 이서행 동인의 지정토론이 이어지고, 전 동인들이 인사를 겸한 종합토론의 시간을 가짐으로써 2시간 동안 열띠게 진행된 포럼은 막을 내렸다.

잠시 기념촬영을 한 뒤 만찬을 겸한 2부 행사로 공론동인 수필집 6집 《밝은 사회로 함께 가는 길》 출판기념회가 진행되었고, 정관을 일부 개정하는 총회도 열어 몇몇 임원도 보강하였다.(총회 내용은 445쪽 참조) 4시간 가까이 진행되는 장시간의 행사였지만 매우 유익한 자리였음에 모두들 만족하는 분위기였다.

이에 본지에서는 이날의 의미 있는 행사를 되새기고 기록으로 소중하게 남기고자 김재완 회장의 기조인사와 최광식 교수의 발제강연문, 전규태 동인과 이서행 동인의 지정토론문을 부록으로 전재한다.

# 한국정신문화의 우수성을 말하다

회장 김 재 완

오늘 제4회 글로벌문화포럼과 우리 공론동인지 『밝은 사회로 함께 가는 길』의 출판기념회를 갖는 이 자리에 공사간 다망하심에도 불구하고 이처럼 많이 참석해 주셔서 대단히 반갑고도 기쁜 마음을 금할 길이 없습니다.

특히 이 자리에 우리 모임의 발전과 우리의 포럼행사를 위해서 주제 발표를 맡아주신 최광식 박사님에게 깊은 감사의 말씀을 드리는 동시에 지정토론을 맡아주신 전 연세대학교 문과대학장 전규태 박사님과 한국학중앙연구원 부원장을 지내신 이서행 박사님에게도 심심한 감사의 말씀을 드리는 바입니다.

생각컨대 오늘날의 우리 인류사회는 고도의 과학적 개발과 물질문명의 발달, 그리고 다원적 정신문화의 발전과정 속에서 예측불허의 무한경쟁을 이루며 살아가고 있는 현상입니다. 더구나 인류사회의 다문화적 가치추구를 위한 경쟁도 극심한 상황이기도 합니다. 뿐만 아니라 오늘날 국제사회가 경제적 저현상에 부딪치고 있는 현실도 간과할 수 없습니다.

제4회 글로벌문화포럼 개회인사를 하는 김재완 회장

　이와 같은 우리 인류사회의 역사적 과정 속에서 우리나라 정신문화의 긍지와 과제는 무엇이겠습니까?

　우리는 한국의 유구한 역사와 빛나는 전통문화를 당당하게 자랑하고 있습니다. 그럼에도 불구하고 한동안 우리는 외세에 시달리고 외래문화에 짓눌려서 나래를 제대로 펴지 못하고 살아왔습니다. 이제는 우리의 긍지 속에서 떳떳하게 세계화 할 수 있는 "한국정신문화의 참모습과 우수성, 그리고 선양 방안과 그 전망은 무엇인가"를 알고자 하는 것입니다.

　무엇보다도 오늘날 우리들의 담론·토론 등이 우리 국가사회의 발전과 세계화 작업에 큰 도움이 될 것을 확신합니다. 아무쪼록 존경하는 동인 여러분의 뜻 깊은 시간이 되기를 기대하면서 간단한 개회인사로 갈음합니다.

　감사합니다.

# 실크로드와 한류로드

최 광 식

(고려대학교 교수, 전 문화체육관광부 장관)

## 머리말

한국은 실크로드를 통하여 비단을 비롯한 많은 문물과 다양한 종교 및 문화를 받아들였다. 처음에는 초원로를 통하여 청동기문화를 받아들였으며, 샤머니즘은 이 때 북방으로부터 유입되었다. 중국에서 시작된 유교사상은 한사군시기 한반도에 전래 수용되어 일본에 전해졌으며, 지금까지 한국인의 가치지향에 깊이 자리 잡고 있다.

주제발표를 하는 최광식 교수

한편 인도에서 시작된 불교는 간다라지방을 거쳐 천산남로를 통해 서역으로 전해졌으며, 중국을 거쳐 한반도로 유입되었으며, 일본에 전래되었다. 이러한 무속신앙, 유교사상, 불교문화는 한국의 역사와 함께 호흡하여 왔으며 토착화되어 한국 전통문화의 근간을 이루고 있으

제4회 글로벌문화포럼 및 공론동인기
[밝은사회로 함께 가는 길] 출판기
포럼주제 : 한국정신문화의 우수성을 말한다    주제발표 : 최광식교수(전 문
일시 : 2015년 4월 17일(금) 17:30~20:30    장소 : 한국프레스센터 19층 국화실

이서행    김재완    최광식    전규태

며, 일본의 전통문화의 형성에도 많은 영향을 끼치었다.

한국은 다양한 문화를 실크로드를 통하여 받아들여 한국문화 체질
위에 이를 변용 발전시켜 왔다. 그리고 이제 한국문화는 한국인들뿐만
아니라 세계인들이 함께 즐길 수 있는 단계에 접어들었다. 이제 한국은
문화수입국에서 문화수출국이 되었다고 할 수 있으며, 이는 원조를 받
던 나라에서 원조를 하는 나라로 변화되었다는 것과 함께 의미가 큰 것
이다, 실크로드가 다른 문화를 받아들인 길이었다면, 한국문화를 세계
로 내보내는 길을 한류로드라고 할 수 있다. 한국은 실크로드와 한류로
드를 통해 문화교류를 더욱 활발히 하여 창조적인 한국의 미래를 설계
해 볼 수 있을 것이다.

### 1. 실크로드와 고대문화

'실크로드(Silk road)'는 말 그대로 무역을 통해 비단이 이동한 길이

다. 중국에서 생산된 비단은 교역품이나 선물로 주위의 여러 나라에 전해졌다. 비단은 직물로서는 최상품에 속하는 것으로, 화려한 의상의 재료였을 뿐 아니라 국가나 개인 간의 증여품이나 돈을 대신하는 지불수단으로까지 사용되었고, 서방 세계에서도 귀하게 취급되었다.

실크로드의 기본적 기능은 오아시스의 발전과정에서 나타난 대상무역에 의한 교역루트였다. 보다 중요한 것은 무역을 통한 인적 교류와 물적 교류의 부수적인 현상으로서, 문화의 전파와 교류가 이루어졌다는 점이다. 따라서 현재의 실크로드는 '문명 교류'의 대명사로서 보다 넓은 문화적 의미로 사용되고 있다.

실크로드가 문명사적 교류에 지대한 역할을 했다는 것은 아무리 강조해도 지나치지 않지만, 특히 한국의 역사와 관련해 가장 주목되는 점은 불교문화의 유입이다. 불교는 삼국시대에 전래되어 남북국시대와 고려시대에 이르기까지 정치, 사회, 경제, 문화 전 분야에 영향을 주었고, 조선시대에 그 범위가 축소되었다 하더라도 여전히 신앙적, 문화적으로 일정한 영향력을 발휘하였다. 또한 일본의 전통문화 형성에도 깊이 관여하였다.

신라 미술이 북방 또는 서역의 영향을 강하게 반영하고 있다는 점은 신라 미술의 여러 특징 중 하나로 지적되어 왔다. 북방과 관련해서는 기원전 7세기 경 출현한 유목민족인 스키타이 문화가 일찍부터 주목되었는데, 스키타이 미술의 특징은 동물문양이다.

한편 신라 미술에는 서역의 색채도 강하게 나타나는데, 그러한 모습을 잘 보여주는 것이 삼국시대 신라 고분의 부장품들이다. 그 대표적인 예가 황남대총에서 출토된 유리제품과 금속공예품이라 할 수 있다. 통일신라 초기의 조각은 삼국시대 전통을 기반으로 하면서도 외국의 최신 경향을 받아들이고 소화해 옛것과 새것이 공존하는 다양성을 보여

좌로부터 조정진, 최계환, 주동담, 송낙환 동인

준다고 평가된다.

신라의 조각 중에 서역적 요소가 반영된 것들이 다수 존재한다는 점은 매우 흥미로운 부분이다. 신라 미술에 보이는 서역적 혹은 인도적 요소가 서역을 통해 직접 전래된 것이든, 아니면 중국을 통해 들어온 것이든 간에, 신라와 서역·인도 사이의 직·간접적 교류관계 자체는 충분히 인정될 수 있다고 본다. 이러한 요소에 대해 여러 연구자들이 일찍부터 관심을 두고 다양한 연구를 진행해 온 것은 이 부분이 고대 문화의 원류와 문화간 융화 과정에 중요한 부분을 차지하고 있기 때문일 것이다.

### 2. 실크로드와 한국문화

앞에서 우리는 동·서 문명교류의 대명사로서 '실크로드'의 의미를 이해하고 실크로드를 통한 문명 교류의 실상을 역사의 현장에서 구체적으로 살펴보았다. 그리고 이를 통해 한국문화가 고대로부터 중국을 포함해 서역, 그리고 서양에 이르기까지 다양한 문화의 영향을 받으며 형성되어 왔다는 점을 확인할 수 있었다.

한국문화의 특징은 단순하게 설명할 수 없으며, 한국문화는 매우 중층적이고 복합적인 성격을 지니고 있다. 흔히 한국문화의 특징을 검소함이나 소박한 멋 등으로 표현하지만, 고려불화를 보면 화려함과 우아함 또한 한국문화의 특징이라는 것을 느낄 수 있다. 검소함과 소박함은 조선시대 문화의 특징인데 우리가 흔히 조선시대의 것을 우리 전통문화 전체로 오해하기 때문에 그것만을 한국문화의 특징이라고 생각했던 것이다. 곧 고려청자와 조선백자를 비교해 보면 알 수 있듯이 각 나라마다 또 시기마다 전통문화의 특징은 다르게 나타날 수 있다.

한국은 이웃나라인 중국의 영향을 많이 받았으면서도 한글과 같은 독특한 문화유산을 창조하였고, 일본과 교류하였음에도 무사적 전통과는 다른 성격의 선비문화가 발달하였다. 역사적으로 살펴보면 같은 한국의 전통문화라 해도 고대의 문화와 고려의 문화가 다르고, 또한 고려의 문화와 조선이나 근대 한국의 문화가 서로 달랐다. 고구려 고분벽화가 지니는 역동성이나 백제금동대향로의 정교함, 신라 금관의 균형감, 고려청자나 고려불화가 지니는 화려함과 우아함, 조선백자나 분청사기가 지닌 검소함과 소박함 등 시대별, 나라별, 지역별로 다양하게

좌로부터 김경남, 이선영, 오서진, 무상법현, 이강우 동인

드러나는 문화적 성격은 한국문화가 지닌 다양성을 잘 보여준다고 할 것이다.

한국문화는 실크로드를 통해 외래문화와 끊임없이 접촉하면서 그 내용을 받아들여 융합해 왔다. 불교문화나 유교문화는 모두 한국에서 고유하게 발생한 것이 아니지만, 한국은 이러한 문화를 받아들여 한국 고유의 것과 융합시키면서 창조적인 문화를 발전시켜 왔다. 세계문화유산으로 지정된 석굴암과 해인사의 팔만대장경이 그러하고, 조선시대의 성리학 발달과 양반문화가 또한 그러하다. 유교는 중국에서 시작된 것이지만, 조선시대에는 유교를 받아들이면서 그 사상을 집요하게 추구하였고 또 심화된 사상을 바탕으로 철저하게 유교적 생활문화를 준수하고자 하여 중국보다도 더욱 깊이 있는 철학과 생활상을 가지게 되었던 것이다.

그런데 이렇게 다양한 종교와 신앙이 들어와 있는데도 불구하고, 한국에서는 큰 종교 갈등이 일어나지 않는다. 한국에서 이들 종교는 각각의 원형을 유지하면서도 서로의 영역을 인정하면서 조화롭게 공존하고 있는 것이다. 이처럼 다양한 종교의 존재 양태는 다양성과 개방성,

좌로부터 권면중, 서영숙, 최향숙 동인

좌로부터 하은숙, 윤명선, 박서연, 박성수 동인

뛰어난 흡수력과 조화로움이 바로 한국문화의 특징이라는 점을 잘 보여준다.

## 3. 실크로드와 한류로드

전근대 시대의 문화교류를 살펴보면 우리는 대체로 실크로드를 통해 다양한 문화를 받아들인 '문화 수입국' 이었다고 할 수 있다. 한국은 실크로드를 통해 다양한 문화를 받아들여 소화시키고 온축시켜 나름의 고유한 개성을 가진 한국문화를 만들어 왔다.

그런데 21세기 현재 한국은 받아들인 다양한 문화를 한국 문화의 토양 위해서 창조적으로 융화시켜 다른 나라에 수출하는 '문화 수출국' 이 되었다. 그러한 문화현상이 바로 익숙한 흐름인 '한류(韓流)' 이다. 아시아를 넘어 유럽이나 아메리카 대륙까지 전세계적으로 사랑을 받은 싸이의 '강남스타일' 은 그 대표적 현상이라 할 것이다.

한류는 1990년대 중반 드라마를 통해 아시아 지역에서 시작되었다. 1997년 중국에서 드라마 '사랑이 뭐길래' 가 처음 방영되고 1999년 북경의 『북경청년보』라는 잡지에서 처음으로 '한류' 라는 용어를 사용한 이래, 한류는 한국 문화를 외국에 전파하는 일의 대명사가 되었다. 그런데 한류의 흐름을 살펴보면 그 사이에도 진화의 과정이 있었다는 것을 엿볼 수 있다.

일단 아시아지역에서 드라마, 영화 등 한국의 영상 콘텐츠가 인기를 누린 1990년대 중후반부터 2000년대 중반까지를 첫 번째 단계로 볼 수 있는데 이를 한류 1.0시대라 할 수 있다. 이후 2000년대 중반부터 2011년 정도까지는 아시아는 물론 프랑스를 중심으로 한 서구사회에서 K-Pop의 인기가 확산된 한류의 두 번째 단계로서, 이때를 한류 2.0시대라고 부를 수 있다. 2011년 프랑스의 『르몽드』지나 미국 CNN 등에서도 K-Pop을 비중 있게 보도하였다.

이러한 한류의 진화 과정을 보면 우리 문화를 통해 아시아뿐 아니라 세계인들과 소통하는 것이 그리 낯선 일이 아니라는 점을 발견하게 된다. 그러므로 2012년 이후는 드라마나 음악과 같은 대중문화뿐 아니라 대중문화를 기반으로 하면서도 한국의 전통문화와 예술 등 다양한 문화 전반을 세계인들과 공감하기 위해 노력하는 시기로서, 이를 한류 3.0시대로 정의할 수 있을 것 같다. K-Pop이나 K-Drama뿐 아니라 영화, 클래식, 한국어, 스포츠(태권도), 의료, 법제, 교육 및 산업을 아우르는 K-Culture, K-Style이 세계 곳곳에서 받아들여지는 시대이다.

얼마 전 한국의 인디밴드들이 북미 록페스티벌에서 좋은 무대를 보여주었고, 현지인들의 큰 호응을 이끌어냈다는 뉴스를 접한 적이 있다. 그런데 한국 인디밴드의 한 멤버가 미국 사람들이 동양적인 느낌으로 춤을 추면서 놀아주는 모습을 보니 록 음악이 미국에서 시작되었다 하더라도 한국 사람들이 연주하면 한국적인 느낌이 나는 것 같다는 생각이 들었다는 내용의 인터뷰를 하였다. 지금까지 우리는 전통문화를 잘 모르는 것, 현재의 나에게 어울리지 않은 것, 나아가 세계인들과 공감

좌로부터 김명식, 우원상, 김대하 동인

하기 어려운 것으로 생각해 왔지만, K-Pop의 사례에서 보면 한국의 전통문화는 내면화되어 있다는 점을 알 수 있다.

둘째는 현대 순수문화예술로서 지금까지 우리는 한국문화의 세계화를 위해 여러 가지 정책을 펼쳐 왔고 그 성과도 적지 않았지만, 사실 아직까지 우리 순수문화예술에 대한 세계인의 관심은 높지 않다고 할 것이다. 그동안 드라마와 K-Pop은 한류를 이끄는 주역으로서 큰 비중을 차지했지만 이에 한정되어서는 우리 문화의 정수를 세계에 보여줄 수 없다. 드라마와 가요와 같은 대중문화예술이 우리의 일상을 보여주었다면, 순수문화예술은 한국의 미의식, 감성, 사고체계를 보여줄 수 있는 매체가 될 것이다.

셋째는 다양한 문화콘텐츠의 산업화로서 산업화의 목적은 표준화된 생산과 소비를 통한 이익의 실현이라 할 수 있고, 그간 문화산업 정책역시 문화예술과 대중문화를 부(富)의 원천으로 생각해 온 측면이 강하다. 그렇지만 이 역시 창조하고 공유하며 공감하는 '문화'를 매개로하기 때문에 일반적인 산업과는 다른 측면이 있다. 한국의 문화가 창의력과 상상력과 결합되어 새로운 무엇을 만들어내는 것은 뽀통령 뽀로로나 폴총리 로보카폴리의 예에서 볼 수 있듯이 그 성공 가능성이 이미 증명되고 있다고 하겠다.

## 맺음말

전근대에 실크로드를 통해 한국이 외국의 여러 나라, 여러 문명과 교류했듯이, 현대에는 한류로드를 통해 다른 나라와 끊임없는 문화교류를 지속해 나가고 있다. 이를 통해 세계의 여러 사람들이 한국의 전통문화, 순수문화예술을 보고 듣고 즐기면서 공감하고, 한국도 그들의 문화를 즐기는 쌍방향 교류가 실현될 수 있을 것이라고 생각한다. 이것이 바로 한류 3.0시대의 진정한 목표가 될 것이다.

한류가 세계인들의 주목을 다시 받게 된 것은 2011년이다. K-Pop이 소셜 네트워크 서비스(SNS)나 유튜브 등의 디지털 미디어를 타고 세계로 확산하기 시작하면서부터이다. 싸이의 '강남스타일'도 이 SNS와 유튜브의 덕으로 세계인들의 공감을 이끌어낼 수 있었던 것이다. 이런 맥락에서 보면 한류로드의 범위는 '디지털로드'를 포함한다고 할 수 있다. 고대 실크로드로 상징되던 동서문명의 소통이 처음에 육상으로

좌로부터 옵서버(2명), 오른쪽 끝 김혜연 동인

출발하였다가, 점차 해상로, 공중 비행노선이 추가되었고, 인공위성과 인터넷의 발달로 이제는 유튜브, 페이스북과 같은 각종 SNS 등 디지털 로드로 확대된 것이라 할 수 있다. 실크로드의 중심이 서안과 로마였으며 경주는 주변이었으나, 한류로드(디지털로드)의 중심은 한국이며, 이에 힘입어 경주엑스포는 실크로드의 교차로 이스탄불에서 성공적으로 행사를 마칠 수 있었다.

이와 같이 한국은 스스로 한국문화의 특징을 잘 알고 의미를 부여하며 즐길 수 있어야 한다. 또한 외국 사람들이 한류를 즐기듯이 한국도 다른 문화를 관람하고 체험해야 할 것이다. 한류라는 명주실을 통해 한국은 전통문화 한류, 스포츠 한류, 관광 한류, 콘텐츠 한류 등 온갖 진귀한 구슬을 하나로 꿴 멋진 목걸이를 만들 수 있을 것이다. 한국이 실크로드를 통해 중국과 서역 및 서양의 다양한 문화를 받아들여 더욱 새롭게 발전시켰듯이 상호교류의 열린 자세와 융복합적인 상생과 조화의 정신을 견지한다면 한류의 지속적인 발전을 이룰 수 있을 것이다. 문화의 쌍방교류를 통하여 상호간의 문화를 존중하고 더욱 발전시켜 인류문화의 발전을 도모하여야 할 것이다.

최근에 민관 합동으로 발족한 한류3.0위원회가 여러 장르의 한류현상에 대해 데이터를 정리하고 이를 토대로 각 장르들을 연결하여 시너지 효과를 보도록 논의구조를 만들었으므로 이를 계기로 상승효과를 거두어 이를 문화예술 뿐만 아니라 경제와 산업으로 연결시켜 나간다면 한류는 새로운 국면으로 발전해 나갈 것이다.

### 참고문헌

최광식,《실크로드와 한국문화》, 2013, 나남출판사.

최광식,《한류로드 - 전통과 현대의 창조적 융화》, 2013, 나남출판사.

# 정신문화의 원형(原型) 찾아
# 그 이념화 서둘러야

전규태

어느 겨레에게나 나름의 우수한 정신문화와 그렇지 못한 문화 등을 아울러 지니고 있다. 전자는 그 우수성을 이어가기 위해, 그리고 그렇지 못한 문화는 이를 깁고 더하며 발전시키기 위해 갈고 닦는 작업이 필요하다고 본다.

포럼 발제에서 지적되었듯이 한국문화는 중층적이고 복합적인 성격을 띠고 있기 때문에 한 마디로 설명될 수는 없다. 후자의 경우도 여러모로 오해되고 있고, 배타이기주의, 단순소박성, 오랜 사색당쟁으로 인한 섹트의식, '빨리빨리', '냄비근성'으로 불리는 서두르기와 조급성 등은 우리 역사의 한 단면만을 보고 진단한 편견과 일제 강점기에 형성된 식민 사관(史觀)에 의한 왜곡된 면이 있다는 것도 지적하고 싶다.

올해 광복 70년을 맞은 뜻 깊은 해이다. 아직도 구각(舊殼)을 벗지 못하고 있어 좀더 신축성 있는 눈으로 지난날을 되돌아보는 자주사관의 시각(視覺)이 필요하다고 본다.

더군다나 최근 일본의 아베정권은 허구로 얼룩진 '임나일본부(任那日本府)' 설을 새삼스레 들고 나와 한민족의 열악성을 강조하며 혐한론 운동을 펼치고 있는 극우파를 부채질하고 있다. 그런가 하면 삐뚤어진 사관에 젖어 '엽전은 할 수 없다' 고 자기비하를 하며 자탄만 하는 국민도 적지 않다. 이런 시점에서 이번 글로벌 문화포럼의 주제로 '한국 정신문화의 우수성' 을 정한 것을 매우 시의 적절하다고 여겨진다. 이 문제 해결의 열쇠는 비단 역사학계, 넓게는 인문학계만이 아니라, 이 나라 이 겨레가 다함께 참여하고 다함께 풀어야 할 하나의 시대적 과제라고 본다.

주제발표를 통해 발제자인 최광식 교수께서 이 화두를 깊고도 폭넓게 정리했으므로 지정토론자의 한 사람으로 한국 정신문화 원형(archetype)에 대해 간추려 소견(小見)을 드린다면, 최 교수님도 화랑도를 예로 들었지만, 이를 좀더 거슬러 올려 단군신화에 나오는 '홍익인간(弘益人間)' 을 원형으로 보고 그 이념화를 통해 재창조의 계기로 삼아야 한다고 본다. 신화란 한 겨레의 얼, 곧 정신문화의 원형을 담고 있다고 한다. 우리의 건국신화도 예외일 수 없다. 본시 '해' 를 숭상하던 우리 겨레가 얼마나 밝은 것과 '홍익인간' 을 이상으로 우리의 민족성을 잘 증명해 주고 있다고 역사학자들은 말하고 있다.

우리의 단군신화는 고려 중엽에 승 일연(一然)에 의해 야사(野史)로 쓰여진 《삼국유사(三國遺事)》에 수록된 바 있으나, 조선조 세계에서 가장 과학적으로도 뛰어난 한글을 창제한 세종대왕 때 정사(正史)인 세종실록에 수록되기에 이르렀다는 사실을 우리는 주목할 필요가 있다.

세계 어느 나라의 역사를 보더라도 우리 역사처럼 모든 사람을 똑같이 유익하게 하기 위해, '나' 보다 '우리' 를 존중하는 인본(人本) 민주정신을 선양한 나라는 일찍이 없었다. 여기서 우리는 분명히 우리스런 휴머니즘을 찾아낼 수 있다. 우리는 이를 통해 자주의식과 우리 정신문화에 대한 긍지를 느끼고 그 원형을 이념화해야 한다. 특히 '홍익인간' 의 정신으로 나라를 이룩하고 '인세교화(人世敎化)' 라는 구체적 문화제도로서 밝힌 데 대해 주목할 필요가 있다. 여느 신화는 하나의 상징이나 암시로 제시된 데 비해 우리 신화는 특출하게 그 사상성이 구체적 항목으로 밝혀진 데서 문화치세의 특징이 두드러지고 있다.

우리 겨레의 고대 활동 무대가 만주 일대에 걸쳐 있다는 점을 감안할 때 여러 외족의 침입을 숱하게 겪으면서 뭇 씨족들을 규합하면서 나라를 이루었으므로 자생적으로 공존의 사상이 움트고 그로 인해 홍익인간의 이념이 마련되었다는 관점에서 역사주의적 논거를 구체화하지 않더라도 우리 신화의 자생적 모습을 이해할 수 있다고 본다.

'실크로드' 를 통한 고대문화 교류의 양상을 살피면서 공유된 점과

◆······ '실크로드'를 통한 고대문화 교류의 양상을 살피면서 공유된 점과 개별적 특수성 등이 여러모로 밝혀짐을 엿보게 되는데, 우리 근대 문화의 발전 과정에 있어서도 인도주의 사상이 인간을 사랑하고 존중함을 그 기본을 이루고 있다는 사실도 주목해야 한다고 본다. 세종이 훈민정음을 창제한 정신도 백성을 위한 민주적 대동사상을 담고 있으며, 개화기의 일제와 청의 침략에서도 동학사상은 '인내천(人乃天)'이라는 보편적 대동사상을 담고 있는데, 이 역시 '홍익인간'의 중심사상을 이어받고 시대에 따라 발전시켜 온 것이다.

개별적 특수성 등이 여러모로 밝혀짐을 엿보게 되는데, 우리 근대 문화의 발전 과정에 있어서도 인도주의 사상이 인간을 사랑하고 존중함을 그 기본을 이루고 있다는 사실도 주목해야 한다고 본다.

세종이 훈민정음을 창제한 정신도 백성을 위한 민주적 대동사상을 담고 있으며, 개화기의 일제와 청의 침략에서도 동학사상은 '인내천(人乃天)'이라는 보편적 대동사상을 담고 있는데, 이 역시 '홍익인간'의 중심사상을 이어받고 시대에 따라 발전시켜 온 것이다. 18세기부터 펼쳐진 기독교 사상도 역시 '홍익인간'의 인간의식을 바탕으로 하여 오늘날 세계 어느 나라와도 견줄 수 없는 부흥을 하고 있는 것과 한류(韓流)의 세계화 등을 미루어 볼 때 '홍익인간' 사상으로 인한 우리 정신문화의 뛰어난 우리 정신문화의 융복합성(融復合性) 때문이라고 본다.

# 우리 민족의 저력 다시 한 번 펼치자

이 서 행

### 한국정신, 한민족의 저력

작금의 우리 사회는 작년 봄에 있었던 세월호참사의 충격에서 벗어나지도 못했는데, 금년 5월부터 불어 닥친 메르스(중동호흡기증후군) 돌풍으로 인해 온 사회가 불안 심리에 빠져 경제 침체는 서민생계마저 위협하고 있는 지경이다. 이러한 사태 발생원인은 근본적으로 부도덕적인 황금만능주의와 무책임하고 이기적인 사회 구성원들의 몰가치적인 일상의 생활의식 때문이다.

어느 나라를 막론하고 한 사회가 계속 발전하거나 유지되기 위해서는 물질적 성장에 앞서 사회의 구성원들이 건전한 가치체계와 도덕규범을 가져야 함은 두 말할 나위도 없다. 만약 사회의 구성원들인 개인이 정신적으로 무책임하거나 정의로운 행동규범을 갖지 못할 때 그 사회나 국가는 발전은커녕 존속하기도 힘들게 된다.

오늘날 선진국이라고 하는 나라들도 선진국의 대열에 서게 된 것은 그들의 풍부한 자연자원을 가졌거나 혹은 물질적 조건들이 다른 나라에 비해서 유리했기 때문만은 아니다. 그보다는 그들 사회의 구성원들이 올바른 가치관과 건전한 생활태도를 가졌기 때문이라고 본다. 즉 미국문화의 바탕이 되고 있는 청교도 정신과 구라파문화의 정신적 지주가 되는 프로테스탄티즘이라는 종교적 윤리가 대표적이라고 할 수 있다.

일본 발전의 원동력은 두 말할 것도 없이 무사도(武士道)정신과 경제적 동물이라고까지 혹평을 받는 철두철미한 계산적 경제활동이다. 무사도정신이란 보편적인 일본인들의 몰아적 헌신을 통한 의무수행으로 충성윤리와 금욕적 생활을 말한다. 금욕적 생활이란 개인의 소비는 최소한으로 줄여 검약생활을 의무시하는 것이며, 태만에 대해서는 항상 엄히 경계하고 일전의 돈을 씀에도 매우 주의 깊게 할 것을 강조한다. 일본의 발전은 일본인들의 무사도정신을 바탕한 근검, 절약정신으로 생활과 오락은 되도록 간단히, 복장과 장비는 실용적이고 단순한 것으로, 의식주는 필요 최소한으로 하는 국민 생활철학에서 비롯된 것이라 할 수 있다.

현재 우리가 아노미(anomie)현상 즉, 가치혼란에 직면하고 있는 것은 고유한 우리의 정신문화가 없어서가 아니다. 한국인의 얼 속에는 강한 고구려의 상무정신, 전통적인 곧은 선비의 정신, 동방예의 도덕정신, 평화정신, 근검절약의 정신, 단합의 정신, 풍류와 멋을 아는 아름다운 정신들이 깃들어 있다.

이러한 한국인과 한국문화의 형성배경을 말할 때 일반적으로 북방계, 남방계, 남북혼합계 등으로 주장되어 결론을 얻지 못하고 복잡성

◆······ 한민족은 최초부터 한겨레임을 자인하여 나라 이름도 한으로 불러 온 적이 많다. 민족의 시조인 단군(檀君)의 성을 환(桓) 혹은 한(韓)이라 하고, 단군 성조의 후예를 한왕(韓王) 혹은 한씨(韓氏)라고 했다. 오늘 현재의 우리나라 이름을 대한(大韓)이라고 제정한 연유들이 모두 이를 뒷받침해 주고 있다 하겠다. 이와 같은 한의 뿌리는 한민족의 삶의 모든 영역에 스며져 나타나고 있으며, 이것은 다시 만주벌판을 중심으로 한반도와 시베리아를 포함하는 동북아시아를 무대로 동이문화권(東夷文化圈)을 형성했고, 역사 속에서 용맹스럽고 강건한 민족적 기상을 발휘해 왔다.

을 나타내고 있지만, 그러나 우리 민족은 삼국시대 이후 단일민족으로서 거의 비슷한 생활양식, 공통적인 심리, 가치체계를 가진 민족성을 지니고 있다. 우리 민족의 민족성과 문화의 토양에는 몬순(monsoon)지대의 농경문화로서 낭만적이고 겸허하며 부드럽고 평화적인 것이 깔려 있다. 즉 극단을 피하고 타협적이며 관용적이다. 이는 우리 한민족이 일찍이 해 뜨는 동아시아의 밝은 천지에 뿌리를 내리고 광명정대(光明正大)한 정신의 소유자로 자연의 법칙과 질서를 존중하고 평화를 지극히 사랑하며 살아왔기 때문이라고 본다. 그러했기에 단군건국 이래 폭넓은 도량으로 평화의 문화와 홍익인간(弘益人間)의 차원 높은 도덕규범 문화를 꾸준히 발전시켜 올 수 있었던 것이다.

한민족은 최초부터 한겨레임을 자인하여 나라 이름도 한으로 불러 온 적이 많다. 민족의 시조인 단군(檀君)의 성을 환(桓) 혹은 한(韓)이라 하고, 단군 성조의 후예를 한왕(韓王) 혹은 한씨(韓氏)라고 했다. 오늘 현재의 우리나라 이름을 대한(大韓)이라고 제정한 연유들이 모두 이를 뒷받침해 주고 있다 하겠다.

이와 같은 한의 뿌리는 한민족의 삶의 모든 영역에 스며져 나타나고 있으며, 이것은 다시 만주벌판을 중심으로 한반도와 시베리아를 포함하는 동북아시아를 무대로 동이문화권(東夷文化圈)을 형성했고, 역사 속에서 용맹스럽고 강건한 민족적 기상을 발휘해 왔다. 이러한 우리 민족의 기상은 신라의 화랑도정신과 만주에 세워진 광개토왕비에서도 잘 나타나 있다. 우리 민족의 불굴의 기상은 적극적이고 진취적인 태도로 구현되었을 뿐만 아니라 역사상 외적의 침입을 받았을 때 강인한 저항정신을 낳게 하였다. 이러한 저항의식이 수많은 외침의 국난을 극복하는 원동력(原動力)이 되었고 우리나라의 국맥(國脈)과 사회정의를 이어오게 한 생명줄이 되었다.

진취적인 우리 민족의 기상은 외세문화의 영향과 변화하는 역사 속에서 점차 상황극복에 따라 달리 나타났는데 그것은 곧 조선조 때의 선비정신이요 청백리(淸白吏)정신이었으며, 조선조 말에 의병정신과 독립정신으로 계승되었다. 선비는 양심과 학문으로 의(義)를 세우고, 청백리는 청렴, 근검, 결백정신으로 공직윤리(吏道)를 바로 세웠으며, 의병정신과 독립정신은 우리 민족의 구체적인 의요 삶인 동시에 이념으로서 나라를 세우는 데 초석이 되었다.

이상과 같은 정신사적인 맥의 흐름으로 한국인을 이해할 수 있겠지만 보다 구체적인 한국인의 정체를 간파하기 위해서는 한국인의 성격적 특성을 분석하는 방법이 타당할 것이다.

### 동방예의지국과 동방의 밝은 빛이었던 한국

인간은 그 기후 풍토의 자연적 환경에 영향을 받기 때문에 그 지방 산천을 보고 인심(人心)의 특징을 잘 알 수 있다. 일찍이 중국인은 우리나라를 동방예의지국이라 하였고, 또 유럽인은 신선국(神仙國)이라 한 적도 있다. 한편 산해경(山海經)에서 해동(海凍)에 군자국이 있어 근화(槿花)가 많다고 했는데, 근화는 바로 무궁화를 일컫는 것으로 이와 함께 우리나라를 근역(槿域)이니 하는 여러 가지 이름으로 부르게 되었다. 무궁화는 도시나 시골이나 줄기차게 피어나는 서민적 꽃이요, 소박하고 온화한 꽃이며 은근하고 끈기 있는 우리 민족의 상징적인 꽃이다. 우리 조상들은 아마 이러한 의미에서 무궁화를 사랑하였을 것이요, 오늘날 국화(國花)가 되어 한국인의 성격형성에도 많은 영향을 주었을 것이다.

예부터 우리나라를 해동, 동국, 대동(大東), 특히 서방인들은 동방의 고요한 아침의 나라라 하였으며 인도의 시성 타골은 '동방의 빛나는 등불' 이라 했다. 또한 삼천리금수강산이라고도 하고 팔도강산이라 부르기도 했다. 그것은 서울서 함북 은성까지 약 2천리요, 전남 해남까지 천리라 하며 이것을 합쳐 삼천리라 일컬은 것이며, 팔도강산이라 함은 고려 말부터 조선조 초에 걸쳐 동북에는 두만강까지, 서북에는 압록강까지를 우리 땅으로 정하고, 그 이남을 8도로 나누었는데 경상과 전라는 고려 이전의 이름을 그대로 쓴 것이며, 그 나머지 함경, 평안, 황해, 경기, 강원, 충청은 새로 정한 것이다. 우리나라를 이와 같이 8도로 분계한 것은 어느 산이나 물을 표준으로 했기 때문에 그 경계를 따라 지방의 풍토와 인심이 약간 다르기도 하다.

이러한 자연환경을 터로 한 한국인의 성격은 결백성, 관용성, 인내성, 호양부쟁(好讓不爭), 평화애호, 민본사상, 자유독립정신, 애국심, 민족의식, 통일정신, 독창성, 예술성, 용감성, 적극성, 단결성, 가족주의, 곡선적인 사랑의 표현, 나보다 중요한 우리라는 공동체의식, 낙천적인 성격, 높은 교육열, 넘치는 인정, 신바람 기질 등으로 나타나는데 이와 같은 위대한 한국인의 정신이 있기에 주변 환경의 모든 악조건을 물리치고 위대한 한국의 위상을 세계 도처에서 드높여 온 것이다. 수많은 민족이 섞여 살고 있는 미국, 소련과 중국 등에서도 한국인은 많은 제약조건에 관계없이 타고난 긍지와 자부심을 잃지 않고 그 동안 우수한

민족으로 평가받아 왔다.

　캐 보면 캐 볼수록 그 진가가 높이 평가되는 우리 민족의 삶의 원형을 고고학은 물론 정신사적 측면, 종교 예술 문화사적 측면, 인문사회, 자연과학 등 종합적인 접근을 통해 조명해 볼 때 불교문화와 유교문화를 주체적으로 수용하는 과정에서 나타나는 것과 같이 일원(一元)의 사상과 화(和)의 사상, 그리고 통일과 조화의 원리가 발견될 것이다. 이러한 통일과 조화라는 우리의 정신적 특성과 숨결이 담겨 있는 조선(朝鮮)은 상고할 수 없을 만큼 아득한 옛날부터 우리의 얼과 함께 내려오는데 그 의미는 첫 · 시작 · 빛이다.

　고고학 분야에서 선사시대의 사료가 많이 발굴되고 사료의 기원이 인류역사만큼이나 오래되어 우리 민족의 장구한 역사성을 나타내고 있으며, 한국을 해 뜨는 나라, 동방의 밝은 빛이라 함은 이로 말미암은 것이라 하겠다.

대한민국(大韓民國)할 때, 대한의 의미 속에도 무한과 영원성이 담겨 있다. 역사상에 931번의 침략을 받고도 견뎌온 우리 민족의 이면에 조선과 대한의 정신적 핵이 깃들어 있기 때문이 아니겠는가? 우리의 애국가 속에 '대한 사람 대한으로 길이 보전하세'와 '한국인은 죽어도 죽지 않는 불사불멸의 신선(神仙)'이라고 말한 것과는 맥락을 같이한다 하겠다.

1970년대에 중동지역 개발사업을 통해 보여준 한국인의 근면성, 인내심, 진취적인 기상은 세계인들로 하여금 부러운 생각을 갖게 하였으며, 국제 수출시장에서는 무서운 한국인이 달려오고 있다고 표현할 정도로 한국인의 면모가 세계에 알려졌다.

더욱이 1988년도에는 서울에서 국제 올림픽이 개최되어 반만년만에 처음으로 인류 대축제에서 한국인의 우수한 기량을 과시하기도 했다. 최근 세계 기술기능과 지능대회에서 한국인이 계속 가장 우수한 성적을 받아 세계의 각광을 받은 바 있다.

### 민족 웅비의 조건

이처럼 한국인은 예로부터 평화를 노래하고 불의부정에 저항하며 봉사정신으로 한 울타리에 공동체 마을을 이루어 왔으며, 슬플 때 같이 슬퍼하고 기쁠 때 같이 춤을 추는 자연 속의 멋과 풍류와 운치가 함께 어우러져 신명을 다하는 조화로운 특성을 지니고 있다.

땅도 자원도 부족한 우리가 오직 성실과 머리에 의해 오늘의 부를 이룩해 왔는데 애써 이룩한 그 부에 의해 우리의 인간됨과 성실이 무너진다면 우리의 미래가 그리 밝지만은 않을 것이다. 지금 국가간에는 자원전쟁, 지식전쟁, 두뇌전쟁, 정보전쟁에 혈안이 되어 있고, 일본은 산업

스파이 전쟁까지 방불케 하며 국가발전을 유지시키고 있는 현실인데 우리는 언제까지 힘들여 벌어 놓은 돈을 흥청망청 향락산업에 세월을 보내며 국내 부정부패와 싸워야 할지 의문이다.

한 나라의 발전과 질서는 물질적인 문명, 즉 생산력, 기술과학, 자원 등과 정신적인 문화가 조화를 이루는 속에서 이룩되어야 한다. 그럼에도 불구하고 우리는 그 동안 물질적인 가치만을 추구하여 국민의 정신이나 윤리문제에 소홀한 나머지 전통적인 한국정신은 물론 민주시민 윤리적인 가치체계의 붕괴를 초래하고 있는 실정이다.

앞으로 국제사회는 군사력, 경제력 첨단산업과 같은 외형적인 경쟁보다는 신뢰를 바탕으로 하는 도덕적 가치나 질적 향상이라는 정신문화와의 경쟁으로 발전할 전망이다. 높은 도덕지수나 정신문화가 요청되는 시대에 경쟁의 대열에서 낙오하지 않기 위해서 우리는 지금 정신혁명이나 도덕 재무장이 강력히 추진되어야 하는데 국내 상황은 그렇지 못해 안타깝다.

현재 우리 사회 전반에 걸쳐 뿌리 깊게 번져 나가고 있는 지도층의 도덕성 타락의 문제와 부정부패로 무절제한 생활의 문제는 어느 한 집단이나 정부의 일방적인 주도하에서 해결될 수 없는 문제이며, 그 방향성은 국민 스스로 뼈아픈 의식의 개혁을 통한 개인가치의 회복과 아울러 민주시민으로서의 사회윤리를 확립하는 방향으로 전개되어야 할 것이다.

속빈 강정과 같은 우리의 현실을 다시 한 번 직시하고 심기일전하여 인정이 넘치고 예의바른 우리 민족의 참모습을 다시 찾아, 윤리적인 정신문화의 계승 발전을 위해 보다 노력하는 국민이 될 때 우리는 다시 떠오르는 아시아의 용과 빛으로 한민족의 저력을 드높일 수 있을 것이다.

# 空論同人會 經過·續

2014년 12월 20일(토요일)

본 동인회는 동인들의 큰 관심과 적극적인 협조에 따라 글로벌문화 포럼·공론동인 수필집(제6권) 『밝은 사회로 함께 가는 길』(422쪽)을 출간하다.

◇　　◇　　◇

2015년 2월 14일(토요일) 12시

본 동인회는 시내 서교동에 있는 '강강술래' 3층에서 회장단 회의를 갖고 2015년도의 사업계획과 동인지 제7권 발간계획에 관한 대책을 논의하다.

좌로부터 우원상, 김재완, 신용선 동인

2015년 3월 10일(화요일) 오후 6시

본 동인회는 시내 종로2가에 있는 '국일관' 1층 홀에서 제5차 편찬위원회를 개최하고, 이미 출간된 동인지 제6권에 관한 평가와 제7권의 편찬계획에 관해 깊은 논의를 하다.

2015년 3월 17일(화요일) 오후 6시 30분

본 동인회는 시내 종로2가 소재의 '국일관' 1층 별실에서 3차 전체 운영위원회를 개최하고, ① 신규가입회원의 영입문제, ② 동인지 제7권의 발간계획, ③ 회무운영을 위한 재정상황문제, ④ 임원의 임기만료에 따른 신규선임의 일, ⑤ 제4회 글로벌문화포

전체 운영위원회를 개최하고 종로2가 국일관 1층 이대감 갈비집에서

럼 준비 및 신간 공론동인지 출판기념회 개최에 관한 일, ⑥ 2015년도 제9회 총회 개최 등의 사안을 심의·논의하다.


2015년 4월 7일(화요일) 오후 6시 30분

본 동인회는 시내 종로5가에 있는 '종5바베큐' 홀에서 실무간담회를 갖고 〈제4회 글로벌문화포럼〉 행사준비와 〈출판기념회〉, 그리고 〈제9차 정기총회〉 행사에 관한 준비상황을 점검하다.


2015년 4월 13일(월요일) 오후 6시

본 동인회는 시내 서교동에 있는 '신선설농탕'에서 회장단 회의를 갖고 〈제4회 글로벌문화포럼〉 행사준비에 관한 세부점검을 하다.


2015년 4월 17일(금요일) 오후 5시~8시 40분

본 글로벌문화포럼·동인회는 서울 시내 프레스센터 19층 '국화실'에서 회원·동인 30여 명이 참석한 가운데 〈제4회 글로벌문화포럼 및 동인지 제6권 '밝은 사회로 함께 가는 길' 출판기념회〉와 「2015년도

정기총회를 마치고

제9차 정기총회」를 개최하다.

이날 행사는 〈제1부. 글로벌문화포럼〉〈제2부. 동인지 제6권 출판기념회〉〈제3부. 제9차 정기총회〉 등의 순서로 진행됐다. 이 행사는 김재완 회장의 개회사를 시작으로 진행되었는데 이를 겸하여 글로벌문화포럼의 기조발제도 함께 발의하였다.

제1부의 글로벌문화포럼의 주제는 '한국정신문화의 우수성을 말하다' 이었는데 이날 주제발표를 맡은 최광식 박사(전 문화체육관광부 장관 · 고려대학교 교수)는 학술적 논문발표 형식으로 진지하게 주제발표를 하였다.

또한 지정토론자로 본회 동인이신 전규태 박사(연세대학교 석좌교수)와 이서행 박사(한국학중앙연구원 부원장(전) · 명예교수) 등 두 분이 참가하여 동인들의 지대한 관심을 모았으며, 여타 참석자들의 자유토론으로 이 시간 행사는 뜻 깊게 마무리되었다.

다음으로 제2부 출판기념식을 가졌고, 이어서 제3부로 정기총회가 있었는데, 특히 이번 공론동인회 총회에서 정관 개정과 함께 선임된 임원들의 명단은 다음과 같다.

회장 : 김재완(제7대 · 연임)

부회장 : 최계환 · 전규태 · 김재엽 · 김대하 · 이강우

감사 : 우원상 · 김경남

편찬위원 : 윤명선 · 변진홍 · 박성수 · 이서행 · 조정진 · 구능회 · 김
용환 · 배우리 · 양종

운영위원 : 주동담 · 신용선 · 법현스님 · 무원스님 · 도천수 · 김명
식 · 송낙환 · 김혜연 · 최향숙 · 오서진 · 김상철 · 하은숙


2015년 5월 27일(수요일) 오후 6시 30분

본 동인회는 시내 서교동
에 있는 '톰엔톰스' 커피숍
에서 제4차 임시 운영위원
회를 갖고 신규 회원들의
승인 여부와 동인지 제7권
의 편찬, 제작문제를 점검
하다. 만찬은 마산달래아구
찜에서.

제4차 임시 운영위원회를 마치고 마산달래아구찜에서(좌로부터 서영숙,
김재완, 최계환, 전규태, 우원상, 김혜연, 김대하, 권면중, 김재엽)


2015년 5월 30일(토요일) 오후 5시 30분

본 동인회는 시내 종로5가의 '종5바베큐' 홀에서 긴급 제6차 편찬위
원회를 갖고 동인지 제7권 제작문제를 재차 논의하다.


2015년 6월 16일(화요일) 오후 6시

본 동인회는 시내 서교동 소재의 커피점 '톰엔톰스' 에서 회장단 회
의를 갖고 동인지 발간 및 운영전반에 관한 안건을 논의하다.

# 空論同人會 規程

## 제1장 총 칙

제1조 본회는 '공론동인회' 라 칭한다.

제2조 본회는 사회 각계의 전문성과 지성을 가진 인사들이 함께 모여 생활 철학을 바탕으로 건전한 사회논평과 수필 문화의 형성을 도모하고 각박한 이 사회의 밝은 등불이 되며 상생과 평화의 선 도자로서 인류사회에 크게 기여하는 것을 목적으로 한다.

제3조 본회 동인은 규정 제2조의 목적을 찬동하는 사람으로서 동인 2 인 이상의 추천을 받아야 하며 소정의 수속 절차에 따라 입회 승 인된 인사로서 구성한다.

제4조 본회의 사무실은 서울특별시에 본부를 두며 필요에 따라 각 지 역에 연락처를 둘 수 있다.

## 제2장 임 원

제5조 본회는 다음과 같은 임원을 둔다.
    1. 회　　장　　　1명
    2. 부 회 장　　　5명

3. 고　　문　　약간명

4. 편집위원　　약간명

5. 운영위원　　약간명

6. 감　　사　　2명

제6조 본회 임원의 선출 및 임무는 다음과 같다.

1. 회장은 동인 총회에서 호선하며 본회를 대표하고 모든 위원회의 의장이 된다.

2. 부회장은 동인 총회에서 선임하며 〈총무·기획관리〉〈조직·연락〉〈재정·재단관리〉〈도서편찬·홍보〉 등의 업무를 분담 관리하고 회장을 보필한다.

3. 고문은 회장이 추대하고 회장단의 자문에 응하며, 회무 발전에 기여한다.

4. 편집위원은 회장단의 결의에 의하여 동인 중 적임자에게 위촉하며 출판·편집·홍보에 관한 업무를 협의·결의한다.

5. 운영위원은 회장의 추천에 따라 위촉하며 본회 운영의 건전한 발전을 위해 협의·결정하고 물심양면으로 협조·기여한다.

6. 감사는 동인 총회에서 호선하며, 회무·회계·재정업무를 감사할 뿐 아니라 감사결과를 총회에 보고한다.

제7조 본회 임원의 임기는 다음과 같다.

1. 회　　장　　3년

2. 부 회 장　　3년

3. 고　　문　　3년

4. 편집위원    3년

5. 운영위원    3년

6. 감    사    3년

단, 총회의 결의에 따라 연임할 수 있다.

제8조 본회 임원에 결원이 생긴 때에는 회장단의 결의에 따라 보궐하고 차기 총회에서 승인을 받아야 하며 임기는 전임원의 잔여 임기로 한다.

# 제3장 집 회

제9조

1. 본회의 집회는 정기총회, 임시총회, 회장단회의, 편집위원회, 운영위원회로 구분하며, 정기총회는 매년 2월 중순으로 하고, 임시총회와 회장단회의, 편집위원회, 운영위원회는 필요에 따라 회장이 수시로 소집할 수 있다.

2. 본회의 모든 회의는 각급 집회에 따라 재적정원의 과반수 이상 참가로 성립되며, 참가 인원의 과반수 이상 찬성으로 가결한다.

# 제4장 사 업

제10조 본회는 다음과 같은 사업을 수행한다.

1. 출판

    * 동인지—봄(4월), 가을(10월)로 연 2회 간행

* 수필집—동인지 및 기타 신문·잡지·기관지에의 게재분
    을 자료로 하여 개인별 수필집 및 논평 칼럼집을 간행한다.
 * 번역—교양을 위한 참고도서의 번역출판을 한다.
2. 정규 포럼(글로벌문화포럼) 및 연구회 운영
 * 3월·9월에 각1회씩 교양문화포럼과 사회발전을 위한 특별
    연구발표회를 실시한다. 단, 국내 행사 및 해외행사로 구분
    기획할 수 있다.
 * 수시로 국내외의 간담회를 개최한다.
3. 한국문화상
 * 한국의 '글로벌문화상' 을 위한 기금을 적립한다.
 * 한국의 글로벌문화상 제도에 대한 규정은 별도로 정한다.
4. 장학제도
 * 장학금을 위한 기금을 적립한다.
 * 장학금제도에 대한 규정은 별도로 정한다.
5. 도서실
 * 도서실을 설비하여 동인의 교양 및 연구활동에 도움을 준다.
 * 동인들의 저서를 비치하여 둔다.
 * 필요한 국내외의 도서 및 출판물을 구입하여 참고·열람하
    게 한다.
6. 기타 국가·사회의 공익을 위한 사업


## 제5장 재 정

제11조 본회의 수입과 지출은 다음과 같이 한다.
    1. 수입

* 회비-년 200,000원으로 잠정 정하며, 단 결의에 따라 증감
　　할 수 있다.
　　* 입회비-50,000원
　　* 찬조금 및 보조금
　　* 출판물에 의한 수입
　2. 지출
　　* 연락 · 집회 회의비
　　* 사무적 비용 및 인건비
　　* 출판 비용
　　* 홍보 비용
　　* 기타, 공익을 위한 사업비

제12조　본회의 회장단은 매년 재정 · 회계의 결산에 관하여 감사의 감
　　　　사를 거쳐 정기 총회에 보고하여야 하며, 총회의 승인을 받아야
　　　　한다.

# 제6장 부 칙

제13조　본회 규정을 위반하거나 회원의 권리와 의무를 불이행하고 본
　　　　회의 명예를 훼손하는 자는 감사의 내용심사 보고와 총회의 결
　　　　의에 의하여 제명한다.

제14조　본회 규정은 동인의 총의로 개정할 수 있다.

제15조　본회 규정에서 총의의 결의라 함은 재적동인의 과반수 출석에

과반 찬성을 의미한다.

제16조  본회 규정에 규정되지 아니한 사항은 일반 관례에 의한다.

제17조  본회 규정은 서기 1963년 10월 12일부터 효력을 발생하며, 2012년 2월 3일 본회의 부활추진위원의 결의에 따라 일부 수정한다. 다만 본회 부활추진위원회의 명칭은 2012년 2월 18일 이후부터 『空論同人會』로 환원된다.

제18조  본회 규정은 2013년 2월 15일, 동인의 총의에 따라 일부 수정한다.
본회의 명칭을 『글로벌문화포럼 공론동인회』로 한다.

글로벌 문화포럼 공론동인 수필집 7

# 한국정신문화의 세계화를 위하여

지은이 / 공론동인회
발행인 / 김재엽
펴낸곳 / 한누리미디어
디자인 / 지선숙

121-840, 서울시 마포구 잔다리로 35, 202호(서교동, 서운빌딩)
전화 / (02)379-4514, 379-4519
Fax / (02)379-4516
E-mail/hannury2003@hanmail.net

•

신고번호 / 제300-2006-61호
등록일 / 1993. 11. 4

•

초판발행일 / 2015년 11월 25일

•

ⓒ 2015 공론동인회 Printed in KOREA

•

값 22,000원

•

※잘못된 책은 바꿔드립니다.

•

ISBN 978-89-7969-700-1  03810